Simon Denninger

SCHWINGENFALL

DRACHENMOND VERLAG

Drachenmond Verlag GmbH
Auf der Weide 6
50354 Hürth
http: www.drachenmond.de
E-Mail: info@drachenmond.de

Lektorat: Stephan R. Bellem
Korrektorat: Michaela Retetzki
Satz & Layout: Astrid Behrendt

Umschlagdesign: Alexander Kopainski
Bildmaterial: Shutterstock

Druck: Booksfactory

ISBN 978-3-95991-628-8

Botschaft der Nacht

Die Wolken regneten Blut. Ströme von Blut, vermischt mit weißen Federn.

Salzig und warm klatschte es in Toryans Gesicht, doch sein Magen war ein einziger Eisklumpen. Als Grenzwächter in Dimmgrund hatte er mit seinen zwanzig Jahren schon mehr gesehen als die meisten Menschen in einem ganzen Leben, und für gewöhnlich brachte ihn so schnell nichts aus der Ruhe. Aber das hier war übel.

Er kämpfte sich Schritt für Schritt durch die feuchte Heide. Die Erde schmatzte unter seinen Stiefeln. Der Wind heulte, peitschte ihn mit dem Regen, zerrte an ihm, als wollte er ihn zurückhalten. Zumindest hoffte Toryan, dass es der Wind war. Dimmgrund war neutrales Gebiet zwischen den Lichtlanden und der Alten Nacht. Hier gingen mancherlei Geschöpfe um, die in den Städten höchstens in Legenden auftauchten.

Und nun war etwas eingedrungen, was nach Recht und Gesetz nicht hätte da sein dürfen. Ein solches Wesen musste entweder sehr dumm oder sehr mächtig sein. Oder beides. Was nie eine gute Kombination ergab. Schon gar nicht bei Kreaturen, die einen jungen Grenzwächter als willkommene Zwischenmahlzeit betrachten mochten.

Er vergewisserte sich zum gefühlt zwanzigsten Mal, dass seine Arkebuse feuerbereit war. Sollte er in die Sicherheit der Wächterfestung zurückkehren? Oder die Ursache des Blutregens herausfinden, um ordentlich Meldung machen zu können? Pflichtbewusstsein und Vernunft lieferten sich in seinem Kopf einen heftigen Schlagabtausch.

Dummerweise siegte Pflichtbewusstsein.

Toryan strich sich eine vom Blutregen feuchte Haarsträhne aus dem Gesicht und versuchte, durch den dichter werdenden Nebel zu erkennen, was am Himmel vor sich ging.

Seit wann bitte war Nebel eigentlich schwarz?

Ein Schrei zerschnitt die Luft, als würde Kristall bersten. Etwas von der Größe eines Ochsenkarrens trudelte aus den Wolken, schmetterte wenige Fußbreit vor Toryan auf den Boden. Er starrte auf die zerfetzten Überreste und konnte nicht glauben, was er sah.

Vor ihm lag ein Engelsflügel. Muskelstränge zuckten, wo die Schwinge vom Rücken ihres Trägers gerissen worden war.

Weiter hinten im Dunst krachte erneut etwas zu Boden.

Erst als er nach Luft japste, merkte Toryan, dass er den Atem angehalten hatte. Er schaffte es nur mit Mühe, sich nicht zu übergeben. Ein Engel, ermordet. Welche Kreatur vermochte einen solchen Frevel zu begehen?

Das Heulen des Sturms schwoll an. Triumph lag darin, und Genugtuung. *Sei vernünftig*, sagte Toryan sich. *Das ist zu groß für dich. Geh zurück. Jetzt.*

Diesmal widersprach sein Pflichtgefühl nicht. Er machte auf dem Absatz kehrt, rannte los – und prallte zurück, als sich unmittelbar vor ihm eine Silhouette vom Himmel senkte, turmhoch, mit menschlichen Umrissen. Nun ja, bis auf die Schwingen. Und die Tatsache, dass den Schläfen ein Geweih entsprang.

Je näher die Gestalt dem Boden kam, desto mehr schrumpfte sie, bis sie kaum größer war als Toryan selbst. Der Nebel umtanzte sie wie ein Hund, der freudig seinen Herrn begrüßt. Hinter den Augen des Wesens wallte Rauch. Es öffnete den Mund und entblößte fingerlange Eckzähne.

Ein Blutfürst. Das ist ein verdammter Blutfürst! Toryan wollte die Arkebuse mit den Silberkugeln abfeuern, wollte zum Schwert greifen oder wenigstens fortrennen. Doch seine Finger gehorchten ihm nicht, seine Beine schienen mit dem Boden verwachsen. Wie eine Maus im Angesicht des Bussards starrte er in das düstere Antlitz. Schmal und zerfurcht, besaß es dennoch eine erschreckende Schönheit. Selbst dass purpurnes Engelsblut aus den Mundwinkeln rann, änderte daran nichts.

»Höre mich.« Die Stimme des Blutfürsten klang, als risse eine Klaue morsche Rinde von einem Baum. »Ein neues Zeitalter dämmert herauf. Ob in Frieden oder Blut, liegt an euch Menschen. Ich, Lurmenor, Erzfürst der Altnacht, verlange, dass die Dämmergeborene sich zu mir begibt. Tut sie es nicht, werde ich mein Heer in den Krieg führen. Die Asche eurer Städte wird eure Kehlen zerkratzen, die brennenden Leiber eurer Krieger werden unsere Fackeln sein. So lange, bis wir sie gefunden haben. Hast du verstanden? Gut. So verkünde es deinesgleichen.«

Toryan wollte wegsehen, aber Lurmenors Blick hielt ihn erbarmungslos fest. Der Rauchschleier in den Augen des Blutfürsten zerriss, und Toryan starrte in den Abgrund dahinter. Sein Bewusstsein entglitt ihm und er stürzte hinein in eine Welt aus Eis und Schatten und toten Träumen …

Toryan dachte, er habe ein Lachen gehört. Gesang. Oder war es ein Schrei? Der Schrei eines Engels, den dunkle Klauen zerfetzten?

Keuchend fuhr er hoch. Er erwartete, wolkenverhangenen Dämmerhimmel zu sehen. Stattdessen starrte er auf eine weiß verputzte Zimmerdecke. Mollige Wärme hüllte ihn ein, eine Daunendecke umschmeichelte seine Beine. Es roch nach Fichtennadel und Goldwurz. Jemand hatte ihm Rüstung und Kleider ausgezogen und ihn in ein Leinengewand gesteckt.

Der Raum kam ihm vage bekannt vor. Richtig – er lag in einem Krankenzimmer im Hauptquartier der Grenzwächter in Gorvul. Aber die Hauptstadt befand sich Hunderte Meilen von Dimmgrund entfernt. Wie war er hergekommen?

Er erschauderte, als die Erinnerung vor seinem inneren Auge auftauchte. *Lurmenor. Bei allen Himmeln, ich bin auf den Gefallenen getroffen, den Herrn der ganzen verdammten Altnacht! Ich kann froh sein, dass ich noch lebe.*

Toryan blickte sich um. Aus der Wand entsprang ein Kupferrohr, das in einen Waschstand aus Porzellan mündete. Handtücher und Seife lagen neben einer Karaffe mit Wasser. Der Anblick machte ihm bewusst, wie durstig er war. Er schlug die Decke zurück und schwang die Beine vorsichtig über die Bettkante. Kein Schwindelgefühl. Das war schon mal ein Anfang.

Ein Blick in den Rundspiegel über dem Becken zeigte ein blasses Gesicht, das er erst auf den zweiten Blick als das seine erkannte. Unter den Augen lagen tiefe Ringe, das braune Haar hing ihm wild zerzaust bis zu den hohen Wangenknochen. Ein prüfender Blick auf den Rest seines drahtigen Körpers verriet, dass er keine Verbände trug. Immerhin. Und das Glücksarmband, das seine Freundin ihm geflochten hatte, befand sich ebenfalls noch an seinem Handgelenk.

Jäh fragte Toryan sich, wie lange er ohnmächtig gewesen war. Na, eins nach dem anderen. Erst mal den Durst löschen.

Er trank in tiefen Zügen direkt aus der Karaffe. Das Wasser hatte eine süßlich-würzige Note, als wäre es durch Kräuter gesiebt worden. Erfrischt drehte Toryan den Kupferhahn über dem Waschbecken auf. Es blubberte, warmes Wasser floss über seine Hände. Dankbar für diese Segnung, die die Wissenschaft mithilfe der Ratschläge der Engel hervorgebracht hatte, ließ er es über Gesicht und Haare laufen. Er schäumte sich mit der nach Aloe duftenden Seife ein, spülte den Schweiß davon und seufzte selig. Jetzt noch was zu essen und er wäre fast der Alte.

Es klopfte, kurz und präzise. Die Tür öffnete sich, ohne dass Toryan »Herein« gesagt hätte. Der Mann, der eintrat, war dreimal so alt wie er und einen Kopf kleiner, doch sehnig, die Haltung kerzengerade, der Blick scharf. Das akkurat geschnittene schneeweiße Haar und der gleichfarbige Schnauzbart betonten die wettergegerbte Haut. Drei Goldflügel auf der Schulterpartie des Wamses wiesen den Träger als Oberbefehlshaber der Ordenstruppen von Gorvul aus. Vor Toryan stand niemand Geringerer als General Nobu Nagadens, dessen Heldentaten im Ketzerkrieg ihn zu einer lebenden Legende gemacht hatten. Sofort nahm Toryan Haltung an, wobei er sich peinlich bewusst wurde, dass er mit nacktem Oberkörper vor seinem General stand.

»Preis sei Asgreal.« Nobu legte Zeige- und Mittelfinger beider Hände an die Stirn.

»Preis sei Asgreal.« Toryan erwiderte die Geste, wobei er den Kopf ein gutes Stück tiefer senkte als sein Gegenüber.

»Du bist also endlich wach. Gut. Dein Name ist Toryan, richtig?«

»So ist es, Herr.«

»Rühren, Toryan.«

»Danke. Herr, wie bin ich hergekommen, wenn ich fragen darf?«

»Rojin hat dich gefunden und uns zu dir geführt.«

»Der Freischärler aus Dimmgrund?«

Nobu nickte. Sein Gesicht verdüsterte sich. »Keine hundert Fuß von dir fanden wir die Leiche Mawjahs.«

Mawjah also. Der Engel der Scharfsicht, der die spärlich besiedelte Grenzregion beschützt und stets ein waches Auge auf all das gehabt hatte, was sich in den Ausläufern der Altnacht tat. Toryan hatte ihn während seiner zwei Jahre bei der Grenzwacht nur einmal gesehen. An jenem Abend war der Engel inmitten der Wächter gelandet, um sie vor einer Rotte Nachtkrabbler zu warnen, die es irgendwie auf die falsche Seite der Grenze geschafft hatte. Mawjah glich äußerlich einer Frau, von einer Schönheit, die selbst die Blumen beschämte, aber mit der Stärke von hundert Männern. Und jetzt war sie tot. Zerfetzt vom Erzfürsten der Dunkelheit. Toryan schluckte. »Wie lange war ich ohnmächtig?«

»Drei Tage und drei Nächte. Nichts und niemand konnte dich wecken. Wir brachten dich mit einem der Luftschiffe hierher. Was hast du gesehen, Junge?«

Toryan sah es überdeutlich vor sich. Augen wie Risse in der Wirklichkeit, und dahinter … Er drängte das Entsetzen aus seinen Gedanken und begann stockend seinen Bericht. Vom Patrouillengang. Vom Sturm. Vom Kampf, dessen Augenzeuge er geworden war – na ja, mehr oder weniger, schließlich hatte er vom Gefecht in den Wolken nicht viel mitbekommen. Und von Lurmenors Botschaft.

Die buschigen Augenbrauen des Generals schossen nach unten wie Fallbeile. »Willst du mir allen Ernstes erzählen, du hättest mit dem Gefallenen gesprochen?«

»Er redete von sich als Lurmenor, ein Geweih wuchs aus seinem Schädel, und er hatte Fangzähne. Wenn das nicht der Gefallene war, so war es zumindest ein mächtiges Problem.« Toryan stockte. »Verzeiht die Ausdrucksweise, Herr«, setzte er rasch hinterher.

Nobu überging die flapsige Bemerkung. »Ich hörte, du hast Heimaturlaub eingereicht?«

Toryan nickte. »Zum ersten Mal.«

»Dein Vorgesetzter sagte mir schon, dass du dich bei den Grenzwächtern bereits unverzichtbar gemacht hast.« Ein Lächeln huschte über die Züge des Generals, verschwand aber so schnell, wie es gekommen war. »Ich fürchte, aus dem Urlaub wird vorerst nichts. Der Purifikant wird dich befragen wollen.«

Obwohl er eine Karaffe Wasser getrunken hatte, fühlte Toryans Mund sich plötzlich so trocken an, als hätte er Motten gekaut. Der Purifikant, Damian Fallanidens, war das Oberhaupt des Klerus und somit Herrscher über die gesamten Lichtlande, mit Ausnahme der Ketzerrepublik Freiholt. Zusammen mit den Kardinälen bildete er den Zirkel der Auserwählten, dem die Engel den Willen Asgreals übermittelten. Damian galt als ebenso weise wie streng. »Mein letzter Besuch in der Zitadelle ist eine Weile her«, gestand Toryan zerknirscht.

»Dann schlage ich vor, du ziehst dir was Ordentliches an, isst etwas und holst das schleunigst nach«, brummte Nobu. Auf dem Weg zur Tür wandte er sich noch einmal um. »Ich bin froh, dass du überlebt hast, Junge.«

»Danke, ich ebenfalls«, gab Toryan verdattert zurück. Wieso sollte das Schicksal eines einfachen Grenzwächters den hochdekorierten General kümmern?

Doch ehe er fragen konnte, hatte Nobu den Raum verlassen.

Die Zitadelle von Gorvul

Bis obenhin vollgestopft mit Gemüsesuppe und Hühnchen verließ Toryan die Wächterakademie. Die Luft schmeckte frisch, und der Duft der Maulbeerbäume brachte die Erinnerung an manche Freistunde zurück, die er hier mit seinem besten Freund Holmar verbracht hatte. Wie es dem Bücherwurm wohl ergangen war, nachdem er die Akademie zugunsten einer klerikalen Ausbildung verlassen hatte?

Eine Brise strich durch die Wipfel, Laub regnete herab. Toryan wuschelte sich die Blätter aus den Haaren und biss krachend in den Apfel, den er aus dem Essensquartier mitgenommen hatte. Der süßsaure Saft prickelte auf der Zunge. Was war es herrlich, am Leben zu sein.

Und jetzt auf, Richtung Tempelzitadelle. Das Wissen um die Lehren des Klerus etwas auffrischen.

Toryan nahm eine der Schienensänften, die seit einigen Jahren die wichtigsten Knotenpunkte Gorvuls verbanden und Passagiere mit der Geschwindigkeit einer Kutsche beförderten. Er genoss das monotone Rattern, das Vibrieren der Sitze, den Anblick der vorbeiziehenden Gebäude mit ihren Ziegeln, Spitzbogenfenstern und Gesimsen. Dennoch stieg er ein paar Stationen vor dem Ziel aus. Nach drei verschlafenen Tagen konnte etwas Bewegung nicht schaden.

Die Zitadelle war in Form eines fünfzackigen Sterns erbaut und weithin sichtbar. Auf vier Ecktürmen thronten Engelsstatuen, vom fünften baumelten Käfige an einer vorspringenden Stange. Im Moment knarzten sie leer an ihren Stahlketten, doch gelegentlich trug der Richterengel Bahrakel Gefangene dort hinauf. Die Kleriker priesen es als Fortschritt, dass es keine Kerker unter der Erde mehr gab wie in den dunklen Tagen vor der Ankunft des Lichtbringers. Sie sagten, die Bestrafung von Sünden solle für jedermann sichtbar sein. Toryan hatte da so seine Zweifel. Aber die behielt er für sich.

Glücklicherweise kam es selten vor, dass dort oben Gefangene vor sich hin vegetierten. Verbrechen waren selbst in großen Städten wie Gorvul die Ausnahme geworden. Ob es an der allgemeinen Zufriedenheit des Volkes oder der Wacht der Engel lag, konnte Toryan nicht beurteilen.

Glocken schlugen zur nahenden Andacht. Im Strom Hunderter Tempelgänger passierte er das Tor und folgte der von Eichen gesäumten Allee Richtung Heiligtum. Die Spätnachmittagssonne warf flirrende Lichtstreifen auf den Boden. Sie sahen aus wie Brücken in den Himmel.

Die Allee endete an einem Halbrund zu Füßen breiter Stufen. Links und rechts gingen Wege ins Zentrum der Zitadelle ab, die dem Klerus und dem örtlichen Gesinde vorbehalten waren. Toryan nahm mit den anderen Gläubigen die Treppe in den Tempel. Die Gravuren über dem halbrunden Portal zeigten ein Licht, das sich beschützt von fünf Engeln aus den Wolken senkte: Szenen der Ankunft Asgreals, der als Stellvertreter Gottes nach Yrdaia hinabgestiegen war, kurz nach dem verheerenden Kataklysmus, der den Südkontinent und alles Leben darauf unter Lava und Wassermassen begraben hatte. In jener ins Chaos gestürzten Welt hatten Asgreals Engel eine neue Ordnung geschaffen. Und sie hatten geholfen, die Kreaturen der Altnacht in die finsteren Lande des Nordens zu verbannen, und somit die Menschen endgültig vom Joch der Blutfürsten befreit. Toryan mochte nicht der Frömmste sein, doch diese Freiheit verteidigte er als Grenzwächter mit Stolz.

Er betrat das Hauptschiff des Tempels. Durch Kristallbogenfenster fiel Licht auf die Bankreihen, die von Marmorpfeilern gestützte Decke verlor sich hoch über den Köpfen in diffusem Dunkel. Zur Linken befand sich die Nachtigallenhöh, eine Plattform, auf der ein Chor ätherische Gesänge nach Noten der Engel intonierte. Die Musik sandte Toryan wohlige Schauder über den Rücken.

Eine Wendeltreppe führte zur Kanzel, von wo der Purifikant Damian wohlwollend auf den Strom der Gläubigen herabblickte. Sein graues Haar wallte bis zum Kinn eines Gesichtes, das eine Spur zu scharf geschnitten war, um gut aussehend zu sein. Ein sorgsam rasierter Kinnbart rahmte die dünnen Lippen und ein mit Goldquasten verzierter Gürtel hielt die Purpurrobe über seinem asketischen Leib zusammen.

Toryan quetschte sich auf einen der letzten freien Sitzplätze, zwischen ein zahnloses Hutzelweib und einen hünenhaften Glatzkopf, der das Wams eines Fischkahnfahrers trug – und leider auch so roch.

Der Chor schraubte seine Lobpreisung zu einem finalen Crescendo empor. Alle Blicke richteten sich zur Kanzel. Damian kostete die Aufmerksamkeit einige Atemzüge lang aus, ehe er zu sprechen begann. Trichter an den Wänden trugen seine Worte bis zu den Gläubigen in den hintersten Reihen, obgleich er in der andächtigen Stille selbst ohne diese Hilfsmittel zu hören gewesen wäre. »Willkommen, Kinder des Lichts. Preis sei Asgreal.«

»Preis sei Asgreal«, schallte es zurück.

War Toryan anfangs noch ergriffen von der sakralen Aura, fiel ihm schon bald wieder ein, weshalb er den Besuch eines Tempels so lange vermieden hatte. Der Schwall ritueller Segnungen und Lobpreisungen wusch monoton über ihn hinweg. Er unterdrückte ein Gähnen und wünschte sich zurück ins Freie. Erst bei der Predigt merkte er auf.

»Glücklich sind wir und gesegnet.« Der Purifikant schloss mit einer ausholenden Geste alle Versammelten ein. »Wenn wir morgens aufwachen, fallen uns nicht länger Sorgen an wie hungrige Hunde ein Stück Fleisch. Vielmehr gedeihen Feld und Vieh. Der Handel prosperiert. Der Erfindergeist treibt fantastische Blüten. Maschinen übernehmen die meisten schweren Arbeiten, und viele Gebrechen der Vergangenheit sind verschwunden. So können wir dem Streben nach Glück mehr Zeit widmen als je ein Volk zuvor. Und doch gibt es noch Ungläubige. Verblendete, die sich abwenden vom Licht.« Er spreizte die Finger in einer Geste der Abwehr. »Ich aber sage euch, wankt nicht im Glauben. Frohlocket vielmehr! Der Herbst, der über der Welt hängt, das letzte Vermächtnis der Alten Nacht, wird schon bald weichen. Denn heute verkünde ich euch im Namen Asgreals eine große Freude.«

Ein helles *Ping* erklang, als werde das oberste Ende einer Saite gezupft. Damians Stimme schwoll so an, dass Toryans Magen vibrierte. »Glaubt, meine Brüder und Schwestern. Glaubt fester denn je. Der Tag ist nah, da Asgreal Gestalt annimmt und sein Sanktum verlässt. Für alle sichtbar wird er über die Welt wandeln und uns seinen Segen schenken.«

Ein Raunen ging durch die Zuhörer. Toryan merkte, dass er vor Erregung zitterte.

Der Purifikant breitete die Arme aus, als wollte er die ganze Welt umarmen. »Dann bricht für alle Gläubigen ein neues Zeitalter an. Ein ewig währender Frühling, in dem Träume erblühen und Seligkeit sprießt. Doch ihr müsst treu Asgreals Lehre folgen. Sagt, glaubt ihr an ihn?«

»Ja«, schallte es aus den Bankreihen, von den Emporen.

»DIENT IHR IHM?«, schrie Damian, die Augen vor Verzückung verdreht.

»Ja«, jubelten die Zuhörer, und Toryan stellte fest, dass er in den Jubel mit einstimmte.

Das Fenster über der Kanzel flog auf. Licht flutete flüssigem Gold gleich über die Gläubigen, und im Zentrum dieser Aura schwebte der Seraph Bahrakel. Als er zu sprechen begann, war Toryan, als küsste ihn Ekstase mit Lippen aus Honig, der über ihn hinwegfloss und in ihn hinein …

Hinterher konnte er nicht sagen, wie lange die Ansprache gedauert und was *genau* der Engel verkündet hatte. Doch er fühlte sich wohlig ermüdet, als hätte er nach einem Tag voller Plackerei ein dampfend heißes Bad genommen.

Novizinnen gingen durch die Bänke und reichten den erschöpften Gläubigen mit ätherischen Essenzen getränkte Tücher. Dankbar tupfte er sich damit das Gesicht und hielt das mausgesichtige Mädchen, aus dessen Tuchvorrat er sich bedient hatte, am Arm fest. »Entschuldige. Ich würde den Purifikanten gern in einer wichtigen Angelegenheit sprechen.«

Sie sah ihn überrascht und ein wenig ungläubig an. »Ich kann keine Audienz bei Seiner Exzellenz veranlassen. Außerdem ist er gleich nach der Predigt zur Armenspeisung aufgebrochen. Wenn Ihr wollt, schicke ich nach dem Obersten Adepten. Vielleicht kann er Euch helfen.«

»Einen Versuch ist's wert. Danke.«

»Wen darf ich melden?«

»Toryan die Ta… ich meine, Toryan Dymedens.«

»Seht Ihr die Tür mit der eingelegten Goldflamme, dort unter der Kanzel? Wartet im Raum dahinter.« Sie machte sich sanft los, um weiter ihre Tücher zu verteilen.

Die Gläubigen hatten sich so weit gesammelt, um erfüllt von Glückseligkeit ihrer Wege zu gehen. Toryan kämpfte sich gegen den Menschenstrom zum Warteraum vor, den ihm die Novizin gezeigt hatte. Er fühlte ebenso den Nachhall der Freude, die in den Gesichtern der anderen Tempelbesucher stand. Zugleich war da ein schaler Nachgeschmack, wie nach dem Genuss von zu viel Pflaumenwein. Hatte Lurmenor ihn womöglich gebissen? Ihn mit der Saat der Finsternis infiziert? Der Blutfürst mochte während Toryans Bewusstlosigkeit wer weiß was mit ihm angestellt haben. Die Vorstellung sandte Klingen aus Eis durch Toryans Eingeweide. Andererseits, so ein Biss hätte sicher Spuren hinterlassen. Der Gedanke beruhigte ihn etwas, ohne das Unbehagen ganz zu vertreiben.

Im hellen, schlichten Warteraum luden Holzbänke zum Sitzen ein. Aus einem Rohr in der Wand lief Wasser über zwei Steinhände, die sich in einer segnenden Geste über einem Becken ausbreiteten. Toryan trank einen Schluck und betrachtete ein Rollbild an der Wand. Es zeigte fünf blattlose Zweige vor einer Sonneneruption, die rotgolden aus einer Art Tor hervorbrach.

»Interessantes Motiv, nicht wahr? Ich habe mich schon manche Stunde in seiner Betrachtung verloren.«

Toryan fuhr herum – herrje, er war doch sonst nicht so schreckhaft – und sah den Obersten Adepten in der Tür stehen. Der Mann trug das orangerote Gewand eines Geistlichen und hatte den Rundhut seiner Amtswürde tief in die Stirn gezogen. An der Kordel über der Hüfte baumelten ein Tintenfässchen und ein Lederbeutel. Der Bauchansatz und die Pausbacken ließen ihn jovial wirken, doch unter dem Schatten der Hutkrempe blitzten flinke, schlaue Augen. »Toryan die Tatze sucht also den Rat des Klerus.« Der Adept klang amüsiert.

»Ihr kennt meinen Spitznamen?« fragte Toryan überrascht.

»Das will ich meinen. Immerhin haben wir zwei Jahre zusammen in der Wächterakademie verbracht.« Der Adept zog den Hut vom Kopf.

»Was? Das muss … bei Bimbadims Bart, Holmar!«

»Zugegeben, es gibt inzwischen einige Pfund mehr von mir als bei unserer letzten Begegnung.« Der Adept lächelte gutmütig und klopfte sich auf die Hüften. »Aber unter der Verpackung bin ich noch dein alter Zimmergenosse.«

Sie umarmten einander und fassten sich an den Schultern.

»Ich sehe, du hast es weit gebracht«, sagte Toryan anerkennend. »Adept des Purifikanten, Mannomann.«

»Ja, es war eine gute Idee, das Schwerthandwerk gegen geistige Studien einzutauschen. Und du musst dein Licht ebenfalls nicht unter den Scheffel stellen. Ich hörte, du hast die Akademie vor zwei Jahren als Jahrgangsbester abgeschlossen.«

»Wir sind schon ganz schöne Ehrgeizler, was?« Toryan grinste.

»Erwischt.« Holmar grinste zurück. »Aber du bist sicher nicht um der alten Zeiten willen hier. Du brauchst Hilfe?«

»So ist es.« Toryan biss sich auf die Lippen. »Um ehrlich zu sein, hab ich Angst, dass etwas Böses in mir steckt.«

»Na, na. Wer wird denn gleich schwarzmalen.« Holmars Blick huschte durch den Raum. »Wie auch immer, besprechen wir das lieber an einem etwas weniger … sakralen Ort.«

»Was schwebt dir vor?«

»Wie sieht's aus, Lust auf ein Ingwerbier?«

»Liebend gern. In unserer alten Stammtaverne?«

Holmar schlug ihm auf die Schulter. »Auf in den *Fidelen Fassreiter*.«

Sie nahmen die Abkürzung durch den nahe gelegenen Weißblütenpark. Es war jene verzauberte Abendzeit, in der die Sonne die purpurfarbenen Wolken ein letztes Mal liebkost, ehe sie es ihrem Bruder, dem Mond, überlässt, die Wege der Welt zu beleuchten.

»Romantisch«, sagte Holmar. »Apropos, hast du deine Freundin noch? Die, die du letztes Jahr bei der Truppenübung auf Gut Eulenstein kennengelernt hast? Wie hieß sie doch gleich, Rynn, Linn …«

»Minn. Ihr Name ist Minn.«

»Richtig, der war's. Ich konnte ihn mir nicht merken, da du mir ja nur ein einziges Mal geschrieben hast, seit du zur Grenze geschickt wurdest. Obwohl ihr auch einen Nachrichtenturm in Dimmgrund habt …«

Toryan ignorierte den vorwurfsvollen Unterton und zuckte mit den Schultern. »Ich war seitdem nicht mehr auf Gut Eulenstein. Wir haben uns versprochen, aufeinander zu warten.«

»Und?« Holmar pikste ihn mit dem Zeigefinger gegen die Schulter. »Hast du?«

»Ja. Ich li… Ich meine, sie ist was Besonderes. Eigentlich sollte ich jetzt Urlaub haben und bei ihr sein.« Toryan trat verdrießlich eine Kastanie aus dem Weg.

»Na komm«, sagte sein alter Freund, »wir spülen den Trennungsschmerz mit einem guten Bier herunter.«

Auf einer Bank unter einem rot-goldenen Ahorn saß ein bekümmert dreinblickender Mann. Er erinnerte Toryan an seinen Vater – schwielige Hände, Bart und ein Gesicht, das Sorgen vor der Zeit hatten altern lassen. Der Mantel schlotterte um die Schultern, als gehörte er einem Größeren. Holmar nickte ihm im Vorübergehen zu. »Prachtvoll, das Laub, nicht wahr?«

»Wenn die Blätter sich färben, sind sie beinahe tot«, entgegnete der Mann müde. »Schon bald trägt der Wind sie davon, und zurück bleibt nichts als nacktes Geäst.«

Holmar hielt inne. »Weshalb die Schwermut, Bruder? Ihr solltet Euch an den Segnungen erfreuen, die der Lichtbringer uns schenkt.«

»Segnungen?« Der Mann rang die Hände ineinander, als wollte er sie waschen. »Ich war Binnenschiffer wie mein Vater und dessen Vater vor ihm. Dann kamen die Viadukte. Jetzt bin ich Tagelöhner. Ich wollte nie nach Gorvul, bin kein Freund großer Städte. Doch bei uns gibt's keine Arbeit mehr und ich hab Mäuler zu stopfen.«

Toryan blickte ihn betroffen an. Seit man nach Bauplänen der Engel die Viadukte errichtet hatte, wurden Waren in nie gekannter Geschwindigkeit von Ort zu Ort transportiert. Dampfbetriebene Waggons sausten auf Schienen über Höhen und Täler, und Obst, das morgens noch auf einer Wiese in Bernsgrün Sonne getrunken hatte, lag am selben Abend im Nachtmarkt von Gorvul aus. Bislang hatte Toryan das als Segen betrachtet … Kurz entschlossen zog er die Geldstücke hervor, die er in der Taverne hatte verjubeln wollen, und drückte sie dem Schiffer in die Hand. »Kauft Euch was zu essen. Und schreibt Euren Lieben, dass es Euch gut geht.«

Verblüfft starrte der Fremde erst die Münzen, dann ihn an. »Warum tut Ihr das? Ihr kennt mich nicht mal.«

»Ich hatte ein paar harte Tage und hab Glück, dass ich noch lebe. Davon kann ich ein wenig zurückgeben. So wie es der Klerus predigt.«

»Von etwas reden und etwas tun ist der Unterschied zwischen dem Fisch im Fluss und der Mahlzeit im Köcher.« Der Mann neigte das Haupt. »Ich danke Euch.«

»Dankt dem Lichtbringer.« Holmar machte das Segenszeichen über dem Haupt des Fremden, der zur Antwort etwas Unverständliches in den Bart brummte.

»Du hättest ihm auch was geben können«, sagte Toryan, als sie den Park hinter sich ließen und in die Gasse zum *Fidelen Fassreiter* einbogen.

»Stimmt.« Holmar drückte die Tür zur Taverne auf. »Nur wer hätte dann unsere Getränke bezahlt?«

Das Innere des *Fidelen Fassreiters* war größer, als es auf den ersten Blick den Anschein hatte. Dafür sorgten neben dem schummrigen Licht die Winkel mit den Eckbänken und ein Dutzend Holzsäulen, die sich quer durchs Gasthaus verteilten. Kerzenrauch hatte die Deckenbalken und abgewetzten Tischplatten im Lauf der Zeit dunkel gefärbt, einzig die Tischwangen aus poliertem Stahl glänzten. Über dem Steinkamin hing ein Fass, auf dem die Figur eines rotnasigen Hünen Bierkrüge schwenkte.

»Für uns dasselbe, was er hat«, rief Toryan und deutete auf die Figur. »Und dazu etwas Gegrilltes und einen Topf eingelegten Rettich.« Der glatzköpfige Wirt nickte und begann, schäumendes Bier in Krüge zu füllen.

Die Taverne war gut besucht. Holmar und Toryan suchten sich eine Nische in der Nähe des Kamins. Als ihre Bestellung kam, steckte Holmar der rundwangigen Bedienung einen Kupferflügel extra in die Gesäßtasche, was sie mit einem Lächeln und kokettem Hüftschwung quittierte.

»Solltest du nicht züchtiger sein?«, spottete Toryan.

»Erstens tu ich eine gute Tat.« Holmar hob seinen Humpen. »Und zweitens sehe ich keinen meiner Ordensbrüder in der Nähe.«

Toryan lachte und stieß mit ihm an. Eine Weile gaben sie sich ganz dem Genuss der Speisen und Erinnerungen an ihre Jugendjahre hin. Erst als sie die letzten Reste mit Brot vom Teller gewischt und zwei weitere Krüge Bier bestellt hatten, berichtete Toryan, was in Dimmgrund geschehen war.

Holmars Augen weiteten sich, als wollten sie ihm aus dem Kopf springen. »Du hast *Lurmenor* gegenübergestanden? Ach, was wundert's mich. Für weniger als den Gefallenen geht Toryan die Tatze ja nicht vor die Tür.«

Toryan kannte seinen alten Freund lang genug, um zu wissen, dass sich hinter dem Spott echte Sorge verbarg. »Wer ist diese Dämmergeborene, von der er gesprochen hat?«

»Eine alte Legende.« Holmar rieb sich die Nase. »Es heißt, sie sei Nachfahrin eines Blutfürsten und einer Sterblichen. Ein Halbblut, das die Stärken beider Rassen in sich vereint.«

»Warum hab ich noch nie davon gehört?«

»Ich bin selbst nur durch Zufall während meiner Studien darauf gestoßen. In einer Schriftrolle aus der Zeit vor dem Kataklysmus, vergessen in den Tiefen der Archive. Wenn es andere Aufzeichnungen gab, wurden sie im Zuge der Entnachtung vernichtet.«

»Der was?« Toryan hob eine Braue.

»Du hast in der Akademie wirklich oft geschlafen«, tadelte Holmar. »So nennt man die Verbrennung der Bücher im Jahr nach Asgreals Ankunft. Es wurden alle Werke vernichtet, die die Menschen in die Fänge der Altnacht treiben oder den Glauben ins Wanken bringen könnten.«

»Richtig, richtig. Aber was kann an einem alten Märchen gefährlich sein?«

»Was es auch ist«, entgegnete Holmar lakonisch, »es lässt die Blutfürsten in den Krieg ziehen.«

Toryan leerte seinen Krug und winkte der Bedienung, zwei weitere zu bringen. War es die vierte Runde oder schon die fünfte? Na, solange er sich darüber noch Gedanken machen konnte, war es eine zu wenig.

»Wir werden ihren Ansturm abwehren«, meinte Holmar leicht lallend. »Denn wir kämpfen für Freiheit und Frieden.«

Toryan starrte auf den Grund seines Humpens. »Woher wissen wir, dass die Blutfürsten nicht auch glauben, sie seien im Recht?«

Holmar hob den Zeigefinger. »Wer zieht denn bitte schön in den Krieg, sie oder wir?«

Der Gedanke an die Spaltungskriege, die die Menschen nach dem Fall des Imperiums der Blutfürsten untereinander geführt hatten, huschte durch Toryans Kopf. Doch dann kam neues Bier, und er verbannte solche Grübeleien hinter einer Wolke aus Alkohol.

Als sie die Taverne schwankenden Schrittes Arm in Arm verließen, funkelte ein blutroter Stern einsam und kalt am Firmament.

Alte Schatten

Er war zurück. Der Albtraum, der Minn zuletzt als Kind geplagt hatte. Einer alten Abendsonne gleich war er im Lauf der Jahre verblasst, doch nun packte er sie erneut und zog sie in sich hinein …

Die werdende Mutter keuchte und stöhnte. Schweiß verklebte ihr Haar, durchtränkte ihr Leinengewand, troff auf die zerwühlten Laken.

»Weiterpressen, schön weiter.« Die Hebamme legte ihr die Hand auf den klitschnassen Arm. »Atmen. Pressen. Atmen. Pressen. Gut so.«

Irgendwo im Haus polterte etwas zu Boden. Die beiden Frauen nahmen es nur am Rande wahr.

Die Gebärende schrie auf. Ein Köpfchen erschien zwischen ihren Schenkeln.

»Es kommt«, frohlockte die Hebamme. »Noch ein wenig mehr, dann ist es geschafft.«

Die junge Mutter nickte und krallte die Hände in die Holzplanken des Bettes, den Blick zur Decke gerichtet.

Ein Schatten flackerte an der Tür. Vom Kerzenlicht?

»Es ist fast so weit.« Die Hebamme beugte sich vor.

Es knackte, als trete ein Stiefel auf einen morschen Ast. Das Lächeln der Hebamme blieb, doch ihr Kopf stand auf einmal in einem unmöglichen Winkel ab. Ihr Blick wurde glasig und sie sackte zu Boden. Die junge Mutter schrie, als sie sah, was hinter der Helferin zum Vorschein kam.

Ihr Schrei wurde zum Gurgeln, als der Blutfürst seine Fänge in ihren Hals versenkte, sich an ihr betrank.

Und das Neugeborene, noch an der Nabelschnur, brüllte, während die Kreatur der Alten Nacht das Leben aus seiner Mutter saugte …

Minn schreckte schweißgebadet von ihrem Lager hoch. Sie musste geschrien haben, denn vor dem Fenster flatterte eine Nachtigall erschrocken davon.

Sternenlicht fiel in die Dachkammer, deren Schrägen Minn schon manche Beule beschert hatten. Doch es war *ihre* Kammer, und sie hätte sie gegen keines der pompösen Adelszimmer im Haupthaus von Gut Eulenstein getauscht. Na ja, zumindest wenn sie nicht das Gefühl hatte, dass ein Vampir in den Schatten lauerte.

Sie sah sich um. Nirgends fletschte jemand zu lange Eckzähne. Minn entkrampfte die Fäuste und ließ sich auf die Strohmatte zurücksinken. Von draußen drang das Zirpen der Grillen herein. Sonst war alles friedlich.

Minn griff sich die Holzfigur, die Chun ihr geschenkt hatte, als sie mit fünf als Waise nach Gut Eulenstein gekommen war. Sie hatte viel geweint und Angst im Dunkeln gehabt. Doch der Holzfäller hatte gelächelt, ihre Tränen weggewischt und ihr das Schnitzwerk in die Hand gedrückt. Es war kaum größer als eine Hand und zeigte einen bärtigen Mann mit Schlapphut und einem Amulett mit einer Waage darauf um den Hals, der sich auf einen Speer stützte. »Der passt ab jetzt auf dich auf«, hatte Chun erklärt. »Er ist ein Zauberer, weißt du. Solange er bei dir ist, traut sich nichts Böses an dich ran.«

An Zauberer glaubte Minn längst nicht mehr. Und einen anderen Mann in ihrem Bett wollte sie auch nicht, seit sie vergangenes Jahr den Grenzwächter Toryan kennengelernt hatte. Dennoch spendete es ihr stets Trost, die abgegriffene Figur in Händen zu halten. Abwesend streichelte sie das Holz. Allmählich beruhigte sich ihr hämmerndes Herz. Sie starrte zu den Deckenbalken. Wieso kroch dieser Albtraum gerade jetzt erneut durch all die Schichten hindurch, unter denen sie ihn begraben hatte? Und wieso wirkte er so real, als fräße er sich durch eine dünner werdende Barriere von der Fantasie in die Wirklichkeit?

Zumindest wusste sie, woher dieser Nachtmahr rührte. Von einem der Märchen, die Chun erzählt hatte, wenn die kleine Minn mal wieder so lange um eine Geschichte bettelte, bis ihr Geleier ihm zu den Ohren herausquoll und sie bekam, was sie wollte. Chun kannte viele Geschichten. Doch die mit dem Blutfürsten war die einzige gewesen, bei der am Ende kein Lächeln seine Züge umspielt hatte.

Wenn Minn recht drüber nachdachte, hatte er überhaupt nur einmal damit herausgerückt, nachdem er sehr viel Wein getrunken hatte …

Jetzt hör auf zu grübeln, du Gewitterziege, schalt sie sich. *Die Nacht ist zum Schlafen da. Morgen wird anstrengend genug, wenn ich Wäsche machen und Beete jäten muss.*

Trotzig rammte sie ihren Kopf ins Kissen und befahl sich, wieder einzuschlafen. Zu ihrer Verblüffung klappte es tatsächlich, und als sie diesmal in die Traumwelt trudelte, warteten dort nur Tomaten und Kürbisse, die lachend davonkullerten, wann immer Minn sie in ihren Weidenkorb zu legen versuchte.

Die Audienz

Toryan wusste nicht, wie lange er geschlafen hatte, als die Tür seines Zimmers aufgerissen wurde. Eins stand fest, es war definitiv nicht lang genug.

»Auf, auf, Schlafmütze«, rief Holmar unverschämt fröhlich. »Öffne die Fenster. Lass den Morgen Licht und Lebensfreude hinein senden.« Er zog die Vorhänge zur Seite und riss die Läden auf. Kühle Luft und viel zu viel Helligkeit machten sich breit.

Und jetzt pfiff der Unmensch noch dazu ein Liedchen!

Toryan zog sich das Kissen über den Kopf und stöhnte seine Frustration in die Daunen.

Die Zuflucht währte keine drei Atemzüge, da zog ihm Holmar die Decke weg. »Hopp, raus aus den Federn. Wer viel trinken kann, kann auch mit wenig Schlaf auskommen.«

»Du klingst wie mein Vater«, nuschelte Toryan. »Der hat auch in aller Früh so einen Schwachsinn verkündet.«

»Ich hab dir gesagt, trink für jedes Bier einen Becher Wasser. Aber Toryan die Tatze hat so was ja nicht nötig.«

Toryan wälzte sich herum, schleuderte das Kissen nach dem Adepten, verfehlte ihn und räumte stattdessen die Karaffe ab, die mit einem hellen *Kling* auf dem Steinfußboden zerbarst. »Bimbadims Bart«, fluchte er.

»Noch immer derselbe Morgenmuffel.« Holmar schüttelte den Kopf. »Zieh dich an und rasier die Stoppeln aus dem Gesicht. Der Purifikant will dich sehen.«

Holmar führte Toryan am Seitenschiff der Zitadelle vorbei über einen Innenhof im Schatten der Türme. »Hier geht's zum inneren Dom«, erklärte der Adept. »Dieser Teil der Zitadelle wurde erst nach der Ankunft des Lichtbringers errichtet.«

»Danke für die Geschichtsstunde.« Toryan unterdrückte halbherzig ein Gähnen. Sein Freund grinste sich eins.

Ein Paladin bewachte die Pforte nach drinnen. Seine blitzblanke Goldrüstung umhüllte Muskeln, auf die ein Ochse neidisch gewesen wäre. Bei Holmars Anblick gab er grußlos den Weg frei. Toryan salutierte, doch der Paladin hätte ebenso gut eine weitere Steinstatue sein können.

»Arroganter Schnösel«, entfuhr es Toryan. Nun würdigte der Muskelmann ihn doch eines Blickes – von der Art, die kleine Messer durch die Haut bohrte. Toryan unterdrückte das Verlangen, ihm die Zunge rauszustrecken.

»Nimm dich vor Paladin Jaldar in Acht«, raunte Holmar, als sie die Pforte passierten. »Der ist nachtragend. Einem jungen Wächter hat er mal das Bein gebrochen, nur weil der ihn bei einer Fechtübung an der Schulter erwischt hatte.«

»Und die Moral von der Geschicht? Wenn schon einen Paladin schlagen, dann so, dass er nicht mehr aufsteht.« Toryan tippte sich an die Schläfe. Holmar verdrehte die Augen.

Nach gut hundert Schritt erreichten sie eine Halle mit Marmorboden. Holmar ging schnurstracks auf eine Tür aus milchigem Glas auf der gegenüberliegenden Seite zu. Hier gab es einen weiteren Wächter, doch nicht aus Fleisch und Blut.

Der mechanische Kugelkopf drehte sich in einem unmöglichen Winkel. Facettierte Juwelenaugen blitzten. »Was bei Bimbadims Bart ist das?«, staunte Toryan. »Etwa ein Golbot? Eine denkende Maschine?« Er hatte von diesen Wunderwerken gehört, gesehen hatte er jedoch noch keines. Die Form war vage menschenähnlich. Auf Brusthöhe drehten sich Zahnräder hinter einem Kristallkasten. Die Arme bestanden aus mit Chrom und Metall verkleideten Schläuchen, die in Klauen mündeten. Nase und Ohren hatte der Golbot keine, dafür Löcher an den Schläfen, aus denen Dampf zischte. Toryan konnte sich des Gedankens nicht erwehren, dass der

Maschinenkrieger in seiner Fremdartigkeit selbst aus der Altnacht hätte stammen können.

»Es gibt drei«, sagte Holmar. »Die anderen beiden bewachen das Heiligtum von Asgreal.«

»Womit werden sie angetrieben?«

»Das wissen nur die Engel. Und das ist in diesem Fall nicht nur so dahergesagt.«

Staunend trat Toryan näher. Der Maschinenwächter ließ zu, dass er ihn in Augenschein nahm. Doch als Toryan der Tür zu nahe kam, schoss ein Klauenarm vor und packte ihn am Handgelenk. Er schrie auf und zerrte, um sich zu befreien, doch ebenso gut hätte er versuchen können, einen Berg umzustoßen. Der Golbot drückte weiter zu. Es knirschte. Toryans Finger liefen bläulich an.

»Golbot«, donnerte Holmar. »Remithoi anstatim!«

Augenblicklich löste sich der Griff. Fluchend massierte Toryan sein Handgelenk. »Da sind ja die Paladine umgänglicher«, zeterte er.

»Golbots sind Wächter, keine Denker. Sie führen Befehle aus, und sie hören nur auf Angehörige des Klerus. So sind sie geschaffen. Letztlich ist eben nichts Weltliches perfekt.« Holmar seufzte. »Wie geht's der Hand?«

»Geht schon. Wenigstens hast du das Ding zurückgepfiffen, bevor es sie brechen konnte.« Toryan funkelte den Golbot an. Die kalt gleißenden Facettenaugen erwiderten den Blick ohne Emotion.

»Dann komm. Der Purifikant ist es nicht gewohnt zu warten.«

»Bitte nach dir«, sagte Toryan sarkastisch.

»Ah, eins noch«, sagte Holmar. »Solche Sprüche aus der alten Zeit wie den von Bimbadims Bart behältst du besser für dich. Die hört er gar nicht gern.«

Toryan nahm sich fest vor, den Rat zu befolgen.

»Fosaperte«, intonierte Holmar. Metall ächzte, der Golbot bewegte sich zur Seite und die Tür verschwand wie von Geisterhand seitlich in der Wand.

»Was sind das für komische Worte?«, fragte Toryan.

»Die stammen aus den Erfinderschmieden von Servul. Lösen mechanische Funktionen aus. Hat mich einige Nächte gekostet, alle auswendig zu lernen. Und jetzt geh endlich rein!«

Toryan betrat einen ausladenden Raum. Der Duft von Zeder, Azalee und Weihrauch stieg ihm in die Nase, dazu weitere schwülstige Gerüche, die er nicht benennen konnte. Wände aus gehämmertem Kupfer reflektierten einen schwarzbepulverten Kronleuchter, der eine Gruppe Ledersessel beleuchtete. Toryans Gesicht spiegelte sich im Kupfer wider, unscharf wie ein Schatten in einem Traum.

Etwas gleißte vor ihm auf. Im ersten Moment glaubte er an einen weiteren künstlichen Wächter, doch es war niemand anderes als der Purifikant Damian selbst, der sich aus einem der Sessel erhob. Über der Robe trug er ein Amulett in Form einer Silbersonne, an der rechten Hand blitzte ein Siegelring mit einem Rubin. Trotz der schmächtigen Statur füllte seine Präsenz den Raum. *Es sind die Augen*, dachte Toryan. Schmal und tief liegend schienen sie mehr zu sehen als die eines gewöhnlichen Menschen. Der Purifikant musterte Toryan mit dem Blick eines Hirten, der ein verirrtes Lamm gefunden hat und auf Verletzungen inspiziert. »Du musst Toryan Dymedens sein. Der Grenzwächter.«

»Der bin ich. Äh. Euer Exzellenz.«

»Recht jung für diese Aufgabe, will mir scheinen. Aber wie mein guter General Nobu mir sagte, bist du ein aufgewecktes Bürschchen und geschickt mit den Waffen. Setz dich.«

Erst jetzt bemerkte Toryan den alten Recken in der Sesselgruppe. Nobu nickte ihm zu und zwirbelte sich den Schnauzbart. Toryan setzte sich neben ihn. Überrascht stellte er fest, dass sein Rücken sich angenehm entspannte – die Kupferwand hinter ihm gab Wärme ab wie ein Kaminofen.

Der Purifikant wandte sich Holmar zu. »Oberster Adept, wärst du so freundlich, die Morgensegnung zu übernehmen? Komm danach in meine Gemächer. Wir müssen die Prioritäten während meiner kommenden Abwesenheit besprechen. Preis sei Asgreal.«

»Natürlich, Euer Exzellenz. Preis sei Asgreal.« Holmar verbeugte sich und zwinkerte Toryan beim Hinausgehen aufmunternd zu. Was nichts daran änderte, dass sich dessen Magen auf einmal anfühlte, als wäre er auf hoher See unterwegs. In einer Jolle. Während eines Taifuns.

»Also, Toryan.« Der Purifikant ließ sich in den Sessel ihm gegenüber sinken. »Du sagst, du bist Lurmenor begegnet. Warum sollte der Gefallene ausgerechnet dir erscheinen?«

»Das wüsste ich auch gern«, platzte Toryan heraus. »Vielleicht wollte er wissen, wo es in der Grenzregion das beste Bier gibt?«

Damian und Nobu starrten ihn an.

Nein, nein, nein, verfluchte Toryan sich innerlich. *Bei allen Himmeln, nicht mal in Gegenwart des Purifikanten kann ich meine vorlaute Klappe halten!*

Wenn er angespannt war, redete er flapsig daher, egal wo oder mit wem er sprach. Es war ein innerer Drang, der ihm oft genug Ärger eingebracht hatte und den er dennoch nicht beherrschen konnte.

»Wie war das, Sohn?« Damian lehnte sich vor und kniff die Augen zusammen.

Toryan hätte seinen Monatssold ohne zu zögern für einen Schluck Wasser getauscht, so ausgedörrt war seine Kehle. »Verzeiht«, krächzte er. »Ich … ich habe keine Ahnung, Euer Exzellenz. Schätze, es war einfach Pech, dass Lurmenor aufgetaucht ist, als ich gerade Patrouillendienst hatte.«

Damian drehte gedankenverloren an seinem Ring. »Was weißt du über ihn?«

»Nicht viel«, gestand Toryan. »Außer dass er Asgreal einst folgte und ihn dann zu stürzen versuchte.«

»Der Gefallene wollte sich über alles erheben, über die Sterne, sogar über Asgreal – Preis sei seinem Namen.« Damian spreizte die Finger zum Zeichen gegen das Böse. »Ehe sein Plan gelang, ergriffen die Engel Lurmenor und stießen ihn in den finstersten Abgrund. Seitdem sinnt sein verderbter Geist auf Rache. Er schwang sich zum Herrn der Altnacht auf, und sein innigster Wunsch ist das Ende all dessen, was hell und heilig ist.«

»Er sagte, dass es keinen Krieg geben wird, wenn die Dämmergeborene zu ihm kommt«, brachte Toryan hervor.

»Lurmenor ist der Vater der Lüge. Er manipuliert und verführt, und wehe dem, den er mit seinem Trug umgarnt.«

»Glaubt Ihr, dass er die Lichtlande angreift?« Toryan tastete unwillkürlich nach seinem Glücksarmband.

Damian tastete nach der Silberkette auf seiner Brust. »Ich wünschte, es wäre nicht so. Doch die Zeichen sind eindeutig. Der Feuerstern, die Beobachtungen der Engel … deine Begegnung ist nur das jüngste in einer ganzen Reihe von Ereignissen, die keinen Zweifel daran lassen, dass die letzte Schlacht zwischen Gut und Böse unmittelbar bevorsteht. Asgreal, Preis sei seinem Namen, wird bald stark genug sein, um stoffliche Gestalt anzunehmen und alle Schatten zu vertreiben. Das wollen Lurmenor und seine widernatürlichen Schergen um jeden Preis verhindern.«

»Was will er mit dieser Dämmergeborenen?«, fragte Toryan. »Wer ist sie?«

Damian vollführte eine Geste, als wollte er etwas abschneiden. »Derlei Wissen ist nicht für deinesgleichen bestimmt, junger Mann. Wer nicht durchflutet ist von der Kraft des Glaubens, dessen Seele wird davon verzehrt wie Laub vom Feuer.« Er zog die Stirn kraus. »Oder wohnt womöglich die Dunkelheit in dir? Hat sich der Gefallene von dir genährt?«

Toryan versteifte sich von Kopf bis Fuß. Da half alle Wärme von der Kupferwand nicht mehr. »Er hat mich nicht angerührt«, stieß er hervor.

»Bist du sicher?« Der Purifikant legte die Hand auf Toryans Arm. Mitleid schwang in seiner Stimme mit. »Du willst doch nicht, dass der Hohe Seraph Bahrakel dich befragt? Es heißt, sein Blick gräbt sich einer Klaue gleich in den Verstand und zerrt alle Geheimnisse ans Licht. Kein Sünder kann seine Schuld vor ihm verbergen.«

Toryan krampfte seine Hände um seine Schenkel. Hatte er zu viel gesagt? Oder nicht genug? Sollte er von dem seltsamen Gefühl erzählen, das ihn nach der Predigt übermannt hatte? Vielleicht konnte der Purifikant ihm helfen, falls wirklich etwas Dunkles in ihm steckte.

Er öffnete eben den Mund, da ergriff zu seiner Verblüffung General Nobu das Wort. »Verzeiht sein plumpes Gebaren, Euer Exzellenz. Der Junge stammt aus einer ländlichen Gegend und hat erst in der Akademie Manieren beigebracht bekommen. Offenbar mit Nachholbedarf.« Er schlug Toryan mit der Hand auf den Hinterkopf. »Er ist noch grün hinter den Ohren, aber ein beherzter Kämpfer für die Sache des Lichts. Ganz sicher kein Freund der Dunkelheit. Wir haben ihn während seiner Bewusstlosigkeit genau beobachtet. Es gibt nicht den geringsten Hinweis, dass er gebissen oder in irgendeiner Form beeinflusst worden wäre.«

Der Purifikant schürzte die Lippen und tippte die Fingerspitzen aneinander. »Seid Ihr bereit, für ihn zu bürgen, Nobu?«

»Das bin ich. Mit allen Konsequenzen.«

Toryan starrte den General offenen Mundes an, doch der blickte strikt geradeaus.

»Dann soll er die Chance bekommen, zu beweisen, dass er ein treuer Diener Asgreals ist. Er wird mit Euch zusammen Teil meiner Eskorte zum Konklave nach Gut Eulenstein sein.« Damian strich sich das Gewand glatt. »Dank deinem General für diese Gunst, Toryan. Und vergiss nicht, dass dein Benehmen ab sofort auf ihn zurückfällt.«

»Ja, Euer Exzellenz. Ich meine, nein, ich werd's nicht vergessen.« Toryan konnte sein doppeltes Glück kaum fassen. Er war einer Befragung durch den Richterengel von der Schippe gesprungen – und er würde nach Gut Eulenstein gehen. Minn wiedersehen …

»Gut. Ihr dürft gehen.« Der Purifikant streckte die Hand aus. Nobu erhob sich und küsste den Rubinring, ehe er sich rückwärtsgehend entfernte. Toryan tat es ihm gleich. Das Gleißen des Juwels biss ihm in den Augen.

Sie hatten den Innenhof bereits hinter sich gelassen, als Toryan sich zu sprechen traute. »General Nobu, wie kann ich Euch danken?«

»Indem du keine Schande über mich bringst«, brummte der alte Recke, ohne ihn anzusehen. »Außerdem brauchst du nicht denken, ich hätte dir einen Gefallen getan.«

»Habt Ihr nicht?«

»Beim Konklave kommen der Purifikant und die Kardinäle mit der Ratsherrin der Ketzer zusammen.« Der General schnaubte, dass sein Schnauzbart flatterte. »Falls sie sich zusammenraufen, statt einander die Köpfe einzuschlagen, werden wir von dort weiterziehen. Dann siehst du dein Zuhause so schnell nicht wieder.«

»Weiterziehen?«, sagte Toryan verblüfft. »Gut Eulenstein liegt unweit der Nordgrenze. Wo sollten wir von dort aus hin?«

Der General blieb stehen, legte ihm die Hand auf die Schulter und blickte ihn voll Mitleid aus eisgrauen Augen an. »In den Krieg, mein Junge. Wir ziehen in den Krieg.«

Gezeter

Das Herrenhaus von Gut Eulenstein lag am Ende einer Allee aus Hortensien. Türmchen säumten die Ecken, Wasserspeier die ziegelgedeckten Spitzdächer. In Minns Augen glich es einem Greis, der darüber nachbrütet, wohin die Zeit verschwunden ist, in der er hofiert und bewundert wurde. *Aber wir putzen den Alten noch mal ordentlich raus,* dachte sie und schob ihre Schubkarre unter einem mit Girlanden geschmückten Torbogen hindurch.

Bis vor Kurzem hatten Efeuranken den Innenhof dahinter überwuchert. Jetzt glänzte das blitzblank gescheuerte Pflaster unter Minns Füßen. Sie setzte die Schubkarre ab und ließ den Blick schweifen. Ein Dutzend Mägde schrubbte Wäsche, Teppiche und Vorhänge in Holzzubern, deren Dampfschwaden den Duft nach Kiefer verströmten.

Natürlich gab es einen Grund für den Putzfimmel. Der Purifikant samt Eskorte hatte sich angekündigt, dazu ein Gast aus Dimmgrund und die Ratsherrin des Ketzerreiches Freiholt, die abzuholen Kardinal Armengal persönlich aufgebrochen war.

»Guckst du wieder Löcher in die Luft, Minn?«, fragte eine der Wäscherinnen lachend. »Geh lieber schnell rein und hol das Bettzeug, ehe die Matrone dich erwischt.«

Minn winkte und hob die Schubkarre wieder an. War's denn ein Wunder, dass sie ein klein wenig unkonzentriert war? Die Neugier pikte sie wie ein Steinchen im Schuh. Sie hätte zu gern gewusst, worum sich dieser – *diese? dieses?* – ominöse Konklave drehte. Dem Gesinde sagte natürlich keiner was.

Wir dürfen nur dafür sorgen, dass alles glänzt, dachte sie und zog eine Grimasse.

Zu tun gab's dafür genug. In besseren Tagen hatte Gut Eulenstein vierhundert Höflinge, Rittmeister, Mägde, Köche und Wachen beherbergt. Heute war es grade mal ein Zehntel. Die umliegenden Bauernhöfe lieferten zwar noch Käse, Milch und Getreide, doch nach der Ankunft des Lichtbringers war viel Dorfvolk in die Städte gezogen.

Sie drückte die Tür des Wäschereigebäudes mit dem Hintern auf und zog die Schubkarre rückwärtsgehend hinter sich her. Dabei fiel ihr Blick auf das verblasste Wappen über der Innenseite des Türbalkens – eine Eule über gekreuzten Schwertern, Symbol des ruhmreichen Adelsgeschlechts von Dalglen. Kardinal Armengal hatte das Haus in Besitz genommen, nachdem er den alten Grafen wegen Blasphemie ins Exil verbannt hatte. Angeblich hatte dieser einem verbotenen Götzen gehuldigt. Manch einer munkelte, Armengal habe seit Jahren danach gegiert, die altehrwürdige Residenz an sich zu reißen. Doch niemand sprach Derartiges offen aus.

Auf einem Holztisch türmten sich Berge blütenweißer Laken und Kissen. Minn seufzte und begann, Stapel für Stapel auf den Schubkarren zu hieven. Eine dröge Arbeit, bei der sie sich wie so oft in letzter Zeit fragte, was sie hier noch hielt. Sicher, der Lohn war ordentlich, das Essen vernünftig, und geschlagen wurde auch niemand – sofern man nicht den Fehler machte, dem Hausherrn vor die Füße zu stolpern.

Aber ich bin nun über zwölf Jahre auf Gut Eulenstein, überlegte Minn. *Höchste Zeit für Veränderung. Denn ist das Leben nicht dafür da, neue Erfahrungen zu sammeln? Schätze, am Ende ist es doch Rynas Verdienst, dass ich noch hier bin. Oder ihre Schuld, je nachdem.*

Minn zog die Nase kraus, griff sich ein Daunenkissen und schüttelte es zurecht.

»Minn. Minn!«

Sie blinzelte.

»Was machst du denn schon wieder?« Ebenjene Ryna, Matrone und unangefochtene Herrin über das Gutsgesinde, stand vor ihr, die Hände in die breiten, beschürzten Hüften gestemmt, das von grauen Strähnen durchzogene braune Haar zum strengen Dutt zurückgebunden. Die üppige Brust bebte und sie hatte jenen Blick aufgesetzt, mit dem sie ihrer Fassungslosigkeit Ausdruck verlieh, wenn ihrer Ansicht nach schlampig gearbeitet wurde.

»Wäsche aufladen, wie ich sollte«, verteidigte Minn sich.

Ryna deutete auf den Schubkarren. Die Ladefläche quoll derart über, dass sich ein Teil der Laken bereits auf dem Boden verteilte. Aus dem Kissen in Minns Händen regneten so viele Federn, dass es einem gerupften Huhn glich.

»Ups«, entfuhr es Minn.

Ryna schloss die Augen und atmete tief durch. »Bring das weg, dann geh dich umziehen. In einer halben Stunde ist Generalprobe für den Empfang der Gäste. Dazu hat das gesamte Gesinde im Hof anzutreten. Im besten Kleid.«

»Kleid? Pffft.«

»Ja, Kleid.« Ein gefährliches Glitzern trat in die Augen der Matrone. »Keine Hosen, kein Wams, keine Stiefel. Und dass du ja pünktlich bist.«

»Ich mach ja schon.«

Ryna fasste sie am Arm. »Wenn der Purifikant hier eintrifft, bleibst du unauffällig, hörst du?«

Minn runzelte die Stirn. Woher die Sorge? Hatte die Matrone solche Angst, vor den Gästen blamiert zu werden? Oder steckte etwas anderes dahinter? »Versprochen«, sagte sie.

»Gut.« Ryna entspannte sich. Sie brachte sogar ein kleines Lächeln zustande. »Jetzt lauf, Kind. Wir sehen uns im Hof.«

Auf dem Weg zu ihrer Kammer kam Minn ein Trupp Gutswachen entgegen, erfahrene Kämpen, von denen einige bereits im Spaltungskrieg gekämpft hatten.

»He, Mädchen«, rief ein kräftiger Graubart mit einer Narbe von der Schläfe bis zum Hals. »Pass auf, dass du nicht vor lauter Löcher in die Luft starren irgendwo dagegenrennst.« Seine Kameraden lachten.

»Pass du lieber auf, dass ich dir beim nächsten Zielwerfen mit dem Messer nicht wieder deinen Wochensold abknöpfe, Grimnur«, rief Minn zurück.

Das Lachen der Truppe wurde zum Grölen. Grimnur hob beide Hände. »Im Wortduell muss ich mich dir geschlagen geben. Aber ich freu mich auf meine Revanche an der Zielscheibe.«

»Bekommst du«, versprach Minn und winkte. Die Männer waren wie ihre großen Brüder, verbrachte sie doch seit Jahren unzählige Freistunden damit, mit ihnen Nah- und Messerkampf zu üben.

Kurz vor dem Dienstboteneingang zog raues Lärmen Minns Aufmerksamkeit auf sich. Ein paar Schritte von der Tür lag ein Stück Fleisch, eine frische Rinderlende, die vermutlich der Küchenmagd Schussel-Ann aus dem Tragekorb gefallen war. Drei Elstern hatten die Leckerei entdeckt und rissen Stücke heraus, die sie in Windeseile vertilgten. Der Fleischlappen war groß genug, dennoch gönnte eine der anderen den nächsten Bissen nicht. Ein ums andere Mal hopste ein Vogel zu seinen Mitfressern und hackte in blinder Gier auf das Fleisch ein, sodass sich die Schnäbel in die Quere kamen. Das Ganze resultiere in Gezeter, Flügelschlagen und Pickattacken. Aus irgendeinem Grund kroch bei dem Anblick eine Gänsehaut über Minns Arme.

Das Fleisch war nicht mehr zu retten, also sah sie zu, dass sie auf ihre Stube kam. Sie hatte wenig Lust, wegen drei dummen Vögeln die Generalprobe zu verpassen.

Obskure Stunden

Die vierte Stunde nach Mitternacht war längst durch, die Morgendämmerung kroch unaufhaltsam heran. Doch noch immer mied der Schlaf Toryan wie eine Katze das Flusswasser.

Er wollte nicht in den Krieg. Nicht gegen Wesen, deren bloße Gegenwart ihn in Ohnmacht stürzen konnte. Er war vor allem Grenzwächter geworden, um die Menschen der Lichtlande zu schützen. Nicht um möglichst viele Nachtkrabbler zu töten, wie einige seiner mit weniger Verstand gesegneten Kameraden an der Grenzmauer.

Nur ging es dummerweise nicht darum, was er wollte oder fühlte. Schöner Schlamassel.

Er gab das Hin- und Hergewälze auf, kleidete sich an und verließ die Akademie. Wenn er irgendwo seine Nerven beruhigen konnte, dann an seinem Lieblingsplatz über den Dächern von Gorvul.

Die Silhouette des Feuersterns glomm wie eine rote Pupille im Auge der Nacht. Die letzten Zecher waren in die Federn gefallen, und die fleißigen Arbeiter drehten sich noch mal auf die Seite, ehe sie sich aufmachten, ihren Beitrag zum Wohl der von Asgreal gesegneten Nation zu leisten. Allein der Wind wisperte sein Wiegenlied durch die schlafenden Straßen.

Toryan ignorierte das Gesäusel, passierte das Rundtheater und erreichte über eine Seitengasse den Weitwolkenpark, der unmittelbar an die Raffinerie mit den Schmelzöfen grenzte – das höchste Gebäude der Stadt nach der Zitadelle. Die alte gusseiserne Laterne stand wie seit Jahr und Tag am Eingang des Parks, genau wie die turmhohe Kiefer.

Toryan nahm Anlauf, sprang und packte den Querbalken der Laterne. Vier, fünf Mal baumelte er daran hin und her, dann katapultiere er sich mit Schwung in die Kiefer. Er bekam einen der dicken Äste zu fassen und zog sich daran hoch. Der Rest war ein Kinderspiel.

Er kletterte von einem Ast zum anderen, bis er sich auf Höhe des Gebäudes befand. Noch ein Sprung, und er landete auf dem Dach.

Von hier oben konnte er bis zu den Anlegestellen des Himmelshafens sehen. Der monochrome, hummelartige Leib des größten Luftschiffs blitzte im Zwielicht auf. Das Heck erinnerte an die Flosse eines Fisches, die Spitze, an der die Kanone und die Propeller saßen, an einen Stachel. Oberhalb der Kabinen stießen Rohre Dampf aus, drunter rotierten Kolben, angetrieben von unsichtbaren Mechaniken. Wie alle Luftschiffe musste das Flaggschiff des Purifikanten über Nacht warmlaufen, damit die Besatzung am Morgen damit loskonnte. Der Gedanke, wie es sich in die Lüfte erheben würde, zauberte ein Lächeln auf Toryans Gesicht.

Als Achtjähriger hatte er das erste Mal Luftschiffe den Himmel über dem Bergdorf seiner Heimat durchqueren sehen. Er war hinterhergelaufen, bis sie aus dem Blickfeld verschwanden. Dabei hatte er eine Wurzel übersehen und war so böse gestürzt, dass er sich die Knie blutig schlug. Sein Vater hatte ihm zusätzlich eine verpasst und ihn angeschnauzt, das komme davon, in den Himmel zu starren. Mutter aber hatte die Wunden gereinigt und ihm ins Ohr geflüstert: »Wer die Sterne erreichen will, muss nach ihnen streben. Werd nicht einer von denen, die sich von ein paar Schrammen aufhalten lassen.« Dann hatte sie ihm eine Süßigkeit gegen die Tränen zugesteckt und ihn wieder springen lassen.

Er vermisste sein Zuhause. Ja, er hatte Schafehüten und Ziegentreiben langweilig gefunden. Andererseits war dieses Leben sorglos gewesen. Behütet. Schreckgestalten aus Legenden tauchten dort höchstens in Erzählungen auf, wenn draußen der Sturm um die Dächer strich und man sich vor dem Kamin an einem heißen Getränk festhielt.

Jetzt hätte ich eine schöne Schauergeschichte aus erster Hand parat, dachte Toryan. Wobei daheim eh keiner glauben würde, was er in Dimmgrund erlebt hatte.

Sein Blick wanderte vom Lufthafen gen Osten, zum Platz der Sieben Söhne. Der Name stammte von den schwarzen Obelisken, die dort im Halbkreis aufgepflanzt waren, die Spitzen einander zugeneigt wie die Häupter alter Männer, die sich dunkle Geheimnisse zuflüsterten.

Die Bürger schlugen einen Bogen um die Sieben Söhne wie Wasser, das eine Klippe umfließt. Es hieß, dieser Ort sei einst eine Opferstätte gewesen. Genau wusste das niemand – die meisten Chroniken Gorvuls waren im Zuge der Entnachtung den Flammen übergeben worden.

Eine Brise strich über Toryans Gesicht und erstarb.

Aus dem Schatten der Obelisken trat der Engel Bahrakel.

Er war feingliedrig und muskulös, mit solch makellosen Zügen, als hätte ein Meistersteinmetz sie aus Alabaster gehauen. Ein Weißgoldreif hielt das lange weiße Haar aus dem Gesicht, ein Diamantgürtel das schlichte Gewand zusammen. Daran hing eine beidseitig geschliffene Klinge – das Richtschwert des Lichts.

Der Seraph entfaltete die Schwingen. Toryan war, als blickte er in den Sonnenaufgang. Schreck nahm Ehrfurcht Huckepack und sprang ihm mit voller Wucht ins Kreuz. Der Distanz zum Trotz fiel er auf die Knie.

Bahrakel legte das Haupt in den Nacken und schwang sich mit einer Grazie in die Luft, neben der jeder Adlerflug plump gewirkt hätte. Im Zentrum, wo sich die Steine fast berührten, verharrte er und stieß einen Ruf in einer Sprache aus, die Toryan nicht verstand.

Die Spitzen der Obelisken glommen in dunklem Feuer. Etwas löste sich aus ihnen, ähnlich einem Regenschleier, nur rostrot. Das Gespinst verdichtete sich zu einer Wolke, die Bahrakel bis auf die Schwingen umhüllte, mit … ja, mit was?

Der Wolkenkokon zitterte, als der Engel wonnig erschauderte. Es war faszinierend und wunderschön – und *falsch*, auf eine Weise, die Toryan nicht in Worte fassen konnte. Er wusste, er sollte das nicht sehen. Eine urtümliche Angst kroch ihm durch die Glieder, lähmte ihn.

Das Geläut der Tempelglocken riss ihn aus der Starre. Er sprang vom Dach, kletterte die Kiefer hinab und rannte zurück zur Akademie, als wären ihm alle Widerborste der Altnacht auf den Fersen.

Der Aufbruch des Purifikanten und seines Gefolges zum Konklave lockte trotz der frühen Morgenstunde Gorvuls Volk auf die Straßen,

Balkone und an Fenster. Rufe mischten sich mit Musik, von den Marktständen wehte der Duft von Tee, Gebäck und Obst.

Toryan ritt in der zweihundertköpfigen Eskorte neben General Nobu, vor den Kolbenwaggons mit den Vorräten und hinter Damians dampfbetriebener Goldkutsche. Er war davon ausgegangen, dass der Purifikant und die Paladine mit dem größten Luftschiff der Flotte nach Blauried fahren würden. Doch zu seinem Erstaunen wurde dies offenbar benötigt, um eine nichtmenschliche Fracht zu Kardinal Tadeean zu transportieren. Was mochte das sein? Nicht einmal General Nobu wusste es.

Andererseits, manchmal ist Unwissenheit ein Segen, dachte Toryan. *Ich für meinen Teil hätte sicher besser geschlafen, wenn ich nicht wüsste, welche Gefahr uns droht.*

Er rutschte im Sattel herum und unterdrückte ein Stöhnen, als er daran dachte, wie sich sein Hintern am Ende der Reise anfühlen würde. Hätten die Engel nicht auch dafür eine Lösung erfinden können? Luftkissen zum Beispiel?

Wie das Zeremoniell es verlangte, hielt die Prozession auf Höhe des Stadttores an. Damian stieg aus der Kutsche.

»Segen sei mit dem Obersten Adepten«, intonierte er durch ein Schallrohr, das seine Stimme über weite Distanzen trug. »Wird er als Statthalter treu über Asgreals Herde wachen?«

Holmar, der im Amtsgewand auf einem Podest neben dem Tor gewartet hatte, räusperte sich und griff seinerseits zum Schallrohr, das ein Novize ihm reichte. »Meine Augen werden für ihn wachen«, verkündete er. »Mein Mund wird die Lehre in seinem Sinne verkünden. Meine Ohren werden die Nöte seiner Gläubigen hören, meine Nase den heiligen Rauch atmen, meine Hände in seinem Namen Wohltat und Milde spenden.« Er spreizte die Finger zum Zeichen des Lichts. »Der Segen Asgreals, Preis sei seinem Namen, sei mit Euch auf Eurer Reise.«

»Sein Segen sei mit Euch«, jubelte das Volk.

Hydraulikaggregate rumpelten, das Stadttor öffnete sich. Dampf zischte, Räder rollten. Dann waren sie hinaus.

Holmar sah dem Tross nach, bis dieser zu Punkten am Horizont verschwamm. Er hoffte inständig, dass Toryan sich unterwegs nicht zu neuen Leichtsinnigkeiten hinreißen ließ. Würde ihm ähnlich sehen. Schon damals in der Akademie hatte er allzu gern die Küchenmägde erschreckt oder Pfeffer in den Waffenrock des Ausbilders gerieben. Nur würde er diesmal für solche Scherze nicht mit Stubenarrest bestraft werden. Diesmal würden sie ihn seinen Kopf kosten.

Ohne recht zu wissen weshalb, nahm Holmar seinen Rundhut ab und hielt ihn sich vor die Brust. Das Gefühl übermannte ihn, dass er seinen Freund in diesem Leben nicht wiedersehen würde.

Er schüttelte den Gedanken als dumme Dusselei ab.

Toryan die Tatze kann schon auf sich aufpassen, rief er sich vor Augen. *Und überhaupt gibt es keinen Grund zur Sorge. Schließlich zieht er mit Seiner Exzellenz Damian, General Nobu – und dem Segen des Lichts.*

Unerwartete Besucher

Minn kletterte über ein verwittertes, efeuumranktes Zaunstück und sagte sich einmal mehr, dass nichts über ordentliche Hosen ging. Röcke, pffft. Das war was für alberne, brave Mädchen.

Eine Eidechse krabbelte aus dem Unkraut, blieb vor Minns Füßen stehen und starrte sie an. Sie ging in die Hocke und nahm das Tierchen auf die Hand. »Ich weiß schon, das ist dein Revier.« Behutsam setzte sie es auf einen Stein. »Aber nach der unsäglichen Probe in den unsäglichen Kleidern muss ich für mich sein.« Und dafür war dieser verwilderte Teil der Gutskoppeln im Nordosten des Anwesens nun mal perfekt. Wo einst Stuten grasten, hatten im Lauf der Jahre Disteln und Altfrauenkraut ihr Revier erobert, ungestört von Menschen, Maschinen oder Engeln. Genau deshalb kam Minn so gern her. Nirgendwo sonst kamen die Karpfen so furchtlos heran, um an ihren Fingern zu nibbeln, wenn sie die Hand ins Wasser des Flussarms steckte, der Gut Eulenstein im Norden begrenzte.

Nun, normalerweise. Doch seit einigen Tagen waren die Gewässer zu still, als tauchten die Fische auf den Grund, weit weg von der Oberfläche. Ob es etwas mit diesem seltsamen roten Stern zu tun hatte, der vor Kurzem erschienen und nicht mehr verschwunden war? Minn starrte in den Himmel. »Ich find schon noch raus, was du zu bedeuten hast«, drohte sie, was der Stern eher unbeeindruckt zur Kenntnis nahm.

Die Eidechse zwinkerte und huschte davon. Aus dem Augenwinkel nahm Minn eine Bewegung im Gehölz wahr, das die Ausläufer des Waldes jenseits der Gutsgrenzen markierte. Sie blieb in der Hocke und kniff die Augen zusammen.

Ein Wesen trat so lautlos aus dem Unterholz, als glitte ein Schatten über die Sonne. Es hatte die Größe eines Ochsen, grünbraune

Stacheln säumten die Schnauze, spitze Knochenplatten Brust und Flanken. Alles in allem sah es aus wie ein Brombeerbusch, dem Beine gewachsen waren. Im Maul hielt es ein frisch gerissenes Kitz und auf seinem Rücken prangte ein Sattel in der Farbe von Raureif.

Minn hielt den Atem an. Das war nicht irgendein Nachtkrabbler. Das war ein Reittier. Wem mochte es gehören? Einem hochrangigen Wesen der Altnacht? Womöglich gar einem Blutfürsten?

Das Wesen verharrte. Seine Schnauze zuckte, als es Witterung aufnahm … Minn spannte alle Muskeln an, bereit, um ihr Leben zu rennen.

Das Stachelvieh legte den Kopf schief, als lauschte es einem Ruf.

Unvermittelt kitzelte der klare Geruch von Frost Minns Nasenflügel. Im Dunkel des Unterholzes vermeinte sie eine weitere Gestalt zu sehen, schlank, in eine Kutte gehüllt. Einen Wimpernschlag später machte das Stachelvieh auf dem Absatz kehrt und verschwand im Wald, zusammen mit dem Schemen. Die Nordkoppel lag so friedlich im Schein der Abendsonne, als sei nichts geschehen. »Donnerkeil und Blitzgewitter«, murmelte Minn. »Und ich dachte, der Kardinal bekommt spannenden Besuch.«

Zurück im bewohnten Teil von Gut Eulenstein, platzte Minn schier vor Aufregung. Sollte sie Ryna berichten, was sie gesehen hatte? Womöglich – ach was, bestimmt – würde die Matrone sie dafür ausschelten, dass sie auf eigene Faust in die Nähe des Waldes gegangen war. Andererseits, ohne ihre Abenteuerlust wüsste jetzt niemand, dass sich hier ein Nachtkrabbler herumtrieb. Minn beschloss, es zuerst Ann zu sagen. Die hatte vielleicht einen Rat, wie sie Ryna die Neuigkeiten am besten beibrachte.

Sie näherte sich der Rückseite des Gesindehauses, als sie Stimmen hörte. Grimnurs heiseres Organ und Rynas volltönendes. Die Matrone klang besorgt. Minn blieb stehen, konzentrierte sich und lauschte.

»… dass Minn ein Wildfang ist«, sagte Grimnur in einem Tonfall, der wohl beruhigend klingen sollte. »Aber das Mädchen lässt einige meiner besten Wachleute im Bodenkampf aussehen wie blutige Anfänger. Der passiert schon nichts.«

Minn grinste.

»Du musst sie trotzdem finden, Grimnur. Bitte, für mich.«

»Was ist los mit dir? Du bist doch sonst nicht so eine Glucke. Seit dieser seltsame Stern aufgegangen ist, drehen alle durch.« Der Anführer der Wache spuckte aus.

Da hat er recht, dachte Minn. Für gewöhnlich war die Matrone so resolut und unnachgiebig wie ein versteinerter Besen. Seit Kurzem jedoch witterte Ryna hinter jeder Ecke Gefahr.

Seltsamerweise immer dann, wenn es um mich geht. Minn zupfte sich nachdenklich an der Unterlippe.

Minns Erinnerung an den Tag, an dem Ryna sie nach Gut Eulenstein gebracht hatte, war großteils verblasst wie ein Bild, das zu lange im Dunkeln gehangen hatte. Manchmal aber krochen Erinnerungsfetzen in ihren Kopf. Von Vater, der sich sterbend auf dem Boden wand. Von Mutter, die vergebens versuchte, die Blutung an seinem Hals zu stoppen. Die ihre rot verschmierten Hände anstarrte. Die davonrannte, den Turm hinauf, über die Zinnen …

Dann war Ryna aufgetaucht. Sie hatte Minn in den Arm genommen und versprochen, dass sie ab jetzt auf sie aufpasste. Dass alles gut werden würde. Und da Minn sonst niemanden mehr gehabt hatte, war sie mit der Matrone gegangen.

Die Frau war Mutters beste Freundin, rief Minn sich ins Gedächtnis. *Sie hat ein gutes Herz und ich schulde ihr viel. Sie hat es nicht verdient, sich meinetwegen sorgen zu müssen.*

Sie atmete durch und trat ums Eck. »Sucht ihr mich?«

Grimnurs Augen traten vor wie bei einem Frosch. »Woher … ach, egal, ich sollte langsam wissen, dass du dich an alles und jeden heranschleichen kannst. Du siehst, da ist sie, Ryna.« Er schüttelte den Kopf und stapfte von dannen.

»Heut Abend zum Freikampf auf den Strohmatten?«, rief Minn ihm hinterher.

»Wie üblich«, entgegnete Grimnur, ohne sich umzudrehen.

Ryna stemmte die Hände in die Hüften und schob das Kinn vor. »Dem alten Grummler mag's egal sein, wo du wieder gesteckt hast, aber mir kommst du nicht so leicht davon. Sieh dich nur an! Das Haar voller Kletten und die Hosen – wo hast du bloß wieder Hosen her? – voller Grasflecken.«

»Ich war auf den alten Koppeln.« Minn hob beide Hände. »Bitte hör mir zu, bevor du schimpfst. Ich habe etwas beobachtet. Etwas Wichtiges.« Und dann berichtete sie, was sie nahe dem alten Wald gesehen hatte.

Minn hatte mit vielem gerechnet. Nur nicht damit, dass Ryna ruhig nickte. »Gut, dass du mir gleich Bescheid gesagt hast.«

»Ja. Und jetzt? Schickst du die Gutswachen los? Oder einen Boten zum Kardinal, damit er den Wächterengel ruft? Oder was unternehmen wir wegen des Nachtkrabblers?«

»*Wir* tun gar nichts.« Der Befehlston kehrte in Rynas Stimme zurück. »*Ich* kümmere mich darum. Und das Ganze bleibt unter uns, verstanden? Das Konklave ist von größter Wichtigkeit. Nichts darf es stören, nicht mal ein verirrter Nachtkrabbler.«

»Das Vieh sah mir nicht verirrt aus. Überhaupt, es trug einen *Sattel.*«

»Genug davon. Und noch was.« Die Matrone strich sich den Rock glatt. »Beim Empfang der Gäste bist du dabei. Aber am Tag des Konklave wirst du die Eibenhecke schneiden.«

»Die ist beim Teegarten«, protestierte Minn. »Da bekomm ich ja gar nichts davon mit, was sich in der Residenz tut. Außerdem erwarte ich dieser Tage Besuch.«

»Du schneidest die Hecke. Den ganzen Tag.«

Minn verschränkte die Arme vor der Brust und setzte zu einem ihrer gefürchteten Protestgeleier an.

»Versuch's gar nicht erst«, warnte Ryna. »Mein Entschluss steht fest. Und wehe, du stampfst mit dem Fuß auf. Dann kannst du zusätzlich noch im Stall Mist schaufeln.«

Minn setzte die angehobene Stiefelsohle wieder auf dem Boden ab. Leicht fiel es ihr nicht.

Bündnisse

Ratsherrin Shanesa ließ den Blick über die Ausläufer des Zwielichtforstes schweifen. Etwas stimmte nicht in ihrem geliebten Freiholt. Seit der merkwürdige rote Stern erschienen war, dessen Silhouette selbst tagsüber am Himmel stand, plagte sie eine nagende Unruhe. Sie wollte niemanden ohne handfesten Grund ängstigen, also war sie allein Richtung Grenze geritten. In jungen Jahren war sie Kundschafterin in den Spaltungskriegen gewesen, und sie kannte die Schluchten und Auen der Grenzregion zur Altnacht wie kein Zweiter. Wenn etwas von dort nach Freiholt gelangt war, würde sie es finden.

Shanesa tastete nach dem Griff des Dampfbogens, der zusammen mit der silberrunenbesetzten Streitaxt vom Sattel hing. Ihr treues Ross schnaubte, als spürte es, was in ihr vorging. Sie zauste ihm die Mähne und lenkte es auf den Weg, der unter den Bäumen parallel zum Schummerklippenfluss verlief.

Über dem laubbedeckten Pfad hing Nebel, die Luft roch frisch. Kein Raubtiergeruch lag darin, weder natürlich noch übernatürlich. Gut so. Prinzipiell hatte Shanesa ja nichts gegen Nachtkrabbler. Solange sie blieben, wo sie hingehörten.

Der Weg verengte sich. Durchs Geäst drang kaum Licht. Hier waren selten Menschen anzutreffen – besser zugängliche Wild- und Fischgründe gab es mehr als genug. Shanesa stieg ab und führte das Pferd am Zügel hinter sich her. Immer wieder sah sie sich um. Lauschte. Nichts zu hören. Nur das Plätschern des Flusses und das Flüstern des Windes in den Wipfeln.

Der Pfad endete an einer Furt, wo der Fluss einen Knick machte und sich so verbreiterte, dass das andere Ufer nicht mehr zu sehen war. »Ich werde wahrlich alt, wenn ich schon Hirngespinsten aufsitze, was, mein Freund?« Shanesa lachte und streichelte ihrem Ross die Nüstern.

Da sah sie das Boot, halb verborgen unter Gestrüpp. Mit trockenem Mund schob sie Laub und Äste beiseite. Zum Vorschein kam eine Jolle aus grauem Holz, das von keinem Baum stammte, der in Freiholt wuchs. Dornenartige Fellbüschel verteilten sich darin. Shanesa presste die Lippen aufeinander. Also *hatte* etwas aus der Altnacht den Weg nach Freiholt gefunden, etwas, das in der Welt der Menschen so wenig zu suchen hatte wie Schemen aus einem lange verblassten Traum.

Sie nahm die Axt vom Sattel und machte sich an die Arbeit. Späne flogen, Splitter bohrten sich in ihre Hand, ihr Haar wurde trotz der frischen Luft klitschnass. Doch Shanesa hörte nicht auf, bis sie das Boot in Stücke gehackt hatte. Schwer atmend reinigte sie die Axt, wusch sich Gesicht und Arme am Fluss und trank ein paar Handvoll Wasser. Dann setzte sie sich ans Ufer und dachte nach. Ihre Entdeckung würde womöglich Panik in der Bevölkerung auslösen. Sollte sie diese dennoch informieren? Das durfte sie nicht allein entscheiden.

Das Pferd stupste sie mit der Nase an. »Mir gefällt es auch nicht, alter Junge«, murmelte Shanesa. »Aber es hilft nichts. Ich muss eine Ratsversammlung einberufen.«

Shanesa fuhr sich mit den Fingern durchs Haar und wünschte, sie wäre wieder im Wald. Oder säße mit Freunden beim Kartenspiel. Bei den Brüsten aller Nixen, selbst mit ihren lärmenden, nervigen Neffen wäre sie jetzt lieber in einem Raum als hier, im Ratssaal von Freiholt.

Das Problem war, dass sie dem Rat vorsaß. Der war oft genug ein selbstgefälliger Haufen, dessen Mitglieder sich gern reden hörten. Daran hatte Shanesa sich im Lauf der Jahre gewöhnt. Diesmal jedoch ging es nicht um Einfuhrzölle oder darum, wer die Kosten für irgendeine Straßenpflasterung zu tragen hatte. Diesmal ging es um die Sicherheit der Republik. Dummerweise sahen die Statuten vor, dass sie erst alle Ratsmitglieder zu Wort kommen lassen musste, ehe sie selbst sprach. Was von der Idee her gut war, in der Praxis allerdings zu ausgedehnten Monologen von Räten wie Seoman Glennides führte, einem groß gewachsenen Mann mittleren Alters und besonders rechthaberischen Exemplar seiner Gattung.

»… damit sagen will«, erreichte dessen Sermon seinen Gipfel, »die Nachtkrabbler rühren sich. Ich spür's in meinen Knochen. Mein großer Zeh pocht, als würde das Wetter umschlagen.« Seoman stützte sich auf den Eichentisch, an dem die Würdenträger Freiholts seit Bestehen der Ratsrepublik ihre Sitzungen abhielten. Unzählige Ellbogen hatten das Holz im Lauf der Jahre glatt poliert. Seoman, der bereits drei Humpen Bier geleert hatte, um die Stimme zu ölen, war zu aufgebracht, um daran zu denken. So kam, was kommen musste. Seine Hände rutschten weg, er kämpfte ums Gleichgewicht. Zu seinem Pech siegte die Schwerkraft. Seomans Kinn knallte auf die Tischplatte, er verdrehte die Augen und sackte zu Boden.

Normalerweise hätte Shanesa sich die Chance auf einen spitzen Kommentar nicht nehmen lassen, doch die Lage war zu ernst. »Helft ihm auf«, sagte sie daher nur. »Und bringt ein kaltes Tuch für sein Kinn.«

Unter den übrigen Ratsleuten brach ebenfalls nur vereinzelt Heiterkeit aus. Die meisten steckten die Köpfe zusammen und tuschelten.

Der junge Exall Dalglen räusperte sich. »Die Schafe sind unruhig. Drängen sich zusammen und meckern in einem fort. Und den Hunden sträubt sich das Fell, wenn der Nordwind weht.« Seit dem Tod seines Vaters saß Graf Musas Spross dem Rat bei. Auch wenn sein flamboyantes Rüschenhemd und der sorgsam geölte Bart anderes vermuten ließen, war Exall eine Bereicherung, und dies nicht allein wegen der exzellenten Kontakte in seine alte Heimat Blauried.

»Die Blutfürsten haben seit einem Jahrhundert keinen Versuch unternommen, die Grenze zu überschreiten«, sagte der drahtige Olien, der Freiholts Gelehrtenakademie leitete. »Wieso sollten sie gerade jetzt aus den Schatten kriechen?«

Shanesa räusperte sich und setzte an, endlich kundzutun, was sie gesehen hatte, als die Tür zum Ratssaal aufgestoßen wurde. »Ich habe die Antworten, die Ihr sucht«, tönte es salbungsvoll. Alle Köpfe fuhren herum, was der Neuankömmling mit einem gönnerhaften Nicken quittierte. Er war mittelgroß, hatte aber den Blick eines Mannes, der es gewohnt war, auf andere herabzusehen. Das Gewand hätte den stattlichen Bauch womöglich kaschiert, hätte ihn nicht der Quastengürtel zurück ins Blickfeld gerückt. Zwei schneeweiße Haarbüschel wuchsen über seinen Ohren, ein drittes wie eine Insel in der Mitte des Kopfes. Zwei hünenhafte Leibwächter in der Tracht des Klerus flankierten ihn. Exall umkrampfte beim Anblick des Besuchers die Lehnen seines Stuhls.

»Kardinal Armengal.« Shanesa erhob sich. »Was führt Euch nach Freiholt?«

Der Kardinal musterte sie mit wässrigen Augen wie ein Pferdehändler, der überlegt, ob das Tier, das er vor sich hat, ein Gebot wert ist. »Die Stunde des Heils ist nicht mehr fern«, intonierte er. »Dann wird Asgreal, Preis sei seinem Namen, all jene vom Antlitz Yrdaias fegen, die der Finsternis dienen. Ihr mögt nicht an ihn glauben, doch die Kreaturen der Altnacht fürchten seine Wiederkehr. Und Furcht lässt selbst die Mächtigen verzweifelte Dinge tun.«

»Wie Krieg führen? Ist es das, was Ihr sagen wollt?«

»Wenn Ihr es so profan ausdrücken wollt«, entgegnete Armengal ein wenig pikiert. »Lust, Angst und Hunger sind die stärksten Triebe überhaupt. Auf den Kern reduziert ist es für Kreaturen wie jene der Alten Nacht nur natürlich, dass sie ihren Instinkten folgen.«

»Setzt Euch.« Shanesa deutete auf einen freien Stuhl am Ratstisch. »Exall, sei so gut und lass unserem Gast und seinen Männern etwas zu essen bringen.«

Exall nickte ihr dankbar zu. Es war offensichtlich, dass er die Gegenwart des Mannes, der seinen Vater aus Blauried vertrieben hatte, nur schwer ertrug. Hallenden Schrittes verließ er den Saal.

Kardinal Armengals Lächeln hatte die Wärme eines Gletschers. »Ich komme, um Euch einen Pakt vorzuschlagen. Die Engel wachen allein über jene, die auf ihrer Seite der Dunkelheit entgegentreten.«

Einige Ratsmitglieder rutschten auf ihren hochlehnigen Stühlen herum.

»Wollt Ihr uns Angst machen?« Seoman, mit dickem Kinn, aber wieder aufrecht, schlug mit der flachen Hand auf den Tisch, dass die Krüge wackelten. »Dann verschwindet zurück zu Euren Schafen mit ihrem blinden Gehorsam.«

Shanesa unterdrückte ein Stöhnen. Der Mann hatte die Diplomatie einer Kriegsaxt.

Der Kardinal musterte ihn. »Im Gegenteil. Ich kam, um Ratsführerin Shanesa zum Wohle aller zu einem Konklave einzuladen. Der Purifikant wird teilnehmen, ebenso Kardinal Tadeean Domitidens, General Nobu und der Freischärler Rojin aus Dimmgrund, mit dem einige von Euch Handel treiben. Wir mögen unsere Differenzen haben, doch wir sind alle Menschen. Wir haben einen gemeinsamen Feind.« Er faltete die Hände über dem Fassbauch.

Die Ratsmitglieder sahen einander an. Shanesa runzelte die Stirn. »Ein solches Konklave hat es seit dem Ende der Spaltungskriege nicht gegeben.«

»Glaubt Ihr, ich wäre persönlich gekommen, wenn es nicht todernst wäre?« Armengals feiste Miene verdüsterte sich. »Der Wächterengel des Nordens, Mawjah, wurde ermordet. Wir haben einen Zeugen, der sagt, dass der Gefallene selbst es war.«

Erregtes Gemurmel brach im Saal aus.

»Ruhe.« Shanesa klopfte auf die Tischplatte. Äußerlich schaffte sie es, beherrscht zu bleiben. Innerlich verknoteten sich ihre Eingeweide. Es war klar wie algenloses Wasser, dass Freiholts Streitkräfte der Macht der Altnacht allein nicht würden standhalten können. »In Ordnung, Kardinal«, verkündete sie widerstrebend. »Ich reise mit Euch zum Konklave.«

Nachdem sie sich stundenlang schlaflos im Bett gewälzt hatte, setzte Shanesa sich auf und betrachtete das Antlitz Okaharas, die friedlich neben ihr schlummerte. Sie liebte alles an ihrer Frau. Wie ihr Haar im Mondlicht schimmerte, das durchs offene Fenster fiel. Wie sich ihre Brust unter der Decke hob und senkte. Wie sie im Schlaf lächelte. Sie wollte nicht fort von ihr. Doch sie musste.

Ihre Aufgabe war es, die Menschen Freiholts zu beschützen. Ihretwegen würde sie mit Kardinal Armengal, dieser Kröte im Robengewand, nach Gut Eulenstein gehen – nicht etwa aus Furcht vor Asgreal, einer gestaltlosen Halbgottheit, die alle alten Religionen aus den Geschichtsbüchern verbannte und blinden Gehorsam als Tribut für ihren Schutz verlangte.

Obwohl, vielleicht ist das gar nicht Asgreals Schuld? Wer kann schon sagen, ob das, was der Klerus predigt, wirklich im Sinne des sogenannten Lichtbringers ist?

Shanesa war stolz auf Freiholts Toleranz und Unabhängigkeit. Doch es ließ sich nicht leugnen, dass die Menschen in den vom Klerus regierten Gebieten sicherer lebten. Dort wachten Engel und patrouillierten mechanische Dampfdoggen, sobald sich die Sonne senkte. Wer dagegen in Freiholts Fischerdörfern nach Einbruch der Dunkelheit die Ortsmauern verließ, tat das in Begleitung von Gefährten. Oder von jeder Menge scharfem, versilbertem Stahl. Die Republik würde Verbündete brauchen, wenn es zum Krieg kam.

Das Mondlicht kitzelte die Härchen auf ihrem Arm, und ein Gedanke huschte ihr durch den Kopf. Wer sagte, dass Freiholt sich mit dem Klerus verbünden musste? Schließlich gab es noch eine andere Partei in der drohenden Auseinandersetzung …

Nein, das war verrückt. Schluss, aus.

Vorsichtig, um Okahara nicht zu wecken, stand sie auf und schloss das Fenster. Zurück im Bett zog sie sich die Decke über den Kopf. Das Mondlicht verschwand und Dunkelheit umhüllte sie, bis der Morgen des Aufbruchs graute.

Erkenntnisse und Rätsel

Seit dem Aufbruch aus Gorvul hatte Damians Gefolge ein gutes Stück Weg gemacht. Zuerst entlang der großen Getreidefelder, auf denen die Dampfdrescher ratternd und spotzend Korn ernteten. Danach auf der Straße, die entlang des Gabelweihflusses in die ehemaligen Grafschaften führte, mit Daosam im Osten und Blauried im Norden. Heute herrschten dort die beiden Kardinäle von Asgreals Gnaden. Blaurieds größtes Gut Eulenstein wiederum war als Treffpunkt für das Konklave auserkoren worden.

Je weiter sie sich von der Stadt entfernten, desto rückständiger wurde das Land. Wo anfangs noch Schienenwaggons von Ort zu Ort gerollt waren, zog nun höchstens noch ein vereinzelter Esel stoisch seinen Karren.

Toryan ritt stumm an General Nobus Seite durch die Weite, bis er schließlich seinen Mut zusammennahm und das Wort ergriff. »Ich habe unterschiedlichste Dinge über meinen Lebensretter Rojin gehört. Was für eine Art Freischärler ist er eigentlich?«

Nobu klopfte seinem Pferd auf den Hals, was das Schlachtross mit wohligem Schnauben quittierte. »Er lebt nach der Maxime, jedem Respekt zu zollen, der ihm Respekt zollt. So pflegt er Beziehungen zu allen Seiten der Grenze.«

Toryan blieb der Mund offen stehen. »Zur Altnacht auch?«

Nobus Blick hatte etwas Mitleidiges. »Weißt du, womit die ganzen neuen Maschinen wie Luftschiffe, Schienensänften oder Kolbenwaggons betrieben werden?«

»Mit Dampf. Teils mit Motoren.«

»So ist es. Und ist dir klar, was die Energie erzeugt, die sie antreibt?«

»Oh. Äh, nein.«

»Sie verbrennen ein bestimmtes Mineral. Wir haben Vorkommen davon in den Bergen südlich von Gorvul. Aber es ist wenig, der Abbau mühsam. In den Hügeln entlang der Zwielichtgrenze dagegen türmt sich das Zeug. Es muss nicht mal geschürft werden. Dank der Kontakte von Männern wie Rojin gelangt es in die Hände unserer Gelehrten und Alchemisten.«

»Ich habe mich immer gefragt, warum er sich so frei innerhalb der Grenzlande bewegen darf«, murmelte Toryan.

»Von ihm erfahren die Anführer der Grenzwacht häufig Dinge, die helfen, Probleme zu entschärfen, ehe sie entstehen«, fuhr Nobu fort. »Aber lass dich von seinem Lächeln und seinem freundlichen Blick nicht täuschen. Darunter flammt eine Menge Feuer.«

»Ist das gut oder schlecht?«

»Das zu beurteilen musst du selbst lernen, Junge.«

Der Gabelweihfluss machte einen Knick, und die Reiterschar gelangte an eine Kreuzung. Die Dammstraße verlief im Norden weiter zum Reißtobel, einer unüberwindlichen Grenzkluft voll tückischer Strudel und Abgründe. Der östliche Weg führte nach Daosam, wo die ewig brennenden Bäume des Phönixweidenhains die Kreaturen der Altnacht fernhielten. Die Gemeinschaft des Purifikanten jedoch wandte sich nach Nordwesten.

Die Dämmerung breitete ihren Mantel über die Welt aus. An der Kutsche wurden Gaslampen entzündet, die Reiter steckten ihre Sattellaternen an. So zogen sie entlang dunkler Seen und Hügel, auf denen verfallene Gemäuer von vergangenen Zeiten träumten. Wolkenfetzen rasten über den Himmel, einem Rudel Raubtiere gleich, das eine unsichtbare Beute hetzt. Nur ab und an streifte der Mond seinen Ring aus Silber über die Schattenfinger einer Esche oder Fichte, die sich einsam gegen die schummrige Umgebung abhob.

Allmählich tauchten wieder Spuren von Siedlungen auf. Felder, Hütten, begradigte Wasserläufe. Fast war Toryan enttäuscht, nahmen sie der Landschaft doch etwas von ihrem Zauber.

Nobu musterte ihn von der Seite. Wie schaffte er es, dass Toryan sich vorkam, als hätte er seine Gedanken laut ausgesprochen? Er hoffte, dass das Dunkel sein Erröten verbarg. »General, wie kommt es, dass Gesandte aus Freiholt am Konklave teilnehmen werden?«, fragte er, einerseits um abzulenken, andererseits weil er es tatsächlich nicht verstand. Die Räterepublik hatte Asgreal nie als himmlischen Erlöser akzeptiert und sich geweigert, den Weisungen der Engel zu folgen. Die Spannungen mit dem Süden waren gewachsen und gewachsen, bis vor gut dreißig Jahren die Spaltungskriege ausbrachen, an deren Ende sich Freiholt endgültig vom geheiligten Reich des Purifikanten abgetrennt hatte.

»Unterschätze nie die Macht der Gewinnsucht.« Nobu zog eine Grimasse. »Allen im Krieg geschlagenen Wunden zum Trotz blüht heute reger Handel zwischen den Reichen. Zudem hat man eine gemeinsame Grenze zu schützen. Die Räterepublik legt ebenso wenig Wert auf Besuch von Kreaturen der Altnacht wie die von Asgreal gesegneten Lichtlande.«

»Das macht die Ketzer zu logischen Verbündeten.« Toryan drehte gedankenverloren sein Armband.

»Aber?«

»Der Klerus stellt eine weit größere Streitmacht als Freiholt. Von den Engeln ganz zu schweigen.«

Nobu nickte anerkennend, was Toryan als Aufforderung nahm, fortzufahren. »Die Ketzer brauchen uns demnach mehr als wir sie. Weshalb sollte der Purifikant sie also zum Konklave einladen? Klüger wäre es zu warten, bis sie von sich aus Gespräche anbieten. Als Bittsteller, denen gegenüber Damian aus einer Position der Stärke verhandeln kann.«

»Da stellst du genau die richtigen Fragen.«

»Und was ist die Antwort?«

Nobu strich sich den Schnauzbart. »Da bin ich mir nicht sicher.«

Von der Spitze des Zuges kam ein Paladin aus Damians Leibgarde herangeprescht – Jaldar, der Toryan in der Zitadelle so grimmig gemustert hatte. Toryan bemühte sich um einen neutralen Gesichtsausdruck.

»Was gibt es, Paladin?«, fragte General Nobu.

»Der Junker Toryan soll zum nächsten Dorf reiten und dort die Ankunft des Purifikanten ankündigen.«

»Ich bin übrigens gleich hier.« Toryan winkte übertrieben.

Jaldar musterte ihn von oben bis unten. Die Schweinsäuglein blitzten berechnend.

General Nobu ist für meine Taten verantwortlich, ermahnte Toryan sich. Also verbiss er sich weitere Pampigkeiten, obwohl ihm jede Menge auf der Zunge lagen. Er schaffte es sogar, ein wenig Demut in seine Stimme fließen zu lassen. »Wie Ihr wünscht. Ich besorge mir eine Karte und …«

»Das wird nicht nötig sein.« Nobus Stimme war ruhig wie ein windstiller Morgen. »Ich begleite dich.«

Der Paladin grinste gehässig, wendete sein Pferd und kehrte zurück an die Spitze des Trosses.

Hätte man ihm befohlen, sich Hörner wachsen zu lassen, hätte Toryan nicht fassungsloser sein können. Man schickte General Nobu nicht als Botenjungen los. Der Mann war ein Held. »Tut mir leid«, stieß er hervor. »Ihr solltet nicht … ich meine … das ist nicht richtig!«

»Schon gut, Junge.« Die ehernen Gesichtszüge des Generals wurden für einen Moment weich. »Na komm. Tun wir unsere Pflicht als Wächter des Lichts.«

Nach wenigen Meilen scharfen Rittes gelangten Toryan und Nobu ans Ufer des namenlosen Flüsschens, das die örtlichen Felder bewässerte. Eine Holzbrücke, gebogen wie der Buckel einer zornigen Katze, führte zum Dorf. Nebel wallte über den Dächern und ertränkte den Schein der Öllaternen. Abgesehen vom Schnauben der Pferde herrschte Totenstille.

»Hier stimmt was nicht«, raunte Nobu. »Halt die Augen auf.« Sie dirigierten die Rösser auf die Brücke.

Ein kalbgroßes, über und über mit Stacheln bedecktes Etwas wirbelte aus den Schatten. Die Pferde wieherten und bäumten sich auf. Toryan konnte gerade noch das Gewicht verlagern, um nicht aus dem Sattel zu fliegen. Nobu riss sein Ross zur Seite, und das Monstrum preschte zwischen ihnen hindurch. Eine Gestalt im Kapuzenumhang saß auf seinem Rücken. Ehe Toryan mehr erkennen konnte, verschwanden Reiter und Dornending in der Dunkelheit.

Nobu beruhigte sein tänzelndes Pferd. *Der Mann hat Eis in den Adern*, dachte Toryan, dessen eigenes Herz so wild klopfte, als wollte es ihm aus der Brust springen. »Das war ein Nachtkrabbler. Verfolgen wir ihn nicht?«

Nobu schüttelte den Kopf. »Zwecklos bei der Geschwindigkeit. Außerdem müssen wir nach den Dörflern sehen.«

Toryan drängte seine Verwunderung zurück und nickte.

Vor dem ersten Haus lag ein Mastochse, der Hals zerfetzt, das Fleisch aschgrau. Ausgesaugt bis zum letzten Tropfen.

Aus dem Augenwinkel sah Toryan einen Schemen heranstürzen. Hah, noch mal ließ er sich gewiss nicht überrumpeln! Er riss das Bein aus dem Steigbügel und trat zu. Ein Knirschen, ein dumpfer Aufprall. Toryan glitt vom Pferd, zerrte das Schwert aus der Scheide. Der Angreifer richtete sich auf. Toryan warf sich auf ihn, hob die Klinge und … starrte ins schreckverzerrte Gesicht eines Jungen. Sofort ließ er die Waffe sinken.

General Nobu trat zu ihm. »Gehörst du zu diesem Dorf, Kleiner? Was ist passiert?«

»Die Monster waren hier, wie aus den Geschichten über die Alte Nacht.« Der Junge riss die Augen weit auf. »Ein Blutsauger und ein Stachelvieh. Uh, meine Seite.«

Schuldbewusst dachte Toryan daran, dass er ihm vermutlich die Rippen geprellt hatte.

Umrisse tauchten aus dem Nebel auf. Dutzende. Kinder mit Sicheln, Frauen mit Holzscheiten, Männer mit Mistgabeln. Sie umringten Toryan und Nobu. »Weg von dem Jungen«, knurrte ein massiger Glatzkopf.

Es klickte, als Nobu seine Arkebuse sicherte. »Ruhig. Wir tun euch nichts. Wir kommen im Namen des Purifikanten.«

»Die seh'n nich' wie Blutsauger aus, Clodd«, nuschelte eine Frau mittleren Alters, die einen Dreschflegel hielt.

»Wir würden wohl kaum versilberte Schwerter tragen, wenn wir's wären.« Toryan hob seine Waffe.

Sofort gingen die Dörfler in Habachtstellung. »Die Leute sind nervös, Fremder.« Kahlkopf Clodd spuckte auf den Boden. »Besser, du fuchtelst nicht so mit dem Ding da rum.«

»Jetzt lass die Sache nicht unnötig haarig werden.«

»Wie meinst du das?« Clodds Augen verengten sich.

Toryan drehte das Schwert so, dass der Griff in Richtung der Dörfler zeigte. »Ich will nur zeigen, dass wir Menschen sind. Seht. Silber.«

Clodd trat misstrauisch näher und beäugte die Klinge. Als hätte er eine Ahnung, woran man eine Silberlegierung erkannte. »In Ordnung«, grunzte er dennoch. »Packt die Waffen weg, Leute.«

»Schön«, versetzte Nobu mit einer Ruhe, als hätte er im Gasthaus Tee bestellt. »Ist einem von euch ein Leid geschehen? Abgesehen vom Verlust des Ochsen?«

»Nee«, brummte Clodd. »Bloß, vielleicht kommt der Blutsauger wieder?«

»Oh, ihr *bekommt* Besuch«, sagte Toryan. »Aber wenn der da ist, traut sich kein Nachtkrabbler mehr in eure Nähe. Seine Exzellenz, der Purifikant Damian Fallanidens, beehrt euch in Kürze.«

»Ehe er eintrifft, nehmt einen wohlgemeinten Rat an«, sagte Nobu ins erstaunte Gemurmel der Dörfler hinein. »Schafft den toten Ochsen weg und erzählt nicht, dass ein Blutfürst hier war.«

Die Männer und Frauen starrten ihn stirnrunzelnd an. Toryan traute seinen Ohren kaum. »Aber sollte Seine Exzellenz nicht wissen, dass …«

»Es sind Paladine im Gefolge des Purifikanten«, fuhr Nobu fort, ohne ihn anzusehen. »Sie werden sich fragen, weshalb der Vampir ein Tier gerissen, aber euch verschont hat. Ihr wollt sicher nicht, dass sie euch für Freunde der Dunkelheit halten.«

Einige der Umstehenden erschauerten, andere machten rasch das Schutzzeichen des Lichtbringers.

Clodd grunzte und winkte ein paar Männer zu sich. Toryan schob sein Schwert zurück in die Scheide und beobachtete unauffällig den General. Es war mutig und ehrenhaft, dass er diese Menschen schützen wollte. Keinem war damit gedient, wenn die Paladine die Dorfbewohner noch mehr ängstigten.

Oder steckte mehr hinter Nobus Verhalten? Und falls ja, was?

Er kratzte sich am Kinn und machte sich daran, dem Glatzkopf und seinen Freunden zu helfen, die Überreste des Ochsen fortzuschleppen.

Aussichten

Minn schirmte mit einer Hand die Augen gegen die Sonne ab. Selbst das Wetter zeigte sich zum Besuch des Purifikanten von seiner besten Seite. Nun, für die Verhältnisse des Nordens, was hieß, dass nur eine Handvoll Wolken am Himmel hingen. Einzig der seltsame rote Stern störte die Idylle.

Das Personal von Gut Eulenstein stand in Reih und Glied auf der Steintreppe vor dem Haupthaus, in seinen besten Kleidern, das Haar hübsch frisiert. Entlang der Allee hatte sich eine Elitegarde von Blaurieds Dampfbogenschützen in ihren hellblauen Brustpanzern aufgepflanzt.

Minn stellte sich auf Zehenspitzen und reckte den Hals. Zwar stand sie auf der obersten Treppenstufe, aber Schussel-Ann, ihre Freundin aus der Küche, hatte ihrem Namen mal wieder alle Ehre gemacht und vergessen, ihr einen guten Platz frei zu halten. Nun stand ausgerechnet der Pferdeknecht Foy mit seinen Storchenbeinen vor Minn. Dabei wollte sie doch nichts verpassen! Sie puffte Foy in die Rippen und schob ihn an seiner Schulter zur Seite. Der Knecht kannte Minn gut genug, um die Prozedur widerstandslos über sich ergehen zu lassen.

So. Schon viel besser. Und gerade rechtzeitig. Was für ein Gefolge da ankam! Das mussten um die zweihundert Krieger sein, dazu rumpelnde Kolbenwaggons mit Vorräten und Gesinde mit Packpferden. Und natürlich die über und über mit Goldplättchen bedeckte Dampfkutsche des Purifikanten, die den Eindruck erweckte, eine kleine Sonne käme über die Straße gerollt. Minns Blick fiel auf zwei Reiter hinter dem Gefährt. Der eine war mittelgroß und saß kerzengerade im Sattel. Er hatte eisgraues Haar, einen Schnauzbart und verströmte selbst über die Entfernung hinweg Kraft und Zuversicht.

Trotz der imposanten Erscheinung fesselte vor allem sein Nebenmann Minns Aufmerksamkeit. Ein drahtiger junger Kerl, einen halben Kopf größer als sie, mit störrischem braunem Haar, das ausgeprägte Wangenknochen rahmte. Der sah aus wie … nein, Donnerkeil und Blitzgewitter, das *war* Toryan! Aber was machte der im Gefolge des Purifikanten? War er befördert worden? War das der Grund, dass er nicht bereits wie angekündigt vor einigen Tagen eingetroffen war, ohne Bescheid zu geben? Seine Züge hatten etwas Rebellisches, ohne dass Minn hätte sagen können, ob dieser Eindruck vom energischen Zug um seinen Mund oder der Art herrührte, wie er verkniffen auf die Kutsche – oder einen der Paladine? – starrte. Wieso wohl?

Na, ich werd es schon rausbekommen, jubilierte Minn innerlich. Sie liebte es, Geheimnisse zu lüften. Das war fast so schön wie die Vorfreude, Toryan bald wieder in die Arme zu schließen. Fast.

Wenn er denn wirklich sein Versprechen gehalten und auf mich gewartet hat, schoss ihr durch den Kopf. Was waren schon die wenigen Wochen, die sie gemeinsam verbracht hatten, als er im Vorjahr mit den anderen neuen Rekruten nach Gut Eulenstein gekommen war, um von Grimnur etwas über Nahkampf und Schleichangriffe zu lernen? Vielleicht hatte er längst eine andere? Na, dann gnade ihm Asgreal.

Der Steuermann auf dem Kutschbock zog einen Hebel, und die Dampfkutsche hielt derart schwungvoll vor dem Hauptgebäude, dass links und rechts Kies wegspritzte. Schussel-Ann, die in der vordersten Reihe stand, bekam ein Steinchen ins Gesicht, schrie auf und taumelte nach vorn. Dabei verlor sie die Balance und krachte Stirn voran in die Seitenwand der Kutsche. Es klang, als würde ein Gong geschlagen. Schadenfreude und Mitleid führten einen heftigen Ringkampf in Minn – mit dem besseren Ende für Schadenfreude. Minn hielt sich den Bauch vor Lachen. Die anderen Umstehenden kicherten oder grinsten, wurden aber schlagartig ernst, als sich die Kutschtür öffnete. Der grau gelockte Mann, der ihr entstieg, trug eine Purpurrobe und eine goldene Stola. In den Augen seines asketisch hageren Gesichtes loderte ein inneres Feuer. Beim Anblick der jammernden Ann verzog er das Gesicht, als sei er im Begriff, in etwas Schleimiges zu greifen.

Das muss der Purifikant Damian sein, dachte Minn. *Genauso ein Hochnas wie Armengal.* Ihre Heiterkeit verflog. Sie eilte zu Ann, knickste kurz vor dem Purifikanten und zog die Magd am Arm mit sich hinter die Gartenhecken, ehe Ann noch mehr Schaden anrichten konnte.

»Aua, mein Kopf«, jammerte Ann und betastete das blaurote Horn, das auf ihrer Stirn zu wachsen begann.

»Sei lieber froh, dass dein Hohlschädel keine Delle in den Goldklumpen auf Rädern gemacht hat«, sagte Minn. »Sonst hättest du mit etwas Pech beim alten Armengal Buße tun müssen.«

»Dem gefällt es etwas zu sehr, uns Bedienstete im Namen des Lichts zu züchtigen.« Ann schauderte.

»Eben.« Minn bleckte die Zähne beim Gedanken an die gierigen Griffel des Kardinals. »Kürzlich hat er den armen Onno so geohrfeigt, dass die Wange stundenlang rot war, nur weil der in seiner Gegenwart gegähnt hat. Dabei ist der Junge erst neun.«

»Mir ist schwindelig. Ich glaube, ich muss mich übergeben.«

»Das lässt du schön bleiben. Setz dich da an den Brunnen. Vorsichtig. Ja, so.«

Nachdem Minn die Beule auf Anns Stirn mit Brunnenwasser gekühlt und sich vergewissert hatte, dass die Magd nicht ernsthaft verletzt war, eilte sie zurück zum Hof. Der Purifikant und seine wichtigsten Würdenträger waren bereits ins Herrenhaus verschwunden. Die Soldaten wurden in das lang gezogene Gästehaus geführt, das einst als Stall gedient hatte. Toryan war zurückgeblieben, um die Kutsche mit einer Plane abzudecken. Ob er sie gesehen hatte und auf sie wartete?

Als hätte Minn laut gedacht, sah er sie an, lächelte ihr mit strahlend weißen Zähnen zu und öffnete die Arme.

He, bildete der Kerl sich etwa ein, sie würde jetzt zu ihm hinrennen, als hätte sie ihn vermisst? Also so was. Wenn, dann hatte er zu ihr zu kommen. Minn plusterte die Wangen auf und stolzierte betont langsam Richtung Kutsche.

»He, du da.« Ein anderer Soldat kam ihr mit einem Pferd am Zügel aus Richtung der Stallungen entgegen. »Ja, dich mein ich. Das dürre Ding mit den dicken Wangen. Bring was zum Striegeln für mein Ross. Und wenn du schon dabei bist, 'n Ingwerbier für mich. Zack, zack!«

Trotz erwachte in Minn. Angriffe und Provokationen jeder Art hatte sie noch nie einfach hinnehmen können, und seit Kurzem war ihr, als warte ein besonders kratzbürstiger Teil ihres Inneren nur darauf, sich in eine Auseinandersetzung stürzen zu können.

Sie blieb stehen und musterte den Kerl. Er war muskulös und annähernd so breit wie hoch, mit kurz geschorenem Haar und einem Kinn wie eine Sturmlaterne. »Donnerkeil und Blitzgewitter«, sagte sie, ohne eine Miene zu verziehen, »so was Hässliches hab ich selten am Ende eines Zügels gesehen.«

»Der Hengst ist erschöpft vom langen Ritt, dumme Gans«, schnaubte der Soldat.

»Wer spricht denn von dem Pferd?«

Der Mann brauchte einen Moment. Als er verstand, färbte sich sein Gesicht puterrot. »Na warte. Ich werde …«

»Du wirst jetzt in Ruhe dein Pferd versorgen, Orlid.« Toryan eilte herbei – na bitte, ging doch – und legte seinem Kameraden die Hand auf die Schulter.

»Lass ihn.« Minn tappte mit dem Fuß auf den Boden. »Bin schon gespannt, was Stoppelkopf als Nächstes vorhat.«

»Reiz ihn nicht noch«, warnte Toryan.

»Der versteht eh nicht, was ich sage«, scherzte Minn. »Vielleicht, wenn ich's ihm vorgrunze?«

Das war zu viel für Stoppelkopfs gekränkte Soldatenehre. Er schüttelte Toryans Hand ab, stapfte auf Minn zu, holte aus …

… und landete mit einem so gewaltigen *Phumpp* auf dem Hofboden, dass Staub aufwallte. Minn setzte sich auf seinen Brustkorb, seinen Schlagarm in einem Hebel, aus dem selbst ein wütender Bär seine Tatze nicht hätte befreien können. Grimnurs Training zahlte sich aus! Das Schöne war, dass ihr noch eine Hand frei blieb. Sie schüttelte ihr Messer aus dem Ärmelsaum und hielt es so nah an Orlids Hals, dass sie ihm die Barthaare hätte rasieren können. »Mann oder Memme?«, schnurrte sie.

Der Kerl versuchte sich mit aller Kraft zu befreien. Minn strahlte und zog den Hebel an.

»Minn«, donnerte Rynas Stimme über den Hof. »Lass auf der Stelle los.«

»Und dabei hat's grad angefangen, Spaß zu machen«, brummte Minn, wohlweislich so leise, dass nur der ächzende Orlid es hörte. Sie löste den Hebel, sprang auf die Füße und ließ das Messer unter der Kleidung verschwinden.

»Du … wieso hast du …« Ryna stand vor ihr, am ganzen Körper zitternd, einen Ausdruck nahe der Panik im Gesicht. Minn schluckte. Alle diebische Freude verschwand schlagartig. So hatte sie die Matrone noch nie gesehen.

»Mein Herr«, wandte sich Ryna um Fassung bemüht an den Soldaten. »Bitte verzeiht. Sie ist jung und dumm.«

»Ist das eure Gastfreundschaft?« Orlid rappelte sich auf und rieb sich den Arm. »Wartet, wenn das der Purifikant erfährt.«

»Nein«, entfuhr es Ryna. »Lasst ihn da raus, bitte.«

Der Soldat musterte sie gehässig. »Warum sollte ich?«

»Weil er dich zurück nach Gorvul schickt und zum Fliesenschrubber degradiert, wenn er hört, was hier passiert ist.« Toryan klopfte Orlid auf die Schulter. »Also hör auf, den Frauen Angst zu machen.«

Orlid presste die Lippen aufeinander.

»Hohe Dame, habt Nachsicht.« Der junge Mann schenkte Ryna ein umwerfendes Lächeln. »Mein Kamerad hat Eure Magd zuerst respektlos behandelt.«

Die Matrone starrte mit offenem Mund erst Minn, dann ihn an. »Ihr seid Herr Toryan, nicht wahr?«, sagte sie schließlich. »General Nobu will Euch sehen. Und du.« Ihr Zeigefinger stach Richtung Minns Brust. »Du flitzt auf der Stelle in die Küche. Ann soll dem anderen Gast Tee zubereiten, und du weißt ja, wie schusselig sie ist.«

»Welchem anderen Gast?«, fragte Minn verdattert.

»Beim dreischwänzigen Affen, wo treibst du dich bloß ständig rum?« Ryna warf die Hände über den Kopf. »Herr Rojin ist kurz nach Seiner Exzellenz eingetroffen.«

»Der Freischärler? Den würde ich gern sehen«, bemerkte Toryan.

»Ihr folgt mir erst mal zum General.« Rynas Stimme bekam jenen Unterton, bei dem sich das Personal von Gut Eulenstein schleunigst sputete, ihren Wünschen nachzukommen. Offenbar waren Toryans Überlebensinstinkte gut ausgeprägt, denn er zog den Kopf ein und nickte.

»Bis später«, flüsterte er Minn im Vorbeigehen zu.

Sie widerstand dem Drang, ihm einen Klaps auf den Hintern zu geben, und sah ihm stattdessen nach, bis er ins Gebäude verschwand.

»Wenn der Tee kalt wird …«, begann Ryna mit gefährlicher Ruhe.

»Bin schon weg«, rief Minn. Und diesmal eilte sie sich tatsächlich.

Teestunde

Minn bekam das Grinsen kaum mehr aus dem Gesicht. Wann hatte zuletzt so viel Leben auf Gut Eulenstein gebrodelt? Dienstbare Geister wuselten umher, Vasen mit frischen Blumen bezauberten das Auge – und das Beste, Toryan war da, der Griesgram Armengal außer Haus. Selbst dass sie mit niemandem über ihre Sichtung des Nachtkrabblers reden durfte, konnte ihr die Laune nicht verderben.

Der Duft nach Brot und Zimt, Gebratenem und Gebäck hätte ihr selbst dann den Weg zur Küche gewiesen, wenn sie ihn nicht im Schlaf gekannt hätte. Die Küche lag ebenerdig und war anders als der Rest des Anwesens hell und freundlich. Der Boden hatte ein Schachbrettmuster, durch die Fenster konnte man Beete sehen. An den Wänden hing eine ganze Armada blitzblank geschrubbter Pfannen, Schüsseln und Töpfe, der ausladende Kochkamin verbreitete Wärme und Heimeligkeit. Stimmengewirr und hektische Betriebsamkeit verliehen dem Raum etwas von einem Bienenstock. Wundervoll!

Minn kam oft hier herunter, um einen Plausch zu halten oder die eine oder andere Leckerei abzugreifen. Allerdings immer kurz. Denn so gern sie naschte, Küchendienste mied sie wie ein Welpe den Waschzuber.

Ihre Nase zog sie zu einem Blech frischen Stollen, den der pausbäckige Wilbert eben aus einem der Öfen zog. Minn erschnupperte Marzipan, Rosinen und Nelke. Sie leckte sich über die Lippen und strahlte den Bäcker mit einem Lächeln an, neben dem selbst das auf Hochglanz polierte Silberbesteck verblasste.

»Aber nur ein Eck, Minn.« Wilbert säbelte ihr ein handbreites Stück Stollen ab. Sie biss hinein und stöhnte vor Wonne. Der Bäcker grinste bis über beide Ohren. »Wenn du ein wenig wartest, ist die Marmelade fertig. Damit schmeckt's noch besser.«

»Kannich«, murmelte Minn mit vollem Mund. »Muss Ann mit'm Tee helfen.« Sie schluckte. »Wo steckt sie überhaupt?«

»Da kommt sie.« Wilbert deutete auf die Treppe, die aus der Küche zum Gästetrakt führte.

Die Stiegen waren schmal und steil. Minn hielt unwillkürlich die Luft an, als sie ihre Freundin ein Tablett voll mit Teeporzellan balancieren sah. »Ich helf ihr mal besser.« Sie stopfte sich den Rest Stollen in den Mund, schleckte die Krümel von der Fingerspitze und wandte sich Richtung Treppe.

»Hab's schon«, rief Ann, den Fuß auf der vorletzten Stufe.

Der Teekessel auf dem Herd zischte unvermittelt wie ein Igel, dem jemand im Dunkeln auf die Nase tritt. Ann kreischte, das Tablett flog durch die Luft und das Teeporzellan ... nun, Minn konnte nur hoffen, dass Scherben tatsächlich Glück brachten. Ann lag mit schmerzverzerrtem Gesicht am unteren Ende der Treppe und hielt sich den Knöchel. Sofort eilten die Umstehenden herbei, darunter Philem, der riesenhafte, strenge Küchenmeister.

»Alle zurück an die Töpfe«, befahl er. Fachkundig betastete er Anns Fuß. Als er unterhalb des Knöchels drückte, wimmerte sie leise.

»Verstaucht«, stellte er fest. »Du wirst vorerst kein Essen mehr servieren. Algensud und Wachtelei, ausgerechnet heute, wo ich keinen Koch und keinen Gehilfen entbehren kann.«

Sein Blick fiel auf Minn, deren Versuch, sich hinter Wilbert wegzuducken, kläglich scheiterte. Philems Augen blitzten.

»*Du* wirst den Gast bedienen.«

»Heute muss mein Glückstag sein«, grummelte Minn. Dann fiel ihr auf, dass es zur Abwechslung gar nicht schlecht war, einen Botengang aufgebrummt zu bekommen. Vielleicht konnte sie so mehr darüber rausfinden, was es mit dieser Zusammenkunft auf sich hatte. Sie strich sich ihr Kleid glatt, setzte ihre freundlichste Miene auf und knickste. »Es wird mir eine Freude sein, Euch auszuhelfen, damit Ihr in Ruhe weitere Köstlichkeiten zubereiten könnt.«

Philem kniff misstrauisch die Augen zusammen. »Dass du mir keinen Blödsinn machst.«

»Wer, *ich*?« Ihre Miene war reinste Unschuld. »Niemals.«

»Besser wär's, Mädchen.« Er klopfte sich vielsagend mit dem Kochlöffel in die Hand. »Besser wär's.«

Der Tee duftete himmlisch nach frischem Gras, Pfirsich und Jasmin. Minn hätte allzu gern gekostet, aber wenn sie dabei erwischt würde, wäre Schluss mit lustig. Eine Handvoll dieser Teeblätter kostete mehr als ihr Wochenlohn.

Ihre Schritte hallten von den Bodenfliesen in der Eingangshalle des Herrenhauses wider. Eine antike Rüstung bewachte die Tür zum Audienzzimmer. Minn streckte dem Blechmann die Zunge heraus. Weil sie beide Hände voll hatte, stieß sie die Tür mit der Fußspitze auf. Protestierend schwang diese auf und gab den Blick auf eine Sesselgruppe frei, die um Tischchen aus dunklem Holz drapiert war. Die Sitzmöbel bildeten einen scharfen Kontrast zum kühl glänzenden Chrom des Wandregals, in dem Armengal die Bücher und Folianten zur Schau stellte, die früher im Besitz von Graf Dalglen gewesen waren. Minn bezweifelte, dass der alte Knacker von Kardinal die Werke je gelesen hatte.

Ein hochgewachsener Mann mit von Silber durchzogenem dunkelblondem Haar stand vor dem Regal und strich mit den Fingerspitzen über einen Buchrücken. Schlank, aber breitschultrig, mochte er sowohl Gelehrter als auch Kämpfer sein. Der hellen Haut nach zu urteilen, bekam er nicht viel Sonne ab, was durch das Grau seines Wamses noch betont wurde. Die Hosen waren von tiefem Blau, am Gürtel prangte ein Schwert mit schwarzer Scheide und silberumwickeltem Griff.

Er wandte sich stirnrunzelnd um, als Minn die Tür aufdrückte. Die Fältchen an seinen Schläfen zeigten, dass er oft und gern lächelte, doch in den smaragdgrünen Augen lag Schwermut – die augenblicklich verschwand, als er den Tee schnupperte. »Mmh, dich schickt der Himmel.« Mit der Hand wedelte er den Dampf zu sich herüber. »Oder vielmehr die freundliche Matrone dieses Hauses, schätze ich.«

»Eigentlich war's der Koch.« Minn musste lachen. »Wo darf ich den Tee hinstellen?«

»Einfach auf den seltsamen Tisch da, der aussieht wie das Hinterbein einer Riesenechse.«

Sie tat, wie ihr geheißen und sog dabei noch mal den verführerischen Duft ein. Draußen vor dem Fenster schoben sich Wolken vor die Sonne. Ein Sturm zog auf.

»Wie heißt du?«

»Hm? Ach so, mein Name ist Minn. Und Ihr seid Herr Rojin, richtig? Der Händler, Berater und Freischärler.«

»Sagt man das alles von mir?« Er zog eine Augenbraue hoch. »Na, dann wird wohl was dran sein. Setz dich. Nimm dir auch eine Tasse, wenn du magst.«

»Oh. Das wäre Herrn Armengal sicher nicht recht.«

Der schelmische Zug um die Mundwinkel des Freischärlers verbreiterte sich zu einem spitzbübischen Schmunzeln. »Erstens ist er nicht hier. Und zweitens wäre es sehr unhöflich, einen Gast allein trinken zu lassen.« Er imitierte die Stimme Armengals so perfekt, dass Minn unwillkürlich lachen musste. Dieser Besucher war so gar nicht wie die üblichen Gäste des Kardinals. Wobei, auch Toryan war ja ganz anders gewesen als seine Kameraden. Sie dachte daran, wie er in jeder Freistunde immer *zufällig* dort aufgetaucht war, wo sie gerade zu tun hatte. Wie er ihr geholfen hatte, das entlaufene Maultier wieder einzufangen, und wie sie ihn zum Dank zum Picknick an ihren Lieblingsplatz am Weiher an der Gutsgrenze entführt hatte. Wie sie sich das erste Mal geküsst hatten … Sie verdrängte sein Gesicht aus ihren Gedanken, ließ sich in einen der Ohrensessel sinken und nahm eine Tasse. Der Tee schmeckte noch besser, als er roch. Welch ein Göttergebräu. »Darf ich Euch was fragen?«, wollte sie zwischen zwei Schlucken wissen.

»Sag ruhig Du zu mir.« Der Freischärler griff mit beiden Händen eine Teetasse und schnupperte genießerisch den Dampf ein, ehe er trank. »Und klar, frag.«

»Ihr … ich meine, du kommst doch aus Dimmgrund?«

»Ja. Und?«

»Da ist es schummrig, und jede Menge seltsame Wesen streifen dort herum. Also – wieso?«

Seine Augen funkelten amüsiert. »Eigentlich hat meine Heimat viele schöne Seiten. Zum Beispiel den Silberschattenhain. Nichts von Übel kann dort bestehen. Kein Lärm kommt dorthin, keine Hast und kein Leid.«

»Warum lebst du dann nicht immer dort?«

»Es ist ein Ort, der Frieden schenkt, aber keiner, an dem man ohne Unterlass verweilt. Verstehst du, was ich meine?«

»Hm. Ist er so was wie ein Tempel?«

Rojin rieb sich das Kinn. »Im gewissen Sinne. Nur zum Glück ohne Vorschriften.«

»Was ist an denen schlecht?«, fragte Minn belustigt.

»Prinzipiell nichts.« Er lächelte wieder sein entwaffnendes Lächeln. »Aber man sollte sich stets fragen, wer sie macht und warum.«

»Ja, ich würd gern mal wohin, wo keiner mir predigt, was falsch und richtig ist«, rutschte es Minn heraus. Sie schlug sich die Hände vor den Mund. Was war mit ihr los, dass sie ihr Herz so auf der Zunge trug? Sie kannte diesen Mann kaum. Bestimmt die Schuld von diesem Toryan, der ihr ständig im Kopf rumspukte.

»Das kann ich mir vorstellen. Du kannst mich ja mal in Dimmgrund besuchen und dir den Hain anschauen.« Er trank seinen Tee aus. »So gern ich mit dir plaudere, ich fürchte, jetzt musst du mich entschuldigen. Das Konklave rückt näher, und ich muss mich noch vorbereiten.«

»Selbstverständlich.« Sie stand auf und knickste. »Hat mich gefreut, dich kennenzulernen.«

»Ebenso, Minn.«

Treffen in der Nacht

Noch mal von vorn.« Nobu strich sich über den Schnurrbart und fixierte Toryan streng. »Wie verhältst du dich beim Konklave?«

»Ich antworte nur auf Fragen, die man mir stellt«, rezitierte Toryan, was der General ihm eine Stunde lang eingehämmert hatte. »Trinke nur etwas, wenn man es mir anbietet. Setze mich nur, wenn ich dazu aufgefordert werde. Und gehe erst, wenn man mich aus der Versammlung entlässt.«

»Richtig. Und?«

»Und vor allem halte ich mein freches Mundwerk im Zaum.« Toryan unterdrückte ein Augenrollen. Trotz der guten Ratschläge wäre er lieber einem Rudel ausgehungerter Widerborste gegenübergetreten als der Gesellschaft bei der Versammlung. Dummerweise ließ ihm niemand die Wahl.

Nobu fasste mit beiden Händen seine Oberarme und drückte sie. »Du bist bereit, Junge. Vorausgesetzt, du kannst das bis Morgen im Kopf behalten. Kommst mir etwas abwesend vor.«

Toryan rang sich ein Lächeln ab. Das fehlte noch, dass er dem General gegenüber erwähnte, dass er die ganze Zeit ein Mädchen im Kopf hatte.

»Jetzt geh und wasch dir den Staub von der Reise ab, putz deine Stiefel und sieh zu, dass du eine Mütze voll Schlaf bekommst«, sagte Nobu. »Wir sehen uns morgen.«

Toryan kratzte sich am Kopf. Verlaufen. In einem Herrenhaus. Mannomann, war das peinlich.

Hätte er bloß besser aufgepasst, als die Matrone ihm den Weg von General Nobus Zimmer zu seinem Quartier erklärt hatte. Stattdessen musste er ständig an Minn denken. Jetzt, wo er sie wiedergesehen hatte, merkte er überdeutlich, wie sehr er sie vermisst hatte. Sie war mutig, humorvoll, hübsch …

… und sie ist schuld daran, dass du nun auf einem Korridor stehst und keine Ahnung hast, wo du hinsollst, Toryan Trottelkopf, schalt er sich.

Da rumstehen ihn garantiert nicht ans Ziel bringen würde, stapfte er weiter. Samtläufer dämpften seine Schritte. Durch die Seitenfenster fiel trübes Licht auf die Porträts blasierter Männer und sauertöpfisch dreinblickender Frauen. Das war aber auch ein Riesenkasten! Zu düster für Toryans Geschmack, erfüllt von einer verblätternden Pracht, die ihn an einen Kater erinnerte, der einst ein stolzes Revier beherrscht hat und nun nur noch sein ergrautes Fell vor dem Kamin wärmt.

»Suchst du etwas, schöner Fremder?«

Er fuhr herum. Hinter ihm stand Minn, die Hände in die schmalen Hüften gestemmt. Obwohl sein Herz einen Hüpfer machte und er sie am liebsten sofort in die Arme geschlossen hätte, spielte er mit.

»Ähm, ja. Mein Zimmer.« Seine Ohren glühten. Blöde Ohren.

»Ich weiß, wo es ist.«

»Wunderbar«, entfuhr es ihm.

»Es liegt unterm Haus.« Sie tippte sich mit dem Zeigefinger gegen die Nase. »Wenn ich's recht bedenke, ist es mehr ein Verlies. Mit Moos an den Wänden und allem.«

»Ein … wie bitte?«

»Heimelig, oder, für ein Soldatenschaf wie dich?« Ihre Katzenaugen funkelten.

»Ich bin kein Schaf«, protestierte er empört, »sondern Grenzwächter in Dimmgrund. Ich hab einen Engel sterben sehen.«

Ihre Augen weiteten sich. Toryan biss sich auf die Zunge. Zu spät. Er konnte sich seine Worte ja schlecht zurück in den Mund stopfen.

Minn hob einen Finger. »Vorschlag. Ich zeig dir den Weg, dafür erzählst du mir mehr davon.«

»Ganz schön neugierig, junge Dame.«

»Ich bin keine Dame. Frag deinen Freund Orlid.«

»Den hast du ordentlich versohlt.« Er musste lachen.

»Ich nenne das Frühsport.« Sie grinste. »He, ich hab mich noch gar nicht bedankt, dass du mir vorhin geholfen hast.« Sie ging zu ihm, stellte sich auf die Zehenspitzen, schloss die Augen und küsste ihn. Endlich. Er hätte es keinen Moment länger aushalten wollen.

»Nicht der Rede wert«, sagte Toryan kurze Zeit später.

»Nicht, dass ich deine Hilfe gebraucht hätte.«

»Auf keinen Fall.«

»Gut, dass wir uns da einig sind.« Sie umfasste seine Hände und lächelte. »Du trägst noch das Armband, das ich dir letztes Jahr am Weiher geknüpft habe.«

Er nickte. »Es ist ein wenig ausgefranst, aber es hat mir immer Glück gebracht.«

»Das ist schön.«

»Wunderschön.« Er streichelte ihre Handrücken.

»Dann folge mir in dein Zimmer, Schafskopf«, neckte sie.

»Jawohl, Määäähsterin der Wege.«

Sie knuffte ihn in die Seite. Aber sie zwinkerte dabei.

Minn hatte nicht bleiben können, aber versprochen, bei Toryan vorbeizukommen, sobald ihre Pflichten erledigt seien. Nun fiel bereits Sternenschein durch das Fenster, der Docht der Tischlampe war beinahe heruntergebrannt. Aber keine Minn weit und breit.

Der Kardinal war am frühen Abend zurückgekehrt, zusammen mit der Delegation aus Freiholt. Hatte sie deshalb womöglich weitere Aufgaben aufgebrummt bekommen? Oder hatte sie schlicht keine Lust, Toryan zu sehen? Aber dann hätte sie es ihm doch gesagt. Ja, gewiss. Oder?

Toryan zwang sich, nicht länger auf und ab zu tigern oder in den Wandspiegel zu blicken, ob sein Wuschelhaar halbwegs glatt gekämmt lag. Stattdessen setzte er sich auf den quadratischen Holzklotz, von dem er nicht wusste, ob es ein Tisch oder ein Hocker sein sollte, öffnete eine Flasche Ingwerbier und schlug sein vom vielen Lesen zerfleddertes Exemplar von *Die fünf Wege des Sieges* auf. General Nobu hatte das Buch nach dem Krieg gegen Freiholt verfasst. Es galt als Meisterwerk in Kriegstaktik sowie für das Schmieden von Allianzen.

Für gewöhnlich versank Toryan ganz und gar in der Lektüre, doch heute musste er jeden Satz dreimal lesen.

Er gab auf und klappte das Buch zu. Starrte auf den Einband. Trommelte mit den Fingern auf seinem Oberschenkel. Stand auf, öffnete die Tür einen Spaltbreit, linste hinaus. Keine Minn. Aber was war das? Da standen Nobu und die Matrone Ryna vor dem Zimmer am Ende des Flurs. Was führte sie hierher? Toryan überlegte noch, ob er sich bemerkbar machen sollte, da öffnete sich die Tür. Der Freischärler Rojin spähte auf den Gang, dann winkte er die beiden hinein.

Toryan kratzte sich am Kopf. Dass sich der General und der Freischärler am Vorabend des Konklave auf ein Gespräch trafen, nun gut. Bloß warum setzten sie sich nicht bequem ins Kaminzimmer? Und was machte die Matrone bei ihnen?

Rätsel über Rätsel. Und noch immer nichts von Minn zu sehen.

Frustriert kehrte Toryan zu seinem halb vollen Bier zurück. Er würde ins Bett gehen, sobald er es ausgetrunken hatte. Jawoll.

Nie zuvor hatte er derart langsam an einem Getränk genippt.

Als er den letzten Zug nahm und sich damit abzufinden versuchte, dass Minn ihn versetzt hatte, klopfte es. Mit angehaltenem Atem öffnete er die Tür. Da stand sie, in Hosen und Leinenbluse und mit diesem schalkhaften Lächeln, das Sterne durch seinen Kopf tanzen ließ. Am liebsten hätte er den Anblick für alle Ewigkeit eingefangen.

Sie streckte ihm einen grobborstigen Schrubber hin. »Da. Alles, was man für die Schaffellpflege braucht.«

»Phänomäääähnal«, gab er zurück.

Beide lachten.

»Alle meine Aufgaben sind erledigt«, sagte Minn. »Bis morgen früh habe ich frei.«

»Das freut mich.« Dämliche Antwort. Dämlich, dämlich.

Sie sahen sich an. Toryans Mund wurde sandsteintrocken. Und wieso bitte klopfte sein Herz so schnell, als sei er meilenweit gerannt?

»Weißt ja, ich bin neugierig.« Sie trat einen Schritt auf ihn zu. Ihr Haar glänzte und roch nach Hafermilch und Himmel.

»Was willst du denn wissen?« Bei Bimbadims Bart, jetzt war zu allem Überfluss seine Stimme rau.

»Wer du bist.« Sie berührte seine Schulter. »Ein Soldatenschaf, das nur hier ist, weil sein General es befiehlt? Oder der Mann, mit dem ich Geheimnisse und Träume geteilt und in den ich mich verliebt habe?«

»Ich bin verzaubert«, sprudelte es aus ihm heraus. »Und ich *bin* der Mann, der dich liebt. Ich wäre schon viel früher gekommen, wenn ich gekonnt hätte. Und ich wünschte, ich könnte bleiben. Aber wenn die Truppen weiterziehen, muss ich mit.«

Sie trommelte mit den Fingerspitzen auf seine Brust. »Was meinst du? Schaffen wir es, heute Nacht nicht an Morgen zu denken?«

Er nickte. Ihre Lippen berührten einander, sachter als Tau die Blüten. Sie fuhr mit dem Finger die Form seines Kinns nach. »Du hast ja wirklich eine große Klappe.«

»Und du bist und bleibst ein Frechdachs.« Er zog sie an sich und gab ihr einen Klaps auf den Hintern.

Zur Antwort krallte sie ihre Fingernägel in seinen Rücken und saugte seine Lippen zwischen ihre, als wollte sie seine Seele inhalieren. Er löste sich, küsste ihren Hals, wanderte mit der Zunge aufwärts, knabberte an ihrem Ohrläppchen.

Minn vergrub den Kopf an seiner Schulter. »Ich mag das«, murmelte sie, während sie sein Hemd aufknöpfte. »Nur beiß mich nicht.«

»Entschuldige«, sagte er. »Ich wollte nicht …«

»Klappe, Schafskopf.« Sie stieß ihn aufs Bett, setzte sich rittlings auf ihn, vergrub ihre Hände in seinem Haar. Er spürte die Hitze ihres Körpers durch die Kleidung, ließ seine Hände unter ihr Wams gleiten, über ihren Rücken, ihre Taille. »Mach jetzt bloß nicht Mäh«, murmelte sie.

Er verschloss ihren frechen Mund mit Küssen.

Sie richtete sich auf, ließ ihr Becken kreisen, strich ihm übers Schlüsselbein, krallte beide Hände in seine Brust. Toryan hörte keuchende Atemstöße und stellte überrascht fest, dass es seine eigenen waren. Er fasste sie um die Hüfte und drehte den Kopf, sodass sein Hals frei lag. Er liebte es, dort geküsst zu werden.

Minn stieß ein halb lustvolles, halb gequältes Wimmern aus, leckte sich die Lippen, näherte sich mit offenem Mund seiner Kehle. Im nächsten Augenblick schüttelte sie den Kopf, als hätte irgendwer ihr etwas zugerufen. Statt seinen Hals zu liebkosen, umfasste sie sein Gesicht und drehte es zu sich. »Bleib so«, bat sie. »Sieh mich an.«

Er tat, was sie verlangte. Sie stieß ihn nicht mehr von sich, bis sie nackt und nassgeschwitzt in wohliger Erschöpfung nebeneinanderlagen.

»An diese Hitze könnte ich mich gewöhnen«, murmelte Minn, den Kopf an seine Brust gekuschelt.

»Wenn dir Wärme gefällt, solltest du nach Gorvul kommen, sobald die Grenze wieder sicher ist.« Toryan streichelte schläfrig ihre Wange. »Ich weiß, ich habe das viel zu früh gesagt, als ich das letzte Mal hier war, aber ich meine es ernst.«

»Ist es denn sonniger im Schatten der Zitadelle als hier?«

»Gorvul ist viel mehr als die Zitadelle und der Dom. Wir haben helle Plätze, lichtdurchflutete Parks, wundervolle Tavernen. Und selbst wenn dir mal kalt wird, ich würde dich wärmen. Überleg es dir wenigstens, ja?«

Anstelle einer Antwort beugte sie sich zu ihm und küsste ihn. Nicht wild und leidenschaftlich wie zuvor, sondern lang und voll Zärtlichkeit. Er erwiderte den Kuss, und obgleich sie einander sonst nicht berührten, hämmerte sein Herz wie wild.

Sie löste ihre Lippen von seinen und strich sanft über seine Seite. »Oha. Schon wieder neue Narben?«

Er verzog das Gesicht. »Widerborste haben fiese Krallen. Besonders wenn ihre Jungen frisch aus einem Kadaver geschlüpft sind.«

»Mhhh. Und wie willst du mich in Gorvul wärmen, wenn du Nachtkrabbler an der Grenze bekämpfst?«

»Ich könnte mich versetzen lassen«, sagte er hastig. »Zur Stadtwache, oder …«

»Schon gut«, unterbrach sie. »Ich wollte dich nur necken.«

»Oh. Ah. Ja klar.«

Beide schwiegen.

»Bevor wir Zukunftspläne schmieden, müssen wir erst mal sehen, dass wir überhaupt eine Zukunft haben«, löste Minn die Stille auf, eh sie drückend werden konnte. »Also halte morgen beim Konklave dein vorlautes Mundwerk im Zaum.«

»Vorlautes Mundwerk? Das sagt die Richtige. Außerdem klingst du jetzt wie General Nobu.«

»Wie lang bist du bei der Versammlung dabei?«

»Keine Ahnung.« Er unterdrückte ein Schulterzucken. »Schätze, sie stellen mir ein paar Fragen und das war's.«

»Gut.« Sie räkelte sich und stupste seine Brust mit der Nasenspitze an. »Weil ich danach nämlich alles wissen will. In sämtlichen Einzelheiten.«

»Ich weiß nicht, ob ich darüber reden darf.«

»Ich bekomm's schon aus dir raus«, nuschelte sie. »Versprochen.«

Spione auf Gut Eulenstein

Es passierte am Frühabend des Folgetages, als Minn die Eibenhecke schnitt.

Davon abgesehen, dass Hände, Hemd und Hosen vom Pflanzensaft klebten – und dass es sie vom Konklave fernhielt –, mochte sie diese Arbeit. Da konnten die Gedanken so schön wandern. Zu Toryan, zum Beispiel. Wie zärtlich sich seine starken Hände auf ihrer Haut angefühlt hatten. Wie er die Innenseite ihrer Schenkel geküsst hatte, quälend langsam nach oben gewandert war und …

»Autsch, verdammt.« Das hatte sie nun von der Tagträumerei. Sie war mit der Schere abgerutscht und hatte sich in den Zeigefinger der freien Hand geschnitten. Keine tiefe Wunde, aber tief genug, dass es brannte und ein Rinnsal Blut aus der Kuppe floss. Minn saugte es weg. Ihr Finger verharrte auf dem Weg aus dem Mund.

Etwas in ihr *erwachte.*

Der Rest der Welt verdunkelte sich. Der herbe Geruch der Pflanzen, die Wärme der Sonne auf ihrer Haut, alles rückte hinter einen Schleier. Es gab nur noch den roten Stern und die purpurnen Blutschlieren, frisch und warm und lockend.

Eine Hand rüttelte an ihrer Schulter und riss sie zurück in die Wirklichkeit. »Feierabend ist, wenn die Tempelglocken schlagen, junge Dame«, sagte Ryna streng. »Die Beete da hinten sind …« Sie stockte und erblasste, als sie das Blut und Minns Gesichtsausdruck sah. Ohne Umschweife schnitt Ryna sich mit der Heckenschere einen Stoffstreifen aus dem Gewandsaum, packte Minns Hand, schlang den Streifen um den Finger und zurrte ihn fest. Es pochte dumpf, doch Minn sah kein Blut mehr. Ihr Blick klärte sich, und zurück blieb einzig ein fernes Hämmern im Hinterkopf, wie damals, als sie zu viel von Armengals Likör stibitzt hatte.

»Worauf wartest du?«, fragte Ryna, wieder ganz die brüske Matrone. »Das Beet jätet sich nicht von selbst.«

Minn legte die Heckenschere weg, schnappte sich eine Harke und begann, die Erde vor den Sträuchern zu malträtieren. Hauptsache, dieses Gefühl ging weg, dieser erstickende, verlockende, schwindelerregende Sog. »Ich harke, ich harke, ich harke das Beet, ich harke, ich harke, von früh bis spät«, trällerte sie vor sich hin, wieder und wieder, um alle Gedanken zu vertreiben. Es gelang ihr so gut, dass sie glatt das Abendläuten überhörte. Erst als Schussel-Ann ihr die Harke förmlich aus der Hand riss, hielt sie inne.

»Hör mit dem Geleier auf, Minn«, schimpfte Ann. »Du klingst furchtbar. Und vor allem, hör auf zu arbeiten. Es dämmert schon.«

Tatsächlich. Die ersten Sterne funkelten am Firmament, Stecknadelköpfe in einem Ozean aus Tinte. Erfreut und ein wenig verblüfft klopfte Minn sich die Erde von Händen und Hose. Zwar gab es eine Wasserpumpe neben dem Schuppen für die Gartengeräte, doch aus einer Laune heraus beschloss sie, sich am Seerosenteich den Dreck vom Gesicht zu waschen – und sei es nur, damit Ann sie nicht ausfragte, warum Minn heute Abend keine Zeit für sie hatte. Sie schnappte sich ihren Umhang und wünschte der verdutzten Freundin einen schönen Abend.

Der Teich lag im hinteren Gartenteil des Herrenhauses. Als Minn das schmiedeeiserne Gittertor öffnete, kreischte es wie eine aus dem Schlaf gerissene Fledermaus. Zum Glück befand sich weit und breit niemand, der es hätte hören können.

Eine Gruppe Schwarzfichten umstand das Gewässer, es roch nach Nadeln und feuchter Erde. Minn ließ sich am Steinrand nieder und blickte in das sternenbeschienene Wasser. Der Teich reflektierte ihr Spiegelbild – ein Mädchen an der Schwelle zur Frau, mit vollen Lippen, Apfelbäckchen, Stupsnase und Mandelaugen, wegen der die anderen Kinder sie früher *Nussgesicht* genannt hatten. Mutter hatte dieselben Augen gehabt.

Das Antlitz im Teich sah sorglos aus. Wie wenig ein Spiegelbild doch über eine Person verriet. Minn spritzte sich Wasser über die Arme, und die Spiegelung verschwamm. Sie hatte keine Lust, schwermütigen Gedanken nachzuhängen. Bald würde sie wieder in Toryans Armen liegen, und die Welt mochte draußen ihren Gang nehmen.

Stimmen drangen durch die Abendluft. Natürlich. Das Konklave fand bestimmt in Armengals Salon statt. Was die wohl redeten? Nun, das Salonfenster lag Richtung Teich.

Minn rieb sich das Kinn. Wenn sie beim Lauschen erwischt würde, mochte sie das in ernste Schwierigkeiten bringen. Andererseits, die Wachen standen vor der Tür *im* Haus. Außerdem hatte Minn eine bessere Nachtsicht und ein schärferes Gehör als jeder andere auf Gut Eulenstein, was ihr schon auf so manchem Streifzug durch die Vorratskeller zugutegekommen war. Sie würde es merken, wenn jemand sich näherte.

Die Neugier siegte. Auf Händen und Knien pirschte sie sich ans Herrenhaus heran, wobei ihr entgegenkam, dass das Gras in diesem Teil des Gartens hoch stand und die Tannen Schatten bis zur Hauswand warfen.

Die Erde krümelte unter ihren Fingern, der Mauerstein roch modrig. Von einem Erker starrte ein Wasserspeier mit obszön langer Zunge missbilligend auf sie herab. Minn streckte ihm ihrerseits die Zunge heraus, kauerte sich unterhalb des Fensters hin und spähte ins Innere. Unzählige Kerzen in Silberständern sowie mit Kraftsteinen betriebene Lampen erleuchteten den Raum taghell.

Das Essen war schon vorbei. Trotzdem quoll die Tafel noch über vor Karaffen voller Likör, Wein und Säfte. Körbe mit knusprigem Brot und Schüsseln mit Gemüse drängten sich neben Porzellangeschirr, auf dem sich Pasteten stapelten, Kristallschalen voll Obst wetteiferten mit Türmen aus Pralinen um die Gunst der Gäste. Beinahe wäre Minn ein sehnsüchtiges »Mjamm« entfleucht.

Toryan war nicht zu sehen. Dafür saß das Oberhaupt des Klerus, der Purifikant Damian, in einem der Ohrensessel vor dem Kamin. Ihm gegenüber nippte eine mittelgroße, schlanke Frau, die Minn nicht kannte, an einem Kelch Wein. Ihr kurz geschnittenes, dichtes schwarzes Haar reichte nach Art der freiholtschen Krieger nur bis über die Ohren. Stand ihr gut. Die wachen Augen strahlten Ruhe und Aufmerksamkeit aus, und ihren Bewegungen wohnte eine Geschmeidigkeit inne, wie Minn sie von den Veteranen Gut Eulensteins kannte.

Das musste die Ratsherrin Shanesa sein. Neben ihr, in Hemd und dunkle Hosen gekleidet, lehnte Rojin mit überkreuzten Füßen und einer Schale voll Sahnepudding am Rand des Kamins.

Der stämmige Hausherr Armengal trug weiße Hosen sowie ein Hemd vom Rot einer frischen Schweineleber. Breitbeinig stocherte er mit einem Schürhaken in den Flammen, wobei er Minn die Kehrseite zuwendete. Unwillkürlich stellte sie sich vor, wie es wäre, ihm jetzt einen Tritt in den Schwabbelhintern zu verpassen.

Als hätte sie den Gedanken laut ausgesprochen, trat Armengal vom Kamin weg und klopfte mit einem Löffel gegen ein Kristallglas. »Meine Dame, meine Herren«, verkündete er, »wir können nicht länger auf Kardinal Tadeeans Eintreffen warten. Das Licht gebe, dass ihm nichts zugestoßen ist. Für uns gilt es zu entscheiden, wie wir der Bedrohung durch die Altnacht begegnen wollen. Wenn es stimmt, was der junge Grenzwächter sagte, stehen wir unmittelbar vor einem Krieg.«

Toryan war also bereits gehört worden. Kurz überlegte Minn, sich zurückzuziehen und zu ihm zu gehen. Andererseits, was würde er für Augen machen, wenn sie ihm erzählen konnte, was im Konklave besprochen worden war.

»General Nobu vertraut ihm.« Damian ließ den Wein in seinem Kelch kreisen. Der Flammenschein spiegelte sich im Rubin seines Siegelrings wider. »Ich bin mir nicht sicher. So oder so, die Zeichen sind eindeutig. Das Erscheinen des Feuersterns, der Mord am Wächterengel …«

»Nicht zu vergessen der heimliche Grenzübertritt in Freiholt«, ergänzte Ratsherrin Shanesa. »Die Blutfürsten müssen entweder sehr verzweifelt oder sehr zuversichtlich sein, unser beider Reiche herauszufordern.«

»In der Tat.« Rojin kniff die Augen zusammen und blickte zum Fenster. Hatte er Minn etwa bemerkt? Nein, er stellte die Schale ab und fuhr fort. »Die Frage ist, weiß jemand mehr über diese Dämmergeborene?«

»Sie ist nichts als eine Legende.« Armengal fläzte sich in einen Sessel und machte eine wegwerfende Geste.

»Die Blutfürsten glauben offenbar, dass mehr dahintersteckt«, sagte Shanesa. »Immerhin sind sie bereit, wegen dieser ›Legende‹

einen Krieg vom Zaun zu brechen. Es gibt nicht zufällig etwas, was der Klerus verschweigt?«

Minn konnte ihr Glück kaum fassen. Hier war etwas wahrhaft Großes im Gange, und sie wollte vom Donnerkeil geküsst sein, wenn sie nicht rausfand, was.

»Spart Euch Eure Verschwörungstheorien für Euren Ratssaal auf.« Armengal tippte die Fingerspitzen aneinander. »Wir sind hier, um ein Bündnis zu schmieden.«

Rojin setzte sich in den Sessel neben ihm, stützte den Ellbogen auf die Lehne und das Kinn in die Handfläche. »Sollten Verbündete einander nicht vertrauen?«

Armengal betrachtete ihn wie ein Stück Obst, an dem er einen braunen Fleck entdeckt hatte. »Eure mokante Art ist hier fehl am Platz. Wir haben Euch nicht hergebeten, um Fragen zu stellen. Ihr sollt berichten, was im Grenzland vor sich geht, wenn Ihr Euren Sonderstatus als freier Händler behalten wollt. Es heißt, Eure Mutter stammt aus Freiholt, Euer Vater aus Daosams Grenzregion. Da kann man sich schon fragen, wie vertrauenswürdig Ihr überhaupt seid.«

Rojins Lächeln schwand. Auf seiner Stirn begann eine Ader zu pochen. »Ihr mögt von mir als Mann des Wortes und Handels gehört haben. Aber droht mir noch mal, und Ihr lernt, dass mir das Schwert so vertraut ist wie die Feder. Ihr seid nicht die Einzigen, denen ich nutzen kann.«

Der Kardinal stierte ihn an. »Was hat von Euch Besitz ergriffen?«

»Der Zorn des Gerechten.« Trotz der feurigen Worte fiel Minn auf, dass Rojins Augen zufrieden blitzten, was Armengal jedoch nicht bemerkte. Hatte der Freischärler ihn etwa mit Absicht aus der Fassung bringen wollen?

Der Purifikant hob begütigend die Hände. »Meine Herren, Streit hilft keinem weiter. Außer den Mächten, die abzuwehren unser aller Wunsch ist. Ich bin sicher, niemand stellt Meister Rojins Loyalität infrage.«

Unvermittelt kroch Gänsehaut über Minns Nacken. Ihr war, als werde sie beobachtet. Sie sah sich um – nichts. Klar. Wer außer ihr sollte sich hier herumtreiben?

Sie konzentrierte sich wieder auf die Gespräche im Salon.

»Am Ende zählt, dass wir den Vormarsch der Altnacht aufhalten«, polterte Armengal. »Die Sicherheit Freiholts wird auch in Daosam verteidigt.«

Shanesa verschränkte die Finger ineinander. »Mich müsst Ihr nicht überzeugen. Ich werde dem Rat empfehlen, dass unsere Armee an der Seite des Klerus kämpft.«

»Vielleicht muss sie das gar nicht.« Rojin hob beide Hände. »Ich verstehe Euer aller Sorge. Dennoch sollte Krieg das äußerste Mittel sein. Die andere Seite hat ebenso Leben zu verlieren. Ich bin sicher, niemand geht gern in den Tod.«

»Sollen wir etwa warten, bis sie die Grenze überschreiten?«, unterbrach Armengal. »Ist das Euer Rat?«

»Lasst mich ausreden. Mein Rat wäre, zu verhandeln.«

Damian zupfte an seiner Stola. »Was der Altnacht anheimgefallen ist, kann nicht befriedet werden. Der Gefallene und alle, die ihm folgen, sind vereint im Hass auf das Licht.«

»Man könnte meinen, Ihr wollt nicht, dass ich und Ratsherrin Shanesa mehr von dieser Legende über die Dämmergeborene erfahren«, versetzte Rojin bedächtig.

Armengal lief puterrot an. »Impertinenter Kerl. Fangt Ihr schon wieder damit an?«

Etwas huschte ganz in Minns Nähe vorbei. Mit einer Hand tastete sie nach ihrem Messer. Mit der anderen riss sie ein Büschel Gras beiseite. Dahinter war … mehr Gras. Kopfschüttelnd stieß sie den Atem aus.

Weshalb bitte gefror der vor ihrem Mund zu einem Wölkchen?

Ein Schemen im Kapuzenmantel sprang Minn vom Dacherker an. Sie schlug hart auf dem Boden auf. Eine Hand legte sich über ihren Mund, die andere presste ihre Handgelenke zusammen. Wo der Angreifer Minn berührte, wich sämtliche Wärme aus ihr. Sie verlagerte das Gewicht und rammte das linke Knie in die Seite des Unbekannten. Der grunzte, wich aber nicht, sondern machte sich noch schwerer. Dabei verrutschte die Kapuze.

Minn starrte ins blasse Antlitz einer Schönheit mit glühenden Augen und einem sinnlichen Mund, hinter dem Fangzähne schimmerten. Eine Blutfürstin!

Erneut stieß Minn mit dem Knie zu. Die Kreatur drückte ihr die Hüfte gegen den Oberschenkel und der Stoß verlor alle Kraft. Trotz der Verbissenheit des Kampfes bemühten sich beide, möglichst leise zu sein.

Die Kälte betäubte Minn. Verzweifelt versuchte sie, ihre Gegnerin abzuschütteln. So filigran diese wirken mochte, ihre Kraft war übermenschlich. Selbst mit einer Hand hielt sie Minn so leicht unter Kontrolle, wie eine Katze eine Maus zu Boden drückt.

Tötet sie mich deshalb nicht?, schoss es Minn durch den Kopf. *Will sie mit mir spielen?*

Der Gedanke ließ eine Stinkwut in ihr aufsteigen. Sie erschlaffte für einen Atemzug, um die Blutsaugerin eine Handbreit näher an sich ranzulassen, damit sie einen Armhebel ansetzen konnte.

Das Miststück durchschaute den Trick.

Als Minn sich eindrehte, raste die freie Faust heran. Es war, als träfe ein Klotz aus Eis Minns Schläfe.

Dann – Dunkelheit.

Ein Aufbruch ohne Abschied

Das *rumms-rumms-rumms* einer Faust gegen die Zimmertür ließ Toryan aus dem Schlaf aufschrecken.

Sein Herz klopfte heftig, und als er sich das Haar aus der Stirn strich, war es ganz verschwitzt. Kein Wunder. Er hatte geträumt, dass er Hand in Hand mit Minn auf einer goldenen Straße Richtung Horizont schritt. Doch als er sich zu ihr drehte, um sie zu küssen, stand sie in Flammen. Ihr Gesicht schmolz, und eine Fratze mit Fangzähnen kam darunter zum Vorschein. Er wollte davonlaufen, aber Dunkelheit fraß die Sonne, bis die brennende Minn das letzte schreckliche Licht in der Finsternis war.

Die Matrone Ryna streckte den Kopf durch die Tür. »Entschuldigt, Herr Toryan. Ihr sollt schnellstmöglich in den Hof kommen. Befehl Eures Generals.«

Toryan wusch sich den kalten Schweiß von der Stirn, schlüpfte in seine Wächteruniform und gürtete sich mit seinem Schwert. Seine Gedanken schweiften zu Minn. Sie war vergangene Nacht nicht aufgetaucht. Spielte sie mit ihm? Hatte er sich nur eingebildet, dass da mehr als rein Körperliches zwischen ihnen war? Oder hatte er sie zu sehr bedrängt, sie mit seinem Vorschlag, ein gemeinsames Leben anzufangen, vergrault? Er versuchte das schale Gefühl der Enttäuschung zu verdrängen. Während er die Gänge entlang- und die Treppen hinablief, hielt er nach ihr Ausschau. Verschiedene Bedienstete huschten durchs Haus. Sie war nicht darunter.

Der Hof von Gut Eulenstein schien sich in einen explodierten Ameisenhaufen verwandelt zu haben. Krieger wuselten herum, sattelten Pferde, gürteten sich mit Waffen, füllten Vorratsfässer oder ölten die Kolben der Dampfkarren.

Toryan erblickte Nobu und eilte zu ihm.

»Fertig zum Aufbruch, Langschläfer?«, begrüßte ihn der General.

»Wieso Aufbruch? Wohin?«

»Ein Kriegstrupp der Altnacht ist in Daosam eingedrungen und belagert Kardinal Tadeeans Feste.«

»Was? Wie ist das möglich?«

»Der Phönixweidenhain ist gefallen.«

Toryans Herz schlug schneller als die Hämmer der Handwerker an den Proviantfässern. Vor Asgreals Ankunft, so wusste er aus den Historienstunden in der Akademie, hatten Grenzwächter jene schmale Landzunge in Daosam gesichert, wo keine reißende Strömung und kein bodenloser Abgrund die Grenze zur Altnacht schützte. Nach Ankunft der Engel wurde in den Erfinderlaboren Servuls die Idee geboren, Netze aus Energie zwischen den Bäumen entlang des Grenzstreifens zu spannen, die alles pulverisieren würden, was sie zu durchbrechen versuchte.

Was genau schiefgegangen war, wusste heute niemand mehr. Von den Alchemisten hatte man vor Ort jedenfalls nur noch Aschehäufchen gefunden. Noch bizarrer war ihr Vermächtnis gewesen. Blitze zuckten ohne sichtbaren Ursprung zwischen den Ästen der Weiden hin und her und setzten die Stämme in Brand. Sobald ein Baum zerfiel, erhob sich aus der Asche ein neuer Sprössling, der binnen weniger Atemzüge zur stattlichen Brennweide emporschoss, und der Kreislauf aus Vernichtung und Auferstehung begann von Neuem. So hatten die Erfinder ihr Ziel letztlich doch erreicht, wenngleich sie ihren Triumph nicht mehr hatten genießen können.

»Der Seraph Egroger brachte die Neuigkeiten«, fuhr General Nobu fort. »Im Augenblick hält er Kriegsrat mit dem Purifikanten und Kardinal Armengal. Er wird unterwegs zu uns stoßen.«

Toryan saugte an seiner Unterlippe. Die Kampfkraft des Kriegsengels wog hundert Männer auf. Die Erinnerung an den Anblick Bahrakels bei den Sieben Söhnen verursachte ihm allerdings Unbehagen. »Was ist mit Purifikant Damian?«

»Seine persönliche Garde eskortiert ihn zurück nach Gorvul. Niemand weiß, wie sicher die Straßen noch sind, also werden sie wenig bereiste Nebenwege nehmen. Und jetzt mach dich nützlich.« Der General wuchtete ihm einen Sack mit Arkebusenkugeln in die Arme.

Toryan ging unter dem Gewicht leicht in die Knie. »Wohin damit?«

»Auf den Kolbenwaggon.« Nobu deutete auf eines der zahnradbewehrten Gefährte. »Und dann sieh zu, dass du was zwischen die Zähne bekommst. Wir brechen in Kürze auf.«

Toryan hoffte bis zum Schluss, dass Minn noch auftauchen würde. Selbst als die Waggons dampfzischend anrollten und die Pferde in Trab verfielen, spähte er noch zwischen die Hecken. Doch das Tor von Gut Eulenstein schloss sich hinter ihm, ohne dass sie sich hatte blicken lassen.

Seine Brust stach, und das Atmen fiel ihm so schwer.

Vermutlich wäre sie ohnehin nicht mit mir gekommen, sagte er sich. *Ich hätte sie nie wiedergesehen, und eine Verabschiedung hätte alles nur schwerer gemacht. Es ist für uns beide besser so.*

Doch egal, was er sich einzureden versuchte, der Schmerz im Innern blieb.

Minn erwachte, als ein langes, raues Etwas ihr Gesicht kitzelte. Eine Klaue? Sie riss die Augen auf. Nein, ein Grashalm, der halb in ihrem Nasenloch steckte. Was die Frage aufwarf, weshalb sie mit dem Gesicht voran auf dem Boden lag.

Die Erinnerung stürzte auf sie ein. Die Versammlung. Der Angriff der Blutsaugerin. Sie tastete sich panisch über Hals und Handgelenke. Keine Bissspuren. Dafür eine fette Beule überm Ohr, wo der Schlag sie getroffen hatte. Donnerkeil und Blitzgewitter, das Miststück hatte Kraft gehabt.

Minn zupfte ein Büschel feuchtes Gras ab und tupfte sich damit gegen die Schwellung. Was hatte die Vampirin hier gewollt? Ein Attentat begehen? Nein, wenn ein Mord passiert wäre, dann wäre längst jemand auf Spurensuche gegangen und hätte Minn gefunden. Also Spionage.

Woher weiß ein Wesen der Altnacht von dem Konklave? Und wie ist es aufs Gelände gelangt?

Benommen rappelte Minn sich auf, linste erneut in den Salon. Leer. Die Kerzen waren zu Stummeln herabgebrannt, der Tisch war mit Soßenflecken verspritzt, von Hühnerknochen hingen Haut und Fleischfetzen. Minn schaffte es noch so eben, sich von der Wand abzuwenden, ehe sie sich übergab.

Sie musste jemandem melden, was passiert war.

Aber dann wissen sie, dass ich gelauscht hab. Womöglich komm ich wegen Spionage in den Kerker. Bestimmt kann ich es Toryan sagen. Er wird wissen, wem er das anvertrauen kann.

Schwankend machte sie sich auf den Weg zum Haupthaus. Erst als sie aus dem Schatten der Bäume trat, fiel ihr auf, wie hoch die Sonne stand. Es war bereits Mittag. Sie hatte ihren Dienst verpasst. Und, weit schlimmer, die Verabredung mit Toryan. O dreimal vermaledeiter Donnerkeil!

Ihre Schläfen schmerzten, als stocherte ein Kobold mit einer Feuernadel darin herum. Gesenkten Kopfes schlurfte sie Richtung Haupthaus.

»He, da bist du ja«, rief der Pferdeknecht Foy, als sie auf den Kiespfad neben den Ställen einbog. »Ryna sucht dich. Die ist fuchsteufelswild. Du wirst ganz schön was auf die Ohren bekommen.« Seine Stimme verebbte, als sie ihn ansah. Rasch wandte er sich wieder seinen Strohballen zu.

Vor dem Gesinderaum holte Minn tief Luft, strich sich das Haar zurück und klopfte an.

»Rein, mit wem auch immer.« Die Matrone klang, als hätte sie Reibespäne gefrühstückt. Oh, oh!

»Ähm«, sagte Minn, während sie zögerlich die Tür aufdrückte. »Ich bin's.«

Ein eierlegender Hund hätte Minn kaum mehr verblüfft als Rynas Reaktion. Die Matrone sprang von ihrem Schreibtisch auf, wobei sie ein Tintenfass bedenklich ins Schwanken brachte, raste zur Tür und schloss sie in die Arme. »Das Licht sei gepriesen. Ich dachte schon, der Purifikant hätte dich mitgenommen!«

Nun war Minn verdattert. »Wieso sollte er? Er hat doch genug Personal.«

»Was? Ja. Natürlich. Egal, egal.« Ryna flatterte mit den Händen. »Hauptsache, du bist da.«

»Jaaa, nicht wahr?«

Rynas Blick fiel auf die Dienstpläne an der Wand. »Du hättest heute Morgen Einkäufe in Eschgard erledigen sollen.«

»Tut mir leid. Ich hab verschlafen.«

»Du warst nicht in deinem Zimmer.« Rynas Blick bekam etwas Weiches. »Du warst bei dem Jungen, stimmt's? Diesem Toryan? Ich hab gesehen, wie du ihn angesehen hast, vorgestern auf dem Hof. Und er dich. War er nicht vor einigen Monaten schon mal hier und hat mit dir den Ausflug zum alten Weiher gemacht, obwohl ich verboten hatte, auf die alten Koppeln zu gehen?«

Minn klappte den Mund auf. Klappte ihn wieder zu.

»Ist schon gut. Als ich in deinem Alter war, hätte ich ihn bestimmt ebenfalls … ähm … mitgenommen. Aber lassen wir das. Du wirst die Morgenschicht nacharbeiten. Klar?«

»Ja. Sicher.« Minn starrte ihre Zehenspitzen an.

»Gut. Als Erstes hilfst du Schu… hilfst du Ann, die Füllungen für die Pasteten in die Küche zu schaffen. Danach servierst du dem Kardinal seinen Tee.«

»Uh, kann das nicht einer der Dienstboten machen?«

»Übertreib's nicht, junge Dame.« Über Rynas Brauen erschienen die senkrechten Falten, die immer dann auftraten, wenn sie kurz davor war, ernsthaft sauer zu werden.

»Schon gut. Ich mach's ja.«

»Keine Sorge.« Die Matrone atmete tief durch. »Das Konklave ging bis spät in die Nacht. Er wird dir nicht lange Predigten halten.«

Wenn's das nur wäre, dachte Minn.

»Woher hast du die Beule an der Schläfe?« Ryna kniff die Augen zusammen. »Hat dieser Toryan das getan? Dann kann er froh sein, dass er weg ist.«

»Was? Nein, nein, ich hab mir … Moment. Er ist weg?«

»Wie tief hast du denn geschlafen? Die Soldaten mussten nach Daosam, in den Krieg. Der gesamte Hof war in Aufruhr.«

Minn hörte die Worte wie durch Watte. Toryan war fort. Und sie hatte ihn versetzt. Vielleicht sah sie ihn nie wieder. Etwas Feuchtes rann über ihre Wangen. Ärgerlich wischte sie es weg. Sie hatte seit Jahren nicht geweint, und dreimal vermaledeiter Donnerkeil, sie würde es auch jetzt nicht tun. Stattdessen grub sie sich die Fingernägel so tief in die Handflächen, dass es wehtat, um die Leere zu verdrängen, die sich in ihr breitzumachen drohte.

Armengal hing mehr in seinem Sessel, als dass er saß. Obwohl es Spätnachmittag war, hatte er sich in einen Abendrock aus blau-silberner Seide gehüllt. Aus blutunterlaufenen Augen stierte er Minn an. Auf seinem Schreibtisch stand eine leere Flasche, aus einem Mundwinkel rann ein Speichelfaden über die Wulstlippen. Na toll. Nüchtern war er ein selbstgefälliger Griesgram, aber betrunken wurde der alte Bock unausstehlich.

»Euer Tee, Kardinal.«

»Ah, das Mägdlein Minn.« Armengal lallte leicht. »Komm her, komm. Wo hast du die letzten Wochen gesteckt?«

»Gartenarbeit. Ihr wisst schon.« Sie setzte das Tablett vor ihm auf dem Schreibtisch ab.

»Nein, weiß ich nicht. Läufst mir kaum noch über den Weg. Dabei bist du recht ansehnlich geworden. Nicht mehr so ein Brett wie als junges Gör.« Er legte einen Arm um ihre Hüfte und zog sie zu sich. Armengal hatte ihr schon öfter im Vorbeigehen einen Klaps versetzt, was Minn zähneknirschend geschluckt hatte, aber zu viel war zu viel. Statt sich gegen ihn zu stemmen, tat sie, als stolperte sie nach vorn. Dabei stieß sie ihm beide Hände vor die Brust, getarnt als Versuch, sich abzufangen. Der Sessel kippte hintenüber. Armengal ruderte wild mit den Armen wie eine fette Ente, die versucht abzuheben. Vergebens. Es krachte gleich zweimal, als er auf dem Boden aufschlug und die Flasche vom Tisch fiel und neben seinem Kopf zersprang.

»Tollpatschiges Weibsstück.« Der Kardinal zog sich am Tisch hoch, puterrot im Gesicht. An seinem Hinterkopf wuchs eine hornförmige Beule. »Ich sollte dich …«

Die Tür wurde aufgerissen und Ryna stürmte mit wehenden Röcken herein. »Was ist passiert?«

»Dieser Tölpel ist auf mich draufgefallen«, lamentierte Armengal. »Nichts als Stroh zwischen den Ohren, das Mädchen.«

»Wer selbst Honig am Kopf kleben hat, sollte aus der Sonne bleiben«, murmelte Minn. Ryna warf ihr einen beschwörenden Blick zu.

Armengal hob den Flaschenhals auf und fuchtelte damit herum. »Bring mir Ersatz für die hier.«

»Herr, Ihr habt den letzten Rum gestern Nacht mit Seiner Exzellenz Damian ausgetrunken«, sagte Ryna.

»Dann soll Minn ihren Hintern gefälligst Richtung Stadt bewegen und neuen holen.«

»Es wird bald dunkel«, sagte Ryna betont ruhig.

»Mit ihrer guten Sicht wird sie den Weg von Eschgard zurück schon finden.«

Es stand Ryna ins Gesicht geschrieben, dass sie noch etwas erwidern wollte, doch Armengal wedelte mit der Hand, als wollte er eine Biene verscheuchen. »Raus jetzt. Ich habe zu arbeiten.«

Ja, daran, Platz für die nächste Flasche zu schaffen, dachte Minn. Laut sagte sie: »Sehr wohl, Herr«. Ryna sollte auf keinen Fall seinen Unmut wegen etwas auf sich ziehen, was sie verbockt hatte. Rückwärtsgehend und mit gesenktem Haupt zogen sie und die Matrone sich aus dem Studierzimmer zurück.

»Was hast du bloß wieder angestellt?«, fragte Ryna, als sie außer Hörweite waren.

»Dafür gesorgt, dass er mich nicht begrapscht.«

Ryna seufzte. »Manchmal vergesse ich, wie die Männer dich sehen. Für mich bist du noch das kleine Mädchen, das ich vor Jahren herbrachte. Vielleicht ist es an der Zeit, dass du woanders hingehst.«

»Seid Ihr böse? Ich wollte Euch keinen Ärger machen.«

»Nein, Kind. Ich bin nicht böse.« Ryna strich ihr übers Haar. »Ich will das Beste für dich. Du musst wissen, ich bin … Nein, das ist weder der richtige Ort noch Augenblick. Komm zu mir, wenn du aus Eschgard zurück bist. Dann reden wir. Es gibt vieles, was du erfahren musst.«

Verwirrt, traurig und missmutig suchte sich Minn ihren Weg durch Eschgards Händlerviertel. Sie versuchte sich einzureden, dass es besser war, im schwindenden Tageslicht umherzustapfen, als sich von Armengal betatschen zu lassen. Womöglich hatte der Vorfall ja sein Gutes, und der alte Suffkopf würde künftig die Finger von ihr lassen.

Andernfalls muss ich ihm eines Tages dahin treten, wo selbst das Licht Asgreals nicht scheint, überlegte sie. *Dann sind alle Gedankenspiele, woanders mein Glück zu suchen, ganz ohne Rynas Zutun entschieden.*

Warum wollte die Matrone sie plötzlich loswerden? Wo sie doch sonst um sie herumflatterte wie eine Glucke um ihr Küken? Hatte sie endgültig genug von Minns Flausen und Tagträumerei? Nein, es steckte mehr dahinter, das spürte Minn instinktiv. Nur was, was? Dinge nicht zu wissen machte sie verrückt. Und noch verrückter, wenn es dabei um sie ging.

Sie ließ die Werkstätten der Filzmacher, Schmiede und Schnitzer hinter sich und bog in die steil abfallende Gasse ab, in der die Spezialitätenhändler und Destillerien ihre Geschäfte hatten. An den Seitenwänden der Häuser waren bereits die Gaslaternen entzündet und tauchten ihre Umgebung in schummriges Licht.

Vielleicht sollte ich tatsächlich nach Gorvul gehen, überlegte Minn. Bislang hatte die Hauptstadt mit ihren frömmelnden Bewohnern keine große Anziehungskraft auf sie ausgeübt. Aber was spielte das schon für eine Rolle, solange sie mit Toryan zusammen sein konnte. *Seine* Berührungen hatte sie sich gern gefallen lassen. Er war sanft, respektvoll und leidenschaftlich. Er verstand sie und er brachte sie zum Lachen. So komisch das klang, sie hatte sich vom ersten Moment an bei ihm geborgen gefühlt. Und jetzt, nach ihrem Wiedersehen, wusste sie sicher, dass auch sie ihm etwas bedeutete.

Aber ich hab ihn versetzt, warf sie sich vor. *Jetzt hält er mich bestimmt für eine dieser Dirnen, die von Bett zu Bett hüpfen wie Grillen von Halm zu Halm.*

Sie wollte nicht, dass er so von ihr dachte. Sie wollte ihn wiedersehen.

»… ganz schön dreist, wenn du denkst, dafür drei Rindslenden zu bekommen«, riss eine Stimme sie aus ihren Gedanken. Sie kam vom Metzgerladen ums Eck.

Minns Neugier war geweckt. Sie ignorierte das Stimmchen im Hinterkopf, das sie daran erinnerte, was ihre Neugier ihr wenige

Stunden zuvor eingebracht hatte. Stattdessen suchte sie sich einen Winkel in einem Hauseingang, von dem aus sie einen guten Blick auf den Laden hatte, ohne selbst gesehen zu werden. Unter der Eingangstür, in deren Querbalken ein Schweinekopf und zwei gekreuzte Beile geschnitzt waren, stand der Fleischer Haerns, die Arme über der fleckigen Schürze verschränkt. Seine Äuglein unter dem hellblonden Haar glichen denen der Säue, die er verarbeitete, die Wangen ähnelten Hundelefzen. Minn mochte ihn nicht. Der Kerl war grober als die Leberwurst, die als seine Spezialität galt. Vor allem Fremde konnte er nicht leiden. So wie den schlanken Mann, der vor ihm stand und ihn mit einer Mischung aus Spott und Fassungslosigkeit ansah. »Was ist das Problem?«, fragte Rojin der Freischärler.

»Deine Barschaft. So komische Münzen nehm ich nicht.«

»Also, ich bin der Letzte, der Streit sucht. Aber diese Münzen sind offizielles Zahlungsmittel. Auch in Eschgard.«

»Leg noch zwei von den silbernen drauf und ich erinner' mich vielleicht daran«, feixte Haerns.

Rojins Augen verengten sich. »Ist das Fleisch mit Edelsteinen gesalzen, oder was?«

»Tu's oder lass es.«

»Ich geb dir *eine* Münze mehr, und auch nur, weil ich weder Zeit noch Lust habe zu streiten.« Rojins Stimme wurde gefährlich ruhig. »Oder soll ich bei Kardinal Armengal erwähnen, wie ich hier bedient wurde?«

Das gehässige Grinsen wich aus dem Gesicht des Fleischers. Einen Augenblick schien es, als würde er handgreiflich werden, doch dann trat er beiseite und ließ den Freischärler eintreten. Kurz darauf verließ dieser den Laden wieder, unterm Arm ein Paket.

Im Nachhinein wusste Minn nicht zu sagen, was beim dreimal vermaledeiten Donnerkeil sie dazu gebracht hatte, ihre Pflicht aufzuschieben und ihm mit etwas Abstand zu folgen. Nur dass ihr Leben danach nie wieder dasselbe war.

Blutrausch

Der Freischärler ließ das Händlerviertel hinter sich und bog auf einen Pfad entlang des Steinkanals ein, der in die Außenbezirke Eschgards führte. Wenige Laternen erleuchteten die Dämmerung, was es Minn leicht machte, ihm im Schatten der Weiden am Ufer zu folgen.

Rojin erreichte die Stadtmauer und schlüpfte durch ein schmales Tor hinaus auf einen Feldweg, auf dem tagsüber Bauern ihr Getreide ins Städtchen brachten. Als Minn einige Atemzüge später hinterherhuschte, stockte er, blieb stehen und blickte sich um. Minn hastete hinter einige Garben, wo sie mucksmäuschenstill verharrte.

War ich schnell genug?, fragte sie sich. *Donnerkeil und Blitzgewitter, weshalb schlägt mein Herz überhaupt so? Schließlich tu ich nichts Verbotenes.*

Irgendwie half es nicht, sich das zu einzureden.

Eine gefühlte Ewigkeit später linste sie aus ihrem Versteck hervor. Rojin war zu einem Punkt in der Ferne geschrumpft. Was musste der Kerl auch so lange Storchenbeine haben!

Sie eilte im Schutz der hochstehenden Halme übers Feld. Wo war er? Da. Er steuerte auf eines der halb verfallenen Landhäuser zu, in denen früher Feldarbeiter untergebracht worden waren – damals, als Menschen aus dem Süden zur Erntezeit noch nach Eschgard gekommen waren. Bevor es die Dreschmaschinen gegeben hatte.

Ohne sich noch einmal umzusehen, verschwand der Freischärler im Schatten eines Bogenganges. Minn zwang sich, langsam bis dreißig zu zählen. Dann folgte sie ihm.

Der Gang war lang. Hier und da blätterte Putz vom Mauerwerk und bildete weiße Häufchen auf dem Boden. Sie ließen Minn an zermahlene Knochen denken. Am Gangende hing eine Tür in den

Angeln. Rojin hatte sie hinter sich zugezogen, doch ein Spalt blieb offen. Stimmen drangen auf den Gang. Vorsichtig näherte Minn sich der Tür und spähte hindurch.

Und wünschte, sie hätte es nicht getan.

Auf dem Boden machten sich zwei Wesen über die blutigen Fleischstücke des Metzgers her. Eines war über und über mit Stacheln bedeckt und trug einen Sattel - der Nachtkrabbler, den Minn im verwilderten Teil der Gutskoppeln gesehen hatte.

Doch es war die andere Gestalt, die ihr Schauer über den Rücken jagte. Diese saß in eine Kutte gehüllt da und hätte bei flüchtigem Hinsehen als Mensch durchgehen können. Nur hätte kein Mensch auf diese Weise das Blut aus einem Stück Fleisch gesaugt, oder Muskeln und Fasern derart zerfetzt. Augen glühten in der Tiefe der Kapuze, an deren Rändern sich Raureif gebildet hatte. Vor Minn kauerte die Blutfürstin, die sie am Vorabend überwältigt hatte.

Als sei es das Selbstverständlichste auf der Welt, saß Rojin ihr im Schneidersitz gegenüber – so nah, dass sich ihre Knie berührten – und kaute ein Stück Brot. »Es ist, wie es ist, Rhymmia«, sagte er zwischen zwei Bissen. »Ich verstehe den Standpunkt der Elf, und ich bin wahrlich kein Freund des Klerus. Aber ich verabscheue Extreme. Und das Leben einer Unschuldigen zu opfern ist doch ziemlich extrem.«

»Wir respektieren dein Mitgefühl und die Werte des Bundes der Waage«, drang die Stimme der Blutfürstin aus den Tiefen des Stoffs. »Aber wir müssen die Dämmergeborene finden, ehe die Engel es tun.«

»Ich weiß.« Er seufzte. »Deshalb bin ich ja hier.«

»Du musst die Hüterin dazu bringen, dass sie uns sagt, wer es ist. Sonst ist Krieg unvermeidlich. Du hast die Teilnehmer am Konklave gehört.«

Rojin zauste sich das Nackenhaar. »Die Ignoranten. Zu selbstherrlich für Kompromisse.«

»Und blind für den Informanten in ihrer Mitte.« Rhymmias Augen glitzerten wie Eiskristalle am Grund einer Schlucht.

»Stimmt.« Rojins Mundwinkel zuckte, doch sein Grinsen ebbte ab, so schnell es gekommen war. »Trotzdem, wenn Fürst Lurmenor die Dämmergeborene töten will …«

»Das ist nicht gesagt. Sie zu ihm zu bringen, ist auf alle Fälle der einzige Weg, sie und uns zu retten. Kontaktier mich über die Kristalle, wenn du etwas herausfindest.« Die Kapuzengestalt saugte das letzte Blut aus dem Fleisch, warf den Rest fort und legte ihre Stirn an seine. »Danke fürs Essen.«

»Kein Problem. Da hinten ist noch etwas für morgen. Ihr könnt …«

Das groteske Reittier hob den Schädel. Die Schnauze zuckte. Ein Grollen drang aus dem Maul. »Langlok wittert Besucher.« Die Blutfürstin war so schnell auf den Beinen, dass die Bewegung vor Minns Augen verwischte. »Geh, ehe dich jemand sieht. Wir lenken sie ab.«

»Was, wenn es zum Kampf kommt?«

Rhymmia schnaubte verächtlich. »Es sind nur Menschen.«

»Also gut. Pass auf dich auf. Wir hören uns in Bälde.« Rojin huschte zu einer Tür an der Rückseite des Raumes und verschwand in den Schatten.

Minns Herz pochte so laut, dass sie fürchtete, es müsste bis nach Gut Eulenstein zu hören sein. Wenn das Stachelvieh eine derart feine Nase hatte, warum hatte es nicht zuvor auf ihre Anwesenheit reagiert?

Keine Zeit für müßige Fragen. Jetzt hörte sie auch die Schritte vor dem Gebäude. Ein halbes Dutzend Männer, mindestens.

Das Schicksal spielte offenbar mal wieder seine Das-darf-doch-wohl-nicht-wahr-sein-Karte aus. Nun, Minn hatte nicht vor, bis zum Ende der Partie zu bleiben. Wobei abhauen leichter gedacht als getan war. Vorn raus? Keine Chance. Und am hinteren Ende saß die Blutsaugerin. Zwischen Blitz und Sturm gefangen. Na Glückwunsch.

Minn rieb sich das Kinn. *Denk nach. Es gibt immer einen Ausweg.*

Stahl scharrte. Stiefel stampften.

Sie straffte sich, bereit, in den Raum mit der Blutsaugerin zu rennen. Die Chance, diese zu überrumpeln und durch die Hintertür zu fliehen, war höher, als an einem Trupp Krieger vorbeizukommen.

Sie wollte eben lossprinten, als das Stachelvieh den Gang entlangfegte. Minn presste sich an die Seitenwand, dennoch streiften Dornen ihre Waden und Hüfte und hinterließen blutige Schrammen. Aber das war nichts verglichen mit dem, was die Neuankömmlinge abbekamen.

Es krachte. Männer kreischten. Licht drang an Minns Auge. Stachelvieh war Richtung Straße durchgebrochen und hatte dabei den halben Ausgang mitgenommen. Es brüllte triumphierend, um die Aufmerksamkeit auf sich zu lenken, während Frauchen durch die Hintertür flüchtete.

»Schützt die Dampfkutsche«, brüllte eine tiefe Stimme. »Lasst es nicht vorbei.«

Minn linste in den Raum. Leer. Na also.

Sie huschte durch den Hinterausgang und fand sich in einem verwilderten Innenhof wieder, von dem aus ein Gartentörchen auf die Straße führte. »Da, ein Vampir«, schrie jemand. »Das Monster war eine Ablenkung.«

Minn rannte zu dem Tor und duckte sich in den Schatten. Vor ihr spielte sich eine bizarre Szene ab. Stachelvieh spuckte eine Dornensalve auf einen Soldaten, der im Begriff war, seine Arkebuse abzufeuern. Von einem Dutzend fingerlanger Geschosse durchbohrt, stürzte der Mann zu Boden. Stachelvieh machte kehrt und raste die Straße hinab, wo die Blutfürstin wartete. Ohne dass es anhielt, schwang sie sich in seinen Sattel, und das Gespann sauste Richtung Osten davon, eine Wolke aus Staub hinter sich aufwirbelnd. Einige Soldaten jagten noch Arkebusenschüsse hinterher, die entweder ihr Ziel verfehlten oder den Wesen der Altnacht nichts anhaben konnten.

»Bei Bahrakels Schwert, da sind sie hin«, fluchte ein breitschultriger Paladin in aufwendig ziselierter Goldrüstung, den Minn im Gefolge des Purifikanten gesehen hatte. »Wo kam die Kreatur auf einmal her?«

Alle Blicke wandten sich zum Gartentor.

Minn kroch tiefer in die Schatten zurück. Mit etwas Glück würde sie unbemerkt bleiben.

»Holt den Hund«, befahl der Paladin. »Wenn noch was im Gebäude ist, findet er's. Die anderen bewachen die Dampfkutsche.«

Drei Soldaten kamen die Straße herab. Einer führte einen Köter mit langen Lefzen an der Leine, der aussah, als fräße er problemlos ein Kalb zum Frühstück. So viel zum Thema Glück. »Dreimal verfluchter Donnerkeil«, entfuhr es Minn. Sie nahm die Beine in die Hand und rannte los.

Wäre Stachelviehs großer Bruder aus dem Gärtchen hervorgewalzt, hätten die Soldaten kaum erstaunter sein können. Minn sauste an ihnen vorbei, über die Straße, Richtung Felder. Zwischen den hohen Halmen konnte sie einer ganzen Armee entkommen.

Fast hätte sie es geschafft. Aber sie musste sich ja umsehen, ob der Hund hinter ihr herhetzte.

So übersah sie den Straßengraben.

Sie rutschte weg und dachte noch, dass das zu diesem Unglückstag passte.

Dann knallte ihr Kinn gegen die Grabenkante.

Ein Schwall kalten Wassers holte Minn aus ihrer Betäubung. Keuchend und japsend riss sie die Augen auf. Sie befand sich in dem Raum, in dem Rojin und die Blutfürstin gesessen hatten. Durch den Gang fiel Dämmerlicht herein. Sie konnte nicht lange bewusstlos gewesen sein.

Man hatte ihr die Hände auf den Rücken gefesselt und sie gegen eine Wand gelehnt. Ein Augenlid war angeschwollen, ihr Kinn pochte dumpf. Sie schielte abwärts über die Nase. Wo sie unfreiwillig den Graben geküsst hatte, war ihr ein ordentlicher Höcker gewachsen.

»Willkommen zurück, Miststück.«

Sie hob den Blick. Vor ihr stand der breit gebaute Paladin mit einem tropfenden Eimer in den Händen. Zwei seiner Kameraden hatten sich an der Tür postiert und starrten zu ihr herüber. Ein weiterer Mann betrat mit sichtlichem Naserümpfen soeben den Raum.

Minns Herz setzte einen Schlag aus. Das war niemand anderes als der Purifikant Damian höchstselbst. Er kam heranstolziert, ging vor ihr in die Hocke und musterte sie. Seine Stirn legte sich in Falten. »Ich kenne dich, Kind.«

»Von Gut Eulenstein.« Ihre Stimme klang rau. »Ich arbeite dort als Magd.«

»Richtig.«

»Was macht Ihr hier?«, platzte Minn heraus.

»Schweig gefälligst, wenn du nicht gefragt wirst.« Der Paladin donnerte den Eimer keine Handbreit über Minns Kopf an die Wand. Das Holz zerbarst, einer der Splitter bohrte sich in Minns Hals. Sie biss die Zähne zusammen und unterdrückte einen Schmerzenslaut.

»Lass nur, Jaldar. Ich schätze es, wenn jemand Erkenntnis sucht.« Damian lächelte milde. »Wir waren auf dem Rückweg nach Gorvul, als sich mein Amulett bemerkbar machte.« Er griff unter seine Robe und zog eine Kette hervor, an der eine fein gehämmerte Sonne aus Silber baumelte. »Es wurde von den Alchemisten in Servul nach Anleitung des Lichtbringers selbst geschmiedet. Wenn übernatürliche Wesen in der Nähe sind, wird es warm. Und siehe da, inmitten von Feldern und verlassenen Gehöften stoßen wir auf Kreaturen der Alten Nacht. Und dich. Bist du eine Freundin der Dunkelheit?«

Sie schüttelte den Kopf.

»Der Blutfürst. Was hatte er hier verloren?«

Minn hätte einfach sagen können, was sie wusste. Über den Freischärler. Dass Rhymmia das Konklave belauscht hatte. Vielleicht lag es am Tonfall des Purifikanten, vielleicht an der Tatsache, dass die Blutfürstin sie am Vorabend nicht getötet hatte, obwohl es ihr ein Leichtes gewesen wäre. Vielleicht war Minn auch einfach satt, von klerikalen Würdenträgern rumkommandiert zu werden. Jedenfalls zuckte sie mit den Schultern.

»Rede gefälligst.« Das Gesicht des Paladins ähnelte einer reifen Tomate.

»Eben hieß es noch, ich soll schweigen.«

»Recht aufmüpfig für eine Dienstmagd.« Die Stimme des Purifikanten war katzenfreundlich, doch Minn spürte förmlich die verborgenen Krallen. »Jaldar, wärst du so nett?«

Der Paladin schlug Minn mit der Rückseite der Hand ins Gesicht. Ihr Kopf knallte gegen die Wand. Sie fühlte ihr linkes Lid weiter zuschwellen und eine Beule am Hinterkopf wachsen. Als hätte die am Kinn nicht gereicht.

Jaldar packte sie am Haar und zog sie in eine aufrechte Sitzposition zurück. Minn war, als hämmerte eine Horde Handwerker gegen ihre Schädeldecke. Wider Willen stieß sie ein Wimmern aus.

Zwei Damians tauchten vor ihr auf. Minn blinzelte, und der Purifikant schob sich wieder zu einer Person zusammen. Was nach Minns Geschmack immer noch einer zu viel war.

Damian streichelte ihre Wange. »Wir sind da, um die Menschen vor den Schrecken der Alten Nacht zu beschützen, Tochter. Du kannst uns helfen. Erzähl uns, was du weißt. Es wird dein Herz leichter machen. Bleibst du jedoch stur, muss ich annehmen, dass du eine Verbündete der Finsternis bist.«

»Ich bin sicher, das würde Euch sehr schmerzen«, nuschelte Minn, obwohl sie wusste, dass sie das Raubtier nicht noch am Schwanz ziehen sollte.

Der Purifikant hielt inne. Der Rubin seines Siegelrings drückte kalt gegen Minns Haut. »O ja. Aber nicht so sehr wie dich.« Er zog die Hand mit dem Ring nach unten und schlitzte Minns Wange auf. Blut lief ihr in den Mund, metallisch-salzig und ach so köstlich. Sie ließ es in ihrem Mund kreisen, auf ihrer Zunge zergehen, als sei es edler Wein.

Die Zeit verlor den Griff auf sie.

Minn sah keine Menschen mehr. Nur unzählige Adern, in denen verlockender Lebenssaft seine Bahnen zog. Gier durchflutete ihren Körper, gepaart mit nie gekannter Kraft.

Erneut schlug Jaldar ihr ins Gesicht. Hart.

Es knackte, als Minn ihren Kiefer mit einer ruckartigen Bewegung wieder einrenkte. »Das war nicht nett«, verkündete sie. Der Paladin glotzte sie fassungslos an.

Minn zerriss ihre Fesseln so problemlos, als wären es Bindfäden. In einer fließenden Bewegung packte sie Jaldar am Revers. Er drehte sich ein und versuchte, sie über seine Hüfte zu schleudern. Ebenso gut hätte ein Kleinkind versuchen können, einen Ochsen zu werfen. Minn rollte sich über seinen Rücken ab, drehte sich und riss den Ellbogen hoch. Jaldars Kopf wurde mit grausamer Wucht nach hinten geschleudert, begleitet von einem trockenen Knacken. Leblos sackte er zusammen.

Die zwei Männer von der Tür kamen herangestürzt. Sie tänzelte an ihnen vorbei, schnappte beide am Nacken und donnerte ihre Köpfe zusammen. Sie rührten sich nicht mehr.

Minn fuhr herum. Fixierte Damian. Sie musste nur die Fleischhülle entfernen, um sich an seinem Blut zu berauschen. Sie wiegte ihren Oberkörper und leckte sich die Lippen, als sie sich ihm näherte.

»Weiche von mir, Wesen der Altnacht«, kreischte der Purifikant. Mit weit aufgerissenen Augen riss er sich den Anhänger mit der Silbersonne vom Hals und reckte ihn ihr entgegen. Seine Hand zitterte.

Minn schlug das Amulett ungehalten beiseite. Für den Bruchteil eines Moments fühlte es sich an, als hätte sie in glühende Kohlen gefasst. Ihre Haut wölbte sich und schlug Blasen.

Damian stieß ein Triumphgeheul aus, das augenblicklich verstummte, als Minns Schmerzensschrei in ein kehliges Lachen überging. Sie drehte die Hand, pustete, und die Brandblasen verschwanden von ihrer Haut wie Seifenschaum von Wasser.

»Was bist du?«, fragte Damian fassungslos. Seine Halsschlagader pochte, dick und lasziv. »Silber verbrennt die Vampire und ihre Brut. Du müsstest dich in Qualen auf dem Boden winden.«

»Du meinst, so wie du?«, gurrte Minn. Und biss zu.

Minn kam im Straßengraben vor den Toren Eschgards wieder zu sich. Der Mond stand hoch am Himmel. Sie musste stundenlang bewusstlos gewesen sein.

Rasende Kopfschmerzen fielen über sie her wie ein ausgehungertes Wolfsrudel. Sie fuhr sich mit den Händen übers Gesicht. Rostfarbene Flocken bröckelten davon ab.

Mit einem Schlag kehrte die Erinnerung zurück. Der Purifikant. Sie hatte ihn getötet. Ausgesaugt wie ein Zecher seinen Weinschlauch, bis nichts mehr übrig war als schlaffe, wachsweiße Haut. Seine Männer hatten zerbrochenen Spielzeugen gleich dagelegen, als sie trunken vom Blutrausch aus der Ruine geflohen war. Zwei reglos, betäubt oder tot. Der dritte hatte sich lautstark übergeben, und Minn war zu satt gewesen, um Zeit mit ihm zu verschwenden.

Er hat mich gesehen.

Ein Schluchzen entrang sich ihrer Kehle. Sie wusste nicht, was sie mehr entsetzte. Ihre grauenhafte Tat oder die Konsequenz daraus. Man würde sie jagen, und früher oder später würden die Häscher des Klerus sie finden. Wenn sie Glück hatte, töteten diese sie an Ort und Stelle. Wahrscheinlicher war, dass man sie nach Gorvul schaffte und an den Sonnenbaum band, ein strahlenförmiges Gestell voller Düsen, aus denen Feuerstöße gepumpt wurden.

Sie werden predigen, dass das Licht die Dunkelheit besiegt. Dann legt ein Priester den Hebel um, und die ganze Stadt wird zusehen, wie ich zu Asche zerfalle. Minn, das Monster. Zerstäubt zum Ruhme des Lichtbringers.

Sie schlang die Arme um sich. Vielleicht wäre es besser so. Dann konnte sie wenigstens keinem mehr ein Leid zufügen.

Aber ich will leben.

Da war sie wieder. Diese innere Stimme, die sich immer dann meldete, wenn Minn sich zutiefst einsam, unnütz oder verloren fühlte. Die ihr sagte, dass etwas Größeres auf sie wartete. Dass sie ihr Leben nicht wegwerfen durfte, allem Selbsthass, Frust und aller Trauer zum Trotz. Es war, als spräche ein Teil ihrer Seele zu ihr, der sonst im Verborgenen lag. Sie wusste nie, ob er dunkel oder hell war.

Die letzten Worte des Purifikanten hallten ihr noch in den Ohren nach. *»Was bist du?«*

Minn hätte es ihm nicht sagen können, selbst wenn sie es gewollt hätte. Warum überkam sie plötzlich dieser raubtierhafte Rausch, wenn sie Blut kostete? Sie hatte sich schon oft auf die Zunge gebissen oder beim Üben mit den Gutswachen blutige Schrammen geholt, ohne dass etwas passiert war. Hatte Rhymmia ihr das angetan? Nein – schon gestern an der Hecke hatte Blut etwas in ihr ausgelöst. Woher also kam diese Gier, aus offenen Venen zu trinken, die jeden klaren Gedanken aus ihrem Kopf verbannte?

Was sie auch war, Menschen waren gestorben. Wegen ihr. Sie musste weg, weit weg, irgendwohin, wo sie keiner kannte und wohin der lange Arm des Klerus nicht reichte.

Doch zuvor musste sie Abschied nehmen.

Die Tür von Rynas Zimmer war ein wenig wie die Matrone selbst. Das Holz mochte hart wirken, doch es war Stabilität, war Zuhause. Wie einst als kleines Waisenkind, stand Minn allein da, und wieder hoffte sie, dass Ryna sie retten würde.

Ein halbes Dutzend Mal hatte Minn den Messingklopfer schon angehoben, ohne ihn gegen die Tür fallen zu lassen. Wie würde Ryna reagieren? Würde sie Minn an die Soldaten ausliefern? Am klügsten wäre, einfach zu verschwinden. Aber das brachte sie nicht übers Herz. Bei aller Strenge, mit der Ryna sie oft behandelt hatte, kam sie einer zweiten Mutter sehr nah. Minn schloss die Augen und ließ den Klopfer fallen. Dumpf dröhnte er gegen das Holz.

Ein Stuhl rückte. Pantoffeln schlurften. Die Angeln ächzten, als die Tür sich öffnete. Gekleidet in ein tiefblaues Nachtgewand starrte Ryna auf den Gang. Bei Minns Anblick weiteten sich ihre Augen. »Bei allen Himmeln! Rein mit dir, na los.« Sie scheuchte sie hinein, ohne eine Frage zu stellen. Minn hätte nicht dankbarer sein können.

In der Stube war es behaglich warm. Auf dem Holztisch unterm Fenster dampfte eine blau lackierte Kanne Schwaden ab. Eine Gaslampe, ein halbes Dutzend Kerzen und ein kleiner Kamin verbreiteten warmes Licht. Ein Vorhang trennte den Raum vom Schlafbereich.

Ryna fasste Minn an den Schultern, musterte sie von oben bis unten, betastete die Beulen. »Die Schwellungen sehen böse aus, aber es scheint nichts gebrochen. Ist das dein Blut?«

Minn schüttelte den Kopf. Sie konnte sich nicht erinnern, die Matrone je ohne Dutt gesehen zu haben. Nun flutete Rynas haselnussbraunes, von grauen Strähnen durchzogenes Haar offen über die Schultern und rahmte ihr eckiges Gesicht mit den blassgrünen Augen. Ihr Nachthemd betonte die Brüste, die weit mehr dazu angetan waren, Männer starren zu lassen, als Minns kleine Äpfel. Überrascht stellte sie fest, dass Ryna schön war. Daran änderte selbst die Tatsache nichts, dass die Matrone die Stirn in strenge Falten legte. »Bist du hergekommen, um mich anzustarren? Na? Was ist passiert?«

Sosehr sie sich auch dagegen wehrte, brachen sich Minns Tränen erneut Bahn. »Der Purifikant«, sprudelte es aus ihr heraus. »Ich hab ihn umgebracht.«

Ryna erstarrte für einen Moment. »Setz dich, husch.« Sie drückte Minn auf einen Stuhl, schob ihr eine Schüssel mit Gebäck hin und goss ihr eine Tasse Tee ein. »Trink«, befahl sie, während sie ein Tuch mit bitter riechender Tinktur aus einem Fläschchen beträufelte. »Da. Press das auf dein Kinn und deinen Kopf. Nein, warte. Ich mach das. Du stärk' dich. Und erzähl mir alles.«

Irgendwie schafften es die Anweisungen der Matrone, dass Minns Herz ruhiger schlug. Sie begann sich von der Seele reden, was geschehen war.

»Dann ist es also passiert. Ich hab's befürchtet, seit der rote Stern am Himmel steht.« Ryna stand auf, zog den Vorhang zum Schlafraum beiseite und zog eine messingbeschlagene Truhe unter ihrem Bett hervor.

»Äh. Was? Ryna, *was* ist passiert?«

»Warte.« Verschlüsse klickten. Die Matrone kramte in der Truhe und brachte ein ledergebundenes Buch zum Vorschein, gefolgt von einem Anhänger mit dem Bild einer Waage darauf. Schließlich förderte sie einen Mantel und ein Säckchen zutage. Ächzend stemmte sie sich hoch und platzierte alles vor der völlig verblüfften Minn auf dem Tisch. »Du musst nach Freiholt. In den Landen des Klerus bist du nirgendwo sicher. Den Mantel wirst du brauchen, denn in der Wildnis stehen dir Nächte ohne Bett bevor. In dem Beutel da sind meine Ersparnisse. «

Minn schlug den Blick nieder. »Das kann ich nicht annehmen.«

»Still jetzt. Sieh dir das hier genau an.« Ryna hielt ihr den Anhänger mit der Waage unter die Nase. Wieso nur kam er Minn so bekannt vor?

»Du kannst niemandem trauen und darfst dich niemandem zu erkennen geben, außer er oder sie trägt dieses Zeichen«, schärfte Ryna ihr ein. »Verstanden?«

»Ja, schon, nur …«

»Hier. Ich packe dir ein paar Vorräte in diesen Leinenbeutel. Das Buch verstaue ich darunter. Pass gut darauf auf. Darin steht alles über dein Erbe. Den Blutfluch.«

Minn fühlte sich, als würde ihr zum zweiten Mal an diesem Abend ein Eimer Wasser ins Gesicht gekippt. »Du *wusstest* es? Wusstest all die Jahre, dass ein Monster in mir steckt? Woher? Warum hast du trotzdem auf mich aufgepasst? Ich war so oft unaufmerksam. So undankbar. Ich …«

»Hör auf rumzuleiern, Minn. Siehst du? Ich leg dir einen Kompass dazu. Er wird dir unterwegs gute Dienste leisten.«

In Windeseile rief Minn sich die Geografie rund um Eulenstein vor Augen. Unweit der alten Koppeln bildete der Gabelweihfluss eine

Schneise zum Grimmwald. Dieser führte westlich durch unwirtliches Sumpfgebiet ins Ketzerreich Freiholt, weiter nördlich nach Dimmgrund – die Grenzregion zur Altnacht, wo groteske Kreaturen hausten und die letzten Blutfürsten Zuflucht vor dem Strafgericht der Engel gesucht hatten. »Ob mit oder ohne Kompass, ich weiß nicht, ob ich den Weg abseits der Straße finde«, gestand sie zerknirscht.

»Chun wird ihn dir zeigen.«

»Donnerkeil und Blitzgewitter, Chun?« Stand die Welt denn jetzt komplett kopf? Minn kannte den Holzfäller von klein auf. Er kam alle paar Wochen aufs Gut, um Ryna Brennholz, Reisig und Schnitzwerk zu bringen. Er schäkerte mit den Mägden, trank Bier wie andere Wasser, und wann immer Minn ihm über den Weg lief, erzählte er ihr Geschichten oder brachte ihr was über Tiere und Heilkräuter bei. Als Kind hatte sie das geliebt, doch irgendwann waren ihr seine ständigen Belehrungen auf die Nerven gegangen. Komisch. Allen anderen Leuten gegenüber war Chun kein bisschen darauf erpicht, Wissen weiterzugeben. »Der wird sich bedanken, wenn ich unverhofft auf seiner Schwelle stehe«, sagte sie.

»Ich sende ihm eine Elster mit einer Nachricht. Bei ihm erwarten dich Schutz, Hilfe und Nahrung.«

»Bei ihm erwartet mich vor allen Dingen ein Sermon aus guten Ratschlägen«, entfuhr es Minn.

»Und die wirst du brauchen.« Die Matrone fasste sie an den Schultern. »Chun kennt die Wildnis besser als jeder andere. Du kannst ihm trauen, und das ist mehr, als man über den Rest der Welt sagen kann. Du bist jetzt eine Gejagte.«

Minn verzog das Gesicht, als hätte sie in eine Bitternuss gebissen. »Danke, dass du mich noch mal daran erinnerst.«

Der Hauch eines Lächelns huschte über Rynas Züge.

»Wieso erwacht gerade jetzt dieser Blutdurst? Was wird aus mir?«

Das Lächeln verschwand. Sorgenfalten ließen Ryna alt aussehen. »Wenn der Morgenstern sich rot färbt, entscheidet sich das Schicksal der Welt. So steht es in den Prophezeiungen geschrieben.«

»Was heißt das? Woher weißt du das alles?«, fragte Minn.

»Ich bin die Hüterin, Kind. Geh jetzt zu Chun, mein Mädchen. Danach lies das Buch. Und pass auf dich auf.«

»Und du auf dich.« Minn hatte einen Kloß im Hals. Sie drückte der Matrone einen dicken Kuss auf die Wange, zum ersten Mal seit Jahren. Dann wandte sie sich ab und huschte hinaus in die Nacht, ehe Ryna sehen konnte, dass schon wieder Tränen über ihr Gesicht liefen.

HETZJAGD

Das Gras entlang der Auffahrt zu Gut Eulenstein schimmerte im Schein der Laternen. Aus einigen Fenstern der Wirtschaftsgebäude drang Licht, warm und einladend. Minn fühlte einen Stich, als sie daran dachte, wie sorglos die Menschen darin über einem Becher Gewürzwein saßen, in fröhlicher Runde lachten oder sich unter ihre Decken kuschelten. *Hör auf, dich zu bemitleiden*, schalt sie sich. *Eil dich lieber, eh du Gelegenheit bekommst, dich wirklich zu bedauern.*

Etwas flatterte so dicht über ihren Kopf hinweg, dass sie zusammenzuckte. Das Ding krächzte spöttisch, ehe es in der Dunkelheit verschwand. Ryna hatte also ihre Elster losgeschickt. Minn hoffte inständig, dass dem blöden Vieh unterwegs nichts zustieß. Die Botenvögel waren zwar für Nachtflüge ausgebildet, aber im Wald ging so manches um, was vorwitzigem Federvieh ein schnelles Ende bereiten konnte. Oder jungen Frauen auf der Flucht.

Sie drückte beide Daumen – einen für die Elster, einen für sich selbst –, dass nichts davon ihren Weg kreuzen würde.

Am Gutstor endeten die Laternen. Die Dunkelheit machte Minn im Grunde nichts aus, sie hatte nachts schon immer gut gesehen. Es war nur … nun, es fühlte sich an, als ob ihr altes Leben hier endete und sie einen Pfad ins Ungewisse betrat.

Sie schlüpfte durchs Tor und lief etwa eine halbe Meile Richtung Norden. Links überdachte Gesträuch den Weg, rechts befand sich das Mäuerchen zu den Gutskoppeln, die noch in Gebrauch waren. Es wurde niedriger und niedriger, bis es in den Boden überging. Die gepflasterte Straße endete an der Brücke über den Gabelweihfluss.

Eine grünspanbesetzte Pforte bildete deren Aufgang. In die Pfeiler waren Satyre mit Hörnern und Drachen mit Schnurrbärten graviert. Als Kind hatte Minn diese Wesen stundenlang betrachtet und sich

Geschichten über sie ausgedacht. Die Figuren waren Freunde gewesen, mit denen sie in ihrer Fantasie Abenteuer erlebt und fremde Welten bereist hatte. »Lebt wohl«, flüsterte sie. Eine Antwort bekam sie nicht.

Der Fluss rauschte in der Dunkelheit unter ihr hinweg. Minn empfand einen irrationalen Neid auf das Wasser, das nie innehielt, sondern so selbstsicher seinem Ziel entgegenströmte. Sie selbst hingegen hatte keine Vorstellung, wohin ihr Weg führen würde.

Am anderen Ufer drang ihr der Geruch von Laub und feuchter Erde in die Nase. Schwarz und stumm ragte der Wald vor ihr auf. Die Bäume kamen ihr nicht länger wie verträumte Riesen vor, sondern wie urtümliche Raubtiere, die darauf harrten, ihre knorrigen Fänge in lebendes Fleisch zu treiben. Allein ihre gute Nachtsicht bewahrte Minn vor Stürzen.

Etwas knurrte. Minn machte einen erschrockenen Satz, bis sie begriff, dass das Geräusch von ihrem Magen kam. Wann hatte sie das letzte Mal etwas gegessen? Vor einem Tag, ehe sie das Konklave ausspioniert hatte? Die Erinnerung kam ihr unwirklich vor, als stammte sie aus einem anderen Leben.

Frustriert schlug sie einen tief hängenden Zapfen davon. Wenn die Heldinnen in den Geschichten in die Wildnis gerieten, war diese stets eine Wunderwelt voll verzauberter Lichtungen, Faune und reich gedeckter Tafeln, die sich unter dem Gewicht exotischer Speisen bogen. Minns Realität bestand aus Moos, verdächtig riechenden Pilzen und Flechten. Alles Bitten, Betteln und Geleier würde ihr hier keine heiße Milch und kein Zimtmandelbrot einbringen. Hier gab's keine Gutsküche. Nur Nacht und Bäume, Bäume, Bäume. Missmutig befahl sie ihrem Bauch, gefälligst die Klappe zu halten, und stapfte weiter.

Gespinst hing zwischen den Ästen. Minn hoffte, dass es Nebel war. Spinnweben konnte sie nicht leiden. Die Alten aus der Dienerschaft erzählten, in ihrer Jugend habe es weniger von den krabbelnden Mistviechern gegeben. Aber die behaupteten auch, dass früher eine Nacht in Yrdaia so lang gedauert hatte wie ein Tag. Senile Knacker. Minn hatte nie so werden wollen. In ihren Tagträumen hatte sie die Vorstellung romantisch gefunden, jung zu sterben. Jetzt, allein und hungrig in der Wildnis und gejagt von wer weiß wem, kam ihr der Gedanke dumm und kindisch vor.

Sie mochte zwei, drei Meilen zurückgelegt haben, als es auf einer Anhöhe vor ihr rötlich zwischen den Schwaden glühte. Rauchgeruch biss ihr in die Nase. Chuns Hütte? Nein, die musste noch ein gutes Stück entfernt sein. Wer sonst mochte hier lagern? Fahrende Händler? Gesetzlose?

Sie huschte vom Pfad. Auf allen vieren kroch sie durchs Unterholz. Zweige zerbrachen unter ihren Knien, kaum hörbar, doch in ihren Ohren klang es wie Glockengeläut. Ein Ast schlug ihr ins Gesicht, und sie konnte sich gerade noch beherrschen, nicht aufzuschreien.

Zerschrammt und mit schmerzenden Gelenken erreichte sie die Hügelspitze. Im Gehölz kauernd verschaffte sie sich einen Überblick. Ein Lagerfeuer erhellte die baumlose Anhöhe. Der Flammenschein zeigte Minn vier muskelbepackte Männer, gewandet in goldbeschlagene Brustpanzer über Kettenhemden. Auf Höhe des Herzens war eine Blüte ins Metall graviert. Quer über den Rücken geschnallt trug jeder eine kurzläufige Arkebuse.

Paladine. Die Elitetruppe des Klerus. Dreimal vermaledeiter Donnerkeil.

Das Quartett saß im Halbkreis ums Feuer. Gelegentlich ging ein Lederschlauch herum, aus dem sich die Männer Wein in den Mund spritzten. Trotz ihres Rufs schien ihnen etwas Unbehagen zu bereiten. Sie hatten die steife Haltung und hochgezogenen Schultern von Jungen, die Süßkram aus der Speisekammer stiebitzt hatten und nun zum Koch zitiert worden waren.

Nur sind das keine Kinder, sondern gefürchtete Schlächter, dachte Minn. *Was die nervös macht, muss es in sich haben.*

Der größte der Paladine, ein blond gelockter Muskelprotz mit rasierten Schläfen und einem Nacken so breit wie Minns Oberschenkel, kramte in einem Stoffsack. Sein Gesicht sah aus, als sei es just in dem Moment erstarrt, als jemand ihm vor seinen Augen seine Lieblingswurst vom Teller geklaut hatte. Er holte eine Scheibe aus mattem schwarzem Stein hervor und legte sie ans Feuer. Seine Kameraden stellten sich ringsum auf und zückten ihre Messer. Potzblitz, schnitten die sich etwa in die Hände?

Tatsächlich. Blut tropfte auf die Scheibe. Sofort nahm das Objekt an Schwärze zu. Als hätte jemand ein Loch in den Vorhang der Nacht geschnitten. Die Flammen des Feuers duckten sich. Minn stellten sich sämtliche Nackenhärchen auf.

Ein Blitz zerriss die Dunkelheit, ein weiß glühender Komet stürzte vom Himmel. Der stechende Geruch verloschener Fackeln lag in der Luft. Minn musste heftig blinzeln, um ihre Sicht wiederzugewinnen.

Auf dem Hügel stand ein Engel, gut anderthalb mal so groß wie der größte Paladin und mit ebenso weiten Schwingen. Ein Schleier bedeckte die untere Hälfte seines Gesichtes. Die obere glitzerte, als sei sie in Öl getaucht, die Augen glichen flüssigen Flammen. Das war Dormagh der Bedeckte – der Jäger der Frevler. Seine schiere Präsenz löste eine archaische Furcht in Minn aus. Nun verstand sie, warum Rotwild oft in tödlichem Schock erstarrte, sobald es auf einen Jäger traf.

Die Paladine knieten gesenkten Blickes vor dem Engel. Selbst das Feuer schien sich zusammenzukauern.

»Ihr habt neue Befehle für uns, Hoher Seraph?« Blondlockes Stimme klang rau, als sei er nicht gewohnt, Demut zu zeigen.

»Eure Jagd auf die Blutfürstin muss warten.« Dormaghs Stimme glich Wind, der über kahle Bergspitzen streicht. »Sucht die Frau, die den Purifikanten ermordet hat. Wisst, dass sie mehr ist als eine Freundin der Altnacht. Kommt sie in die Obhut des Lichts, so wird die Menschheit ein Paradies nie endender Verzückung erleben. Fällt sie in die Klauen der Blutfürsten, wird Finsternis die Welt bedecken, ein ewiger Winter unter verloschenen Gestirnen.«

»Eine Mörderin soll unser Schicksal entscheiden?«, entfuhr es dem Paladin.

»Ihre Läuterung wird größer und herrlicher sein, als ihr euch vorstellen könnt.« Die Worte des Engels gaben Minn das Gefühl, in Eiswasser geworfen zu werden. »Wenn ihr sie findet – und finden müsst ihr sie –, muss sie leben. Kein Tropfen ihres Blutes darf fließen. Verstanden?«

»Verstanden«, intonierten die Paladine.

»Gut. Wenn ihr Erfolg habt, erwartet euch höchster Lohn. Versagt ihr jedoch …« Dormagh beendete den Satz nicht. Die blendend weißen Schwingen flappten, das Feuer erlosch, Rauch wallte über die Anhöhe. Als er sich wieder gelegt hatte, war der Engel verschwunden. Zurück blieb eine seltsame Leere, als sei ein Stück aus der Wirklichkeit gebrochen.

Minn stieß Atem aus, den sie viel zu lange angehalten hatte. Für wen oder was hielt der Engel sie?

Kettenhemden klirrten, als die Paladine sich erhoben. Blondlocke stapfte auf den Waldrand zu. Kurz vor der Stelle, an der Minn sich verbarg, blieb er stehen und ließ die Fingerknöchel knacken. »Wir finden das Weibsstück, Männer«, brummte er, als müsste er sich selbst davon überzeugen. »Wenn sie in der Stadt oder einem der Weiler geblieben ist, läuft sie unseren Spürtrupps über kurz oder lang in die Arme. Falls sie versucht, zu den Ketzern zu fliehen, muss sie hier vorbei. Das ist der einzige Pfad durch den Wald. Sie weiß ja nicht, dass wir hinter ihr her sind.«

Da täuscht du dich, Dreckskerl. Ein Hauch Befriedigung machte sich in Minns hämmerndem Herzen breit. Sie wartete, bis er ans Feuer zurückkehrte, dann kroch sie Stück für Stück zurück zwischen die Bäume.

War der Wald zuvor schlicht beklemmend gewesen, wurde er abseits der Straße zu einem Widersacher, der Minn auf tausend Arten bekämpfte. Wurzeln griffen nach ihren Knöcheln, Zweige nach ihrem Haar. Sie stieg über verfilzte Überreste von Dornenbüschen und bemühte sich, nicht auf den Heerscharen schleimiger Pilze auszugleiten. Als sie auf einen umgestürzten, verrottenden Stamm sprang, um nicht durch einen Schlammpfuhl waten zu müssen, brach das Holz unter ihr ein. Die Splitter schrammten ihr Schienbein auf, und aus dem Stamm krabbelten Dutzende Käfer mit geweihförmigen Zangen. Angeekelt schüttelte Minn das Bein und die Insekten flogen im weiten Bogen davon. Die abgeschürften Hautstellen brannten, ihr Haar hing voller Kletten, und sie fragte sich, wie zum Donnerkeil sie einen Wald je anheimelnd hatte finden können.

Hinter dem Baumstamm musste sie sich durch ein Feld mannshoher Farne zwängen. Jeder Stängel, den sie beiseiteschob, kam ihr wie ein Feind vor. Erschöpfung, Hunger und Verwirrung drückten sie nieder. Der kleine Triumph, ihren Häschern einen Schritt voraus zu sein, war tiefer Verlorenheit gewichen. Hier war sie, allein, verfolgt und heimatlos. Und in ihr steckte ein Monster, das sie dazu brachte, Menschen voll Lust zu töten. Schlimmer noch, wenn Dormagh recht hatte, war sie der Schlüssel für die Mächte der Alten Nacht, um sich die ganze Welt zu unterwerfen. Sie schauderte bei dem Gedanken.

Sich dem Klerus zu stellen war keine Alternative. Zuerst mal musste sie sich in Sicherheit bringen. Dann konnte sie versuchen, mehr über all diese Seltsamkeiten herauszufinden. Sie tastete ihren Beutel nach Rynas Buch ab, spürte den Ledereinband durch den Stoff.

Minn fühlte sich ein wenig besser, jetzt, da sie so etwas wie einen Plan hatte.

Eins nach dem anderen, sagte sie sich. *Vielleicht wird ja doch noch alles gut.*

Wie könnte es, nach dem, was geschehen ist?, höhnte die Stimme in ihrem Hinterkopf.

»Ach, halt die Klappe«, murmelte Minn.

Das Unterholz lichtete sich. Wasser plätscherte von bemoosten Felsen in ein Steinbecken, über dem Glühwürmchen tanzten. Mondlicht floss durch die Krone eines Apfelbaums. Minn blieb wie angewurzelt stehen. Sie hatte mit allem gerechnet, aber nicht mit einem solchen Hain. Unwillkürlich stieß sie einen kleinen Jubelschrei aus, ging vor dem Becken in die Knie und formte mit beiden Händen eine Schale. Schluck um Schluck trank sie von dem Wasser, das kalt war und klar und einfach köstlich. Erst als ihr Bauch bei jeder Bewegung gluckerte, stand sie auf.

Jetzt meldete sich ihr Hunger wieder zu Wort. Sie pflückte einen Apfel, klein und blassgolden, und grub die Zähne so tief ins Fruchtfleisch, dass ihr der herbsüße Saft übers Kinn rann. Mit einem Seufzer des Wohlbehagens lehnte sie sich an den Stamm.

»Freut mich, dass dir meine Äpfel schmecken«, sagte eine tiefe Stimme.

Minn fuhr empor, als hätte ihr jemand Nadeln in den Hintern gejagt.

Ein Mann trat aus den Schatten hinter dem Baum, groß und stämmig, mit einem Bart wie ein Ginsterbusch. In einer seiner Pranken hielt er eine Langaxt, den Stiel lässig über die mächtige Schulter gelehnt.

»Chun! Donnerkeil und Blitzgewitter, hast du mir einen Schreck eingejagt.«

»Bin dir entgegengegangen.« Der Holzfäller pflückte ebenfalls einen Apfel und zermalmte ihn mit zwei Bissen samt Gehäuse und Stiel. »Als ich die Paladine sah, dachte ich mir, dass du dich in die Wildnis geschlagen hast.«

»Dann hat dich Rynas Elster erreicht. Du weißt Bescheid.«

»Und du musst vieles noch erfahren.« Er betrachtete sie eingehend, doch zu Minns Erleichterung weder furchtsam noch zornig. Eher … traurig? »Aber erst brauchst du was Heißes in den Bauch, Mädchen. Komm, da lang. Musst ja nicht noch mehr Tiere mit deinem Getrampel in ihrer Nachtruhe stören.«

Minn schnaubte, war aber insgeheim froh, als Chun sie hinter den Büschen auf einen laubbedeckten Wildwechsel führte. Von Wurzeln und Unterholz hatte sie wahrlich genug. Außerdem begann Regen aufs Blätterdach zu trommeln.

Der Pfad war so schmal, dass sie hintereinander gehen mussten. Auf Höhe eines Baches wuchs eine alte Weide, deren Wurzeln etwas Rundes umschlossen. Minn blieb stehen und sah genauer hin. Ein verwitterter Steinkopf! Ein Flammenreif zierte die Stirn, die archaischen Gesichtszüge sahen gütig und ein wenig spöttisch drein. »Was ist das?«, staunte sie.

Chun wandte sich um. »Manchmal vergess ich, wie gut du im Dunkeln siehst. Wie der Gott oder Heilige hieß, dem das alte Steingesicht gehört hat, weiß ich nicht. Vor der Ankunft des Lichtbringers gab es viele Glaubensrichtungen, musst du wissen. Dann befahlen die Engel, im ganzen Reich die Statuen der alten Götter zu zerstören. Als die Streitmacht des Klerus in den Spaltungskriegen durch den Norden zog, schlug sie unterwegs allen Statuen die Köpfe ab. Der hier fiel zu Füßen dieser Nachtlandweide. Alle Versuche, ihn ihren Wurzeln zu entreißen, scheiterten. Wurde ein Strang durchtrennt, wuchsen zwei neue nach, und weder Feuer noch Axt konnten den Stamm verletzen. Schließlich gaben die Anhänger Asgreals auf und zogen weiter. Die Weide behütet den Kopf seit ehedem, und trotz ihres Alters wird ihre Rinde nicht spröde.«

»Eine schöne Geschichte.« Minn lächelte.

Chun zuckte mit den Schultern. »Fest steht, dass dieser Baum heute noch aussieht wie vor dreißig Jahren, als ich als Jungspund durch diese Wälder zog. Damals kamen Menschen von nah und fern, um die Weide zu betrachten. Heute haben sie vergessen, was sie uns lehrt.«

»Und was wäre das?«

»Dass jeder sich den Glauben an etwas Gutes bewahren kann. Ganz gleich, wie dunkel die Zeiten sind.« Er setzte sich wieder in Bewegung. Minn folgte schweigend.

Die Hütte des Holzfällers lag am Scheitelpunkt eines Hangs, inmitten eines Kreises aus Eichen. Wobei Hütte stark untertrieben war. Eher erinnerte sein Zuhause an eine heimelige Festung, falls es so etwas gab. Die aus ganzen Stämmen gefertigten Wände wirkten, als könnten sie einem Feuersturm trotzen, die Fensterläden waren dicker als Minns Bein. Rauchfäden aus einem Steinschornstein verloren sich unter den Bäumen.

Über der Tür spendete eine Laterne schummriges Licht. Die Nachtluft roch würzig und urtümlich, von irgendwo schrie Rynas Elster ein kehliges Willkommen. Minn fühlte sich geborgen, noch ehe sie einen Fuß über die Schwelle setzte.

Drinnen nahm der Hauptraum das gesamte Erdgeschoss ein. Muntere Flammen ließen die Scheite in einem Steinkamin knacken, auf dessen Sims eine von Chuns Schnitzfiguren stand. Rechts davon befand sich ein Tisch aus dunklem Holz. An den Wänden hingen allerlei Gerätschaften – Äxte, Körbe, Netze. Regen und Wind drangen nurmehr von fern an Minns Ohr, Wärme und Behaglichkeit hüllten sie ein.

»Mach's dir gemütlich.« Chun zog sich die Stiefel von den Füßen, warf seinen Mantel auf einen Stuhl und stapfte zu der Ecknische, wo sich Töpfe, Kessel und Pfannen in einem Holzregal über einer offenen Feuerstelle stapelten. Von der Decke hingen verschiedenste Kräuter und Wurzeln. Während Minn ihr Gepäck ablegte, blies Chun in die Asche, bis die Glut der Kochstelle erwachte. Er summte vor sich hin, hängte einen Kessel über ein Metallgestell und holte einen Topf aus dem Steinofen unter der Nische hervor. »Im Schrank gegenüber vom Tisch findest du was zu trinken«, rief er, während er ein paar Blätter von einem der Büschel über seinem Kopf zupfte und zusammen mit

Zutaten aus diversen Steinkrügen in den Topf gab. »Bedien dich. Ich brauch hier noch einen bisschen.«

Minn fand Becher und eine Flasche, goss für beide ein und schlenderte damit zu Chun.

»Du bist ein Schatz.« Er stieß mit ihr an.

»Auf dich.« Minn nippte an ihrem Getränk. Es prickelte süß, mit einem herben Unterton. »Mjamm. Was ist das?«

»Quittenwein. Selbst gemacht. Gibt nirgends so gute Quitten wie an den Bäumen am Krummbach.« Chun holte Schüsseln und Teller aus dem Regal und drückte sie Minn in die Hand. »Deck schon mal den Tisch. Gleich gibt's Essen.«

Minn tat, wie ihr geheißen. Der Apfel im Wald hatte ihren Hunger eher angefacht als gestillt, und der Duft von Kräutern, Fleisch und Gemüse, der von der Kochstelle aufstieg, ließ ihr das Wasser im Mund zusammenlaufen. Als Chun kurz darauf den Topf an den Tisch brachte, gefolgt von einem Laib Brot und einem halben Käserad, musste sie alle Willenskraft bemühen, um nicht zu sabbern.

»Mhhh, genau das Richtige in einer kalten Nacht.« Er schnupperte genießerisch. »Greif zu.«

Minn ließ sich nicht zweimal bitten. Mit einem Holzlöffel schaufelte sie sich erst die Schüssel und dann den Mund voll. Das Essen war sämig und so heiß, dass sie sich die Zunge verbrannte, aber der Geschmack ließ sie vor Wonne stöhnen. »Schmkköslich! Wsn ain?«, nuschelte sie mit vollem Mund.

»Wsn …? Ah! Da sind Birne, Beeren, Kräuter und Wild drin. Iss, Mädchen, iss.«

Minn aß nicht. Sie *verschlang.*

Erst als sie die dritte Schüssel mit einem Stück Brot ausgewischt hatte, ließ sie sich in ihrem Stuhl zurücksinken und seufzte selig. Ihr Magen fühlte sich an, als gehörte er einer viel größeren Person. Nun, pappsatt hin oder her, sie hatte den Käse noch nicht gekostet. Sie hobelte sich ein Eck ab, mümmelte daran und blickte ins Kaminfeuer. Das Flackern der Flammen lullte sie ein. Die Erschöpfung, die sie so lange zurückgedrängt hatte, überrollte sie nun mit aller Wucht. Schlaf griff nach ihr, um sie in seine dunkle Umarmung zu ziehen …

Minn riss die Augen auf, als ihr Blick auf die Holzfigur überm Kamin fiel. Diese trug ein Amulett mit der Abbildung einer zweischaligen Waage um den Hals, die zwei Kugeln im Gleichgewicht hielt. Dasselbe Symbol, das Ryna ihr gezeigt hatte – und das auch den Zauberer zierte, den Chun ihr als Kind geschenkt hatte. Wie hatte sie das nur vergessen können? »Was ist das?« Sie deutete mit einem Finger darauf. »Der Anhänger an der Schnitzerei?«

Chun klopfte sich umständlich die Hände an der Hose sauber. Dann legte er die haarigen Pranken auf den Tisch und musterte Minn, als sehe er sie zum ersten Mal.

Als sie schon dachte, er würde gar nicht antworten, räsuperte er sich. »Das Zeichen des Bundes der Waage.«

»Nie davon gehört.«

»Das ist der Sinn der Sache. Es ist ein Geheimbund, geschaffen zu einem einzigen Zweck – über die Dämmergeborene zu wachen, damit weder Licht noch Dunkel die Oberhand über die Welt gewinnt.«

»Über die Dämmergeborene«, wiederholte Minn tonlos.

»Ja.« Chun hob den Blick. »Über dich, Minn.«

»Woher wisst ihr das?«, explodierte sie. »Du, Ryna, weiß der Donner wer noch, wenn ich es nicht mal selbst wusste?« Chun zog den Kopf ein. Minn war klar, dass er all die Unsicherheit, Angst und Wut abbekam, die sich in ihr aufgestaut hatten, aber es war ihr egal. »Was macht mich zu diesem Monster? Und was macht mich so verdammt wichtig, dass Menschen mein Leben lang auf mich aufpassen, ohne dass ich etwas davon geahnt hab?«

»Es ist eine verzwickte Geschichte. Du bist müde. Vielleicht sollten wir …«

»Wag es nicht.« Minn donnerte die Faust auf den Tisch. »Du erzählst es mir. Jetzt!«

»Also schön.« Chun seufzte. »Gieß uns noch mal Wein nach. Wir können ihn brauchen.«

Sie tat ihm den Gefallen.

»Um es ganz zu verstehen, müssen wir über hundert Jahre zurückgehen.« Er leerte den Becher mit einem Zug, brummte etwas in seinen Bart und nahm sich dann die ganze Flasche. »Es war eine stürmische Nacht in der Gegend, die wir heute als Mondgansmarsch kennen.

Eine Frau liegt dort in den Wehen, als ein Blutfürst ihr Zuhause heimsucht. Er tötet ihren Mann und ihre Hebamme, so beiläufig, wie ein Kind im Vorbeigehen einen Zweig bricht. Dann beißt er sie. Labt sich an ihr. Saugt ihr Leben in jenem Augenblick aus, als sie neues Leben in die Welt setzt.«

»Ich kenne diese Geschichte.« Trotz des Kaminfeuers lief es Minn eiskalt den Rücken hinunter. »Ich träume von ihr und erwache stets an dieser Stelle. Was geschah mit dem Kind?«

»Eine Nachbarin fand es. Eine Seherin.«

»Ist das so eine Art Prophetin?«

»Ja, das trifft's. Als sie das Kind zum ersten Mal auf den Arm nahm, stürzten Bilder auf sie ein, Visionen einer möglichen Zukunft. Im *Buch der kommenden Tage* beschreibt sie das, was sie sah, als dreifach gegabelten Weg - ins blendende Licht, in die Freiheit oder in den Schatten. Das Kind erschien auf jedem dieser Wege, doch kann der Lauf dieser Welt nur einem folgen. Die Seherin beschloss, alles dafür zu tun, dass es jener der Freiheit würde. Sie war Mitglied eines Zirkels, dem Weise aller Länder angehörten.« Er griff unter sein Hemd und holte einen Anhänger hervor, der an einer Lederschnur um seinen Hals baumelte. Eine perfekt ausbalancierte Waage war darauf zu sehen. Dieselbe wie an der Statue. »Das ist sein Zeichen. Die Mitglieder dieses Bundes schworen, alles zu tun, um das Kind und seine Nachkommen zu beschützen. So lange, bis sich die Prophezeiung der drei Pfade erfüllt oder die Zeit selbst endet.«

Minn sprang auf, am ganzen Körper zitternd. »Du und Ryna habt mich all die Jahre belogen.«

Schmerz drang in Chuns Augen. »Nicht belogen, Kleine. Beschützt.«

»Ich bin *nicht* deine Kleine.« Sie funkelte ihn an. »Ich will alles wissen. Was machte dieses Kind so besonders?«

»Als der Blutfürst die Mutter biss, übertrug sich etwas von seiner Essenz auf das Kind, das noch an der Nabelschnur hing. Es wurde zur Dämmergeborenen, einem Wesen aus zwei Welten. In ihm schlummert der Schlüssel zur Rettung oder Vernichtung allen Lebens. Die Prophezeiung besagt, dass sich das Schicksal offenbart, wenn große Umwälzungen die Welt erschüttern, ein gleißendes Licht vom

Himmel kommt und ein roter Stern erstrahlt. Alte Nacht wird sich erheben, Engel werden ihr Kriegsgewand anlegen. Und die Welt, wie wir sie kennen, wird sich wandeln ohne Wiederkehr.«

»Der Kataklysmus. Die Ankunft Asgreals. Der Feuerstern.« Minn war wie vor den Kopf geschlagen. »Diese Zeit ist *jetzt*.«

»Und der Schlüssel wohnt in der letzten in der Reihe von Dämmergeborenen. In dir, Minn.«

»Nein. Das ist nicht wahr. Echt nicht. Ich bin Minn. Einfach nur Minn«, leierte sie verzweifelt.

»Und wie kommt es, dass Einfach-nur-Minn im Dunkeln sieht, als sei helllichter Tag?« Chun sprach leise, aber seine Worte hallten in ihren Ohren wider. »Dass sie Gespräche belauschen kann, wo andere kaum Wortfetzen hören? Dass ihre Reflexe jeden Soldaten vor Neid erblassen lassen und sie sich so lautlos bewegen kann wie Dunst?«

Sie starrte ihn an. »Mutter war eine von ihnen?«

»Meine Schwester Dina war eine Dämmergeborene, ja. Himmel, du bist ihr wie aus dem Gesicht geschnitten.«

Minn hatte gedacht, dass ihr Leben nicht noch mehr aus den Fugen gerissen werden könnte. Wieder mal getäuscht. »Du bist *mein Onkel*?«

Er nickte – und sah unvermittelt alt aus. »Ich konnte ihren Tod nicht verhindern. Aber ich werde alles tun, um dich zu beschützen.«

Eine Woge aus Fassungslosigkeit und Enttäuschung wallte in Minn auf. »Warum hast du es mir nie gesagt? Warum hast du mich nicht zu dir geholt?«

»Es ist kein Tag vergangen, an dem ich mir das nicht gewünscht hätte.« Chuns Hände umkrampften die Tischkante. »Doch es war zu gefährlich. Niemand weiß, wann der Blutdurst einsetzt – der Fluch jeder Dämmergeborenen. Ein Mädchen hier draußen, im Wald? Das hätte Gerede gegeben und die falsche Art Aufmerksamkeit auf dich gelenkt. Auf Gut Eulenstein warst du eine unter vielen, und Ryna hatte allzeit ein Auge auf dich. Es war sicherer so. Davon abgesehen, der Bund der Waage hätte nie erlaubt, dass du bei mir lebst.«

»Wieso nicht?«

»Ich habe bei Dina versagt. Ich glaubte, bis der Blutrausch sich zeige, könne sie ein normales Leben führen. Das hab ich so sehr für sie gewollt. Ich war ein Narr. Als der Fluch einsetzte, tötete sie deinen Vater, den Menschen, den sie – neben dir – mehr liebte als alles andere auf der Welt. Als sie wieder zu sich kam, ertrug sie nicht, was sie getan hatte. Sie nahm sich das Leben. Und ich kam zu spät.«

Minn sackte auf ihren Stuhl zurück, zu kraftlos für Tränen. In ihrem Innern war nur Leere.

Für eine Weile war nichts zu hören als das Knacken der Kaminscheite und der Regen, der gegen die Hütte hämmerte.

»Wir hätten fortgehen können«, sagte sie schließlich. »In eine der Städte, irgendwohin.«

Chuns Lächeln erreichte nicht seine Augen. »Nach Gorvul, wo Engel wachen? Oder nach Daosam, wo jeder Fremde auffällt wie ein grün gestreifter Hund? Nein, Minn. Es war nirgendwo sicherer als hier. Und selbst wenn, der Bund hat überall Leute. Sie hätten uns aufgespürt. Sie hätten … ach, ich weiß nicht. Ich will es nicht wissen.«

»Hast du es auch? Den Fluch?«

Er schüttelte den Kopf. »Er wird an die erstgeborene Tochter jeder Linie weitergegeben.«

Flügel flatterten. Kohlschwarze Augen starrten durchs Fenster. Minns Herz setzte kurz aus, bis sie Rynas Elster erkannte. Sie lachte über ihre Schreckhaftigkeit. Die Fröhlichkeit blieb ihr im Hals stecken, als sie Chuns Gesichtsausdruck sah. »Verdammt«, brummte er, »ich hatte gehofft, wir hätten mehr Zeit.«

»Was ist los?«

»Die Paladine kommen.«

Minn atmete unwillkürlich schneller. »Meinst du, sie wissen von dir?«

»Sie werden auf Gut Eulenstein alles und jeden zu dir und deinen noch so flüchtigen Bekannten befragt haben. Bestimmt fiel da mein Name. Sie werden misstrauisch sein, da du nicht auf der Waldstraße aufgetaucht bist.«

»Was, wenn ich mich verstecke, bis sie wieder weg sind?«

»Zu riskant. Du musst allein durch die Wurzwartsümpfe. Es gibt da einen alten Schmugglerpfad.«

»Und dann?« Minn hätte losgeheult, wäre das nicht so verdammt mädchenhaft gewesen. »Wohin soll ich gehen?«

»Nach Dimmgrund. Zu Rojin Gemfidens.«

Misstrauen traf Minn wie ein Peitschenhieb. »Der Freischärler macht gemeinsame Sache mit den Blutfürsten. Ich hab's selbst gesehen.«

»Er ist einer von uns. Ein Mitglied des Bundes. Er tut, was für die Sache am besten ist.« Die Elster klopfte aufgeregt mit dem Schnabel ans Fenster. Chun schnappte sich die Axt von der Wandhalterung. »Du musst gehen.«

»Das sind Paladine. Die besten Krieger des Klerus. Und du bist …«

»Bloß ein Holzfäller? Keine Sorge. Diese Axt hat nicht immer nur Scheite gespalten.« Er tätschelte die blitzblanke Schneide. »Davon abgesehen wirst du mir nicht helfen können, ganz gleich, wie gut du mit dem Messer bist.«

Außer ich koste Blut, schoss es Minn durch den Kopf.

Sie verwarf den Gedanken sofort. Wenn sie in den Rausch geriet, würde sie Köpfe von Hälsen pflücken wie Blüten von einer Blume, ohne Unterschied, ob sie den Paladinen gehörten oder Chun. »Also gut. Nur wie soll ich verschwinden? Es gibt nur diesen einen Ausgang aus der Hütte.«

»Nicht ganz. Komm, hilf mir mal.« Chun ruckte an dem Schrank, aus dem Minn zuvor den Quittenwein geholt hatte. Minn erkannte die Falltür darunter erst auf den zweiten Blick. Chun hob die Klappe an. Staub wallte auf, Minn musste kräftig husten. Als er sich gelegt hatte, kam eine Holztreppe mit wackligem Handlauf zum Vorschein. Sie führte in einen Gewölbekeller. Der Boden lag in Dunkelheit.

»Rechts am Fuß der Treppe sind Zündhölzer und eine Laterne«, verkündete Chun, während er hastig ein paar Vorräte in Minns Tasche stopfte. »Da unten ist es so stockfinster, dass selbst du sie brauchen wirst. Der Gang endet in einem ausgebauten Dachsbau ein paar Hundert Fuß von der Hütte. Wenn du draußen bist, halte dich Richtung Norden. Schaffst du das?«

»Ich hab einen Kompass.« Minn klopfte auf ihren Beutel, den sie neben dem Schrank abgestellt hatte.

»Weißt du noch, wie man ihn benutzt? Ist schon ein paar Jährchen her, dass wir das auf Gut Eulenstein geübt haben.«

»Ich hab aufgepasst.«

»Das ist meine Minn. Wenn du an der Waldgrenze bist, folgst du den Ringen ins Moor. Sie führen dich auf den Schmugglerpfad. Von dort kommst du ungesehen nach Dimmgrund.«

»Die Ringe? Was soll das sein?«

»Du wirst schon sehen. Pass nur auf, dass dich kein Gronk oder Sumpfschlupfer vom Weg lockt. Wenn du die Ringe verlässt, hast du die Wahl zwischen gefressen werden und jämmerlich ersaufen.«

»Na prächtig. Ich glaub, ich bleib doch hier.«

»Minn!«

Sie hob die Hände. »Schon gut, schon gut. Ich geh ja.« Sie rang die Hände ineinander. »He, Chun. Danke. Du hast all die Jahre auf mich aufgepasst. Und ich hab viel von dir gelernt.«

Er brummte etwas Unverständliches in seinen Bart. Dann huschte ein Grinsen über seine Züge. »Hat mir Freude gemacht, Nichte. Du bist gar nicht so einfältig, wie du aussiehst.«

»Das sagt der Richtige.« Minn stemmte die Hände in die Hüften und zog eine Schnute.

Jemand klopfte an die Tür, fest und fordernd.

»Du bist ein Frechdachs.« Er drückte ihr das Reisebündel in die Hand. »Aber ein mutiger.«

»Pfff, ich hab eine Heidenangst«, gestand sie.

»Besser als zu viel Wagemut. Los jetzt.«

»Also dann.« Mit einer Gelassenheit, die sie nicht fühlte, schlang Minn sich das Gepäck über die Schulter und kraxelte die steilen Stiegen hinab. Kurz bevor ihr Kopf unterm Erdboden verschwand, blickte sie noch einmal zurück. »Versprich, dass wir uns wiedersehen, Onkel.«

Chun kniff ein Auge zu und richtete den Zeigefinger auf sie.

»Holzfäller. Wir wissen, dass Ihr da seid«, dröhnte es durch die Tür. »Öffnet für die Paladine des Lichts.«

»Ich komm ja, ich komm ja«, rief Chun scheinbar schlaftrunken. »Zieh mir nur was über. Wehe, es ist nichts Wichtiges mitten in der Nacht.« Dann schloss er die Luke, rückte den Schrank zurück und ließ Minn allein in der Dunkelheit.

Die wenigen Atemzüge, bis Minn das Ende der Treppe erreicht und die Öllaterne ertastet hatte, kamen ihr vor wie eine Ewigkeit. Als das Licht aufflammte, fand sie sich in einem ausladenden Gewölbe wieder. In einem Eck standen Fässer, daneben Regale und ein paar bauchige Behälter für Schnaps oder Arzneien.

Stimmen erklangen über ihrem Kopf, zu dumpf, um den Tonfall deuten zu können. So oder so, sie sollte sich sputen.

Am rechten Ende des Kellers gab es auf Hüfthöhe einen Durchgang, der für eine sehr große Katze oder einen sehr beweglichen Menschen geschaffen schien. Minn überlegte kurz, dann griff sie sich einen der Behälter. Die waren vielleicht schwer! Sie nahm die Laterne am Haltegriff zwischen die Zähne und schleifte das Gefäß zum Loch. Es kratzte und scharrte über den Boden, Flüssigkeit schwappte fröhlich gluckernd darin hin und her. Minn vertraute darauf, dass die dicke Decke alle Geräusche dämpfen würde. Auf allen vieren kroch sie rückwärts in das Loch hinein, wobei sie den Behälter umarmte und Stückchen für Stückchen hinter sich herzog. Trotz der Kühle im Keller strömte ihr Schweiß über den Rücken. Die Arme zitterten. Die Laterne pendelte hin und her und schlug ihr schmerzhaft gegen das Kinn. Minn konnte grade noch einen Fluch unterdrücken. Das fehlte noch, dass das Licht runterfiel und ausging.

Endlich war es geschafft. Der Behälter verdeckte den Durchgang, ja hatte sich darin verkeilt wie ein Pfropfen im Flaschenhals. Minn grinste zufrieden. Dann bemerkte sie das Problem an ihrem Plan. Der Gang war zu schmal, um sich um die eigene Achse zu drehen. Sie musste wohl oder übel den ganzen Weg rückwärts kriechen. Mit der Laterne im Mund stieß sie ein Geräusch aus, das sich in etwa wie »Njarghnarrrghn« anhörte, und krabbelte los. Rechtes Knie, rechter Arm, linkes Knie, linker Arm. Es würde schon gehen. Es *musste.*

Stein wich Erde, lediglich gestützt durch ein paar hölzerne Balken links und rechts. Staubfinger strichen Minn durchs Haar. Angeekelt wuschelte sie die Dinger weg und stieß dabei an die Decke. Erde rieselte in ihren Nacken. Minn hielt die Luft an und verharrte mitten in der Bewegung, aus Angst, jede noch so kleine Erschütterung könnte den Tunnel zum Einsturz bringen und sie begraben. Wer wusste, wann Chun hier das letzte Mal nach dem Rechten gesehen hatte? Was, wenn irgendwo tiefer im Tunnel längst Erde herabgekommen war und nun den Weg blockierte? Ihr Atem ging flach und viel zu schnell, ihr Kiefer krampfte sich um die Laterne, dass es knirschte. Sie schloss die Augen und zwang sich zur Ruhe. *Das ist nicht anders als dein Albtraum*, sagte sie sich. *Wenn ich ruhig bleibe und die Kontrolle behalte, kann nichts passieren. Also. Wer hat alles im Griff?*

»Öchab alöm Gröff«, flüsterte sie sich selbst Mut zu, dem Laterngriff zum Trotz. »Awoll!«

So komisch es war, der Gedanke half. Selbst als sie sich um eine Biegung zwängen musste – was ihre Körperbeherrschung vor ganz neue Herausforderungen stellte –, nahm sie die Hürde geduldig, Fuß um Fuß. Der Rest lag eh in der Hand des Schicksals, aber beim dreimal verflixten Donnerkeil, sie wollte verflucht sein, wenn sie nicht ihr Bestes gab.

Nun, du bist *verflucht*, stichelte die kleine, gemeine Stimme in ihrem Hinterkopf.

»Haldie Klppe«, nuschelte Minn.

Licht flackerte. War die Laterne im Begriff, sich zu verabschieden? Dann wurde ihr klar, dass schummrige Helligkeit in den Gang einfiel. In ihrem Rücken befand sich eine Öffnung - das Loch im Dachsbau.

Das letzte Wegstück war das schwerste und leichteste zugleich. Einerseits ging es bergauf, was im Rückwärtsgang ordentlich Kraft kostete. Andererseits konnte Minn wieder durchatmen. Nie zuvor hatte frische Luft so gut geschmeckt. Als sie Gras unter ihren Händen spürte, hätte sie vor Freude jauchzen können.

Neben dem Dachsbau floss ein Bächlein. Minn wusch sich Gesicht, Nacken und Arme und klopfte sich den Dreck von Hose und Ärmeln. Nach der Enge und Dunkelheit des Tunnels kam ihr die Nacht hell vor. Oder ging es schon auf Morgen zu? Egal. Sie musste zusehen, dass sie weiterkam. Der Untergrundpfad kam wenige Hundert Schritt von der Hütte entfernt an die Oberfläche. Sie konnte das hell erleuchtete Fenster auf der Rückseite von Chuns Heim sehen. Schatten bewegten sich dahinter. Warum waren die Paladine noch dort? Hatten sie Verdacht geschöpft? Und falls ja, was würden sie mit Chun anstellen?

Minn ballte die Fäuste. Sie konnte nichts tun. Was mit Chun geschehen war, ließ sich nicht ändern. Vor allem durfte es nicht umsonst gewesen sein.

Furcht trat beiseite und machte stachelbewehrtem Trotz Platz. Donnerunddammich, sie würde sich von diesen Paladinen nicht fangen lassen. Sollten sie nach ihr suchen, bis sie schwarz wurden, oder der Engel sie an ihrer Stelle in die Flammen warf.

»Ich werd dich stolz machen, Onkel«, murmelte Minn. Dann zückte sie den Kompass und schlug den Weg zu den Sümpfen ein.

Die brennende Grenze

Die Tiefebene von Daosam ließ Toryan an ein Meer aus Gras denken, das bis zum Horizont wogte. Eine einzige, weithin überblickbare Straße führte durch die im Norden und Osten von Schluchten umschlossene Landschaft. Nach einigen Meilen verbreiterte sie sich und führte zu einer Anhöhe. Darauf prangte Kardinal Tadeeans Feste, dahinter hob sich die von Düsternis verhangene Altnachtgrenze gegen das Sonnenlicht ab.

Rauchfäden trieben über die Weite. Der Gestank von Asche hatte den allgegenwärtigen Duft von Harz vertrieben, der sonst über Daosam lag. Das Gras um den Festungshügel war platt gedrückt und braun verfärbt, der frei stehende Nachrichtenturm lag in Trümmern. Zu seinem Erstaunen sah Toryan weit und breit kein Heer. Welche Streitmacht auch immer hier gelagert hatte, sie war fort.

Egroger landete mit rauschenden Schwingen an der Spitze seiner Krieger. »Der Feind hat Reißaus genommen«, verkündete der Engel. »Wir dürfen nicht zulassen, dass er in den Landen des Lichts marodiert. Wir werden ihn verfolgen und vernichten. Zunächst aber sehen wir nach unseren Brüdern und Schwestern in der Festung.« Er reckte die Bannerlanze über sein Haupt. Jubel brandete auf. Toryan stimmte lauthals mit ein. Einzig General Nobu strich sich über den Schnauzbart und blickte nachdenklich gen Westen.

Toryan folgte seinem Blick. Dort, jenseits des Grasmeeres, lagen die Ruinen der Stadt Hizgin. Einst Zentrum des Reiches der Blutfürsten, die jahrtausendelang Yrdaia beherrscht hatten, nahm die Wildnis sie nun Stück für Stück zurück in ihren Besitz. Es hieß, dass dort vor Asgreals Ankunft in einer gewaltigen Schlacht Altnacht gegen Altnacht gekämpft hatte, mit Waffen, deren Einsatz Zehntausende das Leben kostete und den Niedergang des Imperiums der Vampire einläutete. Niemand hatte sich danach je wieder in Hizgin angesiedelt. Selbst wer nicht glaubte, dass dort die Geister der Gefallenen umgingen, hielt es nicht lange zwischen den Tempeln und Türmen aus, deren Kristallspitzen im Zwielicht schimmerten wie Leuchttürme für Götter aus einer älteren, dunkleren Welt.

Egroger erhob sich in die Luft. Die Streitmacht setzte sich in Bewegung.

Unter den Hufen von Toryans Pferd glühte ein einsames Blatt auf, ehe es zu Asche zerstob. Der Anblick stimmte ihn traurig. Er hatte im Phönixweidenhain stets die tröstliche Gewissheit gesehen, dass jedem Ende ein neuer Anfang innewohnte. Holmar hingegen hatte die brennenden Weiden als Sinnbild der Zerstörung empfunden, bestenfalls als notwendige Barriere vor der Finsternis. *Schätze, es ist alles eine Sache der Perspektive*, dachte Toryan. Was ihn zu der Frage brachte, die er seit Stunden wälzte wie ein Bäcker den Brotteig. Warum nur hatte Minn sich nicht mehr sehen lassen? Bedeutete er ihr wirklich so wenig? Ja, sie war vorlaut, undurchschaubar und störrisch. Aber er hatte sich ihr so nah gefühlt, und sie sich ihm auch. Das hatte er in ihren Augen gesehen, damals am Weiher, als sie sich das erste Mal geküsst hatten, und auch diesmal wieder, in der kurzen Zeit, die sie miteinander hatten verbringen dürfen. Er strich mit dem Daumen über das Armband. Vermutlich würde er sie nie wiedersehen. Trotzdem, wenn er die Augen schloss, tauchte ihr Gesicht vor ihm auf, tanzte ihre Stimme durch seine Gedanken. Selbst die Gegenwart des Engels konnte diesen Stachel nicht aus seinem Herzen ziehen.

Der Wind frischte auf. Der Rauch über dem Land verwehte wie eine unerfüllte Hoffnung.

Kardinal Tadeean empfing sie persönlich hinter der Zugbrücke seiner Feste. Er war mittelgroß, hatte ein ovales Gesicht und wallendes blondes Haar, das nahtlos in seinen Bart überging. In seinem Brokatgewand mit den gold-grünen Ärmeln wirkte er, als sei er im Begriff, ein Bankett zu besuchen. Rund zweihundert Soldaten hatten hinter ihm Aufstellung genommen, alle in Daosams goldroten Rüstungen, die im Sonnenlicht blitzten. Lauben und Kugelhecken prägten den Hof. An den Fenstern des Haupthauses drängten sich Bedienstete.

»Willkommen, Hoher Seraph.« Tadeeans Stimme klang überraschend fistelig. »Und willkommen Euch, Streiter des Lichts.«

»Preis sei Asgreal, Euch unversehrt zu sehen«, sagte Egroger huldvoll.

»Wir hatten das Schlimmste erwartet.« Tadeean erschauderte. »Der Erzfürst der Elf Schatten selbst führte die Belagerung an. Vor drei Stunden zogen die Kreaturen der Altnacht plötzlich ab. Wir glaubten an eine Falle, doch dann sahen wir sie im Westen verschwinden.«

General Nobu betrachtete die Mauern. »Ich sehe weder Kampfspuren noch Tote.«

»Sie haben nicht angegriffen. Sie stellten uns ein Ultimatum, bis zum Abend die Tore zu öffnen, damit sie die Feste nach der Dämmergeborenen durchsuchen könnten. Lurmenor versprach, niemandem etwas zu tun, wenn wir seine Truppen gewähren ließen.«

Kalter Zorn blitzte in Egrogers Augen auf. »Pah. Lüge und Betrug sind seine zweite Natur. Sie hätten Euch abgeschlachtet, sobald Ihr das Falltor geöffnet hättet.«

Toryan dachte an das Dorf, das sie auf dem Weg nach Gut Eulenstein passiert hatten, sagte aber nichts.

»Wir harrten aus, in Hoffnung auf ein Wunder. Und es geschah.« Der Kardinal spreizte die Finger zur Geste des Lichts. »Asgreal selbst, Preis sei seinem Namen, muss es gewirkt haben.«

»Oder sie wussten, dass wir kommen«, entfuhr es Toryan.

Alle starrten ihn an, der Kardinal und der Engel mit zusammengekniffenen Augen, General Nobu anerkennend.

»Verzeiht. Ich wollte nicht vorlaut sein.« Toryan spürte, dass er knallrot anlief.

»Wir wollen Eure Ankunft feiern«, wandte sich der Kardinal an den Seraph, als hätte Toryan nichts gesagt.

»Wir schätzen Eure Gastfreundschaft.« Egroger hob seine Stimme, sodass alle im Hof ihn hörten. »Doch wir dürfen nicht zulassen, dass eine Streitmacht der Altnacht die Lichtlande verheert. Wir rasten eine Stunde. Dann nehmen wir die Verfolgung auf. Keine Sorge, Kardinal. Eure Krieger werden noch dazu kommen, zum Ruhme des Lichts zu kämpfen.«

Toryan sah in den Gesichtern der Soldaten, dass sie gut ohne diese Ehre hätten leben können. Wenn er sich vorstellte, welche Kreaturen sie in den vergangenen Stunden ihre Feste hatten belagern sehen, konnte er es ihnen nicht verdenken.

»Sicher, Hoher Seraph.« Der Kardinal lächelte unstet. »Nur bedenkt, bald bricht der Abend herein. Der Feind ist viel stärker, wenn die Sonne versunken ist.«

»Nichts ist stärker als das Licht des Glaubens.« Die Lanze in Egrogers Hand flammte auf. Jeder, den ihre Strahlen trafen, schauderte wohlig. Und Toryan fragte sich, wie er je daran hatte zweifeln können, welche Freude es sein würde, die Kreaturen der Altnacht zum Wohle Asgreals in Stücke zu hacken.

Tadeeans Diener und Mägde verteilten Eintopf, mit Wasser gestreckten Wein und Früchte unter den Soldaten. Die meisten machten es sich auf den Rasenflächen oder in den Lauben bequem. Toryan war das nicht vergönnt. »Begleite mich«, bat General Nobu. Gemeinsam stiegen sie zu den Zinnen hinauf.

Toryan ließ den Blick schweifen. Unterhalb von Tadeeans Bollwerk führte eine schmale, von Abgründen flankierte Landzunge auf ein abschüssiges Plateau. Dahinter senkte sich die Landschaft zu einer breiten Fläche ab, deren Seiten von Staffelwällen geschützt wurden. Am Fuß der Anhöhe, an den Ausläufern des Altnachtwaldes, kokelte der traurige Rest des Phönixweidenhains vor sich hin. Das einst weithin sichtbare, rot und silbern flammende Band war erloschen, der Wind melankoste nurmehr geschwärzte Stümpfe.

Die Sonne bildete einen scharfen Kontrast zu der wirbelnden Wolkenfront über dem Grenzstreifen. Blitze zuckten darin, geflügelte Schemen glitten über den Himmel. Der Anblick ließ Toryan an einen Riss in einem Gemälde denken.

Nobu legte ihm die Hand auf die Schulter. »Sag mir, was du siehst«, verlangte er.

Toryan straffte sich. Wenn das eine Art Test war, wollte er seinen Mentor auf keinen Fall enttäuschen. »Die Barriere ist zusammengebrochen, weil die Weiden sich nicht mehr regenerieren«, sagte er bedächtig. »Entlang der Stümpfe sehe ich Rohre. Womöglich wurde etwas unter die Wurzeln gepumpt?«

Nobu brummte beifällig. »Was bedeutet das Ende des Hains?«

»Dass nichts die Altnacht mehr hindert, auf unsere Seite zu gelangen.« Aufregung packte Toryan. »Umgekehrt könnten wir den Krieg ins Feindesland tragen.«

»Aber?« Der Gesichtsausdruck des Generals war undeutbar.

Toryan drehte an seinem Armband. Was übersah er? Er starrte in die Dunkelheit zwischen den Bäumen – und verstand. »Wir wissen nicht, wie viele Feinde auf der anderen Seite lauern. Ist die Streitmacht, die Daosams Bastion belagert hat, Lurmenors gesamte Armee? Oder nur eine Vorhut?«

»So ist es.« Die Anerkennung in Nobus Blick ließ Toryans Brust vor Stolz anschwellen. »Zumal nicht alle elf Blutfürsten die Grenze überquert haben. Und das bedeutet zweierlei. Erstens, dass wir nicht gegen einen numerisch unbekannten Feind auf fremdes Terrain ziehen sollten. Vor allem, da nicht wir diesen Krieg führen müssen.«

Toryan nickte eifrig. »Und zweitens?«

Flügel rauschten. Reinstes Weiß blendete Toryan, als Egroger neben ihnen auf der Mauer landete. »Dass die Grenze ungeschützt ist, wenn wir sämtliche Truppen aus der Feste abziehen. Das wolltet Ihr sagen, nicht wahr, General?« Der Seraph klappte die Schwingen ein und lächelte, ein Anblick, bei dem Toryan am liebsten auf die Knie gefallen wäre, um ihm zu huldigen. In Egrogers Gegenwart kam er sich vor wie ein Lamm neben einem Löwen. Am Rande seiner Wahrnehmung registrierte Toryan ein vertrautes Brummen in der Luft, das stetig lauter wurde.

Nobu neigte zustimmend das Haupt. »Falls eine weitere Streitmacht aus der Altnacht die Grenze überquert, wäre sie in unserem Rücken. Dann würden wir zwischen zwei Fronten zermalmt werden wie Pfefferkörner in einer Stampfschale. Und wie soll Kardinal Tadeean die Grenze verteidigen, jetzt, da das Sperrnetz des Hains nicht mehr existiert?«

»Da kommt Eure Antwort.« Egroger deutete gen Himmel, wo Toryan zu seinem Erstaunen das Flaggschiff von Purifikant Damians

Luftschiffflotte erblickte, das über dem Plateau niederging. »Kommt, ich zeige es Euch.«

Sie folgten dem Engel die Mauer hinab aus der Feste. »Erlaubt mir eine weitere Frage, Hoher Seraph«, bat Nobu, während sie über die Landzunge schritten. »Woher wusstet Ihr von der Belagerung Kardinal Tadeeans, wenn der Nachrichtenturm vernichtet war?«

»Das Licht Asgreals scheint selbst an dunklen Orten«, versetzte Egroger vielsagend. »Manches, was hinter den Schleiern der Altnacht vor sich geht, findet den Weg zu uns.«

Auf dem Plateau waren zwei Dutzend Männer damit beschäftigt, eine groteske Apparatur aus dem Luftschiff zu hieven und am Nordrand aufzupflanzen. Das Ding sah aus, als hätte ein irrer Wissenschaftler es nach einer Woche ohne Schlaf zusammengebastelt – bevor man ihn unter eine Regenrinne stellte, um seinen überhitzten Kopf zu kühlen. Es war etwa so groß wie ein Mann und dreimal so breit. Auf einem Sockel erhob sich ein Schalensitz, von dem Schläuche in ein Konstrukt aus Metallrohren liefen. Diese mündeten in einer Art Trichter, der Richtung Altnacht ausgerichtet war. Links und rechts der Rohre hingen Ketten voll unterarmlanger, spitzer Metallgeschosse.

Ein kleiner, dürrer Mann wuselte um die schwitzenden Arbeiter herum, kicherte und jauchzte. Sein Kahlkopf glänzte, als sei er poliert. Die Kristalllinsen seiner Brille verliehen seinem Gesicht etwas Insektenhaftes. Die Hände steckten in Lederhandschuhen, und vor der Brust kreuzten sich zwei Gürtel mit allerlei Zangen und Schraubschlüsseln daran.

»Das ist Waffenalchemist Will aus Servul«, erklärte Egroger. »Er und seine Gesellen werden Kardinal Tadeeans Land beschützen, während wir den Feind verfolgen.«

»Wenn weitere Kreaturen auf der anderen Seite in Lauerstellung liegen, wäre es womöglich klüger, die Festung mit einer größeren Streitmacht zu sichern«, sagte Nobu.

»Man könnte meinen, Ihr *wollt* die Verfolgung gar nicht aufnehmen, General.« Obwohl Egrogers Stimme seidenweich über sie hinwegwusch, schien Toryan ein lauernder Unterton darin wie ein Riff unter glatter See.

»Mir liegt nur an der Sicherheit der Grenze.«

»Lasst mich die Bürde dieser Sorge von Euch nehmen, General. Will, demonstriert uns, was mit jenen geschieht, die ungebeten über die Grenze gelangen wollen.«

»Mit Vergnügen, Hoher Seraph. Muss eh einen Testlauf machen.« Der Kahlkopf kletterte auf den Schalensitz und betätigte einige Hebel. Ein auf- und abschwellendes Surren durchdrang die Luft, die Metallrohre begannen sich zu drehen. »Seht Ihr das Fass mit eingelegten Tomaten, das mein Gehilfe am Fuß des Hanges abgestellt hat?«, rief der Alchemist über den Lärm hinweg. »Da sind dicke Stahlringe drum herum. Seht hin!«

Das Surren der Maschine hatte sich auf einem konstant hohen Ton eingependelt, der in Toryans Ohr biss wie das Summen einer Riesenfliege. »Los geht's«, brüllte Will und rammte einen Metallknüppel in eine Vertiefung des Steuerpults. Metallblitze jagten in Stakkatosalven aus dem Trichter. Das Fass zerbarst und der Inhalt spritzte in roten, fleischigen Fetzen in die Luft. Erde, Steine, Baumstümpfe – egal, was die Geschosse der Maschine trafen, es wurde buchstäblich zerfetzt.

Will zog den Knüppel zurück und die Waffe stellte spotzend und stotternd ihr Vernichtungswerk ein. Der Alchemist sprang vom Schalensitz, lachte und tätschelte die rauchende Stahlschnauze. »Na, überzeugt? Mit diesem Verbündeten müssen wir keine Altnachtler mehr fürchten. Nicht mal den verdammten Lurmenor selbst.«

»Ich kann es kaum glauben«, sagte Toryan zu Nobu, als wenig später das Heer zum Aufbruch rüstete. »Eine solche Vernichtungskraft. Eine Handvoll Männer und eine strategisch gute Stellung genügen, um eine ganze Armee zurückzuwerfen. Auch wenn ich nicht annähernd verstehe, wie das Ganze funktioniert.«

»Hrrrmh.« Der General zog den Sattelriemen seines Schlachtrosses fest. »Die Welt wird komplizierter. Zu denken, dass unsere Großeltern ein Leben lang nicht mehr als die Dörfer im Umkreis von dreißig Meilen kannten … Und nun lassen wir Schiffe durch die Wolken segeln, Maschinen unsere Feldarbeit tun, Apparate unsere Kämpfe führen.« Er schüttelte den Kopf. »Versteh mich nicht falsch.

Ich begrüße den Fortschritt. Aber manchmal frage ich mich, ob er uns nicht allzu leicht fehlleitet.«

»Zum Glück weisen uns ja die Engel den richtigen Weg.«

Nobu nickte halbherzig.

»Habe ich etwas Falsches gesagt?«, fragte Toryan.

»Nicht, wenn es nach dem Klerus geht.«

Ohne recht zu wissen weshalb, dämpfte Toryan seine Stimme. »Angenommen, ich würde gern *Eure* Meinung hören?«

»Dann würde ich dir sagen, dass du trotz aller Errungenschaften der Technologie deinen Verstand nicht ausschalten solltest«, sagte Nobu. »Ganz gleich, wie bequem es sein mag. Wer Neues begrüßt, sollte sich fragen, was dadurch an Altem verloren geht.«

Toryan dachte an den Mann im Park in Gorvul. An Bahrakels Ritus. *Wann habe ich das letzte Mal wirklich etwas hinterfragt?* Der Gedanke verursachte ihm Unbehagen, wie ein winziger Fleck auf einer weißen Wand, der, einmal bemerkt, nicht mehr zu übersehen ist.

Nobu drückte ihm die Schulter. »Entschuldige. Ich wollte dich nicht verwirren, Junge. Dies ist nicht die Zeit, um zu zweifeln. Dies ist die Zeit, um zu kämpfen. Bei nächster Gelegenheit reden wir in Ruhe. Es gibt da ohnehin etwas, worüber ich mit dir sprechen wollte. Über das, was dir in Dimmgrund passiert ist.«

»Krieger Asgreals«, schallte Egrogers Ruf über den Hof. »Schatten sind über die Lande des Lichts gefallen, alte Schatten, die längst hätten schwinden sollen. Wir sorgen dafür, dass sie es tun. Wir jagen sie. Wir finden sie. Wir tilgen sie aus dieser Welt, auf dass wir der immerwährenden Seligkeit einen Schritt näher kommen!«

Jubel brandete auf, viele Soldaten stampften die Kolben ihrer Arkebusen auf den Boden.

Kardinal Tadeean trat vor. »Daosams neueste Waffe soll mit Euch sein auf diesem hehren Kriegszug.« Er gab ein Zeichen, und zwei Diener zogen die Tore zu einem der Nebengebäude auf. Daraus rollte dampfend und ratternd ein Ding hervor, das einem umgekippten Turm auf Rädern ähnelte. Auf der schaufelförmigen Spitze prangten Hunderte Klingen. Gesteuert wurde es von einem Piloten, der in einer Vertiefung in der Mitte saß und mit kurzen und langen Hebeln hantierte. Toryan malte sich aus, was dieses Gefährt anrichten würde, wenn es durch eine Feindesschar pflügte.

Seine Vernunft sagte ihm, dass er heilfroh sein sollte, ein solches Ding in den eigenen Reihen zu wissen. Und doch war ihm, als betrachte er etwas, das nie das Licht des Tages hätte erblicken sollen.

Die Tore der Feste öffneten sich. Das Heer, angeführt vom Kriegsengel Egroger, setzte sich in Bewegung. In die Schlacht, zum Ruhme des Lichtbringers.

Im Moor

Dem blassen Licht nach zu urteilen, ging es auf Mittag zu, als sich das Unterholz rings um Minn lichtete. Mangroven mischten sich zwischen die Bäume. Sie hatte die Wurzwartsümpfe erreicht. Ehe sie den schützenden Schatten des Waldsaums verließ, kauerte sie sich zwischen zwei Büsche und spähte auf die grüngraue Landschaft hinaus, die sich unter tief hängenden Wolken vor ihr ausbreitete. Hier und da verschwanden schlammige Rinnsale unter Regimentern von Schilf, die das Moor umstanden wie Wächter einen Schrein. Weiter draußen, den Häuptern vergessener Greise gleich, ragten Inseln aus Stein und Gras empor. Weit und breit war niemand zu sehen. Immerhin etwas.

»Folge den Ringen«, hatte Chun gesagt. Beim Gedanken, was ihrem Onkel womöglich widerfahren war, formte sich ein Kloß in Minns Hals. So gut es ging schluckte sie ihn hinunter und trat aus dem Wald. Sie schritt das Riedgras ab, schob hier und da ein paar Stauden beiseite. Von Ringen keine Spur.

Minn blieb stehen und zwang sich nachzudenken. Der Geheimweg musste in Waldesnähe sein. Die Schmuggler hatten sicher schnellstmöglich Schutz zwischen den Bäumen suchen und nicht erst mit ihren Waren auf dem Präsentierteller herumspazieren wollen.

Beharrlich wühlte sie sich durch weitere Stauden, dort, wo Schilf und Wald einander am nächsten kamen. Der Boden quatschte unter ihren Sohlen, immer wieder musste sie Tümpeln und Pfützen ausweichen. Schließlich fand sie, was sie gesucht hatte – eine Reihe flacher, runder Trittsteine, die hinaus ins Moor führten. In die Mitte der Steine waren Löcher gebohrt, in denen wiederum tief im Morast verankerte Stangen steckten. Es sah tatsächlich ein wenig aus, als würden beringte Finger aus dem Boden ragen. Der Schmugglerpfad, kein Zweifel. Sonderlich vertrauenerweckend wirkte er nicht gerade.

Aber er wird sich nicht in eine Brücke aus Gold verwandeln, wenn ich noch länger hier rumstehe, sagte Minn sich.

Kurz entschlossen sprang sie auf den ersten Ring. Er trug problemlos ihr Gewicht und bot sicheren Tritt. Also hopphopp zum nächsten. Und zum nächsten. Und weiter, durchs Moor.

Frösche quakten im Schilf, auf dem Wasser schimpfte eine Kolonie Enten. Irgendwo in der Ferne schleifte ein schwerer, schuppiger Körper über Stein. Einer dieser ominösen Gronks? Minn hatte kein Bedürfnis, es herauszufinden. Rasch sprang sie ein Dutzend Ringe weiter, und das Geräusch verebbte.

Die Sonne war weit Richtung Westen gewandert, und noch stets befand sich Minn auf dem alten Schmugglerpfad. Der Gestank von Moder und Torf war inzwischen so penetrant, dass sie sich ihr Halstuch vor Mund und Nase geschlungen hatte, um halbwegs atmen zu können. Ab und an ragten verwitterte Brückenpfeiler oder überkrustete Wegmarken aus dem Sumpf, stumme Zeugen, dass hier einst Straßen durch Auen und entlang klarer Flüsschen geführt hatten. Minn hatte ab und an Kaufleute auf Gut Eulenstein sagen hören, der Abbau von Teilen der Hochwolkberge zugunsten der Schienenwege habe dazu geführt, dass das Moor sich ausbreiten und die einst fruchtbaren Landschaften vertilgen konnte. Es fiel ihr schwer zu glauben, dass etwas, was Hunderte Meilen entfernt geschah, hier Auswirkungen haben sollte.

Zwielicht hob sein fahles Haupt. Die Schatten, die seit Stunden unter den Ausläufern des Gebirges im Westen gelauert hatten, kamen über den Sumpf gekrochen. Und dann, auf Höhe einer verdrehten Groteskerie, die zu Lebzeiten eine Kiefer gewesen sein mochte, brach der Pfad ab.

Beinahe wäre Minn im sumpfigen Nass gelandet, so sehr hatte sie sich daran gewöhnt, von Ring zu Ring zu springen. Sie fand gerade noch ihr Gleichgewicht und zog das Bein zurück. »Dreimal vermaledeiter Donnerkeil«, rief sie, halb vor Schreck, halb vor Ärger. Da stand sie nun, mitten im Moor, und kein Weiterkommen in Sicht. Hatte der Morast die Trittsteine im Lauf der Jahre verschlungen? Oder hatte etwas sie aus der Verankerung gerissen? Etwas, das einsame Wanderer als leckere Abwechslung zu Fisch, Frosch und Vogel betrachtete?

Bei dem Gedanken sträubten sich ihr die Nackenhärchen.

Denk nach, befahl sie sich. *Welche Möglichkeiten gibt es? Wenn ich hierbleibe, kommt früher oder später irgendein Schleimvieh angekrochen, um süßes Minnfleisch zu kosten. Zurück kann ich genauso wenig. Die Paladine durchkämmen den Wald und das Grenzgebiet. In Blauried bin ich nirgends sicher.*

Also blieb nur, sich auf gut Glück weiter durchzuschlagen. Minn biss die Zähne zusammen, umklammerte mit einem Arm den Ringstab, streckte den anderen aus und lehnte sich nach dem verkrüppelten Baum. Für einen atemlosen Augenblick drohte sie wegzurutschen, aber mit ihrer freien Hand fand sie einen der morschen Äste und brach ihn ab.

Sie gönnte sich ein paar Atemzüge, um ihr hämmerndes Herz zu beruhigen. Dann begann sie, mit dem Holz im Sumpf zu stochern. Nach einigen Versuchen stieß sie unter der Oberfläche auf Widerstand. Minn krempelte ihre Hose bis zu den Knien hoch und klemmte sich den Ast unter die Achsel. »Ich mach das jetzt«, rief sie einer in der Nähe paddelnden Ente zu. Noch einmal holte sie tief Luft, sprang …

… und jubelte, als sie die vertraute runde Steinform unter den Sohlen spürte. Die Ringe waren also noch da, wenngleich verborgen vom Morast, der ihr bis über die Knöchel ging. Minn reckte der Ente die Faust entgegen. »Ha! Wer braucht schon Schwimmhäute, wenn er Grips hat?« Sie kam sich selbst ein wenig verrückt dabei vor. Egal. In ihrer Lage schmeckte jeder noch so kleine Triumph süßer als Wilberts Honiggebäck.

Nacht brach herein, und Minn tastete sich weiterhin durch die endlos scheinende Sumpflandschaft, die immer unwirtlicher wurde. Unter der Oberfläche gärte und blubberte es, als befände sie sich im Bauch eines Urmonsters. Schleierwolken krochen über den Himmel. Wind zerrte an Minns Haar, ihren Kleidern, ihren Nerven. Dadurch war das

Gemüffel des Moores nicht mehr ganz so schlimm. Das war leider das einzig Positive. Müdigkeit und Hunger hatten ihre gierigen Klauen in sie gegraben. Ab und an fand sie Pfützen schal schmeckenden Wassers, an denen sie ihren Durst löschte. Chuns Vorräte waren bis zum letzten Krümel aufgebraucht, und die ölig blauen Beeren zu essen, die vereinzelt aus dem Morast wuchsen, traute sie sich nicht.

Der nächste Tag kam und ging. Die nächste Nacht dämmerte herauf und verblasste. Minns Körper schmerzte, als würde sie seit Jahren wandern. Muskeln, von denen sie gar nicht gewusst hatte, dass sie existierten, zogen und zerrten an ihr, als sei sie ein Stück Fleisch zwischen zwei Hundemäulern. Vage erinnerte sie sich an eine Zeit, als Schlaf eine dunkle See gewesen war, in die sie sich voll Freude gestürzt hatte, gespannt, welche Wunder sie in der Tiefe erwarteten. Nun war diese See zu einem Morast voll Dornengeäst vertrocknet. Wenn Minn schlief, dann kaum eine Stunde, geplagt von Schweiß und bösen Bildern: Der Purifikant Damian, lachend. Ein Neugeborenes, schreiend in den Armen seiner toten Mutter. Chun, voll Blut. Eine ganze Welt, die mal in Feuer, mal in Finsternis versank.

Jedes Mal, wenn sie hochschreckte, fühlte Minn sich ein Stück ausgezehrter. Ein Schatten ihrer selbst, zu müde zum Trinken, zu durstig zum Schlafen.

Regen wob einen diesigen Schleier. Das *tsktsktsk* der Tropfen auf dem Wasser klang wie höhnischer Applaus. Minn wusste, sie musste aus diesem Sumpf heraus, und zwar bald, oder er würde Körper und Geist gleichermaßen verschlingen.

Also weiter.

Stochern, stochern, springen. Stochern, stochern, springen. So lautete ihr Mantra, bis sie beinahe glaubte, sie hätte ihr Leben lang nichts anderes getan.

Einmal sah Minn ihr Spiegelbild in einer Pfütze. Sie erschrak vor den eingefallenen Zügen.

Vielleicht haben mich die Paladine ja erwischt, dachte sie. Vielleicht bin ich längst tot, und meine Seele wandert durch eine Zwischenwelt ohne Anfang und Ende …

Eine Kröte sprang in die Pfütze. Fauliges Wasser spritzte in Minns Gesicht. Angewidert wischte sie die Brühe weg, doch diese Demütigung weckte ihren Trotz, der dem Selbstmitleid zum Einstand eine ordentliche Schelle verpasste.

Donnerunddammmich, ich werde nicht *in diesem Sumpf zugrunde gehen*, beschloss Minn. *Ich nicht!*

Stochern, stochern, springen. Da war der nächste Ring. Und da der nächste.

Dämmerung brach herein. Stochern, stochern, springen.

Abend. Egal. Stochern, stochern, springen.

Ein Stündchen Schlaf auf einem der wenigen Ringe, die noch über die Oberfläche ragten.

Nacht. Stochern, stochern, springen. Irgendwann musste dieser Morast enden.

Die Brühe rings um die Steinringe gärte und warf Blasen. Es stank nach vergorenem Fisch. »Wollt ihr euch mit mir anlegen?« Naserümpfend stieß Minn den Stock in zwei, drei Blasen, die zu öligem Schaum zerplatzten. »Da. Das habt ihr davon, mich zu provozieren.« Sie wusste, sie plapperte wirres Zeugs. Nicht mal eine Ente war in der Nähe. Doch sie musste reden, egal was, um nicht wahnsinnig zu werden.

Ein dumpfer Laut drang aus der Ferne an ihr Ohr. Trommeln.

»Jetzt ist es so weit«, verkündete sie der trostlosen Umgebung. »Mein Verstand ist endgültig hinüber.«

Die Trommeln schlugen weiter. Minn stockte der Atem. Kamen sie womöglich von den Docks von einem von Freiholts Fischerdörfern? Gut, sie hatte noch nie von trommelnden Fischern gehört, aber nur mal angenommen – sollte sie dorthin? Die Trommeln erklangen im Osten, der Ringpfad führte nach Norden. Sie kaute auf ihrer Unterlippe. Im Sumpf war sie auf sich allein gestellt, doch zumindest hatte sie einen Weg, dem sie folgen konnte, so beschwerlich er auch sein mochte. Verließ sie ihn, gab es kein Zurück mehr. Dann hätte sie sich vollkommen verirrt.

Der Rhythmus der Trommeln war ein verschlungener Klangteppich, der tief und warm in ihr widerhallte. Die Trommeln versprachen Rast und Ruhe, wenn man ihnen folgte. Sie beruhigten Minn, dass es nichts zu befürchten gab.

Sie wollte glauben, dass die Trommeln sie in einen sicheren Hafen lotsten. Sie wollte so sehr raus aus dieser verwunschenen Sumpflandschaft.

Alles oder nichts!

Sie warf den Stock von sich, nahm Anlauf, sprang.

Ihre Stiefel sanken kaum einen halben Fuß tief im Morast ein. Fester Boden. Ihr Herz klopfte ihr bis zum Hals.

Sie setzte einen Schritt vor den anderen, vorsichtig, wie ihr stinkender Lehrmeister, das Moor, es ihr beigebracht hatte.

Immer weiter. Den Trommeln nach.

In der toten Stadt

Durch zerborstene Tore ritt das Heer des Klerus in Hizgin ein. In ihrer Blütezeit war die Stadt das Zentrum des mächtigsten Reiches Yrdaias gewesen, der Sitz des Erzfürsten der Vampire und zugleich Umschlagplatz für Waren aus der gesamten Welt, Sammelbecken für Krieger, Philosophen und Scholaren jeglicher Herkunft. Nun hing der Schatten verlorener Glorie über den Straßen. Es roch nach Moder und Staub und Sturm. Moos bedeckte die Pflastersteine wie Haarbüschel den Kopf eines Greises, Bäume wuchsen durch die Dächer rußbedeckter Hallen. Kein Vogel sang, kein Grashüpfer zirpte. Das Klappern der Hufe und das Rumpeln der Kriegsmaschine kamen Toryan wie ein Sakrileg vor. Wäre Egroger nicht vorneweg geflogen, hätte er auf der Stelle kehrtgemacht.

Als sie Hizgins Zentrum erreichten, versank die Sonne in den Farben von Blut und Feuer im Westen. Auf der gegenüberliegenden Seite eines weitläufigen, von Gebäuden umstandenen Platzes führte eine Treppe zur Säulenhalle eines ehemaligen Tempels.

Zu Füßen der Stufen stand ein staubiger Zierbrunnen, über dessen Becken die Skulptur eines mit Blüten bekleideten Mädchens eine Feder auf der Hand balancierte. Darunter saßen fünf Blutfürsten, der kleinste so groß wie Toryan, dem größten hingegen reichte er nicht mal bis zur Brust. Eine schwarze, klingengespickte Rüstung umhüllte den Hünen. Die Augen glommen tiefrot in den blassen Gesichtern.

Grimme Befriedigung stahl sich in Egrogers Züge. »Narren. Dachtet Ihr in Eurer Arroganz, dass wir es nicht wagen, euch hierher zu folgen?«

Die Blutfürsten erhoben sich und griffen nach Lanzen, deren Spitzen geschwungenen Schwertern ähnelten. Toryan vermeinte ihre Schärfe selbst über die Distanz hinweg zu spüren. »Wir haben dich erwartet, Kind der Asche«, dröhnte der Vampir in der Klingenrüstung.

Toryan runzelte die Stirn. Kind der Asche? Was sollte das sein?

Egrogers Lachen war der Klang klimpernder Perlen. »Ihr seid fünf. Wir Hunderte. Wir werden euch schlachten und eure Köpfe auf die Stümpfe der Phönixweiden spießen. Sie zu fällen war eure letzte Untat.« Er schwang sich mit trägem Flügelschlag in die Luft. Licht umflutete ihn, als er die Bannerlanze senkte. »Männer, fächert aus.«

Die Soldaten bildeten einen Halbkreis um den Brunnen.

Ein metallischer Geschmack machte sich in Toryans Mund breit. Sein Blick schärfte sich, seine Gedanken rasten. Alle Augen waren auf den Brunnen gerichtet, auf Feinde, die sich hatten umzingeln lassen. Viel zu einfach für Wesen der Alten Nacht, die Jahrhunderte Erfahrung in der Kriegskunst hatten.

Die Blutfürsten ließen die Fangzähne blitzen. Toryan brauchte einen Moment, um zu verstehen, dass sie lächelten.

Schwarzer Nebel wallte aus den Gebäuden ringsum.

»Achtung, General«, brüllte Toryan. »Es ist eine Falle.«

Ein Albtraum brach aus den Hallen und Häusern hervor. Schemen huschten, Augen glühten in der sich rasend schnell verdichtenden Dunkelheit. Wie viele Wesen aus den Gebäuden kamen, war nicht zu erkennen. Auf alle Fälle genug, um ihrerseits die menschlichen Krieger einzukesseln. Pferde stampften. Männer schrien, unsicher, ob sie sich den Blutfürsten oder den Kreaturen in ihrem Rücken zuwenden sollten.

»Haltet die Stellung«, brüllte General Nobu. »Arkebusiere und Reiterei, Halbdrehung. Niemand feuert, eh ich es sage.«

Schwingen rauschten. Eine Gestalt landete auf dem Dach eines halb verfallenen Hauses. Dunkle Juwelen überkrusteten ihren Brustpanzer, onyxschwarzes Haar rahmte ein blasses, zerfurchtes Gesicht, aus dessen Schläfen ein Geweih wuchs. Ein vielbeiniges Etwas schien Toryans Kehle emporzukriechen. Lurmenor der Gefallene war hier.

»Kehrt dahin zurück, wo Ihr herkamt, Menschen«, brandete seine Stimme über den Platz. »Dann muss niemand sterben.«

Leder knarzte. Metall scharrte. Eine zitternde Hand drückte einen Abzug. Ein Arkebusenschuss knallte, eine Kugel prallte gegen den Panzer eines Nachtkriechers, der aussah wie eine Heuschrecke mit dem Kopf eines zauselbärtigen Mannes. Die Kugel klapperte zu Boden, ohne Schaden anzurichten. Das Wesen zischte und hob die scherenförmigen Vorderbeine.

»Berittene, Gasse bilden«, schallte Egrogers Stimme. »Lasst die Dampframme das unheilige Pack vernichten.«

Die Reiterei teilte sich. Aus ihrer Mitte rollte Tadeeans metallenes Ungetüm mit der Stahlschnauze heran, bereit, alles in seinem Weg zu zermalmen. Zugleich feuerten die Arkebusiere aus allen Rohren, ohne Nobus Befehl abzuwarten.

Als Antwort spritzten tintenschwarze Gischtfontänen in die Luft, ausgestoßen von einem kugelrunden Ding mit Rüsseln und zu vielen Beinen. Wo die Flüssigkeit auf Fleisch traf, schrien Menschen und Pferde auf. Ihrer Sicht beraubt, stolperten und stürzten sie durcheinander und brachten so die Krieger um sich mit ins Straucheln.

Die Ramme setzte derweil unaufhaltsam über den Platz. Es kreischte grauenhaft, als der Metallsporn der Maschine durch die Front der Nachtkriecher pflügte. Gliedmaßen wirbelten durch die Luft. Die Schreie waren ohrenzerfetzend. »Vorrücken, Männer«, jubilierte Egroger. »Brecht in die Bresche.«

Etwas stürzte vom Himmel und landete genau vor der Dampframme. Diese rollte ungebremst eine schwarze Rampe hinauf, hob sich senkrecht in die Luft und krachte mit der Seite voran zu Boden. Die Wucht des Aufpralls zertrümmerte die Aufhängungen, die Ketten und Räder schrillten jämmerlich bei jeder Umdrehung.

Lurmenor richtete sich auf und faltete seine Schwingen – denn nichts anderes war die Rampe gewesen. Toryan hatte bereits in Dimmgrund erlebt, dass der Gefallene dem Dunst und der Dunkelheit feste Form verleihen konnte. Dennoch starrte er sprachlos auf die Dampframme, die nun so nutzlos war wie ein auf dem Rücken liegender Käfer.

Das Heer der Altnacht jubelte. Ein blasser Krieger mit nachtschwarzem Haar und spitz zulaufenden Ohren rief einen Befehl. Und die Nachtkrabbler griffen an.

Der Knochenmann

Die Trommeln führten Minn landeinwärts. Schon nach kurzer Zeit verlor sie die Steinringe aus den Augen. Und damit den Pfad, den zu nehmen Chun ihr aufgetragen hatte.

Sie verdrängte den Gedanken. Dank ihrer guten Nachtsicht schleppte sie sich unbeirrt vorwärts.

Der gärende Morast schwand zusehends. Vor Minn lag eine Landzunge, überwuchert von Heidekraut. Die Trommeln wiesen wirklich einen Weg! Ihre Erschöpfung wich einer Erwartung, die Minn noch einmal trügerische Kraft verlieh. Sie wusste, dass ihr Körper die letzten Reserven aufzehrte. Fand sie nicht bald Obdach und Essen, würde sie erlöschen wie ein alter Stern.

Allmählich wichen Kraut, Sand und Flechten einer Art Torfboden. Es roch modrig, aber besser als im Sumpf. Der Boden federte unter Minns Füßen, herrlicher, echter Boden, ohne Sinklöcher, ohne Ringe, ohne quietsch-quatsch.

Die Trommeln wurden lauter. Fordernder.

Vor Minn lag eine Erhebung mit einem dicht bewachsenen Überhang, auf dem Büsche ihr Gezweig zu einem mauerartigen Geflecht verhakten. Quer dazu sickerte ein sauberes Rinnsal über den Boden. Dieses Fleckchen war das, was einer geschützten Umgebung in diesem Scheusal von Landstrich noch am nächsten kam. War ja nicht so, dass Minn in Sachen Bequemlichkeit in letzter Zeit sonderlich verwöhnt gewesen wäre. Also zwang sie sich zu ein wenig Dankbarkeit, füllte an dem Bächlein ihren Trinkschlauch und verkorkte ihn. Erst danach führte sie mit den hohlen Händen Wasser an den Mund. Es schmeckte frisch und mineralisch. Keine Spur von Schlamm. Nur himmlisches pures Wasser. Minn wusch sich Gesicht und Haare. Dann trank sie weiter, jeden Schluck auskostend, als sei er flüssiger Sternenschein.

Nach einer gefühlten Unendlichkeit war ihr Durst gestillt. Sie ließ ihr Reisebündel und dann sich selbst unterhalb der Anhöhe auf den Boden plumpsen. Noch während sie die Stiefel aufschnürte, merkte sie, wie ihr Kopf Richtung Brust sank. Schlaf. Sie brauchte eine Runde Schlaf, um zu Kräften zu kommen.

Minn schloss die Augen und ließ ihren Geist davongleiten. Sie dachte sich noch, dass etwas fehlte, kam aber nicht darauf, was.

An der Grenze zum Traumland spürte sie ein Streicheln, als küsste jemand ihr Ohr. »Toryan«, murmelte sie, »bist du das?« Die Berührung – nein, vielmehr der Laut – wurde zum dissonanten Klappern.

Minn fuhr hoch. Da. Hatten da nicht Blätter geraschelt? Verbarg sich ein Raubtier im Gebüsch? Ein Gronk? Oder bildete ihr überreizter Geist sich das ein? Wer wusste, was die Ausdünstungen des Sumpfes mit ihrer Wahrnehmung angestellt hatten.

Es half nichts. Sie würde kein Auge zutun, eh sie nicht nachgesehen hatte. Also zwängte sie sich durch das verholzte Gestrüpp und schob die Zweige über sich beiseite. Dahinter, auf einem Steinplateau ohne Vegetation, saß der Trommler.

Sein dürrer Oberkörper war nackt. Ein verfilzter Vorhang aus braun-grauem Haar hing ihm über knochige Schultern und vors Gesicht, Schweiß glänzte auf Brust und Armen. Er ließ blassgelbe Stöcke über Häute und Platten wirbeln, die er auf Holzrahmen im Halbkreis vor sich aufgespannt hatte.

Minn schreckte zurück. Oder vielmehr, sie versuchte es, konnte aber keinen Fuß vor den anderen setzen. Als sei sie in den Sumpf gestürzt und steckte hüfttief im Morast.

»Du kommst, um zu spielen?« Der Trommler hämmerte einen Doppelschlag auf die Felle. »Ich kann dich lehren, Musik zu schaffen, die dir alles und jeden untertan macht.«

»Ja, lass mich mit dir spielen«, hörte Minn sich wider Willen sagen. »Ich gäbe alles dafür.«

»Oh, *alles* muss nicht sein.« Hohn troff aus der Stimme des Widerlings. »Ein Teil von dir genügt. Komm, Kind.«

Minns Gliedmaßen zuckten im Stakkato der Trommeln, als sei sie eine Holzpuppe an unsichtbaren Fäden. Es war grauenhaft, so wehrlos zu sein. Hilflos stakste sie hinter den Holzrahmen – und erblickte das volle Ausmaß des Wahnsinns. Unter den Knien des Trommlers ragten zwei geschwärzte Stümpfe hervor, daneben lag eine dunkel verkrustete Säge.

»Sie ist hübsch, meine Kleine, nicht wahr?« Der Beinlose lachte. »Und oh, so hungrig. So lange hat sie kein Fleisch mehr gekostet. Früher kamen oft Reisende durchs Moor. Dieser Tage darben wir elendig.« Er wirbelte die vergilbten Stöcke, die nichts anderes waren als Schenkelknochen. »Welch Glück, dass du hier bist. Ich lasse den Klangstrudel deinen Geist zerschmettern und meine Kleine deinen Körper liebkosen. Dann wirst du meinen Platz einnehmen.« Er schüttelte den Kopf im wilden Rhythmus, wobei die Haare zur Seite flogen und einen grausig eingefallenen Schädel freilegten, über dem sich die Haut wie Pergament spannte. Jeder Trommelhieb prügelte auf Minns Verstand ein.

»Nimm jetzt meine Kleine«, befahl der Trommler. »Sie will dich, oh, sie dürstet so sehr nach dir.«

Als blickte sie von einer Wolke auf sich herab, sah Minn, wie sie sich vor die Felle setzte und zur Säge griff. Das widerliche Ding zitterte in ihren Händen wie eine Hundeschnauze, die Blut wittert. Sie hob es, setzte es über dem Knie an. Das Sägeblatt biss in Minns Fleisch. Es brachte brennenden Schmerz. Und Blut.

Der purpurrote Sog überlagerte für einen Moment selbst den hypnotisierenden Klang der Trommeln. Er entfesselte die verborgene Kraft in Minn.

Sie schleuderte die Säge mit aller Kraft gegen den Holzrahmen. Es schrillte, Häute rissen, Platten schepperten zu Boden. Die Kette, die Minns Willen im Würgegriff hielt, verschwand auf der Stelle.

Der Trommler kreischte und hopste auf Minn zu, wobei er sich mit den Händen vom Boden abdrückte. Sie krabbelte rückwärts. Zu langsam. Der Beinlose stürzte sich auf sie. Skelettierte Finger krallten sich um ihren Hals. Sie rammte ihm das unverletzte Knie in die Seite. Sein Griff lockerte sich kaum. »Du hast es zerstört«, geiferte er und drückte so fest zu, dass die Sehnen an seinen Armen hervortraten. »Zerstört, eh es mich erlösen konnte.«

Minn rang nach jedem Quentchen Luft. Ihr Blick verschwamm. Noch wenige Augenblicke und sie würde in eine Ohnmacht fallen, aus der sie nicht wieder erwachen würde.

Der Beinlose lachte und beugte sich über sie, als wollte er sie küssen. Minn konnte nicht entkommen.

Doch sie konnte noch ihren Arm drehen.

Sie hatte diese Bewegung so viele Zehntausend Mal geübt, dass sie Teil von ihr geworden war. Das Messer rutschte aus ihrem Ärmelsaum. Ihre Finger schlossen sich um den Griff, mit ihrem Handgelenk beschrieb sie einen Halbkreis nach oben. Das Fleisch des Trommlers war papierdünn. Die Klinge zerteilte ihm Kehle und Halswirbel, als seien sie aus Mürbteig, und trennte ihm glatt das Haupt von den Schultern. Von Gelächter verzerrt, polterte es den Hang hinab und außer Sichtweite.

Zitternd und keuchend wandte Minn sich zur Seite und übergab sich in einen der Büsche. Als sie wieder zu Atem kam, holte sie ihr Reisebündel und kämpfte sich durch das Gewirr aus Sträuchern zur Hangspitze, die von dem Steinplateau aus gut erreichbar war. Auf der anderen Seite erspähte sie ein Tiefland, über dem ein wässriger Morgen graute. Im Osten säumten bläuliche Hügel den Horizont, im Norden funkelten gerade, lang gezogene Linien. Ein Fluss, gelenkt durch ein Labyrinth aus Wasserwegen. Minn schluchzte auf, als Erleichterung und Erschöpfung sie gleichermaßen durchströmten. Sie hatte zu guter Letzt den Weg über die Grenze gefunden.

Gemetzel

Toryan hatte geglaubt, seine Ausbildung und die Jahre als Grenzwächter hätten ihn auf die Schrecken der Altnacht und den Wahnsinn einer Schlacht vorbereitet.

Was hatte er sich getäuscht.

Der Nebel trübte die Sicht, verwirrte die Sinne. Gebrüll, Waffenklirren, Pferdegewieher, Klick- und Zischlaute quälten seine Ohren. Er hörte Knochen und Panzer bersten und das ekelerregende Schmatzen, wenn etwas Spitzes durch Fleisch und Sehnen drang. Gestalten gingen zu Boden. Freund? Feind? Die Dunkelheit verzerrte alles. Blutgestank biss in Toryans Nase, vermischt mit einem fremdartigen Geruch von Moos und Harz und etwas anderem, Raubtierhaftem. Lanzen blitzten auf, so hell, dass sie für einen Moment die Düsternis zerschnitten. Ein Arm flog an Toryan vorbei, ein Kopf polterte gegen seine Beine. Er brüllte, um nicht wahnsinnig zu werden.

Einer der Spitzohren, die in den Sagen seiner Bergheimat als Schattenelfen vorkamen, tauchte vor ihm auf. Toryan war beinahe dankbar, dass der Feind Gestalt annahm, dass er etwas *tun* konnte. Sie tauschten ein paar Schwerthiebe, ohne einander zu treffen, schon verschwand der Elf wieder im Nebel.

An seiner Stelle erschienen drei zwergenhafte Wesen, deren Haut verwitterter Borke glich. In den Händen hielten sie dornengespickte Keulen. Toryan hackte dem vordersten mit dem Schwert in den Hals. Gelblicher Saft besudelte ihn. Die Klinge blieb im harten, faserigen Fleisch stecken. Toryan zerrte daran. Ehe er sie herausbekam, sprang der zweite Wurzelzwerg auf ihn zu. Toryan trat ihm ins Gesicht.

Knirschend kam das Schwert frei. Gerade rechtzeitig, um die Keule des dritten Angreifers zur Seite zu schlagen. Ehe dieser erneut ausholen konnte, rammte Toryan ihm die Schwertspitze durch den Kiefer. Aufatmend zerrte er die Klinge aus der Leiche.

Jemand packte ihn am Ärmel. Toryan hätte beinahe zugeschlagen, da erkannte er Nobu. Blut verschmierte Gesicht und Rüstung des Generals, doch das meiste schien nicht von ihm zu stammen. Von seinem Schwert tropfte zähe Flüssigkeit. Ein paar Dutzend Krieger sicherten ihm den Rücken. »Wir müssen uns sammeln«, keuchte Nobu. »Kämpfen wir im Nebel, zerfetzen sie uns.«

Toryan konnte nur nicken.

»Krieger des Lichts«, brüllte Nobu. »Zur Säulenhalle.«

Ein kluger Plan. Die Halle war breit, der Zugang schmal. Schafften sie es dorthin, konnten sie sich neu formieren und selbst eine Übermacht abwehren.

Der Nebel dämpfte alle Laute. Unter Nobus Führung fanden sie dicht gedrängt einen Weg durch das Chaos. Mehr Soldaten schlossen sich ihnen an, zogen weitere Kameraden mit sich, sodass ihre Zahl schnell auf sechzig, siebzig Mann anwuchs. Sie stolperten und hasteten über den Platz, bahnten sich eine blutige Schneise durch die Reihen der Feinde.

Einige erkannten ihre Absicht und versuchten, ihnen den Weg abzuschneiden.

Ein Wesen mit zu langen Beinen und Armen stürzte sich auf Toryan. Es war steckendürr, sein Haar stand in alle Richtungen ab und es schwang eine Art Sense.

»Nicht gut«, entfuhr es Toryan. Er blockte den Sensenhieb, taumelte unter dessen Wucht jedoch zur Seite. Einen Atemzug später hatte er seine Kameraden aus den Augen verloren. Den Steckenmann leider nicht. Mit kurzen, hackenden Hieben drosch dieser weiter auf Toryan ein und nutzte den Reichweitenvorteil der Sense gnadenlos aus. Hinter den staksig wirkenden Angriffen steckte enorme Wucht. Toryans Arm erlahmte bei jeder Parade etwas mehr. Und aus der Dunkelheit näherten sich weitere Schemen auf vier Beinen, groß wie Kälber.

Die Sense streifte sein Handgelenk. Minns Glücksarmband zerriss und trudelte zu Boden. Es versetzte Toryan einen Stich ins Herz.

Die Ablenkung kostete ihn beinahe das Leben. Erneut kreiste die Sense. Toryan reagierte nicht schnell genug, und sie schlitzte ihm die

Haut über der Hüfte auf. Keine tiefe Wunde, aber sie brannte höllisch. Ein dünnes Lachen brach aus Steckenmanns lippenlosem Maul.

Noch so ein Hieb, und das war's. Mit der Kraft der Verzweiflung riss Toryan seinen Arm zurück und schleuderte sein Schwert. Die Klinge bohrte sich tief in Steckenmanns Brust. Er krachte auf den Rücken wie ein gefällter Baum und rührte sich nicht mehr.

»Erwischt«, brüllte Toryan, als er im Vorbeilaufen das Schwert aus dem Ding zerrte. Euphorie flutete seinen Körper. Er wusste, die Schmerzen würden sich früher oder später mit doppelter Wucht zurückmelden. Egal. Dann war er entweder in Sicherheit oder tot.

Hinter ihm knurrte es aus einem halben Dutzend Kehlen.

Also eher tot.

Ein Blick über die Schulter. Was er für Kälber gehalten hatte, war eine Rotte der zotteligsten Hunde, die er je gesehen hatte. Und bei seinem Glück war Steckenmann ihr Herrchen gewesen.

Toryan hatte nicht geglaubt, dass er noch schneller rennen konnte. Aber es ging.

Das Problem war, die Altnachthunde waren noch flinker.

Mit gewaltigen Sätzen setzten sie ihm nach, hechelten, japsten. Der Nebel war für die Dreckstölen kein Hindernis. Wär ja auch zu schön gewesen.

»Toryan, hierher.« Das war Nobus Stimme. Toryan, der kaum die Hand vor Augen sah, folgte ihr. Die Rotte war nun so nah, dass er den Verwesungsgestank aus den Hundemäulern riechen konnte.

Seine Zehen stießen schmerzhaft an Stein. Um ein Haar wäre er gestolpert. Die Tempeltreppe.

»Junge, pass auf!«

Instinktiv warf Toryan sich zur Seite. Ein Riesenkiefer zerbiss die Luft, wo er eben noch gestanden hatte. Toryan kraxelte um sein Leben die Treppe rauf, über Gefallene, Menschen, Nachtkrabbler, egal. Sein Kopf war über dem Nebel. Treppenende. Und vor ihm – eine Verteidigungsphalanx aus Soldaten, mit Nobu an der Spitze.

Hinter Toryan tauchte ein Hundeschädel aus dem Dunst auf, das Maul weit aufgerissen, die Fänge gebleckt. Mit einem Aufschrei riss Toryan sein Messer aus dem Gürtel, schleuderte es Richtung Hunderachen. Die Klinge verfehlte ihr Ziel, traf das Vieh mit der Breitseite an der Schläfe und prallte ab, ohne Schaden anzurichten. Aber sie brachte den Köter für einen kostbaren Atemzug aus dem Tritt und behinderte so den Rest der Rotte.

Dieser Moment war alles, was Toryan brauchte. Mit einem Hechtsprung landete er vor den Soldaten.

Zwei Kameraden zogen ihn hinter den menschlichen Wall. Ein Dutzend Arkebusen knallten. Ein Jaulen, ein Heulen. Schwere Körper polterten die Treppe hinab. So viel zu den Hunden. Auf dem Rücken liegend stieß Toryan die Luft aus. Verglichen mit der Finsternis auf dem Schlachtfeld, wirkte die Dunkelheit des Tempeleingangs geradezu heimelig.

Jemand beugte sich über ihn. »Bist du in Ordnung? Du blutest überm Bein.«

Toryan blinzelte. »General Nobu. Ich … ja, alles gut. Halb so schlimm.« In Wahrheit fühlte es sich an, als halte jemand eine brennende Fackel gegen seine Hüfte. Aber Toryan die Tatze wollte verdammt sein, wenn er hier rumlag, während seine Kameraden ihr Leben riskierten.

»Dann ab zur Treppe mit dir.« Nobu streckte ihm die Hand hin und zog ihn hoch. »Wir müssen sie so lange wie möglich halten, damit weitere unserer Leute es hier hochschaffen, ehe wir uns in den Tempel zurückziehen.«

Toryan rückte sein Schwert zurecht, hob eine herrenlose Arkebuse vom Boden auf und reihte sich in vorderster Front ein. Ihm war, als blickte er auf das Ende der Welt.

Der Feind rückte nicht weiter vor, doch bis zum Treppenaufgang wimmelte der Platz von Kreaturen der Altnacht. Einige waren so gewaltig, dass selbst die Tempelsäulen daneben filigran wirkten. Augen loderten, Schreie zerrissen die Luft.

Wir werden hier sterben, wurde Toryan klar. *Sobald die Blutfürsten ihre Reihen formieren und geordnet gegen den Tempel führen, ist es vorbei.*

Er empfand deshalb keine Furcht, nur Bedauern, dass er Minn nie wiedersehen würde. Schlagartig wurde ihm klar, dass er sie trotz allem liebte.

Vielleicht war es gerecht, dass es so endete. Wie viele Nachtkrabbler hatte die Grenzwacht in Dimmgrund getötet, nur weil diese in die Nähe einer Mauer kamen, von der sie nicht mal den Zweck wussten? Sie waren nicht bösartig gewesen, diese Wesen, bloß dumm. Kaum mehr als Tiere.

Und jetzt sind ihre großen Brüder da, um's uns heimzuzahlen. Wer kann's ihnen verdenken. Toryan packte sein Schwert fester und machte sich bereit für den Ansturm.

Eine plötzliche Bö blies den Nebel beiseite. Lurmenor schwebte am anderen Ende des Platzes vor einem alten Baumriesen. Um ihn tanzte rotes Laub, als wollte der Wind ihn mit Zuneigung überschütten. Stille senkte sich herab, als seine Krieger das Kämpfen einstellten.

»Menschen«, schallte die raue Stimme des Gefallenen über den Platz. »Mein Angebot steht. Legt Eure Waffen weg. Sammelt Eure Verwundeten. Dann lassen wir Euch gehen.«

»Schweig, Verführer!« Reinweißes Licht flammte im Zentrum des Platzes auf. Egroger schwebte über dem Brunnen. Auf seine Lanze hatte er ein Wesen gespießt, das aussah wie eine Mischung aus Schwarzfuchs und Eidechse. Es zuckte schwach. Mit einer verächtlichen Bewegung schleuderte Egroger es von sich. »Du bist der Vater der Lüge, Lurmenor. Du wirst diese Männer schlachten, sobald sie deiner Brut den Rücken zuwenden.«

»Dass deinesgleichen es wagt, mich Lügner zu nennen.« Um Lurmenor begannen die Schatten wieder zu wirbeln, in seinen Klauen materialisierte sich ein Schattenspeer. »*Dich* töte ich ganz sicher, Kind der Asche.«

Mit einem Aufschrei raste Egroger durch die Luft. Lurmenor klappte die Schwingen ein und tauchte unter ihm weg. Egroger setzte im Sturzflug nach und stieß zu. Der Gefallene sprang zurück, und die Engelslanze hinterließ einen gezackten Riss im Boden. Nun attackierte Lurmenor mit einem Stich. Der Engel parierte und konterte in einer fließenden Bewegung. Lurmenor lenkte die Attacke nicht weit genug zur Seite. Die Lanzenspitze schlitzte ihm die Außenseite des Arms auf. Er brüllte und ließ seine Waffe fallen. Mit einem Triumphschrei holte Egroger aus, um erneut zuzustoßen. Dabei öffnete er einen Lidschlag lang seine Deckung.

Genau das hatte Lurmenor gewollt.

Er warf sich nach vorn, prallte gegen den Engel und grub ihm die Fangzähne in den Hals. Purpurnes Blut überschauerte den Platz.

Egroger trudelte neben der Leiche des Fuchswesens zu Boden. Die menschlichen Krieger stöhnten kollektiv auf, Toryan eingeschlossen. Im selben Moment erlagen die tief hängenden Wolken ihrer Last. Regen fiel auf Hizgin nieder und färbte die Steine dunkel.

Die Hand auf den Hals gepresst, taumelte Egroger noch einmal auf die Beine. Zwischen seinen Fingern sprudelte Blut hervor, sein Gesicht war eine Maske der Pein. Schwarze Linien begannen sich im Weiß seiner Schwingen auszubreiten, als fließe Tinte über Papier. »Glaubt, Männer«, rief er. »Glaubt an mich, so wie ich an euch. Glaubt, dass die Finsternis dem Licht weichen muss!«

Die Soldaten starrten entsetzt, einige wandten den Blick ab. Egroger ging in die Knie. »GLAUBT«, brüllte er. »KOMMT UND KNIET VOR MIR! WENN NÖTIG, STERBT FÜR DEN GLAUBEN!«

Lurmenor landete vor ihm, packte das goldene Haar des Engels und schwang seine Schattenlanze wie einen Einhänder. Der Glanz von Egrogers Schwingen erlosch.

Der Herr der Blutfürsten schwang sich in die Luft und reckte das blutige Engelshaupt in die Höhe. Die Nachtkriecher heulten vor Triumph und Ekstase.

»Ein drittes Mal biete ich es an, Menschen, dann sei's genug«, dröhnte Lurmenors Stimme über den Platz. »Legt die Waffen weg oder sterbt.« Die Wesen am Fuß der Treppe rückten vor, an ihrer Spitze eine Blutfürstin auf einem Reittier, das aussah wie ein Dornbusch auf Beinen – das Duo, das Toryan auf der Dorfbrücke überrascht hatte.

»Tut, was er sagt«, befahl Nobu tonlos.

Einer von Kardinal Tadeeans Kriegern deutete mit zitterndem Finger auf Egrogers Leichnam. »Sie werden uns die Köpfe abreißen, so wie ihm.« Er riss die Arkebuse hoch und feuerte in die Reihen der Altnacht.

Chaos brach los. Weitere Schüsse krachten. Soldaten brüllten. Nachtkrabbler kreischten. Der schwarze Nebel wallte erneut auf. »Zurück«, brüllte Nobu. »In den Tempel!«

Toryan hastete inmitten einer panischen Menge hinein in einen großen Saal. Er erinnerte sich an seine Ausbildung, zwang seine zitternden Beine anzuhalten und wandte sich zum Licht. Mit der Arkebuse zielte er auf den Eingang. In den wogenden Schatten waren Freund oder Feind nicht zu unterscheiden. Ein Schemen glich dem anderen, verzerrt, fremdartig, bedrohlich.

Die Schreie wurden immer schriller, kamen immer näher. Irgendwer schaffte es, eine Öllaterne zu entzünden. Ihr Licht enthüllte ein Albtraumszenario. Der Saal wimmelte vor Nachtkrabblern! Entsetzen packte Toryan. Seine Kameraden schossen und hackten panisch um sich. Überall war Blut und Tod.

Das Dornenvieh brach mit glühenden Augen durch den Eingang. Toryan brüllte und feuerte drauflos. Ohne Effekt. Es raste direkt auf ihn zu.

»Junge, weg da!« General Nobu prallte gegen Toryan und stieß ihn aus der Bahn. Im Fallen hörte Toryan etwas bersten. Dornenvieh schlug einen Bogen und sauste davon. Zurück blieb ein rot verschmierter Haufen in glänzender Rüstung.

»General, nein!« Toryan krabbelte neben den Mann, der ihm soeben das Leben gerettet hatte. Er vergaß die Schlacht, vergaß den Schmerz. Die Welt verschwamm weit weg, hinter eine trübe Glocke. Alles, was er sah, war Nobus Gesicht. Die linke Augenhöhle war über der Braue eingedellt, als hätte ein Hammer gegen eine Kalkwand geprügelt. An einem Ohr trocknete Blut, Rüstungssplitter spickten den Brustkorb, zermatscht, als sei er ein Stück Obst, aus dem das Fruchtfleisch quoll.

»Hör zu.« Nobus Stimme kam röchelnd durch zersplitterte Zähne.

»Ihr dürft nicht sprechen. Erst wenn der Heiler es erlaubt.« Toryan zwang sich zu lächeln, obwohl er zitterte.

»Mit mir … ist's vorbei. Muss dir was geben.« Nobu tastete nach etwas unter der Rüstung. Der Schmerz übermannte ihn und er hielt stöhnend inne.

»Wartet. Ich helfe Euch.« So behutsam wie möglich fand Toryan die Schnürung des Wamses und öffnete sie. Nobu ächzte. Toryan verfluchte sich selbst für die Schmerzen, die er ihm zufügte.

»Weg damit.« Der General atmete flach und viel zu schnell.

Toryan biss die Zähne zusammen. Als er Nobu das Wams abstreifte, quoll Blut hervor. Darunter kam ein Amulett zum Vorschein. Es trug das Bild einer ausbalancierten Waage.

»Ich wollte es dir geben, wenn du so weit bist.« Nobus Auge war auf einmal klar, seine Stimme ruhig. »Doch die Zeit, dich einzuweihen, war uns nicht vergönnt. Nimm es. Du wirst seiner würdig sein, das weiß ich.«

»Bleibt bei mir. Erzählt es mir. Was ist es?«

Nobu drückte Toryans Arm und öffnete den Mund. Dann brach das Licht in seinem Auge.

Mit zitternden Fingern zog Toryan das Amulett über den Hals seines toten Lehrmeisters und streifte es sich über. Mit den Fingerspitzen schloss er Nobus verbliebenes Auge. Erst da bemerkte er, wie still es war. Viel zu still. Niemand brüllte mehr. Keine Waffen klirrten. Der süßliche Geruch von Blut und Tod ließ ihn würgen.

Luft. Ich brauche frische Luft.

Er stemmte sich auf die Füße, wankte dem Licht des Tempeleingangs entgegen. Er stieß gegen Körper, vielleicht menschlich, vielleicht nicht. Toryan sah nicht hin. Er trat hinaus in den Regen.

Zwei Blutfürsten standen an der Treppe und richteten ihre Lanzen auf ihn. Der kleinere von beiden hatte die Kapuze seiner Robe zurückgeschlagen und entblößte einen kahlen Kopf und ein asketisch markantes Gesicht. Der andere war der Hüne in der Klingenrüstung.

Galle stieg Toryan in den Mund. Dass er die Arkebuse bei Nobus Rettungsversuch verloren hatte, machte keinen Unterschied. Er hatte nicht die geringste Chance gegen diese Wesen. Egal. Er zog das Schwert mit schweißnassen Händen. Ihm war, als wöge es ein Vielfaches seines gewohnten Gewichts. »Wenn Ihr mein Leben wollt, müsst Ihr's Euch holen«, stieß er hervor.

»Sieh dich um«, murmelte der Robenträger. Unter der Sanftheit seiner Stimme lauerte Kraft, mächtig wie der Sog eines Strudels. »Für wen willst du hier noch kämpfen?«

Zwischen den Wolkenfetzen erschien eine silberne Mondsichel, den Nieselregen noch gerade so erhellend, dass Toryan die Tropfen von abgetrennten Gliedmaßen und zersplitterten Rüstungen perlen sah. Von all den stolzen Kriegern, die ausgeritten waren, die Altnacht zu vertreiben, lebte keiner mehr. Er wollte etwas sagen, doch seine Zunge war ein Fremdkörper in der Aschehöhle, in die sich sein Mund verwandelt hatte.

»Gib mir deine Waffe.« Die tief liegenden Augen des schmalen Vampirs schienen bis in Toryans Seele zu dringen. »Dein Freund gab sein Leben für dich. Lass dieses Opfer nicht umsonst gewesen sein.«

Als hätte jemand einen Korken gezogen, wich aller Kampfeswille aus Toryan. Das Schwert fiel ihm aus den Händen.

Ein Wesen, das ein Mensch hätte sein können, hätten seine Augen sich nicht im Dutzend über die Schläfen und den Hinterkopf verteilt, eilte die Treppe hinauf und verneigte sich vor dem Kahlkopf. »Mein Fürst Yrracoh. Von Norden nähert sich die Streitmacht Freiholts. Erzfürst Lurmenor befiehlt, dass wir uns zurückziehen.«

»Ich wusste, wir haben die Grenze zu früh überschritten«, grollte der größere Blutfürst. »Wir hätten auf die übrigen Fürsten und ihre Vasallen warten sollen. Mit ihnen würden wir über tausend weitere Feinde lachen.«

»Es war einen Versuch wert, Asmodan«, sagte Yrracoh. »Sobald sie Lurmenors Ruf gefolgt sind, kehren wir mit der geballten Macht der Elf Schatten in die Lichtlande zurück. Vielleicht gelingt es Rhymmia in der Zwischenzeit, die Dämmergeborene aufzuspüren.« Er wandte sich an Vielauge. »Schnall den Menschen auf ein Pferd.«

»Warum die Mühe?«, grollte Asmodan. »All seine Kameraden sind tot. Gönn ihm ein ehrenhaftes Ende.«

»Genug Leben sind heute ausgelöscht worden«, sagte Yrracoh leise.

Asmodan spuckte aus. »Wie du meinst. Das Menschlein macht's ohnehin nicht lang jenseits der Grenze.«

»Das werden wir sehen«, rief Toryan in einem Anfall von wildem Trotz.

Asmodan grinste. So leicht, als sei sie eine Puppe, hob er eine Leiche vom Boden auf und biss ihr in den Hals. Es knirschte, Blut lief ihm über die Lippen. Er schlürfte genüsslich. Toryan wandte den Blick ab.

Vielauge packte ihn an der Schulter und bugsierte ihn in ein Gebäude, in dem die überlebenden Pferde zusammengetrieben worden waren. Vor dem Eingang stand ein weiterer Blutfürst, groß und dünn, mit spitzen Ohren und noch spitzerem Gesicht. Nachdenklich starrte er auf die Trümmer der Dampframme. Einmal mehr übertölpelte Toryans Mundwerk sein Gehirn. »Ja, sieh genau hin«, giftete er. »Von da, wo die herkommt, werden hundert weitere folgen.«

Vielauge verpasste Toryan einen Schlag in die Nieren, der ihm jegliche Luft aus dem Körper trieb. »Du wirst Fürst Zashen Respekt zollen«, zischte die Kreatur. »Oder ich breche dir deine Rippen einzeln.«

»Lass ihn.« Obgleich der Blutfürst die Stimme nicht hob, verschärfte sich ihr Ton. »Niemand sollte leiden, weil er seine Meinung spricht.«

»Glaubt nicht, dass ich Euch jetzt danke«, spie Toryan. »Heute habt Ihr gewonnen, aber wir waren ein Bruchteil der Streitkräfte des Lichts. Am Ende fallt Ihr.«

»Ich habe diese Stadt im Bruderkrieg brennen sehen, kleiner Sterblicher«, wisperte der Vampir, jede Silbe ein messerscharfer Splitter. »Ich sah Zehntausende ihr Leben verlieren, sah eine äonenalte Dynastie in Flammen und Schreien untergehen. Doch ich stehe noch.« Er machte eine Geste, als zöge er einen Vorhang zu. Von einem Moment auf den nächsten war er verschwunden.

Der Trotz in Toryan versandete so schnell, wie er gekommen war. Hoffnungslos ließ er sich zu den Pferden führen.

Die Prophezeiung der drei Pfade

Dimmgrund lag noch über einen Tagesmarsch von jenem Ort entfernt, an den der Trommler Minn gelockt hatte. Sie fragte sich, ob sie womöglich schon frisch gebadet in der Zivilisation vor einem dampfenden Eintopf säße, wenn sie den Ringen weiter gefolgt wäre. Es waren nutzlose Gedanken, also versuchte sie sich stattdessen über die Brombeeren am Wegesrand zu freuen. Die Früchte waren klein und säuerlich, aber Minn verputzte sie, bis der Anblick ihres blaurot verschmierten Mundes selbst den fiesesten Gronk in die Flucht geschlagen hätte.

Nach einigen Stunden Fußmarsch durch die zerzauste Heidelandschaft zog Dämmerung auf. Auf einer Anhöhe am Rand weiter Wiesen fand Minn Schutz unter einer Eiche. Das Laub am Fuß des Baumes bot ihr zusammen mit ein paar Mooslappen eine beinahe komfortable Schlafmöglichkeit. Sie trank einen Schluck Wasser aus dem Schlauch, lehnte sich an den Stamm und zog sich den Mantel bis zum Kinn.

Die Wolken hatten sich verzogen. Mnn blickte auf die von Sternenlicht geküssten Lande zu ihren Füßen. Ein Wind ging durch die Halme, die Gräser wogten sacht, der Wipfel rauschte. Und Minn sehnte sich mit einer Inbrunst nach Rynas Rat, Chuns Lächeln und Toryans Umarmung, dass ihr das Herz zu zerreißen drohte.

Irgendwo klagte ein Kauz der Welt sein Schicksal. Minn wünschte, sie wäre ein Vogel, damit sie über all die Probleme der Welt hinweg nach Hause fliegen könnte.

Doch sie war kein Vogel. Sie war Minn, das Monster.

War sie das?

Das Buch, das Ryna ihr mitgegeben hatte, fiel ihr ein. Der Sternenschein und ihre gute Nachtsicht würden ausreichen, um lesen zu können. Sie kramte das Buch aus ihrem Reisebeutel hervor. Einige Atemzüge lang starrte sie auf den Einband.

DAS BUCH DER KOMMENDEN TAGE

stand da, und darunter

VOM DREIFACH GEGABELTEN WEG

Komisch. Normalerweise tat sie nichts lieber, als ihre Neugier zu befriedigen. Weshalb also zögerte sie?

Die Wahrheit bleibt die Wahrheit, ob ich sie nun ignoriere oder kenne, sagte sie sich. *Und in dem Fall kenn ich sie lieber.*

Sie schluckte, schlug den abgegriffenen Ledereinband auf und begann zu lesen.

Ihre Blicke rasten über die Zeilen. Wo stand denn nun die Prophezeiung? Hier ging es bloß darum, wann und weshalb der Bund der Waage gegründet worden war. Bla, bla, Verantwortung, bla, bla. Ungeduldig überblätterte Minn die einführenden Worte. Dann blieb ihr Blick an der Schilderung einer Nacht hängen, in welcher der Bund geschlossen wurde – jener, die sie in ihren Träumen sah, in der ein Blutfürst eine Gebärende biss.

Meine Vorfahrin. Minn schluckte und konzentrierte sich auf die Schrift.

Da stand: *Und so gab Fürst Galriot der Verbannte etwas von seiner Essenz an jenes Neugeborene weiter, das an der Nabelschnur seiner sterbenden Mutter hing.*

Der mörderische Blutsauger war also adlig gewesen. Ob das Minn zur Edeldame machte? Grausige Vorstellung! Rasch las sie weiter.

Das Buch berichtete, wie Nachbarn das Kind fanden und zu der Seherin brachten, von der die Niederschrift stammte:

Und da ich das Kind berührte, traf mich Erkenntnis, und mein drittes Auge sah drei Pfade in die mögliche Zukunft.

Der erste Pfad führt dorthin, wo einst aller Anfang war – in Finsternis, wo manches gedeiht, doch mehr noch verdorrt und schwindet.

Der zweite Pfad führt zu einer Welt der Harmonie, in der Licht und Dunkelheit, Leben und Tod, Sommer und Winter in Balance sind.

Der dritte Pfad führt in ein Licht, das blendet, statt zu erhellen, unter einer Sonne, die versengt, statt zu wärmen, zu einer Ekstase, die verzehrt, statt zu inspirieren.

Drei Pfade sah ich, und drei Zeichen, die sie ankündigen.

Zuerst wird eine große Umwälzung das Antlitz Yrdaias auf ewig ändern. Sodann wird einer vom Himmel kommen, der verbrannt ist und neu erstanden, eine Macht ohne Form, ein Licht ohne Schatten. Und wenn sich der Morgenstern rot färbt, wird die Nachfahrin jenes Kindes hervortreten, um das Schicksal der Welt zu entscheiden.

Welcher der drei Pfade dann wirklich wird, hängt an ihr – der Dämmergeborenen. Deshalb müssen wir, der Bund der Waage, dieses Wissen hüten und unser Leben ihrem Schutz widmen.

Minn war heiß-kalt. Sie zitterte so sehr, dass ihr das Buch aus den Händen fiel. Darum also waren Licht und Dunkel gleichermaßen auf der Jagd nach ihr. Sie sollte das Schicksal der Welt entscheiden.

»Einfach nur Minn«, flüsterte sie, sich vor und zurück wiegend. »Ich bin einfach nur Minn.«

Doch sooft sie sich das auch sagte, diesmal konnte sie es selbst nicht mehr glauben.

In Glimmheim

Der Morgen drückte seiner kühlen Schwester, der Nacht, seinen feurigen Abschiedskuss auf, als die Silhouette von Daosams Feste vor Toryan auftauchte. Er hoffte inständig, dass die verbliebene Besatzung nicht so dumm war, sich Lurmenors Streitmacht in den Weg zu stellen. Siedend heiß fiel ihm die Waffe auf dem Grenzhügel ein. Was, wenn der Kardinal auf gut Glück in den Nebel feuern ließ?

Er schloss die Augen, in der fruchtlosen Hoffnung, wenn er die Welt nicht sah, würde sie ihn nicht sehen. In gewissem Sinn erfüllte sich sein Wunsch sogar.

Schwingen rauschten. Lurmenors riesenhafte Silhouette glitt über der Armee hinweg. Wo er vorbeikam, senkte sich eine schwarze Nebelglocke herab, die das Licht des Morgengrauens fernhielt.

Dumpf hörte Toryan die Turmhörner von Tadeeans Feste dröhnen. Bange Augenblicke vergingen. Kein Schuss löste sich. Die Armee der Altnacht kehrte unbehelligt in ihre Heimat zurück.

Tadeean wird ein Freudenfest feiern, dachte Toryan. Zumindest bis er erfährt, dass keiner seiner Krieger aus Hizgin zurückkehrt. Das übelkeitserregende Krachen, als die Halswirbel unter den Kiefern des Blutfürsten Asmodan brachen, würde Toryan sein Leben lang nicht vergessen.

Trotzdem hätte es schlimmer kommen können, sagte er sich. *Wenn es mein Hals gewesen wäre, zum Beispiel.*

Scham, Trauer und Hilflosigkeit quollen in ihm hoch. Doch er hatte keine Tränen mehr, die er noch vergießen konnte. Alles, was ihm geblieben war, war tiefe Erschöpfung.

Er sah nichts, als sie die Grenze überschritten. Aber er spürte es, ein Schaudern hinter allen rationalen Gedanken. Er kam in eine fremde Welt, die nicht die der Menschen war.

Sein Pferd trottete stoisch geradeaus. Offenbar hatte es sich mit seinem Schicksal abgefunden. Er beneidete es um seine Gleichmut.

Toryan musste eingedöst sein, denn als er die Lider wieder hob, umgab Düsternis den Pfad. Lurmenors Heer verschmolz damit wie Tintentropfen in der Tiefsee. Stille folgte ihm auf Schritt und Tritt, höchstens durchdrungen von einem Gespinst aus Gewisper und dem Klicken horngepanzerter Beine, auf denen einige Nachtkrabbler sich fortbewegten. Träumte Toryan?

Er biss sich probehalber auf die Zunge. Tat weh, aber er wachte nicht auf. Wäre auch zu schön gewesen.

Die Luft roch alt. Nicht muffig wie in lange unbenutzten Räumen, eher urtümlich, ähnlich einem Gipfel im Hochgebirge. Die Bäume am Wegesrand waren knorrige Riesen mit verdrehten Ästen. Toryan konnte das trotz der Dunkelheit sehen, ergoss sich doch silberner Mondenschein in geronnenen Kaskaden über die Stämme. Frostkristalle reflektierten glitzernd das Licht. Kaum war der Gedanke in seinem Kopf, begannen seine Zähne zu klappern.

Yrracoh tauchte an seiner Seite auf. Die Pupillen des Vampirs glänzten tiefrot, und er hielt mühelos mit dem Pferd Schritt. Bestimmt hatte er sich an den Gefallenen genährt. Monstren waren die Blutfürsten, allesamt. Voll Abscheu starrte Toryan ihn an.

Yrracoh hob die Hand. Toryan spannte alle Muskeln an, bereit für Schläge oder Schlimmeres. Stattdessen löste der Altnachtler die Schnalle seiner Robe, zog sie aus und breitete sie über Toryan. Wunderbare Wärme umhüllte ihn. Eine Flasche wurde an seine spröden Lippen gesetzt, der Geschmack von Kräutern füllte seinen Mund. Toryan trank zu gierig, verschluckte sich, hustete. Hitze verteilte sich in seinem Magen, flutete in Finger, Zehen und Kopf und wusch seine Müdigkeit weg. Er blinzelte und zog sich am Zaumzeug hoch. Aufrecht sitzen gelang, ohne dass ihn Schwindel erfasste. Mehr noch, er nahm seine Umgebung nun viel deutlicher wahr, als sei ein Schleier von seinem Gesicht gezogen worden.

Der Blutfürst verzog den Mund zu einem Lächeln, bei dem die Fangzähne mit den Frostkristallen um die Wette blitzten.

Kurz genoss Toryan das Gefühl der kribbelnden Finger, Nase, Ohren und die neu gewonnene Klarsicht. Dann erkannte er, dass die geschärften Sinne nicht nur Segen waren. Er hörte Laute in den Tiefen des Waldes. Augen glühten in der Dunkelheit.

Stunden vergingen. Allmählich wurde die Luft ebenfalls wärmer. Abseits des Weges gluckten und dampften heiße Quellen. Schließlich hielt die Streitmacht an. Das Staunen drängte Toryans langsam wieder herankriechende Müdigkeit zurück. Vor ihm erhob sich eine von Kristalladern durchzogene Mauer aus Basalt, deren schwindelerregende Zinnen sich im Nachthimmel verloren. Steinerne Hunde mit Hörnern und Schuppen flankierten das darin eingelassene Tor. Statuen? Wächter?

Ein lang gezogener Schrei erklang, eine Mischung aus Klageruf und Willkommen. Das Tor öffnete sich.

Yrracoh bedeutete Toryan mit einer Geste, vom Pferd zu steigen. Zu seinem Erstaunen blieb fast die gesamte Streitmacht draußen zurück. Lediglich die Blutfürsten, die Schattenelfen und eine Handvoll weiterer Krieger schritten durch das Tor.

Als er zwischen den Kristallmauern hindurchging, roch Toryan feuchten Stein. In Wandnischen standen Obsidianschalen, in denen Feuer brannten, gold-rot wie der Herbst im Laub eines Ahornbaumes. Nach einigen Hundert Schritt mündete der Torgang in einen weiten Platz. Die umstehenden Gebäude waren teils eckig und bar jeder Schnörkel, teils geschwungen, als seien sie von den Elementen über Jahrtausende aus rohem Fels geformt worden. Gewundene Straßen führten tiefer in die Stadt. Gebadet wurde all das im Licht des größten Vollmondes, den Toryan je gesehen hatte. Es kam ihm vor, als sei dies ein anderer Himmelskörper als jener außerhalb der Mauern. Die Oberfläche war voller Furchen, Falten und Vertiefungen, als blickte man in das Gesicht eines Greises, der sich stirnrunzelnd noch einmal dazu herablässt, die missratene Verwandtschaft zu betrachten. Dieser Mond hing so tief, dass es Toryan schien, als müsste er nur auf eines der Giebeldächer klettern und die Hand ausstrecken, um ihn zu berühren.

Es dröhnte und knirschte hinter ihm. Er blickte gerade noch rechtzeitig zurück, um zu sehen, dass die Wände des Ganges sich ineinanderschoben. Zurück blieb eine fugenlose Mauer, durch die kein Haar gepasst hätte.

Toryan wandte sich wieder um. Die Krieger waren verschwunden, Lurmenor mit ihnen. Genau wie Toryans Pferd. Puff, weg. Als seien sie lediglich Phantome in seinem Kopf gewesen. Einzig Yrracoh stand noch da. Die Arme vor der Brust verschränkt, blickte er zum Mond hinauf. »Ein erhabener Anblick, nicht wahr?«

»Hm«, machte Toryan. Zugegeben, kein Meisterwerk der Rhetorik. »Wo bin ich hier?«, fügte er daher hinzu.

»In Glimmheim. Hizgin war lange das Herz unseres Imperiums. Glimmheim ist seine Seele, sein Ursprung, die urtümliche Dunkelheit. Hier kamen einst die Ersten von uns zusammen, und hier werden sich bald die Letzten versammeln.« Der Blutfürst machte eine Geste. »Folge mir.«

Ob er mich jetzt fressen wird?, schoss es Toryan durch den Kopf, ehe er tat, wie ihm geheißen.

Die wenigen Bewohner, denen er unterwegs begegnete, wirkten von der Blässe und dem filigranen Körperbau abgesehen erschreckend menschlich. Sie musterten ihn stumm mit ihren Riesenaugen. Allein das ferne Plätschern eines Flusses brach die Stille. Hinter einigen Fenstern glühten Lichter, tanzten Schatten. Dennoch kam Toryan nicht umhin, zu bemerken, dass die Gebäude dieser Stadt offensichtlich für weit mehr Bewohner erbaut worden waren, als sie nun bevölkerten.

Zu seinem Leidwesen klang die Wirkung des Gebräus allmählich ab und seine Verletzungen meldeten sich zurück. Vor allem die linke Schulter protestierte stechend bei jeder Bewegung. Toryan unterdrückte einen Schmerzenslaut und stapfte tapfer weiter.

Sie erreichten einen von Hecken umstandenen Bau, der an die alten Herrenhäuser Blaurieds erinnerte. Die Fenster waren in Dreierreihen angebracht, die wiederum aus je drei aufeinandersitzenden Quadraten bestanden. Seltsam. Toryan hätte nicht gedacht, dass ein Altnachthaus Fenster hatte.

Eine Brücke aus Stein führte über einen Graben zum Eingang. Eines der Wesen mit Augen an den Schläfen verneigte sich und öffnete die Pforte. Vorsichtig warf Toryan einen Blick hinein. Eine Eingangshalle mit hoher Decke, Holzboden und jeder Menge Kronleuchter. »Komischer Kerker«, sagte er.

Yrracoh hob eine Braue. »Dies ist mein Zuhause. Ich hatte dich gebeten, dein Leben nicht wegzuwerfen. Somit ziemt es sich, dass ich dich nun beherberge. Du bist frei zu gehen, wohin du willst.«

»Auch durchs Stadttor?«

Der Anflug eines Lächelns huschte über die Züge des Blutfürsten. »Falls es sich für dich öffnet, ja. Selbst in diesem unwahrscheinlichen Fall würde ich dir allerdings davon abraten. In den Tiefen des Altnachtwaldes leben Wesen, die dich verschlingen oder dir den Verstand rauben können, bevor du sie auch nur kommen siehst. Wenn du mir jetzt folgen willst?«

Sie stiegen eine gewundene Treppe hinauf. Entlang der Wände hingen Bilder. Manche waren bloße Skizzen, Pinselstriche, die ihr Motiv höchstens andeuteten. Andere zeigten abstrakte Symbiosen von Federn und Fingern, Fels und Wolke, Feuer und Wasser. Die Stimmung war mal nachdenklich, mal melancholisch, mal heiter – nie düster oder blutrünstig, wie Toryan insgeheim erwartet hätte.

Yrracoh öffnete die Tür am Ende eines Flurs. Dahinter war … eine Kammer. Niedriges Bett. Altertümlicher Schreibtisch auf schmalen Holzbeinen. Ein Flechtstuhl. Kleidung hing an runden Haken neben einer Waschkommode. Durch ein Fenster schimmerte Laternenlicht. Ketten? Gitterstäbe? Fehlanzeige.

»Essen wird dir gebracht, wenn du es wünschst«, sagte Yrracoh. »Wobei es mich mehr freuen würde, wenn du mit mir im Kaminsaal speist.«

Toryan hatte sich vorgenommen, ruhig zu bleiben, doch das war zu viel. »Hast du mich darum noch nicht getötet, weil du mich vorher mästen willst?«, entfuhr es ihm. »Seht, hier kommt der Nachtisch – das dumme Menschlein, das freiwillig zum Schlachtbankett rennt.«

Yrracoh schnitt ihm mit einer unwilligen Handbewegung das Wort ab. »Ich möchte nur mit dir reden. Von dir erfahren, woran ihr Menschen glaubt. Ob es Hoffnung für euch gibt.«

»Hoffnung? Was soll das heißen?«

»Ihr dient einem falschen Gott.«

»Ach, und welcher ist der richtige? Etwa der Gefallene?«

»Keiner der Elf Schatten ist ein Gott. Nicht einmal Erzfürst Lurmenor, obgleich seine Macht der eines Gottes recht nahe kommt. Aber wir sind auch nicht die finstere Geißel, als die der Klerus uns verschreit. Setz dich. Zieh dein Hemd aus.«

Toryan wich zurück. »Wieso?«

»Du hast Schmerzen. Ich werde sie lindern.« Yrracoh tauchte ein Tuch in die Schüssel und wrang es aus.

Toryan kam sich kindisch vor. Wortlos zog er das Hemd aus und setzte sich auf den Bettrand. »Falls es einen Gott gibt, so existiert er jenseits dieser Welt«, fuhr Yrracoh fort, während er fachmännisch Kratzer und Wunden säuberte, »oder in dir selbst. Nicht in Gesetzen oder Predigten. Und ganz sicher nicht in einem blendenden, verzehrenden Licht, das absoluten Gehorsam fordert.«

Verblüfft klappte Toryan den Mund zu. Diese Worte klangen nach einem Philosophen oder Gelehrten der Ketzer aus Freiholt. Nicht nach einem blutrünstigen Monstrum.

Yrracoh beendete sein Tun, warf das schorfverkrustete Tuch in einen Korb und deutete auf die Kleider an den Haken. »Deine Sachen sind voll Blut und Schmutz. Meine Diener werden sie reinigen. Nimm dir von denen da, was du brauchst.«

»Danke«, entfuhr es Toryan.

Verdammt, danke ihm nicht, ermahnte er sich. *Das ist eine Bestie, egal wie freundlich er sich gibt.*

Yrracoh neigte das Haupt. »Zu späterer Stunde werden wir jener gedenken, die in Hizgin fielen. Komm gern dazu.«

»Ich soll mit euch trauern?« Toryan schloss die Augen und zwang sich, die Fäuste zu entkrampfen, die er unwillkürlich geballt hatte. »Mit euch, die sie getötet haben?«

»Kampf spaltet. Trauer vereint. Ruh dich aus. Schlaf, wenn du kannst.« An der Tür wandte Yrracoh sich noch einmal um. »Ich kann deine Zweifel verstehen«, sagte er, und das plötzliche Mitgefühl in seiner Stimme verblüffte Toryan auf eine Weise, die er nicht für möglich gehalten hätte. »Auch wir Blutfürsten haben unser altes Leben verloren. Wir waren nicht immer Schatten, weißt du. Einst waren wir das Licht.« Dann verschwand er, lautlos wie Dunst, der über eine Abendwiese zieht.

Toryan hatte seine Kammer nicht wieder verlassen. Den Diener, der ihm Essen bringen wollte, hatte er fortgeschickt, die Tür von innen verriegelt. Dann hatte er sich aufs Bett gelegt, überzeugt, dass er an diesem Ort kein Auge zutun würde …

… bis Gesang ihn aus den dunklen Tiefen seiner Träume riss. Toryan schüttelte seine Benommenheit ab, trat ans Fenster und blickte auf einen von Steinlaternen illuminierten Innenhof. Lurmenor, Asmodan, Zashen und eine zwergenhafte Gestalt standen im Halbkreis um eine Esche mit farblosen Blättern. Mondlicht brach durch die Äste und hüllte den Sänger – Yrracoh! – in eine Aura aus Silber. Sein Gesang drang durchs Dunkel, brüchig und tief, kraftvoll und sanft, säuselnd und bittersüß. Das Lied war das Murmeln eines Baches und das Tosen einer Brandung, das Flackern einer Kerzenflamme und die Brunst eines Feuersturms.

Es trug Toryan davon, auf die höchsten Gipfel und in die tiefsten Tiefen einer Welt, die hätte sein können, doch nie hatte sein dürfen. Obgleich er die Worte nicht verstand, formten sich Bilder in seinem Kopf. Von Altnachtlern und Menschen, die im Kampf fielen, in Dreck und Schmerz und Blut, voll Grimm, voll Stolz, voll Verzweiflung, bar falscher Glorie. Ihnen allen zollte dieses Lied Ehrerbietung, ohne Unterschied von Rasse oder Herkunft.

Schauer um Schauer jagte über Toryans Haut. Als der Gesang endete, weinte er wie ein Kind.

Er schämte sich nicht für seine Tränen.

ZUFLUCHT

Minn verstaute das Buch der Prophezeiungen so tief wie möglich in ihrem Wanderbeutel und wünschte, sie hätte es nie gelesen. Nun wusste sie, was sie war. Was sie anrichten konnte.

Sie schulterte den Beutel und lief los. Sie lief, um die Sümpfe und die Erinnerung an ihr altes Leben hinter sich zu lassen. Sie lief, auf der Suche nach Rojin, dem Freischärler, der ihr vielleicht sagen konnte, wie es jetzt weitergehen sollte. Und, so bizarr das schien, sie lief in der Hoffnung, nicht anzukommen. Solange sie lief, gab es keine Verantwortung, der sie sich stellen, keine Entscheidung, die sie treffen musste.

Solange sie lief, war sie frei.

Die Wiesen blieben zurück und machten den Ausläufern der Hügelkette Platz. Die Silhouetten der Sterne schimmerten am Firmament. Dimmgrund war nah. Das stete Glühen der Feuerkluft, die diesen Landstrich von der Altnacht trennte, erhellte die dämmrige Umgebung. Die Luft war weniger kühl, als Minn befürchtet hatte.

Der Weg entlang grasiger, baumbestandener Hänge wurde steinig und stieg merklich an. Auf einer abflachenden Passage hinter einer Kurve fand Minn sich in Sichtweite einer Holzbank wieder. Darauf, den Blick in die Ferne gerichtet, saß Rojin, im herbstlaubroten Kragenumhang und mit einem Dreitagebart, den mehr Weiß sprenkelte, als Minn in Erinnerung hatte. Er bemerkte sie, kniff die Augen zusammen und musterte sie einen Moment lang nachdenklich unter langen Wimpern hindurch. Dann breitete sich ein Lächeln auf seinem schmalen Gesicht aus. »Du hast es geschafft, Minn. Das freut mich. Willkommen in Dimmgrund.«

»Welch ein Zufall, dich hier zu treffen«, rief sie.

»Eher nicht«, schnaubte der Freischärler. »Ryna hat eine Elster geschickt. Deshalb komme ich seit Tagen her, starre Löcher in die Wolken und hoffe, dass du den Weg findest.«

»Na, das mit den Löchern hat geklappt.« Minn hob eine Hand. »Es fängt an zu nieseln.«

»Ich habe dir auf Freiholt einen Tee versprochen, wenn du mich besuchst. Jetzt wäre ein guter Zeitpunkt dafür.« Er breitete die Arme aus.

Minn war nicht sicher, ob seine Geste dem Regen galt, oder ob er ihr eine Umarmung anbot. Falls Letzteres, zögerte sie zu lange, und der Moment verflog.

Rojins Lächeln verließ seine Augen, doch die Stimme blieb fröhlich. »Wollen wir?«

Minn nickte und folgte ihm. Was sonst hätte sie tun können.

Das Haus des Freischärlers lag in einer weitläufigen Talsenke, mit freiem Blick in alle Himmelsrichtungen. Es war schlicht und schmuck, mit weißen Wänden und Schindeldach. Rojin öffnete die Tür in einen schmalen Gang. »Nach dir.«

»Sind wir allein?«

Er nickte. »Warum?«

»Ich dachte, vielleicht wohnen deine Vampirfreundin Rhymmia und ihr Schoßhündchen bei dir«, versetzte Minn bissig.

»Hm, ich wollte die beiden dazu überreden, ein Weilchen zu bleiben.«

»Aber?«

»Sie mochten den Nieselregen nicht gern.«

»Von wegen. Sie sucht mich, ist es nicht so? Du hast sie beim Konklave spionieren lassen.«

»In der Tat.« Er blieb am Ende des Flurs stehen. Links befand sich eine Schiebetür, rechts eine gewöhnliche.

»Also bist du mit der Altnacht verbündet?«

»Ich will weder, dass ihre Bewohner zu Schaden kommen noch die der Lichtlande. Meiner Meinung nach sollte keine Seite absolute Macht besitzen.«

Minn stemmte die Hände in die Hüften. »Die Leute denken, du bist ein Vermittler. Dabei spielst du alle gegeneinander aus.«

Rojin hob die Brauen. Er wirkte ernsthaft gekränkt. »Ich würde eher sagen, ich setze gesunden Menschenverstand ein. Denn ich maße mir nicht an, die einzig seligmachende Wahrheit zu kennen.«

»Ich auch nicht, aber …«

»Aha. Dabei bist du eine kluge junge Frau. Wie sollten es dann senile Trottel wie Armengal können?«

»Viel Respekt vor der Obrigkeit hast du nicht«, stellte Minn fest.

»Weißt du, Respekt ist ein komischer Vogel. Je lauter man nach ihm schreit, desto seltener kommt er angeflogen.«

Wider Willen musste Minn lachen. »Du bist selbst ein komischer Vogel.«

»So gefällst du mir.« Der Freischärler grinste verschmitzt und deutete auf die Tür zur Rechten. »Hier kannst du schlafen. Aber jetzt trinken wir erst mal Tee.« Er zog die Schiebetür auf und Minn betrat einen ausladenden Raum. Sie erspähte eine Kochstelle, einen Sessel, eine lederbespannte Bank, einen Holztisch. Sparsame, geschmackvolle Möblierung. Die weißen Wände brachten das Gemälde einer Flammenschwinge bestens zur Geltung. Auf einer Anrichte stand eine der teuren Kraftsteinlampen, die Rojin mit einem Handgriff zum Glühen brachte. »Setz dich«, bat er. »Der Tee ist gleich so weit.«

Minn nahm auf der bequemen Bank Platz, streckte die Beine aus und sah zu, wie der Freischärler mit irdenem Geschirr und einem Kessel hantierte. Binnen kürzester Zeit köchelte das Wasser. Rojin goss Tee in einer Kanne auf, kippte einen Teil weg und goss Wasser nach.

»Warum machst du das?«, fragte Minn.

»Das ist Brauch bei den Teebauern in Freiholt. Sie opfern den ersten Schluck als Gabe für den Gott, der die Ernte auf ihren Feldern gedeihen lässt.«

»Ich dachte, die Ketzer glauben nicht an Gott.«

»Oh, und ob. Nur nicht an einen ominösen Lichtbringer, der Menschen zur Knechtschaft degradiert.«

»Du kennst dich gut aus mit ihren Gebräuchen.«

»Gut ist relativ.« Der Freischärler platzierte die Kanne zusammen mit zwei Trinkschalen und ein paar Süßigkeiten auf einem Tablett, das er vor Minn abstellte. »Etwas über die Leute zu wissen, mit denen man Handel treibt, halte ich für eine Frage des Respekts.«

»Dann weißt du sicher viel über die Blutfürsten.«

Rojins Hand mit der Kanne verharrte für einen Moment in der Luft. Dann goss er beide Schalen voll, nippte an seiner und musterte Minn scheinbar gleichmütig. »Ein wenig.«

»Auch, warum sie nach mir suchen?«

»Auch das. Als Mitglied des Bundes der Waage teile ich ein wenig von Rynas Wissen.«

»Ich dachte, ich kenne sie.« Minn schüttelte den Kopf. »Dabei wusste ich gar nichts. Wer ist sie wirklich?«

»Hast du das Buch gelesen?«

Sie nickte.

»Sehr gut. Dann weißt du, dass es zu allen Zeiten einen Mann und eine Frau gab, die die Identität der Dämmergeborenen kannten. Sie werden Hüter der Geheimnisse genannt und führen den Bund an. Ryna war eine solche Hüterin.«

»Du sagst ‚war'?«

Rojin seufzte. »Seit ihrem Brief habe ich nichts mehr von ihr gehört.«

Minn packte sein Handgelenk. »Die Paladine. Haben sie …?«

»Ich weiß es nicht.« Sanft legte er seine Hand auf ihre. »Sie wissen nichts vom Bund der Waage, aber sie haben Ryna sicher befragt. Niemand stand dir näher.«

Minn hielt ihre Teeschale dicht ans Gesicht, pustete und hoffte, Rojin würde nicht sehen, wie sie zitterte.

Ryna hat all die Jahre ihr Leben für meine Sicherheit riskiert, schoss ihr durch den Kopf.

Hat sie es für mich getan – oder für die Dämmergeborene?, fragte die Stimme des Misstrauens. Minn würgte die Kröte hinunter, die ihren Hals hinaufzukriechen drohte. »Ich weiß nicht mehr wohin«, sagte sie.

»Du könntest nach Gorvul gehen.« Rojin sah an ihr vorbei. »Als Dämmergeborene werden die Kleriker dich behandeln wie eine der Königinnen der alten Welt, ganz gleich, was mit Damian geschehen ist. Bis Asgreal deinen Körper in Besitz nimmt. Und wenn es so weit ist, wirst du unsterblich sein. Auf ewig verbunden mit einem Halbgott.«

Minn schauderte. »Ich möchte einfach nur ich sein. Und bleiben.«

»Ich bin froh, dass du das sagst.« Er leerte seine Teeschale in einem Zug.

»Irgendwas sagt mir, dass jetzt ein ›Aber‹ kommt.« Minn schluckte. »Sag schon. Ich kann die Wahrheit ertragen.«

Trauer umwölkte die fröhlichen Augen. »Ich kann dich nicht dauerhaft schützen. Nur Lurmenor kann das. Aber – ja, da ist dein Aber – womöglich tötet er dich, sobald er deiner habhaft wird. Sicher ist anders.«

»Als ich euch belauscht habe, sagte Rhymmia, der Bund habe einen Verbündeten in Gorvul?«

»Stimmt. Er hätte dir vielleicht helfen können.«

»Kann er nicht?«

»Er ist tot.«

»Dann wird das zugegeben schwierig.« Minn versuchte, unbekümmert zu klingen.

»Lust auf einen Spaziergang?«, wechselte Rojin abrupt das Thema.

»Du weißt schon, dass ich gerade tagelang durchs Moor marschiert bin?« Minn rümpfte die Nase.

»Eben.« Er stand auf, reckte sich, kreiste mit den Schultern. »Du brauchst Ruhe. Ich bringe dich zum Silberschattenhain.«

»Ist das der Ort, von dem du mir auf Gut Eulenstein erzählt hast?«

»Genau. Er ist ein wenig Lichtland, ein wenig Alte Nacht. Ein heiliger Ort. Nichts Schlechtes kommt dorthin.«

Minns Herz schlug schneller. »Dann bin ich dort sicher?«

»Für eine Weile.«

Sie leerte ihre Teeschale. »Gehen wir.«

Der Hain lag auf einer Erhebung ganz in der Nähe. Rojin führte Minn über bemooste Trittsteine zu einem Tor aus graublauem Chalcedon. Steinlaternen flackerten im Zwielicht, zwei Statuen in wallenden Gewändern flankierten den Zugang. Ihre Züge ließen nicht erkennen, ob sie männlich oder weiblich waren. Beide hatten die rechte Hand auf Brusthöhe in einer Schutzgeste mit gespreizten Fingern erhoben.

»Nimm dir Zeit«, sagte Rojin. »Ich warte im Haus.«

»Wie lang kann ich bleiben?«, fragte Minn.

»Solange du kannst«, kam die rätselhafte Antwort. Er wandte sich zum Gehen, zögerte, drehte sich noch mal um. »Minn?«

»Ja?«

»Danke für dein Vertrauen.«

Nun hätte Minn ihn gern umarmt. Stattdessen nickte sie nur und öffnete das Tor.

Erntezeit

Toryan wusste nicht, wie viel Zeit vergangen war an diesem zeitlosen Ort, der keinen Tag und keine Dämmerung kannte, sondern einzig Nacht und altes Mondlicht.

Eins aber änderte sich sehr wohl. Seine Trauer und der Zorn über Nobus Tod verwandelten sich in die Erkenntnis, dass er nicht länger einem Befehlshaber folgen konnte. Er musste nun eigene Entscheidungen treffen. Zum Beispiel, ob er das scheinbar aussichtslose Unterfangen wagen sollte, aus Glimmheim zu fliehen.

Er konnte umherstreifen, wie es ihm beliebte, und da es sonst nichts für ihn zu tun gab, verbrachte er viele Stunden damit, die Stadt zu erkunden. Vieles von dem, was die Einwohner taten, blieb rätselhaft. Weshalb sie stumm und selbstversunken in Beete aus Kristallen starrten. Warum sie Instrumente zupften, aus denen kein Ton drang. Oder was es nutzte, Flüssigkeiten von großen in kleinere Töpfe zu gießen. Alles geschah mit einer ruhigen Gelassenheit, die sich allmählich auf ihn übertrug. Vielleicht lag es daran, dass diese Altnachtler fast menschlich aussahen, nur blasser, mit schärferen Zügen, spitzen Ohren und Augen, die Lampions glichen. Obgleich er ihnen so fremd erscheinen musste wie sie ihm, behandelten sie Toryan höflich. Nicht wie jemanden, der ihresgleichen noch vor Kurzem im Kampf zu töten versucht hatte. Manche öffneten gar die Türen zu ihren Häusern, die zu betreten er nicht über sich brachte, oder boten ihm fremdartige Speisen an, die er sich nicht zu kosten traute.

Als der Hunger das Misstrauen schließlich doch überwand, beließ er es bei Wasser und Beeren. Er hätte sich gern bedankt, wusste jedoch nicht wie, und ohnehin zogen die Altnachtler sich stets zurück, sobald er ihre Speisen angenommen hatte.

Und so, ganz allmählich, umfing ihn Glimmheims fremdartige Schönheit. Seine von Ranken bedeckten, verwitterten Säulen. Seine Haine, in denen Hirsche an farblosen Blättern zupften. Seine Statuen, deren Inschriften er nicht verstand und deren Anblick dennoch sein Herz mit Ehrfurcht füllte.

Es musste ihm nicht gefallen, und ganz sicher war es keine bewusste Entscheidung. Doch schwand das Gefühl in Toryan, fehl am Platz zu sein.

Über ihm hing derweil allzeit der Riesenmond, eine spöttische Eminenz, die sich über das Menschlein zu ihren Füßen amüsierte.

Als Toryan nach einem seiner Ausflüge in Yrracohs Residenz zurückkehrte, stellte er erstaunt fest, dass es sich fast wie Nachhausekommen anfühlte. Hatte er Vielauge, das ihm die Tür öffnete, bisher stets ignoriert, ertappte er sich nun dabei, dass er ihm zum Gruß zunickte. Das Wesen erwiderte die Geste, wenngleich nur durch ein minimales Rucken seines verstörenden Schädels.

Was ist das, Heimat?, fragte er sich. Er war nie besonders fromm gewesen, und was er in der Altnacht sah, brachte ihn ins Grübeln. Diese Welt mochte fremdartig sein, doch sie war keineswegs das Höllenloch, als das der Klerus sie darstellte. Toryan hatte ehrenvoll gekämpft – er hätte es dabei belassen und sich nicht weiter um die Kriege scheren können, die da kommen mochten.

Was bedeuten würde, all die Menschen zu verraten, die ihm etwas bedeuteten. Seine Eltern in ihrem Bergdorf. Seinen besten Freund Holmar in Gorvul. Und Minn, wo auch immer sie war und ganz gleich, ob sie für ihn empfand wie er für sie. *Ich mag vieles sein*, sagte er sich. *Aber kein Verräter.*

Sein Gastgeber – Toryan brachte es nicht zustande, sich selbst länger vorzulügen, dass Yrracoh sein Kerkermeister war – war nirgends zu sehen. Also beschloss er, sich im unteren Stockwerk des Hauses ein wenig umzusehen. Schließlich hatte er die Erlaubnis zu gehen, wohin er wollte. Er stieg eine von Kerzen beleuchtete schmale Treppe hinab und gelangte an eine Tür aus hellem Holz. Ein kurzes Drücken am Griff verriet, dass sie unverschlossen war.

Toryan öffnete sie, trat hindurch und fand sich in dem Innenhof wieder, auf den er von seinem Zimmer blicken konnte. Die Steinlaternen warfen Schatten und gedämpftes Licht auf die sorgsam gerechten Rundkiesel, in deren Zentrum sich die Esche erhob, unter der Yrracoh sein Trauerlied gesungen hatte. Die Krone des Baumes schimmerte silbern, der Stamm in hellem Grau.

Als hätte er Toryans Anwesenheit bemerkt, ließ ein Windstoß die Zweige erschaudern. Laub wogte und Dutzende Blätter segelten herab.

Aus irgendeinem Grund stimmte der Anblick Toryan traurig. Er trat näher und entdeckte, dass die Krone von unten betrachtet kahle Stellen aufwies. Schwarz gesprenkelte Flechten hingen von Astansätzen, einige Triebe waren verdorrt, ehe sie neue Zweige hatten bilden können. Nachdenklich fuhr er mit der Hand den Stamm entlang. Das Holz fühlte sich rau an, mit Furchen so tief, dass seine Finger darin versanken. Wie alt mochte diese Esche sein?

Ein Auge tat sich am Stamm auf, groß und rund. Eine Träne kullerte hervor, verwandelte sich in ein gefiedertes Blatt, in dem sich ein weiteres Auge öffnete, ehe es zu Boden schwebte.

Toryan schrak zurück. Blinzelte.

Da war nichts, nur knorrige Rinde.

»Bimbadims Bart, was passiert hier?«, stieß er hervor.

»Die Ahnenesche schwindet«, antwortete eine leise Stimme. Yrracoh trat aus den Schatten hinter dem Stamm hervor, in der einen Hand ein Buch, in der anderen einen Korb.

»Was tut Ihr hier? Was ist das für ein Baum? Wieso verliert er seine Blätter?«

»So viele Fragen. Möchtest du diesmal eine Kleinigkeit mit mir essen? Dann will ich deinen Hunger gern gemeinsam mit deinem Wissensdurst stillen.« Der Vampirfürst streckte ihm den Korb hin. Darin lagen kleine runde Brotlaibe.

Obgleich er seinen linken Arm dafür gegeben hätte, mal wieder ein Gespräch zu führen und etwas anderes als Beeren in den Magen zu bekommen, zögerte Toryan.

Yrracoh hob spöttisch eine Braue. »Keine Sorge, ich werde dir nicht deinesgleichen servieren.«

Nun kam Toryan sich selbst lächerlich vor. Wenn der Vampir ihn hätte vergiften wollen, hätte er es längst getan. Er nuschelte ein »Na schön«, griff sich eines der Brote und biss hinein. Es schmeckte säuerlich, vollmundig und saftig, als sei dem Teig eine unbekannte Frucht beigemischt. Yrracoh lächelte.

Toryan schluckte seinen Bissen hinunter. »Also? Was ist mit der Esche?«

»Dieser Baum ist alt, selbst für die Begriffe meines Volkes. Ein Bewahrer vieler Erinnerungen. Ich habe das Privileg, dass er sie mit mir teilt.« Yrracoh klopfte mit dem Buch an seine Hüfte.

»Die Esche … redet mit Euch?«

»So könnte man sagen. Ich bin der Mondsänger, der Hüter der Geschichte der Altnacht. Sie gibt mir ihr Vermächtnis weiter.« Yrracohs Lächeln war nun voll Trauer. »Sie tut es, weil sie stirbt, Toryan. Die neue Welt, eure Welt, wächst, und wir schrumpfen.«

Toryan nickte. »Deshalb greift Ihr uns also an. Ihr wollt die Lichtlande erobern, um Euch eine neue Heimat zu schaffen.«

Yrracoh schüttelte den Kopf. »Wir ziehen in den Kampf, um den Rest dessen zu retten, was uns bleibt. Wir wollen eure Länder nicht.«

»So wenig wie wir Eure. Weshalb also der Krieg?«

»Es ist nicht an mir, dir darauf eine Antwort zu geben. Das obliegt allein dem Erzfürsten.«

»Ah. Wie bequem.« Toryan versuchte nicht, den Hohn in seiner Stimme zu verbergen.

»Weißt du, wie wir den Phönixweidenhain überwinden konnten?«

»Ihr habt irgendein Gift unter ihre Wurzeln gepumpt.«

»So ist es. Das Gift der Lichtlande.«

»Was soll das heißen?«

»Der Fortschritt, den eure Alchemisten schaffen, hat einen Preis. Viele ihrer Substanzen befeuern oder beschleunigen nicht nur eure Maschinen. Sie sondern auch eine Schlacke ab, die alles verdorren lässt, was mit ihr in Berührung kommt.«

»Was hat das eine mit dem anderen zu tun?« Toryan versuchte das Jucken unter der Haut zu ignorieren, das er bei diesen Worten plötzlich verspürte.

»Sie bringen die Abfälle in Kardinal Tadeeans Feste. Dort kippen sie sie in einen Kanal und pumpen sie über die Grenze. In die Altnacht. Wir bemerkten es erst, als das Land sich zu wehren begann und sich mit Frost überzog. Findet die Schlacke nichts Lebendes zu verzehren, verendet sie.«

Toryan legte den Rest Brot zurück in den Korb. Er hatte Angst, der nächste Bissen könnte ihm in der Kehle stecken bleiben. »Das wusste ich nicht«, brachte er hervor.

»Kaum jemand tut das«, sagte Yrracoh sanft. »Es passt nicht ins Versprechen des Klerus von einer perfekten neuen Welt. Wie dem auch sei, wir schickten die Gabe der Alchemisten zurück. Ironischerweise half es uns sogar, den Grenzschutz zu brechen. Doch hat es uns viel gekostet.«

»Nicht nur Euch«, murmelte Toryan. »Viele gute Männer sind gestorben, weil Ihr Krieg über uns gebracht habt. Darunter mein Lehrmeister, dem ich mein Leben verdanke. Ihr hättet das Zeug zurückpumpen und es dabei belassen können.« Er drängte die Tränen zurück, die in ihm hochzusteigen drohten. »Aber ich schätze, so einfach ist es nicht.«

Yrracoh neigte das Haupt. »Das ist es nie.«

Gedanken schwirrten durch Toryans Geist wie Bienen um ihren Stock. Er musste den Kopf frei bekommen. Und dazu musste er raus aus Yrracohs Haus. Im Laufen dachte es sich am besten.

Ohne bestimmtes Ziel ließ er seine Füße selbst den Weg finden. Er merkte erst auf, als er an eine Brücke über einen schwarzen Strom gelangte. Hier war er zuvor noch nie gewesen.

Auf der anderen Seite gabelte sich der Weg. Rechts verlief ein schmuckloser Pfad, links eine Prachtstraße voller weißer Orchideen. Sie führte zu einer Ruine, deren Verlorenheit Toryan schaudern ließ. Die Tore glichen geborstenen Rippenbögen. Wind flüsterte durch die Trümmer, das Echo eines lange verhallten Klageliedes. Rasch wandte Toryan sich nach rechts.

Entlang schimmernder Felder wanderte er bis zum Fuße eines Hügels. Dort versperrten zwei ineinandergeschobene Felsquader den Weg. Dunst hing über der Hügelspitze und eine Atmosphäre der Ruhe. Sie weckte eine Vertrautheit in Toryan, wie er sie seit den Kindertagen auf den Weiden seiner Heimat nicht gespürt hatte.

Er umrundete den Hügel, fand aber keinen Weg hinauf. Dafür entdeckte er einen Trampelpfad auf der anderen Seite. Kurz entschlossen folgte Toryan ihm bis zu einer mit Amethyst gesprenkelten Mauer. Ein Tor aus Steinranken war darin eingelassen. Er rüttelte an dem blattförmigen Knauf, woraufhin es quietschend aufschwang. Toryan trat hindurch und fand sich inmitten von Bäumen wieder, die in Dreierreihen angeordnet waren. Eine Art Obstgarten?

Das untere Drittel der Stämme war dunkel und astlos. Die Kronen hingen voll dünnem Gespinst, als hätten sich Gewitterwolken darin niedergelassen. Dazwischen baumelte etwas, was er zunächst für gigantische Pflaumen hielt. Als er näher trat, bemerkte er seinen Irrtum. Diese Früchte waren grau und hatten einen haarigen Flaum. Eine hing tief genug, dass er sie vom Stiel drehen konnte. Er brauchte beide Hände – das Teil wog mehr als gedacht! Er bugsierte es zu Boden, zog sein Messer, setzte die Klingenspitze an …

Die vermeintliche Frucht kreischte. Toryan fiel vor Schreck rücklings auf den Hosenboden. Das Ding rollte gegen den Stamm und zerplatzte mit einem lauten *Plopp*. Ein armlanger Gnom mit braungrüner Haut und himmelwärts geschwungener Nase krabbelte aus den Resten hervor. »Warum gerüttelt und geschüttelt?«, krächzte er, erstaunlich laut angesichts seiner Größe. »Gyblegog erst drei Jahre geschlafen.«

»V-V-Verzeihung«, stotterte Toryan, »ich wollte dich nicht wecken.«

»Hast aber.« Die zerfledderten Segelohren zuckten. »Hast was zu essen?«

»Ich … ah, Moment, ich glaube, ich habe noch ein paar getrocknete Früchte.«

»Früchte? *Früchte*!« Das Wesen schüttelte sich. »Fleisch muss her. Ein Molchlein, lecker, lecker. Oder noch besser ein Kröterich.«

»Ich habe nichts dergleichen.«

»Fledermaus?«

»Tut mir leid.«

»Schneck geht auch.« Der Gnom schmatzte und entblößte dabei nadelspitze Zähne.

Toryan hob hilflos die Arme.

»Bah! Gyblegog umsonst geweckt.«

»Gyblegog? Ist das dein Name? Ich bin Toryan.«

»Namen machen niemand satt«, sagte der Gnom bissig.

»Warum hast du an dem Baum gehangen?«, versuchte Toryan das Thema zu wechseln. Nicht dass Gyblegog noch auf die Idee kam, Mensch könnte gut schmecken.

»Meinesgleichen verpuppt sich alle fünfzig Jahre. Dann fünf Jahre schlafen, schlafen. Danach schlüpfen. Beim ersten Mal alle hässlich. Aber danach wunderschön.«

»Oh«, sagte Toryan betreten. »Tut mir leid, dass ich deine erste Schlafphase unterbrochen hab.«

Die bernsteinfarbenen Augen funkelten. »War die dritte.«

»Äh. Oh.«

»Was da um den Hals? Getrocknete Eidechse?«

»Du meinst das hier?« Toryan zog das Amulett unter seinem Wams hervor, das General Nobu ihm mit seinem letzten Atemzug geschenkt hatte und das er seitdem bei sich trug. Er betrachtete die Waage, die zwei Kugeln im perfekten Gleichgewicht hielt. Seltsam, dass er gar nicht mehr daran gedacht hatte. »Ehrlich gesagt, weiß ich nicht, was es bedeutet«, gestand er. »Essbar ist es jedenfalls nicht.«

»Das nicht von hier.«

»Du kennst dich in Glimmheim gut aus, was?«

»Jedes Nest und jeden Nistplatz im Altnachtwald.« Der Gnom watschelte Richtung Tor. »Jetzt zum Schwarznebelfluss. Kröten fangen.«

»Heißt so der Strom, der die Stadt in zwei Hälften teilt?«

Ohne anzuhalten, drehte Gyblegog den Kopf auf den Rücken und nickte. »Viel Kröterichse laichen dort. Genug für beide.«

»Oh, nein danke.« Toryan versuchte sich nicht von dem eulenartig verdrehten Schädel des Gnoms aus der Ruhe bringen zu lassen. Was nicht leicht war. So gar nicht. »Aber ich begleite dich, wenn ich darf.«

Gyblegog schnaubte zustimmend und drehte zu Toryans Erleichterung den Kopf wieder nach vorn. »Vor Gyblegogs erster Verpuppung Fluss war Grenze«, erklärte er unterwegs. »Zwei Blutfürsten damals Krieg. Schwer am Wasser zu jagen. Viel Gekämpfe. Viel Tod.«

Toryan rechnete im Kopf zurück. Das musste während der Altnachtkriege gewesen sein, die einzig jener kleine Teil des Vampiradels überlebt hatte, der nun die Elf Schatten stellte. »Was ist mit den beiden Fürsten geschehen?«

»Lurmenor Sieger. Verlierer ging ins Licht.«

Komische Formulierung, fand Toryan. »Was bedeutet das? Wurde er verbrannt?«

»Verbrannt in großer Flamme. Später.«

Toryan gab es auf, die Erklärung verstehen zu wollen. »Hast du damals mitgekämpft?«

»Gyblegogs Späher für Lurmenor. Lurmenor Altnacht. Gyblegogs Altnacht«, erklärte der Gnom, als sei damit alles klar.

»Was war vor der Altnacht? Was glaubt dein Volk, wo es herkommt?«

»Hängen an Baum.«

»Nein, ich meine, wer hat euch erschaffen? Habt ihr einen Gott?«

»Wozu?«

»Na, damit ihr wisst, was ihr tun und lassen sollt.«

»Wenn nicht sollen Fledermaus fressen, warum schmecken so gut? Was richtig, was falsch, Herz sagt. Muss nur lauschen.«

Kann es so einfach sein?, fragte sich Toryan. *Liegt der Weg zu einem ehrbaren Leben tatsächlich im Innern? Und wenn ja, zu was macht das die Engel? Ratgebern? Oder Verführern?* Einmal gedacht, bekam er diesen Gedanken nicht mehr aus dem Kopf. Er grübelte darüber nach, bis sie die Brücke über den Schwarznebelfluss erreichten. »Jetzt Fressen finden«, verkündete Gyblegog.

»Ich wünsche dir viele fette Kröten«, sagte Toryan. »Und entschuldige noch mal, dass ich dich geweckt habe.«

»Ahhhh, vielleicht gar nicht schlecht. Wenn Schwestern und Brüder noch schlafen, mehr Fressen da.« Sprach's und huschte hinab zu den Brückenpfeilern, außer Sichtweite. Wasser spritzte und empörtes Gequake erklang, gefolgt von seligem Schmatzen.

Toryan grinste wider Willen. Komisch. Gyblegog mochte merkwürdig sein, seine Essgewohnheiten abstoßend. Trotzdem, irgendwie mochte er den kleinen Kerl.

Am höchsten Punkt der Brücke blieb Toryan stehen und betrachtete die Spiegelung des Mondes im Wasser. Die Wellen verzerrten sein Antlitz. In welch dunkles Meer der Fluss sich wohl am Ende seiner Reise ergoss?

Jedenfalls lag es nicht in Glimmheim.

Toryan umklammerte das Geländer. Wenn der Fluss einen Weg aus der Stadt fand - dann konnte er es womöglich auch.

Rückkehr

Minn saß auf dem Felsvorsprung, der wie eine Zunge über die Landschaft ragte. Unter ihr wallte Bodendunst um die Wipfel des Hains, über ihr prangte der Himmel in Tintenblau. Sterne krönten die rollenden Hügel in der Ferne.

Wann Minn sich hier niedergelassen hatte oder wie lange sie schon dort saß, wusste sie nicht. Es spielte keine Rolle. Sie war zufrieden, in die Weite zu blicken, umfangen von einer Ruhe, die reinigte wie traumloser Schlaf. Mit jedem Atemzug der würzigen, klaren Luft verflüchtigten sich die Erinnerung an Schmerz und Verlust ein Stückchen weiter, zerrten all die Blessuren und Schrammen ein bisschen weniger an ihrem Geist, verflüchtigten sich ihre Ängste.

Irgendwo zwitscherte ein Vogel. Eine schöne Melodie. Dennoch wünschte Minn, das Tier hätte geschwiegen.

Sie versuchte, wieder eins zu werden mit dem Frieden dieses Ortes. Es gelang ihr nicht.

Gedanken erwachten, polterten durch ihren Kopf, vertrieben die Stille wie Steine, die in einen See fallen und auf der Oberfläche Kreis um Kreis ziehen.

Die lautesten Gedanken riefen ihr Fragen zu.

Wo Toryan wohl steckt?

Kämpft er in der Armee des Klerus gegen die Altnacht?

Ist er mir noch böse, weil ich nicht zu ihm gekommen bin?

Hat er mich womöglich längst vergessen?

Was würde er tun, wenn wir uns erneut begegnen würden? Mich im Namen des Klerus gefangen nehmen? Oder mir helfen, mit mir zusammen fliehen?

Sie mochte sich etwas vormachen, mochte viel mehr für ihn empfinden als er für sie. Dennoch spendete ihr der Gedanke an ihn Trost wie sanfte Sonnenstrahlen nach dem Gang aus einem feuchten Keller.

Überlegungen zu Rojin und seinen Ratschlägen drängten sich hinzu. Trotz seiner undurchschaubaren Art und seiner Nähe zu den Blutfürsten hatte der Freischärler etwas an sich, was Minn das Gefühl gab, sie könnte ihm trauen. Er schien Verständnis für sie zu haben, und Gerechtigkeitssinn. Andererseits war da eine Distanz, die es ihr unmöglich machte, seine wahren Ziele zu begreifen. In welchem Verhältnis stand er zur Vampirin Rhymmia? Hatten Ryna und Chun ihm wirklich vertraut? Wenn ja, warum hatten sie ihn dann erst über Minns Identität aufgeklärt, als es keinen anderen Weg mehr gab?

Chun. Die Erinnerung an ihren Onkel, den sie ihr ganzes Leben und zugleich nur wenige Stunden gekannt hatte, stürzte auf Minn ein. Und sie erkannte, dass ihre Zeit im Hain zu Ende war. Es stimmte. Nichts Böses mochte hierherkommen, doch der Frieden war nicht von Dauer. Nicht, solange es noch so viel zu tun, so viel zu geben gab.

Sie stand auf, verneigte sich vor dem Geist dieses Ortes – der überall war und nirgends – und begab sich zurück zum Tor. Sie hätte nichts lieber getan, als es geschlossen zu halten. Doch tief im Innern wusste sie, dass sie in die Welt zurückkehren musste, deren Schicksal so unwiederbringlich mit dem ihren verwoben war.

Sie trat über die Schwelle, hinaus in ein Yrdaia, in dem allein die Ungewissheit gewiss war.

Beim Herrn der Alten Nacht

Auf dem Rückweg zu Yrracohs Haus verlor Toryan den Weg. Er wusste nicht, wo er falsch abgebogen war oder welche Abzweigung er verpasst hatte. Nur dass er diese rauchgraue Straße nie zuvor betreten hatte. Keines der Gebäude am Wegesrand hatte einen Eingang. Obwohl ihm das alles andere als geheuer war, ging Toryan weiter. Etwas zog ihn an wie eine Blüte die Biene.

Auf einem Podest plätscherte ein Springbrunnen, besetzt von Steinnymphen, die schwarzes Wasser in das Becken gossen.

Moment. *Schwarzes* Wasser?

Toryan wandte sich um. Anstelle der Straße wallte eine Nebelbank hinter ihm, ein Bollwerk aus Schatten. Er stolperte rückwärts, bekam den Rand des Brunnens zu fassen, tastete sich drum herum. Auf der anderen Seite erstreckte sich ein Streifen aus weißem Kies. Toryan folgte ihm bis an eine Hütte mit Spitzdach und schmuckloser Tür. Da er nicht wusste, wo er sonst hinsollte, betätigte er den speckigen Klopfer.

Beim dritten Anschlag öffnete einer von Lurmenors Schattenelfen. Er war einen Kopf größer als Toryan und trug ein grünes Wams und einen Brustpanzer, geschnitzt aus einer Art Turmalin. Seine Wangenknochen waren so scharf gezeichnet, dass Toryan Angst gehabt hätte, sich daran zu schneiden. »Tritt ein«, verkündete der Elf. »Du wirst erwartet.«

Toryan verkniff sich die Frage, wie bei Bimbadims Bart das bitte möglich war, obwohl er selbst bis eben nicht gewusst hatte, dass ihn sein Weg herführen würde. Na, angesichts dessen, was er im Innern der vermeintlichen Hütte erblickte, schien Logik an diesem Ort ohnehin nicht angebracht.

Er stand in einem gewaltigen Saal. Statuen in wallenden Gewändern säumten einen tiefblauen Läufer, über dem geflügelte Lüster glitzerten.

Spitzohr nickte ihm zu, was Toryan als Aufforderung verstand, sich in Bewegung zu setzen. Er folgte dem Läufer bis zu einer Gruppe Sessel, die im Halbkreis vor einem Obsidiankamin standen. Der Kamin zog sich über die gesamte untere Wandhälfte, abgesehen von einer Nische, in der sich Holzscheite stapelten. Das Holz glühte gedämpft und die Flammen spiegelten sich in zwei Kelchen und einer Kristallkaraffe wider, die auf einem tropfenförmigen Tisch standen. Misstrauisch beäugte Toryan die tiefrote Flüssigkeit in der Karaffe.

»Keine Sorge«, verkündete eine Stimme, die klang, als striche Wind durch welkes Laub, »es ist Wein.« Die Schatten vor dem Kamin verdichteten sich, und im nächsten Moment stand Lurmenor vor ihm. Der Erzfürst hatte menschliche Form angenommen, doch der Schatten seiner Silhouette füllte die Wand aus – der Umriss eines geflügelten Riesen, dessen Schläfen ein Geweih entsprang. Toryan versuchte, den Anblick zu ignorieren.

Lurmenor trat zum Tisch und goss die Kelche voll. Sein Gesicht übte eine erschreckende Faszination aus wie die Aussicht von einem jähen Berggrat. Toryan konnte nicht anders, als es anzustarren. Den Herrn der Altnacht schien es nicht zu stören. »Wie lautet dein Name, Mensch?«, fragte er und reichte ihm einen Kelch. »Falls du mir die Ehre erweist, ihn mir mitzuteilen, nachdem ich bei unserer Begegnung in Dimmgrund zu unhöflich war zu fragen.«

Toryan bemühte sich, ruhig zu klingen. »Toryan. Mein Name ist Toryan.«

»Du warst seit deiner Ankunft viel in Glimmheim unterwegs.« Lurmenor klang zufrieden.

»Fürst Yrracoh sagte, ich könne überall hingehen.«

»Ist er dir ein guter Gastgeber?«

»Wir sehen uns nicht viel«, wich Toryan aus.

»Ah. Nun, das ist schade.«

»Euer Kriegszug ist der Grund, dass meine Kameraden tot sind«, stieß Toryan hervor. So viel zum Ruhigbleiben.

»Sie hätten in Hizgin nicht kämpfen sollen.« Es lag kein Groll in Lurmenors Stimme, höchstens Resignation.

Vielleicht war es das, was Toryan endgültig in Rage brachte. »Als würde Euch ihr Schicksal kümmern. Was Euch im Weg steht, schnippst Ihr fort wie ein Insekt, das sich auf einem Honigbrot breitmacht.«

»Denkst du das?«

»Ich *weiß* es. Ihr habt zwei Engel geschlachtet, zwei Beschützer der Menschheit.« Nun zitterte Toryan vor Abscheu.

Der Vampirfürst nahm einen Holzscheit, dicker als Toryans Oberarm, zerbrach es und warf es in die Flammen. »Ich tat nichts, was sie nicht auch getan hätten.«

»Na klar. Die Engel sind ja bekannt für ihren Blutdurst.«

»Oh, und ob die Engel dürsten, Sterblicher. Wenn sie könnten, würden sie das Leben bis auf den letzten Tropfen aus dieser Welt quetschen. Und das werden sie, wenn ihnen die Dämmergeborene in die Hände fällt.«

»Pah. Ihr seid der Vater der Lüge.«

»Welch Ironie, dass der Klerus ausgerechnet mir diesen Namen gab.« Lurmenors Stimme glich nun Donnergrollen, das von weit herzog und immer lauter wurde. Sein Schatten wogte und ertränkte den Schein der Flammen. »Sag mir, wer hat in Hizgin das Blutvergießen begonnen? Wer die alten Schriften vernichtet, weil sie die Wahrheit kundtun?«

Toryan setzte zu einer Antwort an – und klappte den Mund wieder zu. Er dachte an Holmars Entdeckung der alten Chronik, die von der Dämmergeborenen berichtete. Seine Gedanken schwirrten. »Warum hättet Ihr uns in Hizgin gehen lassen sollen?«, fragte er mit belegter Stimme.

»Jedes niedergebrannte Haus schürt neues Feuer, jeder Tote neuen Hass. Wer diesen Kreislauf beenden will, muss ihn durchbrechen.« Lurmenors Schatten schrumpfte, seine Stimme wurde ruhig. »Einige Menschen haben das verstanden.«

»Meint Ihr die, die Euch in Dimmgrund über die Grenze geholfen haben, damit Ihr den Wächterengel töten konntet?«

»Den Geheimbund der Waage, ja. Gute Menschen. Mehr willst du nicht wissen.«

»Und ob ich das will!«

Lurmenor verschränkte die Arme. »Einmal ausgesprochen, kann ich die Worte nicht ungesagt machen.«

Warum hatte Toryan plötzlich so ein Ziehen im Magen? »Sagt schon«, verlangte er heiser.

Der Erzfürst neigte das Haupt. »Wie du willst. Meine Helfer waren der Freischärler Rojin und General Nobu.«

Toryan war, als hätte jemand die Haltetaue einer Brücke durchsäbelt, auf der er gerade einen Abgrund überquerte. »Unmöglich.«

»Nach unserer Begegnung in Dimmgrund plagte den General sein Gewissen, dass ein junger Grenzwächter, der nur seine Pflicht tat, das Opfer größerer Geschicke wurde«, fuhr Lurmenor fort. »Deshalb nahm er dich unter seine Fittiche. Er war ein Mann von Ehre.«

»Das dachte ich.« Die Worte schmeckten bitter in Toryans Mund. »Aber er war ein Verräter. Ein Freund der Altnacht.«

»Zumindest war er nicht unser Feind. Du solltest nicht über ihn urteilen, ohne seine Motive zu kennen.«

»Und die wären?«

»Einst hielt er die Engel für Erlöser, für die er, ohne zu zögern, sein Leben gegeben hätte. Während der Spaltungskriege gegen Freiholt sah er, wie sie wirklich sind. Gierig. Gnadenlos. Als der Bund der Waage an ihn herantrat, schloss er sich ihm an. Der Bund beschützt das Gleichgewicht. Er informierte mich seit Langem, was beim Klerus vor sich geht. Und er hatte verstanden, dass wir den Frieden nicht länger halten können, nun, da der Feuerstern das Ende der alten Welt ankündigt.«

»Warum erzählt Ihr mir das?«

»Weil Nobu gewollt hätte, dass du es erfährst. Andernfalls hätte er dir nicht das hier vermacht.« Lurmenors Schattenarm streckte sich auf das Vielfache seiner Länge und tippte auf das Amulett über Toryans Brust.

Sprachlos starrte Toryan den Anhänger an.

»Die letzten Schattenfürsten treffen in Kürze in Glimmheim ein«, sagte Lurmenor. »Dann führe ich die Armee der Altnacht zurück in die Lichtlande. Und diesmal werden wir sie erst verlassen, wenn wir die Dämmergeborene haben – oder keiner von uns mehr am Leben ist.«

Toryan verschränkte die Arme. »Erwartet Ihr, dass ich Euch dabei unterstütze? So wie Nobu? Ist das der Grund, warum ich noch lebe?«

»Wir töten im Krieg, weil wir es müssen. Nicht aus Freude. Ich hege keinen Groll gegen dich.«

»Ihr wisst nicht, wie es ist, verraten zu werden.«

Lurmenors Schatten flackerte. »Auch ich habe die Bitternis des Verrats geschmeckt. Habe Freunde verloren. Und ich werde viele mehr verlieren, ehe das Ende kommt. Du musst nicht mein Feind sein und ich nicht der deine.«

Toryan starrte ihn an. Er klang so glaubwürdig. Dennoch, es musste Maskerade sein. Oder? »Ich wünschte, ich könnte Euch trauen«, sagte er heiser.

»Trau nicht mir. Trau deinem Herzen, dass es die Wahrheit erkennt.«

»Wie soll ich wissen, was Wahrheit ist?«

»Besuche den Regendom. Er ist ein Ort der Erkenntnis und Stille.«

»Ihr scherzt. Wie viel stiller kann's denn in dieser Stadt noch werden?«

»Ich meine nicht die Abwesenheit von Geräuschen. Eure Sprache ist jung. Manchmal fehlen ihr die Worte, um Dinge richtig zu beschreiben.« Lurmenor legte den Kopf schräg. »Aber ich kann es dir zeigen, Menschenkind.«

Entkommen

Zurück in Rojins Haus, wollte Minn sich eben bemerkbar machen, als sie die Stimme des Freischärlers vom Ende des Flurs hörte. Mit wem redete er da? Hatte er Gäste bekommen?

Nun, es ging sie nichts an.

Leise öffnete sie die Tür zu ihrem kleinen Schlafraum, zog sich die Stiefel von den Füßen und streckte sich längs aufs Bett. Der Besuch im Hain hatte ihr neue Kraft geschenkt, dennoch wollte sie die Gelegenheit nutzen, den Schlaf der vergangenen Tage nachzuholen.

Mit wem zum Donnerkeil spricht er da?

Die Neugier nagte an ihr wie ein Eichhörnchen an einer Nuss. Und Minn kannte sich gut genug, um zu wissen, dass sie kein Auge zutun würde, wenn sie der Sache nicht auf den Grund ging. Seufzend rollte sie sich von der Matratze und schlich auf nackten Sohlen zum Ende des Gangs. Die Tür stand einen Spalt offen. Minn spähte hindurch in eine Art Schreibzimmer. Eine runde Lampe erhellte einen Tisch, auf dem sich allerlei Unterlagen, ein Tintenfass sowie ein Holzgestell befanden, auf dem ein Schwert und eine Arkebuse mit Jadezierrat drapiert waren. Rojin hantierte mit dem Rücken zu ihr an drei Kristallen herum, die Minn zunächst für ein Kunstobjekt hielt. Einer glühte in türkisem, die beiden anderen in tiefblauem Licht. Eine Stimme drang daraus hervor, rau und tief und vibrierend vor Macht.

»… dass du warten musstest. Du erreichst mich mitten in den Vorbereitungen zum Heereszug.«

»Vollstes Verständnis«, gab Rojin zurück. »Ich hätte Euch auch nicht gestört, wenn es nicht wichtig wäre.«

»Also ist es wahr? Die Dämmergeborene ist bei dir?«

»Ja. Ich hatte es kaum mehr zu hoffen gewagt. Aber sie ist hier nicht sicher. Der Jägerengel durchstreift nach wie vor das Land nach ihr.«

»Fürstin Rhymmia ist unterwegs.«

Rojin gluckste. »Die wird Augen machen. Sie ist der Dämmergeborenen bereits begegnet.«

»Das Schicksal geht manchmal seltsame Wege«, drang es aus dem Kristall.

»Wohl wahr. Auf bald, Erzfürst Lurmenor.«

Lurmenor. Minn ballte die Fäuste. Also hatte Rojin sie verraten. *Und ich Dussel hab ihm vertraut.* Sie hätte ihre Sachen schnappen und in aller Heimlichkeit verschwinden sollen, solange der Freischärler sie noch im Hain wähnte. Das wäre vernünftig gewesen. Doch Empörung und Zorn verpassten ihrer Vernunft einen Tritt in den Allerwertesten. »Mieser Verräter«, brüllte Minn und stürzte in den Raum.

Rojin fuhr herum. Das blasse Gesicht wurde feuerrot, die Kristalle polterten klirrend hintenüber.

Minn warf sich auf ihn. Im Nahkampf hatte sie auf Gut Eulenstein selbst erfahrene Wächter zum Aufgeben gebracht, und sie hatte das Überraschungsmoment auf ihrer Seite. Doch Rojin besaß gute Reflexe. Er wand sich unter ihr heraus, ehe sie ihn in einen Hebel zwängen konnte. Für einen Moment kam er auf die Beine. Diesen hätte er für einen Tritt nutzen sollen. Stattdessen hob er die Deckung. Sein Fehler.

Minn hechtete gegen sein Standbein. Rojin krachte gegen einen Stuhlrücken und stieß einen dumpfen Schmerzenslaut aus. Sie setzte nach, drosch nach seiner Nase. Er riss den Ellbogen hoch und fegte ihre Faust mit dem Unterarm beiseite. »Warte«, ächzte er.

»Vergiss es.« Sie schlug erneut zu. Diesmal streifte sie seine Schläfe. Erzürnt packte er ihr Haar mit einer Hand. Mit dem freien Arm versuchte er, ihr den Ellbogen ans Kinn zu rammen. Sie nahm den Verlust eines Haarbüschels in Kauf, drehte sich ein und erwischte ihn mit einem Unterarmschlag an der Brust. Rojin grunzte und sackte zusammen. Sie holte erneut aus, aber er rammte ihr die Schulter gegen den Oberkörper. Minn knallte mit dem Rücken gegen die Tischplatte. Sie griff nach hinten, um sich abzustützen, und ihre Finger fanden kaltes Metall.

Rojin kam hoch und machte einen Satz Richtung Tür.

»O nein, bleib stehen.« Minn zog die kurzläufige Arkebuse von dem Holzstand und lud durch. »Du hast *so* ein hübsches Hemd. Ich würde ungern Löcher reinmachen.«

»Minn«, sagte Rojin mühsam beherrscht. »Es ist nicht, wie du denkst.«

»Chun sagte mir, dass der Bund der Waage über die Dämmergeborene wacht. Ich dachte, er meint, dass ihr mich beschützt. Doch das tut ihr nicht, stimmt's? Ihr sorgt dafür, dass keine Seite dank mir die Oberhand gewinnt.«

»Lass mich erklären …«

»Spar dir das. Türschlüssel her.«

»Verdammt, jetzt hör mir zu.« Er machte sich bedrohlich groß. Minn feuerte einen Schuss direkt vor seine Füße. Rojin knirschte vor Wut mit den Zähnen.

»Noch ein Wort und ich schieß dir ins Bein.« Minn wies mit dem Arkebusenlauf auf den Tisch. »Ist das der Schlüssel?«

Er schnitt eine Grimasse und nickte.

»Und Ryna sagte, ich könne dir trauen«, murmelte Minn, während sie rückwärts zur Tür ging, die Waffe auf ihn gerichtet. »Ob sie wusste, wie du wirklich bist?«

Er starrte sie an und wollte offensichtlich etwas sagen, doch Minn schlug die Tür hinter sich zu und schloss ab. Zur Sicherheit klemmte sie noch einen Stuhl zwischen Türgriff und Boden. Den Schlüssel warf sie von sich. Rasch zog sie Mantel und Stiefel an, durchsuchte die Vorratskammer und stopfte neben Kleidern noch Rauchmandeln, Hartkäse und ein paar weitere haltbare Speisen in ihren Wanderbeutel. Kurz überlegte sie, noch sein Bücherregal zu Kleinholz zu verarbeiten, aber sie hatte keine Zeit zu verlieren.

Bald würde die Blutfürstin hier sein.

Im Regendom

Toryan und der Erzfürst hatten die Residenz über denselben Kieselpfad verlassen, auf dem Toryan gekommen war. Nur endete der diesmal nicht am Schwarzwasserbrunnen, sondern am Fuße des von Steinquadern versperrten Hügelpfads, der unweit von Gyblegogs Garten lag. Toryan wusste, dass das unmöglich sein sollte. Dennoch stand er hier.

Geografie ist so was von überschätzt.

Lurmenor spreizte die Finger und machte eine Bewegung, als teilte er einen Vorhang. Schatten flossen aus seinen Fingerkuppen in den Spalt zwischen den Quadern. Es knirschte, als die Felskolosse sich auseinanderschoben und einen schummrigen Pfad freigaben.

Gemeinsam machten sich Mensch und Altnachtler an den Aufstieg.

Silberner Regen fiel. Mit jedem Schritt wusch er Schichten von Leid, Last und Sorgen davon, von denen Toryan nicht einmal gewusst hatte, dass sie sein Herz verkrusteten. Als er die Hügelspitze erreichte, fühlte er sich so erfrischt, als hätte er wochenlang geschlafen.

Vor ihm erhob sich der Dom, schmal und länglich, mit geschwungenem Dach. Das Bauwerk stand nicht auf der Kuppe, es war Teil davon – die Pforte führte *in* den Hügel hinein.

Lurmenor deutete auf einen hölzernen Ständer. »Leg dein Schwert ab, ehe du eintrittst.« Toryan tat, wie ihm geheißen.

In den Ecken der Domhalle brannten hochbeinige Feuerschalen, deren goldroter Widerschein sich im Boden spiegelte. Das Aroma von Sandelholz und Weihrauch bitzelte in Toryans Nase. Durch die blattförmigen Seitenfenster drang das gedämpfte *Plitschplatsch* der Regentropfen.

Wo in einem gewöhnlichen Tempel der Altar gestanden hätte, erhob sich eine Empore mit einem Quader aus Lapislazuli. Rotblaue, mit Gold durchwebte Teppiche bedeckten den Boden, Säulen aus Schneeobsidian stützten die reliefgeschmückte Decke. Sie fußten auf schwarzen, älteren Sockeln. »Früher stand hier eine andere Kultstätte«, sagte Lurmenor, als er Toryans Blick bemerkte. »Dort wurden Opfer für die Blutfürsten gebracht.«

»Was ist mit ihr geschehen?«

»Ich riss sie nieder. Und baute auf ihren Ruinen die Hoffnung auf eine bessere Welt. Wie gefällt es dir?«

»Ehrlich gesagt, hätte ich mir das Heiligtum der Elf Schatten düsterer vorgestellt«, gestand Toryan. »Wer predigt hier?«

»Niemand. Dies ist ein Ort der inneren Einkehr. Wir finden im Regendom Sinn in dem, was wir tun.«

»Wie, wenn Ihr keine Priester habt?«

»Indem wir den Regentropfen lauschen. Wir meditieren darüber, wie sie Gras und Bäume nähren, im Boden vergehen und vergessen werden und doch das Fortbestehen Yrdaias sichern. Das ist uns Vorbild. Einst nahm meinesgleichen dieser Welt mehr, als wir hätten dürfen. Nun ist es an den Letzten von uns, diese Schuld zu begleichen.«

»Euer Krieg ist nicht wie der Regen«, widersprach Toryan. »Ihr schenkt kein Leben. Ihr bringt Kummer und Tod.«

»Wenn wir die Dämmergeborene nicht finden, wird diese Welt enden. Unsere, die der Menschen, alles.«

Wer's glaubt, dachte Toryan. »Alles?«, fragte er laut. »Das ist … eine Menge. Und weshalb?«

Lurmenor trat zu dem Quader und hob ein wuchtiges Buch aus einer Vertiefung in dessen Mitte. Der Geruch von Alter stieg von dem kupferbeschlagenen Ledereinband auf. »Dies ist die Chronik der Traumtauhöh. Hier findest du die Antworten, die du suchst. Vieles ist in der Runenschrift meiner Ahnen verfasst, aber die Geschichte der Dämmergeborenen lebt in Bildern fort. Doch sei gewarnt. Das Wissen in diesem Buch erleuchtet. Zugleich wird es in dir brennen. Lies nur, wenn du sicher bist, dass du die Wahrheit ertragen willst.«

»Ich habe mich entschieden.« Toryan nahm das Buch.

»Nimm dir Zeit.« Lurmenor neigte das Haupt und zog sich in eine Ecke zurück, in der er mit den Schatten der Feuerkessel verschmolz.

Toryan ließ sich auf einem der Teppiche nieder und schlug das Buch auf. Ehrfürchtig strich er mit seinen Fingern über die Seiten. Das Pergament raschelte, als wollte es zu ihm sprechen. Die rostroten, verschnörkelten Buchstaben schienen ein Eigenleben zu führen und sich zu verschieben, sobald er versuchte, sie zu fixieren. Illustrationen zeigten Bauwerke mit unmöglichen Winkeln und Formen, groteske Figuren oder Szenen von solcher Schönheit, dass ihm Tränen in die Augen traten. Rasch blätterte er weiter.

Eine Bildserie sog ihn förmlich in das Buch hinein. Seine Umgebung verblasste, dafür sah er die Szenerie aus der Chronik so deutlich vor sich, als blickte er aus den Wolken auf sie hinab. Nur dass sich alles in Windeseile abspielte, so als verginge ein Tag binnen eines Wimpernschlags. Toryan sah:

Zwei Festungen, getrennt durch einen Fluss. Blutfürsten und ihre Untergebenen strömten herbei, formten zwei Heere. Der Befehlshaber des einen hatte ein faltenloses, kantiges Gesicht und wehendes weißes Haar. Das andere Heer, geführt von Lurmenors schattenhafter Gestalt, triumphierte und legte die Festung östlich des Flusses in Schutt und Asche.

Die Szene verschwamm.

In der nächsten stürmte die siegreiche Streitmacht eine gewaltige Stadt, erneut verteidigt von Weißhaar und seinen Truppen. Diese Türme und Mauern – das musste Hizgin sein, als es noch eine Metropole war, in der Blüte seiner Pracht.

Belagerer rannten an, flogen herbei, kletterten über Wehranlagen. Verteidiger schossen, hackten, stachen zu. Tote stapelten sich so hoch, dass sie neue Wälle bildeten.

Ein pulsierendes Maschinenmonstrum rollte heran, spuckte Lichtwellen, die den Himmel zerfetzten. Feuer regnete aus Rissen im Firmament und pulverisierte Hizgins Mauern und Verteidiger zu Staub. Lurmenor führte seine siegreichen Streiter in die gefallene Stadt, ein winziger Haufen, verglichen mit der Armee, die den Angriff begonnen hatte.

Eine nagende Dringlichkeit ergriff Besitz von Toryan, als sei er im Begriff, zu spät zu einer wichtigen Verabredung zu kommen. Instinktiv blätterte er um.

Die Sieger durchkämmten die Ruinen, doch fünf Vampiren unter Führung des Weißhaarigen gelang die Flucht aus dem Flammeninferno.

Weißhaars Augen funkelten so detailgetreu vor Hass und Ohnmacht, dass es schien, als könnte er jederzeit den Seiten entsteigen. Toryan schluckte, wandte den Blick aber nicht ab. Die nächste Szene zeigte den weißhaarigen Blutfürsten.

Seine Fangzähne rissen den Hals einer Frau auf, die eben ein Kind zur Welt brachte. Sie wirkte so lebensecht, als hätte jemand ihr Spiegelbild eingefangen und in das Buch gebannt. Schmerz und Grauen verzerrten ihr bleiches Gesicht.

Dennoch erkannte Toryan ihre Züge sofort. Sie glichen Minns wie ein Ei dem anderen.

Er schreckte von dem Buch zurück, als hätte er sich daran verbrannt. »Nein«, keuchte er. »Unmöglich.«

Lurmenors Schatten floss an seine Seite, manifestierte sich zu menschlicher Gestalt. »Ruhig. Hier kann dir niemand etwas zuleide tun.«

Toryan deutete mit zitterndem Finger auf das Bild. »Wer ist das?«

»Die Mutter der ersten Dämmergeborenen.«

»Was ist dieser Frau passiert?«

»Versetz dich zurück in die Zeit der Altnachtkriege. Die letzte große Schlacht ist vorbei, das alte Imperium liegt in Trümmern. Zu jener Zeit sitzt ein werdender Vater voll freudiger Erwartung in seiner Wohnstube. Es klopft. Er rechnet mit Nachbarn, die sich nach dem Befinden seiner Frau erkundigen wollen. Doch herein kommt ein Blutfürst, angelockt vom Blutgeruch der Gebärenden. Er tötet den Mann. Folgt dem Duft nach oben, labt sich an der werdenden Mutter – und macht ihr Neugeborenes zur Waise, noch während es an der Nabelschnur hängt. Und zu noch etwas macht er jenes Kind.« Lurmenor verstummte, und für eine Weile war nichts zu hören als das Knistern der Flammen und der Regen, der aufs Dach des Doms prasselte. Es klang wie melancholisches Gelächter.

»Das Kind nahm etwas von der Essenz dieses Blutfürsten in sich auf«, fuhr der Herr der Altnacht schließlich fort. »Einen Funken, der wie das Feuer eines Vulkans jahrelang schlummern kann, um sich urplötzlich Bahn zu brechen. Jenes Kind gab diesen Funken an sein Kind weiter, und dessen Kind an das seine, Generation für Generation. Bis heute.«

In Toryans Inneren tat sich ein schwarzer Strudel auf. Konnte es sein? Konnte seine Minn, an die er nur denken musste, um ein

Lächeln auf sein Gesicht zu zaubern, die Nachfahrin jener Dämmergeborenen sein?

Hinter dem Rauch in Lurmenors Augen loderte Erkenntnis auf. »DU KENNST SIE!« Er packte Toryan und zog ihn dicht vor sein Gesicht. »Wie ist ihr Name? Wo ist sie?«

»Ich weiß es nicht. Ich traf vor Jahren mal ein Mädchen, das genauso aussah«, log er. »In meinem Heimatdorf. Sie gehörte zu einer Gruppe Kaufleute auf der Durchreise.«

»Und du hast sie dir so genau gemerkt?«

»Nun, sie ist … sie war sehr hübsch.«

Lurmenor stieß ihn von sich.

Toryan krallte seine Nägel so tief in die Handflächen, dass die Fingerknöchel knackten. »Was werdet Ihr mit ihr machen, wenn Ihr sie findet?«

»Was nötig ist.«

»Sie ist unschuldig. Sie hat sich ihr Schicksal nicht ausgesucht.«

»So wenig wie wir.« Das Schattengeweih wuchs aus den Schläfen des Erzfürsten. »Ich werde mein Volk schützen, und wenn ich die gesamten Lichtlande in Schutt und Asche legen muss. Ich bin keine milde Brise. Ich bin Donner und Dunkelheit. *ICH BIN DIE ALTE NACHT*.«

Toryan konnte ihn nicht länger ansehen, sonst hätte er sich weinend zusammengerollt wie ein Kind, das zum ersten Mal einsam im Dunkeln erwacht. Schlagartig wurde ihm bewusst, wer hier vor ihm stand. Lurmenor war der letzte Herrscher einer Rasse, die Jahrtausende die Welt regiert hatte. Ein finsterer Halbgott, der Tod säte, um Leben zu ernten, und der ohne Zögern alles auslöschen würde, was zwischen ihm und seinen Zielen stand.

Toryans Gedanken rasten. Er musste Minn finden. Bei Bimbadims Bart, auch wenn sie ihn hatte sitzen lassen, er liebte diese Frau. Er würde nicht zulassen, dass jemand ihr ein Leid antat. Kein Mensch, kein Engel, und erst recht kein Blutfürst.

Jetzt wusste er es mit Bestimmtheit. Er mochte den Zorn des Gefallenen auf sich ziehen, mochte in der Welt der Altnacht den Verstand oder das Leben verlieren – aber wenn er seine Heimat, mehr noch, die gesamte Menschheit retten wollte, musste er aus Glimmheim fliehen.

Die Wurzeln der Welt

Toryan hatte vorgegeben, in Ruhe über das Angebot nachdenken zu wollen, sich der Altnacht anzuschließen. Lurmenor hatte ihn ohne Einwände gehen lassen. Es verwunderte Toryan, dass er so leicht davonkam. Andererseits war es nur gerecht, dass er auch einmal Glück hatte.

Zumindest wenn alles klappt. Wenn nicht, wäre es vermutlich besser für mich, ich hätte nie auch nur einen Fuß aus dem Dom gesetzt.

Er kehrte nicht zu Yrracohs Haus zurück, sondern bog am Fuß des Hügels zu Gyblegogs Garten ab. Der Gnom hatte behauptet, er kenne jeden Platz im Altnachtwald. Konnte der kleine Vielfraß ihm helfen, in die Lichtlande zu gelangen?

Gyblegog saß unter einem der Gespinstbäume, eine halbe Kröte in der einen, eine Pfeife in der anderen Hand. Er war seit ihrer letzten Begegnung gewachsen und reichte Toryan nun beinahe bis zur Hüfte. Seltsamerweise schien der Gnom nicht sonderlich überrascht, ihn zu sehen. »Gekommen, Kröterich zu probieren?« Gyblegog streckte ihm seine Mahlzeit entgegen.

Toryan verzog keine Miene. »Vielen Dank, ich habe bereits gegessen.«

Achselzuckend verschlang der Gnom den Rest mit einem gewaltigen Happs.

»Mir fiel ein, dass du nach drei Jahren an einem Baum ordentlich hungrig sein musst«, sagte Toryan leichthin. »Ein paar Kröten machen da kaum satt, oder?«

»Gab noch Eichhornaas und Fischaugen, frisch geschlürft.« Der Gnom leckte sich die Lippen. »Stärkung für viel Arbeit.«

»Welche Arbeit meinst du?«

»Komm ansehen.« Ohne eine Antwort abzuwarten, sprang Gyblegog auf und watschelte los.

Der Garten war größer, als Toryan gedacht hatte. Je weiter sie kamen, an desto mehr Bäumen fehlte die Rinde, als hätte etwas Gewaltiges seine Krallen daran gewetzt. Rötliches Harz rann an den Stämmen entlang Richtung Boden.

Die Baumreihen endeten an einer Felswand. Aufgerissene Erde und Geröll türmten sich zu Haufen, die Toryan bis an die Schultern reichten. Eine Senke führte zu einem breiten Höhleneingang.

Toryan linste die Rampe hinab. Etwas rumpelte in der Tiefe. Er verharrte stocksteif.

Ein Monstrum brach aus der Höhle hervor.

Schaufelförmige Pfoten schleuderten Erde und Gestein beiseite, als wären es Brotkrümel. Eine rosafarbene Schnauze mit armlangen Schnurrhaaren schnüffelte in der kühlen Luft, gefolgt von einem walzenförmigen Kopf mit braunem Fell. Weil Toryan nicht wusste, was er sonst tun sollte, brüllte er das Riesenvieh an, so laut er konnte.

Es quiekte, wuchtete sich an ihm vorbei und legte sich schnaufend vor Gyblegog nieder. Dort streckte es die Pfoten von sich und begann prompt zu schnarchen.

Toryans Knie zitterten so sehr, dass er sich setzen musste. »Was bei Bimbadims Bart *ist* das?«

»Ist Gräber. Holt blaue Steine aus Berg. Altnacht braucht sie für Krieg. Gräber bekommt zu fressen, Blutfürsten bekommen Steine. Alle zufrieden.«

»Was machen diese blauen Steine?«

Die Bernsteinaugen des Gnoms glänzten. »Machen bummbumm.«

»Dann ist das eine Mine?«

»Selbst sehen.« Der Gnom führte Toryan unter die Felsen, hinein in eine fremde Welt.

Hinter dem Eingang lag ein Gewölbe, größer als der Hof von Gorvuls Wächterakademie. Kristalladern durchzogen die Seitenwände, die Decke leuchtete gut vierzig Fuß über Toryan im Tiefblau eines Abendhimmels. Gravuren, kunstfertiger als alles, was er je gesehen hatte, zeigten Wolken, Wogen und Landschaften von berückender Schönheit. Fast als blickte er durch einen Spiegel in eine andere, heilere Welt.

Von dem Gewölbe gingen drei Gänge ab. Der rechte war zerklüftet, voll Erde und Gesteinssplitter. Hier schaufelte sich wohl der Gräber in die Eingeweide der Welt. Der mittlere und linke Gang schienen künstlich bearbeitet.

Neugierig durchquerte Toryan das Gewölbe und spähte in den Mittelgang hinein, in dem bunte Lichter flackerten. Ein Tor aus Gitterranken versperrte den Weg in einen Raum, in dessen Wände Vertiefungen mit Türen eingelassen waren. Nun sah Toryan die Quelle des Lichts, eine ovale Maschine von der Größe eines Häuschens. Ihre Hülle pulsierte bläulich, grün und tiefrot und schuf so das irrisierende Farbenspiel. An manchen Stellen prangten faustgroße Löcher, andere starrten vor Stacheln, deren Zweck Toryan nicht erraten konnte. Wozu dieses Ding in der Lage war, wusste er hingegen wohl. Er hatte es in der alten Chronik im Regendom gesehen.

Er rüttelte an dem Tor, doch so filigran die Rankenstäbe wirken mochten, es bewegte sich keinen Fingernagel weit.

»Mühe umsonst.« Gyblegog kam angeschlendert und patschte ihm auf den Rücken. »Nur einer der Elf Schatten kann öffnen.«

»Ich weiß, zu was diese Maschine imstande ist«, stieß Toryan hervor. »Sie hat Hizgins Mauern und Verteidiger zu Asche zerstäubt.«

Gyblegog nickte. »Heißt Sippenschlächter.«

»Wird Lurmenor ihn einsetzen?«

Der Gnom schüttelte den Kopf und deutete auf die Vertiefungen in der Rückwand. »Dort ruht Asche der Blutfürsten, die in Hizgin fielen. Sippenschlächter bleibt hier als Mahnung für alle, die noch kommen.«

Das ist eine Gruft. Die Luft kam Toryan plötzlich schal vor. »Ich muss fortgehen aus Glimmheim, Gyblegog. Nach Hause. Meine … jemand, der mir viel bedeutet, ist in großer Gefahr. Du hast gesagt, du kennst alle Wege durch den Wald.«

Gyblegog musterte ihn mit seinen goldgelben Augen.

»Bitte.« Toryan ging auf die Knie. Nicht dass es viel half – er war noch immer größer –, aber er hoffte, der Gnom würde die Geste verstehen. »Ich bin weder reich noch mächtig. Aber egal was du verlangst, ich werde es dir geben, und wenn ich mein ganzes Leben dafür ackern und mich plagen muss.«

»Gut.«

»Wirklich. Ich würde alles … Moment. Gut? Heißt das, du zeigst mir den Weg nach draußen?«

»Gibt Bedingung. Will mit über Grenze. Zu Leckerplätzen im Sonnenland.«

»Äh, Leckerplätze?«

»Krötentümpel. Fischgelaich.« Die faltige Stirn furchte sich noch ein wenig mehr. »Gibt Kröten in Sonnenland, oder?«

Toryan unterdrückte einen Jubelschrei. »Und was für welche. Wir werden die dicksten und fettesten Exemplare in ganz Yrdaia für dich finden.«

Gyblegog grunzte zufrieden. »Dann auf. Weg weit und dunkel.«

»Wie öffnen wir das Tor durch die Stadtmauer?«

»Gar nicht.« Der Gnom deutete auf den dritten Gang. »Gehen drunter durch.«

Sie wanderten durch Hallen aus geronnener Nacht. Gyblegogs Bernsteinaugen glänzten im Dunkeln, das sie offenbar mühelos durchdrangen. Toryan folgte ihm mit einer Handlaterne, die er am Eingang aus einer Halterung genommen hatte. Ihr Licht flackerte unstet, ein verlorenes Lichtlein in einem Ozean aus Schwärze.

Er schob seine Gänsehaut auf die Kälte.

Der Weg wurde so eng, dass er auf allen vieren kriechen oder sich seitlich hindurchquetschen musste. Stein scheuerte auf seiner Haut, seine Knie fühlten sich an, als würden sie zwischen zwei Mörsern zermahlen. Doch Toryans größte Angst war, Gyblegog aus den Augen zu verlieren.

Endlich verbreiterten sich die Felskorridore, und Toryan wurde für seine Mühen mit Wunderwelten entschädigt, die nie zuvor ein Mensch hatte bestaunen dürfen. Er durchquerte Gewölbe, deren Größe Dörfern gleichkam. Kristalle überwucherten Teiche, die glitzerten, als sei ein vergessener Stern in die Tiefe gestürzt. Baumdicke, zusammengewachsene Stalagmiten und Stalaktiten stützten eine Decke, so hoch, dass Toryan ihr Ende nicht erkennen konnte. Ob die Pfeiler natürlich gewachsen oder von titanischen Steinmetzen aus dem Stein gehauen worden waren? Als er Gyblegog danach fragte, gab der nur ein unwilliges Zischen von sich.

Sie durchquerten einen Felsgarten mit Büschen aus Salz, Bäumen aus Quarz und Blüten aus Feldspat.

Im Gewölbe dahinter wirbelte Schwärze. Die Laterne in Toryans Hand flackerte und verlosch, als fürchtete sie zu erhellen, was in der Finsternis lag. Ein Seufzen hing in der Luft, ein kalter Hauch streifte Toryans Nacken. Er versuchte sich einzureden, dass es verborgene Schächte geben musste, durch die Luft von der Außenwelt in das labyrinthische Höhlensystem strömte.

Toryan wusste längst nicht mehr, durch wie viele Gänge er gekrochen, wie viele verborgene Wunder und Schrecken er erlebt hatte. Und die Höhlen nahmen kein Ende.

Brücken führten über Abgründe, deren Boden er nicht erahnen konnte. Dafür spürte er überdeutlich das Gewicht der Steinmassen über seinem Kopf, eine uralte, träge Macht, in deren Innerstes er eingedrungen war – er, ein Mensch, nicht mehr als ein Staubkorn oder flüchtiger Gedanke in einer Welt zeitloser Felsengötter. Der Tritt seiner Stiefel und das Platschen von Gyblegogs Füßen hallten obszön laut durch die Dunkelheit. Der Himmel wusste, was sie in deren Tiefen wecken mochten.

Toryan versuchte sich mit der Überlegung abzulenken, was über den Höhlen lag. Glimmheims Mauern? Der Fluss? Gut möglich, dass dessen schwarze Wasser diese Gänge in den Fels gegraben hatten, lange ehe der erste Mensch seinen Fuß auf Yrdaias Boden gesetzt hatte.

So verloren in seinen Gedanken bemerkte er nicht, dass Gyblegog stehen blieb, und er lief prompt in ihn hinein. Toryan murmelte eine Entschuldigung, blinzelte – und sah abgewetzte Stufen. Sie führten hinauf zu einer Tür mit eingravierten Symbolen und Fratzen, einige davon zersplittert, was sie noch grotesker wirken ließ. »Uralte Bannsiegel«, murmelte Gyblegog. »Schützen Pforte vor Draußenwelt.«

»Aber wir kommen raus, oder?«

»Raus und rein, wie es beliebt.«

»Du hast nicht übertrieben. Du kennst dich echt gut aus.«

Das Maul des Gnoms verzog sich zu einem verschlagenen Grinsen. »Gyblegogs haben Tor gebaut.« Er drückte auf einen Stein an der Wand, der für Toryan aussah wie hundert andere. Die Tür schwang auf und ein Streifen aus Licht gab den Blick auf einen schmalen Weg zwischen Bäumen frei. Kühle Nachtluft wehte ihm ins Gesicht. Toryan unterdrückte mit Mühe einen Jubelschrei. Sie waren zurück im Altnachtwald.

Toryan zog sich den Mantel enger um die Schultern und stieg über einen Wurzelstrang. Kälte biss mit nadelfeinen Zähnen in seine Haut. Zudem nagte Hunger an ihm wie ein Biber an einem morschen Stamm. Während der Wanderung durch die Höhlen war er zu konzentriert gewesen, um es zu bemerken, doch nun meldete sein Magen sich umso nachdrücklicher zu Wort. Sie mussten für Stunden durch die unterirdische Welt marschiert sein. Auch das Erlebnis im Regendom hatte ihn Kraft gekostet, die er bislang nicht durch Nahrung hatte ausgleichen können. Von Schlaf ganz zu schweigen.

Gyblegog watschelte voraus und fand Wege durchs Unterholz, die Toryan nicht einmal dann entdeckt hätte, wenn er direkt davorgestanden hätte. Der Gnom schien unermüdlich, obwohl er drei Schritte machen musste, wo Toryan einen tat. Ganz schön ungerecht.

Als hätte er seine Gedanken laut ausgesprochen, hielt Gyblegog an und deutete auf eine Lichtung, die sich vor ihnen zwischen den Bäumen auftat. Fahles Gras bedeckte das Rund, ein Teich schimmerte im Mondlicht. »Dort rasten«, verkündete der Gnom. »Gut zum Sitzen.«

»Ah. Und dass wir hier haltmachen, hat natürlich nichts mit dem Gewässer da zu tun. Oder dem Quaken, das ich höre.«

Der Gnom hob eine Braue. Toryan grinste, froh, seinen müden Füßen eine Pause gönnen zu können. Er ließ sich dort nieder, wo er stand, streckte die Beine aus und schloss für einen winzigen Moment die Augen.

Als er sie wieder aufschlug, hatten sich Schleierwolken vor den Mond geschoben und trübten das Licht. Gyblegog war nicht zu sehen, doch Toryan hörte ein vertrautes Schmatzen von jenseits des Teiches. Das erinnerte ihn daran, wie hungrig er war. Ob Kröten wirklich so widerlich schmeckten, wie sie aussahen?

Rasch verdrängte er den Gedanken. Vielleicht wuchsen ja am Rand der Lichtung ein paar Beeren? Selbst Pilze wären in Ordnung. Sollten ja angeblich ganz nahrhaft sein, auch wenn Toryan sie in der Akademie immer aus der Suppe gefischt hatte. Hmmmh, das war eine gute Suppe gewesen, mit Fleisch und Kräutern und gestocktem Ei …

Hör auf zu träumen, schalt er sich. *Hier gibt's keine Suppe. Nur Gras, Wasser und Pfirsiche.*

Pfirsiche! Bimbadims Bart, am anderen Ende der Lichtung hing ein ganzer Baum voll davon. Er sah anders aus als die Pfirsichbäume in Toryans Heimat. Aber im Mondlicht wirkte ja alles anders als gewohnt.

Er leckte sich die Lippen, ging zum Baum und betrachtete die Früchte. Trotz des schummrigen Lichts schienen sie außerordentlich gut zu gedeihen. Er konnte sich nicht erinnern, je so fette Exemplare gesehen zu haben. Bis auf ein winziges Loch in der Mitte waren sie makellos. Blassgolden, mit rotem Schimmer. Ob sie so saftig schmeckten, wie sie aussahen? Kurz entschlossen pflückte er einen Pfirsich. Drehte ihn in der Hand hin und her. Knabberte daran. Das Fruchtfleisch war weich, leicht säuerlich, mit einer unterschwelligen Süße. Voll Vorfreude führte er den Pfirsich erneut zum Mund, um herzhaft reinzubeißen.

Gyblegogs Stock traf Toryans Finger derart schmerzhaft, dass er die Frucht mit einem Aufschrei fallen ließ. »Verdammt, Gyblegog«, fluchte er, während er sich die Hand pustete. »Findest du das lustig?«

Der Gnom fuchtelte mit dem Stecken. »Wenn wollte lustig sehen, dann hätte lassen essen, essen.«

»Was soll das denn bitte heißen?«

»Das kein Schüttel-Bäumelein, o nein.« Gyblegog schlug die angebissene Frucht in der Mitte entzwei. Wo der Kern hätte sein sollen, kam ein weißlicher, sich windender Wurm zum Vorschein, aus dessen

Maul sich Greifzangen schoben. »Fressen gern Zunge. Schön zart und saftig.«

»Das ist so widerlich«, ächzte Toryan.

»Widerlich? Das Leckerei.« Der Gnom spießte den zappelnden Wurm aufs spitze Ende seines Stocks und schmatzte.

Toryan sah nicht hin, doch die knirschenden, schlürfenden Geräusche, die folgten, genügten, dass ihm der Appetit endgültig verging.

VERSCHLUNGENE WEGE

Nachdem Gyblegog den Wurm und ein paar von dessen Artgenossen verzehrt hatte, fing er im Teich einen Fisch, den er ausnahm, entgrätete, auf eine Wurzel spießte und Toryan überreichte. Mithilfe von ein paar Ästen und einem Pulver aus dem Beutel an Gyblegogs Gürtel entzündeten sie ein nahezu rauchloses Feuer. »Bist du denn gar nicht müde?«, fragte Toryan, während der Fisch über der Flamme sein köstliches Aroma verbreitete.

»Gyblegogs nur schlafen wenn verpuppt«, entgegnete der Gnom.

»Ihr Altnachtler seid so fremdartig wie faszinierend«, sagte Toryan, und stellte zu seiner Verblüffung fest, dass er es ehrlich meinte. »Erzähl mir über die Blutfürsten. Sind sie wirklich anfällig gegen Silber, Jade und Sonnenlicht?«

»Silber, Jade, ja. Sonnenlicht schwächt, aber tötet nicht.«

Der Fisch war gar. Toryan holte den Wurzelstecken vom Feuer, wobei er sich vor Gier beinah die Finger verbrannte, schlug seine Zähne in das weiche weiße Fleisch und stöhnte vor Wonne. »Was passiert, wenn sie jemanden beißen?«, mümmelte er mit vollem Mund.

»Manche verlieren Blut. Manche sterben.«

»Gebissene verwandeln sich nicht?« Toryan setzte den Stock ab. »Wie entstehen dann neue Blutfürsten?«

Gyblegog gluckste. »Wie pflanzt Mensch sich fort?«

»Ah. Ähm. Verstehe.«

»Verwandlung nur, wenn Blutfürst aus Herrscherlinie beißt.« Der Gnom spreizte die Finger. »Wenn Gebissene überleben, danach stärker. Schneller. Besser hören und sehen. Manchmal Blutdurst. Aber ist lange, lange her, dass Erzfürst oder sein Bruder jemand verwandelt haben.«

»Moment. Lurmenor hat einen *Bruder*?«

»Hatte.« Die krächzige Stimme bekam einen entrückten Unterton. »Vor großem Krieg.«

Unvermittelt blinkten Lichter zwischen den Bäumen, tröstlich wie Kerzenschein in der Dunkelheit. Gebannt sah Toryan ihnen zu. Die Worte des Gnoms zogen an ihm vorbei, nicht mehr als Hintergrundgeräusche.

Augenblick. Was war da los? Die Lichter wurden schwächer, entfernten sich. Er musste ihnen folgen. Bestimmt führten sie an einen wunderschönen Ort. Es konnte gar nicht anders sein. Sie glommen für ihn allein. Ach was, glommen, sie *tanzten*, einen Tanz, dem er sich ganz hingeben konnte.

»Wartet«, hörte Toryan sich murmeln. »Ich komme.« Er warf den Stock fort, stand auf und lief los, unter die Bäume.

»Nicht dahin«, krakeelte Gyblegog. Seine Stimme war unangenehm schrill. Toryan beschleunigte seinen Schritt, ohne zurückzublicken. Abwesend nahm er wahr, dass der Gnom ihn einholte und an seinem Arm zog. Er schleifte ihn mit sich, bis Gyblegog von ihm abfiel und hinter ihm zurückblieb. Der Gnom war nicht wichtig. Wichtig war nur der Sog der Lichter, der fordernder wurde, einer heißblütigen Frau beim Liebesspiel gleich.

Der Pfad wurde schmaler. Oder rückten die Stämme näher? Zweige hingen langen, dünnen Fingern gleich herab, strichen Toryan über Kopf und Schultern. Äste knarzten, Blätter raschelten. Waren die Bäume neidisch auf seine Beine, die ihn hinbrachten, wohin er wollte, während sie an Ort und Stelle verharren mussten? Er massierte sich die Schläfen, um diese abstrusen Gedanken zu vertreiben.

Die Luft wurde dünner. Als setzte sich Harz in Toryans Lunge ab. Sein Atem pfiff wie ein Teekessel. Jede Faser seines Körpers schrie ihm zu, umzukehren. Aber etwas brachte ihn dazu, weiterzugehen, wie der Drang, an einer frisch verkrusteten Wunde zu kratzen.

Die Lichter glommen noch einmal auf – und verloschen.

Ungläubig blieb Toryan stehen und sah sich um. Hinter ihm überwucherten Wurzeln den Weg, die zuvor nicht da gewesen waren.

Lippen umschlossen seine Haut am Nacken, saugten daran. Keuchend fuhr Toryan herum.

Das Ende einiger Äste hatte sich geöffnet. Weiße Lichter glommen darin, in deren Zentrum obszöne Rüssel zuckten. Toryans schrie vor Ekel und Entsetzen, als einer der Rüssel sich an sein Schlüsselbein schmiegte und zubiss. Es fühlte sich an, als spickten Dutzende Nadeln die Haut, doch schlimmer war, wie das Ding an ihm saugte und schlürfte. Es trank sein Blut.

Er riss sich los, auf Kosten eines Hautfetzens. Seine Instinkte drängten ihn zu rennen, um dem Würgegriff dieses Albtraumwaldes zu entkommen. Einzig der Rest Vernunft sagte ihm, dass er so noch mehr Luft verbrauchen und umso schneller zusammenbrechen würde. Also kämpfte er die Panik nieder und zwang sich, Schritt für Schritt zu gehen.

Schlieren tanzten vor seinem Blickfeld. Er rang um jedes bisschen Luft. Die Wurzeln. Sie schoben sich aus dem Boden.

Toryan taumelte.

… und wurde mehrere Schritte nach vorn geschleudert, als ein braungrünes Etwas sich gegen seine Schenkel katapultierte.

Toryan schlug der Länge nach unter freiem Himmel hin. Sofort konnte er wieder atmen. Stöhnend rappelte er sich auf. Die Bäume lagen hinter ihm. Das Ding, das ihn getroffen hatte, rappelte sich am Waldrand auf. »Gyblegog, du hässliches, aasfressendes, wunderbares Geschenk des Himmels«, röchelte Toryan.

Der Gnom zog eine Grimasse und setzte zu einer Antwort an. Ehe er dazu kam, schoss ein Wurzelstrang aus dem Wald und ringelte sich um seine Hüfte. Gyblegog schrie, wand sich, zappelte nach Kräften. Die Wurzel quetschte ihm die Luft ab. Seine Füße zuckten, während die Monstrosität von Pflanze ihn in Richtung Baumgrenze zerrte.

Die Angst um seinen Gefährten mobilisierte noch einmal alle Kräfte in Toryan. Brüllend rannte er los und hackte mit dem Schwert auf den Strang ein. Dickflüssiger grüner Saft spritzte, das Ding zuckte wild. »Lass. Ihn. Sofort. Los«, knirschte Toryan, riss die Klinge mit beiden Händen über den Kopf und ließ sie niedersausen, als hielte er eine Axt. Es schnalzte, als Fasern rissen und der abgetrennte Strang von Gyblegog abfiel. Der Rest der Wurzel peitschte noch einmal unkontrolliert um sich, dann erschlaffte sie und lag still. Toryan wischte daran den zähen Saft von der Klinge und schob sie zurück in die Scheide. Er packte Gyblegog unter den Schultern und zog den Gnom auf die Lichtung, ehe womöglich noch mehr Wurzeln aus dem Wald gekrochen kamen. »Gyblegog, he.« Toryan kniete sich neben ihn. »Alles in Ordnung?«

Der Kleine rührte sich nicht.

Toryan rüttelte an seinen Schultern. »Gyblegog, mein Freund. Tu mir das nicht an. Sag was. Dann verspreche ich dir, wir fangen die fettesten Kröten in ganz Glimmheim, nein, auf der ganzen verdammten Welt.«

Ein Bernsteinauge öffnete sich und drehte sich Richtung Toryan. »Fischlaich auch?«

»Von mir aus sogar Eichhornaas.« Ein Stein, ach was, ein Felsbrocken fiel Toryan vom Herzen. »Solang du mich nicht zwingst, mitzuessen.«

»Menschen wissen nicht, was gut ist. Nie probieren.«

Toryan reichte ihm die Hand und zog den Gnom auf die Füße. Schaudernd betrachtete er die Überreste des Wurzelstrangs. Zum ersten Mal überlegte er, ob es tatsächlich eine gute Idee gewesen war, aus Glimmheim zu fliehen. Yrracoh hatte ihn gewarnt. Die Altnacht war fremd und voller Gefahren. Binnen kürzester Zeit wäre er in seiner Arglosigkeit ohne Gyblegogs Hilfe zwei Mal fast gestorben oder zumindest schwer verletzt worden.

Nein. Dies war nicht die Zeit für Zaudern und Zaghaftigkeit. Er musste zurück in die Lichtlande, wenn er Minn finden und die Menschheit beschützen wollte. Niemand anderes wusste, was er wusste. Niemand sonst konnte es tun. Ob es ihm gefiel oder nicht, dies war seine Aufgabe. Sein Schicksal. »Lass uns umdrehen, Gyblegog«, sagte er. »Zum Glück ist die Lichtung nicht weit weg.«

»Dieser Weg versperrt. Bäume jetzt wach. Hungrig.«

Toryan wusste, Gyblegog hatte recht. Noch einmal würden diese Bäume sie nicht entkommen lassen. Aber er wusste auch, dass es keine zweite Chance zur Flucht gab. »Und wenn wir drumrum gehen?«

»Das machen. Jedoch Umweg gefährlich. Sehr. Führt an bösem Ort vorbei.«

»Dann gehe ich allein«, stieß Toryan hervor. »Du hast ohnehin schon zu viel für mich riskiert.«

»Würdest umkommen.« Die gelben Augen blitzten. Besorgt? Verächtlich? Wer wurde aus dem Gnom schon schlau.

»Was heißt das jetzt?«, fragte Toryan.

»Heißt, hast besser recht mit fetten Kröten im Sonnenland.« Der Gnom stieß mit dem Finger auf Toryans Brust. »Sonst Gyblegog Augäpfel von jemand anderem fressen.«

Die Jäger

Es brauchte einiges, um Rojin wirklich wütend oder verzweifelt werden zu lassen. Doch wenn, war er niemand, der seine Emotionen zurückhielt. Er hatte den kaputten Stuhl an die Wand geworfen und seinen Frust über Minns Flucht herausgebrüllt, ehe ihm einfiel, dass er stattdessen besser die Kristalle benutzen und Rhymmia informieren sollte. Seitdem saß er im Schneidersitz auf dem Boden, den Mund zu einem Strich zusammengepresst, die Hände zu Fäusten geballt. Er zwang sich, ruhig zu atmen, und lauschte darauf, wie die Beule an seinem Hinterkopf pochte, ein steter Rhythmus, auf den er sich fokussieren konnte.

Es knirschte, etwas polterte zu Boden. Ein Schlüssel drehte sich. Die Tür ging auf und Rhymmia trat ein. Sie musterte erst ihn, dann die Kristallsplitter, dann wieder ihn. »Wann?«, fragte sie nur.

»Vor ein paar Stunden. Kannst du sie finden?«

Das Schnauben der Blutfürstin klang, als klirrten Eiszapfen. »Du solltest mich inzwischen kennen. Hast du etwas von ihr?«

Wortlos hob er die Haare hoch, die er Minn im Kampf ausgerissen hatte.

Rhymmia hielt sie an ihre Nase und murmelte ein paar Worte in der Sprache der Altnacht. Ihre Augen weiteten sich überrascht. Frost überzog das Haarbüschel, das in tausend Stücke zersprang.

Rojin nickte. »Ja. Du hattest sie auf Gut Eulenstein. Aber mach dir keine Vorwürfe. Das war, bevor der Blutfluch in ihr erwachte. Du konntest sie nicht erkennen, genauso wenig, wie die Engel es konnten.«

»Nun kann ich es. Nun finde ich sie überall.«

»Was trägst du überhaupt für Kleidung?«

»Das ist die Tracht der Feldbauern Freiholts. Ich kann meine Rüstung ja schlecht offen zur Schau stellen.«

»Auch wieder wahr.«

»Kommst du mit, die Dämmergeborene suchen?«

»Auf jeden Fall.« Ächzend stemmte Rojin sich hoch. »Das Miststück schuldet mir eine Arkebuse.«

Unter den Finstersteinen

Welche Gefahren sein verfressener kleiner Begleiter auch befürchtet hatte, in den folgenden Stunden tauchte zu Toryans Erleichterung keine davon auf. So weit das Auge im Schummerlicht reichte, bedeckten smaragdgrüne Moosteppiche den Boden, gelegentlich unterbrochen von verwitterten Gesteinsformationen oder Bächen, an denen er seine Wasserflasche füllen konnte. Außerdem sammelte er auf Geheiß Gyblegogs einige Dinger auf, die grauen Kieseln glichen, aber die Samen einer essbaren Pflanze waren. Einmal erblickte Toryan eine gewundene Straße, die ohne erkennbaren Ausgangspunkt einige Hundert Schritt entfernt begann und sich in Richtung eines matt glühenden Pfeilers wand. Gyblegog hielt sich davon fern, und Toryan folgte seinem Vorbild, ohne nachzufragen.

Es lief sich ganz angenehm, wenn man sich erst mal daran gewöhnt hatte, dass der Untergrund unter den Stiefeln nachgab, als sei er das Fell eines riesigen Körpers. *Und wer weiß*, schoss es Toryan durch den Kopf, *vielleicht* ist *dieses Land ein einziger Organismus, und die Bäume sind die Bartstoppeln eines Giganten, der seit Äonen schläft. Oder vor sich hin rottet.*

Er verdrängte den Gedanken.

Nach einigen Meilen veränderte sich die Umgebung. Stellenweise stiegen Dampfschwaden aus dem Untergrund, andernorts bedeckte Raureif die Landschaft. War dies das Phänomen, von dem Yrracoh gesprochen hatte?

Sie passierten eine Senke, umschlossen von Raureif. In ihrem Kessel wuchsen Blumen mit tropfenförmigen, blasssilbernen Kelchen. Die Blüten öffneten und schlossen sich und stießen mit jedem Atemzug Wölkchen aus, funkelnd wie Sternenstaub oder die Essenz von Edelsteinen. Über den Blumen tanzten Wesen, die am ehesten an faustgroße Glühwürmchen erinnerten, einen verschlungenen Reigen. Wann immer sie den Funkelstaub berührten, blinkten sie golden und silbern zugleich. »Das ist wunderschön«, staunte Toryan.

Gyblegog nickte und seufzte.

»Weshalb hab ich dann den Eindruck, dass der Anblick dich traurig macht?«

»Diese Blumen letzte ihrer Art. Wachsen nur auf Böden von Grauschlummerhügeln, und nun Böden schwinden.«

Toryan blickte genauer hin und sah abgestorbene Wurzeln und Stängel unter dem Raureif begraben. Diese Blumen mussten einst weite Teile der Landschaft besiedelt haben. Nun war nurmehr eine Handvoll übrig, und auch diese würden vergehen. Nicht sofort, nicht in ein paar Stunden. Aber doch viel zu bald.

Gyblegog deutete auf die Glühwürmchen. »Wenn dieser Tanz der Sioogh zu Ende, Welt wird nie wieder ihresgleichen sehen.«

Toryan fühlte einen Stich im Herzen. *Es gibt keinen Grund für Trauer,* versuchte er sich zu sagen. *Dies ist nicht dein Land, nicht deine Welt.* Es blieb beim Versuch.

Er warf einen letzten Blick auf die Blumen, dann folgte er dem Gnom weiter durch die stille Landschaft.

Gyblegog führte ihn in scheinbar willkürlichen Bögen eine abschüssige Landzunge herab. An deren Ausläufer klaffte eine Schlucht, gut hundert Fuß breit und mindestens so tief. Eine Steinbrücke schlängelte sich über den Abgrund. Wobei Brücke schon sehr geschmeichelt war. Das Gebilde war so voller Risse und Kanten, dass Toryan sich fragte, ob es erbaut oder über Jahrtausende von Wind und Regen aus dem Fels getrieben worden war. Immerhin, der Steg war breit genug, dass zwei Menschen nebeneinander hätten gehen können. Vorausgesetzt, sie waren sehr mutig oder sehr sorglos, denn ein Geländer gab es keines.

Der Wind seufzte, als sei er ein Reisender, dem die Börse mit allen Ersparnissen in die Tiefe gefallen war. Erdbröckchen trudelten vom Rand der Schlucht den Abgrund hinab. Toryan wurde flau im Magen. Als geübter Kletterer war er zwar schwindelfrei, aber das hier war etwas anderes als ein Baum oder zerklüfteter Berghang. Auf diesem Felssteg konnte er sich nirgendwo festhalten.

»Warum bleibt stehen?« Gyblegog starrte ihn an, und obwohl der Gnom ihm gerade mal bis zum Gürtel reichte, kam Toryan sich plötzlich klein vor.

»Wir sollen da rüber? Ernsthaft?«

Gyblegog hob eine Augenbraue.

»Also schön. Wer braucht schon Würde?« Toryan ließ sich auf alle viere hinab und krabbelte auf die Brücke. »Du weißt ja nicht, wie das ist, wenn man doppelt so groß ist«, erklärte er ungefragt, während er eine Hand und ein Knie vor das andere setzte, den Blick fest auf die andere Seite gerichtet. Gyblegog ging neben ihm, die Ruhe selbst.

»Ich hab einen ganz anderen Körperschwerpunkt«, stellte Toryan klar. »Außerdem geht's für mich von weiter oben runter als für dich.«

Er plapperte während der gesamten Passage, und bei Bimbadims Bart, wenn's nur war, um seine flatternden Nerven zu beruhigen, dann war's eben so! Gyblegog sagte kein Wort, blieb jedoch den ganzen Weg über an seiner Seite. Dafür hätte Toryan den Kleinen küssen können. Was er aber bleiben ließ. Wer wusste schon, was der Gnom zuletzt im Maul gehabt hatte.

Auf der anderen Seite erstreckte sich karges, weites Land. Selbst der Mond verbarg sich hinter den Wolken. Zur Rechten reckte sich eine kahle Erhebung in den Himmel, zu hoch für einen Hügel, zu niedrig für einen Berg. Einige Meilen voraus lag ein künstlich angelegter Landstreifen. Büsche waren in schnurgeraden Reihen gepflanzt, ihre schlanken Äste in der Mitte zusammengebunden, wodurch es aussah, als sei eine Kompanie Besen aufmarschiert.

Toryan klopfte sich Staub und Steinkrumen von der Kleidung. Er wollte sich nicht anmerken lassen, wie sehr seine Knie von der Krabbelei schmerzten. »Ich hab den Überblick verloren. Wo sind wir?«

»Stanglfelder.« Gyblegog deutete auf die Besenbüsche. »Dahinter Straße zur Grenze. Jetzt ausruhen. Später dahin.«

»Wie viele Tage wird es bis zur Grenze noch dauern?«

»Tage?« Gyblegog runzelte die Stirn und blickte zum Mond.

»Vergiss es. War eine dumme Frage. Sag, was erwartet uns in diesen Feldern? Werden die Büsche versuchen, uns aufzuspießen? Oder zu erwürgen?«

Gyblegog legte den Kopf schief. »Büsche für Ernte. Stanglholz gut für Körbe, Dächer, Zäune.«

»Verstehe. Ernte. Na klar.« Toryan kam sich reichlich schreckhaft vor.

»Manchmal Trolle dort. Benutzen Busch gern als Zahnstocher.«

Für einen irrwitzigen Augenblick fühlte sich Toryan besser. »Hah«, rief er. »Also *lauert* da Gefahr.« Dann wurde ihm klar, dass es weitaus gesünder wäre, er hätte nicht recht behalten. Verlegen deutete er auf die einsame Anhöhe. »Was liegt dahinter?«

Gyblegog verschränkte die Arme. »Böser Ort.«

»Du meinst, im Gegensatz zu den Feldern?«

Der Gnom zuckte die Achseln. »Gyblegogs nicht Trollgeschmack.«

»Und Toryans?«

»Besser schnell rennen. Jetzt schlafen. Gyblegog wacht.«

Sie entzündeten ein Feuer mithilfe einiger Flechten, die sie auf der anderen Brückenseite gesammelt hatten. Toryan knabberte misstrauisch an einem der Kieselsamen und stellte überrascht fest, dass die Dinger recht lecker schmeckten, herbsüß mit leichter Rauchnote. Er futterte ein Drittel seines Vorrats, leckte sich die Krümel von der Hand und spülte sie mit Wasser aus der Feldflasche hinunter. Dann mummelte er sich in seinen Mantel ein, wünschte Gyblegog eine gute Nacht – was dieser erneut mit einem fragenden Blick quittierte – und rollte sich am Feuer zusammen. Der Gnom entfernte sich vom Feuer, um die Scharfsicht seiner Augen zu bewahren, und starrte mit dem Rücken zu Toryan in die Landschaft hinaus.

Bald war das Knistern der Glut das einzige Geräusch. Toryan dämmerte an der Grenze von Wachsein und Schlaf, ohne den letzten Schritt in die Welt der Träume zu schaffen. Seufzend blickte er zum von Dunkelheit verwehten Himmel und dachte an seine Eltern, die er so lange nicht besucht hatte. An Holmar. An Minn. Er versuchte sich ihr Antlitz vor Augen zu rufen. Es gelang ihm nicht. Er fühlte sich verloren, ein kleiner, dummer Mensch in einer gewaltigen Welt, die er kaum verstand. Was hatte ihn nur geritten, dass er geglaubt hatte, er könne sich zu ihrem Retter aufschwingen? Er hatte ja nicht mal einen Plan, wie er Minn finden, geschweige denn vor der geballten Macht der Altnacht schützen sollte.

Und dennoch muss ich es versuchen. Trotzig fuhr er sich mit dem Ärmel über die Augen.

Narr, Narr, Narr, wisperte der Wind ihm ins Ohr, während er sein Haar zauste und seine Stirn mit kalten Küssen bedeckte. *Armer, verlorener Narr.*

In der Ferne hinter der Anhöhe glühte ein fahles Licht, und wenngleich Toryan nicht sagen konnte weshalb, stieg bei dem Anblick Übelkeit in ihm auf. Er legte die Arme über die Ohren, presste die Augen zu und schlief ein.

Die Wolkenfetzen wehten beiseite. Der Mond hing knochenfarben am Himmel, allwissend, allsehend. »Ich kenne jedes Geheimnis Yrdaias, all seine Pfade«, sprach der verwitterte Himmelsweise. »Folge meinem Licht und du findest deinen Weg.«

Toryan wusste, dass er träumte. Doch das spielte keine Rolle in dieser Welt, in der gestaltgewordene Erinnerungen und lebende Schatten unter warmen, atmenden Wesen wandelten.

Er schlug die Augen auf. Ein Pfad führte den Halbberg hinauf. Der Weg schimmerte weiß wie das Innere eines Fischbauchs. Doch schon schoben sich Wolken vor den Mond, und er begann zu verblassen.

Hastig streifte Toryan den Mantel von sich. Gyblegogs zerfledderte Ohren zuckten, aber der Gnom wandte sich nicht um, sondern starrte weiter Richtung Brücke. Vermutlich krochen dort ein paar schleimige Leckereien herum.

Während Toryan die Anhöhe erklomm, kribbelte seine Haut, als tasteten Insektenfühler darüber. Jeder Stein abseits des Weges warf bizarre Umrisse, hinter denen tote Augen lauern mochten, voller Bosheit und Hunger.

Das letzte Stück war so steil, dass er sich auf den Bauch legen und emporrobben musste. Kälte griff nach ihm, so klirrend, dass er fürchtete, seine Gliedmaßen könnten abbrechen, wenn er sich zu ruckartig bewegte.

Irgendwie schaffte er es nach oben.

Am Gipfel blieb er kurz liegen und rang keuchend nach Atem. Dann kroch er an den anderen Rand und betrachtete die Szenerie zu seinen Füßen. Im verwehenden Mondenschein erhob sich ein Kreis frostbesetzter schwarzer Säulen. Eine Aura von Starre und Macht hing über diesem Ort wie eine unausgesprochene Drohung. Toryan stockte der Atem. Bimbadims Bart, er *kannte* dieses Gefühl – und diese Säulenformation! Sie war ein Spiegelbild der Sieben Söhne in Gorvul, wo er den Engel Bahrakel bei seinem seltsamen Ritus beobachtet hatte.

Der Anblick verstörte ihn zutiefst, doch er hatte keine Zeit, darüber nachzugrübeln. Eine Gestalt trat ins Zentrum des Steinzirkels. Ein Kapuzenmantel verbarg ihre Konturen. Dennoch kam etwas an ihrer Haltung Toryan seltsam vertraut vor.

In respektvollem Abstand zu dem Verhüllten positionierten sich zwei Kreaturen, deren Anblick allein genügt hätte, um einem sensibleren Menschen den Verstand aus dem Kopf zu schmelzen. Die eine war halb so breit wie ein Mann, dafür um die Hälfte größer, mit schwarz geschuppter Haut und dreikralligen Händen. Der absurd lange Kopf endete in etwas, das einer vom Sturm zersplitterten Baumspitze ähnelte. Die gelb glühenden Augen und der kreisrunde Mund verliehen dem Wesen einen verblüfften Ausdruck, der seiner Bedrohlichkeit jedoch keinen Abbruch tat.

Das zweite … *Ding* war kaum größer als ein Schwein und mit Muskelbergen bepackt. Der massige Schädel war viel zu groß für den Körper, und das Gesicht, falls man es so bezeichnen wollte, sah aus wie eine Anhäufung fauliger Äste. Ein Auge ragte an einem Stiel aus der Schläfe, darunter klaffte eine knöcherne Öffnung voller Fangzähne. Dieses Wesen nur anzusehen, war, als blickte man in eine offene Wunde.

Der Verhüllte kniete nieder und machte eine Bewegung mit der Linken, in der er eine schwarze Scheibe hielt. Schemenhafte Tentakel flossen aus den Säulen und der Scheibe und verwoben sich zu einem pulsierenden Wirbel. Eine Stimme drang daraus hervor, süß wie die Sünde, mit einem Unterton voller Fäulnis. »Hat Lurmenor die Dämmergeborene gefunden?«

»Nein«, drang die Antwort dumpf aus der Kapuze. »Sein Heer ist bereit, in den Krieg zu ziehen.«

»Und wir sind bereit, ihn zu empfangen. Genau wie dich in unserer Mitte, so du dich als würdig erweist.«

Toryan hatte diese Stimme schon einmal gehört, da war er sich sicher. Aber wo nur, wo? Er kroch ein Stückchen weiter nach vorn, um mehr erkennen zu können.

»Ich bin bereit, die Dunkelheit für die Umarmung des Lichts hinter mir zu lassen«, verkündete der Verhüllte.

Unter Toryans klammen Fingern löste sich ein Steinchen und rutschte den Hang hinab.

Die Stimme aus dem Wirbel wurde hart wie eine frostüberzogene Klinge. »*Du bist nicht allein.*«

Der Verhüllte fuhr herum. Toryan spürte den brennenden Blick aus den Tiefen der Kapuze. »Bringt ihn mir«, zischte die Gestalt. Ihre grotesken Begleiter stürmten los.

Toryan machte auf der Stelle kehrt, schlitterte, rutschte und humpelte talabwärts, wogegen seine steifen Gelenke mit schrillem Schmerz protestierten. Dabei schüttelte er die ganze Zeit wild den Kopf und zwickte sich in den Arm, um zu erwachen. Dummerweise war das kein Traum. Mist, verdammter.

»Gyblegog«, schrie er. »Weg hier!«

Der Gnom sprang auf, den verdrehten Stock in beiden Klauen. »Was? Woher …?«

»Später.« Toryan drehte im Laufen den Kopf. Die dürre Kreatur hatte Stielauge Huckepack genommen und hetzte hinter ihm drein. Und zwar schneller als er. Viel schneller. »Bimbadims Bart«, fluchte Toryan. Der zischende Atem seines Verfolgers näherte sich, Klauenfüße kratzten auf Stein. Wegrennen? Sinnlos. Verstecken? Fiel in der kargen Landschaft flach.

Na schön. Dann also Überraschungsangriff.

Toryan riss das Schwert aus der Scheide, wirbelte herum und hackte nach Splitterkopfs Beinen. Der stieß einen hohen, überraschten Laut aus und kam ins Trudeln. Er fing sich wieder, doch dabei wippte sein Oberkörper so nach vorn, dass Einauge in hohem Bogen über Toryan hinweggeschleudert wurde.

Er nutzte den Moment der Verwirrung und ließ das Schwert niedersausen. Splitterkopf riss die Hand hoch, und die Klinge rutschte die Krallen entlang, ohne Schaden anzurichten. Schlimmer noch, die Wucht des Aufpralls schlug Toryan das Schwert aus den Fingern. Nutzlos klapperte es auf den Boden. Fluchend warf er sich auf seinen Gegner, ehe dieser mit der Klauenhand zuschlagen konnte. Splitterkopf fiel hintenüber, wobei er Toryan mit sich riss.

Der Reichweitenvorteil der Kreatur war im Nahkampf weg, aber das war das einzig Gute. Sie hatte übermenschliche Kraft, und Toryan keinen Schimmer, wo sie verwundbar war. Er drosch mit Knien, Fäusten und Ellbogen auf sie ein. Die Schläge prallten wirkungslos ab. Dafür fühlten sich Toryans Knöchel an, als hätte er sich mit einem Sack Metall angelegt.

Splitterkopf fauchte und versuchte, seine Stirn gegen Toryans Nasenbein zu rammen. Der brachte sein Gesicht gerade noch zur Seite und kratzte nach den gelb glühenden Augen. Die Abscheulichkeit fegte den Angriff mühelos beiseite und schnappte mit fingerlangen Sägezähnen nach Toryans Hals.

»Dreck, verdammter!« Toryan drückte sich mit aller Kraft von seinem Gegner ab, schlug einen Purzelbaum rückwärts und stolperte auf die Füße. Sah bestimmt unfassbar lächerlich aus, war ihm aber schnurzegal. Toryan die Tatze hin oder her, hier ging's um sein Leben, nicht um Eleganz.

Splitterkopf rappelte sich hoch. Toryan nahm Anlauf, um ihm ins Gesicht zu treten, doch das Mistvieh schlitzte ihm mit einer Klaue den Unterschenkel auf. Toryan stürzte hintenüber. Etwas Hartes prellte schmerzhaft den Oberschenkel des verletzten Beins. Er tastete danach – und bekam den Griff seines Schwertes zu fassen!

Splitterkopfs Schatten tauchte über ihm auf, und er konnte sich im letzten Moment zur Seite rollen, als der Albtraumschlacks nach ihm trat. Toryan versuchte hochzukommen. Sein verletztes Bein hielt das für keine gute Idee und unterstrich diesen Standpunkt, indem es ihm Feuerlanzen durch den Körper jagte. Ihm wurde schwummrig.

Schlechter Zeitpunkt, zusammenzusacken, sagte Toryan seinem Körper. *Ganz schlecht.*

Splitterkopf witterte Schwäche und griff erneut an. Das Maul klaffte unmöglich weit auf, bereit, zuzuschnappen. Toryan wartete bis zum allerletzten Moment, dann rammte er das Schwert zwischen die Sägezähne. Splitterkopf schrie, taumelte rückwärts, schüttelte sich – und zog die Klinge heraus, als sei sie nicht mehr als eine Fischgräte.

»Nicht dein Ernst«, keuchte Toryan.

Die Kreatur schleuderte das Schwert hinter sich und kam auf ihn zu, blanke Mordlust in den Riesenaugen.

Toryan humpelte rückwärts. Die Wärme des Lagerfeuers schlug ihm in den Rücken. Aus dem Augenwinkel sah er Gyblegog, der seinen Stab wirbelte und so das geifernde Stielauge von sich fernhielt.

Splitterkopf machte einen Ausfallschritt und biss zu.

Toryan brachte seinen Unterarm zwischen seinen Hals und das bösartige Maul, sodass das Mistvieh auf seinen stählernen Armschutz biss. Es zischte, als hätte es sich versengt. Harzartiger Geifer triefte auf Toryan herab. Mit der freien Hand prügelte er gegen Splitterkopfs Nacken. Der packte ihn seinerseits an der Kehle und drückte zu. Toryan schlug nach dem Arm, rammte die Knie in die Seite seines Gegners. Vergeblich. Splitterkopf lachte, ein hohles, dünnes Zischen. Ein bösartig vergnügter Ausdruck trat in seine Augen.

Rot geäderte Dunkelheit schwemmte über Toryan hinweg. Er spürte seine Glieder nicht mehr.

Etwas krachte gegen Splitterkopfs Schläfe. Helligkeit flammte auf, das Wesen kreischte und sprang von Toryan weg. Schlagartig verschwand der erstickende Druck um seine Kehle. Er stemmte sich auf Hände und Knie hoch, saugte keuchend Luft ein. Seine Sicht kehrte zurück und er erkannte, was Splitterkopf so entsetzt hatte. Neben ihm lag ein brennendes Scheit.

Die Kreatur hatte ihre Überraschung überwunden und stürzte erneut heran. Toryan schnappte das Scheit, sprang auf und stieß es zwischen die spitzen Enden von Splitterkopfs Schädel.

Der stand augenblicklich in Flammen.

Das Altnachtwesen schlug wie von Sinnen auf den eigenen Kopf ein. Es sah aus, als trüge es eine Krone aus Feuer. Öliger, übel riechender Rauch stieg davon auf. Jaulend rollte es sich auf dem Boden herum. Vergebens. Die Flammen fraßen sich rasend schnell über sein Gesicht, seine Schultern, den Brustkorb. Binnen weniger Lidschläge zerbröselte die eisenharte Haut zu Klumpen, die in alle Richtungen zerstoben. Lediglich die Krallen blieben übrig. »Hah«, rief Toryan den glimmenden Überresten zu, »wer lacht jetzt?«

Ein Schrei ließ ihn herumfahren. Gyblegog hatte seinen Stock verloren – oder fallen lassen müssen, um das brennende Scheit auf Splitterkopf schleudern zu können. Das hatte Stielauge genutzt, um sich auf ihn zu stürzen. Beide rollten einander umklammernd ums

Feuer. Der Gnom geriet unter seinen Widersacher. Stielauge keckerte siegessicher. Gar nicht gut! Toryan hastete seinem Freund zu Hilfe.

Vielmehr hatte er das vor. Dummerweise hatte sein Bein was dagegen. Er schaffte drei Schritte, da sackte es unter ihm weg und er landete auf dem Hintern. Hilflos musste er mit ansehen, wie Stielauge Gyblegog gepackt hielt und Richtung Schläfe zerrte, wo das grausige Maul klaffte.

Und er konnte nicht das Geringste tun!

FREUNDSCHAFTSDIENSTE

Gyblegog stemmte sich mit aller Macht gegen das drohende Ende. Sein Hals war nur wenige Fingerbreit von dem grausigen Schlund entfernt, aus dem sich zu allem Überfluss eine Zunge voller Stacheln und Widerhaken schlängelte.

»Nein«, brüllte Toryan, auf dem Bauch vorwärts robbend, wissend, dass er zu spät kommen würde.

Das Stielauge zuckte freudig und bog sich nach vorn, um einen besseren Blick auf seine Beute zu haben. Da biss Gyblegog zu. Seine nadelspitzen Zähne gruben sich in den Stiel, rüttelten, rissen. Gelber Schleim spritzte. Das Monstrum stieß einen grauenerregenden Schrei aus, schleuderte den Gnom von sich und rannte auf allen vieren davon. Sein lang gezogener Schrei verhallte in der Ferne.

»Gyblegog!« Sein Bein hinter sich herziehend, kroch Toryan zu ihm. »Bist du verletzt?«

Der Gnom torkelte auf die Beine, das abgerissene Stielauge noch im Mund, und schüttelte den Kopf.

»Bimbadims Bart, was ist mit dir?«

Der Gnom spuckte das Auge aus. »Knorpelig«, grunzte er. »Unzart.«

Toryan starrte ihn an. Dann wallte eine irre, unwiderstehliche Heiterkeit in ihm auf. Er prustete, keuchte, lachte, bis sein Bauch schmerzte und ihm die Tränen übers Gesicht liefen.

Dann schoss ihm durch den Kopf, was hinter dem Hügel lauerte. Er starrte zur Anhöhe. Wer oder was auch immer unter der Kapuze gesteckt hatte, blieb verschwunden. Dennoch hing eine namenlose Bedrohung in der Luft, drückend wie eine blutige Decke. Fast schien es Toryan, als könnte er den Verhüllten schreien hören, als rufe er etwas herbei. Die Heiterkeit verebbte. »Wir müssen fort«, sagte er unbehaglich.

»Zu Stanglfeldern. Dort Schutz.« Gyblegog hob seinen knorrigen Stab auf, humpelte zu Toryan und verband ihm den blutenden Unterschenkel mit einer Kräuterbandage aus seinem Gurtbeutel. Dann schnaubte er abschätzig – und sprang mit beiden Füßen auf Toryans Oberschenkel.

»Was wird das?«, keuchte Toryan.

»Stunde zu laufen. Niemand da, um Mensch zu tragen.« Gyblegog wackelte auf dem Schenkel hin und her, wobei er sich auf dem Stab abstützte.

Toryan war, als sei sein Bein einem wahnsinnigen Koch in die Finger geraten, der Teig nach Art der Hölle walkte. »Du Wahnsinnsgnom, hör auf«, brüllte er.

Gyblegog lehnte sich unbeeindruckt gegen den Stock, wodurch er den malträtierten Muskel zusätzlich lang zog.

Toryan sah Sternchen. Er war drauf und dran, Gyblegog gewaltsam von seinem Bein zu befördern, als der von ihm runterstieg. Der Gnom drehte ihm erst den linken, dann den rechten Fuß im Gelenk – was diese ordentlich krachen ließ – und pikste Toryan anschließend mit dem Stock in die Rippen. »Aufstehen. Müssen los.«

»Soll das ein Witz sein? Nachdem du mich so zerlegt hast?«

Der Gnom verzog keine Miene.

Toryan belastete gaaanz vorsichtig das Bein. Es bitzelte ein wenig, als würden Käfer darüberrennen. Die Verhärtung, der Schmerz und das taube Gefühl waren allesamt verschwunden. »Unfassbar«, keuchte er.

»Menschenmuskeln fast so zart wie Kröteriche«, grinste Gyblegog. »Leicht zu lockern.« Er schulterte den Stock und stapfte los. Toryan folgte kopfschüttelnd und fragte sich, welche Wunder oder Schrecken ihn wohl bei diesen Stanglfeldern erwarten würden.

Irgendetwas sagte ihm, dass es vermutlich eher Schrecken sein würden.

Hinter den Wänden

Soweit er sich erinnern konnte, hatte Holmar drei Mal in seinem Leben geweint. Das erste Mal, als er die Terrassenfelder seiner Heimat verlassen musste, um auf die Wächterakademie in Gorvul zu gehen. Er hatte nicht dorthin gewollt. Sein Vater aber hatte geglaubt, sie werde aus dem verträumten Bücherwurm einen Mann machen.

Das zweite Mal Tränen vergossen hatte Holmar, als drei ältere Kadetten seine Uniform in den Matsch getrampelt hatten, im Wissen, dass der geringste Fleck vom Ausbilder gnadenlos bestraft werden würde. Wobei ihr Plan nach hinten losgegangen war, als Holmars Zimmerkamerad Toryan das Trio erst mit dem Besen verdrosch und anschließend die Uniform putzen ließ – und seine gleich mit.

Das dritte Mal geweint hatte Holmar, als er von Damians Tod erfuhr. Der Purifikant war sein Mentor gewesen, derjenige, der ihn zum jüngsten Obersten Adepten aller Zeiten gemacht und ihn so vieles gelehrt hatte. Die Riten des Klerus. Wie man mit einer Predigt die Menge fesselte. Politik. Strategie. Und vor allem hatte er ihn den Seraphim vorgestellt, deren Gegenwart allein genügt hatte, dass Holmar vor Glück ohnmächtig geworden war.

Nun war Damian tot, und Holmar musste über das Seelenheil der Gorvuli wachen, bis Asgreal und die Engel einen neuen Purifikanten bestimmten. Das hieß, dass er sich einen Überblick über Steuern, Truppenbewegungen, Vorräte und Handelsvereinbarungen verschaffen musste. Es gab viel zu tun, und es galt Antworten zu finden. Zum Beispiel, zu welch geheimem Auftrag vier Paladine und der Engel Mawjah entsandt worden waren. Oder was in Hizgin geschehen war. Es kursierten die wildesten Gerüchte um die Schlacht und den Rückzug der Blutfürsten in die Altnacht. Ob sie Gefangene genommen hatten? Holmar hoffte es. Die Sorge um Toryan nagte an ihm wie eine Maus am Käse.

Als hätte ich nicht schon genug um die Ohren, bemitleidete er sich.

Die Wendeltreppe zu Damians Privatgemächern brachte ihn ordentlich ins Schnaufen. Gut, dass ihn niemand so sah, schwitzend, mit kirschrotem Gesicht. Da hätte er seine Autorität gleich mit dem Badewasser ausschütten können.

Wie so oft nahm er sich vor, regelmäßige Leibesübungen in den Alltag zu integrieren, wohl wissend, dass er sich bei der Wahl zwischen Körperertüchtigung und einem Buch im Ohrensessel stets für Letzteres entscheiden würde.

Vor Damians Gemach angekommen, pustete er kräftig durch, zog den Schlüssel mit dem verschnörkelten Bart vom Gürtel und öffnete die Tür. Die mit Kraftsteinen betriebenen Standlampen im Innern strahlten taghell. Holmar runzelte die Stirn. Es sah dem Purifikanten gar nicht ähnlich, dass er sie vor der Abreise nicht ausgeschaltet hatte.

Holmar durchschritt den Raum, genoss die Weichheit der Teppiche unter seinen Füßen, strich über eine mit Samt bezogene Stuhllehne. Wie viele Nächte hatte er hier theologische Diskurse mit seinem spirituellen Ziehvater geführt, die Schriften der Engel studiert oder einen Kelch erlesenen Weines genossen. Sein Blick fiel auf den Holzsekretär, an dem Damian seine Korrespondenz erledigt hatte. Die Klappe, die auch als Schreibplatte fungierte, stand offen. Tintenfass, Feder und ein Töpfchen Siegelwachs flankierten säuberlich gestapelte Dokumente. Holmar setzte sich auf den Studierstuhl und öffnete die oberste Schublade. Persönliche Briefe lagen darin, dazwischen eine seltsame mattschwarze Steinscheibe. Nichts, was ihn etwas anging. Er schob die Schublade zu und öffnete die darunter. Glück gehabt. Ein Stapel jungfräulicher Papierbögen schien nur auf ihn gewartet zu haben. Er nahm sie heraus und wollte die Schublade eben schließen, als sein Blick auf eine Aushöhlung zwischen den Schienen fiel, wenig breiter als seine Daumenkuppe. Stirnrunzelnd ruckelte er die Schublade aus ihrer Führung und tastete in der Mulde umher. Sein Finger fand einen Knopf. Wozu mochte der dienen?

Wenn du ihn nicht drückst, wirst du es kaum herausfinden, argumentierte die Stimme der Wissbegierde.

Das sind Damians Gemächer, protestierten die guten Manieren.

Damian ist tot, konterte die Wissbegierde. *Es ist deine Pflicht, seine Hinterlassenschaft zu sichten.*

Das leuchtete Holmar ein. Ehe die Manieren noch mal intervenieren konnten, drückte er den Knopf.

Es scharrte, als versteckte Mechaniken die Wandfassade hinter dem Sekretär beiseiteschoben. Vor Schreck fiel Holmar beinah rücklings vom Stuhl. Ein Raum im Raum tat sich vor ihm auf, mit kirschroten Wänden und zwei Lederliegen. Diese flankierten einen Glastisch, auf dem eine Halterung mit einer fingergroßen Phiole stand. Von der Decke hingen Ringe, ähnlich jenen, an denen die Käfige am Sünderturm befestigt waren. Ein mit Schriftrollen und Folianten gefülltes Regal nahm die linke Wandseite ein. Rechts prangte ein Gemälde. In dessen oberer Hälfte waren Gestirne mit menschlichen Gliedmaßen zu sehen, die … Heieiei! Holmar musste unwillkürlich grinsen – ein Mond und eine Sonne, die kopulierten, waren dort zu sehen, umringt von lüstern blickenden Sternen. Dazu bedurfte es wahrlich einer ausgefallenen künstlerischen Fantasie. Sein Blick schweifte auf die Szene darunter. Eine Masse nackter Menschen gab sich allen denkbaren und undenkbaren Formen der Ekstase hin. Der Anblick war abstoßend und faszinierend zugleich.

Schlagartig verschwand Holmars Heiterkeit. Was hatte ein solches Bild hier zu suchen? Dies waren die Gemächer des Purifikanten, ein Ort, an dem profane Gelüste nichts verloren hatten. Er betrat den Geheimraum, nahm wahllos einen der Folianten aus dem Regal und schlug ihn auf. Ein Handbuch für den Gebrauch von Messern. Stirnrunzelnd las Holmar ein paar Zeilen. Sie beschrieben verstörend detailliert, wo man am Oberschenkel ansetzen musste, um jemanden binnen kürzester Zeit ausbluten zu lassen. Schaudernd warf er das Buch von sich. Nein, er wollte dergleichen nicht in seinen Kopf lassen.

Verzweiflung fasste Verständnislosigkeit an der Hand und tanzte in seinem Kopf Ringelreihen. Sicher zählte solch grausige Lektüre zu den Machwerken, die im Rahmen der Entnachtung verbrannt worden waren. Weshalb also hatte Damian so etwas besessen? Aus historischem Interesse?

Ja, das muss es sein! Forscherdrang, mehr nicht.

Oder?

Die Ringe an der Decke funkelten. Übelkeit stieg in Holmar auf. Er ließ sich auf eine der Liegen plumpsen. In der Phiole auf dem Tisch waberte eine dunstige Substanz. Vorsichtig nahm er das Röhrchen aus der Halterung und betrachtete es von allen Seiten.

»Nur zu. Öffne sie.«

Hätte die Liege ihm in den Allerwertesten gebissen, wäre Holmar kaum schneller aufgesprungen. Vor Schreck ließ er beinahe das Gefäß fallen. »Ehrwürdiger Bahrakel«, stammelte er. »Ich habe Euch nicht kommen hören.«

Der Richterengel lächelte und machte das Segenszeichen Asgreals. Obgleich der kleinste der fünf Seraphim, überragte er Holmar um Haupteslänge. Schneeweißes Haar wallte in Locken bis zu den auf dem Rücken eingeklappten Flügeln. Die Muskelstränge der Arme glänzten im selben Bronzeton wie das symmetrische Gesicht. Am Gürtel seines kurzärmligen Gewandes gleißte das Richtschwert des Lichts. »Was suchst du hier, Oberster Adept?«

»Nichts. Wichtiges.« Holmar hätte nie einen Engel belogen. Doch das war keine Lüge. Nicht so, wie er es gesagt hatte. »Ich wollte die Unterlagen des Purifikanten durchsehen. Wir müssen die Stadt versorgen, Truppen bewegen, Löhne bezahlen und so fort.«

»Aber du hast mehr gefunden als das.« Bahrakel strich mit den Fingern über die Rundung der Liege. »Das ist schon in Ordnung. Jeder hat seine Gelüste. Was sind deine?«

»Ich strebe nur danach, dem Licht zu dienen.«

Bahrakel legte den Kopf zurück und lachte glockenhell. »Dein Fleisch mag keusch sein, aber was ist mit deinem Geist? Begehrst du nicht Erkenntnis?«

Holmar zögerte.

»Vergiss nicht, du hast den Eid auf das Licht geleistet. Im Gegenzug beschütze und behüte ich dich. Du bist …«, der Seraph grinste, »mein, Sohn.«

Lag da Doppeldeutigkeit in den Worten des Engels? Häme in den erhabenen Zügen? Holmar blinzelte und der Eindruck verflog. Da war nichts als Mitgefühl in Bahrakels Antlitz. Die Gehässigkeit war reine Einbildung gewesen, vermutlich der Anstrengung der vergangenen Tage geschuldet. Holmar hatte seit Damians Tod kaum geschlafen. Kein Wunder, dass er Dinge sah, die gar nicht da waren. Voll Scham senkte er das Haupt. »Es stimmt. Bücher und Wissen waren und sind meine Leidenschaft.«

»Beides soll dir in Fülle gegeben werden.« Bahrakels Seidenstimme streichelte Holmars Ohren. Er hätte vor Wonne stöhnen können. »Würde es dir gefallen, wenn ich dich nach Servul geleite, auf dass du Asgreal in seinem Schrein ansiehst?«

»Das wäre eine große Ehre, Ehrwürdiger.«

»Sie soll dein sein. Aber zuvor musst du für den Lichtbringer einstehen. Ich weiß, Damians Tod schmerzt. Doch jetzt ist nicht die Zeit, um zu trauern. Jetzt ist die Zeit, dem Volk ein leuchtendes Vorbild zu sein. Die Ankunft des Erlösers steht so kurz bevor.« Der Engel hielt die Hände dicht aneinander. »Er wird die Altnacht vom Antlitz Yrdaias tilgen. Deshalb mobilisieren die Mächte der Finsternis alle Kräfte, um das Äon des Heils noch abzuwenden. Wirst du ihnen entgegentreten?«

»Das werde ich.«

»Wirst du meinem Rat folgen?«

»Das werde ich.«

»Und bist du bereit, mir dein Herz zu öffnen, auf dass dir Asgreals Kraft und Güte durch mich zuteilwerden?«

»Das bin ich.«

»So knie vor mir, Holmar, Diener des Lichts. Erhalte den Segen Asgreals.« Der Engel strich ihm über den Kopf. Euphorie durchpulste Holmar – gefolgt von einer kalten Leere, als die Hand sich zurückzog. Jede Faser in ihm gierte nach mehr dieser himmlischen Zuwendung.

Bahrakel nahm die Phiole. Es ploppte sacht, als er den Pfropfen löste. Der Dunst wirbelte auf und das Aroma von altem Pergament, Kerzenrauch und frisch gezapftem Bier lag in der Luft – Holmars liebste Düfte. Der Engel reichte ihm das Fläschchen. »Trink. Lass dein werden, was nur wenigen Sterblichen vergönnt ist.«

Holmar wollte es. Bei allen Himmeln, er wollte nichts lieber, als diesem Wesen zu Diensten sein. Der Zweifel in ihm unternahm einen letzten verzagten Ansturm. »In wenigen Stunden muss ich eine Predigt halten«, brachte er hervor.

»Sei unbesorgt. Damian hat ein solches Fläschchen vor jeder Rede getrunken.« Bahrakel umfasste Holmars Kinn mit einer Hand und hob ihm die Phiole mit der anderen an die Lippen. Die Berührung genügte, um den Rest Widerstand hinfortzuwehen. Holmar kippte den Inhalt auf einen Zug.

Es war, als hätte er Silberfeuer getrunken. Ekstase flutete seinen Körper, Welle um Welle um Welle. Die Luft selbst jubilierte um ihn herum. Er sah Farben, die er nie zuvor erblickt hatte, roch die köstlichsten Düfte vereint in einer perfekten Nuance. Und leicht war ihm, so leicht, als hätte er das Gewicht der Welt von den Schultern geworfen. »Was ist das?«, nuschelte er selig.

»Erfüllung«, erklang Bahrakels Stimme direkt in seinem Kopf, schwindelerregend intim, »wie alle Menschen sie empfinden werden, wenn Asgreal erst unter ihnen wandelt.«

Ein Gedanke zog einer fernen Melodie gleich an Holmar vorbei. Hatte er nicht etwas Bestimmtes hier gewollt? Er versuchte den Gedanken festzuhalten, doch der zerfloss, ehe er ihn zu fassen bekam.

Engelslippen berührten ihn am Hals, und für einen Moment verkrampften sich sämtliche Muskeln. Dann füllte die rauschhafte Präsenz Bahrakels Holmars Denken vollkommen aus. Ekstase hüllte ihn ein, er verdrehte die Augen und ließ los.

Die Stanglfelder

Die besenförmigen Stauden der Stanglfelder wuchsen höher, als Toryan aus der Ferne gedacht hatte – selbst die kleinsten ragten ihm über die Schultern.

»Nicht stehen bleiben«, drängte Gyblegog. »Noch nicht sicher hier.«

Toryan blieb keine Zeit, zu fragen, was der Gnom damit meinte. Die Erde wackelte.

Er hielt mit Mühe sein Gleichgewicht, wandte sich um und sah einen Berg auf sich zuwalzen. Nein, kein Berg. Eine Kreatur. Alles an ihr war verknittert, von der Latzhose über das unfertig wirkende Gesicht bis hin zu dem Haarbüschel auf dem wagengroßen Schädel. Die Granitkeule, die sie hinter sich herzog, sah aus, als könnte sie ein Pferd so mühelos zerquetschen wie Toryan eine Fliege. »Was bei allen Himmeln ist das?«

»Schwarzperltroll. Schläft sonst hinter bösem Berg.«

»Ich kann mir denken, was ihn geweckt hat«, stöhnte Toryan.

»Nicht reden«, drängte Gyblegog. »Laufen.«

Sie humpelten im Zickzack auf die Stauden zu. Für einen Moment glaubte Toryan, sie würden es schaffen, zwischen den Halmen zu verschwinden, denn der Gigant hielt auf eine Stelle eine Viertelmeile entfernt zu. Dann brachte Toryan ein erneuter Erdstoß aus der Balance, und er fiel mit rudernden Armen zu Boden.

Das Monstrum erspähte ihn und stieß ein markerschütterndes Triumphgebrüll aus. Mit seiner Masse brauchte es einen Moment, um die Richtung zu ändern, nahm aber dummerweise danach umso mehr Fahrt auf.

Ganz in Toryans Nähe machte etwas *Pløpp*. Was war das nun wieder? Vom Troll kam es nicht.

Der Riesentrampel war heran und stampfte mit dem Fuß nach Toryan. Der entging seiner Verwandlung in Sülze eben so durch eine Hechtrolle zwischen die Stauden.

Plopp. Plopp, plopp.

Der Troll hob den Fuß erneut. Toryan zerrte voll Ingrimm sein Schwert aus der Scheide und rammte es dem Ungeheuer in den großen Zeh, in dessen Lederhaut es steckenblieb. Es konnte für den Giganten nicht mehr sein als ein Spreißelstich, dennoch brüllte er erbost und fegte mit der Keule durch die Stauden, dass die Halme nur so davonflogen. Toryan warf sich flach auf den Boden und behielt so den Kopf auf den Schultern. Auf der Suche nach Deckung krabbelte er durch die umgemähten Halme.

Plopplopplopplopplopplopplopp.

Wumms! Der Troll hämmerte die Keule auf gut Glück nieder. Die Wucht des Aufpralls sandte eine Stoßwelle durch den Boden und wirbelte Toryan in die Luft. Er schlug mit dem Rücken auf. Ehe er sich aufrappeln konnte, drückte die Keulenspitze auf seine Brust. Nicht so fest, um ihn zu zermalmen, doch fest genug, um ihn an den Boden zu pressen. Keine Chance zu entkommen. Er bekam kaum Luft, und jeder Atemzug sandte Feuerstöße durch seine Lunge.

Der Himmel verdunkelte sich ein Stück mehr, als der Troll sich bückte und an ihm schnüffelte. Sabber rann aus einem Mundwinkel und troff auf ihn herab. »Wenigstens das hättest du mir ersparen können«, ächzte Toryan.

Der Troll runzelte die faltige Stirn. Wegen des Galgenhumors? Eher nicht. Da fiel Toryan auf, dass das Ploppen verstummt war. Dafür huschten aus allen Richtungen Schemen herbei.

»Keule weg, Sohn der Schwarzen Steine.« Das war Gyblegogs Stimme. Die Fledderohren des Trolls zuckten, die Keule aber blieb, wo sie war. Das hatte Zischlaute aus Dutzenden Kehlen zur Folge, und kein einziger davon klang freundlich. Bimbadims Bart, was war da im Gange? Toryan wünschte, sein Sichtfeld wäre nicht so eingeschränkt.

»Sofort.« Der Gnom knurrte, wie Toryan es noch nie gehört hatte. Zu seiner unsagbaren Erleichterung hob sich daraufhin zögerlich die Keule. Der Troll ließ die Mundwinkel hängen und stieß einen resignierten Laut aus, der nach »Umfffäwwwhhh« klang.

»Irgendwie hab ich kein Mitleid mit dir«, ächzte Toryan, als er sich aufsetzte. Ringsum funkelten Fangzähne im Mondlicht. Jede Menge davon.

Der Troll schnaubte.

»Geh jetzt«, verkündete Gyblegog. »Oder bleib zum Sterben.«

»Ich kenne den Kleinen«, verkündete Toryan mit einer irren Fröhlichkeit. »Er meint's ernst.«

Die kohlschwarzen Augen des Trolls funkelten. Ein bösartiges Grinsen huschte über die Fratze. Toryan begriff dessen Bedeutung zu spät. Der Troll stieß mit der Keule zu, eine kurze, kaum sichtbare Bewegung, die Toryan zu Boden schmetterte. Sämtliche Luft wich aus seiner Lunge. Er konnte nicht mal mehr schreien.

Der Troll hob die Arme, als wollte er zeigen, dass die Keule keinen Schaden anrichten konnte, und stapfte von dannen.

Als Toryan es schaffte, die Tränen wegzublinzeln, rückten spitznasige Gesichter in sein Blickfeld. Gyblegog.

Nein, *Gyblegogs*. Jede Menge davon. Was ging hier vor? Toryans Gedanken hoppelten durcheinander wie aufgescheuchte Kaninchen.

Er schüttelte den Kopf, blinzelte, atmete tief ein und aus, was seine Brust mit fiesen Stichen quittierte. Immerhin erkannte er seinen Denkfehler. Ja, um ihn herum standen Gnome, die seinem Freund und Wegführer zum Verwechseln ähnlich sahen. Doch der eine hatte eine krummere Nase, der andere mehr Warzen auf der Stirn, der nächste breitere Ohren. Da fiel Toryan ein, wo er das *Plopp*-Geräusch schon mal gehört hatte. Als er Gyblegog von seinem Baum, nun ja … gepflückt hatte. »Ich wusste nicht, dass du hier ein Familienfest feiern wolltest«, brachte er trotz der Schmerzen hervor.

Einer der Gnomenköpfe senkte sich herab und kleine, erstaunlich starke Arme zogen ihn in eine aufrechte Sitzposition. »Um Sohn der Alten Steine zu vertreiben, musste Gyblegogs wecken.«

»Warum ist er geflohen? Er hätte euch mit seiner Keule zermalmen können.«

Der Gnom legte den Kopf schief. »Vielleicht zehn. Vielleicht zwanzig. Wir mehr. Troll dumm, aber nicht so dumm. Trollhaut dick. Gyblegogs kommen trotzdem durch.« Er tippte gegen seine Zähne.

»Und die Truppe hier gehorcht dir? Bist du ihr Anführer?«

»Der Älteste, dank ›Toryan, der Bäume schüttelt‹.« Der Gnom grinste. »Und Hübscheste natürlich.«

»Natürlich.« Toryan versuchte aufzustehen. Sein Atem verwandelte sich in eine Flutwelle glühender Messer, die sich in seine Brust bohrten. Kalter Schweiß brach ihm aus. Er ächzte, sackte zusammen und zog die Knie an. Die Haltung mochte schief und krumm sein, doch die Schmerzen ebbten so ein wenig ab.

Gyblegog tastete erstaunlich behutsam über Toryans Brust, während seine Verwandten leise untereinander schnatterten. »Rippen verletzt«, konstatierte er. »Drei sicher. Vielleicht vier. Muss geheilt werden.«

»Hast du irgendein Wunderkraut?«, ächzte Toryan.

»Nicht dafür.« Der Gnom klang frustriert. »Hilfe nur in Glimmheim. Reise hier zu Ende.«

»Was? Nein! Ich muss weiter. Du verstehst das nicht. Hier geht es um mehr als um mich.«

»Gyblegog versteht alles«, entgegnete der Gnom. »Toryan wird Dämmergeborener nicht helfen und Welt nicht retten, wenn er stirbt.«

»Du weißt von ihr.« Toryan war so überrascht, dass der Schmerz kurz zum dumpfen Rauschen abebbte. Dann dämmerte ihm die Erklärung, und Wut machte sich in ihm breit. »Lurmenor wusste, dass ich fliehen wollte. Er hat dich *beauftragt*, mir den Weg zu zeigen. Deshalb bist du mitgekommen. Und ich Idiot hätte dich beinahe zu ihr geführt.«

Gyblegog sagte nichts, aber einige seiner Brüder starrten Toryan ob seines Tonfalls warnend an. Das machte ihn nur noch zorniger. »Solltest du sie an Ort und Stelle ermorden, hm? Ihre Kehle mit deinen ach so scharfen Zähnen aufreißen?«

»Nur finden. Dann Rhymmia von den Elf Schatten rufen.« Gyblegog zog zwei Kristallkugeln aus dem Beutel, mit denen die Altnachtler über Hunderte Meilen kommunizieren konnten.

»Du hast mich angelogen.« Toryan spie die Worte aus wie vergorenen Wein. »Ich dachte, wir wären Freunde.«

Einige der Gnome näherten sich mit gefletschten Zähnen. Gyblegog scheuchte sie zurück. Seine Bernsteinaugen blitzten. »Wer ist größter aller Lügner? Für Antwort Toryan muss in Spiegel sehen.«

»Was, ich? Was redest du da?«

»Weißt, wer Dämmergeborene ist. Wo ist. Erzfürst Lurmenor hat erkannt, dass Toryan lügt. Deshalb sagt zu Gyblegog, wenn Toryan flieht, mitgehen. Aufpassen, dass nichts passiert.«

Scham überflutete Toryan und wusch den Zorn davon. Der Gnom hatte vollkommen recht. Er, Toryan, war es, der gelogen hatte. Und er war so dumm gewesen zu glauben, er könne den Herrn der Altnacht hinters Licht führen – ein Wesen, das hinter dem Licht *lebte*. »Ich musste es tun«, stieß er hervor. »Ich muss sie beschützen.«

»Engel würden sie töten. Erzfürst Lurmenor einzige Möglichkeit, sie zu retten.« Gyblegog wandte sich an sein Gefolge und schnatterte Befehle, die Toryan nicht verstand. Einige der Gnome säbelten daraufhin Stauden von den Stanglfeldern. Das Holz oder Gras, oder was es war, entpuppte sich als äußerst biegsam. In kürzester Zeit flochten sie daraus eine Trage mit acht Griffen, auf die sie Toryan hievten. Das Flechtwerk trug sein Gewicht und war bequemer, als es aussah.

»Jetzt wir gehen zurück«, verkündete Gyblegog.

Toryan hatte nicht länger die Kraft, um zu protestieren. »Das mit den Kröten war übrigens ernst gemeint«, sagte er zaghaft, als die Gnome die Trage anhoben. »Wenn Minn … wenn die Dämmergeborene in Sicherheit und der Krieg vorüber ist, reisen wir zu den Seen im Norden und holen sie dir. Und das ist keine Lüge, sondern ein Versprechen. Das heißt, falls du noch mit mir dort hinwillst.«

Eine gefühlte Ewigkeit starrte der Gnom ihn an, ohne eine Miene zu verziehen. Dann stahl sich ein Lächeln auf das runzlige Gesicht. »Mit Freuden, Freund.«

Die Gnome marschierten im Gleichschritt und hielten die Trage so behutsam, als sei sie ein rohes Ei. Doch selbst das verhinderte nicht, dass jedes Auf und Ab Pein durch Toryans Körper sandte. Wo ihn die Keule getroffen hatte, stach jeder Atemzug, als bestünde die Luft aus Branntwein. Auch die Blessuren aus dem Wald und vom Kampf gegen Splitterkopf forderten nun ihren Tribut.

Hilflos starrte er in den ewigen Nachthimmel und versuchte, nicht an den Schmerz oder an Minn zu denken. Mit dem Ergebnis, dass er entweder das eine oder das andere tat. Er wusste nicht, was mehr wehtat.

Er schwitzte und fror zugleich. Die Welt verschwamm. Von den wenigen klaren Momenten abgesehen, in denen Gyblegog ihm Wasser oder Bissen von einem Pflanzengemisch einflößte, verschmolzen Traum und Wirklichkeit. Toryan halluzinierte, dass Minn in seinen Armen lag, an einem hellen Ort voll Vogelgezwitscher und Blütenduft, voll Wärme und Lachen. Im nächsten Atemzug fand er sich unter verdrehten Bäumen wieder, allein in einem fremden, fremden Land. Bisweilen kam es ihm vor, als läge er auf einer Bahre, auf dem Weg durchs Totenreich. Dann fiel ihm ein, dass Tote keinen Schmerz mehr spürten, er hingegen bei jedem abschüssigen Wegstück unsanft an seinen atmenden Körper erinnert wurde. War das Segen oder Fluch? Er sinnierte darüber nach, ohne eine Antwort zu finden.

Der Wind jagte die Wolken über den Himmel. Ab und an lugte der Mond zwischen ihnen hindurch, betrachtete spöttisch Toryans Zerbrechlichkeit. Vielleicht tat er dem alten Silberauge aber auch unrecht. Immerhin schuf sein Licht wundersame Schemen und Formen, auf denen sich Toryans Blick ein wenig ausruhen konnte, sofern er die Kraft aufbrachte, die Augen offen zu halten.

So hing er kruden Gedanken und Halbträumen nach, bis die Kristallmauern Glimmheims vor ihm auftauchten.

Die Predigt

Holmar erwachte mit rasenden Kopfschmerzen in seinem Gemach. Er lag bäuchlings auf dem Bett, voll bekleidet. Wie war er hergekommen? Und weshalb fühlte er sich so erschöpft, als hätte er eine Bergkette erklommen?

Undeutlich erinnerte er sich an pures Entzücken, verkorkt in einer Phiole. Manche von Damians Predigten oder der Genuss von Lichtlaibbrot hatten ebenfalls Euphorie hervorgerufen, aber dies war so viel stärker gewesen, wie eine tosende Brandung verglichen mit einer einzelnen Welle.

Ich muss die Predigt halten, schoss es ihm siedend heiß durch den Kopf. Sein Blick zuckte zur Standuhr. Noch eine Stunde bis zur Abendlesung. Und er hatte noch nichts vorbereitet.

Was war das für vollgeschriebenes Papier? Stirnrunzelnd wälzte er sich vom Bett und griff das halbe Dutzend Seiten von seinem Arbeitstisch. Die Bögen der Buchstaben sahen nach seiner Schrift aus, nur energischer. Hatte er das etwa verfasst, während er auf den Wogen der Verzückung geritten war?

Sei's drum. Woher diese Worte auch stammten, sie waren brillant. Ihre Botschaft prickelte schon beim Lesen, als warte sie ungeduldig darauf, in die Ohren und Herzen der Gläubigen zu gelangen. Es war berauschend, solche Worte der Macht zu führen wie ein Krieger sein Schwert. *Ich werde sie begeistern. Alle werden mich bewundern, an meinen Lippen hängen und mir huldigen.* Holmar konnte gar nicht mehr aufhören zu grinsen.

Er packte die Blätter, richtete vor dem Spiegel sein Gewand – hatte er je so strahlend, so charismatisch ausgesehen? – und machte sich auf zur Tempelkanzel.

Zurück in Glimmheim

Der erste Eindruck, als Toryan im Halbdunkel erwachte, war die Abwesenheit des Schaukelns der Trage, an das er sich gewöhnt hatte wie ein Seefahrer ans Auf und Ab der Wellen. Und noch etwas war anders. Der Schmerz. Er war zu einem gedämpften Pochen abgeklungen, ein bloßer Schatten der zehrenden Pein, die ihm zum ständigen Begleiter geworden war.

Toryan sah an sich herab. Er lag in einem Holzbett mit runden Ecken, dessen Matratze aus Wolkendunst oder dergleichen bestehen musste. Jedenfalls fühlte sie sich herrlich weich an. Er trug lediglich eine Hose. Sein Oberkörper war vom Nabel bis unter die Achseln mit Verbänden umwickelt, die nach Kräutern dufteten. Trotz der fehlenden Decke war ihm warm. Außer Sichtweite knackten Holzscheite in einem Feuer.

Die Schatten in der Zimmerecke kräuselten sich und nahmen die menschliche Form Fürst Lurmenors an. »Du kannst dich aufsetzen.« Seine Stimme war ruhig – in etwa so wie der erste Lufthauch, ehe der Sturm sich erhebt. »Vorsichtig. Unsere Heiler richten selten Menschenknochen, und du warst recht lädiert.«

»Eure ländlichen Bewohner sind nicht besonders gastfreundlich, gelinde gesagt«, brachte Toryan hervor. Wie immer, wenn er nicht wusste, was er sagen sollte – oder Angst hatte –, redete er flapsig daher, egal wie unangebracht es sein mochte. Und gerade hatte er eine Riesenangst. Um Minn, und um sich selbst. Er hatte den Herrn der Altnacht belogen, und der wusste, dass er es wusste.

»Manche Wesen bewachen die alten Pfade recht eifersüchtig.« Die Gesichtszüge unter den markanten Narben waren düster wie immer.

»*Das* sollte mich vermutlich nicht wundern«, sagte Toryan.

»Was wundert dich dann?«

»Warum Ihr mich aus Glimmheim habt entkommen lassen, konnte ich mir inzwischen zusammenreimen. Ihr ahntet schon im Regendom, was ich vorhatte.«

Lurmenor neigte zustimmend das Haupt.

»Ich habe Gyblegog nicht zur Dämmergeborenen geführt, also nütze ich Euch nichts mehr. Tötet Ihr mich jetzt?«

»Hätte ich dich dann heilen lassen?«

»Na, vielleicht schmeckt mein Blut besser, wenn ich bei Kräften bin. Oder Ihr wollt meine Hinrichtung ausgiebig zelebrieren.«

»So kann nur ein Mensch denken.« In Lurmenors Stimme mischten sich Verachtung und Mitleid. »Durch deine Flucht ist kein Schaden entstanden. Ich habe keinen Grund, dich zu töten, Toryan.«

»Das ist die beste Nachricht seit Langem.«

»Du hast im Schlaf geschrien. Gyblegog wusste vieles, aber nicht, was du an der Kargen Höh gesehen hast.«

»Auf dem Halbberg? Einen Steinkreis aus schwarzen Obelisken. Etwas zog mich dorthin, eine Art Sog.« Toryan zögerte. »Wir haben in Gorvul einen ähnlichen Ort. Den Platz der Sieben Söhne.«

Lurmenor nickte. »Früher gab es diese dunklen Heiligtümer im Machtbereich jedes Blutfürsten. Die Menschen brachten dort Opfer, damit ihre Siedlungen unbehelligt blieben. Heute sind die meisten Steinkreise zermalmt oder abgetragen.«

»Was hat sich geändert?«

»Nach dem Bruderkrieg haben die Elf Schatten, die überlebenden Vampire, den Blutpakt aufgehoben und die Opferkulte beendet. Doch obgleich wir die Heiligtümer nicht mehr aufsuchen, bleiben sie Orte dunkler Macht.«

Toryan schnaubte verächtlich. »Ach kommt. Natürlich sucht Ihr sie noch auf.«

Die Schatten flackerten. »Wie meinst du das?«

»Er trug eine Kapuze, aber ich bin sicher, ich hab einen Blutfürsten an den Steinkreisen gesehen.«

Von einem Moment auf den anderen hing Toryan in der Luft. Lurmenor hatte ihn mit einer Hand am Hals gepackt. »Wenn du glaubst, du kannst Zwietracht zwischen den Elf Schatten säen …«

»Es stimmt«, röchelte Toryan, der sich fühlte, als schnürte sich ein Stahlreif um seine Kehle. Bimbadims Bart, warum muss es immer die

Kehle sein? Schlieren begannen vor seinen Augen zu wabern. »Wieso sollte ich das erfinden?«

Der Griff löste sich, und er fiel zurück aufs Bett. Köstliche, süße Luft strömte in seine Lunge.

Die Schatten um Lurmenor wallten und wölbten sich. »Was hast du gesehen? Erzähl mir alles.«

Toryan berichtete stockend von seinem Erlebnis am Steinkreis und der überhasteten Flucht. »Ich verstehe das nicht«, schloss er. »Mit wem hat der Verhüllte gesprochen? Und weshalb suchen die Engel in Gorvul einen solch grausigen Ort auf?«

»Sie können sich dort noch immer Kraft holen.«

»Die Obelisken sind Relikte der Altnacht. Wie könnte ein Seraph …« Toryan brach ab, als Erkenntnis ihn traf. Alles ergab plötzlich entsetzlichen Sinn. Die Süße der Stimme aus der Scheibe. Der Blutnebel, in dem Bahrakel in Gorvul gebadet hatte. Die rigorose Verbrennung der alten Schriften durch den Klerus während der Entnachtung. Der Grund, weshalb die Engel die Dämmergeborene jagten. »Das kann nicht sein«, würgte er. »Unmöglich.«

»Du hast die Chronik im Regendom nicht zu Ende gelesen. Sonst hättest du die Namen jener gesehen, die zusammen mit dem Verräter aus Hizgins Inferno entkamen. Bahrakel. Dormagh. Egroger. Mawjah. Symael.«

»Die Seraphim«, ächzte Toryan.

»Schon als sie noch Blutfürsten waren, folgten sie jenem, der glaubte, es sei unser Recht als Vampire, die Menschen nach Belieben zu reißen wie Vieh.« Lurmenors Schatten brodelte so sehr, dass er das Licht des Feuers erstickte. »Jenem, der seinen Funken an die Dämmergeborene weitergab, ehe er sich wandelte und sein wahres Ich unter einer Hülle aus Licht verbarg, auf dass niemand die Verdorbenheit darunter sieht. Jenem, der als Retter zu euch kam, doch der in Wahrheit euren Verstand schlürfen will wie einst euer Blut.«

»Dieser Blutfürst war Asgreal.« Toryans Stimme zitterte.

»Damals trug er noch einen anderen Namen. Galriot Weißblüte, Fürst vom Sengwasser. Mein Bruder. Er nannte sich einen Befreier. Doch alles, was er je tat, diente dazu, seine Gier zu befriedigen.«

»*Was* hat er getan?«

»Ich kann es dir zeigen. Wenn du es zulässt.«

Toryans Herz schien ihm aus der Brust springen zu wollen. Tausend Zweifel stürzten auf ihn ein, tausend Ängste. Dennoch nickte er. »Tut es.«

»Gib acht, dass dein Herz nicht zu Asche wird.« Zum ersten Mal seit ihrer Begegnung in Dimmgrund starrte Lurmenor ihm direkt in die Augen. Erneut zog sich der Vorhang aus Rauch von den Pupillen des Erzfürsten zurück. Doch ehe Toryans Bewusstsein in den Abgrund dahinter stürzen konnte, flossen Schatten daraus hervor und hüllten ihn ein. Er wollte schreien, doch die Schwärze flutete seinen Mund, seine Nase, seine Ohren. Sie umschloss ihn. Füllte ihn. Er bekam keine Luft, konnte nichts hören, nichts riechen, nichts denken.

Die Schwärze kroch in seine Augen. Rauch kräuselte sich vor seiner Pupille, als sie den letzten seiner Sinne verschlang. Die Dunkelheit war in ihm.

Er war die Dunkelheit.

Er war die Alte Nacht.

Sturz in die Schatten

Als Toryan die Augen aufschlug, befand er sich in einem anderen Körper. Der Wille, der diesen Leib lenkte, war so weit wie der Himmel, so unverrückbar wie die Berge, so unergründlich wie die See. Muskeln, Sehnen, Sinne, alles vibrierte vor Kraft. Obgleich dies nur der Schatten einer Existenz war, kam Toryan sich neben ihm winzig vor.

Die gestaltgewordene Erinnerung ließ ihn wissen, dass er als Beobachter an dem teilhaben durfte, was folgen würde. Das war ungemein beruhigend. Und ungemein furchterregend.

Toryan begann, die Umgebung mit den Sinnen seines Gastgebers wahrzunehmen.

Seine Schritte hallten auf dem Saalboden aus goldgeädertem Marmor wider. Er ging allein, doch ein Blick in die deckenhohen Wandspiegel genügte, um sich zu vergewissern, dass jedes noch so imposante Gefolge neben ihm ohnehin verblasst wäre. Denn er war Lurmenor von der Traumtauhöh, Regent der Altnacht, gestaltgewordene Macht. Ein Gedanke hätte genügt, um zu Nebel zu zerfließen, Schwingen zu entfalten oder sich mit Klauen, Geweih und Fangzähnen zu bewehren. Doch er hatte bewusst seine menschliche Form gewählt, gehüllt in dunkle Hosen, ein Hemd von reinstem Weiß und einen Mantel aus Schatten. Das Spiegelbild reflektierte hohe, scharfe Wangenknochen, umrahmt von weich fallendem schwarzen Haar. Schlank, hochgewachsen und elegant bewegte er sich mit der Geschmeidigkeit und Autorität des mächtigsten aller Raubtiere – und das, obgleich er das Raubtier endlich hinter sich gelassen hatte. Nach Jahrhunderten des Studiums hatte er ausgerechnet mithilfe einer menschlichen Alchemistin einen Weg gefunden, den Vampirhunger aus ätherischer Essenz zu stillen. Er würde nie wieder Blut trinken, nie wieder Leben nehmen müssen. Was er geworden war, machte ihn stolz, und er wollte, dass sein Volk diesen Pfad mit ihm beschritt. Dann, endlich, konnten die Blutopfer enden. Ein neues Zeitalter konnte heraufdämmern, geprägt von Frieden, Austausch und Gemeinschaft.

Diese Ära einzuläuten war unumgänglich. Die Menschen entwickelten ihre Technologie stetig weiter, und all ihren Schwächen und Gebrechen zum Trotz konnte das Feuer der Sonne ihnen nichts anhaben. Es mochte noch ein Jahrhundert vergehen, vielleicht zwei oder drei, doch über kurz oder lang würden sie gegen die alten Pakte revoltieren. Dann würden die Flüsse sich rot färben vom Blut, in einem Krieg, an dessen Ende es nur Verlierer geben konnte.

Die Blutfürsten zählten zu den ältesten Geschöpfen Yrdaias, und sie waren weise. Wie Lurmenor sahen sie, dass es das eigene Überleben sichern würde, die Menschen in die Freiheit zu entlassen, ehe sie sich diese selbst nahmen.

Nun ja – die Mehrheit der Fürsten teilte diese Ansicht. Lurmenors Bruder Galriot und seine Anhänger jedoch dachten nicht an morgen. Sie wollten Kehlen reißen, schmausen, töten. Galriot war ein Narr, doch er gebot über die Feste von Sengwasser, die große arkane Macht besaß. Sengwassers Grimoires, untrennbar mit den Mauern des Anwesens verbunden, bargen uraltes, gefährliches Wissen, geschrieben mit dem Blut von Wesen, die selbst die Weisesten nur aus Mythen kannten. Und bedauerlicherweise verfügte Galriot über eine Gabe, die er allein mit Lurmenor teilte – andere Wesen durch seinen Biss in Blutfürsten zu verwandeln.

Der Gang endete vor einer opulenten Flügeltür. Zwei Wölfe von der Größe von Ochsen bewachten sie. Bei Lurmenors Anblick schlugen sie die Augen nieder und kauerten sich zusammen.

Die Tür schwang auf und gab den Blick auf einen kleineren Saal frei, in dem dennoch hundert Gäste bequem Platz gefunden hätten. Im Zentrum umstanden mit Samt bespannte Stühle eine Tafel, über der unzählige Kerzen in einem Weißgoldlüster brannten. Ein Wandteppich dominierte die Wand zur Rechten. Das Wappen darauf zeigte fünf ovale Strahlen, die von einer zentralen Nabe ausgingen – das Banner von Haus Sengwasser. Linker Hand befand sich eine Empore, die vor Sitzkissen nahezu überquoll.

»Willkommen, Bruder.« Galriot, hochgewachsen und muskulös, erhob sich geschmeidig aus dem Kissenmeer. Ein gepflegter farbloser Bart rahmte sein faltenloses Gesicht und ging nahtlos in die schneeweiße Haarpracht über, die seine Schultern umflutete. Er trug eine rotgoldene Weste über einem engen Seidenhemd, das seine Muskeln betonte, dazu Hosen und Stiefel aus gegerbtem Leder.

Niemand sonst war im Saal zu sehen. Trotzdem prickelte Lurmenors Nacken, als seien Augen auf ihn gerichtet. Er ignorierte das Gefühl. »Schön, dass du Zeit finden konntest.«

»Schön, dass du mir die Ehre eines Besuchs erweist.« Galriots Lächeln entblößte makellose Fangzähne. »Du warst lange nicht hier. Lass uns anstoßen.« Er griff eine Karaffe mit purpurner Flüssigkeit von einem Tisch, goss zwei Kristallkelche voll und glitt von der Empore. Mit einer leichten Neigung des Hauptes reichte er Lurmenor einen Kelch. »Ich hörte lächerliche Gerüchte.« Galriot nippte an seinem Getränk, wodurch ein roter Streifen auf seiner Oberlippe zurückblieb, den er genüsslich ableckte. »Angeblich hast du den Tempel auf der Traumtauhöh zerstört, willst die Obelisken niederreißen und die Blutopfer abschaffen.«

Lurmenor sah ihn ausdruckslos an.

»Nicht dass ich dem Opferkult nachtrauern würde.« Galriot rieb sich das kantige Kinn. »Du weißt ja, ich fand ihn von jeher zu … restriktiv. Warum nur zu bestimmten Zeiten Menschenblut genießen statt dann, wenn uns der Sinn danach steht?«

Lurmenors Blick schweifte über die Empore, die Statuen verschlungener Leiber, die rot sprudelnden Tischbrunnen. »Unsere Art ist alt, Galriot. Wir werden weniger, die Menschen mehr. Wir müssen uns mit ihnen verbünden, wenn wir eine friedliche Zukunft wollen.«

»Das kann unmöglich dein Ernst sein. Die Menschen sollen uns verehren. Knien sollen sie vor uns, ihr Leben geben, wenn es uns gefällt. Sie sind schwach.«

»Und du denkst, Stärke allein genügt, dich zu einer Art Gott aufzuschwingen, dem sie Leib und Leben opfern?«

Galriot machte eine wegwerfende Handbewegung. »Wir sind dazu geschaffen, sie zu benutzen, wie wir wollen. Dein Mitgefühl macht dich schwach, deine Zurückhaltung blind. Ich dachte, das würde sich ändern, als du Erzfürst der Altnacht wurdest. Aber Vaters Tod hat deine Narretei noch verstärkt.«

»Vorsicht, kleiner Bruder«, sagte Lurmenor leise.

»Wir können diese Welt nach unserem Willen gestalten, uns an ganzen Nationen laben, und wenn wir des Rausches überdrüssig werden, reißen wir alles ein und schaffen es neu. Wir *sind* Götter, Bruder. Die Menschen werden uns nie gefährlich werden, wenn wir unsere Macht nutzen. Siehst du das denn nicht?«

»Alles, was ich sehe, ist Engstirnigkeit.« Lurmenor stellte seinen unberührten Kelch auf den Tisch. »Wir brauchen nicht länger Blut zu trinken, Galriot. Ich habe mich verwandelt. Ich bin jetzt … mehr.« Er hob die Arme, und die Schatten ringelten sich darum. Blüten von tiefstem Blau knospten, ein betörender Duft erfüllte den Saal. »Ich kann diese Essenz an alle Vampire weitergeben. Ein Biss genügt.«

»Wir sollen die Freude der Jagd aufgeben, um Schoßtiere zu werden? Den köstlichen Geschmack von warmem Blut? Das Privileg, das seit Urzeiten unser ist?« Galriot schleuderte den Kelch gegen die Wand, wo er in tausend Splitter zerbarst. »Niemand wird uns mehr fürchten, niemand uns Respekt zollen. Dein Plan führt ins Verderben.«

Kalte Wut kroch aus Lurmenors Herz empor. Die Schattenblüten an seinen Händen machten Dornen Platz. »Danke für deine Zeit«, sagte er mühsam beherrscht. »Ich finde selbst hinaus.«

»Die anderen Fürsten mögen dir bereitwillig den Nacken hinstrecken, aber glaub nicht, dass ich deine giftige Gabe annehmen werde«, höhnte Galriot.

»Du überschätzt meine Langmut. Geh nicht zu weit.«

»Das sollte ich dir sagen. Hochmut und Edelmut haben schon manchen Herrscher zu Fall gebracht.«

Lurmenors Dornenhand schoss vor, er packte seinen Bruder am Revers und schmetterte ihn an die Wand, ein, zwei, drei Mal. »Wag es noch einmal, meine Herrschaft infrage zu stellen, und sei es durch ein Schulterzucken, und ich vergesse, dass wir denselben Vater hatten«, zischte er. »Dann reiße ich Sengwasser nieder und tilge deinen Namen aus den Chroniken, bis kein Staubkorn mehr an dich erinnert. Verstanden?«

»Oh, ich verstehe sehr gut.« Galriot schob das Kinn vor. »Im Gegensatz zu dir, Bruder.«

»Was?« Lurmenors Dornen bohrten sich ins Fleisch des Aufsässigen. »Was verstehe ich nicht?«

»Du wusstest, wie ich zu deinen Plänen stehe.« Dem Schmerz zum Trotz bleckte Galriot triumphierend die Zähne. »Dennoch kamst du in deiner Arroganz nach Sengwasser. Allein.«

Sämtliche Sinne Lurmenors schrien Gefahr. Er wirbelte herum, ohne loszulassen. Galriots Leibgarde, alles von ihm verwandelte Vampire, stürzte aus einem Hohlraum hinter dem Wandteppich hervor. In den behandschuhten Händen hielten sie Kettenpeitschen, wie Lurmenor sie noch nie gesehen hatte.

Er fauchte vor Wut auf seinen verräterischen Bruder, aber mehr noch auf sich selbst. Seine Instinkte hatten ihn gewarnt, doch er hatte sie ignoriert. Sei's drum. Die Gardisten waren nur zu siebt.

Er schleuderte ihnen Galriot zwischen die Füße. Zwei Angreifer gingen zu Boden. Ein Gedanke genügte, und ein Speer aus Schatten materialisierte sich in Lurmenors Hand. Er parierte den Schlag des vordersten Widersachers und ließ zu, dass die Kette sich um den Speerschaft wickelte. Ein kurzer Ruck und der Angreifer torkelte nach vorn. Lurmenor trat ihm vor die Brust, dass sein Gegner quer durch den Saal flog, gegen die Tür krachte und zu Boden sackte. Dem nächsten schlug er mit dem Speer die Beine weg und stieß ihm die Spitze durch die Brust, während er einen weiteren kampfunfähig machte, indem er einen Dorn aus dem Knie wachsen ließ und es ihm in den Magen rammte. Dem fünften durchbohrte er die Achsel, als dieser seine Kette schwang.

Die beiden übrigen schlugen gleichzeitig zu. Ihre Ketten beschrieben horizontale Bögen. Lurmenor duckte sich, bereit zum Gegenschlag. Dabei streifte eine Kette seine Schläfe.

Es war, als hätte jemand Sand über die Flamme seiner Macht gestreut. Er taumelte. Der Schattenspeer flackerte und verschwand.

Ketten wickelten sich um seine Handgelenke, seinen Hals. Fänge aus Eisen bohrten sich in seine Haut, verhakten sich in seinem Fleisch. Er griff an seine Kehle, doch jemand riss den Arm zurück. Keine Kraft, sich zu wehren.

Voll Grauen starrte Lurmenor auf seine Handgelenke. Wo die Kettenglieder sie berührten, zersetzte sich sein makelloses Fleisch. Er wusste, dass an seinem Hals dasselbe geschah, und brüllte vor Pein und Wut und Hilflosigkeit.

Sie ließen ihn an die Tischbeine gekettet liegen, vielleicht für Atemzüge, vielleicht für Stunden. Der Schmerz des Metalls, das sich durch sein Fleisch fraß, löschte jede andere Empfindung aus. Er riss und nagte an Lurmenors Innersten, bis sein Bewusstsein im Begriff war zu verlöschen …

»Aber, aber«, drang eine höhnische Stimme an sein Ohr. »Willst du uns etwa schon verlassen, großer Bruder?«

Lurmenor schaffte es, die bluttriefenden Augen zu öffnen. Galriot stand über ihn gebeugt und lächelte. Seine Hände steckten in Lederhandschuhen. In einer hielt er einen madenweißen Knüppel, in der anderen die Kette, die Lurmenors Hals umschlang. »Ich habe lange darauf gewartet, diese Ketten in Aktion zu sehen.« Galriot zerrte an der Fessel, was neue Schmerzeswellen entfesselte. »Jedes Glied hat ein Jahr zum Schmieden gebraucht und ein Fass voll Blut, um es zu härten. Die Anleitung fand ich in einem Grimoire. Angeblich schufen unsere Altvorderen die erste Kette dieser Art, um Hochverräter hinzurichten.«

»Dann solltest du an ihr hängen.« Lurmenors Worte kamen krächzend, als hätte er über Stunden geschrien.

Galriots gut aussehendes Gesicht verzerrte sich. »Ich lasse nicht zu, dass du unserem Volk seine Bestimmung raubst. Ich werde deinen Platz einnehmen und die Altnacht in eine Zukunft voll blutiger Triumphe und glorreicher Gelage führen.«

»Du führst sie ins Verderben.«

»Zerbrich dir deshalb nicht den Kopf. Das will nämlich ich tun.« Galriot schwang den Knüppel. Lurmenor hörte noch das übelkeiterregende Geräusch, als sein Schädelknochen barst. Dann stürzte er in die Schwärze.

Er erwachte in purer Agonie. Eiswind biss in sein Gesicht, sämtliche Muskeln waren verkrampft, und etwas schüttelte ihn wie eine Wölfin einen frechen Welpen. Er versuchte die Augen zu öffnen, doch sie waren verklebt von Blut, und die Hände konnte er aus irgendwelchen Gründen nicht benutzen. Unter Schmerzen brachte er die verkrusteten Lider auseinander und fand sich mit dem Kopf nach unten über nebelverhangene Bäume hinwegfliegen. Bahrakel und Dormagh, zwei aus Galriots Garde, hielten ihn an den Armen gepackt zwischen sich. Ihre Schwingen flappten gleichmäßig. Die Kette, mit der sie ihn geknechtet hatten, baumelte nach wie vor von seinem Hals. Er hob den Blick und sah, dass der Wald an jähen, von Dunkelheit verwehten Klippen endete.

Dormagh bemerkte die Bewegung und wandte den Kopf. »Ist das zu glauben? Er ist immer noch nicht tot.«

»Ich bin euer Erzfürst.« Der Klang seiner eigenen Stimme erschreckte Lurmenor. »Lasst mich frei, und ihr könnt euer Leben noch retten.«

»Galriot ist nun Herr der Altnacht.« Bahrakel grinste. »Du hingegen bist ein Haufen Überreste, die in der Finsternis verrotten.«

Damit ließen beide Lurmenors Arme los.

Er stürzte durch Nebel, Dunkel und blattlose Büsche, die aus den Seiten der Steilklippen wuchsen. Sie fingen ihn nicht auf, doch sie bremsten seinen Fall zu einem Trudeln.

Der Aufprall zerschmetterte weitere Knochen, deren Splitter sich in seinen gepeinigten Körper bohrten, zerbrach aber die Kette um den Hals. Mit dem letzten köstlichen Atemzug strömte Kraft zurück in das Wrack seines Leibes.

Zu spät, schoss es ihm durch den Kopf.

Ein Pfad tat sich in seinem Innern auf, dunkel, bedeckt mit fahlem Laub. Hier konnte er sich niederbetten und in den Schlaf des Vergessens gleiten, an einen Ort jenseits von Richtig und Falsch. Jenseits aller Schmerzen.

Er machte sich bereit, ins Laub hinabzusinken.

Etwas zerrte ihn zurück. Etwas, das stärker war als die Verlockung von Frieden und süßem Vergehen, stärker als alles Leiden. Der unzähmbare Hunger nach Rache.

Lurmenor riss die Augen auf.

Alle Schmerzen kehrten zurück in einem Hammerschlag heißweißer Pein. Doch schon flossen Schatten aus den Wunden, legten sich Balsam gleich über seinen geschundenen Körper. Sie schlossen, was klaffte, verbanden, was zerrissen war. Schierer Wille setzte die Scherben seines Bewusstseins zusammen, holte es zurück aus dem tiefen, lichtlosen Loch, in dem es sich zusammengekauert hatte wie ein Tier in Todesangst.

Er war zerbrochen gewesen und verloren.

Nie wieder werde ich sein wie zuvor, schwor er sich. *Nie wieder unentschlossen. Nie wieder schwach. Nie wieder.*

Die Essenz der Alten Nacht erfüllte ihn. Gierig nahm er die Dunkelheit an, formte sie, ließ sie wachsen, sich verdichten. Zu einem Geweih. Zu Schwingen.

Lurmenor der Gefallene erhob sich.

Er flog inmitten eines Schwarms von Vögeln, deren Flügel aus Blitzen bestanden.

Er war ein schwarzer Baum, die Äste voller Gespinst, in dem fangzahnbewehrtes Leben heranwuchs.

Er war ein Schatten vor dem Mond, und das alte Himmelsauge umflutete ihn und ließ ihn sehen, was es selbst sah.

Eine Versammlung des Blutadels, der über Tausende Krieger gebot, und jeder der Adligen verneigte sich vor ihm.

Er zerschmetterte einen Berg und förderte blaue Steine zutage, die tief im Fels verborgen lagen.

Er betrat eine Schmiede unter den Wurzeln der Welt, in die nie ein Strahl der Gestirne gedrungen war. Gemeinsam mit dem Meister der Esse formte er dort die blauen Steine zu etwas Neuem, Schrecklichem.

Er zog aus, die schönste Stadt zu vernichten, deren Mauern je das Silberlicht des Mondes geküsst hatte.

Er sah sein Volk in unlöschbare Flammen fallen, und obgleich jeder einzelne Tod sich anfühlte, als stürbe er selbst, machte er weiter. Bis zum bitteren Ende.

Er war Vergangenheit und Zukunft, Rache und Gerechtigkeit. Er war, was sein musste.

Er war die Alte Nacht.

Schwärze wirbelte, schneller und schneller. Ihre Wogen rissen den stillen Beobachter, der diesen gewaltigen Geist der Erinnerung hatte begleiten dürfen, hinfort in einen Mahlstrom aus Dunkelheit, einen Abgrund durch Raum und Zeit …

Toryan schnappte nach Luft, als die Schatten aus seinem Körper fuhren. Alles drehte sich um ihn.

Lurmenor fing ihn auf. Eine Hand stützte den Kopf, die andere führte eine Schale an Toryans blutig gebissene Lippen. »Trink. Das hilft, deinen Geist zu klären.«

Toryan – ja, der war er, Toryan die Tatze, ein Mensch, ein einfaches sterbliches Wesen – welch Glück! –, nippte, schluckte zu hastig, hustete, trank erneut. Flüssigkeit rann seine Kehle hinab. Köstliches Leben.

Das Getränk spülte das grässliche Gefühl von Verlorenheit und Leere davon. Er hörte wieder das Knistern des Feuers, roch die Würze der brennenden Scheite, sah das Spiel der Flammen an der Wand. Er spürte die Wärme auf seiner Haut und die Weichheit des Bettes unter seinem Rücken.

Er rollte sich zusammen und schluchzte hemmungslos.

Lurmenor saß einfach bei ihm. Er versuchte nicht, ihn zu trösten. Er wusste am besten, dass das unmöglich war.

»Es tut mir so leid«, flüsterte Toryan. Seine Stimme klang, als hätte man seine Zunge mit einem Schleifholz gehobelt. »Was geschah danach? Wie wurde Galriot zu Asgreal?«

Als er schon dachte, er würde keine Antwort bekommen, hob Lurmenor an zu sprechen. »Nach dem Scheitern ihrer Rebellion flohen mein Bruder und seine letzten Getreuen in den fernsten Winkel der Welt, an die Gestade einer Insel des Südkontinents. Dort, so stand in den ältesten Grimoires von Sengwasser geschrieben, verbarg sich die Quelle der Schöpfung – das Seelenfeuer, das nach der Erschaffung Yrdaias im tiefsten Erdkern versiegelt worden war. Galriot fand das Portal zu der Quelle. Und einen Weg, es zu öffnen.«

»Wie?«

»Durch Blutopfer. Er schlitzte seine Gefolgsleute auf, einen nach dem anderen, und als das nicht genügte, sich selbst. An der Schwelle zum Tod öffnete sich ihnen der Zugang. Galriot hatte sich und die

Seinen mit Schutzzaubern aus den Grimoires umhüllt, doch als das Seelenfeuer hervorbrach, schmolz es ihr Fleisch und versengte ihren Verstand. Als es verlosch, waren sie mehr als zuvor. Und weniger.«

»Sie wurden zu Seraphim«, hauchte Toryan.

»Und Galriot zu Asgreal. Als er sich in die Quelle stürzte, verlor er seinen Leib ohne Wiederkehr. Nur sein Geist blieb, ein Lichtwesen von unvorstellbarer Macht, aber ohne Körper, um sie einzusetzen. Dennoch waren die Konsequenzen seiner Tat entsetzlich. Indem er das Seelenfeuer freisetzte, rüttelte er an den Säulen der Schöpfung selbst. Und die Welt zahlte den Preis dafür.«

»Der Kataklysmus.« Toryans Kehle fühlte sich an, als hätte er mit Sand gegurgelt.

»Ich sehe, du verstehst nun. Der Frevel meines Bruders hat einen ganzen Kontinent zum Untergang verdammt. Den fünf jedoch gelang die Rückkehr nach Norden. Sie brachten seine Essenz in die abgelegene Bergregion von Servul und opfertem ihm die Bevölkerung dort, um ihn zu nähren und bei Kräften zu halten. Anschließend gaben sie sich vor den Menschen Yrdaias als Engel aus, als Erlöser von der Apokalypse, die sie selbst heraufbeschworen hatten.«

»Aber weshalb brachten sie uns all das Wissen und all den Fortschritt?«

»Aus demselben Grund, aus dem ihr Vieh mästet. Je mehr Kälber, desto mehr Mahlzeiten. Je wohlgenährter, desto schmackhafter. Und je mehr Errungenschaften Asgreals Gnade zugeschrieben wurden, desto weniger habt ihr seine Weisungen hinterfragt. Seine Engel schrieben die Geschichte um, betäubten euren Verstand mit Blendwerk und köderten eure Leiber mit immer neuen Annehmlichkeiten und Wundern.«

»Sie tranken nie unser Blut.«

»Nein. Seit der Verwandlung nähren sie sich von etwas anderem.«

»Von was?« Toryan wurde übel.

»Euren Gefühlen. Die Gier nach Emotionen, Sehnsüchten und Verehrung hat ihren einstigen Blutdurst ersetzt. Statt euch zu beißen, entzünden sie Feuer der Ekstase, die euren Geist verflüssigen. Mit jeder Berührung saugen sie dann eure Lebenskraft aus, bis der letzte kostbare Funken freien Willens aufgebraucht ist.«

»Die Predigten im Tempel. Die Rituale. Die Segnungen. Sie sind ein Bankett für die Seraphim.«

»Noch nähren sie sich so, dass ihr euch regenerieren könnt. Doch gib dich keiner Illusion hin. Alles, was Asgreal davon abhält, die Menschheit bis zum letzten Kind zu verschlingen, ist ein Körper, in dem er sich manifestieren kann. Nun ist er kurz, so kurz davor, diesen Schritt zu tun.«

»Und dazu braucht er Minn. Die Dämmergeborene.«

»Minn heißt sie also? Ja. Sie allein vermag seinem Geist ein Gefäß zu bieten, denn sie beherbergt den letzten Funken seiner früheren körperlichen Essenz, den die Dämmergeborenen von Generation zu Generation weitergeben. Fällt sie ihm in die Hände, wird er in sie fließen und ihren Geist hinwegbrennen. Dann wird er durch die Welt wandeln, ein Halbgott, der verzückt, verführt und verschlingt. Was nach seinem Schmaus übrig ist, werden die Engel vertilgen. Und wenn Yrdaia geknechtet von Verlangen darniederliegt, wird er als Fürst der Ruinen darüber gebieten. Von der Welt, wie wir sie kennen, bleibt nichts als ein Ödland voller willenloser Hüllen, die sich nach seinen Wünschen und zu seinem Vergnügen bekriegen, begehren und neues Futter für ihn zeugen.« Lurmenors Schatten zuckte. »Wir haben unterschiedliche Motive, Toryan, aber dasselbe Ziel. Die Dämmergeborene zu finden, ehe Asgreal es tut.«

Toryan hatte einen Blick in jene dunkle See geworfen, die Lurmenors Geist war. Er wusste, dass der Erzfürst die Wahrheit sprach. »Versprecht Ihr, sie nicht zu töten?«

»Bevor nicht alle Hoffnung verloren ist, verteidigen wir sie mit aller Macht der Alten Nacht. Das schwöre ich.«

»Ich schätze, mehr kann ich nicht verlangen. Also schön. Sie ist auf Gut Eulenstein.«

»Nicht mehr. Ein Mitglied des Bundes der Waage hat uns kontaktiert, wenige Stunden bevor du erwacht bist. Sie war bei ihm, aber floh, als sie merkte, dass er mit uns in Verbindung steht.«

»Wo?« Toryans Herz schlug wie wild.

»In Dimmgrund. Ich habe Fürstin Rhymmia bereits geschickt.« Lurmenor tigerte auf und ab. »Die übrigen der Elf Schatten sind mit ihren Streitmächten in Glimmheim eingetroffen. Falls wir einen Verräter unter uns haben, müssen wir ihn finden. Ich will, dass du dir die Fürsten genau ansiehst, wenn sie sich zum Aufbruch des Heers am Tor versammeln. Vielleicht erkennst du, wen du am Steinkreis gesehen hast.«

»In Ordnung. Welchen Weg werden die Streitkräfte nehmen?«

»Denselben wie beim letzten Mal. Durch die Asche des Phönixweidenhains.«

»Noch mal lässt sich der Klerus nicht überraschen. Eine Armee wird die Grenze schützen.«

»Das wird sie ganz sicher. Kommst du dennoch mit?«

»Na, wenn ich schon mal da bin.« Toryan schwang die Beine über die Bettkante. »Da fällt mir ein – wo bin ich überhaupt?«

»In meinem Haus. Wie fühlst du dich?«

»Gut.« Erstaunt stellte Toryan fest, dass es stimmte. Seine Rippen pochten kaum noch unter dem Verband, und das nagende Entsetzen, das er als Betrachter von Lurmenors Fall miterlebt hatte, verblasste zu einer fernen Erinnerung.

»Schön. Deine Kleider liegen in dem Korb vor deinem Bett. Die Diener zeigen dir, wo du dich waschen und etwas essen kannst. Sobald du dich gestärkt hast, komm zum Tor.« Die Schatten wirbelten, und Lurmenor war verschwunden.

Was hab ich da getrunken?, schoss es Toryan durch den Kopf.

Er beschloss, dass es keine Rolle spielte. Er war wieder er selbst und bei Kräften. Das war alles, was zählte.

Nach dem Bad fühlte Toryan sich wie neugeboren. Ein Becken voll brühend heißem und eins voll eiskaltem Wasser hatten seine Lebensgeister geweckt und den Rest Schmerzen weggewaschen. Anschließend schlug er sich ohne Zögern den Bauch mit Speisen voll, die sich als ebenso wohlschmeckend wie sättigend entpuppten. Ja, sie waren noch immer fremdartig, aber bei den dünnen, blassen Dingern redete er sich eben ein, dass es Nudeln sein mussten. Und dass das Gelbe in den Spiegeleiern so groß war wie sein Kopf, war doch eher Grund zur Freude als zur Besorgnis. Oder?

Ja! Ende der Diskussion.

Nach dem Essen führte einer der Schattenelfen ihn in eine Waffenkammer, in der Toryans Rüstung auf ihren Träger wartete. Erfreut nahm er zur Kenntnis, dass sämtliche Dellen und Schrammen ausgebessert worden waren. Stränge aus federleichtem Gespinst ersetzten zudem die abgewetzten Lederriemen. Würde das halten? Skeptisch legte er eine Beinschiene an. Sobald die Rüstung ihn berührte, zog sich die Schnürung wie von Zauberhand zusammen. Toryan zerrte probehalber daran. Nachgiebig und zugleich fester als Drahtseile. An Handschuhen und Brustpanzer erlebte er denselben Effekt. Seine Rüstung hatte nie besser gesessen und war dazu ein gutes Stück leichter als zuvor. Beeindruckend.

Nur der Verlust seines Schwertes trübte die gute Laune. Er würde sich wohl eine neue Klinge suchen müssen. Auf Stahl brauchte er nicht zu hoffen. Die Waffen, die er bislang in der Altnacht gesehen hatte, bestanden entweder aus Holz oder einem irisierenden, ihm unbekannten Metall. Toryan zog eine Grimasse. Wenn es auf Leben und Tod ging, wusste er gern, womit er hantierte.

Der Diener trat durch die Tür. »Der Erzfürst wartet am Tor«, verkündete er.

»Ich komme.« Toryan strich sich mit beiden Händen übers Gesicht und kostete den vielleicht letzten Moment für sich allein in diesem Leben aus. Dann trat er hinaus, bereit für die Schlacht gegen die Menschheit.

Erwachen

Holmar träumte einen schrecklichen Traum.

Er sah sich selbst auf der Kanzel, predigend, umhüllt von einem durchscheinenden Strahlenkranz. Gestikulierend und nahezu obszön fröhlich verkündete er die Lehren des Lichtbringers.

Die Gläubigen saßen dicht an dicht in den Tempelbänken und lauschten verzückt, die Augen aufgerissen, die Münder zum dümmlichen Grinsen verzogen. Über den Sitzreihen schwebte Bahrakel. Der Engel beugte sich zu jedem herab, Frau, Mann, Kind, und küsste sie in den Nacken. Liebevolle Gesten. Eigentlich. Doch etwas an diesem Anblick war so falsch, dass es Holmar den Magen umdrehte.

Er erwachte mit dem Gefühl zu ersticken. Keuchend sog er Luft in die Lunge. Wie war die Predigt am Vortag gewesen? Er versuchte sich zu erinnern, doch egal wie krampfhaft er sich anstrengte, in seiner Erinnerung bleckte blankes Nichts.

Was habe ich den Menschen gepredigt?, fragte er sich. *Bei allen Himmeln, was?*

Die Fürsten versammeln sich

An den Toren Glimmheims fand Toryan Erzfürst Lurmenor ins Gespräch mit Fürst Yrracoh vertieft.

»Lasst mich mit Euch ziehen, mein Erzfürst«, sagte Yrracoh. »Ich bin einer der Elf. Bereit, für unser Volk zu kämpfen und, wenn es sein muss, zu sterben.«

»Einer muss bleiben und Glimmheim beschützen. Vor allem das, was in den Höhlen liegt.« Lurmenor legte ihm eine Hand auf die Schulter. »Tu mir diesen letzten Gefallen und bleib hier, Mondsänger. Bewahre die Erinnerungen unseres Volkes. Nach dem, was kommt, gibt es noch ein letztes Lied zu singen. Erfüllst du mir diesen Wunsch?«

»Ich wäre lieber an Eurer Seite in der Schlacht. Doch wenn es Euch Frieden bringt, will ich es tun.« Yrracoh klang, als müsste ihm das Herz bersten.

Lurmenor neigte das Haupt. »Ich danke dir, mein Freund. Nun bin ich frei zu tun, was ich muss.«

Toryan räusperte sich. »Auch ich danke Euch, Fürst Yrracoh. Für Eure Gastfreundschaft und Eure Güte.«

»Es war mir eine Freude«, sagte Yrracoh. »Sieh. Da kommen die Heerführer mit ihren Leibgarden.«

Ein halbes Dutzend Prozessionen näherte sich dem Platz, und wie so oft in den Landen der Altnacht erblickte Toryan Schrecken und Schönheit Seite an Seite.

Eine Art Floß mit Kufen kam angewalzt. Das Tier, das es zog, ließ ihn für einen Moment an seinem Verstand zweifeln. Es hatte Körper und Kopf einer Ziege, den Schnabel eines Raubvogels und den Schweif eines Pferdes. Auf dem Floß stand ein wahrer Koloss. Ein weißer Bart flutete über den roten Kittelschurz, der die blasebalgbreite Brust und den massigen Bauch bedeckte. Dazu trug der Hüne Lederstiefel. Über den Rücken hatte er einen Hammer geschnallt.

»Wer ist das?«, entfuhr es Toryan.

»Der Meisterschmied der Elf Schatten und der nach Fürst Asmodan tödlichste Zweikämpfer der Altnacht«, entgegnete Yrracoh.

»Hab noch nie von einem Zweikämpfer wie dem da gehört«, brummte Toryan. Dann versetzte ihm Erkenntnis einen dezenten Schubs. »Ah. Tödlich. Verstehe. Oh.«

Das Gefährt kam zum Stehen. »Ho, Erzfürst Lurmenor.« Rotkittels Rachen glühte, als hätte er Kohlen gekaut. »Kann's kaum erwarten, ein paar Schädel zu spalten. Gibt's Neues von meiner Schwester?«

»Fürstin Rhymmia jagt noch in den Lichtlanden«, entgegnete Lurmenor. »Ich erwarte ihre Botschaft mit derselben Sehnsucht wie Ihr. Habt Ihr, worum ich gebeten habe?«

Der Koloss griff hinter sich und zog ein armlanges, in violette Seide geschnürtes Bündel hervor. »Wer ist der Glückliche?«

Lurmenor nahm das Bündel und überreichte es Toryan.

»Für mich?«, fragte Toryan verdattert.

»Ihr traut einem Menschen?« Weißbart furchte die Stirn so, dass sich Gräben darin bildeten. Sein Reittier rollte die glühenden Augen. Freudig? Wütend? Was wusste Toryan schon.

Alle Blicke richteten sich auf ihn. Mit schweißnassen Fingern zog er die Schnur auf. Ein Schwert in nachtschwarzer Scheide kam zum Vorschein. Knauf und Handschutz hatten die Form eines Tautropfens. Toryan hielt den Atem an und zog die leicht geschwungene Klinge. Ihr Glanz glich gefrorenem Mondlicht und sie strahlte dieselbe, beinah greifbare Schärfe aus, die von den Lanzen der Blutfürsten ausging. »Dieses Schwert ist perfekt«, sagte er ehrfurchtsvoll. »Ich bin nicht würdig, es zu führen.«

»Das wirst du müssen«, dröhnte Weißbart. »Ich habe diese Kristallklinge so geschmiedet, dass sie jenem dient, in dessen Hände der Erzfürst sie gibt. Fortan wird kein anderer sie schwingen können wie du. Nicht einmal ich selbst.«

»Bimbadims Bart«, entfuhr es Toryan.

»Hm, ja. Um den beneiden mich sogar die Trolle.«

»Wie bitte? Soll das heißen, Ihr seid …«

»Bimbadimius Hevolictus von der Immerglutesse. Aber Bimbadim genügt.« Der Kriegerschmied verschränkte die Arme – sie waren dicker als Toryans Beine – und nickte feierlich.

Außerstande, ein Wort zu sagen, gürtete Toryan sich mit dem Schwert und genoss das vertraute Gewicht an der Hüfte, von dem er erst jetzt merkte, wie er es vermisst hatte.

»Da kommt Fürst Zashen«, raunte Yrracoh ihm zu.

Der Neuankömmling war sehnig und um die Hälfte größer als ein groß gewachsener Mensch. Seine Ohren, das spitze Kinn und die dünnen Lippen erinnerten an eine Fledermaus. Wo war Toryan ihm schon einmal begegnet? Richtig, in Hizgin, an den Trümmern der Rammspornmaschine. Zashens Eingreifen hatte ihm damals eine ordentliche Tracht Prügel erspart.

»Mein Erzfürst, die Rotkappen sind bereit für die Schlacht.« Zashens weit ausholende Geste umfasste die Krieger, die sich hinter ihm aufgereiht hatten. Sie trugen mit Eulenfedern geschmückte Wämse und rote Rundhüte, die ihre spitzen Gesichter beschatteten. Ihre Hände mündeten in dolchlangen Klauen. Toryan wollte sich gar nicht vorstellen, was die im Nahkampf anrichten konnten. »Verrate mir, Sterblicher«, wandte Zashen sich an ihn, »weshalb stehst du nun aufseiten der Altnacht, deren Fall du in Hizgin noch so vehement prophezeit hast?«

»Der Liebe wegen«, gab Toryan zurück. »Und weil ich keine Lust habe, noch mal so aufgemischt zu werden wie damals.«

Zashen hob eine Braue. Bimbadim lachte dröhnend und knuffte Toryan gegen die Schulter, was diesen beinahe von den Beinen riss.

Nach und nach trafen die übrigen Schattenfürsten mit ihren Leibgarden ein, und dank Yrracoh erfuhr Toryan, mit wem er da bald in die Schlacht ziehen würde.

Fürst Liruan vom Glühberg erschien umgeben von Zwergen, die aussahen, als seien sie aus verwittertem Holz geschnitzt. Er selbst war kaum größer als ein Kind, trug farblose Gewänder und einen runenverzierten Gürtel. Kopf und Gesicht waren zu dicht behaart, um seine Züge zu erkennen.

Ihm folgten die Brüder Dangag und Inyok, geflügelte Blutfürsten mit roter Haut und Mäulern, aus denen die Eckzähne bis zum Kinn ragten. Sie trugen nichts als Lendenschurze an den muskulösen Körpern. In den sechsfingrigen Händen hielten sie Stäbe, auf die Knochen gefädelt waren, und zur Begrüßung gaben sie Unverständliches von sich. »Brot mit Haut und Brot mit Haar, Wurst mit Augen und Wurst mit Knochen?«, fragte Inyok.

»Nicht länger«, entgegnete Lurmenor, als ergebe das Gebrabbel einen Sinn. »Der Herbst schwindet, und Schweigen senkt sich über die Welt.«

»Eichel und Erde, fallen und steigen, pflanzen, verfaulen und wachsen und wachsen«, gab Dangag zurück. Die Brüder verneigten sich und gingen zum Tor, flankiert von Irrlichtern, die sich haushoch ausdehnten und auf Faustgröße zusammenzogen. Ganz schön verstörend, fand Toryan.

Als hingegen Fürstin Elyfyll vom Bleichweiher auf ihrem Schimmel einritt, dachte er kurz, ein Engel hätte den Weg nach Glimmheim gefunden. Ihr Haar, vom Blassgrün eines Lotusblattes, hatte sie über dem Schwanennacken hochgesteckt. Ihr Gesicht glich einem Diamanten, der so lange geschliffen worden war, bis der Hauch einer Berührung genügt, um Fleisch bis zum Knochen aufzuschneiden.

Sie lächelte Toryan zu, kühl und lockend wie ein tiefer, tiefer Teich. Ihre Fangzähne funkelten im Mondlicht. Er schluckte und zwang sich, ihre Garde zu betrachten. Auf den ersten Blick hätten es Menschen sein können, doch machte jeder ihrer Schritte quatschende Geräusche, und aus den Ärmeln ihrer Kutten lugten grünliche Hände hervor, wie kein Mensch sie hatte. Na ja, kein *lebender* Mensch.

Rasch wandte Toryan sich dem nächsten Neuankömmling zu, der wie aus dem Nichts erschien und den Yrracoh als Fürst Chullayn von den Klüften ankündigte. Der Blutfürst hatte einen grauen Bart und das Gesicht eines alten, müden Mannes. Eine Kappe aus Rabenfedern bedeckte sein Haupt und beschattete seine Augenklappe. Toryan hätte nicht für alles Gold der Welt sehen wollen, was sich dahinter befand. In der Hand hielt Chullayn eine vielschweifige Leine. Eine Rotte der zotteligen Riesenhunde, die Toryan in Hizgin gehetzt hatten, war daran angeleint. Auf die Rücken der Viecher waren Sättel geschnallt.

Die Köter schnüffelten. Einer hob ruckartig den Kopf und grollte, ein Laut, als rumpelte ein Stein zu Tal. Beziehungsweise ein Brocken. Ach was, eine Felslawine.

Toryan verlagerte sein Gewicht in Kampfstellung.

»Menschenkind«, brummte Chullayn, »fang.«

Mehr aus Reflex fischte Toryan das unterarmlange Ding aus der Luft, das der Blutfürst ihm zuwarf. Es war braun, länglich und stank abscheulich. »Was soll ich damit?«

»Freundschaft schließen«, sagte der Blutfürst – und machte einen Hund los.

Toryan brachte gerade noch genug Selbstkontrolle auf, nicht hinter Yrracoh Deckung zu suchen, als das Zottelvieh auf ihn zuwalzte. Wider Erwarten zerfetzte die Riesentöle ihm nicht die Kehle, sondern sprang vor ihm hin und her, wobei sie erstaunlich hohe Fiepsgeräusche ausstieß.

»Und jetzt?«, wandte Toryan sich Hilfe suchend an Yrracoh.

»Gib ihm die Leckerei«, antwortete der halb amüsiert, halb mitleidig. »Er sollte dich mögen, bevor du auf ihm reitest.«

»Bevor ich *was*?«

Der Riesenhund kauerte sich vor ihn hin, den Kopf auf die Vorderpfoten gelegt. Sein Schwanz zuckte, und er fixierte abwechselnd Toryan und das braune Ding mit sehnsüchtigen Blicken. Eigentlich hatte er schöne Augen, rund und braun. Wenn man sich die Schlabberlefzen und das dolchartige Gebiss wegdachte, konnte er beinah als knuffig durchgehen. »So ist's brav«, krächzte Toryan. »Hier, für dich.« Er warf das braune Etwas. Die Riesenkiefer schnappten es im Flug, malmten krachend, und im Handumdrehen war die Leckerei verschwunden. Hundilein streckte sich am Boden aus, leckte sich die Lefzen und hechelte.

»Worauf wartest du?«, fragte Chullayn. »Rauf mit dir.«

»Ernsthaft?« Toryan fuhr sich mit den Händen durchs Haar, näherte sich betont langsam, streckte die Hand aus und ließ den Hund daran schnuppern. »Hat er einen Namen?«

»Sie heißt Esta«, sagte Chullayn.

»Na, dann will ich mal meinen Charme spielen lassen. Gestatten, die Dame?« Toryan kraulte behutsam das drahtige Nackenfell. Esta wandte den Kopf und schnaufte. Toryan hätte schwören können, dass sie ihn angrinste.

»Sieh an, das Menschlein hat seinen Mut gefunden«, dröhnte eine tiefe Stimme.

Toryan drehte sich um. Der letzte Schattenfürst war eingetroffen. Fürst Asmodan, genannt der Schwarzstachel, der ihn in Hizgin hatte töten wollen. Wie damals trug der Hüne seine Dornenrüstung, neben der selbst die Nacht freundlich wirkte. Ein Trupp der steckendürren Sensenschwinger begleitete ihn. Asmodan grinste wie ein Fuchs, der einen Weg ins Hühnergehege entdeckt hat. »Hätte nicht gedacht, dass du es bis hierher schaffst.«

Toryan schob das Kinn vor. »Ach, das ist nur eine Frage der Motivation. Wenn's um mein Leben geht, kann ich verdammt zäh sein.«

Esta grollte zustimmend. Toryan tätschelte ihr den Kopf.

»Dann tu dein Bestes, dass niemand es dir wegnimmt.«

»Keine Sorge. Ich pass drauf auf.« Toryan klopfte auf das Schwert an seiner Seite. Asmodan musterte erst ihn, dann den Schmied mit gerunzelter Stirn. Bimbadim zuckte die Achseln und grinste.

Ein lang gezogenes Scharren erklang. Die Tore öffneten sich. »Fürsten der Altnacht«, rauschte Lurmenors Stimme über den Platz. »Macht euch bereit.«

Toryan warf einen letzten Blick auf Glimmheims fremdartige Schönheit. Die geschwungenen Giebel. Die schlafenden Straßen. Die Brücken und Plätze im Lichte des alten Mondes. Unvermittelt hatte er einen Kloß im Hals. Er war als Gefangener hergekommen, als verlorene Seele. Nun war ihm, als ließe er eine Heimat zurück.

Er kletterte auf den Sattel. Esta erhob sich und blaffte. Yrracoh kraulte sie am Hals, was die Hündin mit wohligem Grollen würdigte. »Eins solltest du noch wissen, wenn du gegen Asgreal in den Kampf ziehst, Toryan«, sagte er. »Die Engel wecken in ihren Gläubigen Sehnsüchte und versprechen, ihre geheimsten Wünsche zu erfüllen. So finden sie Zugang zu den Emotionen, von denen sie sich nähren. Glaube nicht an sie und ihre Verführungen. Nur an dich selbst. Ich hoffe, wir sehen uns wieder.«

»Ich werd zusehen, dass ich mich nicht töten lasse.« Toryan hob die Hand zum Abschiedsgruß.

»Ein guter Plan.« Der Blutfürst erwiderte die Geste.

Toryan drückte Esta die Schenkel in die Seite und ritt neben Lurmenor in den Tunnel.

»Hast du die Gestalt vom Steinkreis erkannt?«, flüsterte der Erzfürst.

»Nein«, gab Toryan ebenso leise zurück.

»Halte weiter die Augen offen.«

»Das werde ich.« Toryan zögerte. »Erlaubt Ihr mir eine Frage? Weshalb nehmt Ihr Fürst Yrracoh nicht mit? In Hizgin war er furchterregend in der Schlacht.«

»Das ist er«, bestätigte Lurmenor. »Aber seine anderen Talente werden dringender gebraucht.«

»Sogar jetzt, wo sich alles entscheiden wird?«

»Gerade jetzt.« Trauer lag in der Stimme des Erzfürsten. »Hast du in eurer Welt je den Abenddunst betrachtet, Toryan? Wie er vom Mondenschein geküsst emporsteigt, um eins zu werden mit dem Himmel? Es liegt so viel Schönheit in diesem Anblick, dass es schmerzt. Es ist Vergänglichkeit und Erfüllung, Ende und Anfang. Yrracohs Gesänge sind genauso. Er hat als Einziger meiner Art die Aussicht, in der Welt zu bestehen, die kommen mag.«

»Wie meint Ihr das?« Trotz der Feuer in den Mauernischen spürte Toryan Gänsehaut auf seinen Armen.

»Wir sind jene, die den Bruderkrieg überlebten, die elf letzten Schatten der Alten Nacht. Selbst wenn wir Yrdaia retten, für uns gibt es kein Morgen.«

Da begriff Toryan, was Lurmenor im Regendom gemeint hatte. Er und die anderen Blutfürsten waren bereit, alles zu opfern, um Asgreal aufzuhalten.

Plötzlich war er sehr stolz, mit ihnen zu ziehen.

WANDEL

Etwas lag in der Luft. Holmar roch es im schalen Wind, der durch den Tempelhof strich, hörte es im Rascheln der Blätter, spürte es im Rumoren seiner Eingeweide. Der Glaube an eine bessere Welt und eine strahlende Zukunft hatte ihn seit dem ersten Tag in der Zitadelle angetrieben, das Wort der Engel in die Welt zu tragen und der Sache des Klerus zu dienen. All die Jahre lang. Jetzt aber fühlte es sich an, als zöge ein Gewitter auf. Begehrte das Böse ein letztes Mal auf, ehe das Licht Asgreals die Schatten der Altnacht auf ewig verbannte? So, wie Damian es gepredigt hatte?

Der Gedanke durchzuckte ihn, dass Gewitter reinigen konnten – oder zerstören.

Holmar rieb sich die Schläfen und versuchte, das Hämmern dahinter zu vertreiben. Bahrakel hatte versprochen, dass nach jeder Predigt eine der Phiolen in den Gemächern des Purifikanten für ihn bereitstehen würde, doch seit dem Albtraum hatte Holmar nicht wieder aus einer getrunken. Etwas in ihm wollte den Trank, mehr als Essen, mehr als Schlaf, mehr als … ja, sogar mehr als *Bücher*. Wann immer er die Augen schloss, sah er die Essenz der Glückseligkeit in der Phiole tanzen. Sein Verlangen danach rang mit jenem anderen Teil in ihm, der davor zurückschreckte, sich noch einmal in einem solchen Rausch zu verlieren.

Viele Gläubige hatten ihm nach der Predigt für seine Worte gedankt. Nur waren es nicht seine gewesen. Nicht wirklich. Und als Werkzeug behandelt zu werden hasste Holmar seit der Zeit in der Militärakademie. Ja, es war erhebend gewesen, über so viel Macht zu gebieten. Die Sache war die: Macht hatte ihn nie interessiert. Der Stern, dem er seit Kindesbeinen folgte, war die Erkenntnis.

Er versuchte sich abzulenken. Harkte Kiesel im Steingarten, bis seine Arme zitterten. Studierte Schriftrollen in der Bibliothek, bis die Buchstaben vor seinen Augen tanzten. Meditierte in einer Klause. Es half alles nicht. Sein Geist fand keine Ruhe.

Schließlich gab er auf und stapfte zur Gemeinschaftsküche, wo er sich mehrere Laibe Brot sowie Würste in einen Flechtkorb mit Schulterriemen packen ließ. Wenn er schon selbst nichts mit sich anzustellen wusste, konnte er wenigstens ein paar milde Gaben verteilen.

Zu Fuß wäre er über eine Stunde ins Armenviertel unterwegs gewesen, also nahm Holmar eines der Schienenfahrzeuge. Dampfend und puffend fuhr es durch die künstlich angelegten Pflaumen-, Mirabellen- und Quittengärten, passierte das Museum des Lichts und ließ die Raffinerien entlang des großen Aquädukts hinter sich. In der Ferne, zwischen den mit Gold und Kupfer durchwirkten Himmelsbrücken, die Gebäude über weite Grünflächen hinweg miteinander verbanden, glühten die Spitzen der Sieben Söhne in düsterer Pracht. Holmar fragte sich, wieso die Engel die Obelisken nicht wie alle anderen Relikte des Imperiums der Blutfürsten längst abgerissen hatten. Wenn die Legenden, die sich um die Sieben Söhne rankten, nur annähernd stimmten, hätten sie allen Grund dazu gehabt.

Die Obelisken verschwanden aus dem Blickfeld, als die Schienen sich durch das Iridarviertel schlängelten, dessen Rondelle und Pastellpagoden Holmars Auge erfreuten. Am Platz des Wohlbehagens stieg er aus.

Der Himmel nahm bereits eine indigofarbene Note an wie ein Bluterguss auf heller Haut. Die fürs Viertel typischen Lampions waren bereits entzündet worden.

Um sich nicht von den verlockenden Düften nach Frittiertem oder Kuchen in eines der Gasthäuser locken zu lassen, strebte er strammen Schrittes über den Platz. Je mehr Seitengassen er nahm, desto gröber wurde das Pflaster. Flechten wuchsen zwischen den Steinfugen, von den Hauswänden blätterte Putz. Hier brannten nur wenige Lampions, die vereinzelten Gaslaternen flackerten trüb. Dampfgitterrohre, die im Rest der Stadt die Abluft der Maschinen nach draußen leiteten, um in den Abendstunden für Wärme zu sorgen, gab es keine.

Vereinzelt saßen Gestalten in windgeschützten Ecken oder unter vorspringenden Dächern. Diese Menschen kamen weder in die Zitadelle noch beteten sie in einem der lokalen Tempel zu Asgreal. Dies waren die Verzweifelten, die Einsamen, die selbst im Licht des Erlösers keinen Trost fanden. Was für Holmar kein Grund war, sie aufzugeben. Jede Tragödie barg einen Funken Hoffnung, und manche dieser Geschichten hatte ihren Wendepunkt vielleicht noch vor sich.

Als Novize war er an seinen freien Tagen oft hergekommen. Seine Brüder in der Zitadelle hatten ihn dafür mitleidig belächelt. Sie sagten, was verloren sei, könne nicht gerettet werden, und dass er es dem Orden der Sanften Schwestern überlassen solle, Almosen zu verteilen. Holmar hatte dann freundlich genickt, sich über seine Bücher gebeugt und seine Besuche auf den Abend verschoben, wenn die anderen auf dem Weg in ihre Klausen oder den nächstgelegenen Weinkeller waren. Zugegeben, nach seiner Beförderung zum Obersten Adepten waren seine Besuche weniger geworden. Der letzte musste vor …

Nein, das konnte unmöglich schon *so lange* her sein!

Jemand zog ihn am Ärmel. »Was treibt 'n hoh'n Herrn wie Euch zu uns armen Leutchen?«

Holmar sah an sich hinab. Ein buckliger Bettler saß an einer Laterne und blickte aus wässrigen Augen zu ihm auf. Der Mann mochte um die achtzig sein, und sein grauer, dutzendfach geflickter Umhang übertraf das Alter noch. »Ich bringe Nahrung«, gab Holmar zurück. »Brot für den Bauch, frohe Kunde fürs Herz.«

Der Alte nahm einen Brotlaib und drückte ihn an sich wie eine Mutter ihr Kleinkind.

»Wenn du dir anhörst, was ich zu sagen habe, gibt es noch ein Stück Räucherwurst obendrauf«, lockte Holmar.

»Hatte schon lang keine Wurst mehr, oder dies oder das.« Der Alte schmatzte und zeigte dabei seine wenigen verbliebenen Zahnstummel. »Her mit der frohen Kunde.«

Holmar kniete sich neben den Bettler, sodass sie auf Augenhöhe waren. »Die Gestaltwerdung des Lichtbringers ist nah. Er wird allen Gläubigen das Paradies auf Erden bringen. Es ist nicht zu spät, ihm zu huldigen.«

»Ob ich das noch erleben tu?« Der Alte griente. »Außerdem hab ich zu viel gesündigt, um's noch gutzumachen.«

»Willst du dein Seelenheil einfach wegwerfen?«

»Ihr seid 'n guter Mann. Nich' wie die andern, die mit Engeln zammenstecken.« Der Bettler klopfte Holmar auf den Unterarm. »Geht in den innern Dom un' singt 'n Lied für meine Seele, wenn Ihr wollt, oder dies oder das. Hauptsache, ich krieg die Wurst un' das Brot.«

Holmar gab nicht auf. »Warum gehst du nicht heute Abend in die Andacht? Zwei Straßen weiter ist ein kleiner Tempel. Es kann nicht schaden, und nach der Predigt verteilen die Novizen Wasser und Obst.«

»Kann nich' schaden, is' schon so«, murmelte der Alte. »Schaden kann's nich, oder dies oder das.«

Jemand lachte so voller Bitterkeit, dass sich Holmar die Nackenhaare aufstellten. Ein Mann mit strähnig braunem Haar, Bartstoppeln und roten Flecken im verhärmten Gesicht näherte sich. Sein zerschlissener Bauernkittel stank nach billigem Fusel, Schweiß und anderen Dingen, die Holmar nicht genauer identifizieren wollte. Er drängte den Abscheu zurück und gab seiner Stimme einen freundlichen Klang. »Was amüsiert Euch, Bruder?«

»Nenn mich nicht so. Ihr Pfaffen erzählt diesen Narren, ein wenig Trillili und Trallala könne sie retten, solange sie tun, was der Klerus sagt. Ihr haltet sie klein, und damit sie nicht gegen ihr Schicksal aufbegehren, werft ihr ihnen was zu fressen hin. Und sie sind so dumm und danken euch dafür!« Den letzten Satz hatte er gebrüllt.

Der Alte presste das Brot an sich und suchte das Weite.

Holmar musterte den abgerissenen Fremden. »Du bist ein Ketzer, nehme ich an? Würdest du so auch in der Altnacht sprechen? Ah, nein, du kämst ja nicht dazu. Weil die Wesen dort nämlich deine Kehle aufreißen würden. Hier, wo Engel dich schützen, ist leicht große Reden schwingen.«

»Schützen? Die Engel? Ausgerechnet die Engel.« Da war es wieder, das irre Lachen.

»Was hast du gegen die Engel?«, fragte Holmar barsch.

»Ich komm aus Marschbrunn, einer Siedlung in Blauried, nahe der Grenze.« Die Stimme des Fremden wurde ruhig – vermutlich war er froh, dass jemand seinem Gefasel lauschte –, doch im Unterton lauerte nach wie vor Wahnsinn. »Dort hat's mehr Ställe als Häuser und mehr Hühner als Menschen. Wir lebten dort einfach, meine Eltern, meine Schwester und ich. Aber wir waren anständige Leut, das waren wir. Das wenige, was wir hatten, haben wir gern geteilt, egal wer des Weges kam. Vor zwei Wochen erschien ein Engel. Er trug einen Schleier aus flüssigem Feuer.«

»Dormagh der Bedeckte«, murmelte Holmar. Schlagartig fiel ihm ein, dass er in Damians Unterlagen hatte nachsehen wollen, auf welche Mission der Seraph geschickt worden war. Wie hatte ihm das entfallen können?

»Ich hab hinter der Scheune Holz gehackt«, fuhr der Mann fort.

Nein, dachte Holmar, *kein Mann. Ein Junge, dem gerade der erste Bartflaum sprießt. Was ist ihm bloß widerfahren?*

Der Blick des Jungen wurde glasig. »Meine Eltern und Schwester waren vorn, die Hühner füttern. Sie fielen vor dem Engel auf die Knie und baten um seinen Segen. Er sagte, er sei hungrig. Sie boten ihm Brot und Milch an. Er lachte nur. Oh, wie er lachte. Er legte ihnen die Hände auf die Köpfe und sang von der Gnade des Lichts und von Wundern und schönen Dingen. Und dann …«

»Was dann?«

»Dann *speiste* er.«

Unbehaglich verlagerte Holmar sein Gewicht von einem Bein aufs andere. »Was meinst du damit? Was hat er verspeist?«

»Ihre Kraft«, flüsterte der Junge. »Er saugte sie ihnen aus. Sie haben es genossen. Ich konnte sehen, wie das Leben aus ihnen wich, ein goldener Nebel, und je mehr der Engel davon trank, desto blasser wurden sie, ganz blass. Ich wollte ihnen helfen, aber ich konnte mich nicht rühren.« Tränen strömten über seine schmutzigen Wangen. »Dann fielen sie um, schrumpelig wie Trauben, die zu lange ungelesen bleiben. Der Engel flog davon, wohin weiß ich nicht. Ich weiß nur, dass sie tot waren, meine Schwester, meine Eltern. Ich begrub sie unter der alten Eiche, dann rannte ich fort. Die anderen Höfe waren verlassen, also wollte ich nach Freiholt. Unterwegs hörte ich, der Engel sei auf dem Weg dorthin.«

»Dormagh? In Freiholt?« Die Geschichte klang abstrus. Holmar atmete durch. »Bist du sicher, dass ein Engel deiner Familie das angetan hat? Vielleicht hat dich ein Nachtkrabbler getäuscht? Ein Irrlicht womöglich, das seine Gestalt wandeln kann?«

»Ich hab mal am Nordmoor Irrlichter gesehen.« Die Lippen des Jungen zitterten. »Sie treiben Schabernack, und wer ihnen folgt, lebt gefährlich, aber keines von ihnen hätte so was tun können. Es *war* ein Engel, und egal wie er strahlt, sein Inneres ist verfault und voll Finsternis.«

»Du hast viel mitgemacht und bist verwirrt. Hier, iss etwas Brot und Wurst. Und dann reden wir in Ruhe, wie ich dir helfen kann.«

»Eher würd ich Käfer fressen als dein Blutbrot.« Der Junge sprang zurück, sein Blick loderte. »Du willst mich zu ihnen bringen, stimmt's? Nein, ihr kriegt mich nicht. Niemals.« Er drehte sich um und hastete davon in eine Gasse voller Schatten. Fassungslos blickte Holmar ihm nach.

Die Lust, Almosen zu verteilen, war ihm vergangen. Er gab das übrige Essen bei den Novizinnen am örtlichen Tempel ab und machte sich in Gedanken versunken auf den Rückweg.

Der Nachtwind streifte durch die Zitadelle wie ein Raubtier durch sein Revier. Der Kühle zum Trotz lief Holmar langsam durch den Garten in Richtung des inneren Doms. Mit den Fingerspitzen fuhr er die moosbedeckten Mauerschindeln nach, lauschte dem Plätschern des Baches über die Holzrinnen. Oft hatte er Körper und Geist nach langen Studien in den Abendstunden hier erfrischt. Doch das Gefühl von Frieden und heiterer Gelassenheit wollte sich nicht einstellen. Wolken verzerrten das Mondlicht, die Steinlaternen glommen wie verlorene Seelen.

Holmars Blick wanderte zur Engelsstatue auf der Spitze des Glockenturms. Die Gesichtszüge strahlten Ruhe aus, die um den Schwertknauf gefalteten Hände Stärke. Der Anblick hatte ihn immer mit Kraft und Zuversicht erfüllt. Nun fragte er sich, ob nicht Kälte und Unbarmherzigkeit in diese Züge gemeißelt standen. Er presste die Lippen zusammen. Der Klerus hatte ihn aufgenommen, als er in der Grenzwächterakademie nicht glücklich geworden war, hatte seinen schier grenzenlosen Wissensdurst mit zahllosen Schriften, Büchern und Predigten gestillt. Der Purifikant hatte ihm bereits in jungen Jahren eine Karriere ermöglicht, von der er nicht zu träumen gewagt hätte. Er sollte glücklich und dankbar sein. Doch er konnte die Worte des Jungen im Armenviertel nicht vergessen. ›Das Innere der Engel ist verfault und voll Finsternis.‹

Sie plagten Holmars Geist wie ein Spreißel, der sich mit jeder Bewegung tiefer ins Fleisch bohrt. Sie ließen ihn keinen Frieden finden, nicht mal hier, im Herzen der Zitadelle. Nicht mehr.

Ein kalter Luftzug strich über seinen Nacken.

Das Mondlicht brach sich in weißen Schwingen, als Bahrakel von den Zinnen schwebte. Trotz seiner Größe landete der Engel mit der vollendeten Eleganz eines Raubvogels vor Holmar. »Es ist spät, Oberster Adept.« Der Tonfall war Honig, süß und golden und ach so verfänglich.

»Manche Gedanken fassen sich leichter in der Stille der Nacht.« Holmar hoffte, sein gelassener Tonfall würde sein Erschrecken überspielen.

»Bist du ein Freund der Dunkelheit, Oberster Adept?«

»Was? Nein, Ehrwürdiger.«

»Du zitterst. Rechtschaffene Gläubige zittern nicht im Angesicht des Lichts.«

»Es ist nur die Abendkühle.«

»Ja, der Mond ist ein kühler Gefährte, und sein Lockruf ist stark, selbst nach all den Jahren.« Waren Bahrakels Augen stets so groß, so glühend gewesen? »Hast du schon deine nächste Predigt geschrieben, Holmar?«

»Noch nicht, Ehrwürdiger.«

»Du hast nicht wieder die Inspiration gekostet, die wir für dich in die Phiole gefüllt haben.« Der Engel tippte sich mit einem Finger ans Kinn. »Sei nicht der Anker deines eigenen Aufstiegs, Oberster Adept.«

»Nein, Ehrwürdiger. Wie kann ich Euch dienen?«

»Du wirst den Menschen verkünden, dass die Blutfürsten die Siedlung Marschbrunn in Blauried ausgelöscht haben. Dass sie jeden dort zerfetzten, Frauen, Kinder, selbst das Vieh. Dann predigst du, dass Asgreal diesen Frevel rächen wird, sofern das Volk zu ihm um Schutz betet.«

Ein Gespinst aus Schrecken und Schwermut überzog Holmars Herz, als er den Namen Marschbrunn hörte. »Ich werde dienen so gut ich kann«, sagte er dennoch.

»Ich weiß, das wirst du.« Bahrakel ging um Holmar herum. »Und zur Belohnung bringe ich dich ins Sanktum von Servul.«

»Das ist eine große Ehre.« Holmar schluckte. »Nur denke ich, dass ich dem Lichtbringer hier besser dienen kann. Ich habe so viel zu tun, seit Damian von uns gegangen ist.«

»Der Grenzwächter Toryan ist ein Freund von dir, nicht wahr? Wir hörten, er habe als Einziger die Schlacht von Hizgin überlebt. Nun ist er Gast des Gefallenen. Asgreal, Preis sei seinem Namen, hat Fragen zu ihm. Du wirst sie sicher mit Freuden beantworten.«

Schwindel erfasste Holmar. Beinahe wäre er gestürzt, doch Bahrakel fing ihn am Arm, und Holmars Zweifel zerflossen in einer goldenen Wolke. Wie hatte er die Absichten der Engel je hinterfragen können? Ihre Reinheit war jenseits aller Vernunft. »Geh zurück zu deinen Büchern, Oberster Adept.« In der Stimme des Seraph lag kein Hohn, nur Fürsorge. »Allein in der Nacht zu wandeln bekommt dir nicht.«

Holmar nickte und machte sich auf nach drinnen, ein treuer, seliger Diener des Lichts.

Die Altnacht marschiert

Jenseits der Mauer stießen die übrigen Truppen der Altnacht zu ihren Fürsten, Gestalten in allen Größen und Formen, manche von einer Schönheit, die Toryan zu Tränen rührte, andere so fremdartig, dass seine Sinne sich weigerten, sie zur Gänze zu erfassen. Esta schnaufte, und er beugte sich über ihren Hals, um sie zu kraulen. Der herbe Fellgeruch und die Wärme der Riesenhündin waren überraschend tröstlich.

Toryan sah Gyblegog und seine Verwandten, die sich zu den Zwergen gesellten, und winkte ihnen über die Entfernung zu. Er selbst ritt zusammen mit den Blutfürsten an der Spitze des Heereszuges. Meile um Meile beobachtete er sie heimlich, um aus einer Geste oder einem Ausspruch einen Hinweis zu erhalten, wen von ihnen er an den Schwarzobelisken gesehen hatte. Lurmenor konnte er ausschließen. Ebenso Liruan - der war schlicht zu klein. Von den übrigen kam jeder infrage. Doch die Ermittlungen zäh zu nennen, wäre noch geschmeichelt gewesen. Vergeblich versuchte Toryan, mit Dangak und Inyok ein Gespräch anzufangen. Aus den beiden war kein vernünftiger Satz rauszubekommen. Das mochte Tarnung sein, aber davon abgesehen musterten sie Toryan für seinen Geschmack entschieden zu hungrig.

Eine Hand strich spinnwebgleich über seine Wange. Er drehte den Kopf und blickte in Fürstin Elyfylls blasses Antlitz. Toryan fiel auf, dass sich ihr grauweißes Gewand auf interessanteste Weise an ihren wohlgeformten Körper schmiegte. Natürlich sah er nur so genau hin, weil er hoffte, etwas von der vermummten Gestalt in ihr wiederzuerkennen …

»Lobenswert, wie du dich bemühst, uns besser kennenzulernen«, säuselte sie. »Doch nur unseresgleichen versteht die Worte der beiden Roten. Es heißt, sie hatten Elementarwesen unter ihren Vorfahren.«

»Hmmm«, machte Toryan. Wie geistreich.

»Ich hörte, du hast Teile der Altnacht bereist.« Elyfyll tippte sich mit einem Finger an die Unterlippe. »Du solltest einmal die Teiche und Seen meiner Heimat Leylure sehen. Mancher, der sie erblickte, ging nie wieder fort.« Etwas glitzerte bei diesen Worten am Grund ihrer blassblauen Augen.

Rasch tat Toryan so, als müsste er etwas an seinem Sattel überprüfen. »Ist das eine Drohung?«

Ihr Lachen glich dem Plätschern von Quellwasser. »Du bist doch auf unserer Seite, nicht wahr?« Erneut streckte sie die Hand nach ihm aus.

Esta knurrte, leise und tief. Indigniert zog die Blutfürstin den Arm zurück.

»Er weiß nicht, was soll es bedeuten, wenn die Herrin vom Bleichweiher ruft.« Fürst Chullayn tauchte an Toryans anderer Seite auf. Der Fürst saß auf dem größten der Riesenhunde. Seine kantigen Züge verrieten nichts über seine Gedanken.

»Unser Herr der Klüfte ist *so* interessiert an euch Menschen.« Elyfyll senkte die Stimme zu einem verschwörerischen Flüstern. »Einmal in jedem Jahrhundert zieht er aus und lebt für ein Jahr unter deinesgleichen, Toryan. Spricht mit Menschen. Studiert eure Sitten und Gebräuche. Vielleicht seid ihr euch mal begegnet.«

Toryan musterte den Einäugigen, der ihn um mehrere Haupteslängen überragte. »Ich denke, daran würde ich mich erinnern.«

»Dummes Kind.« Sie lachte. »Niemand beherrscht die Kunst der Schleier so gut wie Chullayn und Zashen.«

»Habt Ihr denn noch Verbindungen in die Lichtlande, Fürst Chullayn?«, fragte Toryan.

»Den Kontakt zum Bund der Waage pflegen Lurmenor und Rhymmia.« Chullayn schürzte die Lippen. »Wie kommst du darauf?«

»Ach, reine Neugierde.«

Die beiden Blutfürsten sahen ihn nachdenklich an.

Na klasse. Toryan hätte sich ohrfeigen können. Anstatt etwas herauszufinden, hatten seine Fragen Misstrauen hervorgerufen. Kein bisschen schlauer, aber mit einem mulmigen Gefühl ließ er Esta ein wenig zurückfallen.

Wie sein Gemüt verfinsterte sich der Himmel mit jeder Wegstunde mehr, bis die Wolken beschlossen, ihre Last über dem Heereszug auszuschütten. »Verdammter Regen«, brummelte Toryan und zog sich die Kapuze über.

»Das nennst du Regen?«, dröhnte Fürst Asmodan, der auf einem gehörnten Rappen vor ihm ritt. »Fühlt sich eher an, als würde uns eine Katze anpissen. Warte, bis wir die über den Köpfen haben.« Er deutete auf eine Unwetterfront am Horizont, in der Blitze zuckten.

»Kann's kaum erwarten«, entgegnete Toryan. Nicht viel später strafte ihn der Himmel für seinen Sarkasmus.

Der Sturm heulte wie ein Chor, ach was, wie ein verdammtes Orchester rastloser Seelen. Donnerschläge hallten. Sturzbäche fluteten herab, als wollten sie die Welt ersäufen. Esta konnte sich gar nicht so schnell schütteln, wie sich ihr Fell mit Wasser vollsog.

Und was tat Asmodan? Der Wahnsinnige stimmte ein Lied an, das selbst das Tosen der entfesselten Elemente übertönte.

Hrumm, didumm, bumm, bumm, bumm, lasst uns im Donner singen,
lasst uns die Schwerter schwingen.
Lasst uns'ren Ruf erklingen, die Feinde den Blutzoll bringen!
He, wir sind die Alte Nacht,
aus Feuer und Schatten und Sturm erwacht.
He, wir sind die Alte Nacht, heute wird uns frisches Blut gebracht.

Der Gesang verbreitete sich durch den Zug, und nahezu alle Wesen stimmten darin ein. Die Melodie, archaisch und wild, fuhr Toryan in die Glieder, und eh er sich's versah, sang er selbst mit: *»He, wir sind die Alte Nacht, aus Feuer und Schatten und Sturm erwacht.«*

Schemen glitten durch die Wolken. Schwingen knisterten und flackerten in der Schwärze. Asmodan brüllte ihnen einen entzückten Gruß entgegen.

»Garuda, ihr Vögel aus Donner und Macht, haltet die Grenze, haltet die Wacht. He, wir sind die Alte Nacht, aus Feuer und Schatten und Sturm erwacht.«

Obgleich komplett durchnässt, konnte Toryan nicht anders, als aus vollem Herzen zu jauchzen. Es war ein Rausch, doch anders als die Predigten in Gorvul betäubte er ihn nicht. Im Gegenteil, er fühlte sich lebendig, voll pulsierender Energie. Er umarmte Regen und Wind wie Freunde, genoss, wie jeder Fetzen seiner Kleidung vor Nässe troff.

Es war erhebend – und erschreckte ihn zutiefst.

Was wird aus mir?, schoss es ihm durch den Kopf. *Hier reite ich, gegen die Menschheit, in einem Heer von Wesen, die mir fremder kaum sein könnten. Und für was? Für eine Zukunft, die vielleicht nie kommt. Für einen toten Freund. Und für die Liebe meines Lebens, von der ich nicht weiß, ob ich ihr nur annähernd so viel bedeute wie sie mir.*

Und dann wurde ihm klar, dass es keinen besseren Grund auf dieser großen, verdammten, verrückten Welt geben konnte.

Von Dunkelheit und Sternen

Minn hatte von Rojins Wohnstatt aus einen Bogen nach Nordwesten geschlagen. So hoffte sie, Freiholt zu erreichen, ohne zu nah ans Moor zu geraten. Sie würde auf Menschen treffen, aber irgendwo musste sie untertauchen. Und falls die Paladine auftauchten, würde sie die eitlen Pfaue in ihren Glitzerrüstungen schon rechtzeitig bemerken.

Sie ließ die Hügellandschaft hinter sich und stieß auf einen breiten Kanal. Boote waren keine zu sehen. Sie folgte dem träge fließenden Strom, bis er sich zwischen zwei Klippen so verengte, dass lediglich eine schmale Fahrtrinne frei blieb. Direkt am Wasser war ein Balkenfort errichtet worden, vermutlich eine Zollstation. Minn verbarg sich im Schilf der Uferböschung und beobachtete eine Weile den Steg und das Gebäude. Nichts rührte sich. Es wunderte sie nicht. Freiholt befand sich im Kriegszustand, die Besatzung des Forts war bestimmt fürs Heer eingezogen worden.

Als sie die Klippen passierte, sah sie, dass Treppen in deren Fels eingelassen waren. Neben die Stufen hatten die Steinmetze Bildnisse von Nixen gemeißelt. Einige der Fabelwesen tollten in stilisierten Wellen, doch andere waren an den Handgelenken an den Stein gekettet und ließen die Köpfe hängen. Minn ignorierte ihre leeren Augen und stieg die Treppe zur Klippenspitze hinauf.

Albatrosse kreisten und krächzten am Himmel, der Wind trug den Salzgeruch der See und das torfige Odeur des Moores mit sich. Der weite Blick auf Freiholts Norden offenbarte quadratische Äcker, Marschhecken, eine Anlegestelle für Fischerboote. Eine pittoreske Stadt trennte das Nutzland von den Sümpfen, die weiter im Westen unter einer Dunstglocke lagen. Die Zivilisation war nahe. Aber Minn fühlte sich den Menschen fern.

Was hilft es, ein Ziel zu haben, wenn man keine Freude dabei empfindet, es zu erreichen?, fragte sie sich. Eine Antwort darauf fand sie nicht. Weder beim Abstieg noch auf dem einsamen Marsch in die Grenzstadt von Freiholt.

Minn hatte beschlossen, sich der Stadt über die Felder zu nähern, um das Kommen und Gehen am Tor zunächst aus sicherer Entfernung auszuspionieren. Unter den skeptischen Blicken eines Kranichs sprang sie über eine Wasserrinne, als sie jemanden eine alte Volksweise summen hörte. Ein Büschel Halme wurde beiseitegeschoben, und Minn starrte unvermittelt ins Gesicht einer Feldfrau, so braun und runzlig wie ein alter Apfel. Das mausgraue Haar hatte die Alte zu einem Dutt gebunden, dem gebückten Rücken zum Trotz war der Körper sehnig. Über der Schulter balancierte sie eine Stange, von der links und rechts Körbe mit Getreide hingen. Bei Minns Anblick setzte sie die Stange ab und einen skeptischen Blick auf. »Die Straße nach Storchenbruck ist da hinten, junge Frau.«

»Entschuldigt.« Minn rang sich ein Lächeln ab. »Mein Orientierungssinn ist nicht der beste.«

»Du wirkst nervös.«

»Ach, so seh ich immer aus.«

»Kommst aus Blauried, was?« Die Alte kniff die Augen zusammen. »Ich trau Frömmlern aus dem Süden nicht.«

»Ach je, ach je, gute Frau, ihr haltet mich für eine Anhängerin der Engel, dabei kann mir das wichtigtuerische Geflügel gestohlen bleiben«, plapperte Minn drauflos, wobei sie ihre Empörung nicht mal spielen musste. »Ich bin eine einfache Botin, die für einen Hungerlohn Leib und Leben riskiert. Ich sollte Briefe in die Bergdörfer im Westen bringen. War meine erste Reise über die Grenze. Dabei hab ich mich verirrt und geriet ins Moor. Eins meiner Maultiere ist ersoffen, das andere rannte davon, und ich stolperte verloren durch die Dunkelheit, allein, in der Hoffnung auf eine gütige helfende Hand und ein Dach überm Kopf, während der Wind heulte und sich Ungetüme durchs Moor schleppten und …«

»Jaja, schon gut.« Die Bäuerin stemmte die Hände in die Hüften und seufzte. »Du kannst heut bei mir übernachten.«

Siehst du, Minn, Geleier bringt doch *was*, dachte sie zufrieden. Ha, wenn Ryna das gesehen hätte!

Wie es der Matrone wohl ergangen war? Beklemmung ergriff Minn. »Ich danke Euch«, sagte sie. »Wenn ich mich erkenntlich zeigen könnte …«

»Hilf mir mit dem Korb, eh ich's mir anders überlege.« Den brüsken Worten zum Trotz tätschelte die Alte ihr den Arm. »Ich heiße übrigens Hulda.«

»Minn«, sagte Minn und griff die Stange. Im selben Moment hätte sie sich ohrfeigen können. Sie sollte es besser wissen, als so leichtfertig ihren Namen zu nennen. Andererseits, wenn sie nicht mal mehr einer alten Frau vertrauen konnte – wem dann?

Minn und Hulda passierten ungehindert Storchenbrucks zweiflügeliges Stadttor. Zwar gab es ein Wachhaus mit gekreuzten Harpunen über dem Eingang, doch wie schon die Zollstation am Fluss war es unbesetzt.

Die Straßen waren mit hellen, quadratischen Steinen gepflastert und sorgsam gefegt. In regelmäßigen Abständen brannten Gaslaternen in der Abenddämmerung, an einem mit allerlei Seegetier verzierten Springbrunnen plätscherte frisches Wasser. Wenn sie anderen Leuten über den Weg liefen, grüßten diese freundlich. Die wenigen Männer unter ihnen waren entweder zu alt oder zu jung, um geradeaus zu laufen.

Hulda gab die Körbe im Austausch für ein Säckchen Münzen an einer Sammelstelle in der Nähe des kleinen Binnenhafens ab, schnalzte zufrieden mit der Zunge und verkündete, nun sei Zeit zur Abendruhe. Ihr Haus lag im Zentrum des Städtchens, unmittelbar am Marktplatz. Schmal und hoch, mit einem von Ziegeln besetzten Spitzgiebeldach und einer in fröhlichem Blau gestrichenen Fassade passte es gut zum Rot, Gelb und Grün der umliegenden Gebäude.

Über steile Stiegen führte Hulda Minn unters Dach, in ein hell gestrichenes Zimmer mit Deckenbalken. Eine hübsche kleine Kommode, ein Waschtisch und ein Sessel nahmen die linke Raumhälfte ein, rechts hingen allerlei Stickwerk und Landschaftsbilder über einem schmalen Bett. Das Gestell war niedrig, die Laken sauber. Minn fühlte sich sofort wohl.

»Das ist das Zimmer meiner Tochter Thaya«, verkündete Hulda. »Als sie jung war, ist sie auch immer durchs Land gestromert wie du. Heute wohnt sie mit ihrem Mann und dem Enkel in Schwanenried. Ich halte ihr Zimmer immer bereit, falls sie zu Besuch kommt. Wasser und Seife stehen da drüben. Ich weck dich nicht zum Frühstück, denn du brauchst Schlaf, und ich muss früh raus. Mein Bruder Alaus ist Ortsvorsteher, und morgen ist eine Versammlung. Ich lass dir alles in der Stube stehen. Bedien dich dann einfach.«

Minns Knie wurden weich. Sie musste sich aufs Bett setzen. Ein Weinkrampf ergriff sie wider Willen, schüttelte sie durch. Schluchzend schlug sie sich die Hände vors Gesicht.

»Na, na, Kind.« Die Alte tätschelte ihr den Oberschenkel. »So schlecht backe ich nicht, wirst schon sehen.«

»Nein, das ist es nicht.« Trotz der Tränen musste Minn lachen. »Ich hatte nur nicht damit gerechnet, dass jemand mir etwas Gutes tut.« Sie zögerte, als ihr bewusst wurde, wie lächerlich das klang.

»Ich weiß nicht, was dir bei den Frömmlern widerfahren ist«, sagte Hulda bestimmt. »Aber hier sind wir füreinander da. Jetzt wird alles gut, wirst schon sehen.« Sie blies die Kerze aus und schloss die Tür hinter sich.

Kaum hatte Minn sich unter die Daunendecke gekuschelt, fiel sie schon in die Arme des Schlafs.

Sie sah sich selbst an einem steinumrandeten Teich inmitten einer Lichtung stehen. Durch die Bäume ringsum brach diffuses Licht. Die Blätter raschelten, obgleich kein Lüftchen ging, die Baumkronen schwankten, als beutle sie ein unsichtbarer Sturm – oder als huschte etwas Riesenhaftes durch die Wipfel. Ja. Etwas Unsagbares war dort draußen. Lauerte. Kam näher.

Minn stieg in den Teich. Sank. Schwamm.

Plötzlich trat sie nicht länger Wasser, sondern schwebte über einem nebligen Tal. Sanfte Hügel erstreckten sich unter dem Firmament, so weit das Auge reichte.

Im Tal dazwischen glitzerte ein Fluss. Ein Kahn glitt durchs Wasser, in Bewegung, doch nie näher kommend. Ein Umhang aus Schatten umwallte den Ruderer. Flammengeister tanzten über den Wellen, ohne die Dunkelheit rings um das Boot zu erhellen.

Eine Orchidee wuchs aus dem Wasser, erblühte in blendendem Weiß. Doch schon schrumpelten die Blüten zusammen und trudelten in die Strömung, die alle Pracht davontrug.

Wind kam auf, umarmte Minn und trug sie aus dem Tal, in den Himmel hinauf.

Sie schwebte inmitten einer sternenüberkrusteten Unendlichkeit. Unter ihr erhoben sich Imperien zu unermesslicher Größe und stürzten zusammen, ehe neue Reiche aus ihren Ruinen erwuchsen.

In der endlosen Weite hätte sie sich verloren und klein vorkommen können, doch alles, was sie fühlte, war grenzenlose Freiheit.

Eine zeitlose Zeit später wurde sie der Leere zwischen den Sternen gewahr. Einer lauernden, kalten Schwärze, die danach gierte, das Licht zu verschlingen, das sie selbst nie besessen hatte, die nicht satt sein würde, bis Myriaden von Welten erloschen, bis kein Herz mehr schlug und kein Feuer mehr wärmte.

Dieselbe Dunkelheit, die hinter den Bäumen gelauert hatte.

Leben oder Leere. Schatten oder Feuer. Finsternis oder Stern …

Minn erwachte mit einem jähen Gefühl von Verlust. Steckte eine Botschaft in diesem Traum? Ihr Kopf knarzte vor angestrengten Gedanken wie das Gebälk über ihrem Bett. Als sie erneut einschlief, stürzte sie in die willkommene Dunkelheit traumloser Tiefen.

Engelskuss

Warum halten wir an?«, fragte Rojin mit gedämpfter Stimme, als Storchenbrucks Mauern vor ihm und seiner Begleiterin auftauchten.

»Wir sind nicht die Einzigen, die in die Stadt wollen«, gab Rhymmia zurück. Ihr dorniges Reittier Langlok schnaubte zustimmend. »Ich rieche Männer in Eisenkleidern in den Feldern vor der Stadt.«

»Torwachen?«

Sie schüttelte den Kopf. »Mindestens einer trägt Schutzamulette des Klerus.«

»Ein Paladin. Schöner Mist. Was tun die hier?«

»Sie scheinen auf etwas zu warten. Oder auf jemanden. Uns wird nichts anderes übrig bleiben, als dasselbe zu tun.«

»Eine Nacht im Heidefeld.« Rojin lehnte sich an einen Stein, machte einen Rundrücken, streckte die langen Beine aus, schlug sie übereinander und klopfte neben sich auf den Boden. »Idyllisch. Komm, nimm Platz.«

Rhymmias Augen glühten. Ob amüsiert oder tadelnd, vermochte der Freischärler nicht zu sagen.

Die Strahlen einer wässrigen Sonne kitzelten Minns Lider. Normalerweise hätte sie sich dagegen gewehrt, aus dem Schlaf geholt zu werden, doch nach all der Dunkelheit der vergangenen Tage empfand sie das Licht als Liebkosung. Sie reckte und streckte sich, rollte aus dem Bett und öffnete die Fenster. Auf dem Marktplatz zu ihren Füßen hatte sich eine erstaunliche Menschenmenge versammelt – die ganze Stadt schien auf den Beinen. Sie entdeckte Hulda auf einer Art Bühne, an deren Pult ein groß gewachsener Mann mit grau meliertem Lockenhaar und einer beigen Robe stand. Das musste die Versammlung sein, von der Hulda erzählt hatte. Dann war der Mann auf der Bühne wohl ihr Bruder, der Ortsvorsteher Alaus. Was er wohl zu verkünden hatte? Minn beschloss, dass das Frühstück angesichts ihres Logenplatzes noch warten konnte, wickelte sich in die Decke und harrte der Dinge, die da kommen würden.

Die Luft war voll vom Duft der Felder, vom muffigen Geruch des Brackwassers und von einer drückenden Unruhe.

Ortsmeister Alaus war mit seinen siebzig Jahren keiner, der sich leicht aus der Ruhe bringen ließ. Dennoch kam er nicht umhin, die Anspannung zu bemerken, die sich über die Stadt gelegt hatte. Als halte die Welt den Atem in Erwartung eines Schlages an. Sicher, auf dem Markt wurden wie üblich Teige geknetet, Fische geschuppt, Werkzeuge sortiert. Doch all das fahrig. Halbherzig. Wenn gelacht wurde, dann eine Spur zu laut. Begrüßungen waren eine Spur zu innig, Verhandlungen zu nervös.

Alaus sagte sich, dass es ganz normal war, dass die Menschen sich sorgten. Die Räte hatten die Stadtwache und Flussschützer abgezogen, um die Streitkräfte zu verstärken, die die Grenze zur Altnacht schützten. Es fühlte sich seltsam an, die Stadt so ganz ohne Schutz zu wissen. Nackt. Verwundbar.

Deshalb hatte er alle Bürger hier und heute via Dekret versammelt. Er wollte ihnen Mut zusprechen, sie bitten, zusammenzustehen und einander Halt zu geben – denn war es nicht das, was Storchenbruck und ganz Freiholt so stark machte? Sich aufeinander verlassen zu können und füreinander da zu sein, damit es keine Engel brauchte, zu denen man um Hilfe flehen musste?

Er stieg die Stufen des Podiums hinauf. In der Hand hielt er einen Bronzetrichter, der seine Stimme so verstärkte, dass sie über den ganzen Platz hinweg zu hören war. Da der Kämmerer zum Krieg eingezogen worden war, war Hulda eingesprungen und hatte alles vorbereitet. Die treue Seele. Alaus nickte seiner Schwester zu, woraufhin sie drei Mal den Marktgong schlug. Alle Augen richteten sich auf ihn.

»Liebe Mitbürgerinnen, liebe Mitbürger«, begann Alaus. »Ich weiß, dass viele von euch dieser Tage mit Sorge in die Zukunft blicken. Der Frieden, den wir so schätzen, und der uns so seit Jahren selbstverständlich schien, ist bedroht. Unsere Ehemänner, Söhne und Brüder, und auch manche Töchter und Schwestern sind ausgezogen, ihn zu schützen. Wir alle sind in Gedanken bei ihnen. Wir hoffen, dass sie nicht werden kämpfen müssen. Das Warten mag am schlimmsten scheinen, doch wir können etwas tun. Es ist wichtiger denn je, dass wir …«

Er brach ab, als aufgeregtes Gemurmel ausbrach. Bürger gestikulierten oder starrten mit offenen Mündern zum Himmel. Irritiert folgte Alaus ihren Blicken.

Es rauschte, als ein glühender Komet aus den Wolken brach und mitten auf dem Marktplatz aufschlug. Alaus musste den Blick von der Helligkeit abwenden.

Als er wieder hinsah, stand ein Engel inmitten des sich senkenden Staubs. Ein Tuch bedeckte die untere Hälfte seines Gesichts, die Augen loderten golden. Einige Zuschauer falteten die Hände, Kinder weinten.

Alaus umklammerte das Pult. »Was wollt Ihr, Seraph? Dem Pakt zwischen Freiholt und dem Klerus zufolge dürft Ihr nicht uneingeladen hier sein.«

Der Engel war so groß, dass er nicht einmal den Kopf in den Nacken legen musste, um Alaus zu mustern. Es fühlte sich an, als striche ein Seidentuch über seine Haut. »Mein Name ist Dormagh«, erklärte der Seraph, »und ich verkünde Euch eine große Freude. Diese Stadt ist fortan Teil des Großreiches von Asgreals Gnaden. Frohlocket, denn sein Licht wird Euch vor allen Unbillen der Alten Nacht beschützen. Keine blutrünstige Horde wird Eure Kinder fressen, kein Rotkapp Eure Besitztümer rauben. Drum kniet und huldigt dem Lichtbringer.«

Alaus hatte Verwandte in Blauried, und wenn er gewollt hätte, hätte er schon vor Jahren dorthin gehen und all die Annehmlichkeiten genießen können, die die Engel den Menschen brachten. Aber er bestimmte selbst, wann er wem Respekt zollte. »Wir knien nicht, und wenn Ihr noch so melodramatisch daherfliegt«, rief er. »Wir sind Freiholt.«

»Kniet und huldigt der Gnade Asgreals«, wiederholte der Engel. Mit ausgebreiteten Schwingen schritt er auf die Bühne zu. Alle, die seine Schwingenfedern im Vorbeilaufen streiften, stöhnten verzückt und sanken auf die Knie.

Stiefelschritte stampften vom Stadttor heran. Für einen Moment hoffte Alaus, die Ratstruppen seien zurückgekehrt. Doch die Männer, die rund um den Platz aufmarschierten, trugen Rüstungen, Schwerter und Arkebusen mit eingelegten Perlmuttblüten. Soldaten des Klerus. Gemurmel brach aus, Mütter nahmen ihre Kinder bei den Händen, alte Männer packten ihre Gehstöcke fester.

Dormagh machte das Segenszeichen des Lichtbringers über den Köpfen der Bürger. »Fürchtet Euch nicht. Diese Männer sind hier, um Euch vor der Dunkelheit zu beschützen.« Sein weiß gleißendes Federkleid reflektierte das Licht. Es flutete über die Menge, und jeder, den es traf, bekam einen entrückten Blick.

Die Empörung über den Anblick seiner Leute in diesem Trancezustand klumpte sich in Alaus' Magengrube zusammen. Bei den Brüsten aller Nixen, egal über welche Macht dieses Geschöpf gebot, er hatte in den Ketzerkriegen dafür gekämpft, dass dies ein freies Land blieb. Dass kein Mensch hier einem himmlischen Popanz folgen musste. »Verzeiht, Meister Seraph«, sagte er gepresst. »Wir huldigen weder Asgreal noch Euch. Ihr sollt allen einem Gast gebührenden Respekt erwiesen bekommen, aber damit …«

Dormagh machte eine abgehackte Geste. Die Pumpe am Brunnen stotterte, spotzte und stellte den Dienst ein. »Kniet. Und. Huldigt. Oder seid Ihr ein Freund der Dunkelheit?«

»Nein. Wir sind freie Menschen«, hörte Alaus seine Schwester rufen.

Der Engel zog sein Schwert. »Lasst mich Euch helfen, Verblendete.« Schwingen flappten, er landete mit einem Satz auf der Bühne und trennte Hulda mit einem Streich beide Beine ab. Mit einem widerlich schmatzenden Geräusch schlug sie auf dem Boden auf. Erneut blitzte die Klinge und ihr Kopf wirbelte durch die Luft und prallte gegen eine Hauswand, während ihr Todesschrei in der Luft verhallte.

»Schwester, nein!« Außer sich riss Alaus seinen Jadedolch aus dem Gürtel. Dormaghs Schlag mit der Schwinge traf ihn frontal vor die Brust und schleuderte ihn mehrere Mannslängen weit durch die Luft.

Alaus prallte gegen eine Laterne und sackte zu Boden. Stechender Schmerz schoss durch seinen Oberkörper. Durch Tränenschleier hindurch sah er den Engel heranschlendern. Dormagh beugte sich herab und strich ihm lächelnd mit den Fingerspitzen über die Stirn.

Erleuchtung traf Alaus, als stiege nach einer schier endlosen Nacht die Sonne empor. Es schien schwer zu ertragen, was der Engel getan hatte, doch er tat es ja nur aus Liebe. Um die Dunkelheit aus den Menschen zu vertreiben, damit sie gehorchen und das Heil empfangen konnten. Alaus schämte sich wie nie zuvor in seinem Leben, dass er sich widersetzt hatte. Den süßen Segnungen. Dem Delirium des wahrhaft Gläubigen, der in Asgreals Gnade baden durfte.

Dormagh hauchte ihm einen Kuss auf den Mund, saugte seinen Atem ein, und Alaus' Geist vaporisierte in einer Wolke aus Licht.

Minn biss sich in die Hand, damit sie nicht aufschrie. Den Menschen auf dem Marktplatz war die Sicht versperrt, aber sie sah von ihrem erhöhten Ausguck jedes grausige Detail. Alaus, der sich trotz seiner Verletzungen unter dem Kuss des Engels in Ekstase wand. Der Ortsvorsteher schrumpelte zusammen und sein Haar bleichte knochenweiß, während der Engel seine Lebenskraft trank.

Auf dem Marktplatz kam Bewegung in die Menge. Ein Paladin schritt systematisch die Reihen der Bürger ab und sah sich jede junge Frau genau an.

Die suchen mich. Eine kalte Klaue griff nach Minns Herz. Sie verspürte das Bedürfnis, auf der Stelle die Beine in die Hand zu nehmen. Mühsam unterdrückte sie die Panik und zwang sich nachzudenken. Früher oder später würden die Besatzer sie finden. Sie musste raus aus der Stadt. Wohin war erst mal egal. Doch sie musste warten, bis es dunkel war.

Der Paladin trat zu dem Engel am Rand der Empore. Dank ihres scharfen Hörsinns verstand Minn nach wie vor jedes Wort. »Sie ist nicht hier, Ehrwürdiger. Ist Euer Informant zuverlässig?«

»Das ist er. Wenn sie die Stadt bereits verlassen hat, kann sie noch nicht weit gekommen sein. Ich suche die Straßen Richtung Norden ab. Du weißt, was hier zu tun ist. Ich kehre bald zurück.« Dormagh erhob sich in die Luft. Sämtliche Augenpaare sahen ihm nach, wie er sich in den Himmel schraubte und gen Norden davonflog.

»Ein Kind der Asche. Hier. Das kann kein Zufall sein.« Eiskristalle bildeten sich auf Rhymmias zu Fäusten geballten Händen. »Wenn es die Dämmergeborene findet, ist alles aus.«

»Ich glaube nicht, dass der Engel wusste, dass sie in der Stadt ist.« Rojin rieb sich das bartstoppelige Kinn. »Sieht eher so aus, als wollte der Klerus Storchenbruck besetzen. Wer die Stadt kontrolliert, kontrolliert die Schiffswege aus Blauried.«

»Ich dachte, Freiholt und der Klerus seien verbündet?«

»Das dachten die Ratsmitglieder von Freiholt auch.« Rojin grinste schief.

»Ich gehe hinein«, beschloss Rhymmia.

»Minn wird nicht freiwillig mit dir kommen. Und aus einer vom Klerus besetzten Stadt kannst selbst du sie nicht gegen ihren Willen rausschaffen.«

»Aber ich kann sie beschützen. Suche du die Räte auf. Erzähl ihnen, was passiert ist. Sie werden nicht länger an Asgreals Seite gegen uns kämpfen, sondern Storchenbruck befreien.«

»Falls sie mir glauben.« Rojin rieb sich den Nacken.

»Einen besseren Plan haben wir nicht. Der Engel wird wiederkommen. Du musst dich eilen. Reite auf Langlok. Er findet mich überall wieder.«

»Ich weiß nicht, ob das eine gute Idee ist.«

»In die Stadt kann ich ihn nicht mitnehmen. Und kein Pferd oder Boot nimmt es mit seiner Geschwindigkeit auf.«

Langlok raschelte zustimmend mit seinen blattartigen Schuppen.

»Na schön.« Rojin umarmte Rhymmia, ehe er in den Sattel kletterte. »Pass auf dich auf.«

»Und du auf dich.« Sie zog sich die Kapuze über den Kopf und huschte Richtung Storchenbruck davon.

KRIEGSRAT

An der Grenze nach Daosam stellte der Sturm seine wilden Angriffe ein, das Donnern ebbte zum Grollen ab. Der Gesang des Altnachtheeres war verstummt und hatte der konzentrierten Stille vor einer Schlacht Platz gemacht.

Ein Lichtstreifen schimmerte durch den Dunst, der den Waldsaum und damit den Übergang zum Reich des Klerus markierte. Obwohl Lurmenors Heer im Schatten der Bäume anhielt, musste Toryan mehrmals blinzeln, ehe er in der Lage war, auf die andere Seite zu blicken.

Dort gleißte die glutrote Abendsonne auf stählernem Tod.

Die Trichterwaffe aus Servul stand nach wie vor an der Spitze des Grenzplateaus, hinter den Stümpfen der Phönixweiden. Sie sah aus wie ein überdimensioniertes Blasinstrument, nur dass die glockenförmige Öffnung keine Musik hervorbrachte, sondern Vernichtung.

Zu den schroff abfallenden Seiten hin sicherten je zwei übereinanderliegende Wälle das Plateau und verbargen den Blick auf die Verteidigungslinie dahinter.

Lurmenor hob die Arme und rief etwas in einer rumpelnden Sprache. Ein Schemen löste sich aus der Gewitterwolkenfront und schwebte über das Grenzplateau. Aufgeregte Rufe ertönten von der Lichtlandseite her, vereinzelte Arkebusen knallten, doch die dunkle Kreatur kreiste davon unbeeindruckt über den Stellungen.

Ein greller Lichtstrahl brach hinter den Wällen hervor und traf das Schattenwesen. Es trudelte, fing sich und flatterte zurück Richtung Altnacht. Toryan japste erschrocken, als der Vogel mit Flügeln von der doppelten Spannweite eines Adlers auf ihn zusteuerte. Mit der Hand packte er den Schwertgriff, da bemerkte er seinen Irrtum. Der Gewittervogel wollte gar nicht zu ihm. Vielmehr landete er auf

Lurmenors ausgestrecktem Arm. Das gab Toryan die Möglichkeit, das Wesen genauer zu betrachten. Es erinnerte an eine Mischung aus Adler und Rabe mit gekrümmtem Hackschnabel. Die Augen funkelten bläulich-silbern, und zwischen den schwarzen Schwingen knisterten Blitze. Der Vogel stieß tiefe Grolllaute aus.

Lurmenor lauschte und nickte. Er hob den Arm und der Vogel flog zurück Richtung Gewitterfront, wo er wieder mit der blitzdurchzuckten Dunkelheit verschmolz.

»Vier Hundertschaften Arkebusenschützen und dreitausend Fußsoldaten hinter den Wällen«, wandte Lurmenor sich an seine Fürsten. »Noch mal doppelt so viele lagern vor der Festung.«

»Können diese Donnervögel den Hügel nicht aus der Luft angreifen?«, fragte Toryan.

»Selbst wenn die Sonne gesunken ist, wage ich es nicht, sie dorthin zu entsenden.«

»Warum nicht?«

Der Erzfürst deutete auf die Hügelspitze. »Wegen ihm.«

Auf der Anhöhe stand wie aus dem Boden gewachsen ein Engel, größer selbst als Fürst Asmodan, in grauer, mit Gold ziselierter Rüstung. Sein Haar leuchtete purpurn wie die Morgenröte. Symael, der Wächter des Ostens. Toryan hatte ihn bisher nur auf Bildern gesehen, doch wenn nur die Hälfte dessen stimmte, was man über ihn sagte, war dieser Seraph ein furchterregender Feind.

»Wartet hier«, befahl Lurmenor. Die Schatten um ihn formten gezackte Schwingen, aus seinen Schläfen sproß die Geweihkrone. Er wuchs, bis er dieselbe Größe wie der Engel hatte. So trat er aus dem Wald.

»Ah, der Feind kriecht aus seinem Versteck.« Die Stimme des Seraph hallte über das Land. »Hört mich, ihr Kreaturen, die ihm folgen. Ich bin Symael, Verkünder des Heils, Hammer der Nacht, Wächter des Ostens. Kehrt um, und ihr dürft noch ein wenig länger euer Schattendasein fristen. Aber setzt einen Fuß in die Lande des Lichts, und von euch wird nichts bleiben als Staub.«

Lurmenor breitete die Arme aus. Und schritt über die Grenze.

Der Engel entfaltete die Schwingen. Weiß gleißendes Licht flutete den Hügel hinab. Es brandete um Lurmenor herum wie die See um ein Riff, floss weiter zum Wald. Esta jaulte, einige Nachtkrabbler schrien. Schwindel erfasste Toryan, als die Welt sich zu einem Tunnel aus Helligkeit verengte, der ihn einsog, und an dessen Ende …

Der Sog verschwand abrupt, als Lurmenors Schatten sich wie ein Tuch über das Licht legte.

Der Sog verebbte so schnell, wie er gekommen war. Toryan atmete durch. Seine Haut prickelte, als hätte er sich in Brennnesseln gewälzt.

»Das hilft euch nicht«, höhnte der Engel, dessen Augen nun im selben Grellweiß wie die Flügel flammten. »Ihr erbärmlichen Kreaturen seid schon bald Vergangenheit.«

»Mag sein«, grollte Lurmenor. »Doch du wirst vor uns vergehen.« Er hämmerte die Faust auf den Boden. Dunkelheit brandete den Hügel hinauf. Der Engel brachte die Flügel vor der Brust zusammen und der dunkle Strom zerschellte daran.

Symael lachte, laut und hell wie das Geläut von Tempelglocken. Lurmenor wandte sich um und schritt zurück in die Schatten.

Die Sonne tastete ein letztes Mal mit blutroten Fingern über die Baumgrenze, ehe sie hinter dem Horizont versank. Lurmenors Streitmacht hatte ihr Lager unweit der Grenze aufgeschlagen. Befestigungen brauchte es nicht. Das Heer des Engels würde nicht so dumm sein, über die Grenze zu kommen. Es konnte bequem hinter seinen Stellungen abwarten. Denn mit jeder Stunde, die Symael die Truppen der Altnacht fernhielt, kam er seinem Ziel ein Stückchen näher.

Toryan war nach Sonnenuntergang zusammen mit den Blutfürsten zum Kriegsrat in Lurmenors Zelt geladen. Bis dahin blieb noch etwas Zeit. Er verstaute seine Sachen zwischen zwei mannshohen Wurzelsträngen und versorgte Esta mit Wasser sowie sich selbst mit einem Humpen des Gebräus, das einige Gyblegogs aus dem Versorgungstross ausschenkten. Als er sein triefend nasses Wams zum Trocknen an einem Ast aufhängte, verblassten unvermittelt alle Gerüche und Farben. Die Konturen der Bäume verschwammen, die Laute des Lagers drangen nurmehr gedämpft an sein Ohr. Esta zog die Lefzen zurück und bleckte die Zähne.

»Ich hoffe, du siehst es mir nach, dass ich uns in einen Schleier gehüllt habe«, flüsterte eine Stimme.

»Fürst Zashen«, rief Toryan verblüfft. »Shhhh, Esta, Platz! So ist's brav.«

Der Blutfürst neigte das Haupt. »Es war nicht meine Absicht, dich zu erschrecken. Ich möchte eine delikate Angelegenheit mit dir besprechen, die nicht für andere Ohren bestimmt ist.«

»Ah? Worum geht es denn?«

Zashen blickte sich um, als wollte er sichergehen, dass sein Schleier funktionierte. »Die Anzeichen sind zu deutlich, um länger die Augen davor zu verschließen. Ich fürchte, wir haben einen Verräter unter uns.«

Toryan versuchte, seine Verblüffung durch eine erschrockene Miene zu überspielen. »Wie kommt Ihr darauf?«

»Wie kommt es, dass Symael kein bisschen überrascht war, unser Heer an Daosams Grenze aufmarschieren zu sehen? Wir hätten genauso gut versuchen können, bei Dimmgrund über die Grenze zu setzen.«

»Hmm. Das ist in der Tat seltsam.«

»Ich möchte den Erzfürsten so kurz vor der Schlacht nicht damit belasten«, fuhr Zashen fort, »und wir brauchen Geschlossenheit in unseren Reihen. Ich bitte dich, die Augen offen zu halten. Sollte dir irgendwas merkwürdig erscheinen, lass es mich wissen.«

»Das … werde ich«, sagte Toryan zögerlich.

»Ich danke dir. Dann wollen wir Lurmenor nicht länger warten lassen.« Der Blutfürst machte eine Geste, als zöge er einen Vorhang auf. Der Schleier verschwand, Licht und Laute kehrten zurück.

Esta drückte sich an Toryans Oberschenkel. »Warte hier«, befahl er ihr. Die Riesenhündin drehte sich zwei Mal um sich selbst, ließ sich nieder und legte den Kopf mit einem Seufzer auf die Vorderpfoten. »Schau nicht so«, sagte Toryan. »Wenn du brav bist, bring ich dir was Fleischiges mit.«

Estas Hundegrinsen reichte von einem Ohr zum anderen.

Toryan folgte Zashen zu Lurmenors Zelt aus schwarzer Seide. Die Stimmung im Innern war ähnlich düster.

Die Arme aufs Kopfende eines roh behauenen Tisches gestützt, brütete der Erzfürst über einer Karte des Grenzgebietes. Schatten umwogten seinen Körper, der wieder menschliche Form hatte. Vor ihm lagen einige der handtellergroßen Kristalle, von denen Toryan inzwischen wusste, dass Eingeweihte durch sie über große Entfernungen kommunizieren konnten. Die übrigen Fürsten hatten bereits auf hochlehnigen Stühlen Platz genommen. Toryan und Zashen gesellten sich zu ihnen.

»Ich habe Botschaft von Rhymmia erhalten«, verkündete der Erzfürst seinem Kriegsrat. »Die Dämmergeborene ist in einer Stadt in Freiholt, die von Truppen des Klerus eingenommen wurde. Rhymmia schleicht sich ein, aber sie wird sich nicht lang verborgen halten können. Wir müssen dorthin, ehe die Engel sie entdecken, koste es, was es wolle.«

Sie hatten Minn gefunden – und sie war in Gefahr! Toryan bezwang seine Aufregung und räusperte sich. »Wenn wir stürmen, frisst diese Waffe sich durch unsere Reihen wie Feuer durch Papier.« Er tippte auf die kartografierte Hügelspitze, auf der eine täuschend echte Miniaturversion der Kanone platziert worden war.

»Ist sie wirklich so mächtig?« Bimbadim strich sich den Bart.

»Ist sie«, bekräftigte Toryan.

»Also müssen wir sie überraschen.« Fürstin Elyfyll schürzte die Lippen. Ein hinreißender Anblick.

»Da gibt es nur ein Problem.« Chullayn von den Klüften schlug mit der Hand auf die stilisierte Feste von Kardinal Tadeean. »Die haben uns bereits gesehen.«

Und wenn wir den Verräter nicht finden, wissen sie in Kürze von Minn, schoss es Toryan durch den Kopf.

»Wir hatten nie viel Hoffnung auf einen Sieg«, sagte Fürst Liruan vom Glühberg. »Das wussten wir, als wir zu diesem Krieg aufbrachen. Wir alle haben im Regendom meditiert.«

Asmodan packte einen Stuhl und drosch ihn auf den Boden, dass Holzsplitter durch die Luft flogen. »Verdammte Kinder der Asche. Sie dürfen nicht siegen. Nicht so.«

»Es ist keinem geholfen, wenn wir beim Versuch eines Ausfalls sterben«, sagte Zashen nüchtern.

Asmodan funkelte ihn an. »Was schlägst du stattdessen vor? Rumsitzen, bis Asgreal die Dämmergeborene in die Finger kriegt? Tun wir nichts, sind wir verloren, und die Welt mit uns.«

Chullayn fletschte die Zähne. Liruan, Bimbadim und Zashen verschränkten die Arme vor der Brust. Elyfyll verdrehte die Augen. Und die hünenhaften Dangag und Inyok starrten um sich, als überlegten sie, wem sie als Erstes an die Kehle gehen sollten.

»Wenn ihr euch selbst zerfleischt, ist keinem geholfen«, entfuhr es Toryan.

Alle sahen ihn an. Plötzlich fühlte er sich sehr klein. Und sehr … essbar. Er schluckte. »Lasst uns nachdenken. Es muss einen Weg geben, den Grenzhügel zu stürmen. Und wenn wir die Erde selbst anhalten müssen, um Minn zu retten.«

He. Moment. Erde? Er klatschte sich mit der Hand an die Stirn. »Das ist es!«

»Was ist was?« Lurmenor legte den Kopf schräg.

»Ohne diese Riesenkanone haben wir eine Chance gegen Daosams Armee, richtig? Richtig.« Toryan hob die Nachbildung der Waffe von der Karte auf. »So tödlich sie ist, sie ist unflexibel und schwer. Sie haben ein Luftschiff gebraucht, um das Ding überhaupt aufs Plateau zu bugsieren.«

»Was hilft uns das?«, grollte Asmodan. »Wir kommen nicht daran vorbei.«

Toryan stellte die Miniaturkanone so zurück, dass sie an der Kante des Hügels stand und bedenklich wackelte. »Wer behauptet denn«, sagte er bedächtig, »dass wir daran *vorbei*müssen?«

Gewonnen und verloren

Mit dem Abend war von der Seeseite Nebel aufgezogen, der wie ein Leichentuch über Storchenbrucks Dächern hing. Die Laternenlichter waberten und zuckten, als versuchten sie, aus ihren Käfigen aus Trübglas zu entkommen.

Minn kauerte hinter der Statue eines Fabelwesens mit Fischkörper, Krallen und Vogelschnabel und presste den Reisebeutel an sich. Das Stadttor lag in Sichtweite, unbewacht. So weit, so gut. Sie richtete sich auf.

Jemand legte ihr von hinten die Hand auf die Schulter. »Sieh an, welch süßes Kätzchen geht denn da bei Nacht auf Streifzug?«

Dreimal vermaleideiter Donnerkeil, wie viel Pech kann man haben? Minn zwang sich, ruhig zu bleiben, wandte sich um und blickte ins Gesicht eines braun gelockten Soldaten, der in einem früheren Leben ein Putzlappen gewesen sein musste – wie sonst hätte er so schmierig grinsen können? »Ich suche meine Schwester«, log sie. »Haben uns nach der Versammlung heute aus den Augen verloren.«

»Ist sie so hübsch wie du?« Schmierlappens Hand wanderte in Richtung ihres Schlüsselbeins.

Minn seufzte innerlich. Na gut. Dann eben auf die undamenhafte Art. Immerhin war der Kerl allein.

Sie grub ihre Nägel in seine Hand und bog ihm den Daumen zurück. Simpel, schmerzhaft, effektiv. Er kreischte auf, ließ los und schlenkerte den Arm. »Du Miststück.«

»Kätzchen krallen eben, wenn sie nicht zum Spielen aufgelegt sind«, gab Minn zurück.

»Bist du immer so unverschämt?«

»Ach was. Manchmal schlafe ich auch.«

»Dir gehört der Mund mit Bitterwurz ausgewaschen.« Die Züge des Soldaten verzerrten sich. »Was ist in dem Beutel?«

»Zeig ich dir gern, Augenblick.« Minn machte sich bereit, dem Kerl eins überzuziehen. Selbst schuld, wenn er so neugierig sein musste. Sie nahm den Beutel wie eine Hiebwaffe, drehte die Hüfte ein und …

… ließ den Arm sinken, als ein halbes Dutzend Soldaten um die Ecke bog, angeführt von einem Paladin in Goldrüstung. Sein Nacken war so dick wie anderer Leute Oberschenkel, das Haar an den Schläfen abrasiert. Das war der, den sie im Wald in Blauried beobachtet hatte.

Minn trat aus dem Schein der Laterne und drehte den Kopf weg. Mist.

»Da steckst du, Olf«, grollte der Paladin. »Wer ist die Streunerin? Was hast du da?«

Der Wächter entriss Minn den Beutel, zog Rynas Buch heraus und hielt es prüfend gegen das Licht. »Weiß nicht recht, Meister Beltor.«

Der Paladin nahm es ihm aus der Hand und blätterte darin. Seine Augen traten so weit vor, als sei er ein Frosch, an dem eine fette Fliege vorbeischwirrt. »Woher hast du das, Weib?«

»Im Straßengraben gefunden«, log Minn.

Ein Glitzern trat in Beltors Augen. »Du kommst mit. Der Seraph wird dich nach seiner Rückkehr befragen wollen.«

Minns Magen krampfte sich zusammen. Dormagh würde sie sofort erkennen. Besser gleich die Flucht wagen, egal wie gering ihre Chancen standen. Sie spannte ihre Muskeln an und machte sich bereit.

»Schwester, da bist du ja.« Wie aus dem Boden gewachsen stand eine hochgewachsene Frau im Kapuzenmantel neben ihr. Die Soldaten fuhren herum, nicht weniger verdattert als Minn. »Ich bin so froh, dich zu sehen.« Die Fremde umarmte sie und brachte dabei den Mund dicht an ihr Ohr. »Spiel mit, wenn du überleben willst«, wisperte sie. Es fühlte sich an, als striche Eiswind über die Haut.

Es ist die Blutfürstin, Rhymmia. Minns Gedanken rasten. Was tun? Ihr vertrauen? Bestimmt nicht. Aber verglichen mit Dormagh und dem Paladin war Rhymmia im Moment das kleinere Übel. »Dem Licht sei Dank«, rief Minn deshalb. »Du weißt ja, dass ich heut früh diese Tasche fand, und jetzt wollen diese Männer mich mitnehmen.«

»Wieso?«, rief Rhymmia, scheinbar schockiert. »Sie lag doch herrenlos im Graben.«

»Schluss jetzt«, befahl Beltor. »Wir klären das. Bringt beide in die Keller, Männer.«

Die Wachen führten Minn und ihre unverhoffte Verbündete ins Gewölbe eines nahe gelegenen Lagerhauses, durch einen Gang voller Fässer in einen Raum, der sonst wohl genutzt wurde, um Fische und Fleisch zu pökeln. Es roch nach schalem Rauch, Stein und Salz. Der Paladin ließ ihnen Kettenschellen um die Handgelenke legen, deren Glieder auf Schulterhöhe links und rechts in der Wand verankert waren. Minn fühlte Panik in sich aufsteigen. Wenn die Vampirin jetzt nichts tat, waren sie hilflos.

Die Schellen klickten. Gefangen.

»Helft den anderen mit den Stadtbewohnern«, wies Beltor seine Leute an. »Amüsiert euch, aber denkt dran, bei Sonnenaufgang rücken wir ab. Ich habe mit diesen *Damen* privat zu reden.«

Die Männer grinsten, salutierten und verließen den Raum.

Beltor baute sich vor Minn auf und klopfte sich mit dem Buch in die Handfläche. »Dieses Werk ist voller Wissen über die Dämmergeborene. Über dich. Dachtest du, ich erkenne dich nicht? Oh, mein Lohn dafür, dich gefunden zu haben, wird gewaltig sein.«

Minn schluckte die Angst hinunter, ehe diese sich in ihrem Hals verklumpen konnte. »Glückwunsch, Speckbacke«, sagte sie. »Da werden deine rausgeputzten Freunde neidisch sein.«

Seine Augen wurden hart. »Ich entzündete die Gedenkfeuer für zwei meiner Brüder in der Hütte des verdammten Holzfällers, der sie erschlagen hat. Zu dumm, dass er schon tot war, als die Flammen sein Heim verschlangen.«

Hätte ein Maultier sie in den Magen getreten, hätte es Minn nicht mehr wehtun können. *Ich werde nicht um Chun weinen*, befahl sie sich. *Nicht vor diesem Mörder.*

Beltor warf das Buch von sich und packte ihr Kinn. »Weißt du, was ich erdulden musste, weil du uns entkommen bist? Dormagh der Bedeckte hob seinen Schleier, und ich sah … seine Welt.« Für einen Moment verzerrten sich die fleischigen Züge voll Grauen.

»Wo ist der Flattermann denn hin?«

Der Paladin wedelte mit dem Zeigefinger. »So neugierig. Aber warum nicht. Der Hohe Seraph schickt die Streitkräfte der Ketzer nach Daosam und lässt sie ein paar Nachtkrabbler für uns töten. Wenn die Narren ihre Schuldigkeit getan haben, schlachten wir sie. So wie die Bewohner dieser nach Fisch stinkenden Stadt.«

»Hier sind nur Frauen, Kinder und Greise«, rief Minn.

»Sie bluten wie alle anderen.«

»Du bist hässlich. Und einfach nur erbärmlich. Hab ich schon hässlich erwähnt?«

Beltor klatschte ihr mit der Handfläche gegen die Wange. »Furcht und Schmerz sind für viele ein Schatten vergangener Epochen. Nenn mich altmodisch, doch ich hänge an Traditionen. Als Ausgleich für den Tod meiner Kameraden und die lange Jagd, die du mir beschert hast, will ich sie dir näherbringen.« Er zog einen beidseitig geschliffenen Dolch und schnitt so nah an ihrem Ohr durch die Luft, dass eine Haarsträhne zu Boden segelte. »Zu schade, dass ich dich selbst nicht bluten lassen darf. Aber wir finden trotzdem raus, ob du eine von denen bist, die um Gnade winseln – oder eine von den Sturen.« Er setzte den Dolchgriff wie einen Hebel zwischen Minns kleinen Finger und Ringfinger und bewegte ihn ruckartig zur Seite. Es knackte widerlich und Pein durchschoss ihren kleinen Finger. Sie verbiss sich den Aufschrei und spuckte Beltor ins Gesicht.

Der wischte sich mit dem Ärmel über die Wange, grinste und wandte sich Rhymmia zu, deren Kapuze noch ihr Gesicht bedeckte. Er packte ihre blasse Hand und setzte die Klinge auf ihre Daumenkuppe.

»Hör auf«, brüllte Minn. »Sie hat dir nichts getan.«

»Ich fange gerade erst an. Wie ich schon sagte, ehe Dormagh dich bekommt, wirst du noch um Gnade winseln. Wenn nicht für dich, dann für sie.« Beltor drehte die Klinge so, dass sich die Spitze unter dem Nagel ins Fleisch bohrte. Rhymmia keuchte.

Der Paladin wischte den Dolch an ihrer Kapuze sauber. »Ruhig. Wir haben noch neun Finger vor uns. Es sei denn, deine Freundin fleht mich an, dich zu verschonen.«

»Es tut mir leid, dass Ihr wegen mir Ärger hattet und dass ich so vorlaut war«, rief Minn. »Bitte. Habt Mitleid mit ihr.«

Der Paladin kniff die Augen zusammen. »Netter Versuch. Aber du überzeugst mich noch nicht. Das kommt noch nicht recht von Herzen.« Erneut setzte er die Klinge an.

Ehe Minn etwas sagen konnte, verwandelte Rhymmias Keuchen sich in ein Lachen, das klang wie das Knirschen von Eis auf einem See. Beltor bleckte die Zähne. »Was bei Dormaghs Schleier ist so lustig?«

»Der Moment, in dem du merkst, dass du dein Spiel verlierst.«

»Und wann soll dieser Moment sein?«

»Genau jetzt.« Eiskristalle wucherten aus Rhymmias Robe, über die Kettenglieder. Sie riss die Arme vor und die Fesseln zersprangen mit einem Klirren. Beltor stieß den Dolch nach ihrem Herz. Sie packte sein Handgelenk mit übermenschlicher Schnelligkeit, ehe die Klinge sie erreichte. Frost bildete sich auf seiner Haut, die Waffe entglitt seinen steifen Fingern. Die Blutfürstin knallte Beltors Kopf gegen die Wand. Der Paladin rutschte zu Boden. Rhymmia schlug die Kapuze zurück. Ihr Gesicht glich einer schneebedeckten Statue, wunderschön, blass und ohne Mitgefühl.

»Erbarmen«, brüllte Beltor mit weit aufgerissenen Augen.

Die Blutfürstin packte ihn am Hals, zog ihn hoch und brachte ihre Wange dicht an seine. »Du bist also einer von denen, die um Gnade winseln. Aber ich bin nicht wählerisch.« Fangzähne blitzten. Beltors Brüllen wurde zum Gurgeln, als sein Blut quer durch den Raum spritzte. Minn wurde schlecht, doch sie zwang sich zuzusehen, wie Rhymmia trank, bis der Paladin nicht länger zuckte.

Die Blutfürstin warf seine leere Hülle von sich und leckte sich die rot verschmierten Lippen. Ihr Atem ging schneller, ihre Augen glühten. Sie packte Minns Ketten und das Metall zerbröselte zu Eisklumpen.

»Danke«, keuchte Minn, obgleich es sie schüttelte. Sie hob Beltors Dolch vom Boden auf, schnitt einen Stoffstreifen aus dem Wams des Paladins und umwickelte den gebrochenen Finger. Anschließend knotete sie den provisorischen Stützverband ums Handgelenk und steckte sich den Dolch in den Gürtel. Rhymmia sah schweigend zu.

»Was nun?«, fragte Minn.

»Wenn du klug bist, lässt du dich von mir zu Lurmenor bringen.«

»Damit er anstelle des Klerus mich umbringt? Das ist Regen wie Schauer.«

»Er tötet dich nicht, wenn er nicht muss. Sein Ziel ist, zu verhindern, dass du Asgreal in die Hände fällst.«

»Wie überaus beruhigend. Und wenn ich nicht mitkomme?«

»Bleibe ich in deiner Nähe und passe auf dich auf. Ob du nun zurück nach Gut Eulenstein gehst, auf den einsamsten Gipfel Gorvuls oder in die Feuerschlünde des Ostens. Nur wird Lurmenor dann mit seinem Heer in die Lichtlande einfallen.«

Minns Kiefer malmte. Ging sie zu den Blutfürsten, riskierte sie ihr Leben. Aber alles war besser, als Asgreal in die Hände zu geraten. Und … Toryan war im Heer des Klerus, vermutlich an der Front. Es lag in ihren Händen, den Krieg zu verhindern und ihn und viele andere zu retten. Dann hatte ihr Leben doch einen Sinn.

»Also schön«, stieß sie hervor. »Ich komme mit. Aber wenn ich merke, dass du unterwegs was Bissiges versuchst, wird's nur einer von uns überleben.«

Rhymmia nickte. »Ich verstehe. Als Erstes müssen wir raus aus der Stadt.«

Gang und Kellertreppe waren unbewacht. Im Vorraum öffnete Minn die Tür einen Spaltbreit und linste hinaus. Niemand zu sehen. »Die Luft ist rein«, verkündete sie.

Schattengleich huschte Rhymmia auf die Straße. Ein wenig neidisch folgte Minn hintendrein. Für gewöhnlich war sie es, neben der andere plump wirkten.

Draußen wand sich Dunkelheit um die Laternen wie eine Katze um ein Tischbein. Gedämpfte Schreie aus der Ferne ließen Minn das Blut in den Adern gefrieren. »Die Stadtbewohner«, keuchte sie. »Die Soldaten massakrieren sie.«

»Wir können nichts für sie tun. Wir müssen weiter.«

Rhymmia hatte recht. Aber das half nicht im Geringsten dagegen, dass Minn sich schuldig und hilflos fühlte.

Ein massiver Balken verriegelte das Stadttor. Die Vampirfürstin warf ihn beiseite, als sei er ein Streichholz. Sie hatten es geschafft. Minn packte den Griff, um das Tor aufzuziehen.

Die Laternenlichter flackerten und erloschen.

Das Tor wurde von außen aufgestoßen, traf sie vor die Brust und schleuderte sie rückwärts durch die Luft. Rhymmia sprang in einem übermenschlichen Reflex zurück und stellte sich zwischen Minn und das Tor.

Schneeweißes Licht jagte den Nebel davon. Halb geblendet sah Minn den Engel Dormagh durchs Tor schreiten. Die Augen oberhalb seines Schleiers waren Schlünde aus Feuer. »Knie nieder und bitte um Vergebung, Kreatur der Altnacht«, säuselte er. »Dann lasse ich dich schnell sterben.«

»Ein großherziges Angebot, Kind der Asche.« Nadelspitze Eiszapfen wuchsen aus Rhymmias Fingern. »Ich bin nicht so gönnerhaft.« Sie schnellte vor. Ihre Eisklauen schlitzten so schnell nach Dormaghs Flügeln, dass die Bewegung vor Minns Augen verschwamm.

Der Seraph war noch schneller.

Im letzten Moment setzte er über die heranstürmende Blutfürstin hinweg, trat nach hinten aus und traf sie zwischen den Schulterblättern. Die Wucht ihres eigenen Ansturms schleuderte Rhymmia in die Stadtmauer. Steinsplitter flogen, die Mauer dellte sich wie ein kaputtes hart gekochtes Ei. Taumelnd kam die Blutfürstin auf die Füße.

Dormagh glitt heran, sein Schwert in Händen. Rhymmias Klauen stießen nach seiner Leiste. Der Seraph klappte eine Schwinge nach innen, fegte den Angriff so beiseite und schwang das Schwert in einem horizontalen Bogen. Es traf Rhymmia über der Taille und teilte sie beinahe in zwei Hälften. Ihr Mund öffnete sich. Statt eines Schreis kam ein Schwall blutiger Blasen heraus. Ihre Beine zuckten, als wüssten die Muskelstränge nicht, dass sie durchtrennt waren. Dann lag sie still.

Der Jägerengel dreht sich um und fixierte Minn. Entsetzen legte sich wie eine Schlinge um ihren Hals.

Das war's, wurde ihr klar. Fliehen? Keine Chance. Kämpfen? Gegen dieses Wesen konnte sie nicht gewinnen. Sie würde Toryan nie wiedersehen, ihm nie sagen können, was sie für ihn empfand. All das Leid, all die Toten, alles umsonst. Sie würde Dormagh in die Hände fallen, und damit Asgreal. Eine ganze Stadt war dabei zu sterben, weil sie sich hier versteckt hatte, und für was? Für nichts.

Nein, meldete sich ihr Trotz zu Wort. *So darf es nicht enden. Denk an Ryna. An Chun. An Hulda. Lass ihr Opfer nicht umsonst gewesen sein. Viele sind tot, ja. Andere kann ich noch retten.*

»Komm ins Licht, Dämmergeborene.« Der Engel streckte die Hand aus. »Komm mit mir nach Servul.«

Sie zückte den Dolch. »Hol mich, wenn du kannst.«

Dormagh hob die Arme – und löste den Schleier. Sein Antlitz war eine sich windende Masse aus rohem Fleisch, das schmolz und Form annahm, um erneut zu zerfließen, ein nie endender Kampf von Leben und Tod, Entstehen und Vergehen.

Der Anblick brannte sich hinter Minns Lider und versengte ihr Herz. Sämtliche Stärke schien aus ihr herauszuströmen. Sie krümmte sich, schaffte es jedoch, den Dolch zu heben, auch wenn es sie viel Kraft kostete. »Du musst noch dümmer sein, als du hässlich bist, wenn du glaubst, ich gebe einfach auf.«

»Dein Silberdolch wird dir nichts nützen.« Langsam kam der Engel näher, als sei er ein Spaziergänger, der beim Schlendern durch den Park eine Blume entdeckt hat, die er beiläufig zu pflücken gedenkt. »Ich bin zu stark für dich.«

»Du verstehst nicht«, ächzte sie. »Ich hab nicht vor, dich zu töten. Sondern mich.« Sie drehte das Handgelenk und setzte die Schneide an ihre Kehle.

Dormagh blieb stocksteif stehen.

»Das hast du nicht kommen sehen, was?« Trotz der hoffnungslosen Lage fühlte Minn ein klein wenig Genugtuung.

Die Augen des Engels blitzten hasserfüllt. »Was verlangst du?«

»Als Erstes ziehst du den Schleier wieder auf. Hält ja kein Mensch aus, den Anblick. So, ja. Und als Nächstes will ich, dass du etwas schwörst.« Schwüre waren mächtige Werkzeuge, die übernatürliche Wesen binden – oder, wenn sie gebrochen wurden, ihrer Kräfte zu berauben vermochten. Das wusste Minn aus den Geschichten, die Chun ihr erzählt hatte und von denen ihr inzwischen klar geworden war, dass sie weit mehr waren als bloße Märchen. Es hatte Wissen in ihnen gesteckt, Kenntnis von Macht, zur Vorbereitung auf ihren Weg als Dämmergeborene.

»Du verlangst eine Garantie für deine Sicherheit, nehme ich an?« Hohn troff aus Dormaghs Stimme.

Minn schüttelte den Kopf. »Schon wieder falsch.« Sie musste rasch handeln. Sie kam sich vor wie eine Ertrinkende, der die Luft zum

Hilfeschrei ausgeht. Selbst den Dolch konnte sie kaum mehr halten. »Ich will, dass das Töten aufhört. Befiehl deinen Soldaten, Storchenbrucks Bewohner gehen zu lassen.«

Der Engel kicherte, ein verstörender Laut bar jeder Wärme. »So soll es sein. Ich schwöre, weder ich noch einer meiner Krieger wird mehr das Blut dieser Ketzerbrut vergießen. Folge mir.«

Das tat Minn. Durch Straßen voller Erschlagener, vorbei an Häusern, von deren Dachrinnen Gehenkte baumelten, zwischen brennenden Gebäuden hindurch, deren fröhliche Farben abblätterten und in verkohlten Flocken durch die Nacht stoben. Schwäche und Übelkeit sickerten Minn in die Glieder. Tief im Herzen wusste sie, dass die Soldaten so oder so nach Storchenbruck gekommen wären. Ihre Schuldgefühle minderte das aber kein Stück.

Ich werde alles geben, um die übrigen Menschen hier zu retten, schwor sie sich. *Und wenn es mich mein Leben kostet.*

Das wird es, flüsterte ein fieses dünnes Stimmchen in ihrem Hinterkopf. Minn war zu erschöpft, um es zu vertreiben.

Auf dem Marktplatz waren die Frauen und Kinder zusammengetrieben worden, umringt von Soldaten, die ihren Kreis unerbittlich enger schlossen und jeden, der ihnen zu nahe kam oder auszubrechen versuchte, mit Kolben und Messern zurücktrieben. Entsetzensschreie und raues Gelächter bissen in Minns Ohren.

»Genug damit.« Dormaghs Stimme dröhnte über den Platz und übertönte das Getöse.

Die Soldaten ließen die Waffen sinken und sahen einander an. »Wie lauten Eure Befehle, Hoher Seraph?«, fragte ein Hauptmann unsicher.

»Geht zu den Luftschiffen. Fahrt über den Himmel an die Front nach Daosam.«

»Aber Paladin Beltor sagte, wir müssen erst bei Morgengrauen abrücken«, protestierte ein Krieger rechts von ihm, der mit geraubtem Schmuck behängt war und ein blutiges Schwert hielt.

Dormaghs Schwinge traf ihn an der Schläfe und zertrümmerte seinen Schädel. »Zu den Luftschiffen«, wiederholte der Engel. »Jetzt. Keine Plünderungen, keine weitere Brandstiftung, keine Tötungen. Wer nicht gehorcht, verlässt die Stadt nicht lebend. Worauf wartet ihr noch?«

Die Soldaten steckten ihre Waffen weg und setzten sich schleunigst in Bewegung. Binnen kürzester Zeit waren sie aus Minns Blickfeld verschwunden.

Die Stadtbewohner starrten Dormagh ungläubig an. Niemand rührte sich oder sagte ein Wort, selbst die Kinder hörten auf zu weinen. Einen Moment lang war nichts zu hören als das Prasseln der Flammen. Dann deutete der Engel auf Minn. »Leg jetzt den Dolch weg und komm zu mir.«

»Woher weiß ich, dass du deine Männer dann nicht zurückrufst, um ihr Schlachten fortzusetzen?«

»Mein Schwur bindet mich, sofern du dich an deinen Teil des Paktes hältst«, erwiderte Dormagh. »Doch ich will dir die Entscheidung noch leichter machen.«

Seine Bewegung kam rasend schnell, zu schnell selbst für Minns Katzenaugen. Er packte eines der Kinder aus der Menge am Bein und ließ es kopfüber in der Luft baumeln. »Leg die Waffe weg«, schnurrte er. »Diese Menschen bedeuten mir nichts, aber beim Lichte Asgreals, wenn sie dir wichtig sind, erfülle jetzt unsere Abmachung.«

Das Kind wimmerte. Eine Frau, vermutlich die Mutter, kreischte wie von Sinnen.

Toryan, vergib mir, dachte Minn – und warf die Waffe von sich. Sie klapperte über das Pflaster, vor Dormaghs Füße. Er grinste höhnisch und winkte sie zu sich. Minn schluckte und ging los. Kurz bevor sie ihn erreichte, setzte er das Kind, einen Jungen, auf den Boden, legte ihm die Hand auf den Kopf und flüsterte ihm etwas ins Ohr. Dann hauchte er ihm einen Kuss auf die Stirn und ließ es frei.

Minn spürte die Finger des Engels um ihr Handgelenk. Im selben Moment überschwemmte sie ein ekstatisches Hochgefühl, das sämtliche Reue, Schwäche und Trotz davonspülte. Selig sank sie in seine Arme. Am Rande ihres Bewusstseins sah sie noch den Jungen, wie er sich nach dem Dolch bückte, den sie fortgeworfen hatte. Eine Art Aura umgab seinen Kopf, seine Augen leuchteten und ein eigentümliches Grinsen verzerrte sein Pausbackengesicht. Minn hörte die Mutter schreien. Warum nur, jetzt, da alles gut war?

Dormagh drückte sie an sich, schwang sich mit trägem Schwingenschlag in die Luft und Minn fiel in eine tiefe, gnädige Ohnmacht.

Roter Regen

Gelb und rund wie eine gewaltige Butterblume hing der Mond überm Horizont. Als sei er näher an die Erde gerückt, um einen besseren Blick auf das zu haben, was folgen würde.

Toryan und die Blutfürsten hatten sich am Waldrand versammelt. Die Truppen waren bereit zum Sturm.

»Also«, fasste Bimbadim noch einmal zusammen. »Liruan und die beiden Roten sorgen für Ablenkung. Asmodan, Elyfyll und Toryan stürmen die östliche Hügelseite mit den Stellungen der Arkebusiere. Sobald sie die Aufmerksamkeit auf sich gezogen haben, greifen Zashen und ich über die rechte Flanke an und machen Chullayn den Weg frei.«

»Keine Angst, Junge.« Asmodan schlug Toryan auf den Rücken, dass ihm die Luft wegblieb. »Wir passen auf deinen Menschenhintern auf.«

»Die schießen erst auf die Großen und Hässlichen«, japste Toryan. »Also bevor Ihr nicht fallt, mach ich mir keine Sorgen.«

Asmodan fletschte die Zähne zu etwas, das mit viel Fantasie als Grinsen durchgehen mochte.

Liruan rief einen Befehl, der klang, als würde Fels an einen Schleifstein gehalten. In den vordersten Reihen entstand Bewegung. Ein Trupp Zwerge brachte eine rüsselförmige Apparatur und eine Kiste mit blauen Steinen herbei. Sie behandelten sie so vorsichtig, als balancierten sie rohe Eier.

Die Krieger öffneten ihnen eine Gasse zu einem hohen Erdhaufen. Daneben hockte der Gräber. Auf dem Nackensattel des braun bepelzten Kolosses saß Gyblegog und grinste zufrieden. Liruans Zwerge schnallten die Kiste am Hals des Gräbers fest, der die Prozedur mit stoischer Ruhe über sich ergehen ließ.

»Du bist der Tapferste von uns allen«, rief Toryan Gyblegog zu.

Die gelben Gnomenaugen blitzten. »Das merkt Toryan erst jetzt?«

»Bring den Gräber an meine Seite, damit ich uns in den Schleier hüllen kann«, befahl Fürst Chullayn.

»Komm gefälligst lebend wieder«, sagte Toryan. Gyblegog zwinkerte ihm zu, dann verschwanden Gnom, Gräber und Blutfürst unter dem Mantel der Unsichtbarkeit.

»Jetzt sind wir dran.« Elyfylls Augen glühten. »Hoffen wir, dass unser Ablenkungsmanöver funktioniert.«

»Wir müssen eben ordentlich Verwirrung stiften.« Asmodan rieb sich die Hände.

Zashen warf einen Blick auf die kampfbereiten Reihen. Danach blickte er zu den Donnervögeln, die am Himmel kreisten. »Daran wird der Plan sicher nicht scheitern«, sagte er lakonisch.

Die Luft rauschte unter Flügelschlägen. Lurmenor schwang sich hoch in die Luft, bis der Mond einer Krone gleich über seinem Haupt stand. Die Augen aller Altnachtler richteten sich auf ihn, rot glühend und bernsteingelb, stecknadelklein und wagenradgroß. Selbst die Riesenhunde stellten das Hecheln ein und spitzten die Ohren.

»Heute, Freunde, gehen wir womöglich auf die letzte aller Reisen«, verkündete der Herr der Altnacht. »Denn heute kämpfen wir. Nicht für Ehre oder Ruhm, aus Blutdurst oder Machtgier. Sondern weil wir das Richtige tun. Ich weiß wohl, nicht alle von euch sind Krieger. Und doch seid ihr hier.« Die Schatten seiner Schwingen verwoben sich mit dem Mondlicht zu einem Gespinst aus Schwarz und Gold, das über die Streitmacht hinwegflutete und Toryans Herz mit Kraft und Mut füllte.

»Alles muss einmal enden, selbst die Herrschaft der Elf«, rief Lurmenor, und seine Stimme ließ die Kronen der Bäume erzittern. »Doch ihr seid hier. Das Licht des Feindes mag blenden und brennen, Kugeln mögen zerfetzen und Klingen durchbohren, doch ihr seid hier. Ihr hättet zaudern können, euch verbergen, den Ruf zu den Waffen ignorieren. Doch in dieser Stunde des Schicksals seid ihr hier, an meiner Seite. Ich bin stolz, euch anzuführen, meine Gefährten, meine Schwestern und Brüder. Kein Herrscher war je stolzer. Für die Freiheit und die Alte Nacht, auf zu Vernichtung und Untergang. AUF IN DIE SCHLACHT!«

Das Heer jubelte, und Toryan stimmte in das Getöse mit ein und rief den Namen Lurmenors des Gefallenen, des letzten Erzfürsten der Altnacht – seines Herrn.

Am baumfreien Grenzstreifen bot das Mondlicht Toryan einen guten Blick auf den schmalen Weg, der sich entlang der Grenzschlucht zog und gut eine halbe Meile östlich in die linke Hügelseite mündete.

Der Engel war nicht zu sehen. Ein Bataillon menschlicher Verteidiger besetzte die übereinandergebauten Wälle an den Flanken. Wie die Garuda ausgekundschaftet hatten, wartete zudem ein Vielfaches dieser Zahl vor Kardinal Tadeeans Feste darauf, in die Schlacht gerufen zu werden.

Nun, da der Angriff bevorstand, fühlte Toryan sich, als lasteten Steinsäcke auf seinem Gewissen. Die Engel und der Klerus mochten verderbt sein, aber die Männer, die die Grenze verteidigten, glaubten, für das Gute zu kämpfen. So wie er selbst vor nicht allzu langer Zeit. »Das ist falsch«, murmelte er. »Falsch.«

»Krieg ist immer falsch«, versetzte Elyfyll, die an seiner Seite auf das Signal zum Vorrücken wartete. »Doch uns bleibt keine Wahl, als zu kämpfen.«

Esta drückte sich an Toryans Bein und sah ihn mit großen Augen an. Dankbar vergrub er seine Hand in ihrem Nackenfell.

Liruans Zwerge setzten röhrenförmige Stäbe zu etwas zusammen, das aussah wie ein Fass, dem Dutzende Rüssel entsprangen. Sie richteten es auf den Hügel aus und kippten eine Handvoll blaue Steine in eine Öffnung.

Toryan dachte an Minn. Wie sie zusammen gelacht, sich dicht aneinandergekuschelt hatten. An die Geschichten, die sie geteilt, und die Träume, die sie einander offenbart hatten und von denen sonst niemand wusste. Den Hof, den er eines Tages in den Bergen bestellen wollte. Den fernen Orten, die sie hatte erkunden wollen, den Terrassenfeldern im Süden, den Ruinen am Meer. Er hielt diese Erinnerung so fest es ging. Er wollte noch einmal etwas wahrhaft Schönes in seinem Kopf haben, ehe das Töten begann. Toryan gab sich keinen

Illusionen hin. Die Wahrscheinlichkeit, dass er das hier überlebte, standen nicht sonderlich hoch.

Schwarznebel kroch vom Wald heran, tastete mit Spinnenfingern den Hügel empor. Einen Atemzug lang schien die Welt stillzustehen.

Der klagende Schrei eines Garuda zerriss die Stille.

Das war das Zeichen.

Der Nebel wirbelte und ballte sich, ergoss sich in Wellen den Hügel hinauf. Parallel dazu traten am Grenzübergang Dangags und Inyoks Irrlichter in Aktion. Es flackerte, blitzte, riesenhaft verzerrte Schemen bewegten sich zwischen den Bäumen. Begleitet wurde die Scharade von einem infernalischen Zischen und Fauchen. Um die Ablenkung perfekt zu machen, spuckten die Rüssel der Zwergenapparatur blau flammende Geschosse. Wo sie am Hügel auftrafen, sprengten sie tiefe Krater in die Erde. Wenngleich sie weit unterhalb der Wälle explodierten, erfüllten sie ihren Zweck. Ratternd und spuckend erwachten das Trichtergeschütz und sämtliche Arkebusen auf dem Hügel zum Leben. Kugeln hämmerten Richtung Waldesrand. Als Antwort ertönten Schreie, höhnisch, erbost, schmerzerfüllt, eine Kakofonie, die sämtliche Aufmerksamkeit weg von den Hügelseiten lenkte.

Asmodan hob den Arm. Zashens und Chullayns Krieger wandten sich im Schutz von Rauch und Schwarznebel westwärts, während er und Elyfyll an der Spitze ihrer Gefolgsleute Richtung Ostflanke stürmten. Toryan rannte mit gezücktem Kristallschwert hintendrein so schnell er konnte, fiel aber rasch zurück. Esta sah ihn ein wenig mitleidig an. Ihre Schnauze zitterte vor Anspannung, doch sie wich nicht von seiner Seite.

Auf halber Höhe des Hügels hörte Toryan Warnrufe. Geschosse zischten durch den Nebel, Erde spritzte. Die Verteidiger hatten den Flankenangriff entdeckt. Hakenschlagend hastete er weiter. Sein Atem ging keuchend. Hoffentlich hielt Lurmenors Nebel – Deckung gab's nämlich weit und breit keine.

Verzerrt sah er die Krieger der Altnacht den untersten Wall erreichen. Asmodans steckenartige Kämpfer sprangen über die Mauer, mitten unter die Verteidiger. Einige Arkebusiere machten einen Ausfall. Elyfylls Kuttenträger stürzten sich auf sie, wurden von Kugeln getroffen, rannten dennoch weiter. Jene, denen die Knie zerschossen wurden, krochen bäuchlings auf den Feind zu. Knäuel aus Kämpfenden bildeten sich, Schreie zerrissen die Luft, gedämpft durch den Nebel.

Ein mit Blut besudelter Schwertkämpfer im gelb-roten Waffenrock Daosams tauchte vor Toryan aus dem Dunst auf. »Wer bist du?«, fauchte der Mann. »Wieso hast du so 'ne komische Waffe?« Seine Augen verengten sich. »Du bist einer von denen.« Blitzschnell hieb er nach Toryan, der gerade noch ausweichen konnte.

»Ich bin nicht dein Feind«, rief Toryan, einen weiteren Schlag parierend, was seiner Kristallklinge einen melodischen Klang entlockte.

»Na dann.« Der Mann fintierte zum Herz, riss das Schwert hoch und schlitzte Toryans Stirn auf. Blut lief ihm über die Schläfe und ins Auge. Er wischte es mit dem Ärmel weg, befand sich nun aber noch mehr in der Defensive. Hätte er die Kristallklinge nicht mit der Leichtigkeit einer Schreibfeder führen können, wäre er längst tot. Der Schwertkämpfer war ein Meister seines Fachs. Kein Wunder, dass er sogar Asmodans Kriegern entwischt war.

Esta sprang wild bellend um die beiden Fechter herum, ohne eingreifen zu können.

Die Klinge des Daosami schrammte über Toryans Oberschenkel. Es brannte. Blut rann sein Bein hinab. Er biss die Zähne zusammen und suchte eine Lücke im Klingentanz, aber sein Gegner wob ein derart filigranes Netz aus Attacken, dass Toryan Stück für Stück nach links gedrängt wurde.

Halt. Wieso das? Ein solch erfahrener Krieger würde seine erhöhte Position nie freiwillig hergeben. Es sei denn …

Toryan hechtete zur Seite, keinen Wimpernschlag bevor der Schuss fiel. Der Arkebusier, der verborgen im Nebel auf freie Schussbahn gelauert hatte, fluchte und lud nach. Der Schwertkämpfer führte einen Hieb Richtung Toryans Kehle. Er sprang außer Reichweite der Klinge ins Schussfeld. Und damit vermutlich in den Tod.

Toryans Augenblick der Erkenntnis, dass er sterben würde, schien sich unendlich auszudehnen.

Esta sprang vor ihn.

Die Arkebuse knallte.

Etwas Warmes spritzte in Toryans Gesicht. Die Hündin wurde zurückgeschleudert, jaulte, rappelte sich auf, hetzte in den Nebel. Ein Schrei, dann taumelte der Heckenschütze aus den Dunstschwaden und brach zusammen, sein Hals ein zerfleischter Klumpen.

Der Schwertkämpfer machte ein paar Schritte rückwärts und starrte auf Esta, die mit blutigen Fängen hintendrein kam. Er warf das Schwert fort und hob die Hände. »Bitte«, wimmerte er. »Ich ergebe mich.«

Toryan umarmte die Hündin. »Du bist die Beste, Esta.« Er brach ab, als er spürte, wie sie schwankte. Erst jetzt sah er den dunkelroten Fleck, der sich auf ihrer Brust ausbreitete. »Nein. Esta, o nein.«

Die Hündin fiepte, leckte schwach seine Hand, kippte zur Seite und rührte sich nicht mehr.

Toryans Mitgefühl mit den menschlichen Verteidigern stürzte in einen Abgrund und zerschmetterte an Klippen eisigen Zorns.

Aus dem Augenwinkel sah er den Schwertkämpfer zur Leiche des Arkebusiers hechten und sprintete los. Der Daosami entriss dem Toten die Flinte. Lud durch. Toryan sprang über ihn hinweg, drehte sein Schwert und rammte es dem Mann in den Nacken. Die Spitze trat durch den Mund wieder aus und der Daosami kippte vornüber, tot, noch ehe sein Gesicht im Matsch aufschlug.

Toryan sah auf Esta. Auf die beiden Leichen. Wieder auf Esta. In seiner Brust vermengten sich Wut, Hilflosigkeit und Trauer zu einem ätzenden, brodelnden Gemisch. Er schleuderte das Blut von der Klinge und rannte bergauf.

Das Areal rund um den unteren Wall war ein gestaltgewordener Albtraum aus verdrehten Gliedmaßen, körperlosen Köpfen, zersplitterten Waffen. Blut-, Schweiß- und Pulvergestank raubten ihm den Atem. Der Boden war zu einem glitschigen Gemisch aus Matsch und Eingeweiden verkommen, das jeden Schritt zur Rutschpartie werden ließ. Augen glühten im Dunst, und Schreie, Schreie, Schreie quälten seine Ohren. Wenn es eine Hölle gab, so war er schnurstracks hineingerannt.

Wie in Hizgin. Nur, dass ich diesmal aufseiten der Dunkelheit kämpfe. Zu was bin ich geworden?

Verzerrte Gesichter brüllten ihn an. Er brüllte zurück, schwang sein Kristallschwert. Kling, klang, kling, klang. Die so zerbrechlich wirkende Klinge wehrte jeden Hieb einer Stahlwaffe ab, durchdrang jede Rüstung. Doch so grimm die Truppen der Altnacht auch fochten, es reichte nicht, um den zweiten Wall zu brechen und zur Kanone auf dem Hügelplateau vorzudringen.

Klerikale Entsatztruppen tauchten dort auf, um das Zentrum gegen den Ansturm zu sichern. Ihr Kommandant, ein Paladin, formierte die Verteidiger unter Feuerschutz neu. Asmodan zog seine Krieger seinerseits hinter den eroberten ersten Wall zurück. Für den Moment ebbte das Kampfgetümmel ab.

Toryan stemmte die Hände in die Hüften und rang nach Luft. Über seinen Arm lief Blut aus einem Schnitt, den er bislang nicht bemerkt hatte. Die Wunden an Bein und Stirn brannten bei jedem Schweißtropfen. Ringsum türmten sich Tote und Sterbende, deren Wimmern immer leiser wurde, bis es schließlich verebbte – oder einer der Steckenkrieger ihm ein Ende setzte. Toryan fühlte sich besudelt. Wie viele Männer hatte seine Schimmerklinge in den Tod geschickt? Mit viel, sehr viel Glück mochte er diese Nacht überleben. Doch ein Teil von ihm war auf diesem Hügel ohne Wiederkehr gestorben.

Asmodan trat neben ihn und wischte am Waffenrock eines Toten seine Lanze sauber. »Für jeden der Unseren ließen zehn der Ihren ihr Leben«, verkündete er ungerührt. »Wenn der Plan nicht aufgeht, werden wir dennoch fallen wie Zapfen von einer toten Fichte.«

Toryan nickte. Im Augenblick war kein Vorrücken mehr möglich, wollten sie nicht ins Sperrfeuer geraten. Noch fokussierte sich die Kanone auf den Grenzstreifen, aber ewig würde das Blendwerk der Irrlichter nicht halten. Davon abgesehen schützte der Wall Asmodans Truppen zwar vor Arkebusenfeuer, aber die Verteidiger hatten andere Fernwaffen, die nicht in gerader Linie schossen.

Der feindliche Kommandant hatte offenbar denselben Gedanken. »Arkebusiere, zurücktreten«, schallte seine Stimme vom Plateau. »Dampfbogenschützen, vor. Lasst die Nachtkrabbler die spitzen Münder eurer Pfeile küssen. Anlegen, heben, Schuss!«

Es zischte, als träfe Regen auf Feuer. Hunderte Pfeile gingen hinter dem Wall nieder und nagelten Dutzende Altnachtler an den Boden. Schmerzensschreie mischten sich mit dem Jubel der klerikalen Truppen. Ein weiterer Pfeilhagel folgte. Noch einer. Und mit jeder

Salve schob der Kommandant seine Linien weiter den Hügel herab, wodurch die Altnachtler Stück für Stück zurückgedrängt wurden.

Eine von Blitzen durchzuckte Wolke schob sich vor den Mond.

»Weiterschießen«, dröhnte der Kommandant. »Wir treffen den Abschaum auch im Dunkeln. Anlegen, heben, Schuss!«

Erneut flogen Pfeile. Toryan war, als drückte im selben Moment ein Riese ein gewaltiges Kissen in seinen Rücken. Die Pfeilsalve schlingerte trotz Dampfkraft flach durch die Luft, ehe sie harmlos zu Boden klapperte.

»Was ist da los?«

»Der Wind, Kommandant.« Die zweite Stimme zitterte. »Er … er hat sich gedreht.«

Am Himmel erklangen die höhnisch-triumphierenden Schreie der Garuda.

»Fasst«, grollte eine Stimme, scheinbar aus dem Nichts, »reißt!« Zashen ließ den Schleier fallen, in dessen Schutz sich Rothüte und Riesenhunde die rechte Flanke hinaufgeschlichen hatten. Heulend und geifernd fielen sie den völlig überraschten Verteidigern in den Rücken. Dutzende Mündungsfeuer schwenkten abrupt um, manch Arkebusier durchsiebte in wilder Panik die eigenen Leute. Dutzende Rothüte und Hunde stürzten, durchbohrt von Metallkugeln. Die übrigen aber setzten mühelos über die Leichen hinweg und stürzten sich auf die Soldaten wie Wölfe auf Rehkitze. Zähne und Krallen blitzten. Gedärme quollen aus zerfetzten Unterleibern. Die Rothüte tauchten ihre Kopfbedeckungen ins Blut der Sterbenden. Als sie sie wieder aufsetzten, glommen ihre Augen in grünem Feuer, und sie bewegten sich noch schneller als zuvor, auf der Suche nach neuen Opfern.

»Zurück, Männer«, brüllte der Paladin. »Schützt die Kanone.«

»Rückt vor«, trieb Asmodan seine Truppen hangaufwärts, Toryan mittendrin. Kugeln zischten an ihm vorbei. Er duckte sich, als ein Rothut mit gebrochenem Genick über ihn hinwegsegelte. Dann prallten die Fronten aufeinander, vermengten sich in tödlichem Gewimmel. Die Schere schloss sich. Von beiden Hangseiten rückte das Heer der Altnacht dem Plateau näher.

Licht so scharf wie Glasscherben zerschnitt die Dunkelheit. Symael schwebte über dem Hügel, sein gleißendes Schwert über den

Kopf gereckt. »Preis sei Asgreal, der die Finsternis in die Knie zwingt«, schallte seine Stimme. Er senkte die Klinge und ihr Licht flutete die rechte Flanke hinab.

Die Rothüte schrien auf. Ihre zuvor so schattenhaften Bewegungen wurden zäh, als kämpften sie sich durch Harz, ihre Krallen wirkten plötzlich erschreckend winzig, als ein Trupp Daosami sich mit Dampflanzen auf sie stürzte. Die Soldaten drückten Knöpfe am Schaft, und die Silberspitzen der Lanzen schossen vor wie Harpunen und spießten die Rothüte auf.

Symael hat gewusst, was kommt, schoss es Toryan durch den Kopf. *Er hat genau auf den Moment gewartet, in dem wir uns als Sieger wähnen – und am verwundbarsten sind. Der Verräter. Wo steckt er?*

Toryan sah sich um, sah aber nur die Hundemeute, die versuchte, den Rothüten zu Hilfe zu kommen, doch das Licht des Engels lähmte auch sie. Neue Entsatztruppen stürmten von der Feste aufs Hügelplateau und eröffneten das Feuer, ohne Rücksicht auf ihre Kameraden, die noch in den Nahkampf verwickelt waren.

Es war eine Frage der Zeit, bis die Verteidiger den Ansturm endgültig zurückschmettern würden. Trotz aller Verluste kämpften sie mit vielfacher Übermacht aus dem Vorteil einer erhöhten Position – und dank Symaels Schwert mit einer Sicht, als sei helllichter Tag.

Die Arkebusiere rückten an beiden Flanken vor. Wenn die vordere Front nachlud, feuerte die Reihe dahinter die nächste Salve ab. »Treibt das Pack zurück in die Finsternis«, jubilierte der Engel. Ein Lichtstrahl aus seinem Schwert traf Asmodan an der Brust und schleuderte ihn den halben Hügel hinab.

Die Niederlage der Altnacht schien endgültig besiegelt.

Toryan lächelte grimmig. Denn genau auf diesem Moment der scheinbaren Niederlage hatte der ganze Schlachtplan aufgebaut.

Direkt unterhalb der Kanone warf Fürst Chullayn seinen Schleier ab und gab den Blick auf ein Loch frei, aus dem sich der Gräber emporwuchtete. Erdkrumen bröckelten vom struppigen Fell des Kolosses und von Gyblegogs Fledderohren.

Der im Licht des Engels zerfasernde Schwarznebel ballte sich noch einmal zusammen und formte einen Kreis um das Plateau. Dornen wuchsen daraus hervor und machten ihn unüberwindbar für menschliche Verteidiger. »Chullayn, zerstört die Waffe«, drang Lurmenors Stimme aus dem Nebel.

Der Gräber bohrte seine Klauen in den Hügel unter dem Geschütz. Erdbrocken flogen. Gyblegog begann, blaue Steine in die neu geschaffenen Spalten zu stopfen.

Da fiel hinter ihm ein weiterer Schleier. Zashen.

Toryan rannte los.

»Elender Menschenlump«, brüllte Asmodan hinter ihm. »Halte deine Stellung!«

Toll, schoss es Toryan durch den Kopf, *jetzt hält mich der Kriegsfürst der Altnacht für einen Überläufer.* Für Erklärungen blieb allerdings keine Zeit. Toryan hob im Rennen das Schwert. Für das, was er vorhatte, würde der Hüne ihn wahrscheinlich ohne weitere Umschweife ins Jenseits befördern. Aber er hatte keine Wahl.

Die Dornenbarriere konnte er nicht überwinden, doch Toryan machte sich bereit, sein Kristallschwert nach Fürst Zashen zu schleudern.

Er kam zu spät.

Zashen rammte Chullayn seinen Speer durch den Rücken. Der Herr der Klüfte starrte auf die blutige Lanzenspitze, die aus seinem Brustkorb ragte, und kippte vornüber. Der Gräber quiekte und floh panisch zurück in sein Loch. Gyblegog fuhr herum. Zashen packte ihn am Kopf und riss ihn in die Luft.

Toryan bremste den Wurf ab, aus Angst, den Gnom zu treffen.

»Was tust du, Zashen?«, brüllte Asmodan fassungslos.

»Ich habe im Dom meditiert, wie Lurmenor es wollte.« Zashen seufzte. »Und ich gewann Erkenntnis. Ich will nicht sein wie der Regen, der vergeht, damit etwas Neues gedeihen kann. Ich will leben.«

»Was haben sie dir versprochen, damit du die Alte Nacht verrätst?« Asmodans Stimme dröhnte durch Mark und Bein, sodass sämtliche menschlichen Krieger in der Nähe in die Knie brachen. Toryan spürte warme Flüssigkeit aus seinen Ohren rinnen.

»Dass sie mich im Kreis des Lichts aufnehmen. Dass sie mir flammende Flügel schenken, auf dass ein jeder, der mich sieht, vor Ehrfurcht erstarrt.«

Der Dornenkreis erzitterte. »Du bist ein elender Verräter«, drang Lurmenors Stimme aus dem Nebel.

»Und du ein Träumer, Erzfürst. Galriot wird herrschen, und die Altnacht wird verwehen wie ein ferner Traum im Licht des Morgens. Ich aber werde herrschen wie einst, ehe dein Bruderkrieg unser Imperium zerstörte.«

Der Dornenwall öffnete sich, weit genug, dass Toryan und Asmodan zu Zashen gelangen konnten. Der lachte verächtlich. »Zu spät, Lurmenor. Ich gehe in die Zukunft. Lebt wohl, ihr Narren.« Er begann die Geste, mit der er den Schleier webte – und brach mit einem Schmerzensschrei ab. Gyblegog hatte den Moment der Ablenkung genutzt, den Kopf gedreht und seine Zähne tief in den Unterarm des Blutfürsten gegraben. Zashen versuchte ihn abzuschütteln, doch der Gnom biss nur noch fester zu.

Toryan stürzte vor und schlug mit dem Schwert nach Zashen, der die Augen erschrocken aufriss, als die Kristallklinge auf ihn zukam. Er wich aus, doch der Schleier löste sich endgültig auf.

Zashen kreischte vor Wut, packte Gyblegogs Kopf mit der freien Hand und drückte zu. Die Schädeldecke des Gnoms zerbarst, als sei sie eine Nussschale.

Toryan war, als wäre sein Herz ebenso zerquetscht worden. »Nein«, brüllte er, »NEIN.« Wie von Sinnen hieb er mit dem Schwert auf den verräterischen Blutfürsten ein, doch dieser hatte nun wieder volle Bewegungsfreiheit. Blitzartig tauchte er unter Toryans Angriff durch, packte ihn an der Hüfte, um ihn in der Mitte entzweizureißen.

Asmodan drosch seinen Lanzenschaft gegen Zashens Hinterkopf. Der Verräter verdrehte die Augen. Sein Griff um Toryan löste sich und er kippte bewusstlos mit dem Gesicht voran vornüber. Asmodan hob ihn hoch, warf ihn sich über die Schulter, zog Toryan hoch und schubste ihn hügelabwärts. »Weg hier, Kleiner.«

Seite an Seite rannten sie zurück zu den tiefer gelegenen Wällen.

Keinen Moment zu früh.

Arkebusiere und Dampfbogenschützen eröffneten wieder das Feuer in Richtung ihrer Hügelseite.

Lurmenors Schattenwand manifestierte sich erneut zu einer soliden Schutzwehr, diesmal zwischen dem Sperrfeuer und seinen Streitkräften. Die Kugelsalve prallte davon ab und stob in den dunstigen Himmel davon.

»Rückzug«, brüllte Asmodan im Rennen den übrigen Kriegern der Altnacht zu. »Alle hinter die Grenze.«

Die Kurbel der Riesenkanone drehte sich. Erneut spie der Trichter stählernes Verderben. Der Schattenwall bekam Risse.

Toryans Sicht verschwamm unter Tränen. Esta war tot. Gyblegog war tot. Minn war verloren. Am liebsten hätte er sich zu einer Kugel zusammengerollt und den Wahnsinn einfach über sich hinwegwaschen lassen. Er stolperte mehr dahin, als dass er rannte.

»Deinen Menschenhintern bekommen sie nicht«, brüllte Asmodan ihn an. »Lauf gefälligst schneller. Das schuldest du deinen Freunden!«

Toryan nickte, raffte sämtliche Willenskraft zusammen und hastete los.

Symaels Licht brandete gegen den Schutzwall aus Schatten und zersplitterte ihn.

Schüsse heulten an Toryan vorbei wie verdammte Seelen, Pulverschwaden bissen ihn in Hals und Augen. Er rannte um sein Leben. Jeden Moment rechnete er damit, dass eine Kugel sein Rückgrat zerfetzte. Vor ihm schrie ein Rothut. Etwas Glitschiges überschauerte Toryan. Er zog den Kopf ein. *Renn weiter. Blick nicht zurück.*

Der Wald versprach Rettung, versprach Deckung, doch er war furchtbar fern.

Am Waldrand zog Liruan mit einer Handvoll Zwerge die Rüsselwaffe über die Grenze und kippte weitere blaue Steine in die Öffnung. Die Rüssel spotzten und spuckten ihre Geschosse, vier, fünf, sechs, sieben Salven.

Hat Liruan uns auch verraten?, durchzuckte es Toryan. Nein, die blauen Kometen regneten hinter den Flüchtenden auf die Arkebusiere nieder. Der Boden bebte unter den Explosionen. Toryan stürzte, kroch, rappelte sich auf. Kurz blickte er zurück. Brennende Verteidiger wälzten sich brüllend auf dem Boden, ohne dass die Flammen des Zwergenfeuers verloschen.

Die Trichterwaffe richtete sich neu aus. Liruans Zwerge machten kehrt, rannten.

Keiner erreichte den Schutz des Waldes. Die Stahlgeschosse verwandelten sie in Klumpen aus Fleisch, Blut und Gedärm. Ihr Fürst fiel mit ihnen, in einem Schauer aus rotem Regen.

Ihr Opfer rettete Toryan und den übrigen Fliehenden das Leben.

Umringt von Kuttenwesen, Steckenkriegern und Chullayns verbliebenen Hunden warf er sich über die Grenze, außer Reichweite der Kugeln. Er landete Gesicht voraus im Dreck. Es roch nach Moder und Moos, nach Vergehen und Leben.

Hinter ihm verstummte das Rattern und Fauchen der Trichterkanone. Zurück blieben Stille und Berge von Toten.

Zashens Lohn

Das Licht des Tages fiel wie ein blutbeflecktes Tuch auf den Grenzstreifen zwischen Daosam und der Altnacht. Aus Richtung von Tadeeans Festung drang gedämpft das Gegröle und Gelächter der Siegesfeier der klerikalen Truppen herüber. Unter den Bäumen, wo die verbliebenen Streiter Lurmenors einen Kreis bildeten, lastete Stille. Toryan war froh darüber. Gekreische und Geschrei hätten das, was folgen würde, nur noch schlimmer gemacht.

In der Mitte des Kreises lag ein Tuch auf dem Boden ausgebreitet. Öl tränkte den Stoff, der an den Ecken mit vier Stangen an den Boden geheftet war. Von diesen Stangen gingen Ketten ab, von denen jede an einem Hand- oder Fußgelenk Fürst Zashens befestigt war.

Der Kreis teilte sich. Lurmenor schritt durch seine Gefolgsleute hindurch, umwölkt von Schatten. Einzig sein Haupt blieb frei, das Antlitz Ehrfurcht gebietend und dunkel. Auf seinem Kopf glänzte das Geweih. Vor dem Tuch blieb er stehen.

Zashen zerrte an den Ketten, versuchte sich loszureißen.

Lurmenor senkte das Haupt – und rammte ihm das Geweih in die Leiste. »Die Engel versprachen dir flammende Flügel«, grollte er, während der Verräter sich unter ihm wand. »Sie seien dein.« Der Erzfürst zog zwei Steine unter dem Schattenmantel hervor, hielt einen mit der Spitze an das ölgetränkte Banner und schlug den anderen dagegen. Funken schlugen, sprangen über, fraßen sich durch Öl und Stoff. Zashens schrille Schreie vermischten sich mit dem Gestank von Rauch und seinem verschmorenden Fleisch.

Toryan wandte den Blick ab.

Erst als die Flammen erstarben, kehrte die Stille zurück. Sie senkte sich herab auf Funken und Asche.

Die fünfte Stimme

Rojin war es gewohnt, allein durch Dimmgrund zu reisen. Doch nie hatte er dabei so eine Unruhe verspürt wie beim Ritt auf Langlok. Und nun, da das Heerlager der Rätearmee in Sichtweite kam, fragte er sich, was bei allen Himmeln er da eigentlich tat.

Das Lager befand sich an einem See unweit der Grenzfeste, wo er vor einiger Zeit General Nobu geholfen hatte, sich mit Erzfürst Lurmenor zu treffen.

Wer weiß, wie alles gekommen wäre, wären nicht der Engel Mawjah und der junge Grenzwächter aufgetaucht.

Rojin stieg ab und betrachtete sein Spiegelbild im Wasser. Sein Haar war zerzaust, dunkle Ringe rahmten die Augen.

Wer bin ich?, fragte er sich. *Ein Mitglied des Bundes der Waage? Ein Freischärler, der den eigenen Vorteil sucht? Oder ein Mann, der das Richtige tut?*

Er hoffte auf Letzteres, straffte sich und umrundete den See so, dass die Wachen am Lagereingang ihn gut kommen sahen. Sofort gingen sie in Habachtstellung. »Seid gegrüßt«, sagte er freundlich. »Mein Name ist Rojin Gemfidens. Ich suche Ratsherrin Shanesa.«

»Ich kenne Euch von Gut Eulenstein«, sagte einer der Posten nicht unfreundlich. Er war braun gelockt, stämmig und hatte ein offenes Gesicht. »Ich heiße Bennen. Begleitet mich. Ich frage nach, ob die Ratsherrin Euch empfängt.«

Im Heerlager waren Wege und Feuerstellen sauber gefegt, bei den Zelten herrschte strikte Ordnung. Die Unterkünfte der eingezogenen Stadtwächter, Zöllner und Flussschützer kamen zuerst, gefolgt von denen der regulären Soldaten und jenen der Offiziere und Ratsmitglieder.

»Hier sind wir.« Bennen deutete auf ein tiefblau durchwirktes Zelt, das die übrigen als einziges deutlich überragte. Eine zierliche Frau mit zum Pferdeschwanz gebundenem Haar stand davor und blickte ihn neugierig an. Rojin hätte ihr Alter schwer schätzen können, einzig die Augen verrieten, dass sie kein junges Mädchen mehr war.

Bennen verneigte sich. »Hohe Dame Okaharia. Dies ist Rojin, der Freischärler aus Dimmgrund. Er wünscht die Ratsherrin zu sprechen.«

Sie lächelte. »Ich freue mich, Euch kennenzulernen, Rojin. Shanesa hat oft von Euch erzählt. Sie schätzt Euren Rat und Eure Verbindungen. Kommt. Sie hat gerade eine Besprechung beendet.« Mit einer anmutigen Geste bedeutete sie ihm, einzutreten.

Rojin verabschiedete sich von der Wache und folgte ihr ins Zelt. Teppiche bedeckten den Boden, Karten verteilten sich auf einem Tisch. Die drei Obersten Ratsmitglieder waren dabei, Unterlagen zu stapeln. Rojin kramte in seinem Gedächtnis nach den Namen. Der Große mit dem dunkelblonden Haar hieß Seoman. Sein Nebenmann, Exall, hatte das rote Haar und die blasse Haut, die sich unter Blaurieds Bewohnern häufig fand. Kein Wunder – er entstammte dem Adelsgeschlecht der Dalglen, das der Klerus von dort vertrieben hatte. Mit dem Dritten im Bunde, dem stoppelköpfigen Gelehrten Olien, hatte Rojin schon manche Stunde beim einen oder anderen Ingwerbier verbracht. Alle drei blickten ihn mit höflicher Neugier an.

Shanesa, die mit dem Rücken zu ihm am Tisch gestanden hatte, wandte sich um. Die Ratsherrin trug ein schwarzes Hemd und schwarze Hosen. »Meister Rojin«, sagte sie stirnrunzelnd. »Euch hatte ich nicht erwartet.«

Rojin breitete die Arme aus. »Ich wäre nicht hier, wenn nicht das Schicksal Freiholts auf dem Spiel stünde.«

»Oho. Das klingt nach äußerster Tragweite.«

»Ich bitte den Rat, mir zuzuhören und sich sein eigenes Bild zu machen.«

»Spricht nichts dagegen«, sprang Seoman ihm zu Hilfe.

Shanesa deutete auf eine dampfende Kanne. »Tee?«

»Gern.« Rojin schlenderte betont gelassen zum Tisch, atmete innerlich aber durch. Der erste Schritt war getan. Er nahm sich einen

Becher und ließ sich mit den Ratsmitgliedern und Okaharia auf den Teppichen nieder.

Shanesa nippte an ihrem Tee. »Ihr solltet wissen, dass wir vor wenigen Stunden eine Botschaft von Engel Dormagh erhalten haben. Das Altnachtheer ist an Daosams Grenze aufmarschiert. Wir sollen uns dorthin in Marsch setzen.«

»Tut es nicht«, sagte Rojin. »Löst das Bündnis auf.«

»Wir glauben nicht an Asgreal als Erlöser«, fuhr Seoman auf. »Wohl aber daran, dass unsere Entscheidungen uns zu den Menschen machen, die wir sind. Und wir haben unser Wort gegeben, dem Klerus zur Seite zu stehen.«

»Das verstehe ich.« Rojin hob die Hände. »Doch solltet Ihr Eure Freiheit nutzen, um selbst zu beurteilen, was richtig oder falsch ist.«

»Und Ihr wollt nun, dass wir unseren Pakt mit dem Klerus als falsch beurteilen«, stellte Shanesa fest.

Rojin hatte für gewöhnlich ein feines Gespür für die Stimmungen seiner Mitmenschen, doch die Miene der Ratsführerin verriet nichts über ihre Gedanken. »Es geht nicht darum, dass …«

»Wir sind keine Verräter«, schnitt Seoman ihm das Wort ab.

Rojin atmete tief durch. »Nein, Ihr nicht. Die anderen schon.« Und dann berichtete er: Was er in Storchenbruck beobachtet hatte. Vom Bund der Waage. Von Minn. Von seiner Verbindung zu Lurmenor. »Fürstin Rhymmia ist in Storchenbruck, um die Dämmergeborene zu beschützen«, schloss er. »Aber wenn sie entdeckt werden, ist alles aus. Wir müssen die Stadt befreien.«

Alle Anwesenden starrten ihn mit offenen Mündern an.

Olien ließ die Finger knacken. »Ihr sagt also, der Klerus ist uns in den Rücken gefallen und hat unsere wichtigste Grenzstadt besetzt. Eine der Elf Schatten ist dort. Und die Dämmergeborene existiert. Ihr müsst zugeben, all das klingt ziemlich unglaublich.«

»Ich habe all das so offen und ehrlich erzählt, weil ich hoffe, dass Ihr die Dämmergeborene rettet«, sagte Rojin. »Sie ist womöglich die letzte Hoffnung der Menschheit.«

Shanesa sah ihn durchdringend an. »Euer Geheimbund unterhält enge Bande mit der Altnacht. Und nun verlangt Ihr, dass wir unsere Verbündeten im Stich lassen.«

»Versteht doch, Asgreal *ist nicht* Euer Verbündeter«, sagte Rojin mühsam beherrscht. »Er nutzt Euch als Werkzeug. Kämpft Ihr gegen die Altnacht, dezimieren sich seine Feinde gegenseitig. Selbst wenn Ihr die Blutfürsten besiegt, töten Tadeeans Truppen Euch nach der Schlacht.«

»Warum sollten wir Euch trauen?«, polterte Seoman.

»So wie ich es sehe, gibt es zwei Möglichkeiten.« Rojin hob Daumen und Zeigefinger. »Entweder Ihr reitet nach Storchenbruck und überzeugt Euch mit eigenen Augen. Wenn ich gelogen habe, könnt Ihr mich an Ort und Stelle hinrichten. Oder Ihr zieht nach Daosam, wo der Klerus Euch haben will. Vielleicht irre ich mich und alles wird gut. Aber wenn ich recht habe, müsst Ihr Euch keine Sorgen mehr um Freiholts Zukunft machen. Dann sterbt Ihr nämlich.«

Exall kratzte sich am Kinn. »Woher wisst Ihr, dass Lurmenor nicht auch Euch getäuscht hat?«

»Das weiß ich nicht«, gestand Rojin. »Ich vertraue meinem Gefühl.«

»So müssen wir abstimmen, ob wir bereit sind, für ein ›Gefühl‹ das Schicksal Freiholts aufs Spiel zu setzen.« Shanesa straffte sich. »Also. Wer ist dafür, nach Storchenbruck zu reiten?«

»Der Freischärler war in Geschäftsdingen immer zuverlässig«, sagte Exall. »Und ein solcher Verrat sieht dem Klerus ähnlich. Ich glaube Rojin und bin dafür.«

»Ich kenne ihn nicht gut genug, um eine solch weitreichende Entscheidung zu treffen«, sagte Seoman. »Deshalb stimme ich dagegen.«

»Ich habe ihn zuletzt auf Gut Eulenstein als jemanden erlebt, der Krieg verhindern wollte, nicht anfachen.« Shanesa seufzte. »Also stimme ich dafür.«

Alle Blicke richteten sich auf Olien. »Ich bin ein Mann des Wissens, nicht des Glaubens.« Der Scholar hob entschuldigend die Hände. »Sosehr ich Rojin schätze, sind mir hier zu viele Unwägbarkeiten. Daher stimme ich dagegen.«

Shanesa setzte zu seiner Antwort an, als ein Schrei voll Wut und Trauer die Luft zerriss. Das Zelt schien sich um Rojin zu drehen, als hätte er einen Schlag auf den Kopf bekommen. »Langlok. O nein …«

»Was bedeutet dieser Schrei?« fragte Shanesa.

»Er bedeutet«, flüsterte Rojin mechanisch, »dass Fürstin Rhymmia tot ist. Wir müssen aufbrechen. Sofort.« Er drängte die Betäubung zurück, die sich in seinem Innern breitzumachen drohte. Er durfte nicht trauern, nicht wanken. Nicht jetzt.

»Unmöglich. Es steht zwei zu zwei. Wir müssen die große Ratsversammlung einberufen.«

Okaharia, die während der gesamten Debatte geschwiegen hatte, erhob sich. »Müsst ihr nicht. Als Stimme der Frauen im Rat gehöre ich zum inneren Zirkel der Entscheider.«

Shanesa küsste ihre Hand. »Das tust du. Nun denn. Folgen wir dem Rat des Freischärlers oder nicht? Was sagst du?«

Toryans Verrat

Ein Tag und eine Nacht waren seit der vernichtenden Niederlage des Altnachtheeres vergangen. Die Heiler hatten Toryan angeboten, in den Zelten zu rasten, wo die Verwundeten gepflegt wurden. Er hatte abgelehnt. In den Stunden nach der Schlacht hatte er zu viele abgetrennte Gliedmaßen und verlöschende Augen gesehen, um dort Ruhe zu finden. Seine Prellungen würden ohne Hilfe heilen, genau wie die kleinen Schnittwunden und Kratzer.

Die Lagerstatt in der Mulde zwischen den Wurzelsträngen fühlte sich ohne Esta leer an. Toryan schloss die Augen, um dem Anblick zu entgehen.

Albträume quälten ihn. Erst ein penetrantes Summen riss ihn zurück in die wache Welt.

Er rieb sich die verkrusteten Lider. Das Summen schwoll an, als näherte sich ein Schwarm von zehntausend Hummeln. Was mochte das sein? Er rappelte sich auf, spritzte sich Wasser aus der Feldflasche ins Gesicht und taumelte Richtung Waldrand.

Asmodan, Elyfyll, Bimbadim und Lurmenor standen bereits dort und starrten in den Himmel. Toryan ignorierte den Aschehaufen am Grenzübergang, stellte sich neben sie und schirmte die Augen gegen die aufgehende Sonne ab. Ihr Licht reflektierte sich in gleißenden Metallgiganten. »Luftschiffe«, rief er. »Was bringen die hierher?«

»Ich fürchte, unseren Untergang.« Bimbadim stützte sich auf seinen Streithammer. »Der Feind tut, was jeder gute Stratege tun würde. Jetzt, da er alles über unsere Strategie und Stärke weiß, zieht er seine Truppen aus allen Landesteilen zusammen und trägt den Krieg zu uns.«

Elyfyll lächelte. »Wenn das unser Ende ist, lasst uns dafür sorgen, dass Asgreals Brut es teuer erkauft.«

»Ich würde mit Freuden mein Leben geben, wenn ich dabei eines der Aschekinder mitnehmen kann«, grollte Asmodan.

»Gegen den Sippenschlächter ist alles, was der Klerus aufbietet, ein Kiesel verglichen mit einer Steinlawine.« Lurmenors Stimme schien von einem weit entfernten, kalten Ort zu kommen. »Ich habe bereits befohlen, ihn herbringen zu lassen. Denn wir haben noch einen Verräter unter uns.«

Alle starrten ihn fassungslos an. »Wen?«, fragte Toryan mit rauer Stimme.

Der Herr der Altnacht legte ihm eine Schattenhand auf die Schulter. »Dich, Toryan.«

Toryan lugte aus dem Erdloch unterhalb der Hügelspitze. Seine schlimmste Befürchtung war nicht eingetreten. Die Verteidiger Daosams hatten den Tunnel des Gräbers nicht zugeschüttet, sondern bewachten lediglich den Ausgang. Unweit des Loches saß eine Gruppe gelangweilt dreinblickender Arkebusiere vor einer umgedrehten Munitionskiste und würfelte um Kupfermünzen. Wenn Toryan Pech hatte, würden sie ihn niedermähen, sobald er sich zeigte. Das Risiko musste er eingehen. Wenn er Minn nicht fand, war sein Leben ohnehin nichts mehr wert.

Er biss sich auf die Unterlippe und kroch ins Freie. Jeder Schritt fühlte sich an, als liefe er schnurstracks auf einen Abgrund zu. Er tat, was er tun musste. Aber er fühlte sich mies dabei, mieser als je zuvor im Leben.

Der alte Spruch ist wahr, dachte er. *Der schnellste Weg, einen Krieg zu beenden, ist, ihn zu verlieren*. Zugleich fragte er sich, ob der Preis dafür nicht zu hoch war.

Er richtete sich auf und klopfte betont auffällig die Erde von seinem farblosen Mantel, der zuvor einem gefallenen Rothut gehört hatte. »Ich grüße die tapferen Verteidiger Daosams.«

Die Wächter sprangen auf wie von Dornen gestochen. Ein halbes Dutzend Arkebusenläufe richteten sich auf ihn.

»Wer bist du?«, keuchte ein Kerl mit strähnigem Haar und rot geäderter Knollennase. »Wo kommst du her?«

Toryan hob beide Hände. »Von jenseits der Grenze. Ich habe wichtige Nachrichten für Euren Kommandanten. Er wäre sicher nicht erbaut, wenn Ihr sie ihm vorenthaltet. Indem Ihr mich erschießt, zum Beispiel.«

Die Soldaten blickten einander an. Knollennase runzelte die Stirn. Toryan vermeinte, die Räder in seinem Spatzenhirn förmlich rattern hören zu können. Keiner dieser Männer war es gewohnt, Entscheidungen zu treffen, und für Fehler gab es in Kriegszeiten seitens der Heeresführung wenig Verständnis – aber umso schneller eine Verabredung mit der Axt. »Ihr könnt mich natürlich durchlöchern, wenn Ihr gern was riskiert.« Toryan schaffte es, beiläufig zu klingen. »Euren Kopf, zum Beispiel.«

Schweiß tropfte Knollennase vom Kinn. Seinem Blick war anzusehen, dass er sich selbst dafür hätte schlagen können, dass er das Wort ergriffen hatte und dadurch nun wie von Zauberhand für diesen seltsamen Fremden verantwortlich war. Seine Kameraden jedenfalls blickten auffällig unauffällig sonst wohin.

»Oder Ihr fesselt mich und übergebt mich Eurem Vorgesetzten«, linderte Toryan das Leid des Wächters. »So müsst Ihr nichts tun, was Euer Leben auf unschöne Weise verkürzen könnte.« Er streckte die Hände aus.

»Das, äh, ist annehmbar, schätz ich.« Knollennase fuhr sich mit der Zungenspitze über seine schiefen Vorderzähne. »Also schön. Bindet ihn, Jungs.«

Toryan ließ die Prozedur über sich ergehen und verkniff sich ein Kopfschütteln. Die Männer waren so nervös, dass sie ihm nicht mal das Schwert abnahmen.

Knollennase und ein weiterer Wächter, ein schmaler Jüngling, dem gerade der erste Bartflaum spross, führten Toryan an Hunderten erstaunt blickenden Soldaten vorbei auf die Landzunge, die vom Plateau zur Feste führte.

Vor deren Mauern erstreckte sich das Lager der Armee. Hinter den Palisaden, Zelten und Gräben blinkten die Metallhüllen der Luftschiffe.

Toryan erkannte das Zelt des Kommandanten von Weitem. Zwei Standarten flankierten den Eingang, von der Spitze wehte Asgreals Blütenbanner. Ein bärtiger Krieger stand auf seine Arkebuse gelehnt vor dem Eingang und nahm Haltung an, als die Zeltklappe aufflappte.

Heraus trat ein gut aussehender, groß gewachsener Mann mit akkuratem Kinnbart und schulterlangen blonden Locken. Seine Augen strahlten in intensivem Blau. Trotz der Kühle trug er eine makellos weiße Kurzarmtunika unter dem Brustpanzer. Sehnige Muskeln wanden sich bei jeder Bewegung unter der Haut, auf der goldziselierten Rüstung prangte das Symbol der Paladine von Gorvul. Sein Blick fiel auf Toryan und seine Bewacher. »Wen bringt ihr da? Und warum bei allen Engeln hat er sein Schwert noch, wenn er gefesselt ist?«

»Das ist äh, weil äh …«, stotterte Knollennase. »Also, er sagt, er kommt aus der Altnacht, Kommandant Nif.«

»Aus der *Altnacht*?«

»Ich weiß, ich bin hübscher als der gemeine Nachtkrabbler«, sagte Toryan. »Aber der gute Mann spricht die Wahrheit.«

Nif verzog keine Miene. Offenbar jene Art Mensch, dem es körperliche Schmerzen bereitete, zu lächeln. »Ich lasse mir nicht meine Zeit stehlen. Ihr werdet alle miteinander in die Festungszellen verbracht.«

»Bei Mawjahs Titten, ich kenne den Mann«, rief der stoppelbärtige Krieger, der das Zelt bewacht hatte. »Das ist Toryan die Tatze. Der Schützling von General Nobu.«

Toryan brauchte einen Moment, ehe er das Gesicht zuordnen konnte. Vor ihm stand Orlid, der Soldat aus Damians Gefolge, den Minn bei der Ankunft auf Gut Eulenstein vermöbelt hatte. Ihr Armhebel hatte seine Schulter angeblich derart in Mitleidenschaft gezogen, dass er nicht mit in die Schlacht von Hizgin gezogen, sondern in Tadeeans Feste zurückgeblieben war. Toryan hätte nie gedacht, dass er je froh sein würde, den Kerl wiederzusehen.

Paladin Nif furchte die Stirn. »Ich dachte, die gesamte Streitmacht des Generals sei in Hizgin gefallen.«

»Ich wurde gefangen genommen und verschleppt«, sagte Toryan. »Lur… der Gefallene wollte mehr über unsere Kriegstaktik in Erfahrung bringen. Im Chaos nach der gestrigen Schlacht konnte ich den Umhang eines Nachtkrabblers stehlen und fliehen.«

»Was hast du dem Feind verraten?«

»Nur ein paar nutzlose Informationen, damit er mich leben lässt. Selbst wenn ich mehr hätte sagen wollen, ich bin Grenzwächter. Von Strategie verstehe ich nichts.«

»Du warst wochenlang in der Altnacht gefangen.« Nifs misstrauischer Ausdruck blieb. »Wer weiß, was die Blutfürsten mit dir angestellt haben.«

»Sucht mich nach Bissspuren ab, wenn Ihr wollt. Was Euch Sorgen machen sollte, ist was ganz anderes.« Toryan dämpfte die Stimme. »Die Blutfürsten schaffen eine Geheimwaffe herbei. Wenn es ihnen gelingt, sie einzusetzen, wird nichts und niemand sie aufhalten.«

»Geheimwaffe? Was redest du da?«

»Nachdem sie die Luftschiffe kommen sahen, gab der Gefallene den Befehl, sie zu holen.« Toryan schauderte. »Sie ist mächtig genug, die Feste dem Erdboden gleichzumachen und jeden darin auszulöschen.«

»Und wie wollen sie diese ominöse Waffe auf diese Seite der Grenze schmuggeln?«

»Es gibt einen zweiten Tunneldurchbruch östlich von hier. Dort schafft ein kleiner Trupp sie hinüber. Parallel dazu wird die Hauptstreitmacht ein Ablenkungsmanöver am Grenzübergang inszenieren.«

»Das wäre Selbstmord«, schnaubte der Paladin. »Wir werden sie mit der Kanone zerfetzen wie bei der ersten Welle.«

»Unzählige Nachtkrabbler werden sterben«, bestätigte Toryan. »Doch am Ende siegen die Vampirfürsten.«

Nif stemmte die Hände in die Hüften. »Wenn diese Waffe so mächtig ist, wieso kommt sie erst jetzt zum Einsatz?«

»Dieses Ding hat in den Altnachtkriegen die Stadt Hizgin in ein Flammenmeer verwandelt und Zehntausende zu Asche pulverisiert«, sagte Toryan. »Der Gefallene schwor, sie nie wieder einzusetzen. Jetzt …«

»… ist er verzweifelt genug, alles zu tun, um diesen Krieg zu gewinnen«, vollendete eine klangvolle Stimme. »Sogar den Sippenschlächter zu reaktivieren.«

Der Paladin und die umstehenden Soldaten verneigten sich tief, als Symael aus dem Zelt trat. »Hoher Seraph Symael«, murmelte Toryan und beugte das Knie.

Der purpurhaarige Engel nickte huldvoll. »Ich habe Euer Gespräch mitgehört. Die Verderbtheit des Gefallenen kennt wahrhaft kein Maß mehr. Du tatest wohl daran, uns zu warnen, mein Sohn.«

Knollennase und Orlid tauschten fassungslose Blicke.

»Der Einsatz meines Lebens war klein, verglichen mit dem, was auf dem Spiel steht«, sagte Toryan. »Ich kann Euch zeigen, wo die Waffe über die Grenze gebracht wird. Ihr müsst rasch handeln. Sonst verliert Ihr alles.«

Nif kratzte sich den Bart. »Wie können wir sicher sein, dass das keine Falle ist?«

Toryan erwiderte seinen Blick, ohne zu blinzeln. »Ich komme mit, wenn Ihr angreift. Beim ersten Anzeichen einer Falle könnt Ihr mich töten.«

»Stell den Sturmtrupp zusammen, Paladin«, befahl Symael. »Ich selbst werde den Scheinangriff am Hügel zurückschlagen. Auch wenn es mir eine Freude wäre, einem der Schattenfürsten den Garaus zu machen, können wir nicht riskieren, dass er meine Anwesenheit spürt und die Waffe frühzeitig aktiviert.« Er wandte sich an Toryan. »Wenn es stimmt, was du sagst, soll dir größter Lohn zuteilwerden. Doch wenn du gelogen hast, wirst du keinen Kopf mehr besitzen, in den die Blutfürsten ihre giftigen Gedanken pflanzen können. Der steckt dann nämlich auf den Zinnen von Tadeeans Feste.«

Toryan neigte den Kopf. »Das ist nur gerecht.«

Toryan führte Nifs Truppen zum zweiten Tunnelausgang. Dieser lag einige Meilen östlich, wo sich der Waldsaum ein Stück Richtung Altnacht verschob und so eine Bresche mit ein paar Hundert Fuß Abstand zur Grenzschlucht bildete. Der Paladin hieß seine Männer eine Meile vorher hinter einer Bodenwelle Deckung suchen.

»Geh nicht zu nah ran, und sieh zu, dass du den Wind gegen dich hast«, warnte Toryan den Späher, der dabei war, sich das Gesicht mit Erde einzureiben. »Einige Nachtkrabbler haben extrem feine Nasen.«

»Keine Sorge.« Der Mann hob einen hohlen Stab mit einer Kristalllinse an der Spitze. »Ich sehe selbst auf Abstand genug.« Er zog einen Umhang über und huschte davon.

Die Sonne war eine Handbreit über den Himmel gewandert, als von Westen Schreie, Arkebusenschüsse und Erschütterungen an

Toryans Ohr drangen. »Der Angriff am Grenzübergang«, sagte er. »Es hat begonnen.«

Ehe Nif etwas entgegnen konnte, kam der Späher zurückgehetzt. »Es stimmt, Kommandant«, keuchte er. »Eine Gruppe Altnachtler bugsiert etwas Großes auf diese Seite.«

»Eine Waffe?«

»Eine Maschine voll seltsamer Lichter. Habe so was noch nie gesehen. Könnte eine Waffe sein.«

»Wie viele Altnachtler sind es?«

»Etwa dreißig. Zwerge, Gnome. Zwei monströse Hunde.«

Nif lächelte. »Also schön. Auf einen von ihnen kommen fünf von uns. Wir greifen an, Männer. Lasst mir unseren Kamerad Toryan nicht aus den Augen. Er soll ernten, was er gesät hat. So oder so.«

Toryan sah mit quälender Schärfe den Gräber, der den heuwagengroßen Sippenschlächter an Zugketten aus der Erde wuchtete. Die Soldaten des Klerus, die über die Bodenwelle stürmten. Die Arkebusensalven, mit denen sie den Gräber sowie ein Dutzend Zwerge zerfetzten, die die Waffe zu schützen versuchten. Zwei der Riesenhunde rissen sieben, acht Männern die Kehlen aus, ehe sie von Kugeln und Dampflanzen durchlöchert ihr Leben aushauchten. Die gut zwanzig Gnome zückten ihre gekrümmten Dolche – Klingen von der Art, wie sie Gyblegog benutzt hatte, um Fische oder Kröten auszuweiden.

Sie überbrückten die Distanz zu Nifs Truppen sehr viel schneller, als die kurzen Beine vermuten ließen. Und im Nahkampf waren sie Bestien. Affengleich sprangen sie die Soldaten an, stachen zu in Hals, Nacken, Augen. Ihr Fauchen mischte sich mit den Schreien und Gurgellauten der Sterbenden.

Toryan brach aus der Phalanx aus und rannte zum Sippenschlächter. Beinahe erwartete er, dass einer der Arkebusiere das als Verrat interpretieren und ihm in den Rücken schießen würde. Doch er erreichte die Waffe unverletzt.

Das Überraschungsmoment der Gyblegogs verpuffte, und die Krieger des Klerus nutzten ihre Überzahl und Reichweite, indem sie die Gnome mit vorgehaltenen Dampflanzen einkreisten. Sie zogen den Ring immer enger, während die Arkebusiere sich dahinter positionierten, schossen und in aller Seelenruhe nachluden. Toryan konnte die Gnome nicht mehr sehen. Er hörte nur ihre Todesschreie.

Einer schaffte es blutüberströmt aus dem Kessel und stürzte sich auf Nif. So beiläufig, als böte er einer Dame den Arm, trat der Paladin zur Seite und streckte das Schwert aus. Die Klinge trennte dem Gnom den Kopf von den Schultern, und das abgeschlagene Haupt polterte davon. Seine Truppen jubelten und hoben die blutbesudelten Waffen.

Da entstieg Fürst Asmodan dem Tunnel. Die Augen glühten tiefrot, als er seine Lanze mit der armlangen Klinge hob.

Fünf Arkebusiere stellten sich Schulter an Schulter, legten an, zielten, feuerten. Die Kugeln schlugen Funken, als sie von Asmodans Stachelrüstung abprallten. Der Blutfürst fletschte die Zähne, preschte vor und schwang seine Lanze wie eine Sense. Sie trennte den fünf Männern in einem Streich die Arme am Ellbogen ab. Blut spritzte in Fontänen aus den Stümpfen. Die folgenden Schreie waren kaum mehr menschlich. Asmodan hob einen der Arme auf, saugte das Blut heraus und schleuderte die Reste von sich. »Ihr wollt, was unser ist, Menschen? Kommt und holt es euch.« Er stellte sich vor den Sippenschlächter, legte den Kopf in den Nacken und lachte, das Sinnbild der Alten Nacht, furchtbar, finster und mächtig.

Zwanzig Soldaten rannten auf ihn zu. Der Anblick erinnerte Toryan an ein Wolfsrudel, das eine größere Beute attackiert, um sie mit vereinten Kräften zu Boden zu zwingen. Nur war Asmodan keine Beute. Er war ein Kriegsherr der Blutfürsten.

Seine Lanze wirbelte so schnell, dass sie zu einem blitzenden Schemen verwischte und eine weitere Kugelsalve abwehrte, als hielte er einen Schild. In einer fließenden Bewegung ging Asmodan in die Offensive und spaltete zwei, drei, vier Angreifer vom Hals bis zum Hüftknochen. Mit einer Grazie, neben der die Bewegungen der Soldaten hölzern und lächerlich langsam anmuteten, glitt der Blutfürst durch ihre Reihen und schlitzte eine Schneise des Todes. Beine lösten sich von Rümpfen und Köpfe von Hälsen wie Blütenblätter von Blumen. Dem Letzten der zwanzig bohrte Asmodan die Lanze von unten durch die Kehle, dass die Spitze am Hinterkopf wieder austrat. Hirnmasse, Blut und Helmsplitter flogen durch die Luft.

Nif hatte noch rund hundert Krieger um sich geschart, doch keiner traute sich mehr vorzurücken.

Toryan biss sich so fest auf die Lippe, dass er Blut schmeckte. *Du musst es tun*, befahl er sich. *Du* musst.

Die Stacheln an der Außenhülle des Sippenschlächters waren spitz, aber nicht scharf. Toryan kletterte mühelos daran empor. Asmodan stand mit dem Rücken zu ihm und lachte, als eine weitere Schusssalve von ihm abprallte. »Kommt, kommt, ihr Schafe«, grollte er. »Wollen sehen, ob ihr den Wolf zur Strecke bringt, nur weil der Schäfer euch Krallen umschnallt.« Er hob die Lanze. Dadurch klaffte zwischen Hals und Schulter ein zwei Finger breiter Spalt in der Stachelrüstung.

Die Zeit schien langsamer zu laufen. Toryan verpasste seinen Schuldgefühlen einen mentalen Kinnhaken – und sprang.

Seine Kristallklinge glitt durch den Rüstungsspalt und tief in Asmodans Körper. Der Vampir brüllte und brach in die Knie. Toryan landete auf den Füßen, riss das Schwert zurück und trieb es erneut in die Lücke, diesmal bis zum Heft. »Elender Verräter«, röchelte der Blutfürst. »Ich hätte dich … in Hizgin töten sollen.« Die Lanze entglitt seinen Fingern. Die roten Augen erloschen und er rührte sich nicht mehr.

Mit zitternden Fingern zog Toryan das Schwert aus der Leiche. Sämtliche Kraft verließ ihn. Er schwankte und musste sich setzen.

»Jaaa«, schrie Nif und reckte das bluttriefende Schwert in die Höhe. »Du bist ein wahrer Held des Lichts, Toryan die Tatze. Männer, hackt dem Blutsauger den Kopf ab. Er soll zum Ruhme Asgreals durch Gorvul paradiert werden.«

Donner grollte. Schwingen schlugen. Ein Blitz zuckte vom Himmel. Geblendet rissen die Krieger die Arme vor die Gesichter. Aus dem Augenwinkel sah Toryan eine dunkle Wolke zu Boden gleiten. Der klagende Schrei eines Garuda erklang, und der Schemen verwehte. Als Toryans Sicht zurückkehrte, war Asmodans Leiche verschwunden.

Nif trat zu Toryan und half ihm auf die Füße. »Schade. Ich hätte dem Lichtbringer zu gern den Kopf des Blutsaugers gebracht. Aber meinetwegen sollen seine Überreste in irgendeinem Loch verrotten.

Wir haben, was wir wollten.« Er klopfte er auf die Hülle der Waffe. »Wie funktioniert es?«

»Das weiß ich nicht.« Toryan fühlte sich leerer als ein zerschnittener Wasserschlauch. »Nur dass es lebensgefährlich ist, das Ding zu bedienen, wenn man nicht weiß, was man tut.«

»Dann warten wir auf Symael.«

»Zu gefährlich«, warnte Toryan. »Ich hörte den Gefallenen zu seinen Heerführern sagen, dass sich die Waffe automatisch aktiviert, falls ein Engel sich ihr nähert.«

Wie zur Bestätigung begannen die Lichter der Maschine unheilvoll zu blinken. Nif leckte sich nervös die Lippen. »Was tun wir dann?«

»Bringt die Waffe zu den Alchemisten nach Servul. Wenn jemand das Ding kontrollieren kann, dann sie.« Toryan senkte die Stimme, sodass niemand außer dem Paladin ihn hörte. »Außerdem erfährt Asgreal – Preis sei seinem Namen – so, wem er diesen kriegsentscheidenden Triumph zu verdanken hat.«

Nif nickte nachdenklich.

»Ihr kennt die Art der Engel besser«, fuhr Toryan fort. »Ich frage mich nur, wird der Seraph Symael das Loblied auf *Euch* singen, wenn *er* dem Herrn des Lichts die Waffe zu Füßen legt?«

»Du hast recht. Ich lasse umgehend ein Luftschiff startklar machen. Nun hast du schon zweimal guten Rat gegeben. Mein Wohlwollen ist dir sicher.«

»Dann habe ich direkt eine Bitte. Lasst mich mitfliegen. Nach der Zeit in der Altnacht wünsche ich mir nichts mehr als den Segen des Lichtbringers.«

Der Paladin drückte Toryans Schulter. »Ein frommer Wunsch, den ich gern in Servul für dich vorbringen werde. Verzeih, dass ich an dir gezweifelt habe.«

»Es gibt nichts zu verzeihen. Ihr habt getan, was jeder gute Soldat tut. Eure Pflicht. Ohne Eure Entschlossenheit wäre dieser Sieg nie möglich gewesen. Das werde ich auch dem Obersten Adepten berichten. Ihr müsst wissen, Holmar ist ein guter Freund von mir.«

Nif lächelte so zufrieden wie eine Katze vor einer Schüssel Sahne. »Lass uns keine Zeit verlieren. Männer, packt die Ketten. Zieht diese Waffe zum Luftschiff!«

Auf nach Daosam

Shanesa sagte sich wieder und wieder, dass sie sich in Storchenbruck befand. Es fiel ihr schwer zu glauben, dass dieser Albtraum die pittoreske Grenzstadt sein sollte, die sie stets so gern besucht hatte. Das Haupttor hing zerschmettert in den Angeln, seine Reste stachen aus der Mauer wie abgebrochene Zähne. Rauch dräute über den Straßen und machte das Atmen zur Qual.

Die Pferde hatten sie vor der Stadt zurückgelassen. Zu nervös machte der Gestank von Qualm und Feuer die Tiere. Überdeutlich hörte Shanesa Rojins sanften Tritt, Bennens Stampfen, das feste Auftreten von Seoman, Exall und Olien. Es knirschte, als Splitter unter ihren Stiefeln zerbröselten. Glas? Knochen? Ab und an fiel vom Feuer zermürbtes Gebälk in sich zusammen oder zischte eine verlöschende Flamme ein letztes Mal auf.

Die Geräusche waren so präsent, weil es ansonsten so still war. Die ersten Stadtbewohner lagen in den Straßen und Hauseingängen, Arme und Beine von sich gestreckt, Löcher in Rücken, Bäuchen, Hälsen. Zwei Dutzend Greise baumelten an Stricken vom Giebel des Rathauses. Den Rest der Bevölkerung fanden sie auf dem Marktplatz. Alle hatten aufgeschlitzte Kehlen. Und was das Schlimmste war, eines der toten Kinder hielt einen blutverkrusteten Dolch in der Hand, einen Ausdruck wahnwitzigen Entzückens im erstarrten Gesicht.

Raben flatterten bei Shanesas Anblick schwerfällig zur Seite, die Bäuche voll von ihrem jüngsten Festmahl. Der Gestank ringsum war ungeheuerlich, eine süßliche Fäulnis, die in ihre Nase biss, als wären Wagenladungen überreifer Früchte ausgekippt worden.

»Die Soldaten des Klerus wurden nach Daosam abgezogen«, sagte Olien rau. »Daher die Luftschiffe, die wir unterwegs sahen. Sie konnten keine Besatzung zurücklassen, wollten Storchenbruck aber nicht uns überlassen.«

»Und der Klerus nennt die Blutfürsten Monster.« Seoman spuckte aus. Er war sehr bleich.

Mit den Bestien, die dies getan haben, haben wir uns verbündet. Shanesa kämpfte gegen die Galle in ihrem Mund und wandte sich an Rojin. »Tut mir leid, dass wir an dir gezweifelt haben.«

Der Blick des Freischärlers war voll Schmerz und Mitgefühl. »Muss es nicht. Ich wünschte, ich hätte mich getäuscht.«

Shanesa drückte ihm die Schulter. Rojin hatte gleich hinter dem Tor die Leiche Rhymmias entdeckt – oder das, was von ihr übrig war. Auch er hatte bittere Tränen vergossen.

»Was nun, Ratsherrin?«, fragte Bennen.

Shanesa umkrampfte den Griff ihres Langschwerts. »Der Klerus hat uns hintergangen, während wir für ihn die Ostgrenze schützten. Er wird bezahlen. Für jede seiner Lügen und für jedes einzelne Leben, das in Storchenbruck dahingeschlachtet wurde.«

»Also kämpfen wir.« Exalls Augen leuchteten.

»Ja, wir kämpfen. Genau da, wo der Klerus es wünscht. Auf in den Krieg. Auf nach Daosam.«

Die Schlacht der Verräter

Als Freiholts Armee in Daosam eintraf, brodelten Wolken über dem Grenzland wie Teer in einem Titanenkessel. Vom Plateau jenseits der Feste drang Kriegslärm herüber.

Shanesa lehnte sich im Sattel vor. »Der Angriff hat bereits begonnen. Der Klerus muss sich seines Sieges sicher sein.«

»Aus gutem Grund.« Rojin massierte sich die Schläfen. »Die Altnacht hat mehrere Anführer verloren, darunter ihren Kriegsfürst, Asmodan. Außerdem hat Lurmenor mir durch die Kristalle mitgeteilt, dass er sein Heer nicht länger in den Kampf führt. Die verbliebenen Schattenfürsten erwarten sehnsüchtig unsere Ankunft.«

»Nicht nur sie«, ergänzte Exall vielsagend.

Shanesa ließ den Blick über ihre Krieger schweifen. Ihre mit Dornen gekrönten Helme. Ihre tiefgrün und rot leuchtenden Steppgewänder. Die Arkebusen und Schwerter, in deren Klingen Silberrunen glommen. In allen Gesichtern stand grimme Entschlossenheit. »Kämpfer Freiholts!« Sie schwenkte ihren Flaggenspeer so, dass auch die hintersten Reiter den Befehl mitbekamen. »Ich sende Rojin zur Westflanke. Exall, schützt ihn mit Eurer Garde, bis ich zu euch stoße. Bennen, macht mir das Zentrum frei. Ihr anderen, haltet um jeden Preis das Plateau und die Wälle.«

»Auf geht's«, rief Exall. »Das Glück ist mit den Tapferen.«

Bennen schnitt eine Grimasse. »Zu dumm, dass ich nie sonderlich tapfer war.«

»Heute ist ein guter Tag, das zu ändern.«

»Heute«, verkündete Shanesa und setzte sich an die Spitze der Reiterei, »ist ein guter Tag für Rache.«

Das Lager von Tadeeans Truppen war wie leer gefegt, alle Soldaten in die Schlacht gezogen. Shanesas Krieger galoppierten hindurch und strömten hinter den Palisaden über die Landzunge, auf das Plateau, wo Daosami in goldroter Rüstung das chromglänzende Kanonengeschütz sicherten. Ein mit Kristalllinsen bewehrter Soldat saß hinter dem Trichter und feuerte den Abhang hinab.

An der Grenzschneise stapelten sich die Gefallenen. Die Reihen der Altnacht waren deutlich gelichtet, wohingegen es vor Kriegern der Lichtlande nur so wimmelte. Einzelne Grüppchen kämpften lose verstreut entlang des Waldsaums. Sobald einzelne Nachtkrabbler sich aus dem Gemenge lösten, zerfetzten die Kanonensalven sie zu blutigen Klumpen.

In der Ferne stieß ein Engel mit purpurnem Haar aus dem Himmel herab, um eine fremdartige Kreatur nach der anderen mit einem Flammenschwert aufzuspießen.

»Ausfächern«, brüllte Shanesa. »Für Freiholt.«

»Für Freiholt«, schallte es aus zweitausend Kehlen zurück.

»Seht«, rief der Daosami, der die Arkebusiere am Geschütz befehligte. »Jetzt, wo die meiste Arbeit getan ist, kommen die Ketzer dazu. Na, wir sind ja großherzig. Sollen sie ihren Beitrag am Gemetzel leisten.«

Seine Männer lachten.

Bis sie niedergemäht wurden.

Freiholts Schlachtrösser zertrümmerten Brustkörbe, zerstampften Rüstungen, trampelten goldrot gewandete Krieger in die Erde. Verwirrung griff um sich, als Bennens Reiterei den Hügel hinabpreschte und auf die klerikalen Truppen einhackte. Hunderte fielen, ehe sie erkannten, dass die Verbündeten, die der Klerus verraten hatte, nun ihrerseits die Seite gewechselt hatten.

Shanesa sprang vom Pferd und löste den Korb mit Oliens Schwarzpulver vom Sattel. Bennens Männer folgten dem Plan und schlugen ihr eine Bresche. Sie sprintete durchs Getümmel, rutschte unter Feuerschutz den Hügel hinab bis zu jenem Spalt unter der Kanone, wo gigantische Klauen Erde und Stein aus dem Hang gefetzt hatten – genau wie Rojin es beschrieben hatte. Sie stopfte den Korb hinein, entzündete die Lunte und suchte das Weite.

Die folgende Explosion zerbröselte die Erde unter dem Geschütz wie brüchige Kohle. Die Spitze des Plateaus ächzte, mehrere Mannslängen Boden rutschten hangabwärts. Donner hallte übers Land, als die Kanone vornüberstürzte und sich mehrfach überschlug. Der Lauf verbog sich und der Trichter spie nicht länger stählernes Verderben.

Mit einem Jubelschrei schwang sich Shanesa auf ihr Ross und lenkte es hinter dem Freischärler und Exalls Garde die Westflanke hinab. Der Weg war schmal. Rechts, am Grenzstreifen, ragten baumhohe Felswände auf, links klaffte der endlos scheinende Abgrund.

Es begann zu hageln. Das Prasseln überdeckte den Hufschlag der Reiterei. Durch das Unwetter tauchte die Westfront vor ihnen auf. Wo der Weg sich zu einer Landzunge verbreiterte, hatten sich daosamische und gorvulische Arkebusiere positioniert, beschützt von einem Alchemisten, der Feuer aus Düsen an seinem Arm verschoss. Rund fünfzig Dampfbogenschützen aus Blauried sicherten ihm den Rücken.

Die Altnachtler hatten sich formiert und versuchten einen Ausfall, angeführt von Wesen, die aussahen wie laufende Stecken. Wo Kugeln sie trafen, flogen Splitter, dennoch staksten sie weiter, sensenartige Waffen schwingend. Eines geriet in Reichweite des Alchemisten, der es mit gackerndem Lachen in Flammen setzte. Als die Truppen des Klerus Freiholts Reiter kommen sahen, jubelten sie der vermeintlichen Verstärkung zu.

Dann erblickten sie Rojins Reittier.

Arkebusen kläfften. Eine Kugel streifte den Freischärler oberhalb des Bauchnabels. Er fletschte die Zähne und trieb Langlok zu noch größerer Eile an. Während die Arkebusiere nachluden, ließen die Dampfbogenschützen aus Blauried ihre Brandpfeile von den Sehnen zischen.

Mitten in die eigenen Reihen.

Dutzende Arkebusiere sowie der Alchemist verwandelten sich in lebende Fackeln. »Ehre Euch, treue Söhne Blaurieds«, jubelte Exall.

»Ehre dem Grafen, dem wahren Herrn von Eulenstein«, brüllten die Dampfbogenschützen, ehe sie erneut auf die Gorvuli anlegten, mit denen sie eben noch Seite an Seite gekämpft hatten.

Chaos und Verwirrung hielten nicht so lange an, dass die disziplinierten Krieger des Klerus ihre Ordnung völlig verloren. Doch lange genug, dass Freiholts Reiterei in ihre Reihen brechen konnte. Die Altnachtler erkannten ihre Chance und rückten noch entschlossener vor. Die klerikalen Truppen waren in der Überzahl, doch drangen nun von zwei Seiten Gegner auf sie ein. Dicht an dicht drängte sich die Masse aus Menschen, Tieren und Kämpfenden.

Ein Axtkämpfer hieb Shanesas Pferd die Beine unterm Leib weg. Sie sprang aus dem Sattel, als das Tier zu Boden ging, landete im Dreck, rollte sich ab und behielt zum Glück die Waffe in der Hand. Instinktiv ließ sie sich auf alle viere fallen und der zweite Axtstreich schlug ihr den Dorn vom Helm. Ihr beidhändiger Gegenschlag trennte dem Mann das halbe Standbein ab. Der Gorvuli schrie nur kurz. Shanesa stach ihm durch den Hals und beendete sein Leiden.

Das *Ticktickticks* der Hagelsplitter mischte sich mit dem Klang der Klingen. Metallischer Gestank biss Shanesa in die Nase. Mehr als ein Krieger fiel, weil er bei einer Finte oder Parade auf dem schlammigen Boden wegrutschte. Für Freiholts Kämpfer, die es gewohnt waren, sich auf rutschigen Schiffsdecks zu bewegen, ein Vorteil. Immerhin einer. Denn der Überraschung zum Trotz waren die klerikalen Truppen numerisch noch immer überlegen.

Durch den Schlachtenlärm hörte Shanesa Stiefel heranstampfen, und am Himmel erschien ein durchdringendes Leuchten.

Exall tauchte neben ihr auf, Axt und Gewand blutbespritzt. An seiner Schläfe klaffte eine flache Wunde. »Was bei den Titten aller Nixen ist das?«, stieß er hervor.

»Der Seraph«, entgegnete Shanesa. Eine kalte Hand schien ihr Rückgrat zu packen. »Und er hat Verstärkung dabei.«

Mehr Krieger des Klerus schwärmten heran wie Insekten aus einem Nest. Shanesas linke Seite, wo sie ein Arkebusenkolben getroffen hatte, wurde langsam taub.

Ein Daosami mit Dampflanze stürmte auf sie zu. Shanesa drehte sich ein, packte die Lanze hinter der Spitze und riss sie im Halbkreis herum. Dem Angreifer zog sein eigener Schwung die Füße weg, Shanesa drückte den Knopf am Schaft und die Lanzenspitze schoss durch Auge und Hinterkopf des Feindes. »Einer weniger«, rief sie.

»Hilft leider kaum mehr, als gegen einen brennenden Mast zu pissen«, keuchte Exall und beförderte seinerseits einen Gegner ins Jenseits. Schon bildeten vier weitere einen Halbkreis und trennten ihn von Shanesa. *Das war's dann wohl.* Sie ignorierte den dumpfen Schmerz ihrer Rippen und hob die Klinge, bereit, dem Tod ins Auge zu blicken.

Und der Tod kam. Doch nicht für sie.

Ein massiger Schemen erschien im Rücken der Feinde. Drei Köpfe platzten, als seien sie überreifes Obst. Der vierte Daosami stieß noch einen entsetzten Schrei aus, ehe es ihn zu einem Brei aus Fleisch und Knochen zermatschte.

Der Kampf ringsum ebbte für den Moment ab, und Shanesa konnte ihren Retter erkennen – ein Koloss mit Streithammer und einem Bart, der bis zum Saum seines Kittelschurzes reichte. Seine Augen glommen wie das Feuer einer Esse. »Seid gegrüßt, Ratsherrin Shanesa Paratudens«, dröhnte der Hüne und entblößte dabei spitze Fangzähne. Ein Blutfürst.

Bloß keine Angst zeigen. Das stachelt Raubtiere nur noch mehr an. »Ihr seid einer der Elf Schatten«, sagte Shanesa mit aller Ruhe, die aufzubringen sie imstande war.

»Bimbadimius, angenehm.« Der Blutfürst stützte sich auf seinen Hammer, ein grausiges Ding mit gekrümmter Spitze.

»Woher kennt Ihr mich?«

»Der Bund der Waage hat uns stets unterrichtet, was in Freiholts Rat vor sich geht.«

Shanesa neigte das Haupt. »Ihr habt mein Leben gerettet. Ich danke Euch.«

»Ihr braucht mir nicht zu danken. Ohne Euer Eingreifen wären wir aufgerieben worden. Doch die Schlacht ist noch nicht gewonnen.«

Etwas schmetterte vor Shanesas Füßen zu Boden. Trotz aller Gräuel der vergangenen Tage stieg Übelkeit in ihr hoch. Vor ihr lag das Haupt einer überirdisch schönen Blutfürstin, blass, mit grün schimmerndem Haar, der Mund im Tode weit aufgerissen.

Ein lichtumflutetes Wesen mit purpurnem Haar senkte sich vom Himmel herab und landete Angesicht zu Angesicht mit dem Blutfürsten. Dieser hob den bluttriefenden Hammer. Glut füllte seinen Rachen. »Der Mord an Elyfyll war deine letzte Tat, Symael.«

Der Engel lächelte. »Ich hatte gehofft, dass du kämpfend sterben wirst, Bimbadimius. Nicht winselnd wie so viele deiner Brut.«

»Bringen wir's hinter uns. Dann gibt es schon einen weniger, den mein Hammer küssen muss.«

Der Seraph hob sein Schwert. »Asgreal giert nach deinem Haupt, seit du Lurmenor halfst, den Sippenschlächter zu erschaffen. Sein Lohn wird unermesslich sein, wenn ich es ihm zu Füßen lege.«

»Pathetische letzte Worte, Kind der Asche.«

»Ich hörte, deine Schwester Rhymmia war genauso überheblich. Bis Dormagh sie in den Staub stampfte.«

Rasend vor Zorn stürzte sich der Blutfürst auf den Engel. Shanesa sah die Falle, sah, wie Symael zum Rückhandschlag ausholte. Ohne nachzudenken, warf sie ihr Schwert. Es verfehlte den Engel.

Doch es traf die Flammenklinge und lenkte sie so ab, dass sie die Luft eine Handbreit neben Bimbadimius zerteilte. Dessen Kriegshammer fuhr mit der Spitze durch Schulterblatt und Schlüsselbein bis zum Hüftknochen des Engels. Eine Blutfontäne färbte Symaels Gewand blassrot. Seine Augen weiteten sich. »Unmöglich«, keuchte er. »Die Altnacht wird untergehen. So ist es in den Grimoires geschrieben. Wie könnte ich also … fallen?« Seine Augen wurden glasig und er stürzte leblos zu Boden.

Die verbliebenen Krieger des Klerus nahmen die Beine in die Hand und flüchteten.

»Lasst sie«, brüllte Shanesa. »Sammelt Euch bei mir.«

Zu ihrer Freude tauchten Exall und Rojin in der Nähe auf. Ein Gorvuli schlug im Davonlaufen nach dem Freischärler und traf ihn mit der Breitseite des Schwertes am Arm. Wut flammte im Blick des Freischärlers auf. Er setzte dem Mann nach, schlug mit einigen schnellen Hieben auf ihn ein und verpasste ihm einen Fußtritt. Der Krieger wurde gegen einen Stamm geschleudert und sackte zusammen. Rojin baute sich vor ihm auf, die Zähne gefletscht, das Schwert zum Stoß erhoben.

»Genug«, rief Shanesa.

»Jetzt sei nicht frommer als der bigotte Klerus«, zischte der Freischärler. »Der Kerl gehört zum Feind.«

Sie schlug ihm gegen das Handgelenk. Mit einem Aufschrei ließ er die Waffe fallen, fuhr zu ihr herum und funkelte sie an.

Shanesa steckte ihre Waffe weg und legte ihm die Hand auf die Schulter. »Rhymmia wird nicht wieder lebendig, wenn du den da tötest«, sagte sie mit einer Ruhe, die sie selbst überraschte. »Der Hass muss aufhören. Nicht morgen, nicht irgendwann. Jetzt. Im Ratszelt hast du zu mir gesagt, Freiheit bedeute, die richtigen Entscheidungen zu treffen. Welche triffst du?«

Rojin stieß die Luft aus, senkte den Blick und weinte.

Die Schlacht war vorüber.

Keines der Ratsmitglieder war ohne Verletzung davongekommen, doch alle standen noch. Das war mehr, als Shanesa zu hoffen gewagt hatte. Obgleich sie zum Umfallen müde und ihre linke Körperseite ein einziger Schmerz war, organisierte sie die Rückkehr zum Grenzhügel, wo Feuer entzündet und Weinschläuche geöffnet wurden. Die Altnachtler lagerten im Schatten des Waldes, die verbliebenen Truppen des Klerus hatten sich in Tadeeans Feste geflüchtet. Obgleich Shanesa mit keinem Ausfall rechnete, postierte sie Wachen und ließ Barrikaden hochziehen. Dann, endlich, konnte sie sich etwas Ruhe gönnen.

Sie ließ sich vom Feldscher die Rippen so verbinden, dass sie atmen konnte, ohne dass Nägel ihre Lunge spickten, und gesellte sich zu ihren Kameraden an ein Feuer. Rojin ließ sich im Schneidersitz neben ihr nieder.

»Und nun?«, fragte der Freischärler leise.

Shanesa griff sich einen Schlauch Wein und trank einen tiefen Zug. »Nun holen wir uns die Luftschiffe und begeben uns dorthin, wo die Wurzel allen Übels sitzt. Nach Gorvul.«

Bennen schluckte. »Und was machen wir mit der Wurzel?«

»Wir reißen sie aus. Oder sterben beim Versuch dabei.«

»Ausreißen wär mir lieber«, brummte Exall, der mit einem Tuch seine Axtklinge polierte.

Rojin schlug ihm auf die Schulter und nickte. »Da sind wir schon zwei, mein Freund.«

Der nächste Morgen kam zu schnell und viel zu hell. Mit steifen Gliedmaßen und dumpf pochenden Rippen trat Shanesa an den Rand des Plateaus und ließ den Blick über das Schlachtfeld schweifen. Tote lagen über den Resten der Wälle, über Gesteinstrümmern, übereinander. Schlamm vermischte sich mit zerbrochenen Klingen, Krallen, Knochensplittern.

Bimbadimius kam den Hügel herauf. Am Fuß der Anhöhe hatten sich seine Gefolgsleute versammelt – einige bizarr, andere schlicht fremdartig, wieder andere von solcher Grazie, als hätten Statuen das Laufen gelernt. »Ich hätte nie gedacht, dass in der Altnacht so viel Schönheit existiert«, sagte Shanesa zur Begrüßung.

»Schönheit findet sich überall«, antwortete der Blutfürst. »Genau wie Tod.«

»Eure Truppen scheinen auf etwas zu warten.«

Ein seltsamer Ausdruck schlich sich ins Gesicht des Hünen, eine Mischung aus Abscheu und Gier. »Wir ziehen mit Euch nach Gorvul. Aber wir haben viel Kraft gelassen. Wir brauchen neue für die Schlacht, die kommt. Die Toten benötigen ihr Blut nicht mehr.«

Shanesa nickte, obgleich ihr schauderte. »Tut, was Ihr müsst.« Sie sah nicht hin, als die Altnachtler sich den Gefallenen zuwandten. Doch sie wusste, dass das Knirschen und Knacken und Schlürfen, das folgte, sie für den Rest ihres Lebens in ihren Albträumen heimsuchen würde.

Das Sanktum in Servul

Der Tag, von dem Holmar sein Leben lang geträumt hatte, war gekommen. Er würde das Sanktum von Asgreal sehen. Doch statt Freude empfand er nagende Unruhe.

Er war noch vor der fünften Stunde aufgestanden, hatte aber bis auf einen Schluck Wasser nichts runtergebracht. Also versuchte er mehr schlecht als recht zu meditieren.

Als die Morgenröte durch die Fenster seines Gemachs drang, öffnete sich die Tür, ohne dass geklopft worden wäre. Bahrakel trat in Begleitung eines Alchemisten ein, eines hageren Mannes mit kurz geschorenem Haar und einer Brille mit Kristalllinsen. Der Engel lächelte. »Komm, Bruder Holmar. Die Stunde, den Lichtbringer zu schauen, ist nah.«

Statt zum Lufthafen gingen sie auf den Glockenturm, auf dessen Plattform ein chromfarbenes Fluggerät von der Größe einer Kutsche stand. Es hatte zwei Schwingen, einen Rotor und zwei Schalensitze – ein neues Wunderwerk aus den Erfinderschmieden Servuls. Obwohl sein Magen schon beim Anblick rebellierte, kletterte Holmar auf den hinteren Sitz und schnallte sich fest. Der Alchemist saß vorn und machte ein paar Handgriffe. Dampf zischte, Flügel flappten und das Gerät erhob sich in die Lüfte.

Sie flogen hinter Bahrakel her gen Westen. Gorvuls Straßen und Bauwerke zogen als Miniaturlandschaft unter Holmar hinweg. Ob die Engel die Welt so sahen? Als ein Spielfeld zu ihren Füßen, winzig, irgendwie unwirklich?

Die Randbezirke der Stadt machten Feldern und Gehöften Platz, bis diese wiederum einer steinigen Landschaft wichen. Nur vereinzelt wuchsen noch Sträucher und Bäume. Aus dem Morgendunst tauchte die Bergkette von Servul auf. Fünf Gipfel bohrten sich in die Wolken und umschlossen kreisförmig einen schwindelerregend hohen sechsten, hinter dem die Sonne der frühen Stunde zum Trotz bereits im Zenit stand. Geblendet wandte Holmar den Blick ab. Er klammerte sich mit den Händen an seinen Schalensitz, bis der Pilot die Rotorenschnauze so senkte, dass sie unterhalb des Blendstrahls flogen. Holmar wischte sich den Schweiß von der Stirn.

Sie näherten sich einer Stadt auf einem gewaltigen Felsvorsprung. Zumindest war es mal eine Stadt gewesen. Von den Mauern bröckelte der Stein, ausgebleichte Pfeiler ragten gen Himmel wie vom Wind abgenagte Knochen. Aus Gebäuden wuchs Gestrüpp, einstige Fenster erinnerten an leere Augenhöhlen. Das sollte Servul sein, der Hort des Wissens und Lichts? Holmar konnte es nicht glauben.

Das Fluggerät ging inmitten eines zersplitterten Steinkreises nieder, der einst ein Rondell gewesen sein mochte. Bahrakel wartete dort bereits. »Willkommen, Oberster Adept«, sagte er. »Du hast dem Dienste am Lichtbringer viele Jahre gewidmet und bist weit gekommen. Nun liegt ein letztes Wegstück vor dir, ehe du ihn von Angesicht zu Angesicht siehst. Folge mir.«

Der Pilot blieb bei der Maschine und machte sich daran, mit einem Werkzeug Drähte an der Außenseite nachzuziehen. Er schenkte Holmar zum Abschied einen beinahe mitleidigen Blick. Holmar unterdrückte ein Schaudern.

Viele Häuser hatten weit vorspringende Dächer, die zusammen mit den umliegenden Berggipfeln lange Schatten warfen. Holmar bedauerte, dass er seinen Mantel in der Zitadelle zurückgelassen hatte. Irgendwie war er davon ausgegangen, dass das Reich des Lichtbringers warm und heimelig sein würde. »Was ist das hier?«, fand er seine Sprache wieder.

»Die kurze Verlorenheit vor der nie endenden Glückseligkeit«, gab Bahrakel zurück.

»Der Ort könnte ein wenig Licht vertragen.«

Das Lachen des Engels klang, als würden Kristalle geschüttelt. »Da kannst du genauso gut Wasser an den Fluss bringen. Denk an die Lehre. Als Asgreal noch im Himmel wohnte, aß er die Sonne. Ihr Licht leuchtet nun für alle Zeit in ihm.«

Wer die Sonne verspeist hat, kann nur Asche in sich tragen, dachte Holmar. Er behielt diesen ketzerischen Gedanken für sich. Erneut überschwemmten ihn die Wellen der Ekstase, welche die Nähe eines Engels mit sich brachte. Doch war ihm, als spülten sie auch etwas aus ihm *hinaus*.

Sie passierten einen Park voll steinerner Orchideen. Kunstwerke? Oder echte, vor langer Zeit erstarrte Blumen?

Die Luft wurde stickiger, als sei zu viel Räucherwerk auf zu wenig Raum verbrannt worden. Holmars Atem ging flach. Sämtliche Muskeln und Gelenke zitterten. »Wie weit noch?«, keuchte er.

»Zeit hat keinen Platz an diesem Ort.«

Holmar blickte auf seine Hände. Auf dem Handrücken hatten sich die Härchen weiß gefärbt. Noch während er hinsah, setzte sich das Phänomen an seinem Handgelenk fort.

»Niemand gelangt zum Licht, ohne ein Stück Jugend zurückzulassen.« Bahrakels Augen und Schwingen leuchteten, als seien sie Quecksilber. »Du musst fest glauben, dass ich dich ans Ziel bringe. *GLAUBE AN MICH*!«

Holmar wollte um Stärke beten, doch er wusste nicht mehr, zu wem. Es gab nur noch Schwäche, Verlorenheit, die erdrückende Einsamkeit der Ruinen ringsum.

Der Engel strich ihm über die Wange.

In dem Augenblick, als Holmar sich dieser Gnade hingab, löste sich der erstickende Druck und er konnte frei atmen.

Die zerfallene Stadt endete.

Er riss die Augen auf. Er stand auf einer Klippe, gebadet in Licht. Vor ihm gähnte ein Abgrund. Eine Brücke aus Juwelen, flankiert von Felssäulen, überspannte die Leere. Es gab weder Brüstung noch Geländer, und die Luft flirrte und funkelte, als regnete es Diamanten. Am Aufgang formten zwei Hände aus Gold mit Daumen und Kleinfinger eine Schutzgeste. Einladend? Warnend? Die Juwelenbrücke mündete in einen Tempel, wie Holmar ihn sich in seinen kühnsten Visionen nicht hätte vorstellen können. Sigillen, Blüten und gesichtslose Köpfe verzierten die geflügelte, gigantische Pforte, Königstopas überkrustete den Torbogen. Das Bauwerk selbst verjüngte sich nach oben hin über drei Ebenen, die Licht in allen Schattierungen abstrahlten – von dunklem Gold bis zu blendendem Weiß.

Bahrakel legte Holmar die Hand auf die Schulter, und jegliche Furcht wich von ihm.

Voll Ehrfurcht und Demut schritt er Seite an Seite mit dem Engel ins Licht.

Von dem Moment an, als Holmar den Tempel betrat, wich seine Euphorie dem nagenden Gefühl, bemessen zu werden. Als schnüffelte etwas an ihm. Als tasteten unsichtbare Fühler über Körper und Geist.

Licht strömte durch Dutzende Bogenfenster und brach sich in Kristallblüten entlang der Wände. Funken huschten darin herum, doch wenn Holmars Blick ihnen folgen wollte, glommen sie woanders auf. Ihm wurde schwindlig. Er senkte die Augen – und wünschte, er hätte es nicht getan. Sein Schatten zuckte und streckte sich, als wollte er von diesem Ort fliehen. Bahrakel hingegen warf *gar keinen* Schatten. Über welche Art Wesen hatte er dergleichen schon gelesen? Es fiel ihm nicht ein.

Vermutlich war dies ohnehin nur passend für ein Lichtwesen.

Sie erreichten eine Treppe aus gold geädertem Marmor. Holmar wurde ganz anders bei dem Gedanken, wie sehr ihn die hohen Stufen ins Schwitzen bringen würden. Eine Kuppel aus purem Gold bedeckte das oberste Stockwerk. Sie strahlte so hell, als hinge die Sonne selbst über dem Sanktum. In der mittleren Ebene gaben titanische Kupfertore den Blick in eine Halle frei, aus der Dampf und Klirren drangen. Das mussten die Werkstätten der Alchemisten sein, die nach Anleitung der Engel neue Segnungen für Gorvul schufen.

Just in diesem Moment rannte ein Alchemist aus dem Tor, wobei er aufgeregt mit den Armen wedelte. »Meister Bahrakel, Preis sei Asgreal, dass Ihr da seid. Ein Luftschiff ist im Anflug. Wir haben Botschaft erhalten, dass es eine Geheimwaffe der Blutfürsten an Bord hat!«

»Führe uns hin«, forderte Bahrakel.

Zwei Golbots bewachten den Zugang zur Halle. Bei Bahrakels Anblick traten sie beiseite, wobei die mechanischen Gelenke leise surrten. Im Hintergrund knirschte und ratterte es, als sich eine Rampe gen Boden senkte. Es war nichts gegen jene unsichtbare Last, die auf Holmars Schultern drückte, als er zum Luftschiff blickte …

Des Lichtbringers List

Minn schlug die Augen auf. Alles schwankte. Befand sie sich auf einem Boot? Und woher kam dieses grelle Licht?

Sie blinzelte, und die Erinnerung kehrte zurück. Storchenbruck. Der Fluchtversuch mit Rhymmia. Dormagh.

Keuchend setzte sie sich auf und sah sich um. Die Helligkeit kam von einer Kuppeldecke aus Gold über einem Boden aus weißem Marmor. Auch die Wand des saalartigen Raumes war weiß und spiegelglatt. Mit einer Ausnahme. Ein frei stehender Säulenbogen rahmte eine quadratische Aussparung, etwa doppelt so hoch und lang wie Minn groß war. Darin befand sich ein Schrein aus farblosem Kristall. In Nischen links und rechts davon standen Vasen, die Minn auf ungute Weise an das Gemach von Kardinal Armengal erinnerten. In dem Schrein brannte ohne sichtbare Quelle eine goldene Flamme. Es gab keine Schatten, nicht unter dem Säulenbogen, nicht zu Füßen der Vasen. Selbst in den Ecken nistete nichts als Licht. Minns Schultern krampften sich zusammen.

Das Leuchten der Flamme nahm zu, bis es den gesamten Raum füllte. Da hörte Minn die Stimmen. Gedämpft erst, als kämen sie aus einem angrenzenden Raum. Sie schwollen an, wurden lauter, eine Woge aus Geistergebeten.

Asgreal, gib, dass meine Kinder brav sind.

Asgreal, gib, dass mein Geschäft wächst.

Asgreal, gib uns Schutz, Hilfe, Reichtum …

»Seid ruhig.« Minn presste die Hände auf ihre Ohren.

Tatsächlich ebbte der Phantomchor zu einem leisen Rauschen ab. Stattdessen hörte Minn ein Lachen, rein wie Kristall, makellos wie Feuer.

»Hörst du sie? All diese Falter, die zum Licht flattern?« Die Flamme tanzte in ihrem Schrein wie Sonnenlicht auf Wellenkronen.

»Du bist Asgreal«, flüsterte Minn.

»Kluges Kind. Ah, sie geben keine Ruhe. Sie surren und schwirren und säuseln um Aufmerksamkeit, ein jedes im Glauben, es sei etwas Besonderes.«

Obgleich sie nie viel für Frömmler übrig gehabt hatte, regte sich in Minn Abscheu. Sie verschränkte die Arme. »Wie kannst du so etwas sagen? Es sind deine Gläubigen, die da beten.«

»Vieh ohne Benimm, das sind sie. Sie raunen und rufen, sie bitten und betteln, ohne Sättigung, ohne Maß. Je mehr sie bekommen, desto lauter werden sie. Es ist höchste Zeit, dass sie meine Gunst zurückzahlen. Du wirst mir helfen, den Tribut einzutreiben.«

»Das kannst du vergessen, du Leuchtkugel.«

Asgreal kicherte, ein Laut, als mischte sich Vogelzwitschern mit dem Geräusch zerfallender Kohlen. Die Flamme floss zu einem Finger zusammen, der länger und länger wurde, bis er sich über den Raum hinweg zu Minn ausdehnte. Sie duckte sich. Vergeblich. Die Helligkeit flutete über sie hinweg und wusch alle Schmerzen, alle Sorgen davon. Es war wundervoll, rein gar nichts zu spüren. So leicht zu sein, beinah körperlos.

Erkenntnis, der alte Spielverderber, durchbohrte die Wolke aus Wohlgefühl in Minn. Wenn sie zuließ, dass Asgreal ihre Empfindungen fortspülte, würde sie aller Qualen ledig sein – doch sie würde sich selbst verlieren. Es war die ultimative Verlockung. Und die perfideste Weise, sich zu zerstören.

Sie wehrte sich.

Etwas erbebte, zuckte, wand sich in ihr, im Magen, in der Brust, in der Kehle.

Sie schrie, als das Licht aus ihrem Mund brach und sich vor ihr auf den Marmor ergoss. Die Schmerzen kehrten auf einen Schlag zurück, zwangen sie in die Knie. Aber sie hatte sich ihren freien Willen bewahrt.

»Dummes Kind.« Die Lichtkugel waberte und flackerte. *»Siehst du nicht, wozu ich dich machen kann?«*

»Oh, klar«, keuchte Minn. »Du bist so eine Inspiration. Für all das, was ich niemals sein will.«

»Ich frage ein letztes Mal. Gibst du dich mir freiwillig hin?«

»Uh, ein letztes Mal? Na, wenn das so ist … Was antworte ich diesmal bloß?« Minn stemmte sich hoch und rieb sich das Kinn. »Ah, genau! Dasselbe wie eben. Vergiss es. Nein. Niemals nicht.«

»*Dormagh*«, knisterte Asgreal. »*Tu es.*«

Der Jägerengel trat hinter dem Säulenbogen hervor. Dreimal vermaledeiter Donnerkeil. Minns Blick zuckte auf der Suche nach Deckung durch den Raum. Es gab keine. Nicht mal Türen gab es. Nur glatte, kalte Wand.

Nun, wenn sie sterben musste, dann wollte sie es diesen Engelsmonstern wenigstens so schwer wie möglich machen. »Du schuldest mir noch Vergeltung für die armen Seelen von Storchenbruck«, verkündete sie.

Dormaghs ölschwarzes Gesicht oberhalb des Schleiers war maskenhaft. Er schlug mit einer Schwinge nach Minn. Sie sprang zur Seite, dass lediglich ein Luftzug über sie hinwegstrich. Wenn ein Flügel sie erwischte, konnte ihr das sämtliche Rippen brechen. Dennoch, registrierte Minn im hintersten Winkel ihres Bewusstseins, während sie zum anderen Säulenbogen zurückwich, etwas an seinem Angriff passte nicht. Aber zum Nachdenken blieb keine Zeit. Sie musste zusehen, am Leben zu bleiben.

Der Seraph rückte vor. Sie wich zurück. Die Säule drückte in ihren Rücken. Dormagh schlug mit der Faust zu. Minn duckte sich. Und merkte im selben Moment, dass sie einer Finte aufgesessen war. Der eingedrehte Tritt des Seraph traf sie mit voller Wucht an der Schulter. Sie flog rückwärts durch den Raum, krachte neben einer der Vasen gegen die Wand und sackte zu Boden.

Minn japste nach Luft. Einige Zähne wackelten bedenklich, ihre Lippe blutete heftig. Schmerz durchzuckte ihren Oberkörper und brachte seinen besten Freund mit. Den Zorn.

Dormagh schlenderte gemächlich heran.

»Du bist dir deiner Sache sehr sicher, was, du geflügelter Mistkerl?« Minn griff nach dem Zorn, ließ ihn in ihren Kopf ein. Neue Kraft durchpulste ihre geschundenen Muskeln. Sie kam auf die Beine, schnappte sich eine der Vasen mit beiden Händen, drehte sich um die eigene Achse und schleuderte sie nach dem Engel.

Volltreffer! Das Objekt erwischte Dormagh am Kinn. Er taumelte, Splitter regneten herab. Minn schnappte sich ein scharfkantiges Stück von der Länge ihres Unterarms und sprang den Engel an, ehe er sein Gleichgewicht wiederfand. Sie krachten zu Boden, Minn obenauf. Dormagh schlug nach ihrem Ohr, ein fieser Hieb, der ihr das Trommelfell zerfetzt hätte. Minn riss die Scherbe hoch. Sie bohrte sich tief in seine Hand.

Purpurn leuchtendes Engelsblut spritzte ihr ins Gesicht. Sie leckte es sich von den Lippen. Eine wahnwitzige Gier, den Feind fallen zu sehen, durchflutete sie. Sie riss die Scherbe heraus, rammte sie Dormagh unter die Achsel und ließ blitzschnell drei, vier tiefe Stiche in seine Hüfte folgen. Der Engel brüllte, zappelte, doch Minn hielt ihn nieder, immobilisierte ihn Stück für Stück. Sie durchtrennte die Muskeln seiner Oberschenkel und durchbohrte seinen Ellbogen, als der Engel mit seiner zerfetzten Hand nach ihr tastete. Der Blutrausch war überwältigend, triumphal, köstlich. Ein Crescendo der Vernichtung, das seinen Höhepunkt fand, als sie dem Engel die Scherbe bis zum Anschlag in die Kehle rammte. Das finstere Antlitz wurde grau, die gnadenlosen Augen erloschen.

Minn schleuderte die Scherbe von sich und drehte sich zu Asgreal um. »Da liegt dein Knecht«, spie sie mit aller Verachtung, zu der sie fähig war. »Dumm gelaufen, was?«

Augen formten sich in der Goldflamme. Belustigung flackerte in ihnen, und Triumph.

Minn sah erneut zur Leiche des Engels. Das Schwert hing unbenutzt an seiner Seite. Angst und Erkenntnis brandeten über Minn hinweg. *Er hätte es nur zu ziehen brauchen, um mich zu erledigen. Hat er aber nicht. Weil er* wollte, *dass ich ihn töte.* Sie starrte auf das Auge in der Flamme.

Es brach ihr Inneres auf wie eine reife Pflaume.

Du hast recht, wisperte Asgreals Stimme direkt in ihrem Kopf. *Ich brauchte einen Weg in deinen Geist. Dein Zorn hat ihn mir gebahnt. Deine Lust am Blutvergießen ist meine Essenz, kleine Sterbliche. All die Jahre hat sie in deiner Blutlinie geschlummert, verborgen vor den Augen der Welt. Jetzt hole ich sie mir wieder.*

Fühler tasteten nach Minns Verstand. Eine grauenerregende Intimität lag in der Berührung.

»Nein, verschwinde!«

Die Fühler verwandelten sich in Krallen, die an ihrem Geist kratzten.

Minn presste die Handflächen auf die Augen, rieb sich die Schläfen. »Weg mit dir.«

Der Druck nahm zu. Als sei in ihrem Kopf ein Behältnis geplatzt, aus dem köstliche, ekelerregende Süße in jede Faser ihres Körpers sickerte.

Asgreals Präsenz manifestierte sich in Minns Verstand, ein Mann von schönem Wuchs, mit langem weißem Haar. Noch im Hinsehen schmolzen seine attraktiven Züge, wurden zu einem Nest sich windender Tentakel. Minn wusste, wenn die Fangarme sie ergriffen, würden sie ihren Geist in den Abgrund des Wahnsinns reißen.

Nein. Das ist mein *Kopf. Ich bestimme hier.* »Raus aus mir«, brüllte sie. Kurz zuckten die Tentakel tatsächlich zurück. Zögerten. Etwas schrie, und erneut zuckten die Fangarme auf Minn zu.

Sie wandte sich ab und floh in die entlegensten Winkel ihres Geistes. Die Tentakel jagten sie durch Korridore aus feuerrotem Licht. Sie krochen die Wände entlang, glitten von der Decke, kamen näher, immer näher.

Minn brach in die Knie, schlug die Stirn gegen den Boden, wieder und wieder. Lieber wollte sie sterben, als dass dieses Ding die Kontrolle übernahm.

Abrupt verharrte ihr Kopf über dem Marmor, als hätte eine stählerne Klaue sie gepackt.

Genug. Ich brauche dich.

Sie kämpfte dagegen an. »Mein … Geist … gehört mir.«

Tröste dich. Du dienst einem Halbgott als Gefäß. Auch wenn du nichts mehr davon hast, wirst du unsterblich sein.

»Du … bekommst mich … n-n-nicht.« Ihr Kopf bewegte sich einen Tick nach unten. Minn war, als könnte sie nach einer Ewigkeit unter Wasser Luft holen.

Die nagende, alles verschlingende Präsenz in ihrem Kopf hielt überrascht inne. Dann schlug sie mit grausamer Wucht erneut zu. Der vorige Angriff war ein Lufthauch gewesen, verglichen mit diesem Taifun. Hunderte Tentakel packten Minns Bewusstsein, schleuderten es gegen die Grenzen ihres Verstandes, wirbelten es durch Abgründe jenseits aller Hoffnung. Sie stemmte sich dem Angriff entgegen, mit allem, was sie hatte. Noch einmal kam sie für einen Augenblick frei.

Eine letzte, unermessliche Flutwelle rauschte heran, gepeitscht von einem uralten, gnadenlosen Willen.

Sie ertränkte das, was das Mädchen Minn gewesen war, in gleißendem Licht.

Zu Asche

Als das Sanktum von Servul vor ihm auftauchte, verlor Toryan sein Sehvermögen.

»Augen zu«, brüllte der Pilot, und einen Augenblick später verschmolz Sonnenlicht mit Myriaden Goldfacettierungen zu einer blendenden Woge. Sie schwappte durch die Hülle des Luftschiffs und drohte Toryan die Augen aus den Höhlen zu sengen. Er presste die Lider zusammen, die Hände davor, das Gesicht auf die Oberschenkel. Dennoch fühlte es sich an, als blickte er in eine Flammensäule – das Licht fraß die Dunkelheit hinter den Lidern glatt weg.

Neben sich hörte er Nif gequält schnaufen. Noch ein wenig länger, und Toryans Augäpfel würden ihm aus den Höhlen tropfen, ganz egal, wie sehr er sie zu schützen versuchte. Er zwang sich, ruhig zu atmen. Leicht war's nicht.

Das Luftschiff ruckelte und setzte auf einer Rampe dicht unter der Spitze des Tempelberges auf. Dampfend kamen die Rotoren zur Ruhe. »Ihr habt's überstanden«, erklärte der Pilot, den seine komische Kristallbrille offenbar geschützt hatte.

Toryan blinzelte. Zu seiner großen Erleichterung begannen sich wieder Formen vor ihm auszubreiten. Die Schmerzen in seinen Augen legten sich, dafür kehrte die Anspannung zurück. Maues Tauschgeschäft.

Der Pilot zog an verschiedenen Hebeln. Die Klappe im Bauch des Luftschiffes ächzte und senkte sich.

Toryan sah zum Sippenschlächter. Die Todbringerwaffe nahm mehr als den halben Laderaum ein und pulsierte tiefrot. Nif musterte sie mit sichtlichem Unbehagen. »Geht die Klappe nicht schneller auf?«, fragte er.

»Glaubt mir, ich bin genauso froh wie ihr beide, wenn das Ding hier raus ist«, knurrte der Pilot verdrießlich.

Mit einem dumpfen *Fump* setzte die Rampe auf dem Boden auf. Toryan eröffnete sich der Blick in eine gigantische Halle voller Öfen, Laboratorien und zischender Maschinen. Ringsum ragten Kupferrohre vom Boden bis zur Decke. Ab und an gluckerte es in ihnen wie in den Eingeweiden eines metallischen Untiers.

Am Fuß des Luftschiffes hatte sich ein Dutzend Alchemisten als Empfangskommitee eingefunden. Sie trugen identische Kristallbrillen und ockerfarbene Kutten. Darüber hatten sie eine Art Korsett gestülpt, auf dem sich Metall, Drähte und Schläuche zu einem bizarren Ganzen verbanden. Die rechten Arme steckten in trichterartigen Bronzedüsen mit Hebeln an der Außenseite.

An ihrer Spitze stand das Wesen, das Toryan mehr Angst einflößte als jedes andere auf der Welt – Bahrakel, der Richterengel. Und daneben … »Bimbadims Bart«, entfuhr es Toryan, »Holmar, bist du's?«

»Toryan.« Sein Freund riss die Augen so weit auf, dass sie ihm aus dem Kopf zu springen drohten. »Du lebst.«

»Klingst ja nicht grad begeistert.« Toryan zwang sich zu einem Lächeln.

Nif legte ihm eine Hand auf die Schulter. »Hoher Seraph, dieser junge Krieger hat uns geholfen, eine Geheimwaffe zu erbeuten.«

Bahrakel lachte, so hell wie zwei aufeinanderprallende Klingen. »Narr. Er dient dem Feind.«

»Ihr missversteht«, protestierte Nif. »Er war ihr Gefangener, aber er konnte entkommen.«

»Er hat dich getäuscht. Ich spüre die Präsenz der Altnacht so stark, als seien die Elf Schatten selbst hier. Töte ihn. Jetzt.«

Toryan reagierte einen Bruchteil schneller als Nif. Er klemmte den Unterarm des Paladins unter seine Achsel, drehte die Hüfte ein und ließ sich nach vorn fallen. Es schnalzte, als Nifs Arm aus dem Schultergelenk sprang. Ohne den brüllenden Paladin loszulassen, trat Toryan mit dem Bein nach dem Hebel, der die Luke schloss. Ächzend hob sich das Metall vom Boden an. Der Pilot kam angerannt. Toryan zog ihm mit einem Fußfeger die Beine unterm Leib weg. Der Mann knallte Kinn voraus auf die Rampe und verabschiedete sich ins Reich der Träume.

Bahrakel sprang aus dem Stand ab und landete auf der Kante. »Mist, verdammter«, fluchte Toryan. Keine Zeit mehr für Subtilitäten.

Er schmetterte den Ellbogen gegen Nifs Schläfe, der bewusstlos zusammenbrach, und hastete zum Sippenschlächter.

Die Schritte des Engels dröhnten hinter ihm. Ein Schwert zischte aus der Scheide. Instinktiv rollte Toryan sich zur Seite. Die Klinge des Seraph hinterließ eine fingerdicke Kerbe im Metallboden, wo er eben gestanden hatte.

Toryan krabbelte auf den Sippenschlächter zu.

Der Engel schlug erneut zu, spielerisch, als genösse er die Hilflosigkeit seines Opfers. Toryan warf sich flach zu Boden. Das Schwert fuhr über ihn hinweg.

Bahrakel packte ihn mit der freien Hand am Knöchel. Es fühlte es sich an, als leckte Feuer über Toryans Haut.

Gefällt dir die Liebkosung des Lichts? Bahrakel hatte den Mund nicht geöffnet. Die Stimme erklang direkt in Toryans Kopf. Er sah das Antlitz des Engels vor sich, tausendfach gebrochen, wunderschön und voll Güte, verzerrt und voll Grausamkeit. Es zerfaserte und entstand neu, durchdrang ihn, ergriff ihn wie eine mit Seide umwickelte Kette.

Toryan rollte sich zusammen und presste die Knie vor die Brust. Sehnsucht, Schmerz und Ekstase setzten sein Herz in Brand. Er fühlte sich wie eine Motte im Angesicht der Kerze – alles in ihm dürstete danach, sich diesem Feuer hinzugeben. Alles, bis auf den winzigen Überlebensinstinkt, der sich verzweifelt wehrte, wissend, dass diese Flamme ihn ausbrennen und nichts von Toryan der Tatze zurücklassen würde.

»Ja, wehr dich«, jauchzte Bahrakel. »Umso süßer schmecken die letzten Tropfen deines freien Willens.«

Durch all die Zerrbilder, die seinen Verstand auszulöschen drohten, sah Toryan Asmodan vor sich. Der Blutfürst hatte sein Leben gegeben, damit Toryan jetzt hier sein konnte – so wie Lurmenor es geplant hatte. »Ich umarme den Tod als einen Freund, wenn ich dafür die Kinder der Asche mit mir reißen kann«, hatte Asmodan gesagt, ehe Toryan sich zu Kardinal Tadeeans Lager aufgemacht hatte. »Du musst mich töten, damit deine Geschichte sie überzeugt. Nur so werden sie glauben, dass du auf ihrer Seite bist. Versprich, dass du es tust.«

Das Herz voll Trauer hatte Toryan es versprochen.

Asmodans Opfer darf nicht umsonst gewesen sein.

Der Gedanke gab ihm die nötige Kraft. Mit den Fingern fand er den Hebel an der Unterseite des Sippenschlächters, der schon einmal ein Weltreich zu Fall gebracht hatte.

»Zapple, so viel du willst«, gurrte Bahrakel. »Du kannst mich nicht aufhalten.«

»Ich nicht.« Toryan riss den Hebel herum. »Die hier schon.«

Die verborgene Tür in der Hülle des Sippenschlächters glitt beiseite. Schwarzer Nebel wallte, als Lurmenor der Maschine entstieg. Schlagartig verschwand Bahrakels Präsenz aus Toryans Geist.

Der Engel sprang zurück, als sei er in Dornen getreten. Mit der Faust donnerte er gegen den Hebel, der die Luke öffnete. »Der Gefallene«, kreischte er. »Er ist hier.«

»So sehen wir uns wieder. Ich habe oft an dich gedacht.« Schatten lösten sich von Lurmenors Hals. Narben kamen zum Vorschein, wo ihm vor langer Zeit eine Kette aus Silber die Haut vom Fleisch gebrannt hatte. In seinen Händen materialisierte sich ein Speer. Hinter ihm kletterten Dangag und Inyok aus dem hohlen Bauch der Maschinenwaffe.

Bahrakel drehte sich um und sprang auf den Hallenboden. Die Alchemisten glotzten fassungslos zum Luftschiff.

Dann begann das Töten.

Holmar wich instinktiv einen Schritt zurück. Bei allen Himmeln, da kam der Gefallene selbst die Rampe herab, flankiert von zwei archaischen Wesen mit roter Haut. Und Toryan hatte sie hergebracht! Holmar krampfte die Hände in seine Robe.

»Tut dem Priester nichts, Fürst Lurmenor«, hörte er seinen alten Freund rufen. »Er ist ein guter Mensch.«

Na, vielen Dank.

Die Alchemisten betätigten hektisch die Hebel an den Armen ihrer Exoskelette. Aus den Düsen brüllten mannslange Flammen. »Hier einzudringen war euer letzter Frevel«, rief einer von ihnen. »Die Zeit der Altnacht ist vorüber. Ihr Vermächtnis wird mit euch zu Asche zerstieben.«

Der Gefallene hielt unbeirrt auf sie zu. »Du vergisst in deiner Überheblichkeit eines, Mensch. Wo Feuer ist, sind Schatten. Und die Schatten sind mein.« Er reckte beide Arme nach vorn und drehte die Handflächen nach oben.

Im Flammenschein warfen die Körper der Alchemisten dunkle Umrisse auf den Boden. Umrisse, die sich nun schüttelten und erhoben, Schläfern gleich, die aus dem Bett steigen. Die Männer kreischten und rüttelten an ihren Hebeln. Ein Dutzend Feuerstöße traf die Schatten – und jagte ohne Effekt durch sie hindurch.

Lurmenor ballte die Hände zu Fäusten. Schattenhände griffen nach den Alchemisten. Ein Genick nach dem anderen brach mit einem Knacken, als trete ein Stiefel auf eine vereiste Pfütze. Ein Dutzend lebloser Körper sank zu Boden, und die Schatten verblassten ins Nichts, aus dem sie gekommen waren.

Bahrakel hob sein Schwert über den Kopf. »Höre mich, Asgreal«, intonierte er. »Ich, Bahrakel, Richtschwert des Lichts, rufe dich. Gib mir die Kraft, die Frevler zu strafen. Segne mich mit dem Feuer, das Schatten zerschneidet.« Seine Klinge flammte auf.

Lurmenor näherte sich. »Selbst mit einer Klinge aus Seelenfeuer bestehst du allein nicht gegen drei von uns.«

»Allein?« Bahrakel lächelte. »Aber das bin ich nicht.«

Das Hallentor splitterte und barst. Metallteile flogen, und durch das Loch traten die beiden Golbots. Das Licht der Flammenklinge reflektierte sich in ihren metallischen Gelenken. Wo bei einem Menschen das Herz gesessen hätte, drehten sich Zahnräder hinter Kristallkästen, Dampf strömte aus den Düsen an ihren Schläfen.

»Verdammt«, rief Toryan. »Die haben uns noch gefehlt.«

Lurmenor legte den Kopf schräg. »Ich kenne diese Art Wesen nicht. Was sind sie?«

»Maschinenkrieger. Vollkommen unempfindlich gegen Schmerzen. Die Dinger haben die Subtilität einer Dampframme und bedeutend mehr Kraft.«

Bahrakel deutete mit dem Schwert auf die Blutfürsten. »Golbots. Dilarai Vhampaira.«

Die Kugelköpfe der Maschinenkrieger fuhren herum. Die facettierten Juwelenaugen fixierten die Schattenfürsten. Metallene Klauenhände öffneten sich.

»Bleib zurück, Toryan«, sagte Lurmenor.

Dangag und Inyok wechselten einen Blick. »Kreis mit Eck und Stumpf mit Stiel?«, brummte Inyok.

»Traum im Traum im Traum im Spiegel«, bestätigte Dangag. Dann sprangen sie auf die Golbots zu.

Mit angehaltenem Atem folgte Toryan dem Kampf.

Lurmenor und Bahrakel waren im Luftzweikampf ineinander verkrallt. Ohne ihre Waffen loszulassen, flogen sie Stirn an Stirn durch die Halle, krachten in Wände, rangen weiter.

Die Golbots kämpften zur gleichen Zeit mit den beiden archaischen Blutfürsten. Dangag katapultierte sich mit einem Sprung durch die halbe Halle und landete auf dem Rücken eines Machinenkriegers. An dessen Hals geklammert versuchte der Schattenfürst, dem Golbot die Fangzähne zwischen Kopf und Schulter zu rammen. Der stieß Dampf aus und stürzte sich rückwärts gegen die Außenhülle des Luftschiffs. Es krachte markerschütternd, dann fiel Dangag von dem Maschinenkrieger ab.

Inyok krallte währenddessen nach dem Gesicht des zweiten Golbot. Es klirrte ohrenzerfetzend, als ein Juwelenauge in Funken und Splittern zerbarst. Toryan hielt den Atem an. Wenn Inyok das zweite Auge erwischte, hatte er eine echte Chance.

Der Golbot schlug zurück, viel schneller, als ein Wesen von seiner Masse es hätte können dürfen. Inyok wich dem Angriff spielerisch nach hinten aus.

Er sah nicht den anderen Golbot in seinem Rücken.

Der zweite Maschinenkrieger packte ihn mit einer Klaue am Hals und drückte zu. Inyoks Schrei riss abrupt ab, und der Golbot schleuderte den kopflosen Torso von sich.

Grauen packte Toryan. »Hilf uns, Holmar«, rief er. »Die Blutfürsten sind nicht unsere Feinde. Vertrau mir!«

Holmar starrte ihn mit weit aufgerissenen Augen an, unternahm aber nichts.

Dann mach ich's eben allein. Wie immer. Toryan schloss die schweißnassen Hände um den Griff seines Kristallschwerts.

Der zweite Maschinenkrieger schleifte den halb bewusstlosen Dangag an einem Bein über den Hallenboden. Der begann zu zappeln, als er den Torso seines Bruders sah, aber der einäugige Golbot kam hinzu und ließ Schläge mit der Wucht von Dampfkolben auf Dangags Oberkörper prasseln.

»Nehmt das, ihr Eisenköpfe.« Toryan drosch mit dem Schwert auf Einauges Schulter ein. Zu seiner Überraschung hinterließ die Klinge einen tiefen Kratzer in der Metallhülle.

Der Golbot zischte und schwang den Arm zurück. Toryan konnte sich gerade noch zur Seite rollen.

Golbot Nummer zwei ließ Dangags blutüberströmte Leiche auf den Hallenboden fallen. Toryan sah sein Ende nahen.

Eine Woge massiver Schatten rauschte heran, umschlang den unbeschädigten Maschinenkrieger und schleuderte ihn in ein Metallregal. Dutzende Apparaturen und Gläser zersplitterten mit hellem Klirren. Ehe der Golbot wieder auf die Füße kam, materialisierte sich Lurmenor aus den Schatten und rammte ihm das Geweih gegen den Brustkasten. Metall und Kristall zerbarsten, die Zahnräder dahinter flogen in alle Richtungen davon und der Golbot kippte leblos zur Seite.

»Da war es nur noch einer«, jubelte Toryan.

Der Golbot drehte mit mechanischem Surren den Kopf auf den Rücken und fixierte ihn mit dem verbliebenen Facettenauge. *Haha*, machte ein fieses kleines Stimmchen in Toryans Hinterkopf. *Von wegen ‚nur'.*

»He, das ist ungerecht«, rief er, während er einem Schlag auswich, der ihn von Kopf bis Fuß zermalmt hätte. »Kannst du nicht wenigstens einen blinden Fleck haben, wenn du schon beinah unverwundbar bist?«

Zur Antwort öffnete sich eine Düse auf der Stirn des Golbot. Eine Mündung kam zum Vorschein. Nun fiel selbst Toryan kein dummer Spruch mehr ein. Die Mündung glühte karmesinrot auf. Welch bitteres Ende.

»Golbot«, brüllte Holmar. »Dutcaibun en kluaschi.«

Die Mündung erlosch. Der Kugelkopf des Golbot drehte sich hin und her. Der Befehl schien ihn zutiefst zu verwirren.

»Hast dir ja ganz schön Zeit gelassen, alter Freund«, rief Toryan. »Was bei Bimbadims Bart hast du ihm befohlen?«

»Dass er sich die Beine in die Ohren stecken soll.«

»Einfallsreich.«

Holmar zog eine Grimasse. »Bring dich lieber in Sicherheit. Ich weiß nicht, wie lange ihn das aufhält.«

»Golbot«, zerriss Bahrakels wütender Schrei den Raum, »Maihir dilarai.«

Was das auch hieß, es war schlecht. Sehr schlecht. Denn der Golbot berappelte sich. Seine Düsen stießen Dampf aus, probehalber setzte er einen Fuß vor den anderen. Dann nahm er Fahrt auf und hielt schnurstracks auf Holmar zu.

Der streckte den rechten Arm in einer abwehrenden Geste nach vorn. »Golbot«, rief er. »Re...«

Das Maschinenwesen packte zu und riss Holmars Unterarm dicht unterm Ellbogen ab, als sei er ein Grashalm. Mit schrillem Schrei brach der Adept zusammen. Einauge öffnete eine Klaue, um sich seinen Kopf zu nehmen.

Toryan hieb mit dem Kristallschwert nach dem Gelenk des Golbot, und die halbe Klaue zersplitterte in einem Funkenregen. »Fix ist nicht grade deine Geschwindigkeit, was?«, brüllte Toryan. Er hatte keine Ahnung, ob das Wesen ihn verstand, aber er musste es ablenken. Irgendwie.

Es klappte. Der Golbot stapfte los. Weg von Holmar, was sehr gut war. Hin zu ihm, was ein Problem war.

Mit der Kraft der Verzweiflung hechtete Toryan unter der zupackenden Klaue des Golbot durch und rammte das Schwert in die Seite des Maschinenmonstrums, wo die Schläuche und Kristalle zusammenliefen.

Der Golbot stieß einen kreischend metallischen Schrei aus. Rostrot überzog sein Juwelenauge, er hieb unkontrolliert um sich – und stürzte. Es krachte, als fiele ein ganzer Hain gefällter Bäume zu Boden.

Mit zusammengebissenen Zähnen schleppte Toryan sich zu Holmar, dessen Schreie zu einem vor Pein verzerrten, heiseren Wimmern abebbten. Der Schock lähmte die Schmerzen, zumindest kurze Zeit. Rasch zerschnitt Toryan die Robe eines getöteten Alchemisten und band den verletzten Arm ab. »Lang hilft das nicht.« Holmars Stimme kam flach und gepresst. »Wir müssen die Wunde ausbrennen.«

»Keine Sorge«, stieß Toryan hervor. »Wir bekommen dich schon durch.«

Federn rauschten. Toryan versuchte auszuweichen, doch Bahrakels Schwingenschlag traf ihn an der Schulter. Schmerz explodierte am Ende seines Oberarms und brachte ihn auf die Knie.

Mühsam kam Toryan auf die Beine. Bunte Kreise hüpften vor seinen Pupillen. Verschwommen sah er, dass der Richterengel in der Luft wendete.

Als Bahrakel erneut heranflog, ließ Toryan sich zu Boden fallen und riss auf gut Glück die Kristallklinge nach oben. Der Aufprall prellte ihm die Waffe aus der Hand, allerdings begleitet von einem äußerst befriedigenden Geräusch, das klang, als würde Papier zerreißen. Der Engel prallte gegen eine der Metallmaschinen und von dort zu Boden. Sein wutentbranntes Schmerzgeheul ließ weitere Phiolen zersplittern.

Bahrakel wuchtete sich auf die Füße, ein Zerrbild seiner selbst. Der Aufschlag hatte sein halbes Gesicht zerschmettert, die vom Kristallschwert zerteilte Schwinge hing in Fetzen von seinem Rücken, doch noch hielt er das Flammenschwert in Händen. Die Augen glühten. »Impertinente kleine Kreatur«, stieß der Engel zwischen zersplitterten Zähnen hervor. »Dafür werde ich dich …«

Eine mannsgroße Kugel aus zusammengedrücktem Stahl traf Bahrakel frontal gegen die Brust. Ein widerlich-schmatzendes *FPTSCHHHH* erklang, als er erneut gegen die Maschine gedonnert wurde, diesmal mit einer solchen Wucht, dass sein Oberkörper zerbarst. Die Überreste des zweiten Golbot klapperten neben seiner Leiche zu Boden.

»Du wirst gar nichts mehr tun«, grollte Lurmenor.

Toryan stieß einen Seufzer der Erleichterung aus. Dann fiel ihm Holmar ein. Er hastete zu seinem Freund. »He, mein Bester. Was ist mit dir?«

»Ich fürchte, ich bin keine Hilfe mehr.« Holmars Gesicht hatte eine Hautfarbe angenommen, neben der Kalk dunkel gewirkt hätte.

Schweiß tropfte mit stetigem *Pitsch* von seinem Haupt auf den Boden. Der provisorische Verband färbte sich bereits besorgniserregend rot.

Lurmenor trat zu ihnen. »Toryan. Wir müssen die Dämmergeborene finden.«

»Ich lasse meinen besten Freund nicht verbluten«, schrie Toryan.

Lurmenor machte eine Handbewegung. Schatten flossen aus seinen Fingerspitzen zu Holmar und wickelten sich einem Verband gleich um seinen Armstumpf. »Dies wird halten, solange ich lebe«, verkündete er.

»Na wunderbar«, stöhnte Holmar. »Ich bin der erste Priester des Lichts, der dafür beten muss, dass es dem Gefallenen möglichst prächtig geht.«

»Du wolltest doch immer bei allem der Erste sein«, neckte Toryan. Für einen Moment war er erleichtert – wenn sein alter Freund jammerte, war das Schlimmste überstanden. Augenblicklich kehrte die Sorge um Minn zurück. »Kommst du zurecht?«

»Jaja.« Holmar wedelte mit dem unversehrten Arm. »Geht jetzt. Es nutzt mir nichts, dass ich lebe, wenn in Kürze die Welt untergeht. Asgreals Heiligtum befindet sich in der Kuppel.«

Toryan nickte, wandte sich um und folgte Lurmenor, der bereits mit weiten Schritten aus der Halle strebte.

»Pass auf dich auf, hörst du«, rief Holmar ihm hinterher. »Du bist mir verdammt noch mal … will sagen, du schuldest mir eine Menge Erklärungen.«

Wenn wir die nächsten Stunden überleben, kannst du mich löchern, bis wir alt und grau sind, dachte Toryan. Doch er sprach es nicht aus und blickte nicht zurück.

Schwingenfall

Sie hasteten die Treppen hinauf Richtung Goldkuppel. Alles gleißte und glänzte so makellos und bar jeden Lebens wie der Lauf einer Arkebuse.

Der Erzfürst blickte über die Schulter zurück, während die Schatten ihn die Stufen emportrugen. »Eil dich. Wenn die Dämmergeborene dem Verlangen nach Blutvergießen nachgibt, öffnet sie Asgreal damit das Tor in ihren Geist.«

»Kann diese Gier Minn denn so beherrschen, dass sie vergisst, wer sie ist?«, keuchte Toryan. »Ich meine, dieses Mädchen ist der sturste Dickkopf in ganz Yrdaia. Eher lassen sich Wolken an die Leine legen, als dass sie etwas gegen ihren Willen tut.«

»Willensstärke wird Asgreal nicht aufhalten.« Lurmenor zog Toryan mit sich, als wöge er nicht mehr als ein Blatt. »Der Blutdurst ist der letzte Funke seiner früheren stofflichen Essenz. Bekommt er Zugang dazu, wird die Glut zur Flamme, die alle Persönlichkeit der Dämmergeborenen vertilgt. Die Frage ist nicht, *ob* sie dem Drang erliegt, sondern wie schnell.«

Toryan wurde kalt. »Wir werden sie retten«, sagte er entschlossen.

Spöttisches Gelächter drang durch den Gang.

Am oberen Absatz der Treppe blieben sie stehen. Die Galerie führte kreisförmig um die Kuppel herum. Toryan sah keine Tür. Er schlug mit der Faust gegen die glatten Wände. »Wo ist der Eingang?«

»Sieh rechts nach.« Lurmenor beschleunigte seinen Schritt. »Ich gehe links herum.«

Beide umrundeten die Galerie, ohne einen Zugang zu finden.

»Es muss einen Weg hinein geben«, rief Toryan.

Lurmenor deutete Richtung Dach. Karmesinrote Runen glühten in der Goldkuppel auf.

»Was steht da?«, fragte Toryan.
Lurmenor las vor:

»Den Lichtbringer zu schauen,
ein jeder geben muss,
aus freien Stücken Leben,
und bringt's ihm auch Verdruss.
Die Auserwählten Federn,
von ihren Schwingen fein,
der Menschen hehre Gabe,
soll Saft des Lebens sein.«

»Ich denke, ich verstehe.« Toryan zog sein Schwert und setzte am Unterarm an, dort, wo eine Ader unter der Haut verlief. »Für Minn«, flüsterte er. Und schnitt.

Er hielt den Arm gegen die Wand, verschmierte das Blut darauf. Nichts geschah.

Unvermittelt zischte es, als hätte jemand Wasser in eine Pfanne mit brutzelndem Öl gekippt. Das Gold kräuselte sich und die Umrisse einer Tür erschienen im glatten Stein. »Jawoll«, rief Toryan. Rasch schob er die Waffe in die Scheide, riss ein Stück von seinem Mantel ab und verband die Wunde. Dann folgte er Lurmenor durch das Portal ins Heiligtum des Lichtbringers.

Das Innere der Kuppel hatte die Größe eines Marktplatzes. Blutspritzer vor einem Säulenbogen bildeten einen scharfen Kontrast zum weißen Marmor des Bodens. Davor lag die verstümmelte Leiche des Engels Dormagh. Helligkeit sickerte durch den Raum wie Eiter aus einer schwärenden Wunde, und ihre Quelle war Minn.

Sie stand mit abgewandtem Gesicht vor einer Art Schrein und sah so bezaubernd aus, wie Toryan sie in Erinnerung hatte. »Minn«, rief er. »Ich bin so froh, dich zu sehen.«

Sie drehte sich zu ihm um. Licht wand sich hinter ihrem Gesicht, verzerrte es, formte es neu. Für einen Wimpernschlag schimmerten die

Züge eines Mannes hindurch, edel geschnitten, doch mit Augen wie tote Sonnen. Etwas war in Minns Körper geschlüpft wie ein Theaterspieler in ein Kostüm, etwas Gewaltiges, Fremdes. »Verschwinde aus ihr, du Monstrum«, brüllte Toryan. »Sofort.«

Zur Antwort erhielt er ein Kichern – eine Karikatur von Minns fröhlichem Lachen. Toryan war, als glitten Schlangen durch seine Ohren. Er stöhnte auf.

Das Licht im Raum verschwamm. Die Wand hinter dem Schrein verschwand. Dahinter öffnete sich der Durchgang zu einem Ort, der hundert Meilen entfernt lag: der Platz der Sieben Söhne in Gorvul.

Die Obelisken glühten in dunklem Feuer. Fingern gleich neigten sie sich zu dem Riss herab, packten die Wände des Saals, bogen sie, zogen sie auseinander.

Asgreals Heiligtum materialisierte sich inmitten des Platzes. Über den Obelisken glühte der rote Morgenstern, ein entzündetes Auge an einem Himmel so bleich wie Gebein. Menschen kamen angerannt, laut rufend und gestikulierend.

»Wie ist das möglich?«, hauchte Toryan.

»Alles ist möglich, jetzt, da euer Gott unter euch Menschen wandelt«, verkündete das Wesen, das sich Minns Körper bemächtigt hatte. Seine Stimme hallte einem Fanfarenstoß gleich durch Gorvul. »Ich bin Asgreal, die Flamme der Reinheit, gekommen, um die Schatten der Vergangenheit zu tilgen. Zeigt Ehrfurcht, und Licht und Segen sollen euch zuteilwerden. Widersetzt ihr euch, wird nichts als Asche bleiben, und wie Asche im Wind wird alle Erinnerung an euch vergehen.«

Die Gorvuli starrten einander an. Einige sanken auf die Knie. Mehr und mehr strömten herbei wie Falter zur Flamme, Männer und Frauen, Alt und Jung.

»Ja«, gurrte Minn. »Kommt und seht die Ankunft eures Erlösers. Huldigt mir. NÄHRT MICH!«

Das Licht, das sie absonderte, schwappte in den dunklen Strom aus den Obelisken, vermengte sich damit, flutete über den Platz und wusch über die Menschenmassen hinweg.

Toryans Augen brannten, als hätte jemand Salz hineingestreut. Er wischte sich mit dem Handrücken darüber, und die Haut war rot verschmiert. Blutige Rinnsale flossen über sein Gesicht, tropften vom Kinn auf den Boden.

»Ah, so viele Emotionen«, frohlockte das Ding, das einmal Minn gewesen war. »Sie umschwirren mich, unzählige goldene Fliegen, denen ich die Flügelchen ausreiße, bevor ich sie verschlinge.« Es warf den Kopf zurück und ließ sein Gelächter erschallen, so anbetungswürdig und grauenvoll, als spielten tausend Silberglöckchen eine Ode ans Vergessen.

Das Lachen kroch Toryan in Nacken und Schultern, Muskeln und Sehnen. Er krümmte sich zusammen und weinte vor Glück, dass er etwas so Wundervolles hören durfte. Euphorie flutete sämtliche Winkel seines Körpers, glühte warm unter seiner Haut, streichelte seinen Verstand, säte Hochgefühl.

Dann kam der Nachhall, voll Verderbtheit und Hunger. Das Ding, das in ihn drang, saugte an seiner Lebenskraft. Es spannte einen Kokon um seinen Geist, labte sich an jeder seiner Empfindungen, jedem Gedanken, jeder schönen Erinnerung. Sein schwindendes Bewusstsein suchte verzweifelt nach einer Zuflucht.

Es gab keine. Nur Ekstase, so abscheulich und süß wie tausend Küsse auf ein und dieselbe Stelle.

Und dann durchbrach eine raue, verwitterte Stimme mit einem Wort den Bann. »HALT!«

Schwarzer Nebel legte sich über das Licht des Halbgottes und dämpfte sein Gelächter. Die Taubheit wich aus Toryans Geist und das Gefühl, zu ersticken, verschwand.

»Asgreal«, donnerte Lurmenor. »Heute büßt du für deinen Verrat.«

Die Menschen ringsum stöhnten, als der Bann von ihnen abfiel. Statt Ekstase verzerrte nun Angst ihre grauen Gesichter. Sie weinten, als sie begriffen, was geschehen war. Sie schrien, als sie Lurmenors finstere Silhouette und den gleißenden Leib ihres vermeintlichen Erlösers sahen. Ja, dies war der Lichtbringer, zu dem sie gebetet hatten. Doch sein Licht, so wussten sie nun, brachte weder Erkenntnis noch Glück – es verzehrte.

»SCHWEIGT, IHR ALLE!« Helligkeit floss aus Asgreals Mund und drängte den schwarzen Nebel zurück. Es war Minns Körper, in dem er steckte, doch seine schiere Präsenz nahm mehr, viel mehr Raum ein. Die Gliedmaßen zuckten unkontrolliert, die Haut schlug Wellen, als wollte sich etwas Gewaltiges den Weg heraus bahnen. Ihre Augen waren sterbende Sonnen, Feuer in Feuer in Feuer. »ALLES, WAS ATMET, KRIECHT UND FLIEGT, IST MEIN ZU NEHMEN, WIE ES MIR GEFÄLLT.« Asgreal-Minn hob eine Handfläche und stützte das Kinn hinein, die Geste eines unschuldigen Mädchens. »Du allein stehst noch im Weg, Lurmenor, mein liebster alter Feind. Zeit, dass wir zu Ende bringen, was vor so langer Zeit begann, Bruder.«

Lurmenor schritt auf die Lichtgestalt zu. »Wie zuvor mich, hast du nun diese Menschen verraten«, grollte er. »Allen, die an dich glaubten, wolltest du die Lebenskraft aussaugen, bis nichts mehr übrig gewesen wäre als leere, tote Hüllen.«

Asgreal kicherte. »Das wollte und das werde ich. Sobald ich dich und die lächerlichen Reste der Alten Nacht vom Antlitz Yrdaias gefegt habe, forme ich es neu. Zu einer Welt voller Sklaven, die mich verehren und an mir zugrunde gehen, während ich mich an ihnen berausche, wieder und wieder, bis der letzte freie Wille erlischt.«

»Du konntest mich damals nicht töten. Es wird dir auch diesmal nicht gelingen.«

»Damals war ich Galriot, ein Blutfürst. Jetzt bin ich Asgreal. Jetzt bin ich … mehr.« Das Ding hob den Arm. Licht floss durch die Finger, formte sie zu schwertartigen Klauen. Die Haut wurde durchscheinend, der Torso streckte sich und wuchs auf die doppelte Größe.

Wut kochte in Toryan hoch und rang die Angst nieder. Das war Minns Körper, den dieses Monster da verzerrte!

»Was du auch bist, du bist es schon viel zu lange.« Die Schatten zogen sich um Lurmenor zusammen, verdichteten sich zu einer Rüstung, die ihn bedeckte wie eine zweite Haut. Das dunkel glänzende Geweih spross aus seinen Schläfen, in seinen Fäusten materialisierte sich der Schattenspeer.

»Seht gut hin, Gläubige.« Asgreals Seidenstimme hatte den Tonfall eines Erwachsenen, der Kindern eine Lektion erteilt. »Nun wird die Altnacht fallen, wie es prophezeit wurde.«

Einige Menschen ringsum krochen rückwärts, doch niemand wandte den Blick ab.

Asgreal schlug als Erster zu. Seine klingengleichen Klauen beschrieben einen Aufwärtsschnitt. Lurmenors Lanze lenkte sie so ab, dass sie einen der Obelisken streiften, wo sie fingerdicke Furchen im Stein hinterließen.

Toryan kroch hinter den Säulenbogen, so nah an die Kämpfenden heran wie möglich, ohne in deren Bahn zu geraten. Er wollte da sein, wenn er Lurmenor helfen konnte, obwohl er keine Ahnung hatte wie.

Über den Stadtmauern zuckten Blitze. Tief brummende Geräusche drangen von fern herbei. Toryan ignorierte sie, konzentrierte sich auf den Kampf vor ihm.

Die Waffen hoben und senkten sich, Hieb und Parade, Parade und Hieb. Lurmenor drängte seinen Gegner mit einem riskanten Angriff zurück. Plötzlich stand Asgreal wenige Schritte von Toryan entfernt, mit dem Rücken zu ihm.

Noch so eine Gelegenheit würde sich nicht bieten.

Toryan warf sich dem Halbgott mit aller Wucht in die Kniekehlen. Genauso gut hätte er eine Bergwand rammen können. Er prallte ab, sämtliche Luft entwich seiner Lunge. Er hatte nicht mehr bewirkt, als Asgreal für den Bruchteil eines Moments aus dem Gleichgewicht zu bringen.

Dieser Augenblick genügte.

Lurmenor täuschte einen Stich zur Kehle an, und als Asgreal die Klauen hochriss, glitt der Herr der Altnacht heran wie eine Nebelwehe. Mit dem Geweih riss er seinen Gegner von den Beinen und wirbelte ihn durch die Luft. Asgreal schlug so wuchtig in der Mitte des Platzes auf, dass sich ein Spinnwebmuster auf dem Steinboden bildete. Lurmenor trat ihm mit einem Fuß auf den Hals und hob den Speer. Asgreal röchelte.

Nein, nicht Asgreal. Das war nicht länger der verräterische Halbgott. Da lag Minn, klein und zerbrechlich, und im Begriff, vor Toryans Augen zu sterben.

»Halt, Lurmenor«, brüllte Toryan, als seine Liebe für Minn den Klammergriff des Schmerzes zerschlug.

»Minn ist vergangen, mein Freund«, wisperte Lurmenor.

»Nein, sie ist noch da, in diesem Körper. Ich bin sicher. Töte sie nicht. Bitte, bitte nicht.«

Der Herr der Altnacht schüttelte das Haupt.

Die Klauen aus Licht schossen aus Asgreal-Minns Fingern und bohrten sich unterhalb der Rippen durch Lurmenors Schattenrüstung. Wie ein Wildschwein am Spieß hing er in der Luft, außerstande, seinen Schlächter zu erreichen. Obgleich es physikalisch unmöglich schien, hielten Minns grazile Arme Lurmenor hoch, als wöge er nicht mehr als eine Feder. Die Lichtklingen drehten sich. Nachtschwarzes Blut sprudelte aus Lurmenors Wunden.

Asgreal schleuderte ihn gegen eine Säule. Steinsplitter regneten herab. Der Halbgott zog die Klingen ein, trat zum Gefallenen und packte ihn am Geweih. »Beim letzten Mal nahm ich dir deine Schwingen, Bruder. Diesmal sehe ich zu, wie das Leben aus dir rinnt. Welch exquisiter Vorgeschmack vor dem Gelage an dieser so trefflich gemästeten Welt.«

Lurmenor bäumte sich auf. Vergebens. Es floss noch mehr Blut aus seiner Wunde.

Asgreal lachte. »Seht«, rief er der Menge zu. »Hier ist der Erzfürst der Altnacht, der Fleck auf dem Tuch des reinen Glaubens. Mit Blut will ich den Schmutz seiner Existenz hinwegwaschen und alle Erinnerung an ihn tilgen.«

»Minn«, schrie Toryan. »Hör auf!«

Das Lichtwesen legte den Kopf schief. »Minn ist nicht mehr da, kleiner Sterblicher«, säuselte es. »Aber tröste dich. Ich bin ein gnädiger Herrscher. Ehe du deinen letzten Atemzug tust, wirst du nichts fühlen als Glück.« Mit diesen Worten brach er das Geweih dicht an Lurmenors Schläfen ab und schleuderte die Stücke beiseite. Die Entsetzensschreie der Masse vermengten sich mit Lurmenors Brüllen. Die Schatten um ihn ringelten sich zusammen wie Haare im Feuer, als er fiel.

Toryan stürzte sich auf den Halbgott. Er schaffte drei Schritte, da traf ihn eine Klinge aus geistigem Stahl. Eine Emotion, so widersprüchlich wie die Vergänglichkeit eines perfekten Moments, zerschmetterte seine Überzeugung und brachte ihn auf die Knie.

Klein. Unwürdig. Wer war er, den Menschen die Erlösung verwehren zu wollen? Wer war er, einem *Gott* zu trotzen? »Glaubt, ihr Schafe«, rief Asgreal. »Seht und erzittert vor meiner Macht!« Erneut floss Licht aus seinen Fingerspitzen, fächerte sich zu Hunderten Tentakeln aus, die sich auf die Köpfe der Menschen senkten. Sie stöhnten vor Verzückung. Wo die Tentakel sie berührten, stieg goldener Dunst auf, der in dünnen, pulsierenden Fäden zu Asgreal zurückströmte. Der Halbgott inhalierte sie mit tiefen Zügen und schauderte vor Verzückung. Während die Menschen ringsum zu verblassen schienen, leuchtete er immer intensiver, wuchs weiter und weiter, bis er so hoch emporragte wie die Obelisken. Ein Summen lag in der Luft, triumphierend, überwältigend, dröhnend bis ins Mark.

Auf dem Höhepunkt der Arie störten Misstöne die perfekte Harmonie. Hufgetrappel, Stiefelstampfen, das Scharren von Krallen und Klauen. Abrupt rissen die Lichtfäden ab. Toryan kam zu sich, wenngleich so ausgelaugt, dass er es kaum schaffte, sich auf allen vieren zu halten.

»Sieh an, sieh an«, gurrte Asgreal. »Noch mehr Narren, die mich herausfordern wollen.«

Freiholts Truppen und die verbliebenen Krieger der Altnacht hatten mit vielem gerechnet, als sie den Schwarm Garuda und die gekaperten Luftschiffe Kardinal Tadeeans vor den Mauern Gorvuls landeten. Nur nicht damit, dass die Tore offen stehen würden.

Die Erfahrenen witterten eine Falle. Sie sandten eine Vorhut aus, sicherten die Umgebung, hielten die Waffen bereit. Doch niemand stellte sich ihnen in den Weg. Keine Soldaten, keine Alchemisten, keine Maschinenwesen.

Bis sie ins Zentrum gelangten. Dort trafen sie auf den Lichtbringer.

Toryan traute seinen Augen nicht. Eine Armee marschierte auf den Platz der Sieben Söhne zu. Wesen der Altnacht, Seite an Seite mit Kriegern, deren Dornenhelme und Schulterklappen sie als Streiter Freiholts auswiesen. Die geschwächte Bevölkerung Gorvuls kroch aus dem Weg, als Asgreal zwischen ihnen hindurchmarschierte, dem neuen Feind entgegen. Einige schafften es nicht rechtzeitig. Asgreal zermalmte sie unter seinen Füßen, als seien sie Trauben, die zu rotem Saft zerplatzten.

Zwergengeschosse heulten durch die Luft, Arkebusenschüsse fielen. Einige fanden ihr Ziel und brachten Asgreal kurz ins Wanken. Doch die Metallkugeln klapperten zu Boden, anstatt ihn zu durchbohren, und die blauen Flammen, die an seinem Körper leckten, verpufften. Asgreal formte Lichtkugeln in seinen Handflächen und schleuderte sie auf die Angreifer. Die Kugeln zerplatzten zu Flammenwänden, die binnen eines Lidschlags zehn, zwanzig Krieger zu Asche verbrannten. Asgreal klatschte und jauchzte verzückt, als sähe er einem amüsanten Theaterstück zu.

Ein Trupp Berittener preschte auf Pferden und Riesenhunden vor und attackierte seine Beine. Die Lichtklauen des Halbgottes fegten sie beiseite, spießten Menschen und Nachtkrabbler auf, schnitten Körper mittendurch. Mit jedem Atemzug starben Dutzende Krieger schreiend einen abscheulichen Tod. Und die ganze Zeit lachte Asgreal sein glockenhelles Lachen.

»Toryan«, röchelte eine gebrochene Stimme.

»Lurmenor!« Toryan mobilisierte seine letzten Kräfte und krabbelte zu dem Gefallenen. Mit jedem Schwall Blut, der aus den Wunden rann, schrumpfte Lurmenor mehr zusammen. Schon jetzt war er kaum größer als ein gewöhnlicher Mensch.

»Ich bin hier.« Toryan legte ihm die Hand auf den Arm. »Eure Armee ist gekommen. Sie greift Asgreal an.«

»Er wird sie vernichten. Vertrau mir … dieses letzte Mal …« Lurmenor packte ihn am Handgelenk. Seine Klauen gruben sich tief in Toryans Fleisch. Der Herr der Altnacht hob das Haupt – und biss zu.

Der Schmerz brannte und betäubte Toryans Unterarm, als tauchte er ihn in eiskaltes Wasser. Entsetzt sah er, dass sich eine Schicht aus schwarzer, glatter Haut darauf bildete. Sie kroch über die Fingerspitzen, über den Ellbogen, zur Schulter. Darunter pulsierte ein düsteres Feuer, das alle Müdigkeit und Schwäche hinwegbrannte und ihn mit überirdischer Kraft erfüllte.

Lurmenors Macht. Sie floss auf ihn über! Wandelte ihn. »Hört auf«, keuchte Toryan, »Ihr sterbt, wenn Ihr das tut.«

Ein Schauder durchlief Lurmenor. »Mein Ende ist so oder so gekommen. Doch die Welt kann gerettet werden. Du kannst Asgreal noch aufhalten.«

»Wie, wenn nicht einmal Ihr es konntet?«

»Asgreal und … seine Engel schüren Begierde und nähren sich von … Ekstase«, keuchte der Erzfürst. »Nur eines können sie … nie beherrschen. Wahre Liebe. Liebe, mein Freund.« Der dunkle Körper bäumte sich noch einmal auf. Die Schatten verblassten und fielen von ihm ab wie Blätter von einem verdorrten Baum. Ein letzter gewaltiger Kraftschub durchfuhr Toryan und raubte ihm den Atem. Seine Gliedmaßen zuckten. Dann, als wäre ein bislang verborgenes Sinnesorgan befreit, gewann er die Kontrolle über den Fluss an dunkler Energie. Er ballte die Fäuste und Finsternis stob daraus hervor, materialisierte sich zu einem Schwert.

Lurmenor lag leblos neben ihm. Nun, da die Schatten ihn nicht länger umhüllten, sah sein Antlitz trotz der Narben blass und edel aus. Und jung, mit Ausnahme der uralten Augen, grau wie ein Gewittersee, dessen Wasser sich für alle Zeiten über seinem Geist geschlossen hatte.

»Ich hoffe, du findest Frieden«, flüsterte Toryan. Als er sich erhob, verbanden sich Wut und Trauer mit der elementaren Macht, die in ihm toste. Trotz der Dunkelheit, die ihn umwallte, sah er klarer als je zuvor.

Er sah den Lichtbringer, der voll bösartigem Vergnügen Menschen und Altnachtler gleichermaßen verbrannte, aufschlitzte, zerquetschte. Die entsetzten Bürger kauerten unweit der Obelisken, unfähig zu fliehen, ohne zwischen die Fronten zu geraten.

Ein Gedanke genügte, und Toryans Körper wuchs auf die dreifache Größe. Die Schatten umwehten ihn. »Stell dich mir, Täuscher der Menschheit«, rief er, und seine Stimme dröhnte über den Platz hinweg. »Brudermörder. Verräter der Altnacht. STELL DICH DEINEM GEGNER.«

Asgreal fuhr herum. Erstaunen machte sich auf den flammenden Zügen breit, gefolgt von einem Grinsen. »Sieh an, was da aus den Resten meines Bruders hervorgekrochen kommt. Mal sehen, was du kannst, kleiner Schatten!« Mit gewaltigen Sätzen sprang er zurück ins Halbrund zwischen den Obelisken.

Toryan parierte einen Klauenstoß des Halbgottes mit seinem Schattenschwert. Asgreal prallte gegen ihn, verwandelte seine Klauen in Hände und versuchte, Toryan zu Boden zu reißen. Toryans Schwert zerfaserte zu Rauch, als er seinerseits versuchte, Asgreal von den Beinen zu hebeln. Keiner gewann die Oberhand. Asgreal schnitt eine Grimasse und setzte seine Finger in Flammen. Toryan schrie auf, als das Feuer seine Haut in Brand setzte. Instinktiv probierte er sich aus dem Griff zu winden, doch Asgreal drückte ihn Stück für Stück Richtung Boden. Toryan gab nach, ließ sich fallen und riss seinen Gegner mit sich.

Eng umschlungen schlugen sie auf dem Boden auf. Kalt drückte der Stein gegen Toryans Rücken. Er ließ Schattendornen aus seinen Armen wachsen.

Asgreals Feuer verbrannte sie, sobald sie entstanden.

Das Schlimmste bei diesem Kampf auf Leben und Tod aber war nicht der Schmerz. Das Schlimmste war, dass Toryan all die Zeit in Minns Gesicht starrte.

Sie rangen miteinander, Dunkel und Licht. Schatten zuckten. Feuer flackerte. Beide Körper schrumpften unter der Anstrengung zusammen, bis sie menschliche Größe erreicht hatten. Während Asgreal kein Stück nachgab, begann Toryans Kraft zu schwinden. Nicht mehr lange, und der Halbgott würde ihn überwältigen. Und selbst wenn nicht, es war Minn, gegen die Toryan hier kämpfte. Es war ihr Körper, und irgendwo da drin steckte ihr Geist, verwundet, eingesperrt, verängstigt, aber am Leben. Er hätte ihr nie etwas tun können. Er konnte nicht gewinnen.

Ich liebe sie doch.

Der Gedanke mobilisierte Toryans letzte Kraftreserven. »Ich liebe dich, Minn«, brüllte er. Eine Wolke schwarzen Nebels schoss aus seinen Fingern und nahm Asgreal-Minn die Sicht. Toryan stieß sie von sich, kam auf die Füße und taumelte zurück.

Eine Stichflamme verdampfte den Nebel. Der Halbgott ließ erneut die Lichtklauen aus seinen Händen wachsen. »Jetzt«, verkündete er mit knisternder Stimme, »werde ich dich strafen.«

»Ich weiß, dass du da bist, Minn«, rief Toryan. »Ich kann es spüren. Du bist nicht ausgelöscht, hörst du? Ich komme zu dir. Ich bin es. Toryan.« Er ging auf sie zu.

Verwirrung huschte über die Züge des Halbgottes. Sein Licht flackerte, einer Fackel im Windzug gleich. »Schweig, kleine Fliege.«

»Ich weiß, du bist da drin.« Dicht vor ihr blieb Toryan stehen. »Ich sehe dich hinter der Maske.«

Die Hände des Wesens zuckten. Lichtklauen fuhren aus den Fingern, lösten sich wieder auf.

»Wenn ich mich täusche, habe ich ohnehin keinen Grund mehr zu leben.« Toryan erwiderte den Blick aus den flammenden Augen, ohne zu blinzeln. Er breitete die Arme aus, und der Panzer aus Schatten zog sich zurück. Seine Brust lag frei. »Entweder du bist Minn oder dies ist mein Ende.«

Das Licht zuckte.

Toryan streckte die Hand aus und berührte sein Gegenüber an der Stelle über dem Herz. Flammen bissen nach seinen Fingern, versengten sie. Seine Haut warf Blasen, Fleischfetzen schälten sich von seinem Arm. Der Schmerz war grausamer als alles, was er je gespürt hatte, aber Toryan ließ die Hand, wo sie war. »Ich liebe dich, Minn.«

Die Klauen stießen in seine Brust … und verharrten. Ein Stückchen tiefer und sie hätten sein Herz durchbohrt.

Toryan wich nicht zurück. »Tu, was du tun musst«, keuchte er zwischen zusammengebissenen Zähnen hindurch. »Ich wollte nur, dass du weißt, was ich für dich fühle, ehe die Welt endet.«

Die Klauen zogen sich zurück, formten sich wieder zu Händen. Die Züge des Wesens veränderten sich und das Feuer wich aus den Augen, als die Flammen erstarben.

»Minn«, flüsterte Toryan. Mit den verkohlten Fingerspitzen berührte er ihre Wange, die nun kühl war und samtweich. »Ich wusste, du bist noch da.«

»Toryan.« Er hörte ihre Stimme. Sah ihr Lächeln, ihre Tränen. »Ich bin so froh, dich zu sehen. Ich wollte das nicht. Ich …«

»Ruhig. Es ist gut. Alles ist gut.«

Sie schüttelte den Kopf. »Keine Zeit«, hauchte sie. »Er kommt wieder. Ich fühle seine Flamme. Oh, es schmerzt. Alles schmerzt so sehr.«

Toryan nahm ihr Gesicht in beide Hände und küsste die Tränen weg. »Wir finden Heilung, mein Schatz. Ich habe Kräfte. Ich kann dir helfen.«

»Nein, mein Geliebter. Er ist zu stark.« Sie lächelte noch immer, obgleich die Pein Furchen in ihr Gesicht grub. Hinter ihrer Stirn begann etwas zu glühen. »Du musst es beenden.«

»Nein. Nein, Minn, nein.«

»Töte mich. Bitte.«

»Das werde ich nicht.« Nun strömten die Tränen auch über sein Gesicht.

»Noch einmal kann ich ihn nicht zurückdrängen«, keuchte sie. »In seinem Geist gefangen zu sein ist schlimmer als der Tod. Lass nicht zu, dass er mich verschlingt.«

»Ich kann nicht. Oh, bei allem, was gut ist in dieser Welt, ich kann das nicht.«

»Du kannst, wenn du mich liebst.« Sie küsste ihn. Ihre Lippen fühlten sich ausgetrocknet und heiß an. Minn zog sich zurück. Ihr Mund zuckte. Licht wand sich unter ihrer Haut. »Rasch, Toryan. Rette meine Seele.« Schon hallten ihre Worte kleistrig süß nach. Die Liebe in ihren Augen flackerte und verlosch, als ihre Pupillen sich rotgolden färbten.

Die Schatten flossen herbei und trugen das Kristallschwert in Toryans unverletzte Hand. Er zitterte am ganzen Körper.

»Tu es. Schnell.« Minn bäumte sich auf. Lichtstrahlen brachen ihr aus Nase, Ohren, Mund.

»Ich bin zu schwach. Verzeih mir, meine Minn.« Toryans Stimme brach.

Sie packte die Klinge mit beiden Händen und stürzte sich in sein Schwert.

Licht, so grell wie das Herz der Sonne, schoss Toryans Arm hinauf. Die Gewalt des Gegenstoßes trieb die Klinge aus Minns Körper und ließ ihn mehrere Schritte zurücktaumeln. Es zischte, als Schwertknauf und Fleisch miteinander verschmolzen. Der Schmerz raubte ihm beinahe das Bewusstsein, doch er zwang sich, die Augen offen zu halten.

Minn lag in ihrer natürlichen Gestalt auf dem Boden und rührte sich nicht. Ihre Haut schimmerte alabasterblass. Über ihr schwebte eine goldweiße Kugel. Wie ein Strudel sog sie das Licht des Feuersterns vom Himmel, das in einer Spirale hinabströmte und in die Kugel hineinfloss. Asgreals Augen formten sich darin. Der Lichtbringer hatte seinen Körper verloren, doch er lebte.

Und er war außer sich vor Zorn.

Schatten wanden sich um Toryans verletzten Arm, ein Verband für seine Wunde, ein Kriegshandschuh für seine Faust.

Der Stern verglühte. Asgreal flammte auf und sauste wie ein Komet herab.

Toryan schmetterte seine schwarze Faust in den Feuerball. Mit den Fingern ertastete er einen Kern inmitten der Kugel, ein flammendes Herz. Dutzende Feuerfänge bissen nach seinem Gesicht, konnten die Schatten aber nicht durchdringen. »Das ist meine Welt, Sterblicher«, kreischte die Lichtkugel.

»Nicht mehr«, erwiderte Toryan. Und drückte zu.

Ein ohrenzerfetzender Schrei zerschnitt die Luft. Der Feuerball zerbarst in tausend Funken, die auf die Erde trudelten und verglühten. Die Obelisken knackten, bekamen Risse, bröselten. Der prunkvolle Säulenbogen vertrocknete zu einem Gerippe aus Steingräten, das binnen Augenblicken zerbröckelte. Weit entfernt erklang ein Rumpeln und Poltern, gefolgt von Staubwolken, wo Statuen und Schreine des Lichtbringers in sich zusammenstürzten. Die Käfige lösten sich vom Frontturm der Zitadelle und zerschellten auf dem Boden, und weit im Süden, wo Servul lag, grollte die Erde, als würde sie entzweigerissen.

Asgreal, der Lichtbringer, hatte aufgehört zu existieren, und all seine Schöpfungen mit ihm.

Toryan öffnete die Hand und erwartete, Splitter des Herzens darin vorzufinden. Stattdessen züngelte auf seiner Handfläche eine winzige Flamme. Er presste die andere Hand darauf. Das Feuer verlosch nicht. Er schüttelte den Arm, schmetterte die Flamme auf den Boden, bedeckte sie mit seinem Körper. Umsonst. Die Schatten wurden schwächer - die Flamme aber wuchs, bis sie Toryans verstümmelten Arm zur Gänze einhüllte. Er schrie auf.

Statt ihn zu verbrennen, heilte das Seelenfeuer seine Wunden. Sehnen fügten sich neu zusammen, Muskeln wuchsen nach, stärker denn je. Eine zarte, goldschimmernde Haut aus Licht legte sich über seinen versengten Arm. Die Flamme der Schöpfung füllte Toryan bis in die letzte Faser seines Körpers und schmolz die Dunkelheit hinweg.

Er berührte den Boden mit seinen Fingerspitzen, und die Risse im Stein fügten sich wieder zusammen. Er streifte den Sockel eines der zerfallenen Obelisken mit der Hand, und wo der dunkle Steinriese gedräut hatte, wuchs binnen eines Atemzugs ein Baum mit goldenen Blättern.

Er kniete neben Minn nieder. Mit zitternden Fingerspitzen berührte er ihre Brust, an der Wunde über dem Herz.

Sie regte sich nicht. Ihre Augen blieben geschlossen, die Haut kühl und bleich.

Toryan hob den Kopf. Tausende umstanden den Platz. Keiner sagte ein Wort. Selbst der Wind hielt den Atem an.

Toryan starrte in das Meer aus Gesichtern, die zu retten Minn sich geopfert hatte. Etwas kroch seine Kehle empor, das kein Schatten verbergen und kein Feuer verbrennen konnte.

Er brüllte dem leeren Himmel seinen Schmerz entgegen, bis seine Stimme versagte. Dann senkte er das Haupt und weinte.

Schweigen legte sich über Gorvul, einst Heimat des Lichts und des Verrats.

Ein Schimmer Hoffnung

Nahezu eine Woche war seit dem Fall des Lichtbringers vergangen. Es kam Holmar wie ein Jahrhundert vor.

Auf seinen Befehl hin hatte man Minn in die früheren Purifikantengemächer gebracht und mit allem versorgt, was die Heilerzunft zur Verfügung stellen konnte. Seine eigenen Verletzungen waren so weit versorgt, dass er keine nennenswerten Schmerzen mehr spürte, wenngleich er sein Leben lang gezeichnet sein würde.

Was die Wunden der Stadt anging … Nun, wie Holmar selbst, hatten seine Brüder und Schwestern von einer perfekten Welt geträumt. Diese Träume waren mit dem Fall der Engel zerbrochen, zusammen mit allem, woran sie geglaubt hatten.

Anstatt nun auf sich selbst zu vertrauen, suchen sie einen neuen Anführer. Jemand, der ihnen sagt, was sie tun sollen. Holmar konnte es nicht fassen.

Es gab in seinen Augen keinen Grund, warum ausgerechnet er derjenige sein sollte. Doch die Menschen folgten seinen Anweisungen. Und er gab sie, denn nach allem, was geschehen war, hätte die Alternative bedeutet, zuzusehen, wie das führungslose Volk reagierte – mit heillosem Chaos und Gewalt, oder indem es sich zusammenraufte und einander half. Er hatte es nicht darauf ankommen lassen.

Die Engel hatten recht, dachte er. *Die Menschen* sind *Schafe und gehorchen dem Hütehund selbst dann, wenn er sie zuvor gebissen hat. Vielleicht sogar gerade deshalb.*

Er presste die Lippen zusammen. Womöglich tat er ihnen unrecht. Vielleicht waren sie einfach froh, dass irgendwer noch von irgendwoher die Kraft nahm, sich zu kümmern. Vielleicht lag es schlicht daran, dass Holmar als Einziger Damians verbliebenen Golbot kontrollieren konnte und ihn dazu einsetzte, Trümmer wegzuräumen und

Brücken zu reparieren. Oder daran, dass die vereinten Streitkräfte der Altnacht und Freiholts für Ordnung sorgten. Sie hatten nicht geplündert, nicht gemordet, sondern geholfen, wo sie konnten. Das mochte noch viel wert sein in den Tagen, die kommen würden.

Holmar empfand tiefe Müdigkeit, doch es gab Wichtigeres als Schlaf. Für einen Freund da zu sein, zum Beispiel.

Er gönnte sich einen Atemzug lang, die Augen zu schließen. Dann hob er die Faust und klopfte an die Tür zu Damians ehemaligem Schlafgemach.

Toryan saß neben Minns Bett und sah sie an. Seit sechs Tagen hatte er sich nicht vom Fleck bewegt, nichts gegessen und kein Auge zugetan. Dennoch fühlte er sich ausgeruht. Die Flammen, die ab und an unter seiner Haut aufglühten, speisten ihn mit allem, was er brauchte. Wie lang konnte das gut gehen? Er wusste es nicht. Es kümmerte ihn nicht.

Minn lag regungslos auf den weichen grauen Laken, die Augen geschlossen, das Gesicht blasser als Marmor. Sie wirkte sehr klein und zerbrechlich in dem großen Bett. Immerhin, ihre Brust hob und senkte sich eine Handbreit, und wenn Toryan sein Gesicht an ihres legte, konnte er den Hauch eines Atemzuges spüren.

Unzählige Heiler hatten sie untersucht. Solche aus Gorvul, solche aus Freiholt, sogar die Spitzohren aus der Altnacht. Alle waren sich einig. Die Wunde von Toryans Kristallklinge war nicht so tief, dass sie Minn hätte töten können. Doch was in den letzten Augenblicken geschehen war, als Asgreals Flamme aus ihr herausschoss, konnten selbst die Weisesten nicht sagen.

Es klopfte, und auf Toryans Aufforderung hin betrat Holmar den Raum. Sein rundliches Gesicht war eingefallen, tiefe Ringe rahmten die Augen. Doch nicht die Erschöpfung hatte den Freund verändert, ja nicht einmal der mechanische Arm, den einer der überlebenden Alchemisten für ihn gefertigt hatte. Sein Blick, seine Haltung – all das zeigte, dass Holmar nicht länger ein Diener oder Adept war. Sondern der Hirte seiner Brüder und Schwestern.

»Wie geht es ihr?«, fragte Holmar.

»Unverändert.«

»Und dir?«

»Ich habe viel Zeit zum Nachdenken, Holmar. Wie Asgreal uns alle manipuliert hat. Ich frage mich, hatten wir nicht die Möglichkeit, hinter die Kulissen zu blicken? Oder nicht den Willen dazu?«

»Urteile nicht zu hart. Auch ich habe ihm gedient.«

»Nicht um jeden Preis. Dich trifft keine Schuld.«

Erneut klopfte es. Holmar öffnete. Zwei Männer standen vor der Tür. Der jüngere der beiden trug ein auffällig besticktes Wams, das auf Herzhöhe eine Eule über zwei gekreuzten Schwertern zeigte. Das Wappen kam Toryan vage bekannt vor. Holmar nickte dem Mann zu. »Ratsherr Exall. Was kann ich für Euch tun?«

»Ich komme, mich zu verabschieden. Der Klerus ist nicht mehr, und die Menschen meiner Heimat brauchen jemanden, der ihnen hilft, eine neue, lebenswerte Gesellschaft zu errichten.«

»Eure Heimat ist nicht Freiholt?«

Exall schüttelte den Kopf. »Nicht wirklich. Mein Vater, Graf Musa Dalglen, wurde von Kardinal Armengal aus Blauried vertrieben, als ich noch ein Kind war. Der Stammsitz meiner Familie ist Gut Eulenstein. Meine Männer vor Ort haben die Gutsmatrone Ryna aus dem Verlies befreit, in das die Paladine sie gesteckt hatten, und an ihrer Stelle Kardinal Armengal hineinbefördert. Ryna war uns all die Jahre lang insgeheim treu ergeben und hat uns mit Informationen darüber versorgt, was auf Gut Eulenstein vor sich geht. Sie ist noch sehr geschwächt, dennoch verwaltet sie das Gut großartig, wie ich höre. Doch es wird Zeit, dass ein Dalglen dorthin zurückkehrt.« Er schürzte die Lippen. »Es sei denn, Ihr wärt dagegen?«

Holmar wedelte mit der Hand. »Ich habe nicht die Macht, dergleichen zu bestimmen. Und wenn ich sie hätte, würde ich Euch alles Glück der Welt wünschen. Ich hoffe, Ihr haltet mich auf dem Laufenden, was in Blauried entsteht.«

»Ihr seid ein großer Mann, und ein schlauer.« Exall verneigte sich. »Bloß in einem täuscht Ihr Euch. Ihr habt sehr wohl Macht. Ich wünsche Euch die Umsicht, sie klug zu gebrauchen. Wir sehen uns bestimmt wieder.« Er schüttelte Holmar die Hand, verneigte sich Richtung Toryan und ging.

Der zweite Besucher stand nach wie vor mit verschränkten Armen in der Tür.

Holmar räusperte sich »Ähm. Ja, also, ich hab noch einiges zu erledigen. Schreibkram. Und die Versammlung morgen früh vorbereiten. Wenn du mich entschuldigst, Toryan? Und Ihr natürlich, Fürst Bimbadimius?«

Der Hüne nickte.

»Ich bin in der Bibliothek, wenn du mich brauchst.« Holmar drückte Toryan die Schulter.

»Du bist und bleibst ein Bücherwurm.« Toryan lächelte schwach.

»Und du Toryan die Tatze«, erwiderte Holmar ernst. »Vergiss das nicht.«

»Kommt Ihr, um Lebewohl zu sagen, mein Fürst?«, fragte Toryan, nachdem sich die Tür hinter Holmar geschlossen hatte.

»So ist es. In dieser Welt ist kein Platz mehr für mich.«

»Dies ist der Anbeginn einer neuen Zeitrechnung.« Wider Willen lag Bitterkeit in Toryans Stimme.

»Eben.« Ein halb grimmiges, halb trauriges Lächeln huschte über das bärtige Gesicht. »Von meiner Art sind nur noch ein paar Halbblute übrig, und auch sie werden bald vergessen sein. Niemand wird mehr in meine Schmiede kommen. Niemand sich meiner erinnern.«

»Ich schon«, sagte Toryan leise.

»Ja, mein Junge. Du schon. Pass gut auf dein Schwert auf. Seinesgleichen werden die Lichtlande nie wieder sehen. Hier, ich habe noch etwas für dich.« Er nestelte an seinem Gürtel und hakte einen Klöppel sowie ein handlanges Oval aus Kristall davon los. »Schlag es, um das Ende und den Anfang einzuläuten.«

»Jetzt gleich?«

»Warte, bis ich fort bin. Wirklich fort.« Bimbadim neigte das Haupt. »Leb wohl, Freund der Altnacht.«

»Lebt wohl, Fürst von der Immerglutesse.«

Toryan trat ans Fenster, verschränkte die Hände hinter dem Rücken und blickte Richtung Horizont. Nach einiger Zeit tauchte Bimbadims Kufenfloß auf. Sein bizarres Reittier zog ihn durch die Trümmerfelder, über die zerstörten Straßen. Als sich die Sonne im Westen zur Ruhe setzte, war der Meisterschmied ein ferner Punkt.

Die nächtlichen Gestirne stiegen empor, der blutrote Stern verglomm zu einer silbernen Sternschnuppe, und Toryan wurde Zeuge eines Wunders.

Er sah das Licht des Mondes gerinnen, in tausend Nuancen von Gold und Silber. Es formte eine Brücke, auf der Bimbadim in den Himmel ritt, wo er hinter der Dunkelheit verschwand.

Nachdenklich betrachtete Toryan das Abschiedsgeschenk des Meisterschmieds. Er hob das Oval und schlug den Klöppel dagegen. Der Laut schwang in seinem Körper nach, vibrierte tief in seiner Seele – und veränderte das Antlitz der Welt für immer.

Glimmheims Mauern, die schon alt gewesen waren, als der erste Mensch Yrdaias die Stimme erhob, erzitterten unter dem tief hallenden Dröhnen des Schicksalstons. Die Kristalladern im Stein pulsierten, als die Last der Äonen von ihnen abfiel, und der undurchdringliche, unüberwindbare Wall bröselte, bröckelte und fiel.

Der Ton floss weiter. Denn tief reichten jene Kristalladern, bis an die Wurzeln der Berge, bis an den Grund der verborgensten Höhlen.

Bis ins Herz der Alten Nacht.

Die Flammen unter Toryans Haut leuchteten auf. Eine Gestalt trat aus den Schatten, so unvermittelt wie Licht, das sich in dunklem Wasser spiegelt. »Schön, dich wiederzusehen, Toryan«, sagte sie. »Falls du noch Toryan bist.«

»Schön, Euch wiederzusehen, Fürst Yrracoh. Oder sollte ich Euch jetzt den Mondsänger nennen?« Toryan hielt inne. »Und ja, ich schätze, ich bin noch ich. Aber zugleich nicht, obwohl Lurmenors Schattenkraft versiegt ist.«

Der Besucher nickte. »Das Seelenfeuer hat sie verzehrt.«

»Es brennt in mir, seit ich Asgreal vernichtet habe.« Toryan spreizte die Hände und starrte auf seine Finger. Seine Linke war dürr und dunkel wie ein toter Ast, doch er konnte sie ohne Schmerzen bewegen. »Es verleiht mir Kräfte, wie ich sie nie hatte, lässt mich fast alles nach Belieben formen. Nur Minn kann ich nicht helfen.« Er ballte die Fäuste. Seine Haut glühte, als bedeckte sie ersterbende Kohlen. »Ich will es nicht in mir haben.«

»So wie ich nicht zum Bewahrer der Erinnerung meines Volkes werden wollte. Doch nahm ich diese Bürde an. Für Lurmenor, meinen Freund. Und weil jemand es tun musste. Nun hüte ich die Fragmente der alten Welt.«

»Alle?«

»Ich bewahre, was wert ist, bewahrt zu werden. Ich verschließe, was keinen Platz im Morgen finden sollte.« Die Stimme war kühl, ohne Zwang, ohne Verlangen.

»Und wann kommt dieses Morgen?«

»Erst wenn die letzte Spur der alten Welt verschwunden ist, kann die neue zum Leben erwachen.«

Toryans Blick huschte zu Minn. Er glaubte nun den Grund von Yrracohs Besuch zu kennen. »Wie viel ist übrig, was Ihr noch verschließen müsst?«, fragte er leise.

»Nur noch eines«, sagte der Besucher.

Da lächelte Toryan, zum ersten Mal seit einer Ewigkeit. »Ich verstehe. Es gibt ein letztes Lied zu singen.«

Er klappte den Mantelkragen hinunter. Yrracoh beugte sich herab und entblößte seine Fangzähne.

Als der letzte Blutfürst Yrdaias von ihm trank, fühlte Toryan sich, als küsste Mondlicht seine Haut, als legte sich Balsam über sein brennendes Herz. Die Flamme in ihm loderte noch einmal auf.

Dann war sie verschwunden.

Tausende hatten sich im Licht der fahlen Herbstsonne auf dem Platz vor der Zitadelle von Gorvul versammelt. Bewohner der Stadt und Dörfler vom Land, Krieger und Bürger, Menschen aus Daosam und Blauried, aus Gorvul und Freiholt und all den anderen Regionen Yrdaias. Jeder von ihnen trug ein Trauertuch. Einige hatten es sich um die Handgelenke gebunden, die meisten jedoch um den Hals, denn der Eiswind biss nach ihrer Haut, nicht zu bändigen, nun, da er zum ersten Mal seit einem Jahrhundert wieder den Weg in die Zitadelle gefunden hatte.

Niemand sprach es aus. Aber jeder spürte, dass hier, an diesem Ort und in dieser Stunde, eine Epoche endete.

Trotz der Menschenmassen war außer dem Tosen und Pfeifen des Windes kein Laut zu hören.

Schritte hallten vom Marmor des Säulengangs wider. Alle Blicke richteten sich auf jenen, der kam, um die Welt, wie die Menschen sie kannten, zu verabschieden – und mit ihr alles, woran sie geglaubt hatten.

Holmar der Versengte trug keine weitärmlige Robe, um seine Verletzungen zu verbergen. Sein rechter Unterarm steckte in einer Bronzehülle, wie sie die Alchemisten Servuls getragen hatten. Er schimmerte dunkel wie die Nacht, der linke, unversehrte hell wie der Morgen. Auf sein graues Gewand war eine Waage gestickt, die zwei Kugeln in Balance hielt. Am Rand der Treppe blieb er stehen und senkte das Haupt.

Holmar blickte in die Menge. Die Gesichter, selbst die der Greise, schienen jung an diesem alten, trutzigen Ort. Er spürte die Blicke, unsicher, erwartungsvoll. Doch es gab kein Ritual des Trostes mehr, das er hätte durchführen, keine Segnung, die er hätte sprechen können. Das süße Gift der Predigten des Klerus hatte jedes Daseinsrecht verwirkt.

Holmar versuchte etwas zu sagen. Vergebens. Seine Zunge fand keine Worte, sein Kopf keine Botschaft. All die wohlüberlegten Formulierungen, die er am Vorabend aufgeschrieben hatte, schienen hohl und nichtssagend. All die Inspiration, die er aus seinen Gesprächen mit Rojin und dem bärtigen Blutfürsten geschöpft hatte, war verpufft. Er wollte sich räuspern, aber ihm blieb nicht einmal genug Spucke, um einen Brotkrumen zu befeuchten. *Ich bin leer*, dachte er voller Entsetzen.

Ich bin leer, erkannte er voller Freude.

Er warf die Zettel mit seiner Rede von sich, sank auf die Knie und lauschte der Leere.

Und plötzlich fanden die Worte Holmar. Sie sprudelten in seinen Kopf, von wo, wusste er nicht. Sie durchdrangen ihn, entfalteten sich Knospen gleich auf seiner Zunge.

»Brüder und Schwestern«, begann er. »Es gibt keinen Grund mehr, an etwas zu glauben. Das Himmelsreich, das uns versprochen wurde, war eine Lüge. Aus Zuversicht wurde Ungewissheit, aus Führung Verrat. Was schwarz und weiß schien, entpuppte sich als nebelgrau, was wir für Fortschritt hielten, als goldene Ketten.« Er ließ seine Worte nachhallen, ehe er sich erhob, die Brust nach vorn gereckt, die Arme ausgebreitet. »Und doch glaube ich an ein Morgen, das besser wird als das Gestern. Denn ich glaube an Euch. Ihr hättet plündern können und morden, Euch verkriechen oder verzweifeln. Doch Ihr steht hier, Seite an Seite. Ihr hättet Vertrauen in Sand malen können und Feindschaft in Marmor meißeln. Doch Ihr reicht einander die Hand, spendet Euch Trost und Hilfe. Die Zeiten mögen dunkel scheinen und kalt, doch in Euch sehe ich das Licht der Hoffnung, dass wieder leuchtende Tage kommen werden.« Ein Lächeln erblühte in Holmars Herz und wanderte hinauf zu seinen Lippen. Er legte die Handflächen aneinander. »Geht und tragt dieses Licht hinaus in Wüste und Ödnis, Schatten und Leere. Geht als Gleiche unter Gleichen. Frei und in Frieden.«

Die Zuschauer begannen zu klatschen. Erst leise wie Regentropfen, die vom Boden aufgesaugt werden. Dann schwoll der Applaus an zur Woge, zur Flut. Er wusch über den Platz hinweg, über Mauern und Dächer und Bäume, bis hinauf in den kalten, klaren Himmel. Tausende warfen ihre Trauertücher von sich, selbst die Gebrechlichen und die Kleinkinder. Die Tücher bedeckten die Tempelstufen, ein Leichentuch für die alte Welt, eine Kindsdecke für die neue.

Selbst der Eiswind wagte es nicht, sie fortzuwehen.

Epilog

Die Kerzenflamme tanzte hinter dem bauchigen Glas, als freute sie sich über den Duft von Milch und Mandelbrot, der vom Holztisch herüberwehte. Toryan blickte zu Minn. Sie schlief unter ihrer Wolldecke. Noch immer.

Nachdem der Mondsänger Toryan vom Seelenfeuer befreit hatte, hatte er eine flammende Hand auf Minns Herz gelegt, ihrem Atem gelauscht und einen Kuss auf ihr Kinn gehaucht. Toryan vermeinte, gesehen zu haben, wie Minn einen goldenen Dunst einatmete. Die Alabasterblässe fiel von ihr ab, genau wie die totenähnliche Starre. Wenngleich sie nicht erwacht war, wirkte sie nun wieder menschlich.

»Begleite mich, Toryan«, hatte der Mondsänger daraufhin gesagt, »an jenen Ort, an dem ihre gebrochene Seele Heilung finden kann, wenn dieses Zeitalter endet.«

Toryan war nicht von Minns Seite gewichen. Nicht auf der Reise im Luftschiff, nicht auf der anschließenden Wanderschaft durch Dimmgrund und nicht, als sie Minn in Rojins Häuschen am Fuß des Hügels gebracht hatten. Er hatte ihre Hand gehalten, als ihr Körper bebte, hatte ihr den Schweiß von der Stirn getupft, als ihre Augen hinter den Lidern rollten. Er hatte ihr Wasser eingeflößt, als ihre Lippen rissig wurden, hatte leise Lieder gesummt, als sie sich verkrampfte, hatte sie zugedeckt, als sie die Laken zerwühlte.

Ihr Atem ging nun gleichmäßig, ihre Züge waren entspannt. Ein Lächeln schien ihre Mundwinkel zu umspielen. Er konnte sie beruhigt eine Weile allein lassen. Es gab nichts mehr, was ihr Leid hätte zufügen können. Toryan wusste, er würde spüren, wenn sie erwachte. Dann würde er da sein.

Seine Freunde warteten an der Tür.

Zu viert stapften sie durch die Dämmerung, den Hügel zum Silberhain hinauf – Toryan, Rojin, Holmar und das Wesen aus Licht und Schatten, das einst den Namen Yrracoh getragen hatte. Schnee knirschte unter ihren Füßen. Der Lufthauch tätschelte und rötete ihre Wangen.

Auf der Kuppe angekommen, blickten sie auf das von Raureif überzogene Land. Der Boden glitzerte wie von Feenlaternen erhellt und die Bäume hatten Gewänder aus Silber angelegt.

Trotz aller Schönheit fühlte Toryan noch Frost auf seinem Herzen. »Die Engel versprachen uns einen Frühling immerwährenden Glücks«, sagte er. »Wir hätten es besser wissen müssen. Auf jeden Herbst folgt ein Winter.«

»Und auf jeden Winter ein neues Erwachen.« Rojin klopfte ihm auf die Schulter.

»Dies ist nun unsere Welt, mein Freund.« Holmars Atem formte Wölkchen vor seinem Mund. »Sie mag rau und ungeformt sein, weit und sonderbar. Doch sie ist frei.«

Die Eiskristalle blinkten, rein wie die Hoffnung.

»Und über diese Welt wird gewacht werden.« Der einstige Vampirfürst zog die Schultern zurück und entfaltete ein Paar jungfräuliche Flügel. Sie schimmerten in Silbergrau und Gold. Die schönsten Schwingen, die Toryan je gesehen hatte.

Sie trugen den neuen Wächter Yrdaias hoch in den sternklaren Himmel, bis er zum Punkt am Horizont wurde, kaum größer als ein Stecknadelkopf. Dennoch war Toryan sicher, dass ihr Behüter von dort oben alles im Blick behielt.

Er atmete tief ein und der Rest Frost in seinem Innern schmolz. Sein Blick wanderte zum Mond, der groß und rund am Firmament prangte, voller Falten und Krater auf der Oberfläche, und einmal mehr vermeinte Toryan ins Antlitz eines Greises zu blicken. Diesmal lächelte der alte Himmelsweise. Als sei er zufrieden mit dem, was er sah.

Das Lied des Mondsängers füllte den Himmel und die Herzen aller, die auf Yrdaia wandelten. Jubel lag darin und Trauer, Erinnerung an alle, die fort waren, und Trost für jene, die ihrer gedachten.

Toryan dachte an das, was nun sein konnte. An Minn, die bald erwachen würde. Er hauchte den letzten Rest Frost aus. Dann legte er Holmar und Rojin je einen Arm um die Schultern. Gemeinsam kehrten die drei zurück ins Haus, wo es warm und behütet war. Sie hatten viel zu bereden.

Es galt, eine neue Welt zu formen.

Ende

SCHWINGENFALL – GLOSSAR

PERSONEN

DIE FÜNF ENGEL

Bahrakel	Träger des himmlischen Richtschwerts
Dormagh	als Jäger der Frevler unterwegs, auch bekannt als »Dormagh der Bedeckte«.
Egroger	Träger des himmlischen Banners des Lichts
Mawjah	Wächterin der Nordgrenze zur *Altnacht*
Symael	Heerführer der klerikalen Armee

MENSCHEN

Armengal Erlglen	einer der Kardinäle von *Asgreals* Gnaden. Von seinem Stammsitz *Gut Eulenstein* aus regiert er die Provinz *Blauried.*
Damian Fallanidens	der amtierende *Purifikant* und damit der menschliche Regent der von den Engeln beherrschten *Lichtlande*. Damians Regierungssitz befindet sich in der Zitadelle der Hauptstadt *Gorvul.* Er ist einzig den Weisungen *Asgreals* und der Engel untertan.

Exall Dalglen	ein hochrangiges Ratsmitglied in *Freiholt*. Sein Vater wurde einst durch Kardinal *Armengal* von seinem Stammsitz, *Gut Eulenstein*, ins Exil vertrieben.
Grimnur	Kommandant der Gutswachen auf *Gut Eulenstein*
Minn	Magd auf *Gut Eulenstein*, die in jungen Jahren als Waise dorthin kam. Ihre Erinnerung an ihre Eltern ist bruchstückhaft, dennoch hat sie sich ein fröhliches Gemüt bewahrt. Besonders gern verbringt sie ihre freie Zeit mit den Gutswachen und übt sich im Nahkampf und Messertraining.
Nobu Nagadens	General der klerikalen Truppen und hochdekorierter Kriegsheld
Okahara Parruglen	Ratsmitglied von *Freiholt* und Ehefrau der *Ratsherrin Shanesa*
Olien Oglen	Gelehrter und hochrangiges Ratsmitglied in *Freiholt*
Rojin Gemfidens	freier Händler in *Dimmgrund* mit Kontakten in die *Lichtlande*, die *Altnacht* und nach *Freiholt*
Ryna	Matrone von *Gut Eulenstein* und Ziehmutter von Minn nach dem Tod von deren Eltern
Shanesa Parruglen	Ratsherrin und oberste Heerführerin der unabhängigen Republik *Freiholt,* Ehefrau von *Okahara*

Seoman Claeglen ein hochrangiges Ratsmitglied in *Freiholt*

Tadeean einer der Kardinäle von *Asgreals* Gnaden. Er regiert die Provinz *Saosam* an einem strategisch wichtigen Übergang zur *Altnacht*, der durch den *Phönixweidenhain* geschützt wird.

Toryan Dymedens junger, idealistischer Grenzposten in Diensten des Klerus, Jahrgangsbester der Wächterakademie von *Gorvul*

ALTNACHTLER

DIE ELF SCHATTEN

Erzfürst Lurmenor ältester Vampirfürst und Herrscher über die *Altnacht*

Fürst Asmodan der Schwarzstachel, Heerführer der *Altnacht*

Fürst Bimbadimius der Herr der Immerglutesse, ein Meisterschmied

Fürst Chullayn der Herr der Klüfte. Zusammen mit Fürst *Zashen* beherrscht er die Kunst der Tarnschleier.

Fürst Dangag beherrscht mit seinem Bruder, *Inyok*, die Irrlichter der *Altnacht*

Fürstin Elyfyll die Herrin vom Bleichweiher und Gebieterin über die in der *Altnacht* Ertrunkenen

Fürst Inyok beherrscht mit seinem Bruder, *Dangag*, die Irrlichter der *Altnacht*

Fürst Liruan	der Waffenmeister der *Altnacht*
Fürstin Rhymmia	die Spionin der *Altnacht*
Fürst Yrracoh	hütet als Chronist der *Altnacht* die Erinnerungen des Vampirvolks
Fürst Zashen	beherrscht zusammen mit Fürst *Chullayn* die Kunst der Tarnschleier

SONSTIGE ALTNACHTLER

Esta	ein riesiger Reithund
Garuda	Riesenvögel, die in Gewitterwolken leben und deren Gefieder von Blitzen durchzuckt wird
Galriot	einstiger Vampirfürst, jüngerer Bruder von *Lurmenor* und Usurpator der Schattenkrone; im *Bruderkrieg* verschollen.
Gronk	amphibienartige Wesen, die in Sumpfgebieten leben. Nahezu ausgestorben. An Land behäbig und feige, im Wasser jedoch tödliche Raubtiere.
Gyblegog	ein Gnom und Späher Erzfürst *Lurmenors* mit einer kulinarischen Vorliebe für Kröten und Fischlaich

BEGRIFFE

Arkebuse Vorderlader, Schusswaffe der Grenzwächter und Militäreinheiten der klerikalen Streitkräfte

Blutfürsten, die Vampiradel und Beherrscher der *Altnacht.* Seit dem *Bruderkrieg* gibt es nur noch elf von ihnen, genannt die E*lf Schatten.*

Bruderkrieg, der Auseinandersetzung um die Vorherrschaft der *Altnacht* zwischen den Blutfürsten *Lurmenor* und *Galriot*, rund 100 Jahre vor den Ereignissen von Schwingenfall. *Lurmenor* ging als Sieger aus dem Krieg hervor. Infolge der hohen Verluste auf beiden Seiten konnte in der Folge das Bündnis aus Menschen und Engeln die Vorherrschaft der Altnacht über *Yrdaia* brechen.

Elf Schatten, die die letzten Vampirfürsten und Herrscher/-innen der *Altnacht.* Ihr Oberhaupt ist *Erzfürst Lurmenor.* vgl. *Blutfürsten*

Kataklysmus, der Begriff für eine von Vulkanausbrüchen und einer Sintflut begleiteten Naturkatastrophe, während der der Südkontinent *Yrdaias* im Meer versank.

Kolbenwaggons mit Dampf und speziellen Kristallen betriebene Fuhrkarren zum Transport von Waffen und Waren

Lichtbringer, der siehe *Asgreal*

Nachtkrabbler	in den Lichtlanden despektierlich gebrauchter Sammelbegriff für nicht-sprachbegabte Wesen aus der Altnacht
Paladine, die	Elitekrieger des Klerus. Die Paladine bewachen Heiligtümer und klerikale Würdenträger und werden für Spezialaufträge eingesetzt.
Purifikant, der	Oberhaupt des Klerus, erhält seine Weisungen direkt von den Engeln; vgl. *Damian.*
Regendom, der	Tempel der Vampirfürsten in *Glimmheim*
Schienensänfte	mit Dampf und speziellen Kristallen betriebenes Schienenfahrzeug für Personentransporte
Sieben Söhne, die	Ansammlung schwarzer Steinobelisken im Zentrum von *Gorvul*, einstige Opferstätte
Widerborst	Wesen aus der *Altnacht*. Widerborste erinnern in Form und Färbung an Stachelschweine, können allerdings bis zu anderthalb Meter groß werden und schlüpfen aus Kadavern.

ORTE

Altnacht, die	Domäne der *Blutfürsten*. Neben den Vampiren leben dort verschiedenste nichtmenschliche Kreaturen, teils wild, teils als Gefolgsleute der *Elf Schatten*. Im Kernland der Altnacht herrscht beständige Dunkelheit, höchstens unterbrochen von Mondlicht. Die Hauptstadt der Altnacht ist *Glimmheim*.

Blauried — Provinz der Lichtlande. Der Regent, Kardinal *Armengal*, hat seinen Sitz auf *Gut Eulenstein.*

Dimmgrund — Grenzgebiet zwischen den von Menschen bewohnten *Lichtlanden* und der *Altnacht*

Freiholt — unabhängige Räterepublik, vom Klerus auch als Republik der Ketzer bezeichnet. Freiholt weigert sich, Asgreal zu verehren, und profitiert deshalb nicht von den technologischen Segnungen der Engel.

Lichtlande, die — der vom Klerus regierte Teil *Yrdaias*. Die Lichtlande unterteilen sich in die drei Provinzen *Gorvul, Saosam* und *Blauried* sowie die Heimstatt des Lichtbringers, die Tempel von *Servul.* Die Menschen der Lichtlande erkennen *Asgreal* als Erlöser an.

Glimmheim — Hauptstadt der *Altnacht* und Regierungssitz von *Erzfürst Lurmenor*. Glimmheim ist von einer undurchdringlichen Kristallmauer umgeben.

Gorvul — Provinz der *Lichtlande*. Die gleichnamige Hauptstadt ist zudem Regierungssitz des *Purifikanten.*

Gut Eulenstein — Herrschaftssitz des Kardinals der Provinz *Blauried*

Hizgin — einstige Metropole des Vampirimperiums, heute eine Ruinenstadt. Große Teile Hizgins wurden infolge des *Bruderkriegs* zerstört.

Phönixweidenhain	Grenzbastion zwischen *Daosam* und der *Altnacht,* bestehend aus brennenden Bäumen, die sich dank einer speziellen Mutation immer wieder regenerieren.
Daosam	Provinz der *Lichtlande* mit direkter Grenze zur *Altnacht.* Regiert wird sie von *Kardinal Tadeean.*
Servul	gewaltige Tempelanlage im Hochgebirge, Heimstatt des Lichtbringers *Asgreal*
Storchenbruck	Stadt in *Freiholt* mit strategisch wichtiger Anbindung zu Flüssen und Binnengewässern
Wurzwartsümpfe	langgezogenes Sumpfgebiet, das im Nordwesten zwischen *Blauried, Freiholt* und *Dimmgrund* verläuft. Durch Raubbau an natürlichen Dämmen hat sich die Fläche der Sümpfe deutlich Richtung Westen vergrößert.
Yrdaia	die bekannte Welt, zivilisatorisch unterteilt in die *Lichtlande,* die *Altnacht* sowie die Republik *Freiholt.* Der Südkontinent versank während des *Kataklysmus* im Meer.

DANKSAGUNG

Viele Menschen haben die Entstehung von Schwingenfall begleitet, haben mir Mut und Inspiration geschenkt – zu viele, um hier alle zu nennen. Einigen will ich dennoch danken:

Shane, Susanne und Michaela – für eure wertvollen Gedanken und konstruktive Kritik auf dem Weg von ein paar hundert Manuskriptseiten zum fertigen Roman.

Astrid und Alex – die Schwingenfall eine Heimat gegeben und die Atmosphäre des Buchs auch visuell so fantastisch eingefangen und verewigt haben.

Josette – auch wenn es mit deinem Schreibtisch in den Highlands nicht geklappt hat: Ohne die Freude an Worten und Literatur, die du mir mitgegeben hast, wäre Schwingenfall nie geschrieben worden.

J., C. und R. – dafür, dass ihr immer daran geglaubt habt, dass mein Buch das Licht der Welt erblicken wird.

Und Thea – dafür, dass du (auch wenn du es in anderen Worten gesagt hast) stets wusstest, dass auf jeden Winter ein neuer Frühling folgt.

Stephan R. Bellem
Die Seele des Wächters
ISBN: 978-3-95991-890-9, kartoniert, EUR 14,90

»Fliegen wird die Welt verändern!«

Auf dem Kontinent Rhilok herrscht seit Jahrhunderten ein brüchiger Frieden zwischen den magischen Völkern – gesichert von der ultimativen Vernichtungsmaschine: dem Wächter.
So kann der junge Gnom Rhaflit seinem Erfindertum nachgehen. Nach der Armbrust, Morfius' Gesetz und dem Demeterschen System ist seine dampfbetriebene Flugmaschine das Gespräch unter den gnomischen Ingenieuren. Doch als die Orks plötzlich einen Krieg beginnen, muss er erkennen, dass nicht nur der Verantwortung für seine Heimat übernimmt, der eine Waffe trägt. Mit einem Mal ist Rhaflits Prototyp die letzte Hoffnung auf Hilfe, bevor der Wächter erwacht und alles vernichtet …

Magali Volkmann

Das schwarze Uhrwerk

ISBN: 978-3-95991-946-3, kartoniert, EUR 14,90

Er ist der Rebellenkönig, eine lebende Legende –
und seine Geschichte in Blut geschrieben.

Verkrüppelt, ungeliebt und einsam: Taiden Belarron verabscheut sein Leben und brennt darauf, sich endlich zu beweisen. Dafür will er den legendären Rebellenführer Kyron schnappen, der mit allen Mitteln gegen die Regentschaft des Schwarzen Uhrwerks aufbegehrt. Doch dann rettet ausgerechnet der ihm das Leben und Taidens Weltbild gerät ins Schwanken. Warum hat Kyron ihm geholfen? Was versteckt sich wirklich hinter der Maske, unter der das Gesicht des Rebellenkönigs verborgen liegt?

Taiden zögert damit, Kyron auszuliefern, während er immer tiefer in seine Welt eintaucht. Doch es bleibt keine Zeit, um seine Gefühle zu sortieren – denn das Uhrwerk droht, jeden zu zermalmen, der sich zwischen seinen Zahnrädern verfängt.

Anne Bishop

In Blut geschrieben (Band 1 »Die Anderen«)

ISBN: 978-3-95991-611-0, kartoniert, EUR 14,90

Entdecke eine Welt, die von den Anderen bevölkert wird – unheimliche Wesen, die diese Welt beherrschen und für die Menschen Beute sind.

Meg Corbyn ist eine Cassandra Sangue – eine Blutprophetin – und kann in die Zukunft sehen, wenn ihre Haut geritzt wird. Eine Gabe, die sich eher wie ein Fluch anfühlt. Meg wird von ihrem Aufseher wie eine Sklavin gehalten, damit er unbegrenzten Zugang zu ihren Visionen hat. Doch als sie entkommt, ist der einzig sichere Platz, an dem sie sich verstecken kann, der Lakeside Courtyard – ein Geschäftsviertel, das von den Anderen geführt wird.

Gestaltwandler Simon Wolfgard zögert, die Fremde einzustellen, die sich als menschliche Kontaktperson bewirbt. Er spürt, dass sie ein Geheimnis verbirgt. Und warum riecht sie nicht nach menschlicher Beute? Doch sein Instinkt drängt ihn, Meg den Job zu geben. Als er die Wahrheit über sie erfährt und dass Meg von der Regierung gesucht wird, liegt es an ihm zu entscheiden, ob sie den unausweichlichen Kampf zwischen Menschen und den Anderen wert ist.

Maya Köllinger

Madness – Das Land der tickenden Herzen

ISBN: 978-3-95991-115-3, kartoniert, EUR 14,90

»Ich hätte wissen müssen, dass es keine gute Idee war, dem Kaninchen quer durch London zu folgen. Doch wer hätte denn ahnen können, dass dieses seltsame flauschig weiße Ding mit der Taschenuhr mich hierher bringen würde? Ich meine, wo bin ich hier überhaupt?

Die Bäume bestehen aus Kupfer und ihre Blätter wiegen schwer wie Blei. Überall schwirren Käfer mit Flügeln aus Glas umher und am Firmament drehen sich gigantische Zahnräder, als würden sie allein diese Welt in Bewegung halten. Und dann … ist da noch Elric. Ein Junge, aus dem ich einfach nicht schlau werde und der so herz- und emotionslos scheint. Doch ich bin entschlossen, sein Geheimnis zu lüften, um zu erfahren, was der Grund für seine Gefühlskälte ist.

Oh, und falls ich es noch nicht erwähnt habe: Ich bin übrigens Alice. Und wie es scheint, bin ich im Wunderland gelandet… kennst du vielleicht den Weg hinaus?«

Drachenmond Verlag